© Mako Sedai

Primera versión: Agosto de 2022

Autor: Chris Herraiz (Twitter: @MakoSedai)
Diseño de portada: Alejandro Martín Estébanez (Twitter: @WorldOfWame)

La historia, así como todos los nombres y marcas aparecidos en ella, pertenecen a Square Enix Holdings Co., Ltd.

La guía argumental no pretende sustituir al videojuego, sino añadir un nuevo punto de vista. Ambas experiencias son complementarias. Si te gusta, colabora con los creadores comprando el juego original.

Cualquier forma de reproducción, distribución, comunicación pública o transformación de esta obra sólo puede ser realizada con la autorización de sus titulares, salvo excepción prevista por la ley.

Más información en MakoSedai.com/guias-argumentales

KINGDOM HEARTS RE:copilación 2/2

Guía argumental

MakoSedai.com

Es recomendable leer la saga de guías argumentales en el mismo orden en que fueron publicadas.

- Kingdom Hearts
- Kingdom Hearts: Chain of Memories
- Kingdom Hearts II
- Kingdom Hearts: 358/2 Days
- **Kingdom Hearts: Birth by Sleep**
- *Kingdom Hearts 0.2 - A Fragmentary Passage, 1ª parte*
- **Kingdom Hearts Coded**
- **Kingdom Hearts 3D: Dream Drop Distance**
- **Kingdom Hearts χ Back Cover**
- *Kingdom Hearts III*
- *Kingdom Hearts 0.2 - A Fragmentary Passage, 2ª parte*
- **Kingdom Hearts: Union Cross**
- **Kingdom Hearts III Re Mind**
- **Kingdom Hearts: Melody of Memory**

Orden cronológico:

- **Kingdom Hearts χ Back Cover**
- **Kingdom Hearts: Union Cross**
- **Kingdom Hearts: Birth by Sleep**
- *Kingdom Hearts 0.2 - A Fragmentary Passage, 1ª parte*
- Kingdom Hearts
- Kingdom Hearts: Chain of Memories
- Kingdom Hearts: 358/2 Days
- Kingdom Hearts II
- **Kingdom Hearts Coded**
- **Kingdom Hearts 3D: Dream Drop Distance**
- *Kingdom Hearts 0.2 - A Fragmentary Passage, 2ª parte*
- *Kingdom Hearts III*
- **Kingdom Hearts III Re Mind**
- **Kingdom Hearts: Melody of Memory**

Más información en **MakoSedai.com/guias-argumentales**

Índice:

- KH Birth by Sleep 9
  - Terra 17
  - Ventus 71
  - Aqua 127
  - Conexión 183
  - KH 0.2 - A Fragmentary Passage, 1ª parte 201
  - KH Birth by Sleep (continuación) 213

- KH Coded 217

- KH 3D: Dream Drop Distance 293

- KH χ Back Cover 403

- Kingdom Hearts III 441
  - KH 0.2 - A Fragmentary Passage, 2ª parte 447
  - Kingdom Hearts III (continuación) 451
  - KH: Union Cross 617
  - Kingdom Hearts III (continuación) 621

- KH III Re Mind 633

- KH: Melody of Memory 655

Prólogo

Un hombre vestido de negro, del que únicamente se aprecia su perilla, acaba de llegar a las Islas del Destino. Lleva consigo a un chico inconsciente, envuelto en sábanas.

—¿Qué te parece? Un mundo vacío, como una prisión. Imagino que te sentirás como en casa.

El chico tiene la mente en otra parte. Está como en una especie de sueño.

—¿...Dónde estoy?
—(Soy un nuevo corazón.) —responde una voz desconocida.
—Pero esto es... ¿Por qué estás en mi corazón?
—(Me ha traído la luz. La vi brillar en la lejanía, y la seguí hasta aquí.)
—Sí... Era mi luz. Pero mi corazón está fracturado. Y ahora, la poca que me queda se escapa.
—(Une entonces tu corazón al mío.)
—¿Eh?
—(Ahora nuestros corazones están conectados. Nada más se escapará. Un día serás lo bastante fuerte para recuperar lo que ya te abandonó.)
—Sí. Gracias.
—(Ahora debes despertar. Lo único que debemos hacer es...)
—Abrir la puerta.

El chico despierta. Está tumbado sobre un tronco, con una llave espada recién aparecida en su mano. Al verla, el hombre de negro sonríe.

Inicio

Ventus, el chico del *sueño*, observa el cielo nocturno desde la ventana de su habitación, dentro del castillo de Tierra de Partida, donde el Maestro Eraqus entrena a los elegidos de la llave espada.

De pronto, un brillo llama su atención, seguido de muchos otros. Es una lluvia de estrellas. El chico sale corriendo del castillo y se dirige a una colina cercana, desde donde puede disfrutar de una mejor vista de las estrellas. Al llegar allí, se tumba sobre la hierba, con la mirada clavada en el cielo.

—¿Por qué me recuerda esto a algo?

Los ojos se le cierran poco a poco, hasta que cae dormido. Sueña que está en una playa, contemplando estrellas fugaces. Cuando despierta, se sobresalta al ver que hay una chica de pelo azul a su lado.

—¡Qué susto, Aqua!

—Ven, pedazo de vago. —"Ven" de "Ventus", no del verbo "venir"—. ¡Haberte traído al menos una manta, o algo!

—He soñado que estaba en otro mundo. Sentía como si ya hubiera estado allí antes, mirando las estrellas...

—¡Si siempre has vivido aquí con nosotros! —replica la chica con una sonrisa amable.

—Ya... Eh, Aqua, ¿has pensado alguna vez qué son las estrellas? ¿De dónde viene la luz?

—Hmm... Pues, según dicen...

—Cada estrella es un mundo —explica otro chico, mientras se aproxima a ellos; es su amigo Terra—. Resulta difícil de creer que haya tantos mundos ahí fuera. La luz son sus corazones, que nos iluminan como un millón de faroles.

—¿Qué? —responde Ventus—. No lo pillo.

—En otras palabras: son como tú, Ven.

—¿Y eso qué quiere decir?

—Ya lo averiguarás algún día, estoy seguro —sentencia Terra.

—¡Quiero saberlo ahora! —insiste Ventus.

—Todavía eres demasiado joven.

—¡No me trates como a un crío!

Ante aquella situación, Aqua no puede evitar reír.

—Menuda pareja de hermanos estaríais hechos. Ah, por cierto. Terra, mañana tenemos el examen de graduación para Maestro..., así que he hecho estos amuletos.

La chica saca tres colgantes con forma de estrella; uno naranja, otro verde y otro azul. El primero es para Terra, el segundo para Ventus y el último para ella misma.

—¿Para mí también? —pregunta Ventus, sorprendido, ya que él no hará el examen.

—Claro que sí —responde Aqua—, uno para cada uno. En algún lugar ahí fuera, existe un árbol de frutos en forma de estrella. Esa fruta representa un vínculo inquebrantable. Así que, mientras unos amigos lleven amuletos con esa forma, nada los podrá separar. Siempre hallarán la forma de volver a estar juntos. Técnicamente, habría que hacerlos con conchas, pero he hecho lo que he podido...

—¿Sabes? —dice Terra—. A veces sale la chica que hay en ti.

—¡¿Cómo que "a veces"?!

—¿Entonces no es un verdadero amuleto de buena suerte? —pregunta Ventus.

—Eso ya se verá —contesta Aqua—. Pero sí que le he lanzado un pequeño hechizo.

—¿Cuál?

—Un vínculo inquebrantable.

Los tres amigos deciden entrenar antes de irse a dormir, combatiendo entre sí con sus llaves espada. Terra es el más fuerte, Ventus el más rápido, y Aqua domina la magia.

—Confiad en mí, ya estáis preparados —asegura Ventus—. Mañana pasaréis el examen sin problemas.

—Ojalá sea así de fácil —responde Terra.

—Ya lo dijo el Maestro —añade Aqua—: la fuerza nace en el corazón. Cuando llegue el momento, busca en tu interior y la encontrarás. Estaremos siempre juntos.

Tres elegidos de la llave espada. Tres estudiantes del Maestro Eraqus. Tres amigos inseparables. Aunque, ¿por cuánto tiempo?

«Aquélla sería la última noche que pasamos bajo las mismas estrellas.»

Desde ahora, la historia se divide en tres partes, una para cada uno de los protagonistas. Aunque cada uno de ellos seguirá un camino diferente, todos visitarán los mismos mundos, por lo que habrá momentos en los que se crucen. Esos fragmentos estarán narrados desde diferentes puntos de vista; en algunas ocasiones se repetirán, y en otras ofrecerán detalles nuevos.

A nivel práctico, no es que la narración de las tres partes se vaya entrelazando, sino que seguirá el siguiente desarrollo: contaré la historia completa de un personaje, después volveremos atrás en el tiempo para contar la del segundo, y haremos lo mismo una última vez. Al principio quedarán incógnitas que se irán resolviendo en las otras partes, por lo que es fundamental leer las tres.

El orden es: Terra, Ventus, Aqua. Debe ser leído así, pues a veces daré por hecho que tenemos ciertos conocimientos previos, basándome en lo explicado en historias anteriores.

Finalmente, habrá una cuarta parte, "Conexión", donde se incluyen el capítulo final, el capítulo secreto, y los distintos finales que tiene *Birth by Sleep*, todos ellos importantes. Aquí, además, incluiré casi toda la historia de *Kingdom Hearts 0.2 – A Fragmentary Passage*, un juego que salió años después, y que conecta la historia de *Birth by Sleep* con *Kingdom Hearts III* y demás. El último tramo de *KH 0.2* estará narrado en la guía argumental de *Dream Drop Distance*, que es donde mejor encaja.

Sin más explicaciones, ¡que comience la aventura!

Terra

Capítulo T1 – Examen de Maestro

Terra, Aqua y Ventus se presentan ante Eraqus, su instructor. A su lado hay otro hombre, calvo y con perilla, con el que comparte título: es el Maestro Xehanort (un nombre ya conocido en la saga, ¿verdad? Más adelante profundizaré en ello; por ahora tratadlo como un personaje nuevo). Ventus se queda algo apartado, mientras sus dos amigos se preparan para el examen.

—Hoy seréis examinados para obtener el título de Maestro —dice Eraqus—. No uno, sino dos, son los elegidos de la llave espada que se presentan. Pero esto no es ni una competición ni una batalla por la supremacía. No se trata de poner a prueba la voluntad, sino el corazón. Quizá ambos lo superéis. O quizá ninguno. Pero estoy seguro de que nuestro invitado, el Maestro Xehanort, no ha venido hasta aquí para ver a nuestros jóvenes más prometedores fracasar justo antes de la meta. ¿Estáis preparados?

—Sí —responden ambos.

—Que comience el examen.

Eraqus invoca unas esferas de luz con su llave espada, que Terra y Aqua deben destruir, demostrando las habilidades que han aprendido. Sin embargo, Xehanort manipula las esferas con magia, aumentando su poder. Algunas de ellas incluso se descontrolan y atacan a Ventus, quien también se ve obligado a luchar para defenderse. Colaborando entre los tres logran eliminar todas las esferas.

—No esperaba algo así —dice Eraqus—. Pero uno siempre debe templar el corazón, incluso en las situaciones más adversas. Era una prueba magnífica, y por eso me resistí a interrumpirla. Lo que nos lleva al siguiente ejercicio. Ahora, Terra y Aqua, deberéis enfrentaros en combate. Recordad: no habrá ganador, sólo verdades. Pues cuando dos iguales se enfrentan, emerge su verdadera naturaleza. ¡Adelante!

Terra y Aqua cruzan varios golpes, que bloquean y esquivan sin descanso. Ambos son excelentes combatientes, y se conocen a la perfección. En un momento dado, Aqua roza la cara de Terra con su llave espada, y éste se ve tentado a contraatacar usando poderes oscuros, aunque finalmente logra reprimirlos.

Cuando los Maestros consideran que han visto suficiente, dan el examen por terminado.

—Tras deliberar, hemos tomado una decisión —dice Eraqus—. Terra, Aqua, ambos lo habéis hecho excepcionalmente. Sin embargo, sólo Aqua será nombrada Maestra hoy. Terra, no has logrado mantener a raya la oscuridad de tu interior. Pero siempre habrá una próxima vez. Eso es todo. Aqua, como nueva Maestra de la llave espada, debo compartir contigo ciertos conocimientos. Espera aquí mis instrucciones.

Eraqus y Xehanort se marchan, tomando caminos separados. Sin que los demás lo sepan, Xehanort se reúne con otro chico, que lleva un traje oscuro y la cabeza cubierta por un casco.

—¿Qué opinas de Ventus? —pregunta Xehanort.

—No está listo. Habrá que ponerle las pilas a ese perdedor.

—Aquí no. Olvídalo. He de mantener las apariencias.

—Lo sé. Sólo necesita un pequeño incentivo para dejar el nido.

Mientras tanto, en la sala del examen, Terra está triste y cabizbajo, por lo que Aqua prefiere no celebrar aún haberse convertido en Maestra, por respeto a su amigo.

—Lo siento, Terra —dice Ventus.

—Esa oscuridad..., ¿de dónde ha salido? —Terra se siente confuso—. Lo siento, necesito estar a solas.

El chico sale del castillo, y se sienta en las escaleras de entrada.

—Hay oscuridad en mi interior... ¿Y qué más da? Me basto y me sobro para controlarla.

—Sí. —Xehanort se acerca a él—. Sin duda puedes. No hay que temer a la oscuridad. Y, sin embargo, resulta frustrante que Eraqus niegue su poder. Aunque entrenaras con él para siempre, nunca te vería como a un verdadero Maestro.

—Pero ¿por qué? Ayúdeme a entenderlo, Maestro Xehanort. ¿Qué es lo que no he sabido aprender?

—No hay nada malo en ti. La oscuridad no puede ser destruida, sólo canalizada.

—Entiendo. Gracias, Maestro.

El sonido de unas campanas interrumpe la conversación. Terra regresa corriendo a la sala del examen, donde se encuentra con Eraqus y Aqua.

—¿Qué ha pasado? —pregunta Terra.

—No lo sé —responde la chica—. ¿Dónde está Ven?

Eraqus está hablando con alguien a quien los demás no pueden ver, a través de una especie de cristal mágico.

—Está bien —dice el Maestro—, enviaré a mis pupilos a investigar. Sí, entendido. Adiós. —Eraqus se acerca a Terra y Aqua—. Era mi viejo amigo Yen Sin. Como sabéis, él ya no es uno de los Maestros, pero sigue muy de cerca los devenires de la luz y la oscuridad. Sus consejos marcan el rumbo que nosotros, los portadores de la llave espada, debemos seguir. Lo cual hace esto más preocupante si cabe, pues me ha comunicado que las princesas de los corazones corren peligro. No sólo acechan las fuerzas de la oscuridad, como supondréis, sino también una nueva amenaza. Una que se alimenta de la negatividad. Aviesas emociones que se han transmutado en monstruos. Yen Sid los denomina "nescientes". Como portadores de la llave espada, tenéis el deber de abatir a todo aquel que amenace el equilibrio entre luz y oscuridad. Y los nescientes no son una excepción. He tratado de comunicarle el asunto al Maestro Xehanort, pero me es imposible contactar con él. Creo que algo no va bien.

—¿El Maestro Xehanort ha desaparecido? —se pregunta Terra con extrañeza, pues acaba de hablar con él hace muy poco.

—Esto es lo que hay —sigue Eraqus—: quiero que pongáis esta situación bajo control. Eliminad a los nescientes y encontrad al Maestro Xehanort. He abierto el Pasaje dimensional. Podréis usar esos caminos prohibidos para viajar entre este mundo y muchos otros. La oscuridad acecha en ellos más que en cualquier otro sitio, pero vuestra armadura os protegerá. Por último, recordad que se debe mantener el orden; no podéis decir a nadie que existen otros mundos. Marchaos y cumplid con vuestro deber.

—Sí, Maestro —responden ambos.

—Terra, considera esto una oportunidad. Un segundo intento para hacerme cambiar de parecer. Debes entender que te aprecio como si fueras hijo mío. Si sólo dependiera de mí, te nombraría Maestro sin dudarlo. Pero ¿cómo podría hacer tal cosa, cuando es el poder lo que te obsesiona? Terra, no debes temer la derrota. El miedo lleva a la obsesión por el poder, y esa obsesión atrae a la oscuridad. No debes olvidarlo nunca.

—Gracias, Maestro. Juro que no volveré a fallarle.

Terra sale del castillo y se dispone a abandonar Tierra de Partida, cuando Ventus corre hacia él, alarmado.

—¡Terra!

—Tranquilo, estaré bien.

Terra activa un poder que comparten los tres amigos: la capacidad de invocar una armadura para cubrir su cuerpo, y convertir la llave espada en una pequeña aeronave, como si fuera una moto voladora, a la que llaman "Llave Surcadora". De esta forma, puede atravesar el Pasaje dimensional para viajar a otros mundos.

Capítulo T2 – Reino Encantado

Al llegar al primer mundo, Terra hace desaparecer su armadura y la aeronave, recuperando así su llave espada: "Teluria". Y no va a tardar en usarla, pues ante él aparece un pequeño ser oscuro: uno de esos nescientes que mencionó Eraqus. De hecho, el lugar está plagado de ellos.

Terra llega a un largo puente que comunica con un gran castillo. En medio del puente, se topa con una mujer de aura siniestra, ataviada con una túnica oscura, y sosteniendo un largo bastón.

—Pero ¿qué...? —La mujer se sorprende al verlo llegar—. ¿Cómo es que tú no estás dormido, querido? Esa inútil de Flora lanzó un hechizo para sumir a todo el castillo en un profundo sueño.

—¿Quién eres?

—¿No lo sabes? Mi nombre es Maléfica, como bien saben todos los que moran en este reino. Y ahora, espero cierta reciprocidad en cuanto a presentaciones...

—Soy Terra. ¿Qué sabes sobre los monstruos que hay por aquí?

—Hm... ¿Por qué habría de perder mi tiempo con criaturas tan simples e intrascendentes?

—Sí que son simples, no hay duda. En fin, busco a una persona. ¿Has oído hablar de un hombre llamado Xehanort?

—No me suena. ¿Es también un forastero, como tú? Oh, pero espera... Sí que recuerdo a alguien saliendo del castillo.

—¿Qué estaba haciendo aquí?

—No sabría decirte —responde Maléfica—. Pero puedo asegurar que no era de este reino. Dijo algo sobre... "apresar la luz". ¿Se referiría a la princesa Aurora? Si quieres, ve al castillo y averígualo.

—Gracias.

Terra se dirige de inmediato al otro extremo del puente, donde se halla el castillo. Las puertas están abiertas de par en par, y el interior está atestado de nescientes, aunque nada de lo que el elegido de la llave espada no pueda ocuparse.

En la parte superior del castillo, Terra encuentra una habitación bloqueada por una barrera de energía, que impide a los nescientes acceder a ella. Cuando el chico elimina la barrera con su llave espada, descubre que se trata de la habitación de la princesa Aurora. Ella está allí, tumbada sobre su cama, inmóvil. Sin duda, está afectada por el hechizo que mencionaba Maléfica.

—Esto me resulta familiar...

Maléfica aparece a su lado, sobresaltando a Terra.

—Su corazón está lleno de luz —dice la mujer—. Ni el más mínimo ápice de oscuridad. Precisamente, es el tipo de corazón que necesito.

—¿Para qué?

—Imagina el más glorioso de los futuros... Siete de los más puros corazones, todos rebosantes de luz... —Básicamente, el argumento del primer *Kingdom Hearts*—. Juntos, pueden otorgar el poder de reinar sobre todos los mundos.

—¿De qué estás hablando?

—Esa arma que blandes..., es una llave espada, ¿verdad?

—¿Cómo lo sabes? —Terra se pone en tensión.

—Esa baratija es la única forma de conseguir los corazones.

—¡Basta de juegos! ¡¿Dónde está el Maestro Xehanort?!

—La imprudencia no te beneficia, querido. Si quieres saber más, deberás entregarme el corazón de Aurora.

—¿Y por qué iba a hacer eso?

—No es cuestión de motivos, sino de voluntad. En tu corazón mora la oscuridad, deseando que alguien la despierte.

Maléfica pasa la mano por su bastón, usando algún tipo de magia sobre Terra.

—No sé de qué hablas... —El chico empieza a sentirse mareado.

—Quizá aún no, pero yo puedo controlar el sueño. Puedo despertar lo que mora en tu interior, y liberar así tu verdadera naturaleza.

Las palabras del Maestro Eraqus pasan por la mente de Terra: "Recuerda que la oscuridad acecha en todos los corazones. La oscuridad es nuestra enemiga. Debe ser desterrada. Tienes que destruirla. Aléjala de ti. No dejes que se instale en tu corazón".

Sin embargo, su cuerpo parece estar actuando por voluntad propia. Terra extiende la llave espada sobre Aurora, arrebatándole el corazón (la luz de su interior, ya sabéis; no es que le saque el órgano a la fuerza).

—Al fin... —Maléfica ríe; el corazón ha ido a parar a sus manos—. Justo lo que estaba esperando. Y pensar que todo cuanto dijo era y será verdad...

—¿Qué...? —Terra recupera el control sobre sí mismo—. ¿Qué he hecho? ¡¿Qué me has hecho hacer?!

—Hablas como si yo hubiera movido unos hilos invisibles. Nada de eso, querido. No hice más que susurrarle a la oscuridad que ya portabas en tu interior.

—¿Cómo he podido hacer esto...? —se lamenta el chico.

—Y ahora, querrás saber adónde ha ido Xehanort... Verás, no puedo responderte a eso. Se desvaneció en la oscuridad. Pero ahora que sé que la llave espada es necesaria para reunir corazones... Únete a mí. Tráeme otros seis corazones de pura luz, y así ¡juntos reinaremos sobre los mundos!

—Creo que te equivocas. Yo lucho por la paz, no por la tiranía.

—Hm... Pues si tu trabajo es salvaguardar la paz, no has empezado con muy buen pie. Ten presente esto: la oscuridad de tu corazón no puede combatirse con la fuerza. Bueno, mi cometido aquí ha terminado, al igual que el tuyo.

Maléfica desaparece en medio de un fuego verdoso.

De repente, el castillo se sacude. Los nescientes están causando destrozos en la planta inferior, liderados por uno más poderoso que los demás: Rueca fatal. Terra se ocupa de ellos, y después regresa nuevamente a la habitación de Aurora.

—Han robado su luz por mi culpa. Y todo por ser tan débil... Lo siento. Recuperaré tu luz en cuanto averigüe cómo plantar cara a la oscuridad.

Terra abandona el castillo.

—¿Por qué querría el Maestro Xehanort apresar la luz? —piensa mientras se aleja—. ¿Está la respuesta en esos corazones de luz?

El chico monta en la Llave Surcadora y se dirige hacia el siguiente mundo.

Capítulo T3 – Castillo de los Sueños

Cerca del bosque, Terra encuentra a una joven llorando sobre un banco de piedra. Su nombre es Cenicienta. Lleva un vestido rosa medio descosido, como si hubiera sido víctima de un ataque.
—¿Te pasa algo? —pregunta Terra.
—Mis amigos me hicieron el vestido más bonito del mundo..., pero mi madrastra y mis hermanastras lo han destrozado. Con las ganas que tenía de ir al baile...
—La oscuridad siempre sabe llegar hasta los corazones maltrechos. Debes ser fuerte. Un corazón fuerte te hará superar incluso las más duras pruebas.

Ante ellos se aparece una mujer bajita y regordeta, que desprende un brillo mágico. Es el Hada Madrina.
—Es importante tener un corazón fuerte —dice a Terra—, pero sólo con eso no basta.
—Ya no puedo creer en nada... —sigue lamentándose Cenicienta—. En nada...
—¿En nada, mi niña? —responde el Hada Madrina—. Oh, seguro que no hablas en serio.
—¡Claro que sí! Es inútil...
—¡Tonterías! Si hubieras perdido toda la fe, yo no estaría aquí. Oh, vamos, sécate las lágrimas. No puedes ir al baile con esa cara.
—¿Al baile? Pero si no...
—Claro que irás —la interrumpe el Hada Madrina—. Pero tenemos que darnos prisa. ¿Cómo eran las palabras mágicas...? ¡Ah, sí! ¡Bibidi bobidi bu!

El Hada Madrina apunta con su varita mágica a una calabaza, que se convierte en un bonito carruaje, con caballos y conductor incluidos. Después, lanza un segundo hechizo a Cenicienta, cambiando su vestido roto por uno nuevo, mucho más elegante.
—¡Es un vestido precioso! —exclama Cenicienta, mirándose en el reflejo de una fuente—. ¡Un sueño hecho realidad!
—Sí —responde el Hada—. Pero, como todos los sueños, me temo que no durará para siempre. Sólo tendrás hasta las doce de la medianoche. Con la última campanada, el hechizo se desvanecerá.
—De acuerdo, lo entiendo.

Cenicienta muestra su agradecimiento al Hada Madrina con un abrazo, antes de subir al carruaje y dirigirse hacia el palacio.

—Su corazón está rebosante de luz —dice Terra—. ¿Qué le has hecho? No parece la misma persona.

—Oh, ¿puedo saber tu nombre? —pregunta el Hada.

—Terra.

—Terra, ¿sientes en tu corazón que los sueños pueden hacerse realidad?

—Sí. Pero también creo que es necesario esforzarse para conseguirlos.

—¡Por supuesto! Pero a veces no es tan fácil creer en los sueños. Cenicienta confía en que los suyos pueden hacerse realidad, y yo me he ocupado de darle la razón.

—Entonces, eso es lo que le ha dado su luz: tener fe en su corazón y confiar en que todo es posible. —El chico se queda pensativo—. ¿Adónde ha ido?

—Al baile real, en palacio. Ve allí; cuando la veas bailando, comprenderás que ella cree ciegamente..., y eso te hará creer a ti también.

Terra sigue las huellas del carruaje hasta la entrada del palacio, donde no solamente encuentra a Cenicienta, sino también a un buen número de nescientes. El elegido de la llave espada se ocupa de escoltar a la chica hasta la sala del baile, donde es recibida por el mismísimo Príncipe Encantador (sí, se llama así). Allí también se encuentra la madrastra de Cenicienta, lady Tremaine, con sus dos hijas, Anastasia y Drizella, quienes ni siquiera reconocen a su hijastra y hermanastra tan elegantemente vestida.

—Puede que realmente sea suficiente con creer... —murmura Terra para sí mismo.

Cuando se dispone a irse por donde ha venido, Terra observa un movimiento sospechoso en uno de los palcos laterales. Parecen nescientes, por lo que decide ir a investigar. Y no se equivoca.

—¡Guardias! ¡Guardias! —exclama el Gran Duque, viendo la escena.

—Yo me encargo de esto —responde Terra.

El chico elimina a los monstruos, entre los que se incluye uno llamado Maestro de sinfonías, quien puede hechizar instrumentos musicales para usarlos como armas.

—Gracias —dice el Gran Duque cuando todo vuelve a la normalidad—. Nos has salvado a todos. Es una pena que haya pasado esto...

—Bueno, no pierdas la esperanza.

Terra le indica con la mirada que se gire. Tras ellos están Cenicienta y Encantador, dados de la mano y charlando animadamente. Quizá las cosas terminen bien después de todo.

—Dime una cosa —sigue Terra—: ¿esos monstruos suelen causaros problemas?

—No —asegura el Gran Duque—. Creo que comenzaron a aparecer poco después de que un joven enmascarado llegara al reino. Los que lo vieron aseguran que los monstruos obedecían todas sus órdenes.

—¿Sabes adónde ha ido ese joven enmascarado?

—Pues... no. Me temo que no han vuelto a verlo desde entonces.

—Vaya...

Las señales horarias indican que ya es medianoche. Al oír la campana del reloj, Cenicienta se sobresalta.

—¡Tengo que irme!

La chica sale corriendo sin dar más explicaciones.

—¡Por favor, vuelve! —pide el príncipe, confuso.

—¡Lo siento!

Cenicienta pierde uno de sus zapatos al bajar las grandes escaleras del castillo, pero no se detiene a recogerlo. El Gran Duque va tras ella, y el hechizo del Hada Madrina está a punto de desvanecerse.

Terra sigue a Cenicienta con la mirada, hasta que ésta abandona el castillo, en el mismo instante en que otra chica accede a él. Es su amiga, Aqua.

—¡Eh, Aqua! —Terra corre hasta ella.

—¡Terra! Ven ha huido de casa.

—¡¿Qué?!

—Creo que fue a buscarte. ¿Sabes por qué?

—No. Aunque... —Terra recuerda su última conversación—. Justo antes de irme, intentó decirme algo. Ojalá hubiera atendido a lo que quería contarme.

—Oh... Bueno, ¿has dado con el Maestro Xehanort?

—No exactamente, pero he descubierto algo: según parece, busca corazones puros llenos de luz. Lo único que puedo decirte, es que su búsqueda no lo ha traído aquí.

—De acuerdo —asiente Aqua—. Me quedaré un rato más, a ver si encuentro pistas.

—Vale. El príncipe está en el salón de baile, ahí delante. Quizá sepa algo.

—Gracias.

—Por cierto, Aqua. ¿Sigues teniendo el mismo sueño?

—Pues... sí.

—Hay una chica aquí. Se llama Cenicienta. Me ha demostrado lo poderoso que puede ser creer en algo. No importa que las cosas puedan parecer imposibles. Creer con fervor en un sueño, siempre cubre de luz la oscuridad. Si la ves, dale las gracias de mi parte.

—Lo haré.

Terra abandona el mundo del Castillo de los Sueños, sin dejar de preguntarse quién será ese misterioso joven enmascarado que mencionó el Gran Duque, y que, en teoría, lidera a los nescientes. ¿Tendrá algo que ver con la desaparición de Xehanort?

Capítulo T4 – Bosque de los Enanitos

Al entrar al siguiente mundo, Terra aparece directamente dentro de un castillo, en una sala presidida por un espejo de pared ovalado. Frente a él hay una mujer, cuya corona indica que se trata de la reina de aquel castillo.

—Espíritu del espejo, sal de la oscuridad, ven a mí del más allá. A través de los vientos y del fuego, ¡yo te conjuro!

Un rostro aparece en la superficie del espejo.

—Dime qué deseáis saber, majestad.

—Sólo dime una cosa: ¿quién es en este reino la más hermosa?

—Bellísima sois, majestad, pero ¡ah! Existe otra más bella. Ni vos sobrepasáis su hermosura.

—¡Desdichada! ¡Dime su nombre de inmediato!

—Cual carmín sus labios son. Su cabello negro, de ébano. Y cual nieve su piel es.

Al escuchar aquella descripción, la reina emite un grito ahogado.

—¡Blancanieves!

—El corazón de Blancanieves brilla con fulgor. Tened cuidado, majestad, pues de luz es su corazón.

Terra no puede evitar acordarse de Aurora y Cenicienta al oír aquello. Tal vez Xehanort haya acudido también en su búsqueda. Para no quedarse con la duda, decide preguntárselo directamente a la reina.

—Hola. Me llamo Terra. Busco a un hombre llamado Xehanort. Maestro Xehanort. Quizá lo hayáis visto por aquí.

—Ese nombre no me suena de nada. Pero si me haces un favor, le preguntaré al espejo dónde se halla ese tal Maestro Xehanort.

—¿Sabrá eso el espejo?

—¿Acaso osas ponerlo en duda?

Terra duda unos segundos antes de aceptar.

—¿Cuál es el encargo?

—Hay una joven doncella que vive en el castillo. Se llama Blancanieves. Mátala. Y como prueba de tu éxito, tráeme su corazón aquí dentro.

La reina le hace entrega de una pequeña caja.

—¿Su corazón? —pregunta Terra—. ¿Es que tú también vas tras los corazones de luz?

—Ya he tenido más que suficiente de su luz —replica la mujer—. Lo que quiero es su vida.

—¿Qué te ha hecho esta doncella?

—Eso no te incumbe. Y ahora, atiende a mi petición. Mi fulgor es la única luz que este reino necesita.

Sobra decir que a Terra ni se le pasa por la cabeza matar a la chica, pero, por ahora, decide seguir el juego a la reina para encontrar a Blancanieves, y tal vez así hallar a Xehanort.

Tras recorrer el castillo, Terra encuentra a Blancanieves en el exterior, recogiendo flores y tarareando una canción cerca de la entrada del bosque.

—Hola. —El chico se acerca a ella—. ¿Te suena el nombre de Xehanort?

—Oh, la verdad es que no. Creo que es la primera vez que lo oigo.

—Vaya...

Su corta charla se ve interrumpida por la llegada de múltiples nescientes. En lo que Terra se hace cargo de ellos, Blancanieves ha huido al interior del bosque. Dado que ella no parece tener información de utilidad, el elegido de la llave espada decide no seguirla, y volver a la sala del espejo.

—¡¿Cómo osas volver aquí, necio redomado?! —protesta la reina—. ¡Te ordené que me trajeras el corazón de Blancanieves!

—Una tarea que elijo ignorar. Por mucho que alardees de tu fulgor, yo sólo veo sombras de envidia que supuran de tu corazón.

—¡Pagarás por tu insolencia! ¡Espejo mágico, consume a este necio, ahora y para siempre!

—Me temo, mi señora —replica el rostro del espejo—, que no podrá ser. Pues sólo sobre la verdad albergo poder.

—¡¿Acaso te atreves a contradecir a tu reina?!

La mujer lanza un frasco lleno de una misteriosa poción sobre el espejo, provocando que el ser mágico se descontrole, y absorba a Terra a su interior. Afortunadamente, el chico logra liberarse a base de golpes.

—¡¿Cómo has escapado?! —La reina retrocede, asustada.

—Y ahora, pregúntale al espejo dónde está el Maestro Xehanort.

La reina acepta a regañadientes.

—¡Espejo mágico, a este necio ahora ilustra! ¡Dale pues, las respuestas que tanto busca!

—Allende luz y oscuridad él mora, lo hallarás donde hubo guerra otrora.

—¿Eso es todo? —Terra suspira con resignación—. Pues vaya ayuda... Gracias igualmente.

Una vez fuera del castillo, el chico monta en su Llave Surcadora y emprende el vuelo.

Capítulo T5 – Torre de los Misterios

Ya que no tiene muy claro por dónde empezar a buscar a Xehanort, Terra decide pedir ayuda al Maestro Yen Sid. Según Eraqus, fue él quien le advirtió del peligro inminente que acechaba, así como de la existencia de los nescientes.

Al llegar a la entrada de la Torre de los Misterios, hogar de Yen Sid, Terra se cruza con otro elegido de la llave espada, con hocico y orejas de ratón. En una mano sostiene su llave espada, mientras con la otra eleva una especie de amuleto con forma de estrella.

—¡Alacazam!

Tras decir esto, el ratón sale volando a toda velocidad, como una estrella fugaz.

Terra asciende hasta la parte más alta de la Torre de los Misterios, donde se encuentra el despacho de Yen Sid.

—Hola, Maestro Yen Sid. Me llamo Terra.

—Ah, sí, el pupilo de Eraqus. Te estaba esperando. Estás aquí por el asunto de los nescientes, ¿verdad?

—Sí, Maestro. Supuse que lo mejor sería pedir consejo a alguien más sabio que yo.

—Ya no soy Maestro. Me despojé de ese manto.

—Ah, me acabo de cruzar con alguien que creí que era su discípulo. Blandía una llave espada.

—Supongo que te refieres a Mickey. También vino en busca de consejo. Como rey, es bueno y virtuoso. Pero el peso de la corona ha aplacado su temeridad. Se ha marchado con un objeto cuyo poder no alcanza a entender, ni mucho menos controlar. Mickey cree que mi fragmento estelar lo ayudará en su periplo. Y, al igual que tú, arde en deseos de usar su llave espada para atajar todo esto.

—Ni siquiera estoy seguro de entender qué está pasando —reconoce Terra—. El Maestro Xehanort ha desaparecido. Y ahora he averiguado que un joven enmascarado es quien controla a esos nescientes.

—Para llegar a la verdad, quizá debas ver las cosas con otros ojos. Considera primero que todo pudiera ser un único problema.

—¿Quiere decir que el Maestro Xehanort y los nescientes

pueden estar relacionados?

—No debemos asumir tal cosa... Encuentra a Xehanort, Terra. Ese debe ser tu punto de partida.

—Sí, señor.

Yen Sid no ha sido de mucha ayuda, la verdad. Sin embargo, cuando Terra se dispone a abandonar el mundo, escucha una voz en su cabeza.

—Terra...

—¿Maestro Xehanort?

—Terra, reúnete conmigo. Estoy en el Páramo inhóspito.

Sin pensárselo dos veces, Terra se dirige hacia allá.

Capítulo T6 – Páramo inhóspito

Terra acude al lugar indicado por Xehanort. Allí lo espera el Maestro, con rostro pensativo.
—Maestro Xehanort. He visitado otros mundos. Sé las cosas que ha hecho. Pero sigo sin entender por qué.
—Alguien tenía que ocuparse de proteger la luz... del demonio que liberé. —Xehanort agacha la cabeza, avergonzado—. A estas alturas ya conocerás a ese joven, el de la máscara.
—Sí.
—Se llama Vanitas. Una criatura de pura oscuridad..., engendrada por mí.
—¿¡Quiere decir que nació de usted?
—Nació de Ventus.
—¡¿Qué?!
—Vanitas es la oscuridad que moraba en el interior de tu amigo. Hubo un accidente. Mientras entrenábamos, Ventus sucumbió a la oscuridad. Sólo había una forma de salvarlo: extraer de él esa parte. Y así es como nació Vanitas. Durante el proceso, dañé el corazón de Ventus de forma horrible. Así que hice lo que creí mejor, y lo dejé con Eraqus. Sabía que no podía quedarse conmigo, el hombre que le causó tal suplicio.
—Maestro Xehanort... Ventus está totalmente recuperado desde entonces. Eso ya forma parte del pasado. No debería culparse por tratar de salvarlo.
—Ya... Gracias, muchacho. Sabes cómo reconfortar el corazón de un anciano.
Cuando Xehanort llevó a Ventus a Tierra de Partida, era un chaval atormentado, que apenas podía hablar, y que sufría constantes dolores de cabeza. Había perdido sus recuerdos. Terra, Aqua y Eraqus hicieron todo lo que pudieron por él, tratándolo como un amigo desde el primer momento. De esta forma, Ventus acabó sintiéndose como uno más dentro de aquella pequeña *familia*.
—Maestro, ¿por qué sigue libre Vanitas?
—Verás, traté de controlarlo cuando nació, pero...
—¿Consiguió escabullirse?
—Eso mismo. Vanitas usa la llave espada para sembrar semi-

llas de oscuridad. Y ahora, como ves, los mundos están infestados de sus viles secuaces. No puede controlar la oscuridad de su corazón. No es digno de blandir la llave espada. Es una aberración sin esperanza de redención. Une tus fuerzas a las mías, Terra. Enmienda el error que he causado.

—Pero... no tengo ni idea de dónde está.

—Todo cuanto puedo decirte sobre Vanitas, es que su oscuridad lo impulsa hacia la luz, pues ansía perturbarla y destruirla. Resulta lógico, por tanto, que su próximo golpe sea en la ciudad de la luz: Vergel Radiante.

—No se preocupe, Maestro. Yo me encargaré de Vanitas.

Capítulo T7 – Vergel Radiante

En la Plaza Mayor de Vergel Radiante, Terra divisa a lo lejos a Xehanort, lo cual le resulta más que extraño, pues acaba de estar con él, y no le dijo nada de que fuera a ir allí. Antes de seguirlo, Terra tiene que hacerse cargo de un grupo de nescientes, por lo que acaba perdiendo de vista al Maestro.

Mientras busca pistas del paradero de Xehanort, Terra se topa con un anciano de túnica azul, gorro a juego y larguísima barba, que se aparece en mitad de una calle. Antes de seguir su camino, el chico encuentra un libro tirado en el suelo, que el anciano ha perdido al aparecerse en aquel lugar. El título es "Winnie the Pooh". Terra se apresura a seguirlo hasta su casa.

—Perdone, señor. Creo que se le ha caído este libro.

—¿A mí? —El anciano observa la portada—. Oh, siento decirte que éste no es uno de los míos, aunque sin duda es un libro muy interesante. Este sencillo volumen parece tener la extraordinaria capacidad de despertar las habilidades latentes.

—¿Un libro que te hace más fuerte? Si no le importa, abuelete, ¿podría hojearlo un poco?

—¡Me llamo Merlín! Soy un poderoso mago, y deberías saber que la sabiduría se obtiene con los años. En fin, como ya he dicho, el libro no es mío, pero te lo guardaré con gusto.

—Gracias, Merlín.

El Bosque de los Cien Acres no tiene ninguna importancia argumental, por lo que (como en el primer *Kingdom Hearts*) lo pasaremos por alto.

Al abandonar la casa de Merlín, Terra observa a un gran nesciente alejándose de allí. Sin duda, vaya donde vaya, causará problemas, por lo que será mejor exterminarlo antes de que eso ocurra. La persecución lleva al chico hasta los canales subterráneos de la ciudad, donde descubre que ese nesciente no era más que una parte del auténtico nesciente: Triarmadura, que, como su nombre indica, está compuesto por tres criaturas que se complementan entre sí.

Casualmente, Aqua y Ventus estaban persiguiendo a las otras dos partes, por lo que pueden unir sus fuerzas para destruir a Triarmadura.

—Hacemos un buen equipo —dice la chica.

—¡Y tanto! —exclama Ventus—. Por cierto, os he conseguido estos pases de por vida para Ciudad Disney. Me dijeron que llevara a dos adultos.

—¿Nosotros? —Aqua ríe—. Escucha, Ven, tenemos que llevarte de vuelta a casa.

—No hace falta, confiad en mí. ¡El tío de la máscara ya es historia, Terra! ¡No volverá a hablar mal de ti!

—¿Qué? —Terra coge a su amigo de los hombros—. ¿Has visto al chico de la máscara?

—Sí.

—Se llama Vanitas. Ven, deja que Aqua te lleve a casa.

—¡Ni hablar! —protesta Ventus—. ¡Quiero ir con vosotros!

—No puedes. Tenemos una tarea muy peligrosa entre manos. No quiero que acabes herido.

—¿Y qué es eso tan peligroso, Terra? —pregunta Aqua—. No parece que tenga que ver con lo que el Maestro te ordenó.

—Quizá siga otra senda, pero lucho contra la oscuridad.

—No estoy tan segura de eso... He visitado los mismos mundos que tú, y he visto lo que has hecho. No deberías exponerte tanto a la oscuridad.

—¿Qué estás diciendo, Aqua? —replica Ventus—. ¡Terra jamás...!

—Entonces —lo interrumpe Terra—, ¿me has estado espiando, Aqua? ¿Fue eso lo que te pidió el Maestro?

—Él solamente... —la chica aparta la mirada.

—Ya veo —Terra se da la vuelta y comienza a caminar.

—¡Espera, Terra! —Ventus corre tras él.

—¡Quédate ahí! A partir de ahora, voy por mi cuenta, ¿entendido?

—¡Terra, escúchame, por favor! —dice Aqua—. ¡El Maestro no tiene motivos para desconfiar de ti, créeme! ¡Sólo está preocupado por ti!

Pero su amigo rehúsa seguir hablando con ellos. Por ahora, lo único que le importa es encontrar a Xehanort, pues empieza a pensar que es la única persona en quien puede confiar.

Antes de abandonar el canal subterráneo, un hombre le sale al paso. Lleva pelo negro semilargo, y un peculiar pañuelo rojo anudado al cuello. Su nombre es Braig, y, en cierto modo, también es un viejo conocido de quienes hemos jugado a *Kingdom Hearts II* y *358/2 Days*. Su incorpóreo es Xigbar, el nº2 de la Organización XIII.

—Tú debes de ser Terra —dice Braig—. El vejestorio no para de dar la brasa contigo. He tenido que venir hasta aquí a por ti para que se calle.

—¿De qué estás hablando?

—Puf... ¿Te lo deletreo? Ese Xehanort, o como se llame, es ahora mi prisionero.

—Mientes de pena. El Maestro Xehanort nunca se dejaría capturar por un gañán como tú.

—¡Más quisieras! Tengo al vejestorio a mi merced, ¡compruébalo tú mismo! Está prisionero en los subterráneos bajo el parterre exterior. Ve allí antes de que se me acabe la paciencia. ¡Chao!

Braig se marcha.

—No me lo trago —dice Terra, pensativo—. Pero es mejor prevenir.

Capítulo T8 – Vergel Radiante, 2ª parte

Terra decide seguir al hombre del pañuelo hasta los subterráneos del parterre (que, por si no lo sabéis, es un jardín con flores y anchos paseos). Y cual es su sorpresa al descubrir que Xehanort está allí, encadenado a una tubería.

—¡Maestro Xehanort! —Terra no da crédito.

—El vejestorio sabe bien cómo resistir el dolor —dice Braig—. Pero yo también sé cómo infligirlo.

—¡¿Qué es lo que quieres?! —Terra hace aparecer su arma.

—Esa cosa de ahí. Es una llave espada, ¿no? Hoy en día, parece como si todo hijo de vecino llevara una de ésas. Hasta el viejo. Lo largó todo cuando lo pesqué; lo que un arma así es capaz de hacer. ¿Cómo no iba a querer una?

—Comprobarás que son reticentes para con sus dueños —replica el chico.

—¡Ja! Si entendí bien al viejales, eres lo que llaman carne de Maestro de la llave espada. Así que, si te derroto, me convertiré en un verdadero portallaves, no sé si me sigues. No es la forma más ortodoxa de hacerlo, pero ¿qué le vamos a hacer?

Terra amenaza con lanzarse al ataque, pero Braig lo detiene con un gesto.

—Un paso más, y el vejestorio la diña. —El hombre desenfunda dos pequeñas ballestas—. ¿Pensabas que jugaría limpio? ¡Más quisieras! Esa llave es demasiado poderosa para jugárnosla en un mano a mano.

Terra se queda sin saber qué hacer, mientras bloquea los disparos de Braig. Si se mueve, Xehanort morirá. Si no, es él quien está en serio peligro.

—¡Ja! —Braig ríe, sintiéndose ganador—. Para ser un elegido de la llave espada, no eres nada especial.

—¡¿Qué estás haciendo, Terra?! —grita Xehanort—. ¡Lucha!

—¡Pero, Maestro, tú...!

—¡Olvídate de mí! ¡Debes luchar! ¡No dejes que ese rufián te gane! ¡Piensa en Eraqus, y en la vergüenza que él y tus compañeros tendrían que soportar! ¡Usa la llave espada!

Terra se deja llevar por la ira, lanzando ráfagas de oscuridad.

Una destruye las cadenas que inmovilizaban a Xehanort, mientras que otra alcanza a Braig en la cara (en *KH2*, Xigbar tiene un parche en un ojo y cicatrices en la mejilla; he aquí la razón). El hombre del pañuelo decide huir, viéndose claramente superado.

—Esta fuerza... —Terra se ha quedado sorprendido de sus propias capacidades.

—Bien hecho, Terra —dice el Maestro—. Has dado otro paso adelante.

—Pero me sentí devorado por la ira y el odio... Era el poder de la oscuridad.

—Oscuridad que has canalizado.

—No. —Terra agacha la cabeza—. Sucumbí a ella. Como cuando robé el corazón de la princesa Aurora. Nunca podré volver a casa. Soy un fracasado.

—Pues no vuelvas —responde Xehanort—. Conviértete en mi discípulo. Verás... El Maestro Eraqus teme tanto a la oscuridad, que él también ha sucumbido. No a la oscuridad, sino a la luz. Su resplandor es cegador, pero olvida que la luz engendra oscuridad. Las luces de Aqua y Ventus también brillan con fuerza. Resulta lógico que todas las sombras hayan ido a parar a tu corazón. ¡Eraqus es un necio! Luz y oscuridad coexisten en equilibrio, y así deben permanecer siempre. Terra, tú eres quien realmente posee aptitudes como Maestro, pero él se niega a verlo. Y yo sé la razón: porque te teme. Únete a mí. —Xehanort le coge las manos—. Juntos podemos hacer un gran bien a los mundos, trayendo el equilibrio entre la luz y la oscuridad.

—Maestro Xehanort... —Terra aún tiene dudas.

—Visita más mundos. Encuentra la oscuridad que amenaza el equilibrio. Busca a Vanitas y acaba con él..., Maestro Terra.

Al escuchar que alguien lo llama "Maestro" por primera vez, sus dudas desaparecen.

Justo cuando Terra se dispone a abandonar el parterre exterior, ya sin la compañía del Maestro, Ventus llega corriendo.

—¡Eh, Terra! Llévame contigo.

—No puedo, Ven.

—¿Por qué no?

—Es que... Mira, cuando de verdad te necesite, sé que estarás a mi lado.

—Pues claro, ¿cómo no iba a estarlo? Eres mi amigo.
—Sí. Tienes razón. Gracias, Ven.
Terra activa su armadura y sale volando en la Llave Surcadora.

Mientras tanto, en el subterráneo, Xehanort y Braig vuelven a encontrarse.
—¡Eh, vejestorio! ¡Dijiste que no saldría herido! ¡No acepté este trabajo para convertirme en un daño colateral! ¡Ni hablar! ¡Más quisieras!
Xehanort lo amenaza con su llave espada, para hacerlo callar.
—¡Vale, vale! —Braig levanta las manos—. ¡Todavía me necesitas! Sigues queriendo que haga algo más por ti, ¿no? Y yo también te necesito para que cumplas tu parte del trato. Tampoco vamos a llorar por una o dos cicatrices en la cara. Tengo suerte de que no me haya quitado el corazón, como a la princesa Como-se-llame. Eso sí que me habría arruinado la semana.
—Es improbable —replica Xehanort—. En el interior de Terra aún brilla una poderosa luz. La gente como él... no tiene el poder de robar corazones.
—Espera, ¿quieres decir... que no fue él quien le robó el corazón a la princesa?
Xehanort sonríe. Su plan va sobre ruedas.

Capítulo T9 – Ciudad Disney

Dado que este mundo está enfocado únicamente en superar distintos minijuegos, voy a resumir la historia lo máximo posible.

Terra aparece en medio de un circuito de carreras, el Retumbódromo, y a punto está de ser atropellado por uno de los karts que allí compiten. Afortunadamente, la reina Minnie acude a rescatarlo, indicándole cómo salir de la pista. Junto a ella están su perro Pluto y los mecánicos Chip y Chop.

Resulta que, entre los pilotos, hay varios nescientes, por lo que Terra se siente en la obligación de acabar con ellos. Chip y Chop le sugieren participar en una de las carreras, haciendo uso de la Llave Surcadora. Aunque el objetivo de las dos ardillas, más que eliminar a los nescientes, es dar una lección al Capitán Oscuro, un *misterioso* nuevo participante enmascarado..., que, como todo el mundo sabe, se trata del bribón de Pete.

Terra vence en la carrera, lo cual enfurece mucho a Pete, alegra mucho a las ardillas, y da absolutamente igual a los nescientes, que, como es evidente, no han muerto por perder en una competición de karts. Pero eso ya da igual, porque Terra tiene que seguir con su viaje.

—He sacado algo bueno de todo esto —dice antes de irse—. He aprendido que no siempre es necesario saltarse las reglas para conseguir lo que se quiere. Todo este tiempo, he estado al borde de la oscuridad. Pero eso no quiere decir que tenga que entregarme a ella.

Capítulo T10 – Coliseo del Olimpo

Nada más llegar a la ciudad de Tebas, Terra salva a un muchacho de ser asesinado por los nescientes.
—¿Estás bien? —Terra lo ayuda a ponerse en pie.
—Sí, gracias —suspira—. Supongo que eran demasiado para mí. Voy a tener que entrenar más. Tú pareces realmente fuerte, ¿eh? Les has dado una buena a esos bichos. ¿Has venido por los Juegos?
—¿Qué tipo de juegos?
—No *unos* juegos, sino *los* Juegos. ¡Donde se decide quién es el más fuerte! Algún día seré el ganador, y me convertiré en un auténtico héroe.
Una voz gruñona interrumpe la conversación. Es Filoctetes, el entrenador del chico.
—¡Herc, ¿dónde estás?! ¡Ven aquí ahora mismo o te pongo a dar otras mil vueltas!
—Oh, vaya —se lamenta el joven Hércules—. Tengo que irme. El Coliseo está ahí delante, por si te interesa. ¡Espero verte luchar allí en alguna ocasión!
El chico sale corriendo para proseguir con su entrenamiento.
Terra decide acercarse al Coliseo, al menos para informarse sobre esos Juegos que mencionaba Hércules. Allí, en la entrada, hay un hombre de piel azulada y pelo llameante.
—Madre mía, un pirado tras otro... —dice aquel hombre para sí mismo—. ¡Esto es como un decatlón de desastres! Lo único que necesito es un miserable guerrero lo suficientemente fuerte como para darle a Zeus un poco de su propia medicina. —Entonces, se fija en Terra—. Hmm... Oscuro, malhumorado, fuerte... ¡Sí, es perfecto! —El hombre se aproxima al elegido de la llave espada—. Vaya, qué pena... Me resulta tan doloroso...
—¿El qué? —pregunta Terra, intrigado.
—Todo ese poder desperdiciado.
—¿Quién eres?
—Hades, Señor de los Muertos, dios del Inframundo, bla, bla, bla, todo eso. Eh, déjame adivinar: tratas de detener la oscuridad que mora en ti, ¿me equivoco? ¡Claro que no me equivoco! Bueno,

pues, verás..., ¡mala idea!

—¿De qué hablas?

—A ver, atiende y no te pierdas: la oscuridad está dentro de todo el mundo. ¡No hay que avergonzarse! Pórtate bien con ella, y la oscuridad será tu amiga. Pero si vas de mojigato y te niegas a aceptarla, te arrollará como a un primerizo en las rebajas de togas. Y bien, ¿en qué punto estás tú? ¡En ninguno! Pues verás, yo te miro y veo potencial. Así es, chaval. Tienes potencial para conquistar la oscuridad de tu interior. Es más, te daré algunos consejillos. Vamos, créeme, sé de lo que hablo.

—Te escucho. ¿Cómo conquisto la oscuridad?

—Chupado. Apúntate a los Juegos. Lo sé, lo sé... Estás pensando: "¿en serio, señor Hades? ¿Los Juegos?". Pero oye, te sorprenderá ver lo que puedes aprender en el fragor del combate. Ah, y no te preocupes; estaré allí para guiarte en cada paso del camino. Digamos que soy lo que podríamos llamar... un experto en el arte de la oscuridad. Venga, decídete rápido. Mi oferta tiene fecha de caducidad.

Sin duda, Hades sabe hablar y convencer. Terra está interesado en participar en los Juegos para probarse a sí mismo, y, tal vez, llegar a dominar la oscuridad. Para llegar a la final, antes debe superar diez rondas de nescientes, un cometido que cumple sin demasiadas complicaciones.

—Esto no es lo que había planeado —se lamenta Hades, viendo que Terra no necesita usar la oscuridad para vencer—. Pero siempre puedo improvisar... Pasamos al plan beta.

—Perdón, paso —responde una voz—. Voy a llegar tarde a mi combate.

Un chico con una espada a la espalda y un casco cubriéndole la cabeza se dirige a la arena de batalla.

—¡Saludos, plan beta! —dice Hades para sí mismo—. ¡Eh, chico, ven aquí!

Poco después, Terra espera pacientemente a su rival en el centro del Coliseo.

—Cuando conquiste la oscuridad de mi corazón, nunca más tendré que temerla.

El otro finalista, el chico del casco, entra en la arena de batalla y desenfunda su espada. Terra hace lo mismo con la llave espada.

La final da comienzo..., y no es que dure mucho, pues Terra le da una auténtica paliza. ¡Tenemos ganador! El otro chico cae al suelo, perdiendo su casco, y desvelando su pelo negro de punta. Entonces, de su cuerpo comienza a brotar energía oscura, devolviéndole las fuerzas. El chico misterioso vuelve a ponerse en pie y se abalanza sobre Terra.

—¡Para ya! —protesta éste, repeliendo las embestidas—. ¡El combate ha terminado!

La fuerza del chico de pelo de punta se ha multiplicado gracias al poder de la oscuridad.

—No soy... yo... —dice con dificultad—. No quiero... hacer esto...

Terra se da cuenta entonces de que ese chico está siendo controlado, igual que lo controlaron a él en el Reino Encantado, cuando robó el corazón a la princesa Aurora.

—Qué, ¿te gusta mi nuevo superguerrero? —dice Hades—. ¿Lo ves? Ése es el poder de la oscuridad. Podría haber sido tuyo, Terra. Y estás a tiempo, si te abres a él.

—Ayúdame... —El chico del pelo de punta intenta resistirse—. Tienes que liberar mi corazón...

No es una tarea fácil, pues la oscuridad ha multiplicado su fuerza y velocidad. Por suerte, el elegido de la llave espada sale victorioso una vez más.

—Bah, parece que aposté por el caballo negro equivocado —se lamenta Hades mientras se aleja—. Ese crío no tiene lo necesario para aceptar realmente la oscuridad.

Terra se arrodilla junto al chico, ya liberado del control del Señor de los Muertos.

—¿Estás bien?

—S-Sí... Por fin me siento libre. Tío, ¿cómo he permitido que alguien así me controle? ¡Nunca lo olvidaré! Gracias, esto...

—Terra.

—Gracias, Terra. Yo soy Zack. ¿Sabes? Eres tal y como siempre he imaginado a un héroe. No es únicamente por tu aspecto. Tienes algo más.

—Pues no soy ningún héroe, créeme.

—¿Me tomas el pelo? ¡Escucha cómo te aclama el público, tío! No eres tú quien decide si eres un héroe o no, ¡sino ellos! Y por lo que parece, ya lo han decidido. Te guste o no, eres su héroe. Y el mío también, que lo sepas. Me gustaría haberme enfrentado a ti en un combate justo.

—Quizá algún día, Zack.

Capítulo T11 – Espacio Profundo

Mientras vuela por el Pasaje dimensional en busca del siguiente mundo, Terra encuentra una nube de nescientes, a los que se enfrenta a bordo de su Llave Surcadora. Apenas logra acabar con ellos, el chico se ve atraído por una gran aeronave, perdiendo el conocimiento.

Cuando Terra abre los ojos, descubre que está encerrado en una pequeña celda. Al otro lado del cristal que hace las funciones de puerta, hay dos seres de raza desconocida: uno es grande y fornido; la otra, pequeña y delgada.

—¿Es él, capitán Gantu? —pregunta la mujer.

—Sí, Gran Consejera. Lo he confinado hasta que podamos determinar qué es.

Ambos se ven obligados a marcharse a toda prisa de la prisión, pues la nave está siendo invadida por nescientes. Terra abre la puerta de la celda usando su llave espada, y se ocupa de las criaturas que han llegado hasta allí.

—Una demostración impresionante —dice otro preso—. ¿Me ayudas a salir de aquí? Me han encerrado en este inmundo sitio bajo acusaciones ridículas.

—¿Seguro?

—Sólo soy un inocente científico que ha creado la especie más destructiva..., esto..., *constructiva* de la historia de la galaxia. Verás, mi experimento podría aniquilar a esas criaturas que están atacando la nave. Es a prueba de balas, ignífugo y piensa más rápido que un superordenador. Puede ver en la oscuridad y mover objetos de hasta tres mil veces su peso. ¡Y por razones absurdas, el Consejo de la Federación le tiene miedo! Me lo arrebataron y me encerraron en esta diminuta y agobiante celda.

—¿Sólo por su poder?

—Así es. La gente siempre se pone de los nervios cuando aparece alguien más poderoso. Tú deberías saberlo mejor que nadie, ¿verdad? ¡Debemos ir a rescatarlo o lo desterrarán a los confines más remotos del espacio!

—Está bien —acepta Terra—, llévame hasta él.

—Experimento 626.

—¿Eh?

—Es el nombre de esa adorable y suave criatura que me ayudarás a rescatar. Y yo soy el genio científico que lo creó, el doctor Jumba Jookiba.

—Yo soy Terra.

—El placer es todo mío. 626 está por aquí. ¡Rápido!

Jumba lleva a Terra hasta la sala donde el Consejo de la Federación retiene a la pequeña y destructiva criatura, también conocida como Stitch.

—Impresionante, ¿verdad? —dice el científico—. Un poder tan grande, en un envoltorio tan diminuto. Sin duda, es un ser único. La criatura más poderosa de toda la galaxia. Y sólo tiene un instinto: ¡destruir todo lo que toca! Observa.

Jumba Jookiba desactiva el bloqueo que mantiene encerrado a Stitch. La criatura salta sobre Terra, aunque no para atacarlo, sino para quitarle el amuleto en forma de estrella que le regaló Aqua.

—¡Devuélveme eso!

—Demasiado tarde —replica Jumba—. Ya está marcado para ser destruido.

—¡No, por favor! ¡Es un regalo de una amiga!

Terra se sorprende de su propia actitud, mostrándose tan débil y desesperado, algo nada habitual en él.

—¿Una amiga, dices? —Jumba ríe—. ¿Es un chiste? ¡626 no puede entender tal concepto!

Sin embargo, Stitch deja caer el amuleto y se marcha. Terra lo recoge, aliviado.

—Siempre me he dicho a mí mismo que quiero ser más fuerte e independiente... Pero en cuanto he dejado hablar a mi corazón, he descubierto lo poco que sé de mí mismo, y cuánto los echo de menos. Ese experimento tuyo..., ¿estás seguro de lo que dices? Quizá, en el fondo, quiere tener amigos tanto como cualquiera de nosotros.

—Imposible. —El científico niega con la cabeza—. Carece totalmente de sentimientos. Sólo tiene los instintos destructivos que yo elegí meticulosamente para él. ¿Es que acaso necesitas otra demostración de mi malévolo ingenio? ¡Pues mira esto!

Jumba mete una píldora dentro de una probeta llena de agua, y de ésta surge el Experimento 221: Sparky. La criatura se muestra mucho más agresiva que el Experimento 626, por lo que Terra no tiene más remedio que devolverlo a su forma anterior, aquella especie de píldora, a base de palos.

Poco después, Stitch regresa a la sala.

—¿Qué pasa? —pregunta Jumba—. ¿Por qué has vuelto?

La criatura emite gruñidos ininteligibles.

—Quizá se esté preguntando qué es un amigo —sugiere Terra.

—¡Bobadas!

El chico se aproxima al Experimento 626.

—Me llamo Terra.

—Te...rra...

—Sí. No puedo explicarte con palabras qué es la amistad, pero, cuando la sientas, lo entenderás.

—¡No si yo puedo evitarlo! —interrumpe el científico—. 626, tu único fin es pensar en lo próximo que tienes que destruir. Vamos, tendré que hacerte unos ajustes.

Parece que el Consejo de la Federación tenía motivos más que de sobra para mantener encerrado a Jumba Jookiba...

De pronto, un mensaje retumba por megafonía.

—¡Alerta roja! ¡Alerta roja! ¡El Experimento 626 y otros dos prisioneros han escapado de sus celdas! ¡Seguridad, localicen a los fugitivos inmediatamente!

Stitch sale corriendo de nuevo, y, esta vez, Jumba va tras él. Terra no quiere más problemas con la Federación, por lo que opta por marcharse de allí a bordo de la Llave Surcadora. A eso lo llamo yo lavarse las manos...

Capítulo T12 – País de Nunca-Jamás

El capitán Garfio y su leal Smee protegen un cofre ante el ataque de los nescientes. Terra, que acaba de llegar y no sospecha el tipo de persona que es Garfio, se apresura a defenderlos, eliminando a todas las oscuras criaturas. Sin embargo, el capitán está lejos de mostrarse agradecido.

—Si precisara tu ayuda, te la habría pedido. Teníamos todo bajo control. No vayas a pensar que por ayudarme sacarás tajada de mi tesoro.

—No me interesa esa caja tuya, capitán —replica Terra—. Estoy buscando a alguien: un chico con una máscara. ¿Te suena?

—Para nada.

—Ya lo suponía...

—¡Smee, sabandija asquerosa! ¡Vámonos! ¡Nos largamos de aquí antes de que la luz los atraiga de vuelta!

—Eh, espera. —Terra lo detiene—. ¿Qué acabas de decir sobre la luz?

Garfio sonríe, viendo la oportunidad de aprovecharse de la situación.

—Ah, sí... Una tragedia, la verdad. Este cofre contiene luz traída de los alrededores. Y sé de cierto conocido mío, un chico impertinente, que no se resistirá a ir tras él.

—¿Un chico que va tras la luz? Tiene que ser Vanitas. Oye, ¿qué os parece si os ayudo a proteger la luz? Así podréis contarme más sobre ese chico que tantos problemas os está dando. ¿Cómo se llama?

—Peter Pan. —En sus ojos se refleja el odio—. Hay que llevar el cofre a la Roca de la Calavera. ¡No permitas que esa mala pieza de Peter Pan se acerque a él!

—Vale. Os cubro las espaldas.

Garfio, Smee y Terra viajan en canoa hasta la pequeña isla Roca de la Calavera. Tras dejar el cofre dentro de la llamativa cueva con forma de calavera, dan la misión por terminada.

—Disculpe, capitán —dice Smee—. Es sobre esa estrella fugaz que le mencioné antes.

—¡Cáscaras, Smee! ¡Le ordené que se olvidara de eso! ¡No

pienso ponerle a perseguir una estrella fugaz!

—Pero, capitán, las estrellas fugaces brillan un momento y desaparecen. En cambio, ¡ésta ha seguido centelleando aun después de caer! ¿Y si fuera una especie de diamante superdescomunal?

—¡Zoquete! ¡¿Y qué esperaba para decirlo?! —Garfio se dirige hacia Terra—. Esto... Tenemos unos asuntillos que atender, y me temo que debemos ausentarnos. ¿Puedo dejarte a cargo hasta que volvamos?

—Claro —asiente Terra—. Si Peter Pan aparece, lo estaré esperando.

Y no tarda en hacerlo. El chico, que tiene la capacidad de volar (si habéis visto la película o jugado a *KH* anteriores, y más os vale haberlo hecho, sabréis por qué), distrae a Terra mientras dos niños, Zorrillo y Osezno (en el juego lo llaman "Lobato"), intentan llevarse el cofre. Sin embargo, debido al gran peso del botín, tropiezan antes de poder escapar. El cofre cae al suelo y se abre, mostrando su contenido: monedas y joyas.

—Pero ¿qué es esto? —Terra es el único sorprendido, ya que le habían mentido diciendo que el cofre contenía luz.

—¡El típico tesoro pirata! —responde Peter Pan—. Joyas, doblones... Lo habitual, vamos.

—¿He estado custodiando un simple botín?

—Diría que te han tomado el pelo.

—Eso parece. —Terra suspira con resignación—. Te debo una disculpa. Te he atacado sin motivo alguno.

—¡Bah, ha sido muy divertido! No todos los días puedo enfrentarme a un espadachín tan diestro. Dime, ¿cómo te llamas?

—Terra.

—Vale, Terra. Yo soy Peter Pan. ¿Puedes decirme por dónde se ha ido Garfio?

—Dijeron no sé qué de una estrella fugaz...

—¡¿Una estrella fugaz?! ¡Campanilla está en peligro! ¡Chicos, proteged el tesoro con vuestra vida!

Peter Pan sale corriendo..., digo, volando a toda velocidad. Poco después, un gran grupo de nescientes asalta la Roca de la Calavera. Afortunadamente, Terra aún está por ahí, y puede hacerse cargo de la mayoría de ellos, sin que Osezno y Zorrillo sufran daño. Unos cuántos nescientes logran huir, llevándose los doblones y las joyas consigo. El cofre ahora está vacío.

Terra pide a los niños que se escondan, pues ha oído algo. El capitán Garfio y Smee están de regreso.

—¿Novedades, grumete? —pregunta Garfio.

—Ninguna —responde Terra tras volver a cerrar el cofre—. Todo tranquilo. —El chico observa un brillante farol que el capitán sostiene en su mano—. ¿Qué es eso?

—Campanilla. Una de las mejores amigas de Peter Pan.

—¿Puedo verla?

Garfio le entrega el farol. Dentro hay una pequeña hada luchando en vano por escapar.

—Mientras tenga a su querida hada —dice Garfio—, Peter se puede dar por finiquitado.

Terra libera a Campanilla sin pensárselo dos veces.

—¡¿Qué pretendes con esto?! —protesta el capitán.

—Simplemente hago caso a mi corazón —responde Terra.

—¡Un motín! ¡Caminarás por la pasarela por esto!

Garfio se dispone a enfrentarse a Terra, cuando un sonido cercano lo sobresalta. Es como un reloj..., y proviene del interior de un cocodrilo que los observa desde el agua. Garfio lo conoce bien, pues fue a causa de ese cocodrilo que perdió una de sus manos. Asustado, el capitán sale corriendo.

—Jo —se lamenta Osezno—. Adiós al tesoro pirata.

—¿Tanto deseabais tener el oro y las joyas? —pregunta Terra.

—No, pasamos de todo eso —responde Zorrillo.

—Pero Peter confió en nosotros... —añade Osezno.

—Tengo una idea —dice Terra—: meted todo aquello que consideréis especial para vosotros. Ése será vuestro tesoro.

—¡Una idea genial! —exclama Zorrillo—. ¡Gracias!

Los niños se llevan el cofre vacío, dejando a Terra solo con sus pensamientos.

—Y ahora que lo pienso... ¿Qué metería yo?

Capítulo T13 – Islas del Destino

Siguiendo una luz cálida, Terra llega a una tranquila playa. Sobre la arena encuentra un fruto con forma de estrella, que le trae a la memoria las palabras de Aqua en Tierra de Partida:

—En algún lugar ahí fuera, existe un árbol de frutos en forma de estrella. Esa fruta representa un vínculo inquebrantable. Así que, mientras unos amigos lleven amuletos con esa forma, nada los podrá separar.

Terra recorre la isla, comprobando que hay muchos de esos árboles que dan frutos en forma de estrella.

—Aqua, Ven... Me pregunto si algún día volveremos a ser un equipo. Parece como si todo lo que un día nos mantuvo unidos, nos empujara cada vez más lejos. Y ahora, la luz me ha guiado hasta aquí. ¿Qué se supone que tengo que hacer?

El elegido de la llave espada encuentra también a dos niños pequeños, contemplando la puesta de sol. Uno de ellos, de pelo liso grisáceo, emite esa luz cálida que lo condujo hasta aquel mundo.

—¿He sido traído hasta aquí para conocer a este chaval? —se pregunta Terra.

Al escuchar en secreto su conversación, descubre que sus nombres son Riku y Sora. Como no podía ser de otra forma, son las versiones de cuatro años de los dos chicos que, años después, se convertirían en auténticos héroes. Y ahora estamos a punto de descubrir cómo comenzó todo.

Sora sale corriendo, retando a su amigo a ver quién llega antes a una canoa amarrada en el muelle. Sin embargo, cuando Riku se dispone a seguirlo, el chico de pelo gris clava su vista en Terra.

—Oye, ¿vienes del mundo exterior?

—¿Por qué preguntas eso? —dice Terra, extrañado.

—Porque aquí no vive nadie, y sé que no eres de la isla principal.

—Chico listo. ¿Y qué pasa con vosotros? ¿Qué hacéis aquí?

—El padre de mi amigo nos ha traído en barco. Nos gusta jugar aquí, pero no nos dejan venir remando solos. Al menos, no hasta que seamos mayores.

—Debe de ser duro, ¿eh? Estar atrapado en un lugar.

—Cuentan que, una vez, un chico se marchó de las islas. —Riku mira hacia el horizonte, preguntándose qué habrá más allá—. Dime, ¿cómo has llegado tú hasta aquí?

—¿Hay alguna razón para que tengas tanto interés en el mundo exterior?

—Sí. Quiero llegar a ser muy fuerte, como el chico que se marchó. Salió al mundo exterior. Seguro que ahora es fortísimo. Sé que la fuerza que necesito está ahí fuera, en algún lugar.

—¿Fuerza para qué? —pregunta Terra.

—Para proteger las cosas que me importan. Ya sabes, como a mis amigos.

Terra asiente con una sonrisa.

—Fuera de este pequeño mundo, hay uno mucho mayor. —Terra se arrodilla para ponerse a la altura de Riku—. Tiende la mano y blande esta llave. Siempre que poseas el valor, con este humilde acto de consentimiento, su portador un día acabarás siendo. Y a mi lado llegarás, amigo mío; océano no habrá que suponga un desafío. No más fronteras, ni aquí ni allá habrá, mientras a quien amas sepas amparar.

Tras pronunciar estas palabras, Terra le ofrece su llave espada. El chico la sostiene durante un par de segundos, antes de que Sora regrese corriendo.

—¡Vamos, Riku, date prisa!

—Éste será nuestro pequeño secreto, ¿vale? —susurra Terra—. Si no, el hechizo desaparecerá.

Riku asiente antes de volver con su amigo. Ya sabemos, por lo tanto, cómo consiguió la habilidad de manejar la llave espada.

Capítulo T14 – Tierra de Partida

De nuevo en el Pasaje dimensional, el espacio que une todos los mundos, Terra divisa una luz brillante alejándose a toda velocidad, que, según sus suposiciones sacadas de la manga, puede tratarse de Ventus. Sin embargo, no va a tener tiempo de perseguirla, pues la voz de Xehanort suena en su cabeza, reclamando su presencia una vez más en el Páramo inhóspito.

—Maestro Xehanort, ¿quería verme?

—¡No hay tiempo que perder! Tengo horribles noticias. Ventus ha descubierto los secretos de su origen.

—¿En serio? Acabo de cruzarme con él. ¿Qué ha pasado?

—Ventus va de camino a casa. Ojalá hubieses visto la cólera en sus ojos... Estoy seguro de que es capaz de todo. Temo que el chico trate de sacarle a Eraqus la verdad a la fuerza. Maestro Terra, debes apresurarte y velar por la seguridad de tu amigo.

—Lo haré.

Terra se dirige de inmediato a Tierra de Partida, donde, tal y como adelantó Xehanort, encuentra a Ventus. Eraqus está ante él, con su llave espada en la mano.

—No puedes seguir existiendo —dice el Maestro.

Eraqus ataca a Ventus, pero Terra lo bloquea con su llave espada.

—¡Maestro, ¿se ha vuelto loco?!

—¡Terra! —responde Eraqus—. ¡Te lo ordeno, apártate!

—¡No!

—¡¿Osas desoír a tu Maestro?!

—¡No pienso moverme!

—¿Por qué nunca he logrado llegar hasta ti...? —Eraqus agacha la cabeza, sintiéndose impotente—. Si tu corazón no te dicta obediencia hacia mí..., ¡habrás de sufrir la misma suerte que Ventus!

Terra y Eraqus se enfrentan en combate.

—¡Ya basta, Terra! —grita Ventus—. ¡Él tiene razón!

—¡Cállate! —replica Terra—. Puede que sea mi Maestro, ¡pero no permitiré que dañe a mis amigos!

—¡¿Acaso has sucumbido a la oscuridad, Terra?! —protesta

Eraqus.

—¡Espera, Terra! —insiste Ventus.

Pero Terra lanza a su amigo a través de un portal, alejándolo de allí. Una vez a solas, Terra y Eraqus llevan su enfrentamiento a otro nivel, dando absolutamente todo de sí. Y la victoria cae del lado del alumno, gracias a su uso de la oscuridad.

—Maestro... ¿Qué he hecho? Yo sólo quería proteger a Ven...

—No, tenías razón —responde con sus últimas fuerzas—. Te he fallado, Terra. Quizá no se pueda culpar a nadie más que a mí de la oscuridad que mora en ti. Y ahora lo he empeorado alzando mi llave espada contra ti y Ventus... ¡Mi propio corazón es oscuridad!

Eraqus cae al suelo, sin vida. Terra trata de sujetarlo, pero el Maestro desaparece entre sus brazos.

—¡Maestro Eraqus! —Los ojos de Terra se llenan de lágrimas.

Mientras permanece arrodillado y con la cabeza agachada, unos pasos se acercan a él. Es Xehanort.

—Menudo espectáculo. ¿Por qué dejas que los remordimientos te aflijan, Maestro Terra? Eraqus estaba dispuesto a dañar a tu amigo. ¡A su propio discípulo!

—¿Por qué, Maestro Xehanort?

—¿Sabes? A veces, tu capacidad de progreso me sobrecoge. Pero todavía te falta algo. Deja que toda esa ira fluya, muchacho. ¡Entrega el corazón a la oscuridad!

—¿Qué quiere decir?

—Sigues sin verlo... Yo te abriré los ojos. Ve allí donde los portadores de la llave espada graban su muesca en el destino: ¡la Necrópolis de Llaves Espada! ¡Allí contemplarás el final de tus queridos Ventus y Aqua, y se apagará tu último vestigio de luz!

Xehanort invoca un hechizo oscuro, que causa la destrucción casi total del castillo de Tierra de Partida.

—¡Adonde vas no necesitarás un hogar nunca más! —exclama el anciano Maestro.

Xehanort atraviesa un portal oscuro para alejarse de allí antes de que todo el mundo se destruya. Terra hace lo mismo, a bordo de su Llave Surcadora.

—Ven, Aqua... No dejaré que nadie os haga daño.

Capítulo T15 – Necrópolis de Llaves Espada

El lugar que hasta ahora conocíamos como "Páramo inhóspito", ha resultado ser en realidad la entrada a la Necrópolis de Llaves Espada, una extensa llanura con miles de llaves espada clavadas en el suelo hasta donde alcanza la vista. Allí, Terra se reencuentra con Aqua.

—He oído que el Maestro ha caído... —dice ella.

—Sí, es cierto. —Terra aparta la mirada—. Fui un estúpido, y ayudé a Xehanort a hacerlo.

—¿...Por qué?

—El Maestro Eraqus intentó atacar a Ven. Yo luché solamente porque quería protegerlo. Pero era una treta. Xehanort lo preparó todo. Quería despertar la oscuridad de mi interior. Tenías razón, Aqua. Y el Maestro también. Necesitaba que me vigilaran. Perdí el rumbo. Pero eso ya se acabó.

—¿Qué es la oscuridad, sino odio y cólera? Xehanort está avivando la oscuridad que te consume, obligándote a luchar. Volverás a perder el rumbo. Dime, Terra, ¿cómo honraría eso la memoria de nuestro Maestro?

Ambos dejan de hablar de golpe, pues Ventus camina hacia ellos.

—Xehanort quiere que Vanitas y yo luchemos... para forjar la llave espada χ —dice el recién llegado—. Pero el Maestro Eraqus dijo que no podía permitir que eso pasase. Por eso trató de matarme.

Una aclaración rápida antes de continuar. "Llave espada χ" no se lee "llave espada equis", pues, aunque se parezca, "χ" no es la "X" de nuestro alfabeto, sino un carácter griego muy parecido, cuyo nombre varía entre "chi" (griego clásico) y "ji" (griego moderno). La gracia está en que "χ-blade", uniendo el griego clásico con el inglés, se pronuncia exactamente igual que "keyblade" ("llave espada"). Es decir: "ki-bleid".

Teniendo en cuenta que es un juego de palabras intraducible, podéis pronunciarlo como prefiráis. Personalmente, me quedo con "llave espada ki".

—¿Qué es la llave espada χ? —pregunta Aqua.

—No lo sé muy bien —responde Ventus—, pero... me da un miedo de muerte tan solo pensarlo.

—Tranquilo, Ven. —Terra le pone una mano en el hombro—. Estamos contigo y cuidaremos de ti.

—Quizá tenga que enfrentarme a Vanitas después de todo. Si lo hago, quiero que...

—Nosotros tres nunca nos separaremos, ¿entendido? Siempre habrá un camino.

Ventus aparta a sus dos compañeros, manteniendo el rostro serio.

—Os lo pido como amigo. Por favor, acabad conmigo.

Aqua y Terra lo observan sin saber qué decir. Entonces, Xehanort aparece a lo lejos, caminando hacia ellos con parsimonia. A su lado va el chico enmascarado, Vanitas.

—Contemplad. —Xehanort abre los brazos—. Estas inertes llaves albergaron un gran poder, junto a los corazones de sus portadores. En esta yerma tierra, llaves espada de la luz y de la oscuridad se enfrentaron en la gran Guerra de las Llaves Espada. Innumerables portadores dieron su vida en pos de una sola, la llave definitiva. Y muy pronto me pertenecerá. —El Maestro señala a Ventus—. ¡La llave espada χ!

Aqua, Terra y Ventus activan sus armaduras. Están ante el combate más importante de sus vidas. No pueden ni imaginar todo lo que sucederá después...

Xehanort crea una plataforma de rocas y tierra, que los sitúa, a Vanitas y a él, muchos metros por encima de los tres alumnos de Eraqus. Entonces, el Maestro conjura un hechizo de aire con el que arranca decenas de llaves espada del suelo y las arroja sobre sus enemigos. Terra y Ventus logran esquivarlas, pero Aqua recibe un impacto que manda su casco por los aires. A continuación, es Terra quien está a punto de ser alcanzado por la corriente de llaves espada, pero se salva gracias a un hechizo protector de su amiga.

Mientras tanto, Ventus ataca a Xehanort por la espalda, creyendo haberlo pillado desprevenido. Error. El Maestro agarra a Ventus por la cabeza, extrae la energía de su interior, y deja al chico literalmente congelado. Después, lo arroja fuera de la plataforma de tierra, precipitándose en caída libre. Afortunadamente, Aqua evita que se estampe contra el suelo.

—¡Ven! ¡¿Estás bien?!

Pero el chico ni siquiera puede responder. Aunque sus ojos se mueven, el resto del cuerpo permanece congelado.

Xehanort lanza la energía que acaba de extraer de Ventus hacia las nubes que cubren el cielo de la Necrópolis. Entonces, las nubes se abren, formando un corazón en el cielo, a través del cual se filtra la luz. El Maestro está a punto de salirse con la suya.

Mientras Aqua atiende a Ventus, Terra se planta frente a Xehanort y Vanitas, dispuesto a enfrentarse a ellos sin ayuda.

—Admirable —dice Xehanort—. Sabía que podrías andar esta senda a través de los invisibles muros que separan oscuridad y luz. ¡Y no me equivocaba, Terra!

—¡¿Qué le has hecho a Ven?!

—Le he hecho un favor, liberando la oscuridad de su ser. Por desgracia, el pobre Ventus nunca tuvo la fortaleza para afrontar tales pruebas.

Terra ataca a Xehanort, pero Vanitas se interpone. Ambos chicos se enfrentan en combate, hasta que el Maestro decide pasar a la acción.

—Vanitas, arrebata a Ventus todo cuanto te pertenece. Y remata a Aqua.

El enmascarado salta de la plataforma. Terra intenta evitarlo, pero ahora es Xehanort quien se interpone.

—¿No ves que no puedes hacer nada por salvarlos? ¡Saborea la rabia y la desesperación! ¡Deja que te fortalezcan!

—¡Pagarás por esto, Xehanort! ¿Es que mi Maestro..., no, mi padre, Eraqus..., no te ha bastado? ¡Deja en paz a mis amigos!

—¡Bien, muchacho, eso es! ¡Más! ¡Deja que todo tu corazón se tizne de ira!

Terra libera la oscuridad de su interior una vez más, proyectando toda su rabia sobre Xehanort. Por algún motivo, el Maestro no parece estar esforzándose tanto como se esperaría de un luchador de su nivel.

De pronto, fuera de la plataforma aparece un enorme pilar de luz, como surgido de la nada.

—¿Ves eso? —dice Xehanort—. ¡La llave espada χ ha sido forjada! ¡Es la hora de la unión final, Terra!

Xehanort se apunta a sí mismo con su llave espada, extrayéndose el corazón.

—¿Qué estás haciendo? —Terra lo observa con expresión de confusión.

—Fuera el viejo y quebradizo receptáculo. ¡Bienvenido sea uno más joven y fuerte! Juré que sobreviviría y estaría aquí para contemplar qué depararía la Guerra de las Llaves Espada. Y ahora, ¡tu oscuridad será el arca que me dé cobijo!

El Maestro lanza su corazón sobre Terra. Éste intenta protegerse con la armadura, pero no sirve de nada. La armadura cae al suelo, mientras Terra permanece de pie, algo cambiado físicamente.

Xehanort ha desaparecido. O, quizá, sería más correcto decir... que ha cambiado de cuerpo. Terra ya no es Terra. Su pelo grisáceo representa el cambio. Ahora, él es Xehanort. El mismo Xehanort que conocimos en el primer *Kingdom Hearts*, diez años después de *Birth by Sleep*, donde se hacía llamar Ansem. Aunque, como descubrimos más adelante (*KH2*), en realidad era un impostor, aprendiz del verdadero Ansem, quien, a su vez, se escondía bajo la falsa identidad de DiZ.

Hagamos un rapidísimo resumen de lo que sabemos que ocurrió después: Xehanort acabó convirtiéndose en sincorazón, lo cual, como siempre que se crea un sincorazón, propició el nacimiento de un incorpóreo. Éste no es otro que Xemnas, líder de la Organización XIII. Ambos fueron derrotados por Sora.

Pero volvamos al momento donde lo dejamos, con Xehanort celebrando su victoria, tras haber poseído el cuerpo de Terra.

—La oscuridad vuelve a reinar en este corazón. Los mundos nacieron de la oscuridad, y a ella volverán. El corazón no es diferente. La oscuridad brota de él, crece y lo consume. Ésa es su naturaleza. Al final, todos los corazones vuelven a la oscuridad de la que surgieron.

De pronto, la armadura de Terra comienza a moverse por sí sola, volviendo a unirse. Incluso convoca su propia llave espada. Es la voluntad de Terra. Su espíritu, si lo preferís.

—Tu cuerpo se doblega —dice Xehanort—, tu corazón sucumbe..., pero ¿por qué se resiste tu mente?

Contra todo pronóstico, la armadura logra incapacitar a Xehanort. Entonces, se arrodilla, clavando su llave espada en el suelo, instantes antes de que desaparezca el corazón del cielo.

—Aqua, Ven... Un día arreglaré las cosas.

El conflicto entre Terra y Xehanort está lejos de terminar..., pero, por ahora, va a tener que esperar. Hay mucho que explicar antes.

Ventus

Capítulo V1 – Examen de Maestro

Volvemos atrás en el tiempo, a Tierra de Partida, durante el examen de Terra y Aqua. Ahora vamos a ver la historia desde el punto de vista de Ventus, lo cual implica que habrá algún segmento argumental repetido, y muchos otros nuevos, pues los tres amigos rara vez coinciden en toda la aventura.

Insisto en que es muy importante leer las historias en el orden que están escritas: Terra, Ventus, Aqua. Si habéis empezado por aquí antes de ver el final de la parte de Terra, por favor, volved al capítulo T1.

Y ahora, ¡que comience la aventura... otra vez!

—Hoy seréis examinados para obtener el título de Maestro —dice Eraqus—. No uno, sino dos, son los elegidos de la llave espada que se presentan. Pero esto no es ni una competición ni una batalla por la supremacía. No se trata de poner a prueba la voluntad, sino el corazón. Quizá ambos lo superéis. O quizá ninguno. Pero estoy seguro de que nuestro invitado, el Maestro Xehanort, no ha venido hasta aquí para ver a nuestros jóvenes más prometedores fracasar justo antes de la meta. ¿Estáis preparados?

—Sí —responden Terra y Aqua.

—Que comience el examen.

Eraqus invoca unas esferas de luz con su llave espada, que los dos candidatos a Maestro deben destruir, demostrando las habilidades que han aprendido. Sin embargo, Xehanort manipula las esferas con magia, aumentando su poder. Algunas de ellas incluso se descontrolan y atacan a Ventus, quien también se ve obligado a luchar para defenderse. Colaborando entre los tres logran eliminar todas las esferas.

—No esperaba algo así —dice Eraqus—. Pero uno siempre debe templar el corazón, incluso en las situaciones más adversas. Era una prueba magnífica, y por eso me resistí a interrumpirla. Lo que nos lleva al siguiente ejercicio. Ahora, Terra y Aqua, deberéis enfrentaros en combate. Recordad: no habrá ganador, sólo verdades. Pues cuando dos iguales se enfrentan, emerge su verdadera naturaleza. ¡Adelante!

Terra y Aqua cruzan varios golpes, que bloquean y esquivan

sin descanso. Ambos son excelentes combatientes, y se conocen a la perfección. En un momento dado, Aqua roza la cara de Terra con su llave espada, y éste se ve tentado a contraatacar usando poderes oscuros, aunque finalmente logra reprimirlos.

Cuando los Maestros consideran que han visto suficiente, dan el examen por terminado.

—Tras deliberar, hemos tomado una decisión —dice Eraqus—. Terra, Aqua, ambos lo habéis hecho excepcionalmente. Sin embargo, sólo Aqua será nombrada Maestra hoy. Terra, no has logrado mantener a raya la oscuridad de tu interior. Pero siempre habrá una próxima vez. Eso es todo. Aqua, como nueva Maestra de la llave espada, debo compartir contigo ciertos conocimientos. Espera aquí mis instrucciones.

Eraqus y Xehanort se marchan, tomando caminos separados. Sin que los demás lo sepan, Xehanort se reúne con otro chico, que lleva un traje oscuro y la cabeza cubierta por un casco (nosotros ya lo conocemos: Vanitas).

—¿Qué opinas de Ventus? —pregunta Xehanort.

—No está listo. Habrá que ponerle las pilas a ese perdedor.

—Aquí no. Olvídalo. He de mantener las apariencias.

—Lo sé. Sólo necesita un pequeño incentivo para dejar el nido.

Mientras tanto, en la sala del examen, Terra está triste y cabizbajo, por lo que Aqua prefiere no celebrar aún haberse convertido en Maestra, por respeto a su amigo.

—Lo siento, Terra —dice Ventus.

—Esa oscuridad..., ¿de dónde ha salido? —Terra se siente confuso—. Lo siento, necesito estar a solas.

Sin nada mejor que hacer, Ventus regresa a su habitación. Aqua está reunida con Eraqus, y Terra no tiene ganas de hablar con nadie después de suspender el examen. El tiempo pasa lentamente, mientras Ventus juguetea con la llave espada de madera que le regaló Terra, antes de que pudiera conseguir la de verdad, llamada "Brisa descarada".

De pronto, Ventus se sobresalta con el sonido de unas campanas. Cuando se dispone a abandonar su habitación, oye una voz a su espalda. Es Vanitas.

—Date prisa, Ventus, o no volverás a ver a Terra.

—¿De qué vas? Puedo ver a Terra siempre que quiera.

—¿Como ahora? Se marcha y te deja atrás. Y cuando vuelvas a verlo, ya no será el mismo.

—Mira, seas quien seas, no sabes nada de Terra. Nosotros siempre seremos un equipo. ¿Es que buscas pelea o qué?

—Oh, madura un poco. ¿A eso llamas amistad? Nunca descubrirás la verdad si no sales a buscarla por ti mismo. ¿Qué vas a saber tú, aquí encerrado? Lo único que conoces es la vida en este minúsculo terruño.

Vanitas se marcha a través de un portal oscuro. Ventus se niega a creer sus palabras, pero no puede evitar preocuparse por su mejor amigo.

El chico sale corriendo del castillo, y encuentra a Terra en la parte exterior, a punto de marcharse.

—¡Terra!

—Tranquilo, estaré bien.

Terra activa su armadura y la Llave Surcadora, y se dirige de inmediato al Pasaje dimensional. Tras unos segundos de dudas, Ventus decide perseguirlo en su propia Llave Surcadora.

Aqua y Eraqus llegan demasiado tarde. Ya no hay rastro de Terra, y no pueden evitar que Ventus siga sus pasos, en dirección al Pasaje dimensional.

Capítulo V2 – Bosque de los Enanitos

Aunque ha perdido el rastro de Terra, Ventus está dispuesto a buscarlo por todos los mundos cercanos. Y el más próximo a Tierra de Partida no es otro que el llamado Bosque de los Enanitos.

Desde lo alto de una roca, Ventus observa a siete enanitos dirigiéndose a trabajar a una mina. O, como se denominarían hoy en día: "siete personas de talla baja", o "siete personas con acondroplasia". Sus nombres, que es lo que realmente importa, son: Sabio, Gruñón, Feliz, Dormilón, Tímido, Mocoso y Mudito.

Ventus los sigue al interior de la mina. Trabajo no les falta, pues las paredes relucen con el brillo de los diamantes.

—¿Quién eres tú? —pregunta Sabio.

—Soy Ventus. Podéis llamarme "Ven".

—¡Un ladrón de diamantes! —exclama Gruñón—. ¡Escondeos, majaderos!

Los siete enanitos salen corriendo, a excepción de Mudito, que se choca contra una pared y queda tendido en el suelo.

—Lo siento, no quería asustaros —se disculpa Ventus.

—Entonces ¿no vienes a por los diamantes? —pregunta Dormilón.

—Oye, no me tratéis como si fuera un ladrón... Sólo vengo en busca de un amigo. Se llama Terra.

—¡A mí eso me parecen paparruchas! —lo interrumpe Gruñón—. ¡Lárgate, bribón!

Me gusta "Bribón" como nombre para un octavo enanito.

—No conocemos a ningún Terra —añade Dormilón.

—¿Podéis salir de vuestro escondite? —les pide Ventus sin moverse del sitio—. Sólo quiero hablar.

—¡No lo escuchéis! —replica Gruñón—. ¡Quedaos donde estáis!

—Pues vale. ¡Tendrá que ser por las malas!

Ventus recorre los pasillos de las minas, hasta que logra reunir a los siete enanitos.

—Vamos —insiste el chico—. Ya os lo he dicho, no soy un ladrón.

—¡Ja! —Gruñón ríe de forma irónica—. ¡Eso dicen todos! ¡Te

tenemos bien calado!

—Está bien... Si queréis que me vaya, me voy. ¿Os importaría al menos decirme dónde puedo encontrar a alguien más por aquí?

—Hay un castillo más allá del poste..., digo, del bosque —responde Sabio.

—Vale. ¡Gracias!

Ventus abandona la mina y se interna en el bosque, donde encuentra la casa de los enanitos. Pero no va a tener tiempo de seguir investigando, pues un grito de auxilio capta su atención. Cerca de allí encuentra a una mujer joven, llorando y muy asustada.

—¿Qué te pasa?

—Esos malvados árboles han intentado atraparme...

—Vamos, tranquila. La imaginación te habrá jugado una mala pasada. Nos pasa a todos cuando estamos asustados.

—Oh, muchas gracias. Me siento mejor. Creo que podré arreglármelas. Pero estoy perdida, y necesito un sitio para pasar la noche. ¿Sabes dónde podría quedarme?

—Pues he visto una casa un poco más allá. —Ventus señala en dirección al lugar del que vino—. Venga, te acompaño. Por cierto, me llamo Ventus. Puedes llamarme "Ven".

—Gracias, Ven. Yo soy Blancanieves.

Al volver hacia la casa de los enanitos, Ventus descubre que Blancanieves no mentía en lo de los "árboles malvados", pues hay varios de estos árboles que cobran vida y tratan de atraparlos, junto con varios nescientes. Afortunadamente, llegan sanos y salvos a la casa.

—Quédate aquí —dice él—. Iré a echar un vistazo a los alrededores.

Ventus comprueba que aquella zona sea segura, sin ninguno de esos horribles árboles de las profundidades del bosque, y después regresa a la casa de los enanitos. Entonces, descubre que sus dueños ya han vuelto, e incluso se han hecho amigos de la joven.

—¡No podías irte sin más, ¿verdad?! —protesta Gruñón—. ¡¿Y quién te ha dado permiso para entrar aquí, ladronzuelo?!

—Oh, no es un ladrón —asegura Blancanieves—. Me ha rescatado.

—Que no os regañe..., digo, que no os engañe, princesa —

replica Sabio.

Que era una princesa, ya lo sabíamos nosotros gracias al primer *Kingdom Hearts*. En cambio, para Ventus es nueva información. A Terra tampoco se lo llegó a contar.

—¡Largo de aquí, bribón! —insiste Gruñón.

—Por favor, no lo echéis —les pide la chica—. Me ayudó cuando me perdí... Tenía tanto miedo...

Los enanitos dudan al escuchar las palabras de Blancanieves. Tal vez sea verdad que pueden confiar en aquel chico.

—Por cierto, ¿qué te pasó para acabar ahí? —pregunta Ventus.

—Bueno —responde ella—, estaba recogiendo flores en la entrada del bosque, cuando vi a un forastero. Llevaba una espada, aunque tenía forma de llave. Entonces aparecieron unos monstruos, y...

—¡Es Terra!

—¿El forastero envió a esa horda de viles demonios para que os atacaran? —pregunta Sabio.

—¡Terra nunca haría algo así! —replica Ventus.

—Oh, no hace falta que lo digas —asiente Blancanieves—. Un amigo tuyo no podría ser así.

—¡Princesa! —insiste Sabio—. ¡No lo veas..., digo, no lo creas!

—¡Está mintiendo! —añade Gruñón—. ¡Dicho queda!

—¡Os lo demostraré! —contesta Ventus, cansado de discutir.

El chico corre hacia la entrada del bosque, esperando encontrar a Terra aún por ahí. De camino, en la zona de los árboles encantados, encuentra a uno de mayor tamaño, y mucho más poderoso que los demás. Es el nesciente Arbolio loco.

Tras deshacerse del nesciente arbóreo, Ventus llega finalmente a la entrada del bosque. No hay rastro de Terra, pero sí una anciana con una cesta llena de manzanas. El chico observa cómo una de las manzanas cae del cesto, sin que su dueña se percate, por lo que decide cogerla y llevársela.

—Disculpe, señora. Se le ha caído esto.

—Oh, vaya. Gracias, jovenzuelo. La verdad es que no sé qué habría sido de mí de haberla perdido. —La anciana ríe—. He visto antes una espada como ésa que llevas...

—¿Conoce a Terra?

—Oh, sí, sí. Ese rufián me amenazó con ella para preguntarme sobre un tal Xehanort. Mi pobre corazón por poco se queda en el sitio.

—Eso no parece muy propio de él... Señora, ¿adónde se fue Terra?

—No tengo ni la menor idea. ¿O es que tú también pretendes amenazar a una pobre anciana?

—¡No, no! —Ventus retira su llave espada—. ¡Yo sólo...!

La anciana se marcha en dirección al bosque, dejando a Ventus con la cabeza llena de preguntas.

—Terra... ¿Qué estás haciendo...?

Sea lo que sea, allí no está, por lo que toca seguir buscando a través del Pasaje dimensional.

Capítulo V3 – Castillo de los Sueños

El estilo narrativo de *Birth by Sleep* tiene un pequeño problema, que vais a entender rápidamente. Terra viajó primero al Castillo de los Sueños, y después al Bosque de los Enanitos, mientras que Ventus ha hecho el camino contrario. Como ya pudimos comprobar en el capítulo anterior, Ventus llegó al Bosque de los Enanitos *después* de Terra…, y ahora llega al Castillo de los Sueños *antes* que su amigo, lo cual resulta cronológicamente imposible.

No nos queda más remedio que asimilar este fallo argumental. Al fin y al cabo, la historia de cada mundo no es tan importante como el contexto global.

Una chica contempla el palacio del rey desde la ventana de su habitación, soñando despierta sobre cómo sería vivir en un lugar así. Ella tiene que conformarse con una vida humilde…, ¡y eso que vive en una mansión! Pero es que, tras el fallecimiento de su padre, Cenicienta se ha visto obligada a compartir casa con su madrastra y dos hermanastras, las cuales no le profesan mucho cariño, y se aprovechan continuamente de su carácter amable y servicial.

Mientras sigue apoyada en el marco de la ventana, su amigo Jaq, un ratón que vive entre los muros de la casa, acude a ella con expresión de preocupación.

—¡Cenicienta, Cenicienta! ¡Ven, rápido, rápido!
—¿Qué ocurre, Jaq? ¿Por qué tanto jaleo?
—¡Hay alguien nuevo en la casa! ¡No lo había visto antes!
—Oh, un nuevo amigo. ¿Dónde está?
—¡En una trampa! ¡Abajo!

Cenicienta acude a liberar al supuesto ratón que ha quedado atrapado…, y que no es otro que Ventus, quien ha encogido hasta el tamaño de Jaq.

—Tranquilo, pequeñín. —El ratón se acerca a él—. No tengas miedo. Somos tus amigos. Ella es Cenicienta, y yo soy Jaq.
—Soy Ventus. Llamadme "Ven".
—Vale, Ven Ven. ¡Si necesitas algo, díselo a Jaq!

Cenicienta los deja a solas cuando su madrastra, lady Tremaine, reclama su presencia en otra estancia de la casa.

—Vaya, parece muy liada —dice Ventus.

—¡Sí! —responde Jaq—. ¡Trabajo, trabajo, trabajo! ¡Esa madrastra tiene a Cenicienta como una esclava! Ella trabaja sin descanso y sin protestar, porque tiene un sueño. Un gran sueño. Un sueño que se hará realidad.

—Eso me recuerda a mi amigo Terra. Por cierto, ¿lo has visto?

—No no. Ningún Terra ha venido aquí.

—Oh, vaya. Tenía que intentarlo.

—¡Vamos, sígueme! ¡Te enseñaré la casa!

Jaq lleva a Ventus por las ratoneras, su forma de desplazarse entre habitaciones. Cuando se cansan de deambular, se sientan a contemplar el castillo desde el marco de la ventana de Cenicienta.

Por cierto: aviso que, aunque a veces se le llame "palacio", y otras veces "castillo", estamos hablando de lo mismo.

—Es el palacio del rey —explica Jaq—. Esta noche se celebra un gran baile.

—¿Irá Cenicienta?

—No sé yo...

La chica entra a su habitación, tras haber concluido los encargos de su madrastra. Parece feliz, pues no deja de canturrear mientras examina un bonito vestido rosa, al que aún le faltan un par de arreglos.

—Te veo muy contenta, Cenicienta —dice Ventus.

—Es que voy al baile real esta noche. Supongo que los sueños sí se hacen realidad.

—¡Cenicienta! —lady Tremaine la llama una vez más.

—Vaya, mi vestido va a tener que esperar. ¡Ya voy!

—Pobre Cenicienta —dice su amigo Jaq con tristeza—. No irá al baile.

—¿Por qué no? —pregunta Ventus.

—Ya lo verás. Se las apañarán para que no pueda ir. Trabajo, trabajo y más trabajo. Nunca acabará de arreglar el vestido. ¡Eh, tengo una idea, Ven Ven! ¿Me ayudas?

—¿A qué?

—¡A arreglar el vestido de Cenicienta para el baile!

—De acuerdo. Yo iré a buscar todo lo necesario, y tú te ocupas de los arreglos.

Ventus lleva a Jaq todo cuanto le pide: encaje, cinta, botones, retal e hilo. Únicamente falta una perla, que no será tan fácil de conseguir, pues está siendo custodiada por el gato Lucifer. Con ese nombre, se intuye que no es tan simpático como los ratones.

El elegido de la llave espada aprovecha que Lucifer está dormido para acercarse sigilosamente y quitarle la perla. Sin embargo, en cuanto Ventus se da la vuelta, Lucifer abre los ojos y eleva su garra para atraparlo. Por suerte, Jaq salva a su amigo lanzando un ovillo de lana sobre la cabeza del gato.

—¡Corre corre, Ven Ven!

Lucifer cambia de objetivo, y a punto está de acabar con Jaq, de no ser porque Ventus acude en su auxilio. El ratón se lleva la perla, mientras Ventus se hace cargo del gato, al que logra espantar a base de golpes.

—Te debo una —dice Jaq.

—De eso nada. Me salvaste antes, y ahora me tocaba a mí. Eso hacen los amigos, ¿no?

—¡Eso! ¡Ven Ven y Jaq son buenos amigos!

—Y ahora, acabemos el vestido.

Cenicienta empieza a asimilar que no irá al baile por culpa de su madrastra y de sus hermanastras. Sin embargo, en su habitación le espera una grata sorpresa: Jaq y Ventus han arreglado el vestido.

—Ahora podrás ir al baile —dice el chico.

—¡Rápido! —añade Jaq—. ¡Tienes que irte, Cenicienta!

—Oh, muchas gracias —responde ella, emocionada.

Un rato después, Ventus y Jaq descansan nuevamente sobre el marco de la ventana, contemplando el palacio desde lejos.

—Ojalá se cumpla el sueño de Cenicienta —dice el ratón—. ¿Cuál es tu sueño, Ven Ven?

—Es curioso, pero nunca había pensado en eso… Al menos, hasta que me has preguntado. Mi sueño… es convertirme en Maestro de la llave espada.

—¡Ojalá también se cumplan tus sueños!

—Sólo necesito seguir creyendo en ellos, ¿verdad?

—¡Eso es!

Lo que ninguno de los dos imagina, es que las odiosas hermanastras de Cenicienta le van a romper el vestido antes de llegar al palacio. Pero bueno, de solucionar eso ya se ocupan Terra y el Hada Madrina.

Capítulo V4 – Reino Encantado

Ventus encuentra a la princesa Aurora durmiendo en su habitación. Un sueño del que no podrá despertar mientras dure la maldición.

—¡Alto, aléjate de ella!

Tres mujeres han aparecido detrás de Ventus, amenazándolo con sus varitas mágicas. Son las hadas Flora (vestida de rojo), Fauna (verde) y Primavera (azul).

—Oh, lo siento —se disculpa Ventus—. Es que nunca había visto a una chica tan guapa.

—¿Quién eres? —pregunta Flora.

—Ventus. Podéis llamarme "Ven".

—No pareces mala persona, querido —reconoce Fauna—. Seguro que tienes un corazón puro, como nuestra preciosa Aurora.

—¿Podéis decirme por qué está dormida?

—Hace mucho —explica Flora—, Maléfica la maldijo. Y ahora le ha robado el corazón.

—Hm… ¿Y qué tal si voy a recuperarlo?

—Eso es imposible, querido —replica Fauna—. Maléfica mora en la Montaña Prohibida. Es muy peligroso.

—No me da miedo. No podemos dejar a Aurora así sin más. Yo puedo ayudar, tenéis que creerme. ¡Venga, vamos a por su corazón!

—¿Sabes? —dice Flora—. Tienes toda la razón. La Montaña Prohibida está al otro lado del bosque.

Las hadas llevan a Ventus hasta la Montaña Prohibida, y él se ocupa de eliminar a los guardias que custodian el castillo de Maléfica. En la sala del trono halla el corazón de Aurora, que se encarga de liberar con la llave espada. Al hacerlo, Ventus revive en su mente unas imágenes del pasado de la princesa, en las que se la ve en actitud más que amistosa con un chico.

—Los sueños son convicciones muy fuertes —dice Flora, que también ha visto esos recuerdos—. Y los de Aurora la llevaron a su verdadero amor.

—Tú también tienes unas convicciones muy fuertes —añade Fauna—. ¿Verdad, querido?

—Sí —asiente Ventus.

—Y una luz abrumadora —sigue Flora.

—Bueno, aprisa —interrumpe Primavera—. ¡No podemos quedarnos aquí!

Su intento de huida se ve saboteado por la aparición de Maléfica, a quien, como es lógico, no le ha hecho mucha gracia que se cuelen en su castillo y le roben el corazón de la princesa.

—¿Has sido tú quien ha liberado el corazón de Aurora, pequeño?

—¡Lo he hecho porque tú se lo arrebataste antes!

—Oh, ¿eso es una llave espada? Entonces tú debes de ser Ventus.

—¿Eh? ¿De qué me conoces? ¿Y por qué sabes lo que es una llave espada?

—Alguien con mis poderes, sabe bien de la llave capaz de proporcionarme corazones. Terra me hizo una demostración.

—¡¿Terra?! ¡¿Ha estado aquí?!

—De hecho, fue él quien robó el corazón de la princesa Aurora.

—¡Mientes! —Ventus se prepara para luchar.

—Me dijeron que no te hiciera daño, pero parece que no me dejas más remedio.

El chico hace frente a la bruja y su poderosa magia. Por suerte, no tendrá que luchar solo, pues cuenta con la ayuda de las tres hadas. De esta manera, logra herir a Maléfica.

—¡Me niego a creer que Terra le hiciera eso a alguien! —exclama Ventus.

—¿No me crees? —responde la bruja—. Qué pena, porque él accedió sin más.

—¡No la creas, Ven! —exclama una nueva voz femenina.

Su amiga Aqua llega corriendo, llave espada en mano.

—¡Aqua!

—Terra nunca haría eso. Lo sabes tan bien como yo.

—Tienes razón.

—Ah... —Maléfica suspira—. La verdad puede ser de lo más cruel, incluso entre los mejores amigos. Después de todo, uno nunca sabe los secretos de otro corazón. ¿No estáis de acuerdo, Ventus, Aqua?

La chica ignora sus palabras. Tiene algo que decir a Ventus.

—El Maestro me ha enviado a buscarte. Ven, volvamos a casa.
—Pero, Terra...
—Él volverá cuando esté listo.

Ventus recuerda las palabras de Vanitas, quien aseguró que no volvería a ver a Terra en mucho tiempo, y que, cuando lo hiciste, sería una persona diferente. No puede arriesgarse a perderlo.

—Lo siento, Aqua, pero no voy a acompañarte.
—¿Por qué?
—Es que... ¡tengo que encontrarlo antes de que sea demasiado tarde!

Ventus sale corriendo, desoyendo la petición de su amiga. Las hadas deciden no interponerse, pues es una decisión que debe tomar él solo. Mientras quede esperanza, no se rendirá ni abandonará a su amigo.

Capítulo V5 – Páramo inhóspito

Mientras surca el Pasaje dimensional, Vanitas se cruza en el camino de Ventus, quien lo persigue hasta la región de Páramo inhóspito. Una vez allí, el chico enmascarado se detiene.
—A ver. —Ventus se planta frente a él—. ¿Qué querías decir con lo de que Terra no será el mismo cuando nos volvamos a ver?
—Exactamente eso, idiota. El Terra que conoces desaparecerá para siempre.
—¡Es la mayor estupidez que he oído nunca!
—¿Estupidez o verdad?
Para sorpresa de Ventus, Vanitas hace aparecer una llave espada. ¿Él también es un elegido? Ambos se enfrentan en combate, con victoria para el enmascarado. Ventus queda tendido en el suelo, herido, mientras Vanitas se aproxima a él para dar el golpe final.
—¿Eso es todo? Tío, no vales para nada. Creo que, por esta vez, voy a pasar de las órdenes del Maestro. Por lo que a mí respecta, ya no pintas nada.
Vanitas lanza una demoledora onda de energía oscura a Ventus..., que no alcanza su objetivo, pues alguien llega a tiempo de rescatarlo. Es otro elegido de la llave espada: el rey Mickey.
—Tranquilo, estás a salvo —dice a Ventus—. ¡Cura!
Mickey lanza un hechizo sanador sobre Ventus, quien se siente completamente recuperado al instante. Después, el rey se dirige a Vanitas.
—¡Dime dónde has conseguido eso! ¡Las llaves espada no son algo con lo que ir amedrentando a la gente! ¡Yo te enseñaré!
—¡Y yo con él! —Ventus se sitúa a su lado.
Vanitas es poderoso, pero no puede vencerlos a ambos al mismo tiempo.
—Está bien, vosotros ganáis por ahora. Considérate a prueba.
Tras decir esto, desaparece a través de un portal oscuro.
—¿A prueba para qué? —se pregunta el chico—. Oye, gracias por todo. Te debo una. Me llamo Ventus. ¿Y tú?
—Mickey.
—Eres muy bueno con la llave espada.

—Me he adiestrado bajo la tutela del gran Yen Sid. Averiguó que los mundos están en peligro, así que me marché sin decirle adónde iba.

—Vaya, pues yo estoy en las mismas. También me he escapado.

—Mira. —Mickey le muestra un artefacto cristalino—. Este fragmento estelar me lleva adonde quiero con sólo pensarlo. Al menos en teoría, porque aún no le tengo cogido el tranquillo a cómo funciona. El caso es que se activa cuando le da la gana. Pero no te habría conocido si no me llega a traer aquí. ¿Sabes? Quizá no haya sido un accidente. Puede que se active porque reacciona a algo.

De pronto, el fragmento estelar comienza a brillar con una luz cegadora. En cuestión de segundos, Ventus y Mickey salen despedidos muy lejos de allí.

Capítulo V6 – Vergel Radiante

Por gracia y obra del fragmento estelar, Ventus ha aparecido en la Plaza Mayor de Vergel Radiante. Mickey también está allí, alejándose por una de las calles. Ventus intenta seguir sus pasos, pero lo pierde de vista antes de llegar a un gran edificio, una especie de castillo, custodiado por dos guardias corpulentos, Dilan y Aeleus, miembros del Regimiento de los Custodios.

—El castillo está cerrado hasta nueva orden —dice Aeleus.

—¡Pero si acaba de entrar alguien! —protesta Ventus—. ¡Y es mi amigo!

Los dos hombres se miran entre sí.

—No nos consta visitante alguno —replica Dilan—. Y ahora vete a casa, chaval, antes de que te pille algún monstruo.

En ese mismo instante, un gran nesciente pasa cerca del castillo. Ventus corre tras él, tratando de alcanzarlo. Dilan y Aeleus se disponen también a hacerle frente, cuando un tercer hombre, éste con bata de laboratorio, les ordena que se detengan.

—¿Quién pretendéis que defienda el castillo si vosotros abandonáis vuestro puesto? —recrimina a los Custodios.

—Pero ese chico...

—No os preocupéis por él. Es un caso especial.

—Supongo que tienes razón —responde Dilan—. El señor y su castillo son lo primero. El chaval se las tendrá que apañar solo.

—Lo cual me recuerda que Su Excelencia ha preguntado por vosotros.

Dilan y Aeleus se dirigen al interior del castillo. El científico, llamado Even, permanece unos segundos más en el exterior, reflexionando.

—¿Un corazón carente de oscuridad? Sin mácula alguna, impoluto... Ciertamente cuestionable.

Del mismo modo que Xemnas, nº1 de la Organización XIII, era (o "será", dado que *Birth by Sleep* es el pasado) el incorpóreo de Xehanort, los tres personajes que acabamos de conocer también terminarían convertidos en sincorazón, con sus respectivos incorpóreos en las filas de la Organización XIII. Dilan es el nº3, Xaldin, Aeleus es el nº5, Lexaeus. Even es el nº4, Vexen.

Persiguiendo al nesciente, Ventus llega a la Plaza Mayor, donde evita que el monstruo ataque a uno de los ciudadanos: Gilito, tío de Donald. Cuando el chico se dispone a reanudar la persecución, Gilito lo detiene.

—Espera, muchacho. ¿Es que no vas a dejar que te recompense?

—Oh, no es necesario.

—Oye, para el carro. Al menos déjame darte un detallito.

—Vale, pero ¿podría darse prisa? —Ventus está a punto de perder de vista al nesciente.

—Acércate, muchacho. —Gilito baja la voz—. Confiesa. Vienes de otro mundo, ¿a que sí? No te preocupes, mi pico está sellado. Tu secreto está a salvo. Verás, yo estoy igual que tú. Le pedí a un mago llamado Merlín que me trajera aquí desde otro mundo. Después de todo, ¡la aventura es la madre de la industria!

—Genial. ¿Es todo?

—Ah, perdona por entretenerte, muchacho. Toma esto, son pases de por vida para Ciudad Disney. —Gilito le entrega tres tarjetas—. Te lo pasarás pipa. Aquí tienes, para ti y dos adultos.

Con los pases en su poder, Ventus sigue el rastro del nesciente hasta los canales subterráneos de Vergel Radiante, donde se encuentra con Terra y Aqua. Cada uno de ellos estaba persiguiendo a una de las tres partes que forman al nesciente Triarmadura. Ahora, uniendo fuerzas, pueden poner fin a aquel nesciente huidizo.

—Hacemos un buen equipo —dice la chica.

—¡Y tanto! —exclama Ventus—. Por cierto, os he conseguido estos pases de por vida para Ciudad Disney. Me dijeron que llevara a dos adultos.

—¿Nosotros? —Aqua ríe—. Escucha, Ven, tenemos que llevarte de vuelta a casa.

—No hace falta, confiad en mí. ¡El tío de la máscara ya es historia, Terra! ¡No volverá a hablar mal de ti!

—¿Qué? —Terra coge a su amigo de los hombros—. ¿Has visto al chico de la máscara?

—Sí.

—Se llama Vanitas. Ven, deja que Aqua te lleve a casa.

—¡Ni hablar! —protesta Ventus—. ¡Quiero ir con vosotros!

—No puedes. Tenemos una tarea muy peligrosa entre manos. No quiero que acabes herido.

—¿Y qué es eso tan peligroso, Terra? —pregunta Aqua—. No parece que tenga que ver con lo que el Maestro te ordenó.

—Quizá siga otra senda, pero lucho contra la oscuridad.

—No estoy tan segura de eso... He visitado los mismos mundos que tú, y he visto lo que has hecho. No deberías exponerte tanto a la oscuridad.

—¿Qué estás diciendo, Aqua? —replica Ventus—. ¡Terra jamás...!

—Entonces —lo interrumpe Terra—, ¿me has estado espiando, Aqua? ¿Fue eso lo que te pidió el Maestro?

—Él solamente... —La chica aparta la mirada.

—Ya veo. —Terra se da la vuelta y comienza a caminar.

—¡Espera, Terra! —Ventus corre tras él.

—¡Quédate ahí! A partir de ahora, voy por mi cuenta, ¿entendido?

—¡Terra, escúchame, por favor! —dice Aqua—. ¡El Maestro no tiene motivos para desconfiar de ti, créeme! ¡Sólo está preocupado por ti!

Pero su amigo rehúsa seguir hablando con ellos y se marcha.

—Te has pasado, Aqua —protesta Ventus.

—Ahora ya sabes la verdad. Pero el Maestro quiere a Terra, y lo sabes perfectamente.

—¿Te ha ordenado también que me lleves a casa? —Su amiga aparta la mirada—. Aqua, lo de ser Maestra de la llave espada se te está subiendo a la cabeza. Me voy en busca de Terra.

Capítulo V7 – Vergel Radiante, 2ª parte

Intentando dar con Terra, Ventus llega a la Plaza Mayor, donde un chico muy joven, vestido con bata de laboratorio, está siendo rodeado por nescientes. El elegido de la llave espada se encarga de ellos, poniendo a salvo al joven científico.

Cuando el peligro ha desaparecido, Even entra en escena.

—Te estaba buscando, Ienzo, ¿No te dije que no te alejaras? —El hombre se gira hacia Ventus—. Te mereces nuestra gratitud. Hemos hecho lo que hemos podido para criar a este chico desde que sus pobres padres faltan.

—Señor, estoy buscando a un amigo. Es un chico alto, vestido de forma parecida a mí.

—Hm... Quizá me cruzara con él en el parterre exterior. Sigue recto por ese camino.

—¡Gracias!

—No, gracias a ti por ayudar a Ienzo. Y, bueno, digamos que... algo me dice que volveremos a encontrarnos.

Ventus se despide de Even e Ienzo, y se dirige a toda prisa hacia el parterre exterior, esperando que no sea demasiado tarde. Afortunadamente, Terra sigue allí.

—¡Eh, Terra! Llévame contigo.

—No puedo, Ven.

—¿Por qué no?

—Es que... Mira, cuando de verdad te necesite, sé que estarás a mi lado.

—Pues claro, ¿cómo no iba a estarlo? Eres mi amigo.

—Sí. Tienes razón. Gracias, Ven.

Terra activa su armadura y sale volando en la Llave Surcadora. Ventus decide volver con Aqua para informarle de que su amigo se ha marchado de la ciudad. La encuentra en la Plaza Mayor.

—¿Has dado con él, Ven?

—Sí, pero... se ha ido.

—Vaya. Entonces debo ir a buscarlo.

—Aqua, déjame ir contigo.

—No, Ven. Obedéceme y vuelve a casa.

—Pero ¿por qué no me dejas? —Ventus agacha la cabeza con

tristeza.

—Porque no quiero que corras peligro. ¿Lo entiendes?

Aqua también se marcha en su Llave Surcadora, dejando a su amigo desolado. Nadie cuenta con él.

Ventus se sienta en la Plaza Mayor, jugueteado con su llave espada de madera; la que le regaló Terra. En ese momento, dos chicos pasan a su lado. El primero, Lea, lleva el pelo rojo; el segundo, Isa, azul.

—¿A tu edad, todavía con espadas de juguete? —bromea Lea—. Qué mono. Mira lo que tengo yo. —El pelirrojo le muestra dos shurikens de plástico—. ¡Tachán! ¿Cómo lo ves?

—No es para tanto —replica Ventus.

—Bah, estás celoso. Soy Lea, por cierto. ¿Lo captas? ¿Cómo te llamas tú?

—Ventus.

—Vale, Ventus. ¡Luchemos!

—¿Luchar contra ti? ¿Por qué iba a hacer eso?

—¿Te da miedo perder? Venga, espero que estés listo.

—Te vas a arrepentir.

El reto de Lea ha devuelto el ánimo a Ventus. Sin duda, ése parecía su propósito. Ambos luchan sin intención de hacerse daño, con los shurikens de plástico y la espada de madera, hasta que el pelirrojo cae al suelo, exhausto.

—¿Qué tal si lo dejamos en empate? —dice Lea con dificultad.

—Vale —responde Ventus entre risas.

Isa se acerca a su amigo.

—Lo único que has sacado de esto es una bonita "p" en la frente, de "perdedor", "pésimo", "patético"...

—¡Oye! —protesta Lea—. ¿No tendrías que estar dándome ánimos, o algo? Decir "sólo es un mal día, tío", o "¡eso te pasa por bajar la guardia!". Menudo amigo.

—Ah, ¿prefieres que mienta?

—¿Ves con lo que me toca apechugar, Ventus? Espero que tus amigos sean mejores que éste.

Los tres ríen.

—Lea, tenemos que irnos —dice Isa.

—Vale. —Lea se pone en pie—. Ya nos veremos cuando nos

veamos, Ventus. Ahora somos amigos, después de todo. ¿Lo captas?

—Captado, Lea.

Los dos chicos se alejan de Ventus.

—¿Te ha dado ahora por ir rescatando a cachorros abandonados? —pregunta el peliazul.

—Me gusta que la gente que conozco se acuerde de mí. En sus recuerdos, podré vivir eternamente.

—Yo sí que no podré olvidarte. Créeme, lo intento a todas horas.

—¿Lo ves? ¡Soy inmortal!

—Un plasta, eso es lo que eres.

Lea eleva su mirada hacia el castillo.

—¿Estás preparado, Isa?

—Bueno, al menos veo que tú sí lo estás.

—Sí.

Como muchos ya habréis supuesto, estos dos chavales, Lea e Isa, son los originales de los futuros incorpóreos Axel y Saïx, números 8 y 7 de la Organización XIII. Lo mismo se puede decir de Ienzo, cuyo incorpóreo, Zexión, se convirtió en el n°6 de dicha orden.

Capítulo V8 – Ciudad Disney

Al igual que en la historia de Terra, vamos a pasar por Ciudad Disney sin detenernos demasiado.

Ahora, Pete ha cambiado su disfraz del Capitán Oscuro por el de un supuesto bienhechor: ¡el Capitán Justicia! Su intención es ayudar a todos los vecinos de Ciudad Disney, lo cual, en teoría, sería algo positivo..., de no ser porque lo hace con fines egoístas: llevarse el Trofeo del Millón de Sueños, uno de los acontecimientos del Festival del Ensueño, donde todos votan para elegir al ciudadano más ejemplar.

En uno de sus supuestos intentos de hacer el bien, Pete... digo, el Capitán Justicia, está a punto de destrozar la máquina de helados de Juanito, Jaimito y Jorgito, los tres jóvenes patos, que en el primer *Kingdom Hearts* todavía son niños, lo cual me hace plantearme muchas cosas. He mirado en Google, y la esperanza de vida de un pato no supera los diez años.

Ventus se ocupa de reparar la máquina de helados, lo cual no sienta del todo bien al misterioso héroe enmascarado, quien intenta sabotearla para que deje de funcionar. Afortunadamente, la reina Minnie lo convence para desistir en su empeño.

El Festival del Ensueño está a salvo por ahora. Genial. ¡Siguiente destino, por favor!

Capítulo V9 – Coliseo del Olimpo

Filoctetes, mayormente conocido como "Fil", el fauno entrenador de héroes, se dedica en exclusiva a preparar al joven Hércules para participar en los Juegos. Sin embargo, hay otro chico, Zack, que lleva un tiempo persiguiéndolo por toda la ciudad de Tebas, para pedirle incansablemente que lo admita como segundo aprendiz. Ventus llega en uno de estos momentos, cuando Zack asalta a Fil y Hércules en mitad de la calle.

—¡Por favor, Fil! ¡Me muero por ser un héroe!

—A ver, ya hemos hablado de esto —replica Fil con paciencia—. Dos palabras: ¡estudiante, maestro, cupo! Ya tengo bastante con éste. Vámonos, Herc.

De pronto, la calle se llena de nescientes. Ventus, Hércules y Zack colaboran para deshacerse de ellos, demostrando que los tres son muy habilidosos.

—Vale, cambio de planes —dice Fil tras observar la batalla—. Queda poco para los Juegos. Observaré vuestros combates y decidiré a cuál de los dos tomaré como aprendiz.

—¡Toma ya! —Zack lo celebra—. ¡Gracias, gracias! ¡Iré a apuntarme ahora mismo!

—Los Juegos, ¿eh? —Ventus se queda pensativo—. ¡Voy a apuntarme yo también!

—Se siente, chaval —replica Fil—. El capitán Agonías va a pillar la última plaza.

—Oh...

—No entiendo nada —dice Hércules—. Fil, creía que tú eras mi entrenador.

—¿Quieres ser un verdadero héroe, Herc? —contesta el fauno—. Entonces, sal ahí y demuéstrame que todas mis lecciones han valido la pena. Ah, y se acabaron las sesiones de entrenamiento por ahora. No sería justo que te ayudara a ti y no a él.

Fil se marcha, dejando a Hércules lleno de dudas y entristecido.

—¡Eh, anímate! —Ventus se acerca a él—. Sólo tienes que librar un par de combates. Pan comido. Soy Ventus, por cierto. ¿Quieres que te ayude a entrenar?

—¿De verdad harías eso por mí?
—Claro.
—Gracias, Ventus. Soy Hércules. "Herc" para los amigos.
Hércules y Ventus se dan la mano.
—Llámame "Ven". Lo harás bien en los Juegos, ya verás.
—Gracias. Voy al Coliseo para ir calentando. ¿Vienes?

Ventus y Hércules entrenan en la arena del Coliseo, compitiendo por ver quién rompe más ánforas en un tiempo determinado. Cuando terminan, ambos regresan a la antesala.

—Así que quieres ser un auténtico héroe, ¿eh? —pregunta Ventus.
—Más que nada. De hecho, mi padre es Zeus, el mayor de los dioses del Olimpo.
—¡Guau! ¡Herc, ¿eres un dios?!
—No, no. Soy mortal. Cuando era un bebé, alguien me secuestró y se las arregló para arrebatarme mi divinidad.
—¿Y todo eso de ser un verdadero héroe...?
—Es la única forma de recuperar mi divinidad. Si me convierto en un auténtico héroe, podré reunirme con mi padre en el Olimpo.
—Vaya... Suena complicado.
—¿Qué me dices de ti, Ven? ¿Cuál es tu historia?
—Yo... sólo intento hacer nuevos amigos.
—¡Pues ya lo has conseguido!
—¿Eh?
—Quiero decir, nosotros somos amigos, ¿no?
—¡Claro que sí!

Zack y Fil llegan poco después. Los Juegos están a punto de dar comienzo.

—A ver, panda de novatos —dice el fauno—. Hora de repasar las reglas de los Juegos, así que abrid las orejas. Los combates se dividen en dos bloques: este y oeste. Los ganadores de cada bloque se enfrentarán entre sí por el campeonato. Bien, os he apuntado a los dos en el bloque oeste, porque ya hay un peso pesado repartiendo de lo lindo en el este. Y si queréis derrotarlo, tendréis que emplearos a fondo.

Lo que Ventus no se imagina, es que ese "peso pesado" no es otro que Terra.

Zack y Hércules superan todos sus combates, hasta llegar a la final del bloque oeste, donde tendrán que luchar entre sí.

—Gane quien gane, sin malos rollos —dice Zack.

—¡Claro! El mal perder no es cosa de héroes.

—Sí, bueno, pero recuerda que aún no eres un héroe.

Los chicos chocan la mano y se dirigen a la arena de batalla. Su combate es muy igualado y emocionante..., pero Ventus no va a tener tiempo de verlo acabar, pues acaban de informar de que hay más nescientes invadiendo las calles de Tebas.

—¡Dejádmelos a mí! —dice el elegido de la llave espada—. ¡Vosotros seguid con vuestro combate!

Cuando Ventus encuentra a los nescientes, se queda petrificado. La cantidad de monstruos es muy superior a lo que había imaginado. Afortunadamente, no tendrá que hacerles frente solo, pues Hércules aparece pocos segundos después.

—¡Herc! ¿Y el combate?

—Olvídate de eso. ¡No podía dejar a mi amigo luchar solo! ¡Es mi obligación como héroe! Bueno, ya sabes, para cuando lo sea.

Ventus y Hércules exterminan a los nescientes, devolviendo la tranquilidad a Tebas.

—Siento que hayas perdido el combate por mí, Herc —dice Ventus.

—Bah, déjalo. No tienes que disculparte. Fue decisión mía.

Un último nesciente está a punto de atacar a Hércules por la espalda, pero Zack lo corta en dos con su espada.

—¡¿No me habéis dejado ni uno?! ¡Yo también quiero ser un héroe! Es sólo que no corro tanto como Hércules, ¿vale?

—Así que ¿los dos habéis abandonado? —dice Ventus—. ¿Quién ha ganado entonces?

—Me retiré primero —responde Hércules—, así que yo no.

—Ya —añade Zack—, pero yo me piré sólo un momento después.

—Aun así...

Como ya vimos en la historia de Terra, Zack fue nombrado ganador; por eso se enfrentaron en los Juegos, con la intervención de Hades.

Fil, que ha escuchado el final de la conversación, se une a

ellos.

—Eh, yo no dije que entrenaría al ganador. Lo que dije es que observaría el combate y decidiría. A ver, ser un héroe no es sólo cosa de músculos. Se necesita corazón, preocuparse por los demás... Y en eso, los dos tenéis matrícula de honor. Pero, esta vez, sólo uno fue lo suficientemente rápido, y eso marca las diferencias.

—¡Jo, tío! —se lamenta Zack—. ¡Por un pelo! En fin, así es la vida. Felicidades, Herc.

—Gracias, Zack.

—Sí, bueno —dice Fil—. Ya veremos si sigues dándole las gracias cuando yo acabe contigo. Tienes un largo camino por delante, campeón.

—¡Y yo no voy a rendirme! —responde Zack—. ¡Sigo teniendo un montón de grandes sueños a pesar de mi mala suerte!

Mientras Zack y Hércules ríen, Ventus se aproxima a Fil para decirle algo en privado.

—Vamos, confiésalo... En realidad, no pensabas dejar de entrenar a Herc, ¿verdad?

—¡Claro que no! Sé perfectamente que el chico apunta maneras. Pero estaba estancado, así que necesitaba un pequeño aliciente.

Sin nada más que hacer allí, Ventus se dispone a marcharse.

—¿Ya te vas? —le pregunta Hércules.

—Sí. Aún tengo camino por delante.

—Volverás a vernos, ¿no?

—Cuando seas un auténtico héroe.

—¡Mejor cuando los dos seamos héroes! —contesta Zack.

—Oh, entonces puede que no vuelva nunca —bromea Ventus.

—¡Pero serás...!

Todos ríen, antes de ver a Ventus alejarse en su Llave Surcadora, camino del Pasaje dimensional.

Capítulo V10 – Espacio Profundo

Ventus encuentra un gran nesciente con forma de medusa, Metamorfosis, surcando el Pasaje dimensional. El monstruo trata de escapar, refugiándose en el interior de una enorme aeronave. Ventus entra poco después, aunque la pierde de vista rápidamente.

Mientras recorre los pasillos, se ve asaltado por el capitán Gantu.

—¡Identifícate, intruso!

—Me llamo Ventus. He venido persiguiendo a un monstruo que ha abordado vuestra nave.

—Buen intento. Si hubiera otro intruso a bordo, ya lo habríamos detectado.

Casualmente, en ese mismo instante llega un mensaje de alerta por megafonía.

—¡Intruso en la sala de máquinas! ¡Hemos perdido el control de los motores! ¡Parece que es algún tipo de monstruo!

—No te muevas de aquí —dice Gantu a Ventus—. Tengo un montón de preguntas desagradables que hacerte.

Lo lleva claro si espera que aquel chico se quede ahí parado sin hacer nada. Ventus se siente en parte responsable de haber llevado al nesciente hasta la nave, así que hará todo lo posible por destruirlo.

Antes de abandonar aquella sala, después de que Gantu se haya marchado, un pequeño ser azulado llega corriendo por uno de los conductos de ventilación. Es el Experimento 626, Stitch. Al ver a Ventus, se queda mirándolo fijamente.

—¿Ven...? Terra... Aqua...

—¿Qué? ¿Conoces a Terra y a Aqua?

Stitch le muestra un objeto muy parecido a los amuletos que Aqua hizo para los tres amigos en Tierra de Partida, antes del examen de Maestro.

—¡Amigos! ¡Juntos!

—Anda... ¿Eso es un Siemprejuntos? Perdona, pero tengo que irme, la nave corre peligro.

Cuando Ventus se dirige hacia la puerta, Stitch corre tras él.

—No, tú quédate aquí —dice el chico—. Es demasiado peli-

105

groso.

Mientras Ventus busca la sala de máquinas, Gantu encuentra a Stitch, al que pilla desprevenido. El capitán le dispara, pero la bala impacta en el amuleto, que se rompe en trozos pequeños.

—No sé cómo te las arreglaste, pero no volverás a escapar. A mí no me la das. Ya puedes ponerle ojitos todo lo que quieras a la Gran Consejera para que reconsidere tu sentencia, pero sé muy bien lo que eres: una abominación cuyo único instinto es destruir todo cuanto toca.

Ventus llega al fin a la sala de máquinas, donde Metamorfosis está a punto de destruir el mecanismo que mantiene la aeronave a flote. Stitch se une a él poco después, y entre ambos logran eliminar al nesciente. El chico respira aliviado, pero Stitch sigue rugiendo, muy enfadado por algún motivo.

—¡Se acabó! —dice Ventus—. ¡Para ya!

Cuando Ventus logra calmar a Stitch, éste le muestra el motivo de su enfado: el amuleto roto.

—Ah, ya veo... Bueno, no te preocupes. La amistad es algo más que un simple objeto.

—Amistad... Juntos...

—Eso es.

El capitán Gantu irrumpe en la sala de máquinas, acabando con su corto instante de tranquilidad.

—¡No dejes que ese pequeño monstruo te engañe! Has visto con tus propios ojos qué tipo de criatura es. Lo único que sabe es dañar y destruir.

—¡De eso nada! —replica Ventus—. ¡Él me ha ayudado a detener al verdadero monstruo!

—¡Ven! —exclama Stitch—. ¡Amigo!

—Eso es. ¡Somos amigos!

—Pues será mejor que vayas despidiéndote —responde Gantu—, ¡porque 626 va a ser destruido!

Stitch se abalanza sobre la cabeza del capitán, derribándolo, momento que aprovechan Ventus y su nuevo amigo para escapar de allí.

—¡Dad la alarma! —grita Gantu—. ¡Los prisioneros escapan!

Stitch se pone a los mandos de una pequeña nave, mientras que Ventus activa la Llave Surcadora. Ambos se alejan de la gran aeronave, huyendo de sus perseguidores.

—¿Adónde vamos ahora? —pregunta Ventus.

Stitch toquetea todos los botones y palancas de su nave, activando sin querer el hiperpropulsor, lo que le proporciona una velocidad muy superior a la de la Llave Surcadora. En apenas un par de segundos, Ventus ha perdido de vista a su amigo. Confiando en que no le haya pasado nada malo, toca seguir con el viaje.

Capítulo V11 – País de Nunca-Jamás

Tras echar una cabezadita bien merecida, Ventus conoce a Zorrillo, Osezno y Campanilla, quienes van en busca de una estrella fugaz que, según el hada, cayó en el campamento indio, cerca de allí. Como era de esperar, Ventus decide acompañarlos.
A mitad de camino, Peter Pan acude a su encuentro.
—¿Y éste quién es? —El chico se aproxima volando a Ventus—. No me suena tu cara.
—Soy Ventus. Puedes llamarme "Ven".
—Bueno, si tú lo dices... —Peter Pan le da la espalda, y se dirige a los dos niños—. ¡Atención! ¿A que no adivináis quién ha pillado a Garfio justo mientras escondía su tesoro? ¿Qué os parece si vamos para allá y lo desvalijamos?
Los niños se muestran entusiasmados; no así Campanilla, que deja patente su desaprobación.
—¿Qué bicho te ha picado, Campanilla? —dice Peter Pan.
—Se suponía que íbamos todos juntos a buscar una estrella fugaz —explica Ventus.
—Pasa de eso. ¡Ni comparación con un tesoro pirata!
Peter Pan, Osezno y Zorrillo optan por buscar el tesoro, mientras que Campanilla se mantiene en sus trece, y prefiere ir a por la estrella fugaz. Ventus decide acompañarla.
Cuando llegan al campamento indio, Ventus descubre que esa supuesta estrella fugaz no es sino el fragmento estelar que usa Mickey para viajar entre mundos. Sin embargo, no hay ni rastro de su dueño.
El capitán Garfio los pilla desprevenidos, atrapando a Campanilla y arrebatándoles el fragmento estelar delante de sus narices.
—¡Una estrella fugaz y un hada! ¡Es como si fuera mi cumpleaños!
—¡Suelta a Campanilla! —protesta Ventus.
—Uno de los mocosos de Peter Pan, ¿eh? Atiende. Dile a ese pichón escurridizo que, si quiere recuperar a su amiguita, lo espero en la Laguna de las Sirenas.
Ventus trata de impedir que el capitán huya, pero un grupo de nescientes se interpone en su camino. Para cuando ha acabado con

el último de ellos, Garfio ya está muy lejos del campamento indio.

Poco después, Ventus vuelve a encontrarse con Peter Pan. Esta vez, va solo.

—¡Peter, han capturado a Campanilla!
—Entonces llego tarde. ¡Garfio pagará por esto!
—Quiere que vayas a la Laguna de las Sirenas.
—Será una emboscada. Ese papanatas se cree muy listo.

Peter Pan no se equivoca: en la costa que rodea la Laguna de las Sirenas está amarrado el barco del capitán Garfio, con Smee al mando, quien los recibe a cañonazos. Los dos chicos logran ponerse a cubierto, y no tardan en toparse con Campanilla, quien, de alguna forma (cof, Terra, cof), ha logrado escabullirse de su captor.

—Voy a ocuparme del cañón —dice Peter Pan.
—Pues yo voy a por Garfio —responde Ventus.
—Vale. Campanilla, si eres tan amable...

El hada rocía a Ventus con unos polvos dorados, que le permiten flotar en el aire, del mismo modo que Peter Pan y ella. Técnicamente sólo puede planear, porque el juego es algo limitado en este aspecto, pero la idea es la misma.

Ventus encuentra al capitán Garfio en una ensenada próxima a la Roca de la Calavera. Garfio, que está contemplando su barco a través de un catalejo, observa con rabia e impotencia cómo Peter Pan noquea a la tripulación e inutiliza los cañones.

El capitán decide descargar su ira matando a Ventus. Una mala decisión, pues el elegido de la llave espada se impone a su rival, que cae al agua..., donde lo está esperando su *amigo*, el cocodrilo que se merendó la mano que le falta al pobre Garfio.

—¡No! ¡Déjame en paz! ¡Ayúdeme, Smee!

Garfio se aleja nadando a toda velocidad, con el cocodrilo pisándole los talones. Un problema menos para Ventus.

Zorrillo y Osezno llegan a la ensenada, procedentes de la Roca de la Calavera (lo que significa que Terra acaba de marcharse de allí).

—¡Mira lo que hemos traído! ¡Un cofre del tesoro pirata!

Peter Pan se une al grupo, y abre el cofre para comprobar qué clase de tesoros esconde. La respuesta, ya la conocemos: ninguno. Los nescientes se han llevado todas las monedas.

—Bah, ¿qué más da? —dice Peter Pan—. Seguro que no habría más que viejas joyas inservibles, o doblones, o cosas de ésas.

—Podríamos meter todo lo que nosotros consideramos un tesoro —sugiere Zorrillo.

—¡Sí, buena idea! En vez de llenarlo con joyas, oro y demás tonterías, meteremos todo lo que sea especial para nosotros. ¡Tesoros de verdad!

Peter Pan y los niños llenan el cofre con juguetes y demás objetos de poco valor material, aunque alto valor sentimental.

—¿Qué quieres meter tú, Ven?

—No sé... ¿Qué tal esto?

Ventus guarda en el cofre la llave espada de madera que le regaló Terra.

—¿Seguro que quieres desprenderte de algo tan especial? —pregunta Peter Pan.

—Sí. No lo necesito, si tengo a Terra y Aqua conmigo. Nuestros mejores recuerdos están aún por llegar.

—¡Perfecto! La próxima vez que vengas, tendremos un cofre mucho más grande esperándote. Tan grande como para todos esos tesoros y muchos más.

—Vale, trato hecho.

Campanilla también quiere guardar un tesoro: el fragmento estelar que encontró en el campamento indio. Sin embargo, Ventus la detiene.

—Espera, Campanilla. Creo que eso pertenece a un amigo mío. ¿Te importa si me lo llevo?

Al principio, el hada se niega. Pero tras la insistencia de Peter Pan, Campanilla finalmente acepta, a regañadientes, entregarle el fragmento estelar a Ventus.

—Gracias.

En cuanto Ventus toca el fragmento estelar, éste comienza a brillar, enviándolo lejos de allí en un abrir y cerrar de ojos.

Capítulo V12 – Torre de los Misterios

Ventus ha caído frente a la entrada de una torre solitaria. Dos personas se acercan corriendo a él, creyendo que se trata del rey Mickey. Son Goofy y Donald.

—¡Mira! —exclama el primero—. ¡Ese chico lleva el fragmento estelar del rey!

—¿El rey? —pregunta Ventus—. Ah, ¿te refieres a Mickey? Lo vi, pero...

—¡Qué alegría haberte encontrado! —lo interrumpe Donald.

Ambos conducen al recién llegado, casi a rastras, hasta la habitación más alta de la torre. Allí espera un hombre del que Ventus ya había oído hablar.

—¡Yen Sid, señor! —dice Goofy—. ¡Tenemos una pista sobre el paradero del rey!

—Ah, Ventus —responde Yen Sid—. Eraqus me ha hablado mucho de ti. Si no me equivoco, te ordenaron que volvieras a casa.

—Ya, señor, es que...

—No importa. A Mickey también le cuesta acatar órdenes. ¿Dónde está esa pista sobre el paradero de Mickey?

—¡Aquí mismo! —Donald le entrega el fragmento estelar.

—Este muchacho —explica Goofy—, Venta... ¿Cómo era? Ventilador..., Verdura...

—Mejor llámame "Ven" —responde el chico.

—Ven lo tenía cuando llegó aquí —añade Donald.

—Por favor, explícanos cómo llegó a tus manos —le pide Yen Sid.

—Me encontré con Mickey —dice Ventus—, pero salimos volando hacia la luz. No sé dónde ha acabado él. No estaba en el mismo mundo donde encontré esto.

—Tal y como imaginé —asiente Yen Sid—. Mickey ha estado saltando de un mundo a otro. Eso explica por qué no he podido determinar su paradero.

—Pero ahora sí puede, ¿verdad? —pregunta Donald.

—Correcto.

Yen Sid crea una pantalla de humo, a través de la cual pueden ver a Mickey en directo. El rey está tendido en el suelo, aparentemente herido. Por el tipo de terreno, parece el Páramo inhóspito. Pocos segundos después, el humo desaparece.

—¡¿Qué ha pasado?! —exclama Donald—. ¡¿Adónde ha ido?! ¡¿Está bien?!

—Hay una fuerza sombría y poderosa que está interfiriendo mi magia —dice Yen Sid.

—Díganos dónde está el rey, señor Yen Sid —pide Goofy—. Donald y yo iremos a rescatarlo.

—¿Vosotros dos? No me parece adecuado.

—¡Pero yo soy el capitán de los caballeros reales!

—¡Y yo soy el mago de la corte! —añade Donald.

—Yo lo encontraré —se ofrece Ventus—. Conozco el lugar que hemos visto a través del humo.

—¡Si vas, te acompañaremos! —dice Donald.

—No. Mickey me salvó una vez. No puedo arriesgarme a poner en peligro a sus amigos. Tranquilos, os juro que lo traeré sano y salvo.

—Muy bien, Ventus —responde Yen Sid—. Lo dejaremos en tus manos.

El chico pone rumbo al Páramo inhóspito en su Llave Surcadora.

Capítulo V13 – Páramo inhóspito, 2ª parte

Tal y como se podía apreciar en la visión de Yen Sid, Ventus encuentra a Mickey tirado en el suelo, inconsciente. Pero no está solo.
—Volvemos a vernos, jovencito —dice Xehanort.
—Maestro...
De pronto, imágenes del pasado de Ventus aparecen en su mente como diapositivas. Una isla, el chico envuelto en sábanas (la escena del prólogo), su primer encuentro con Eraqus...
—Vaya. —Xehanort sonríe—. Así que comienzas a recuperar lo que una vez perdiste..., aunque no para siempre. Debías perderlo para volver a hallarlo. Ahora puedes tenerlo todo de nuevo; tan solo hazte con ello si así lo deseas. ¡Reclama la parte que te abandonó! ¡Enfréntate a él! —Se refiere a Vanitas, claro—. Pura luz contra pura oscuridad, para forjar la llave definitiva: ¡la todopoderosa llave espada χ!
—¿Una llave espada?
—Pero no una como las que ambos blandimos. "χ" es una letra ancestral. Una letra que augura el fin.
—¿Y yo tengo el poder de crearla?
—Exacto. Eraqus también lo sabe. Sabe perfectamente lo que eres.
—¿El Maestro? —Ventus se siente confuso.
—¿Acaso nunca te lo has preguntado? ¿Por qué jamás te dio permiso para apartarte de él, para hacerte más fuerte? Eraqus te tenía miedo. Si averiguabas la verdad, si descubrías lo que eres... Nunca confió en ti. ¿Por qué si no te tendría siempre bajo su estrecha vigilancia?
—Sí... Por mucho que se lo pedí, nunca me dejó ver otros mundos.
—Vete. Pregúntaselo tú mismo. Descubre la verdad y recuerda que te aguarda un gran propósito.
Xehanort crea un gran huracán, que expulsa a Ventus y Mickey de aquel mundo.
—¿Qué soy? —se pregunta el chico—. ¿Qué ha estado intentando ocultarme el Maestro todo este tiempo?

116

Capítulo V14 – Tierra de Partida

El huracán de Xehanort ha enviado a Ventus muy cerca de su hogar, Tierra de Partida. Una vez frente al castillo, Eraqus acude a recibirlo.

—Ventus, ¿estás solo? Pensé que Aqua... Bueno, lo importante es que has vuelto. El mundo exterior aún no es sitio para ti. Debes quedarte aquí, donde puedes aprender.
—¿En tu prisión?
—¿Qué?
—Ésa es tu excusa para tenerme aquí encerrado, ¿no?
—¿Qué te han contado, Ventus?
—Que se supone que soy un arma. ¡Una llave espada χ, o yo qué sé!
—Xehanort... Sabía que nunca te darías por vencido.

Eraqus recuerda una escena del pasado, entre Xehanort y él.
—Si los preceptos nos prohíben tales conocimientos, será por algo. —Eraqus intentaba hacer entrar en razón a su compañero—. ¿Por qué buscas a llave espada χ? ¿Acaso pretendes cubrir de sombras los mundos? ¿Reducirlos a la nada?
—La oscuridad ya cubrió el mundo una vez, según narran las leyendas —respondió Xehanort con calma—. Sabemos tan poco sobre la Guerra de las Llaves Espada... Tan solo que significó el comienzo. Y en mitad de aquel caos, se halló una luz fulgurante. Es una historia interesante, y que merece ser estudiada. Dicen que de la ruina nace la creación. Así que, dime, ¿qué traería otra Guerra de las Llaves Espada? Cuando la oscuridad se cierna, ¿seremos dignos de la fulgurante luz que describe la leyenda? He de obtener respuestas. La llave espada χ ha de ser forjada para abrir las puertas a la Guerra de las Llaves Espada.
—Necio... ¿Osarías desatar el fin del mundo por pura curiosidad? No te lo permitiré, Xehanort. ¡No mientras viva!
—Una vez más, no has entendido nada, Eraqus. La oscuridad es un comienzo, no un final. ¿Acaso no emergemos todos de la oscuridad hacia un mundo de luz al nacer?
—¡Excusas poéticas! Si las palabras no te disuaden..., ¡sólo

una cosa lo hará!

Eraqus atacó a Xehanort, pero éste logró derribarlo con suma facilidad usando poderes oscuros.

—Esa fuerza... —gruñó Eraqus—. ¡¿Acaso has sucumbido a la oscuridad, Xehanort?!

—Eso no te incumbe.

Es curioso que, pese a que sucediera aquello, Eraqus decidiera invitar a Xehanort al examen de Maestros de Terra y Aqua...

Volviendo al presente, Eraqus está a punto de tomar una decisión que lo cambiará todo.

—He fracasado... Tuve la oportunidad de detenerlo, y no pude. Pero no fallaré otra vez.

Eraqus apunta a Ventus con su llave espada.

—Maestro, ¿qué va a...?

—La llave espada χ no tiene cabida en éste, ni en ningún otro mundo. Xehanort ha dejado claras sus intenciones, y no me queda más alternativa. Perdóname. No puedes seguir existiendo.

Eraqus ataca a Ventus..., pero Terra lo bloquea con su llave espada.

—¡Maestro, ¿se ha vuelto loco?!

—¡Terra! —responde Eraqus—. ¡Te lo ordeno, apártate!

—¡No!

—¡¿Osas desoír a tu Maestro?!

—¡No pienso moverme!

—¿Por qué nunca he logrado llegar hasta ti...? —Eraqus agacha la cabeza, sintiéndose impotente—. Si tu corazón no te dicta obediencia hacia mí..., ¡habrás de sufrir la misma suerte que Ventus!

Terra y Eraqus se enfrentan en combate.

—¡Ya basta, Terra! —grita Ventus—. ¡Él tiene razón!

—¡Cállate! —replica Terra—. Puede que sea mi Maestro, ¡pero no permitiré que dañe a mis amigos!

—¡¿Acaso has sucumbido a la oscuridad, Terra?! —protesta Eraqus.

—¡Espera, Terra! —insiste Ventus.

Pero Terra lanza a su amigo a través de un portal, alejándolo de allí.

Capítulo V15 – Islas del Destino

Ventus ha aparecido en la playa de una isla aparentemente vacía. Aunque, en realidad, sí que hay una persona, y está esperándolo.
—¿Vas a alguna parte? —pregunta Vanitas.
—¡Olvídame!
—Al contrario, yo sólo acabo de empezar. Ya tienes la fuerza suficiente para cumplir con tu cometido. ¿A qué estás esperando? Únete a mí aquí y ahora. ¡Conviértete en la llave espada χ!
—No. Ni hablar. Xehanort me dijo que la única forma de forjar la llave espada χ es que tú y yo luchemos ¿Y sabes qué? ¡No pienso hacerlo!
—Antes no eras tan respondón...
Una vez más, Ventus recuerda escenas de su pasado que permanecían ocultas en el subconsciente.

Bajo la supervisión de Xehanort, Ventus estaba enfrentándose a un gran grupo de sincorazón. Demasiado para él.
—¡Por favor, Maestro! —suplicaba el chico—. ¡No tengo suficiente fuerza!
—Eso es porque tratas de contenerla —replicó Xehanort—. Deja que los impulsos oscuros despierten en el fondo de tu corazón. ¡Libéralos aquí y ahora! ¡Torna tu miedo en ira! ¡Debes hacerlo! Si no permites que la riada de tu interior siga su curso, te arrastrará de la faz del mundo. ¡Tenlo presente! ¡Hazlo! ¡Ábrete a la oscuridad! ¡Crea para tu Maestro la llave espada χ!
Ventus se negó a liberar la oscuridad de su interior, por lo que acabó recibiendo una paliza de los sincorazón. A continuación, Xehanort se plantó junto al cuerpo inconsciente del chico.
—¿Así lo deseas? ¿Preferirías morir a usar el poder? Neófito inepto... Si es preciso, te extraeré la oscuridad yo mismo.
Xehanort elevó su llave espada sobre el pecho de Ventus, dividiendo su corazón en dos. Así fue como, de esa oscuridad, nació Vanitas.

—Como quieras —dice el Vanitas del presente—. Yo te daré

una razón para luchar.

—¿Qué?

—Reúnete conmigo en el único lugar donde puede ser creada la llave espada χ: la Necrópolis de Llaves Espada. Allí contemplarás cómo acabo con la vida de Terra y Aqua. A ver cuánto te dura entonces el rollo pacifista.

Vanitas desaparece a través de un portal oscuro.

Ventus sabe que lo mejor sería no seguirle el juego, pero no piensa quedarse de brazos cruzados mientras sus dos mejores amigos corren peligro.

Capítulo V16 – Necrópolis de Llaves Espada

Como ya pudimos ver en la historia de Terra, los tres amigos vuelven a reunirse en la extensa llanura con miles de llaves espada clavadas en el suelo.

—Xehanort quiere que Vanitas y yo luchemos... para forjar la llave espada χ —explica Ventus, el último en llegar—. Pero el Maestro Eraqus dijo que no podía permitir que eso pasase. Por eso trató de matarme.

—¿Qué es la llave espada χ? —pregunta Aqua.

—No lo sé muy bien, pero... me da un miedo de muerte tan solo pensarlo.

—Tranquilo, Ven. —Terra le pone una mano en el hombro—. Estamos contigo y cuidaremos de ti.

—Quizá tenga que enfrentarme a Vanitas después de todo. Si lo hago, quiero que...

—Nosotros tres nunca nos separaremos, ¿entendido? Siempre habrá un camino.

Ventus aparta a sus dos compañeros, manteniendo el rostro serio.

—Os lo pido como amigo. Por favor, acabad conmigo.

Aqua y Terra lo observan sin saber qué decir. Entonces, Xehanort aparece a lo lejos, caminando hacia ellos con parsimonia. A su lado va el chico enmascarado, Vanitas.

—Contemplad. —Xehanort abre los brazos—. Estas inertes llaves albergaron un gran poder, junto a los corazones de sus portadores. En esta yerma tierra, llaves espada de la luz y de la oscuridad se enfrentaron en la gran Guerra de las Llaves Espada. Innumerables portadores dieron su vida en pos de una sola, la llave definitiva. Y muy pronto me pertenecerá. —El Maestro señala a Ventus—. ¡La llave espada χ!

Aqua, Terra y Ventus activan sus armaduras. Están ante el combate más importante de sus vidas. No pueden ni imaginar todo lo que sucederá después...

Xehanort crea una plataforma de rocas y tierra, que los sitúa, a Vanitas y a él, muchos metros por encima de los tres alumnos de Eraqus. Entonces, el Maestro conjura un hechizo de aire con el que arranca decenas de llaves espada del suelo y las arroja sobre sus enemigos. Terra y Ventus logran esquivarlas, pero Aqua recibe un impacto que manda su casco por los aires. A continuación, es Terra quien está a punto de ser alcanzado por la corriente de llaves espada, pero se salva gracias a un hechizo protector de su amiga.

Mientras tanto, Ventus ataca a Xehanort por la espalda, creyendo haberlo pillado desprevenido. Error. El Maestro agarra a Ventus por la cabeza, extrae la energía de su interior, y deja al chico literalmente congelado. Después, lo arroja fuera de la plataforma de tierra, precipitándose en caída libre. Afortunadamente, Aqua evita que se estampe contra el suelo.

—¡Ven! ¡¿Estás bien?!

Pero el chico ni siquiera puede responder. Aunque sus ojos se mueven, el resto del cuerpo permanece congelado.

Xehanort lanza la energía que acaba de extraer de Ventus hacia las nubes que cubren el cielo de la Necrópolis. Entonces, las nubes se abren, formando un corazón en el cielo, a través del cual se filtra la luz. El Maestro está a punto de salirse con la suya.

Por si no fuera suficiente con dos villanos, acaba de llegar un tercero: Braig, el hombre de las dos ballestas que se enfrentó a Terra en Vergel Radiante. Ahora lleva un parche en el ojo, pero su actitud no ha cambiado.

—¿Qué tal si me dejas al esmirriado, para que puedas ocuparte de tu peleíta con Terra? —dice a Aqua, quien todavía sostiene el cuerpo congelado de Ventus—. Entiendo que no te haya hecho mucha gracia descubrir que dio matarile a vuestro Maestro. Je, je...

—¿Quién eres? —pregunta la chica, manteniendo las distancias.

—Vosotros dos os creéis las estrellas del espectáculo... ¡Más quisieras! Estáis aquí únicamente para que, cuando os aniquile, Terra ceda a la oscuridad. A ver, ¿quién quiere ser el primero?

—¡Cállate! —grita Ventus, recuperando muy lentamente la movilidad.

—¡Oh! ¿Así que este pipiolo es un portador de la llave espada hecho y derecho? Se ve la cólera en su mirada.

—Estás perdiendo el tiempo —replica Aqua—. Sigue intentando separarnos con tus patrañas. No va a funcionar. ¡Terra os demostrará que es más fuerte de lo que creéis!

Aqua se dispone a enfrentarse a Braig, para así proteger a un muy debilitado Ventus. El chico lucha por deshacer la congelación que agarrota sus músculos, pero, por el momento, no puede hacer otra cosa más que observar el combate sin moverse. Afortunadamente, su amiga no necesita ayuda para derrotar a Braig.

—Si es que no aprendo... —dice el hombre—. ¿Quién me mandaba jugármela con los portadores de las llaves espada? Pero ¿sabes una cosa? ¡Eso significa que hice lo correcto! Él me pidió que ganara tiempo..., y vaya si lo he hecho.

Con su trabajo cumplido, Braig huye una vez más. Aqua piensa en ir tras él, pero finalmente opta por quedarse junto a Ventus. El chico ha empezado a moverse; el hielo desaparece poco a poco.

Entonces, algo horrible sucede. Ventus observa con impotencia cómo una figura cae desde lo alto de la plataforma donde se enfrentan Terra y Xehanort. Aqua no tiene tiempo de esquivar el fuerte impacto de la llave espada de Vanitas.

—¡Aqua! —Ventus se agita con desesperación.

El chico enmascarado coloca su llave espada sobre el pecho de Aqua, dispuesto a arrebatarle el corazón. Por suerte, Ventus consigue deshacerse del hielo y lanzarse al ataque antes de que su amiga sufra más daño. Lleno de rabia, Ventus derrota a su adversario, esta vez sin la ayuda de nadie.

Sin embargo...

—Lo has conseguido, Ventus. —Vanitas se quita la máscara; es inquietantemente parecido a Sora, aunque con el pelo negro azabache—. Ahora que mi cuerpo está a punto de morir, ¡tú y yo tendremos que unirnos! ¡La llave espada χ será forjada!

Al final, se han salido con la suya. Precisamente, Xehanort deseaba que se enfrentaran en combate, y que Ventus venciera a Vanitas, pues es la forma de que ambos se fusionen nuevamente.

Del cuerpo de Vanitas surgen numerosos nescientes, que atrapan a su otra mitad.

—Los nescientes... ¿nacen de ti? —pregunta Ventus, intentando soltarse.

—Sucedió cuando nos separamos. La negatividad se transmutó en estos monstruos. Son lo que yo siento; una caterva de azuzantes sentimientos a mi merced. Los liberé en todos los mundos que pude, con la esperanza de que te apartaran de tu hogar y de tu Maestro. Necesitábamos hacerte más fuerte. Los nescientes eran los rivales perfectos. Y lo que es mejor: no importa cuántas veces los venzas, pues su negatividad siempre fluye de vuelta a mí. Nunca fuiste una amenaza para nosotros, Ventus.

Cuando Vanitas y Ventus se unen en un solo cuerpo, se crea un gigantesco pilar de luz entre su posición y el gran corazón que ha aparecido en las nubes.

Capítulo V17 – Regreso al corazón

Ventus y Vanitas están situados frente a frente, dentro de su corazón. Por algún motivo, su fusión todavía no ha finalizado con éxito.

—Nuestra unión no es plena —dice Vanitas—. La llave espada χ está quebrada. ¡Únete a mí y consumemos su nacimiento!

Vanitas empuña la llave espada χ. Tal y como ha dicho, el filo presenta varias muescas, lo que significa que aún está incompleta.

—Tengo una idea mejor —responde Ventus—. ¿Qué tal si os destruyo a ambos?

—¡Ja, ja! La llave espada χ también forma parte de tu corazón, idiota. Si la destruyes, tu corazón desaparecerá para siempre.

—No me importa. Haré lo que sea necesario para salvar a Terra y Aqua.

—Uf... ¿Otra vez con la cancioncita de los amigos?

—¡Al menos yo tengo! Soy parte de sus corazones tanto como ellos del mío. ¡Mis amigos son mi poder, y yo soy el suyo!

Ventus logra vencer a Vanitas y destruir la llave espada χ. ¿Significa eso que él también dejará de existir?

El chico cierra los ojos y se deja llevar por la luz...

Ventus y Aqua, inconscientes dentro de sus respectivas armaduras, flotan en medio del Pasaje dimensional, dados de la mano. Están perdidos. Por suerte, alguien acude a rescatarlos.

El rey Mickey pone una mano sobre ellos, mientras, con la otra, sostiene en alto el fragmento estelar, transportándolos lejos de allí.

Cuando Ventus abre los ojos, está solo en medio de un lugar extraño.

—Este lugar... Ya he estado aquí. Es tan cálido... Ahora lo recuerdo... Éste es tu corazón.

¿El corazón de quién? Seguro que podéis suponerlo. Pero, si no..., paciencia.

Aqua

Capítulo A1 – Examen de Maestro

Aquí estamos de nuevo. Conocéis de sobra esta parte, ¿verdad? Terra y Aqua se presentan al examen de Maestro, Xehanort pone las cosas difíciles para obligar a Terra a usar la oscuridad, Ventus se ve implicado sin quererlo... Al final, únicamente Aqua recibe el aprobado. ¡Enhorabuena, Aqua! ¡Lo siento mucho, Terra! ¿Todo bien hasta aquí? Pues vamos a lo que importa.

Mientras Terra dialogaba con Xehanort en el exterior del castillo, y Ventus hacía lo propio en su habitación con el chico enmascarado, Eraqus daba la bienvenida formal a Aqua como nueva Maestra.

—Y ahora que eres Maestra de la llave espada, debes ser siempre consciente de...

Un cristal comienza a brillar, precedido por el sonido de unas campanas. Mientras Eraqus se aproxima a investigar el cristal, Terra llega corriendo, alarmado.

—¿Qué ha pasado?

—No lo sé —responde la chica—. ¿Dónde está Ven?

A través del cristal, el Maestro se está comunicando con alguien a quien no pueden ver.

—Está bien, enviaré a mis pupilos a investigar. Sí, entendido. Adiós. —Eraqus se acerca a Terra y Aqua—. Era mi viejo amigo Yen Sin. Como sabéis, él ya no es uno de los Maestros, pero sigue muy de cerca los devenires de la luz y la oscuridad. Sus consejos marcan el rumbo que nosotros, los portadores de la llave espada, debemos seguir. Lo cual hace esto más preocupante si cabe, pues me ha comunicado que las princesas de los corazones corren peligro. No sólo acechan las fuerzas de la oscuridad, como supondréis, sino también una nueva amenaza. Una que se alimenta de la negatividad. Aviesas emociones que se han transmutado en monstruos. Yen Sid los denomina "nescientes". Como portadores de la llave espada, tenéis el deber de abatir a todo aquel que amenace el equilibrio entre luz y oscuridad. Y los nescientes no son una excepción. He tratado de comunicarle el asunto al Maestro Xehanort, pero me es imposible contactar con él. Creo que algo no va bien.

—¿El Maestro Xehanort ha desaparecido? —se pregunta

Terra con extrañeza, pues acaba de hablar con él hace muy poco.

—Esto es lo que hay —sigue Eraqus—: quiero que pongáis esta situación bajo control. Eliminad a los nescientes y encontrad al Maestro Xehanort. He abierto el Pasaje dimensional. Podréis usar esos caminos prohibidos para viajar entre este mundo y muchos otros. La oscuridad acecha en ellos más que en cualquier otro sitio, pero vuestra armadura os protegerá. Por último, recordad que se debe mantener el orden; no podéis decir a nadie que existen otros mundos. Marchaos y cumplid con vuestro deber.

—Sí, Maestro —responden ambos.

—Terra, considera esto una oportunidad. Un segundo intento para hacerme cambiar de parecer. Debes entender que te aprecio como si fueras hijo mío. Si sólo dependiera de mí, te nombraría Maestro sin dudarlo. Pero ¿cómo podría hacer tal cosa, cuando es el poder lo que te obsesiona? Terra, no debes temer la derrota. El miedo lleva a la obsesión por el poder, y esa obsesión atrae a la oscuridad. No debes olvidarlo nunca.

—Gracias, Maestro. Juro que no volveré a fallarle.

Terra sale del castillo, dejando a Eraqus y Aqua a solas.

—Maestro, yo también debo irme —dice ella.

—Espera, Aqua. Antes de que partas, hay una cosa más que quiero decirte. Es una petición de suma prioridad. Le he dicho a Terra que ésta podría ser una segunda oportunidad para ser nombrado Maestro. Y así lo creo. Sin embargo, ese destello de oscuridad que mostró en el examen... Siento que fluye con fuerza en su interior. Si él no fuera capaz de controlar esas fuerzas, quiero que lo traigas de vuelta al instante. Es por su propio bien. No me lo perdonaría si uno de vosotros cayera en la oscuridad.

—Por supuesto —asiente Aqua—. No permitiré que eso ocurra. Le prometo que traeré a Terra de vuelta. Y esta vez verá como demuestra que tiene lo necesario para ser Maestro. No es tan débil como usted cree.

Aqua abandona el castillo, seguida de cerca por su Maestro. Al ver lo que sucede en el exterior, ambos se quedan de piedra. Terra acaba de partir para iniciar su misión, sin esperar a Aqua..., y lo que es peor: Ventus va tras él.

—¡Espera, Ven! —Los gritos de Aqua son ignorados.

—¡No! —Eraqus es quien parece más alarmado—. ¡No debe

irse! ¡Tienes que traerlo de vuelta, Aqua!

—No se preocupe, Maestro.

Aqua parte de inmediato, esperando alcanzar a sus amigos. Ella cree que la preocupación de Eraqus es puramente paternalista, pero, a estas alturas, ya sabemos que lo que más teme es la posible creación de la llave espada χ...

Capítulo A2 – Castillo de los Sueños

Aqua llega al primer mundo de su largo viaje. Ha aparecido en la entrada de un palacio (o castillo, si lo preferís). Ante ella hay unas largas escaleras, por las que descienden dos personas. La primera, una bella joven vestida de forma muy elegante, acaba de perder un zapato. Tras ella va el Gran Duque, con ese mismo zapato en la mano. Aqua los ve salir del palacio, preguntándose qué está pasando. Bueno, si quiere averiguarlo, que se lea el capítulo T3.
—¡Eh, Aqua! —Terra también está allí.
—¡Terra! Ven ha huido de casa.
—¡¿Qué?!
—Creo que fue a buscarte. ¿Sabes por qué?
—No. Aunque... —Terra recuerda su última conversación—. Justo antes de irme, intentó decirme algo. Ojalá hubiera atendido a lo que quería contarme.
—Oh... Bueno, ¿has dado con el Maestro Xehanort?
—No exactamente, pero he descubierto algo: según parece, busca corazones puros llenos de luz. Lo único que puedo decirte, es que su búsqueda no lo ha traído aquí.
—De acuerdo —asiente Aqua—. Me quedaré un rato más, a ver si encuentro pistas.
—Vale. El príncipe está en el salón de baile, ahí delante. Quizá sepa algo.
—Gracias.
—Por cierto, Aqua. ¿Sigues teniendo el mismo sueño?
—Pues... sí.
—Hay una chica aquí. Se llama Cenicienta. Me ha demostrado lo poderoso que puede ser creer en algo. No importa que las cosas puedan parecer imposibles. Creer con fervor en un sueño, siempre cubre de luz la oscuridad. Si la ves, dale las gracias de mi parte.
—Lo haré.
Ya sin la compañía de Terra, Aqua se dirige al salón de baile. Allí se cruza con tres mujeres: lady Tremaine y sus hijas, en las que percibe un aura maligna.
Cuando Aqua está a punto de llegar ante el príncipe, el Gran

Duque pasa corriendo junto a ella, con el zapato en la mano.

—Perdona —dice Aqua—, ¿quiénes eran esas damas que acaban de marcharse?

—Oh, pues... Si la memoria no me falla, son lady Tremaine y sus hijas.

Al verlos ahí hablando, el príncipe se aproxima a ellos.

—Alteza —dice el Gran Duque—, he encontrado esto en las escaleras de palacio.

—¿Un zapato de cristal?

—Perdido por la adorable jovencita que acaba de salir corriendo. Removeré cielo y tierra hasta dar con su dueña.

—¿En serio?

—¡Claro que sí, alteza! Después de todo, al fin habéis hallado a la dama con quien deseáis desposaros. Ante tan gozosas noticias, vuestro padre, el rey, ha decretado que se inicie inmediatamente una búsqueda por todo el reino. Comenzaré por la casa más cercana, la de lady Tremaine.

Vaya casualidad, ¿eh? Sea como sea, Aqua decide seguir en secreto al Gran Duque, pues lady Tremaine y sus dos hijas le dieron muy mala espina.

Al llegar a la mansión, la Maestra de la llave espada se queda en el exterior, escuchando atentamente la conversación entre el Gran Duque y lady Tremaine.

—Honráis nuestro humilde hogar —dice ella—. Permitidme que os presente a mis hijas: Drizella y Anastasia.

Definitivamente, Aqua detecta una gran oscuridad dentro, por lo que empuña su llave espada, "Aguacero" y se dispone a irrumpir. Pero, entonces...

—¡Espera! —Una mujer ha aparecido tras ella—. Es peligroso combatir la oscuridad con luz, querida.

—¿Quién eres?

—Soy el Hada Madrina de Cenicienta. Aparezco sólo ante quienes confían en que los sueños se hacen realidad.

—Vaya, es un honor. Pero ¿por qué dices que no se puede usar la luz para combatir la oscuridad?

—Los rayos más fuertes de sol crean sombras oscuras. Por desgracia, lady Tremaine y sus hijas envidian el encanto y la belleza de Cenicienta. Cualidades que tú ves como "luz". Esa envidia es oscuridad. Luz y oscuridad van de la mano; la una es imposible sin la otra.

—Entonces... ¿qué debo hacer?

—Muy fácil, querida. Uno de los amigos de Cenicienta se afana por evitar que su luz se apague. Quiero que ayudes al pequeño Jaq.

—Cuenta conmigo.

—¡Pues que empiece la magia! ¡Bibidi bobidi bu!

El Hada Madrina reduce el tamaño de Aqua con su varita mágica, y la eleva en el aire para que pueda acceder a la mansión a través de una ventana del segundo piso. Allí, la chica se encuentra con un ratón, Jaq, que intenta transportar una pesada llave hasta su ratonera.

—¿Va todo bien? —pregunta Aqua.

—¡La madrastra de Cenicienta la ha encerrado en su cuarto! ¡Tengo que sacarla de allí!

—Yo te ayudaré.

—Oh, gracias. —Jaq observa la llave espada de Aqua—. ¡Eh! ¡Es igual que la de Ven Ven! ¿Lo conoces?

—Soy Aqua, amiga de Ven. ¿Cómo es que lo conoces tú?

—¡También somos amigos! Ven Ven me ayudó a arreglar el vestido de Cenicienta.

—¿Y dónde está ahora?

—Buscando a un amigo. A otro amigo.

—Entiendo... —Obviamente, se refiere a Terra—. No se han cruzado por poco.

Varios nescientes obstruyen el camino de Jaq. Aqua se ocupa de ellos, mientras el ratón corre hacia el pasadizo que lleva a la habitación de Cenicienta. Cuando la chica ha completado su parte de la misión, se dirige al recibidor de la mansión, donde Anastasia y Drizella están terminando de probarse el zapato de cristal. Como es lógico, por desgracia para ellas, a ninguna le vale.

—¿Son las únicas damas de la casa? —pregunta el Gran Duque.

—No hay nadie más —responde lady Tremaine.

Para evitar que el Gran Duque se marche, Aqua recupera su tamaño normal y le pide probarse el zapato, esperando poder ganar algo de tiempo.

—¡Esta chica no vive aquí! —protesta lady Tremaine.

—Hmm... Nos conocimos en palacio —dice el Gran Duque, reconociendo el característico pelo azul de Aqua—. Por desgracia., no sois la doncella que el príncipe busca.

—Pero soy una chica —replica Aqua—. Al menos, debería tener derecho a probármelo.

El Gran Duque acepta. Pero no va a tener tiempo para probárselo, pues Cenicienta baja corriendo las escaleras.

—Gracias —dice a Aqua.

—Soy yo quien debería darte las gracias —responde la Maestra—, por enseñar a Terra que debe seguir creyendo.

Lady Tremaine se interpone en el camino del Gran Duque.

—No le prestéis atención, señoría. Sólo es una niña con mucha imaginación.

—Madame —responde él—, mis órdenes dicen "todas las doncellas".

Cuando el hombre se dispone a ponerle el zapato a Cenicienta, lady Tremaine le hace la zancadilla. El Gran Duque cae al suelo..., y el zapato de cristal se rompe en mil pedazos. ¡Maldita arpía!

—¡¿Qué haré ahora?! —lloriquea el Gran Duque, reuniendo los trocitos.

—Por favor, no os preocupéis —contesta Cenicienta, sacando algo de su bolsillo—. Tengo aquí mismo el otro zapato.

El Gran Duque coge el otro zapato de cristal, y, tras comprobar que indudablemente se trata de la pareja del que acaba de romperse, lo prueba en el pie de Cenicienta. Jaq salta de alegría al ver cómo encaja perfectamente.

—¡Debo informar al príncipe de inmediato! —exclama el Gran Duque—. Señorita, venid conmigo, por favor.

—Será un placer —responde Cenicienta.

Pero lady Tremaine, Anastasia y Drizella no se lo van a poner tan fácil. Su envidia es tal, que de sus negros corazones nace un nesciente, Carroza poseída, tan peligroso que incluso elimina a sus propias *creadoras*. Por suerte, Aqua aún está por allí, y puede ocuparse del monstruo antes de que dañe a Cenicienta.

Con el camino despejado, la joven puede al fin llegar al palacio y reunirse con el príncipe, quien la recibe con un cálido abrazo.

Aqua y el Hada Madrina observan la bonita escena desde

lejos, para no molestar.

—Un corazón puro, lleno de luz... —dice la Maestra—. Qué raro. Mi Maestro me enseñó que la oscuridad debe ser destruida. Pero ¿de qué otra forma, si no es usando la luz?

—Oh, querida, eres demasiado joven para saberlo. La experiencia te acabará dando todas las respuestas. Tú sigue aferrándote a tus sueños.

Por el momento, a lo que va a aferrarse es su llave surcadora, para viajar al siguiente mundo.

Capítulo A3 – Bosque de los Enanitos

Aqua llega a la casa de los siete enanitos, los cuales no dejan de llorar, contemplando un ataúd de cristal y oro. En su interior, yace el cuerpo de Blancanieves.

—¿Qué ha pasado? —pregunta Aqua.

—La malvada reina se moría de celos por la belleza de nuestra querida Blancanieves —explica Sabio—. Así que se valió de su maléfica magia para transformarse en una anciana, y le dio a Blancanieves una manzana envenenada.

—Cuando regresamos, ya era demasiado tarde —se lamenta Feliz—. Nos encontramos a la princesa completamente inmóvil. No pudimos hacer nada por despertarla.

—¿Y no hay forma de ayudarla? —pregunta la Maestra de la llave espada.

—No —responde Sabio—, a menos que alguien vaya al pasillo..., digo, al castillo.

—¡Vosotros podéis quedaros aquí si queréis! —exclama Gruñón—. ¡Pero a mí no me da miedo ir, aunque sea la guarida de esa bruja!

—No lo contarás —le advierte Sabio—. Se dice que el castillo está encantado y plagado de monstruos.

Aqua se ofrece voluntaria para ir a investigar. La chica no tiene dificultades para abrirse paso entre los nescientes y llegar al patio del castillo, donde encuentra a un hombre joven con expresión de preocupación.

—¿Va todo bien? —pregunta Aqua.

—Es el castillo... No sé, lo noto diferente. Y no encuentro a la princesa, ni oigo su dulce voz.

—Ah, ¿conocías a Blancanieves?

—Sí, nos vimos una vez. Su canto me llevó hasta ella. ¿Es que le ha pasado algo?

—Me temo que sí... La malvada reina la engañó para que mordiera una manzana envenenada.

—¡Debo ir a verla! ¡¿Dónde está?!

—En el bosque, protegida por siete buenos enanitos.

—La encontraré. Quizá pueda hacer algo por ella.

El príncipe sale corriendo. Por su parte, Aqua decide seguir investigando el castillo en busca de la reina. Aunque no hay rastro de ella, la Maestra halla la sala del espejo mágico, ahora aparentemente vacío. Aqua se aproxima a él, tomándolo por un espejo normal y corriente. Entonces, se ve arrastrada a su interior, donde el espejo mágico trata de acabar con ella.

Tras enfrentarse en combate al ser que habita el espejo, Aqua logra recuperar la libertad.

—La reina cayó, nada más que pueda hacer yo. Adiós, oh, digna vencedora.

Con esas palabras, el espejo mágico desaparece.

Sin perder ni un segundo, Aqua regresa corriendo a la casa de los siete enanitos, que siguen llorando junto al ataúd, desconsolados. Allí también está el príncipe, quien se inclina sobre el cuerpo inmóvil de Blancanieves, y la besa suavemente en los labios a modo de despedida. Sin embargo, para su propia sorpresa, ese gesto de amor ha logrado romper el hechizo que mantenía a la princesa dormida (¿dónde fabrican esos venenos tan raros?).

Los enanitos bailan y saltan de alegría al ver a Blancanieves levantarse del ataúd y abrazarse al príncipe anónimo. Aqua no puede evitar acordarse de Ventus, quien cayó inconsciente el mismo día en que se conocieron, debido a sus problemas de memoria, que, como ya sabemos, se originaron cuando Xehanort sacó la oscuridad de su corazón a la fuerza, creando a Vanitas. Ventus pasó días inconsciente, hasta que finalmente logró recuperarse.

Tras despedirse de Blancanieves, los enanitos y el príncipe, Aqua reanuda su viaje.

—Cada despertar inicia una nueva aventura. Quizá Ven se marchó de casa... porque era el momento de hacerlo.

Capítulo A4 – Castillo de los Sueños

Ante Aqua se eleva un oscuro castillo ruinoso, protegido por pequeñas criaturas monstruosas, que no son nescientes. A pesar de eso, la chica decide internarse a investigar. Y no tarda en alegrarse de haberlo hecho, pues, en la sala del trono, encuentra a Ventus discutiendo con Maléfica.

—¡Me niego a creer que Terra le hiciera eso a alguien! —exclama él.

—¿No me crees? —responde la bruja—. Qué pena, porque él accedió sin más.

Aqua se une a su amigo. Aunque no ha oído el resto de la conversación, intuye por dónde van los tiros: ¿ha cedido Terra a la oscuridad?

—¡No la creas, Ven!

—¡Aqua!

—Terra nunca haría eso. Lo sabes tan bien como yo.

—Tienes razón.

—Ah... —Maléfica suspira—. La verdad puede ser de lo más cruel, incluso entre los mejores amigos. Después de todo, uno nunca sabe los secretos de otro corazón. ¿No estáis de acuerdo, Ventus, Aqua?

La chica ignora sus palabras. Tiene algo que decir a Ventus.

—El Maestro me ha enviado a buscarte. Ven, volvamos a casa.

—Pero, Terra...

—Él volverá cuando esté listo.

Ventus titubea unos segundos antes de tomar una decisión.

—Lo siento, Aqua, pero no voy a acompañarte.

—¿Por qué?

—Es que... ¡tengo que encontrarlo antes de que sea demasiado tarde!

Ventus sale corriendo, desoyendo la petición de su amiga.

—Veo que tú también blandes una llave espada —dice Maléfica.

—¿Por qué conoces las llaves espada? —responde Aqua.

—Una fuente de poder... Una llave que abre los corazones de los seres, e incluso de mundos enteros, y permite a uno obtenerlo absolutamente todo. Un poder que encuentro de lo más fascinante.

—Entonces, ¿es verdad que Terra...?

—Sí. Y ahora dime, querida: ¿querrías servirme tú también?

—¡Jamás!

—Ya veo. Xehanort tenía razón; eres una chica obstinada.

—¿De qué conoces al Maestro Xehanort?

—Creo que necesitas tiempo para considerar mi oferta. Por suerte, conozco el lugar perfecto para que reflexiones.

Maléfica golpea el suelo con su bastón, creando un portal oscuro que transporta a Aqua al interior de una celda. No está sola, pues allí, encadenado a la pared, hay un hombre.

—¿Quién eres? —pregunta él.

—Me llamo Aqua. Creo que he caído en una trampa. ¿Por qué estás aquí?

—Por intentar romper una vil maldición. Me había citado con la doncella más bella del mundo, en una cabaña del bosque. Pero ahora mi verdadero amor está sumida en un eterno letargo, y sólo yo puedo romper el hechizo.

Las tres hadas, Fauna, Flora y Primavera, aparecen en el interior de la celda.

—¿Es cierto eso que decís? —pregunta Flora.

—Sí —responde el hombre—. Maléfica me lo confesó.

—¡Oh, entonces sois vos, príncipe Phillip!

Las Hadas usan su magia para quitarle las cadenas y abrir la puerta de la celda. Aqua y Phillip, que va armado con una espada y un escudo, eliminan a los guardias de Maléfica y corren hacia el castillo de Aurora. Sin embargo, mientras cruzan el largo puente que lleva a la entrada del castillo, Maléfica se interpone en su camino.

—¡Maléfica! —exclama Aqua—. Dime qué te dijo el Maestro Xehanort.

—Es triste, pequeña, ver que, a diferencia de Terra, careces del don de la obediencia. Te muestras ciega ante el hecho de lo fácil que fue para él.

—¡Terra jamás colaboraría contigo!

—Al contrario. Acogió sin reparos la oscuridad que en él mora.

—¡Deja de mentir!

Aqua empuña su llave espada, dispuesta a cerrarle la boca a golpes si es necesario. Y Maléfica no piensa huir.

—¡Contemplad los poderes del mal!

La bruja usa un conjuro que la convierte en todo un dragón negro, que expulsa llamaradas verdes por la boca. Phillip no se deja amedrentar, y se lanza al ataque, escudo en ristre, protegiéndolos a ambos de las llamas. De esta forma, Aqua logra subir sobre el lomo del dragón, dejándolo aturdido por unos segundos.

—Todas juntas —dice Flora a sus hermanas—. ¡Firme embista esta poderosa espada de la verdad, para el mal desterrar y la dicha asegurar!

Las tres dirigen sus varitas a la espada de Phillip, que irradia luz mágica. El príncipe arroja su arma al dragón, hundiéndola en su pecho. Entre rugidos de dolor, Maléfica recupera su forma original, casi sin poder moverse.

Con el camino despejado, Phillip y las tres hadas se dirigen a la habitación de Aurora. Aqua, sin embargo, se queda junto a la bruja para asegurarse de que no intenta otra de sus artimañas.

—Te ha vencido el poder del amor verdadero —dice la Maestra.

—No me derrotará algo tan insignificante como el amor...

—No tienes ni idea de lo que dices. La oscuridad te ha cegado tanto, que te impide ver más allá de ella. Resístete cuanto quieras, pero nunca derrotarás a un corazón lleno de luz.

—Quizá. Pero recuerda esto: ¡mientras exista la luz, habrá oscuridad! Con el tiempo, muchos más serán atraídos hasta ella. ¡Y entonces me pertenecerán!

Maléfica desaparece sin que Aqua pueda hacer nada por evitarlo.

—Terra... Tienes que ser fuerte.

El príncipe Phillip despierta a Aurora con un beso (¿de qué me suena esto?), rompiendo así la maldición que mantenía a la princesa en estado de letargo. ¡Un problema menos!

Capítulo A5 – Vergel Radiante

Mientras surca el Pasaje dimensional, Aqua divisa a Terra a lo lejos, y lo sigue en secreto hasta Vergel Radiante. Una vez allí, le pierde la pista.
Buscando a su amigo, Aqua se cruza con Tío Gilito en la Plaza Mayor.
—Disculpe. Siento mucho molestarle, caballero.
—Ah, qué jovencita tan bien educada. Será un verdadero placer ayudarte.
—Busco a un chico que no es de por aquí.
—Um... Creo que sé de quién hablas. Se marchó corriendo que se las pelaba hacia el castillo.
—Muchas gracias.
En realidad, Gilito está hablando de Ventus, no de Terra. Pero eso ya da igual, porque Aqua pone rumbo a la entrada del edificio situado en la zona más alta de Vergel Radiante. Allí, en los alrededores, encuentra a una niña pequeña recogiendo flores distraídamente, hasta que un grupo de nescientes aparece para tocar las narices. De todos modos, ¿quién deja a una niña sola habiendo tantos monstruos sueltos?
La niña se esconde detrás de Aqua, quien ha notado algo en ella: el corazón de esa niña rebosa luz. La Maestra trata de protegerla, pero apenas puede luchar, pues debe mantenerse encima de la niña para evitar que sufra daños.
Afortunadamente, otro elegido de la llave espada acude a echarles una mano. Es el rey Mickey.
—¡Rápido, pon a la niña a salvo!
Aqua esconde a la niña cerca de allí, y regresa para ayudar a Mickey a combatir a los nescientes. Entre ambos los despachan con facilidad.
—Gracias —dice ella—. Me llamo Aqua, y soy discípula del Maestro Eraqus.
—Yo soy Mickey. Antes era el aprendiz de Yen Sid. He vuelto a él para que siga adiestrándome.
—Siento la luz en esta niña. ¿Crees que por eso la atacaron?
—Sí, eso creo —asiente el rey—. Yo diría que es una persona

realmente extraordinaria.

—Debemos protegerla.

—¡Unamos fuerzas!

Mickey ofrece su mano a Aqua. Sin embargo, antes de que la chica pueda estrechársela, el fragmento estelar comienza a brillar en el bolsillo del rey, enviándolo muy lejos de allí en un abrir y cerrar de ojos. Aqua y la niña observan con asombro la estela que ha dejado tras de sí.

—Toma. —La niña ofrece a Aqua las flores que ha recogido.

—¿Son para mí?

—Sí. Gracias por salvarme.

—Oh, son preciosas. Eres muy amable.

—¡Me llamo Kairi!

—Encantada de conocerte, Kairi. Soy Aqua.

Una anciana acude a buscar a Kairi. Es su abuela.

—Ah, aquí estás —dice la anciana—. Es hora de irnos, cariño.

—Espera un momento, Kairi. —Aqua pone su mano sobre el colgante de la niña—. Acabo de lanzar un hechizo mágico. Si algún día estás en peligro, la luz de tu interior te guiará hasta la luz de otro. Alguien que te protegerá.

—¡Gracias!

Tras despedirse de Aqua, Kairi corre al encuentro de su abuela. Antes de alejarse, Aqua oye una interesante conversación entre ambas.

—Oye, abuelita, ¿me cuentas la historia?

—¿Otra vez, cariño?

—¡Por favor!

—Está bien. Hace mucho tiempo, cuando había paz, la gente vivía al calor de la luz. Todos amaban la luz. Pero un día empezaron a luchar unos contra otros para acapararla, y la oscuridad creció en su interior. Se extendió, y engulló la luz y los corazones de los que luchaban. Lo cubrió todo, y el mundo desapareció. Pero algunos fragmentos de la luz sobrevivieron en el corazón de los niños. Con esos fragmentos, los niños reconstruyeron el mundo perdido. Y ése es el mundo en el que vivimos. Pero la verdadera luz está oculta en la más profunda oscuridad. Por eso los mundos siguen aún dispersos, alejados unos de otros. Pero, algún día, se abrirá una puerta a la más profunda oscuridad, y entonces volverá la verdadera luz. Así que, presta atención: aun en la más profunda oscuridad, siempre habrá una luz que te guíe. Ten fe en la luz, y la oscuridad nunca te derrotará. Tu corazón brillará con su poder, y ahuyentará las sombras.

—¡Sí!

La anciana y la niña se alejan hasta perderse de vista.

—Kairi... —dice Aqua para sí misma, observando el ramo de flores—. Algo me dice que no nos hemos encontrado por casualidad.

De pronto, Aqua observa a un gran nesciente cerca del castillo, volando hacia las calles de la ciudad. La chica decide seguirlo para darle caza. Ya sabéis lo que viene ahora, ¿no? Se encuentra con Terra y Ventus en los canales subterráneos, porque cada uno de ellos ha ido siguiendo a una de las tres partes que forman al nesciente Triarmadura. Entre los tres lo derrotan.

—Hacemos un buen equipo —dice Aqua.

—¡Y tanto! —exclama Ventus—. Por cierto, os he conseguido estos pases de por vida para Ciudad Disney. Me dijeron que llevara a dos adultos.

—¿Nosotros? —Aqua ríe—. Escucha, Ven, tenemos que llevarte de vuelta a casa.

—No hace falta, confiad en mí. ¡El tío de la máscara ya es historia, Terra! ¡No volverá a hablar mal de ti!

—¿Qué? —Terra coge a su amigo de los hombros—. ¿Has visto al chico de la máscara?

—Sí.

—Se llama Vanitas. Ven, deja que Aqua te lleve a casa.

—¡Ni hablar! —protesta Ventus—. ¡Quiero ir con vosotros!

—No puedes. Tenemos una tarea muy peligrosa entre manos. No quiero que acabes herido.

—¿Y qué es eso tan peligroso, Terra? —pregunta Aqua—. No parece que tenga que ver con lo que el Maestro te ordenó.

—Quizá siga otra senda, pero lucho contra la oscuridad.

—No estoy tan segura de eso... He visitado los mismos mundos que tú, y he visto lo que has hecho. No deberías exponerte tanto a la oscuridad.

—¿Qué estás diciendo, Aqua? —replica Ventus—. ¡Terra jamás...!

—Entonces —lo interrumpe Terra—, ¿me has estado espiando, Aqua? ¿Fue eso lo que te pidió el Maestro?

—Él solamente... —La chica aparta la mirada.

—Ya veo. —Terra se da la vuelta y comienza a caminar.

—¡Espera, Terra! —Ventus corre tras él.

—¡Quédate ahí! A partir de ahora, voy por mi cuenta, ¿entendido?

—¡Terra, escúchame, por favor! —dice Aqua—. ¡El Maestro no tiene motivos para desconfiar de ti, créeme! ¡Sólo está preocupado por ti!

Pero su amigo rehúsa seguir hablando con ellos y se marcha.

—Te has pasado, Aqua —protesta Ventus.

—Ahora ya sabes la verdad. Pero el Maestro quiere a Terra, y lo sabes perfectamente.

—¿Te ha ordenado también que me lleves a casa? —su amiga aparta la mirada—. Aqua, lo de ser Maestra de la llave espada se te está subiendo a la cabeza. Me voy en busca de Terra.

El chico se marcha, dejando a Aqua sin saber qué hacer. Ha vuelto a fracasar en su cometido. Pero no piensa rendirse tan pronto. La Maestra llega a la Plaza Mayor, siguiendo el rastro de sus amigos. Allí no está ninguno de ellos dos, pero sí alguien de quien acaba de oír hablar: el muchacho enmascarado, Vanitas.

—¡Tú eres el chico que mencionaba Ventus!

—Ah, Ventus... Dime, ¿ha aprendido ya a pelear como es debido?

—¿Qué quieres decir?

—Aquí hago yo las preguntas. —Vanitas hace aparecer su llave espada—. Después de todo, soy el único que saldrá de aquí con vida.

—¡Eso ya lo veremos!

Aqua y Vanitas se enfrentan en combate. Aunque está muy igualado, la Maestra demuestra ser digna merecedora de ese título, venciendo al enmascarado.

—No está mal —reconoce él—. Felicidades. No te perderé de vista. Siempre es bueno contar con un plan B.

Vanitas desaparece a través de un portal oscuro.

—Tengo que detenerlo antes de que les pase algo a Terra o a Ventus...

En ese momento, Ventus llega corriendo a la Plaza Mayor. No hay rastro de Terra.

—¿Has dado con él, Ven?

—Sí, pero... se ha ido.

—Vaya. Entonces debo ir a buscarlo.

—Aqua, déjame ir contigo.

—No, Ven. Obedéceme y vuelve a casa.

—Pero ¿por qué no me dejas? —Ventus agacha la cabeza con tristeza.

—Porque no quiero que corras peligro. ¿Lo entiendes?

Confiando en que Ventus regrese a Tierra de Partida, Aqua monta en su Llave Surcadora y pone rumbo al Pasaje dimensional, esperando alcanzar a Terra antes de que lo hagan Vanitas o Xehanort.

Capítulo A6 – Ciudad Disney

Nada más poner un pie en la ciudad, Aqua conoce al Cansino Justicia..., digo, Capitán Justicia, la identidad nada secreta de Pete, con la que espera ganar el Trofeo del Millón de Sueños, acontecimiento principal del Festival del Ensueño.

Horacio, uno de los habitantes de Ciudad Disney, pide ayuda al Capitán Justicia para eliminar a unos nescientes que han aparecido en la plaza de frutibol. Al fin, una ocasión para demostrar lo que vale. Sin embargo, Pete se niega a enfrentarse a ellos, poniendo excusas patéticas, por lo que es Aqua quien da un paso al frente y se ofrece voluntaria para acabar con esos monstruos.

En el frutibol, cada equipo o participante ocupa una de las dos mitades del campo, y debe meter tantas frutas gigantes como pueda en la portería rival, arrojándolas con fuerza para superar la defensa. Hay que reconocer que los nescientes tienen honor, porque dejan de molestar tan pronto como Aqua los derrota en un partido de frutibol. Ojalá se pudieran resolver así todos los conflictos.

El Festival del Ensueño llega a su fin, a falta únicamente de entregar el Trofeo del Millón de Sueños, cuyo ganador se decide mediante votación popular. La reina Minnie informa del resultado: ¡hay un triple empate entre Aqua, Terra y Ventus! Como la Maestra es la única de los tres que sigue en la ciudad, recoge el premio en nombre de sus amigos. El Trofeo del Millón de Sueños es simplemente unas palabras de agradecimiento, y el premio... es un nuevo helado creado en su honor: el helado Baya Real. ¡Genial, seguro que es muy útil para derrotar a Xehanort!

Pete no se toma nada bien el haber perdido, llegando a estar a punto de atacar a la reina, por lo que Minnie no tiene más remedio que ordenar su encierro inmediato en el calabozo. Cuando se queda a solas, aún rabiando y prometiendo vengarse, escucha una voz femenina.

—Haz exactamente lo que te diga, y quizá te libere de esta prisión.

—¿En serio? Oh, entonces cuenta conmigo. Tú sácame de aquí, y dime qué tengo que hacer.

—Sabia decisión. Con tu ayuda, ¡pronto todos los mundos que

existen me pertenecerán!

Un portal oscuro aparece frente a Pete, quien lo atraviesa sin pensárselo dos veces.

Y así fue como nació la alianza entre Pete... y Maléfica.

Capítulo A7 – Coliseo del Olimpo

La entrada del Coliseo ha vuelto a llenarse de nescientes. Aqua, que acaba de llegar, une fuerzas con Hércules para acabar con ellos. Fil hace el amago de ayudar, pero finalmente decide esconderse hasta que ha pasado el peligro.

—¡Uf! —Fil suspira—. ¡Esos pirados por poco hacen musaka conmigo!

—Eso te pasa por querer alardear —responde Hércules.

—¿Quién te ha preguntado, chico? Ya lo entenderás cuando seas mayor.

—Y más fuerte... Tanto como para ser un héroe.

—¿Piensas que ser fuerte es lo mismo que ser un héroe? —pregunta Aqua, mostrando su desacuerdo.

—¡Claro! Mira lo fuerte que es Terra, el nuevo campeón.

—¿Has dicho "Terra"?

—Oye, preciosa —interrumpe Fil—. ¿Tienes algún plan para luego? Ya sabes, he entrenado a unos cuantos héroes. Quizá podría deleitarte con una breve oda épica.

—¿De verdad conocéis a Terra?

—¡Pues claro! —responde Fil—. Es el héroe local, la comidilla del momento... Oh, ahora lo entiendo. Eres otra de sus fans. Vaya adonde vaya, que si Terra esto, Terra lo otro... ¡Estoy hasta el gorro!

—No es nada de eso —replica Aqua—. Sólo quiero saber dónde está.

—Sí, qué me vas a contar, querida. ¡Tú y toda Grecia! El chaval aparece un buen día, gana los primeros Juegos en los que participa, dejando alucinado a todo el mundo, ¡y va el pavo y se esfuma!

—Todos dicen que Terra es increíble —añade Hércules—, un auténtico héroe. Estoy ansioso por ser tan fuerte como él.

—Entonces —dice Aqua—, ¿queréis decir que no está aquí?

—Eh, no tan rápido —contesta Fil—. Puede que no esté ahora, pero nunca se sabe. Puede que decida aparecer para participar en los Juegos.

—Sí —asiente Hércules—. Tiene que defender su título.

—Y si te apuntas —sigue Fil—, igual puede que te lo acabes encontrando. Tengo una idea: te apuntaré yo mismo. Si necesitas entrenador, para mí será un placer ponerte a tono.

Aqua se lo piensa durante un par de segundos antes de dar una respuesta.

—Me parece bien; apúntame a esos Juegos. Me llamo Aqua, por cierto. Encantada de conoceros.

—El placer es mío —responde Fil—. Y ahora, empecemos con algo básico.

—Gracias, pero no necesito entrenador.

—¡Bah! ¡Mujeres! Siempre igual. En fin, iré a apuntarte.

Fil se ocupa del papeleo, y, poco después, Aqua salta a la arena del Coliseo, donde derrota uno tras otro a los grupos de nescientes rivales. Tras diez rondas, la chica alcanza la final.

—Terra sigue sin aparecer —dice al reunirse con Fil y Hércules—. Se supone que voy a enfrentarme a un tipo llamado Zack.

Al darse la vuelta, Aqua se sobresalta, pues tiene a un chico muy cerca de ella.

—Eres Aqua, ¿verdad? Yo soy Zack, tu rival en la final. ¡Ja, al fin! Cuando te derrote, podré ir a por Terra.

—¿Cómo? Me he perdido. ¿Quieres decir que hay otro combate tras la final?

—Oh, supongo que no te han informado bien. Eh, Fil, ¿por qué no le explicas las reglas?

El fauno da un paso al frente.

—Los Juegos se dividen en dos bloques: este y oeste. Los ganadores de cada bloque se enfrentan en el combate por el campeonato. Vosotros estáis compitiendo en el este, y no tenemos ni idea de cómo va el otro bloque. Pero, por lo que sabemos, Terra podría estar participando en el oeste.

—Entonces no es aquí donde tendría que estar combatiendo —replica Aqua—. Voy a buscarlo allí.

—¡No! ¡No puedes! Esto... Eh... ¡No está permitido! Los atletas tienen terminantemente prohibido ver los combates del otro bloque.

Hércules y Zack cruzan una mirada, preguntándose si, tal y como parece, Fil acaba de inventarse esa regla. ¿Qué trata de ocultar?

—Está bien —dice Aqua—. Acabaré lo que he empezado.
—¡Esto no me lo pierdo! —exclama Hércules—. ¡Un combate entre Zack y Aqua!
—De eso nada —replica Fil—. Tienes que acabar tu entrenamiento.
—Oh, vaya... En fin, buena suerte a ambos. Nos vemos luego.
Fil y Hércules se marchan.
—Aqua, empléate a fondo —dice Zack, siempre enérgico y positivo.
—Tú también.
—¡Me siento en plena forma!
—Zack, Terra es amigo mío. ¿Cómo es que lo conoces?
—Me salvó la vida. En los Juegos anteriores, ese idiota de Hades quiso convertir a Terra en una marioneta de la oscuridad, y me utilizó para conseguirlo. Usó algún tipo de magia, o yo qué sé, que me volvió medio loco, y me dio unos extraños poderes que usé contra Terra. Pero ¿sabes qué? Terra me liberó. Y no necesitó la oscuridad para hacerlo.
—No lo sabía.
—Bueno, basta de charla. ¡Nos vemos en la arena!

Aqua y Zack se enfrentan en la final del bloque este..., con victoria aplastante para la Maestra de la llave espada.

Una curiosidad: Zack dice instantes antes del combate "Prometí a Terra que lucharíamos en un combate justo". En inglés, la frase exacta es "I promised Terra I'd face him. Fair and square!". Es el mismo significado, pero, al traducirlo se pierde una doble referencia oculta. Si sois fans de *Final Fantasy VII*, probablemente ya lo hayáis entendido. En concreto, estoy hablando de la parte de "Fair and square!". Y es que el nombre completo de este gran personaje es Zack Fair. Y Square, como todos sabemos, es la dueña de *Final Fantasy*, de *Kingdom Hearts* y de nuestras almas.

—¡Agh, he vuelto a perder! —se lamenta Zack—. Si quiero ser un héroe, ya puedo ir espabilando.

Un hombre de pelo llameante se aparece junto a ellos.

—¿En serio eres tú la ganadora? Yo que me pasaba por aquí para ver qué musculitos me tocaba ahora, y... ¡Por todas las hidras! No es más que una damita, una zagalilla, una palomita como tú.

—¡Hades! —exclama Zack.

—¿Qué ha sido eso? ¿Un mosquito? Vaya, ¿dónde me habré dejado el insecticida?

—¡¿Un mosquito?! —protesta Zack, ofendido.

—Así que tú eres Hades —dice Aqua—. Utilizaste a Zack y trataste de arrastrar a Terra hacia la oscuridad.

—Daré por hecho que conoces a ese cobarde enclenque —contesta Hades.

—Terra es mi amigo. Y he oído que venció a la oscuridad. No tiene un pelo de cobarde.

—¡Ja! Es curioso, ¿sabes? A mí no me consta así. Verás, fue ese cobardica quien me rogó que lo..., cómo decirlo..., aleccionara sobre cómo usar la oscuridad.

—¡Mientes!

—Y cuando más cerca estaba de conseguirlo, va el pazguato y se echa atrás. Si eso no es ser un gallina, ya me dirás. Pero tú, mi dulce palomita, ¿por qué no revoloteas hasta aquí y demuestras algo de valor para el equipo ganador?

—La oscuridad no me interesa.

—Vaya, qué grosera. Con un "no, gracias, Su Divinidad", habría bastado. Por suerte, todavía puedo..., ejem, aniquilarte. Soy el vencedor del bloque oeste, por lo que las reglas dicen que te enfrentarás a mí. Y tengo oscuridad a puñados, ¡todita para ti!

Hades desaparece.

—¡Vuelve aquí, Hades! —grita Zack—. ¡Puf! Ojalá pudiera enfrentarme a él. Aqua, ¡tienes que ganar por Terra y por mí!

—Lo haré.

La chica espera a que dé inicio la gran final de los Juegos. Ya es más que evidente que Terra no va a aparecer, pero no puede permitirse dejar a Hades campar a sus anchas haciendo lo que le dé la gana.

Cuando Aqua salta a la arena del Coliseo, el ambiente está enrarecido. Las temperaturas han bajado drásticamente en cuestión de segundos, y pronto conocerá el motivo. Hades viene acompañado por un enorme coloso: el Titán Hielo.

—Nunca dije uno contra uno.

—¡Hades, tramposo! —protesta Zack desde la grada.

—"Regla número dos: los contrincantes pueden pedir ayuda". Será mejor que tú también llames a alguien, palomita.

—¡Yo soy ese alguien! —Zack salta a la arena.

—No, Zack —replica Aqua—. Puedo arreglármelas sola.

La Maestra de la llave espada se enfrenta en solitario a Hades y Titán Hielo, demostrando que hay que ser muy estúpido para subestimarla. Aqua elimina primero al coloso, y después hiere al Señor del Inframundo, quien decide darse por vencido.

—¡Sabía que ese montón de escarcha no bastaría! ¡Necesito un titán de verdad! ¡Ya veréis!

Hades se marcha, dando por finalizados los Juegos. ¡Aqua es la nueva campeona!

Zack y ella abandonan el Coliseo.

—Maldito Hades... —dice el chico—. La próxima vez se va a enterar. ¡Bueno, esto hay que celebrarlo!

—No hace falta.

—Um... Eh, ¿y qué tal una cita? —Es otra referencia, esta vez a *Crisis Core*.

—¿Qué? ¡Oh! ¿Quieres decir...? —Por primera vez, Aqua se pone nerviosa—. Lo siento, es que debo irme ya... Además, tengo que entrenar un montón, y...

—Vale, vale. Yo también tengo lo mío por delante, supongo. Oye, te propongo un trato: ¡cuando sea un héroe, saldrás conmigo!

—Yo... no puedo prometerte nada.

—¡Bien! ¡Decidido entonces! ¡Héroes, haced hueco para uno más!

Zack sale corriendo, emocionado. Apenas unos segundos después, llega Hércules.

—Vaya, ¿ya se han acabado los Juegos? Y eso que he terminado los ejercicios de hoy en tiempo récord... ¿Qué te pasa, Aqua? Estás colorada.

—¡N-Nada, nada! Tú también quieres ser un héroe, ¿verdad? Sólo a base de fuerza bruta no lo lograrás.

—Lo sé. La fuerza no es suficiente, empiezo a hacerme una idea. Al veros a Zack y a ti, siento que hay algo más.

—Tu corazón también rebosa de fuerza, Hércules. No te rindas, y seguro que un día te convertirás en un auténtico héroe.

Tras despedirse de él, Aqua regresa al Pasaje dimensional.

Capítulo A8 – Espacio Profundo

Siguiendo el rastro de unos nescientes, Aqua llega a la misma aeronave donde apresaron a Terra, y a la que, dentro de poco, llegará Ventus, como ya pudimos ver en su capítulo correspondiente.

Tras despejar de nescientes la sala por la que ha accedido a la nave, Aqua encuentra un objeto con forma de estrella en el suelo. Parece un Siemprejuntos, uno de esos amuletos que la Maestra regaló a sus dos amigos, pero hecho de forma muy rudimentaria, con piezas mecánicas dispares. Mientras lo observa de cerca, una pequeña criatura azulada se lo arrebata de las manos. Es su dueño, Stitch.

—¿De dónde has sacado eso? —le pregunta Aqua.

Pero no va a tener tiempo de comprobar si aquella criatura sabe hablar, pues el capitán Gantu llega corriendo, con intención de capturarlo. Stitch huye por los conductos de ventilación antes de ser visto.

—Eh, tú —dice Gantu a Aqua—. ¿Ha pasado por esta zona el Experimento 626?

—No entiendo. ¿El experimento *qué*?

—No vayas de lista. ¡La abominación genética del doctor Jumba, 626! Pequeño, azul, despiadado...

—¿En serio? A mí no me ha parecido despiadado.

—¡Ah, así que lo has visto!

—Sí, se fue por los conductos de ventilación.

—¡Maldita sea, se ha vuelto a escapar! —Gantu está a punto de marcharse, pero...—. Espera un momento. No me suenas de nada. ¿A qué sección perteneces?

—¿Yo? Pues...

—Así que viajando de polizona, ¿eh? Acompáñame.

Aqua acepta ir con él, pese a que pueda estar pensando encerrarla en una celda. Pero no llegan muy lejos, pues, a mitad de camino, se cruzan con la Gran Consejera.

—¿Qué está pasando? —pregunta ella—. Capitán Gantu, ¿no le ordené que apresara a los fugitivos inmediatamente?

—Sí, y pronto estarán bajo custodia. Ya estarían entre rejas si no fuera por esos horribles monstruos. Es decir..., si no hubiera descubierto a esta posible polizona.

—No era mi intención colarme en su nave —se defiende la Maestra—. Me llamo Aqua. He seguido a los monstruos hasta aquí, y puedo ocuparme de ellos. Deje que se lo demuestre. Mi arma es lo único que puede detenerlos.

—¿Nuestras armas son inútiles contra ellos? —pregunta la Gran Consejera—. ¿Es eso cierto, capitán?

—La verdad es que no hemos probado todas nuestras opciones... —responde Gantu.

—Y no tenemos tiempo para hacerlo. Es una suerte que estés aquí, Aqua. Tu ayuda es más que bienvenida.

—Pero, Gran Consejera —insiste Gantu—, no puede dar crédito a las palabras de esta polizona...

—Claro que puedo. Estamos en plena crisis. El doctor Jumba y 626 siguen por ahí, y esos monstruos no hacen más que impedir que los capturemos. O... ¿acaso he malinterpretado las excusas por haber fallado en el cumplimiento de su cometido, capitán? —Gantu no responde, avergonzado—. ¿Nos ayudarás, Aqua?

—Por supuesto —asiente la chica—. Mi trabajo es acabar con ellos. Es lo que mejor se me da, señora.

—Entonces —sigue la Gran Consejera—, ¿puedo pedirte una cosa más? Si te encuentras con los fugitivos, haz lo que sea necesario para apresarlos sin que sufran daño alguno.

—¿Quiere que capture al doctor Jumba y al Experimento 626?

—¡Pero ése es mi trabajo! —protesta Gantu.

—Ya tuvo su oportunidad, capitán —replica la Gran Consejera—. Y ahora retírese y espere nuevas órdenes.

Eliminando a todos los nescientes que encuentra en el interior de la nave, Aqua llega a la prisión. Allí está Stitch, buscando algo.

—Tú debes de ser el Experimento 626. Me han ordenado que te aprese. ¿Puedes decirme qué estás buscando?

—¡Terra!

—¿Qué has dicho?

Stitch sale corriendo, trepando por las paredes hasta el conducto de ventilación, donde Aqua no puede perseguirlo. Toca seguir con la misión.

Tras ocuparse, con su Llave Surcadora, de unos cuantos nescientes que están merodeando por el exterior de la nave, la chica encuentra el Siemprejuntos de Stitch. Decide guardárselo, por si vuelve a ver a la criatura azulada, y después regresa a la sala de mando.

—Han visto al doctor Jumba y al Experimento 626 —informa la Gran Consejera—. Al parecer, ambos han sido identificados rondando por la dársena de lanzamiento. ¿Podrías encargarte de capturarlos?

—¿Realmente es tan peligroso ese tal Experimento 626? —pregunta Aqua.

—Debemos suponer que sí.

—Entiendo. Iré para allá ahora mismo.

En la dársena de lanzamiento, Aqua encuentra al doctor Jumba Jookiba tratando de apresar a su creación.

—Ríndete de una vez —dice Jumba—. Así subsanaré cualquier anormalidad, y se acabarán los comportamientos absurdos.

Stitch gruñe, negándose a colaborar.

—¡No deis un paso más! —advierte Aqua—. Doctor Jumba, Experimento 626, me han autorizado para poneros bajo arresto.

Al ver que Aqua lleva el Siemprejuntos consigo, Stitch se abalanza sobre ella y lo recupera.

—¡Terra! —repite.

—Así que de verdad era tuyo —dice la Maestra—. Pero ¿de dónde has sacado el diseño?

—Lo copió de un amuleto de la buena suerte que llevaba un chico llamado Terra —explica Jumba—. Dijo que una amiga se lo dio. Le tenía mucho apego.

—¿De verdad dijo eso?

—Sí.

—Eso significa que sigue bien... —Aqua respira aliviada.

—Y ahora —sigue Jumba—, por culpa de Terra y sus chuminadas, ¡mi creación suprema duda sobre sus instintos destructivos genéticamente programados!

Un disparo pasa rozando la cabeza de Stitch. Es el capitán Gantu.

—¿Qué está haciendo? —protesta Aqua—. ¡Tenemos órdenes de capturarlos con vida!

—He decidido hacer las cosas a mi manera —responde Gantu.

El capitán acorrala a Stitch, pero Aqua se interpone, defendiendo a la pequeña criatura. La Maestra de la llave espada se enfrenta a Gantu hasta que los interrumpe la Gran Consejera.

—¡Basta ya! Lo he visto todo por los monitores. Has sido de gran ayuda, Aqua. Gracias. Capitán Gantu, escolte a 626 hasta el asteroide desierto al que ha sido desterrado. Y cuando vuelva, será asignado a patrullas.

Gantu agacha la cabeza, dejando claro lo poco que le gusta aquel puesto.

Aqua no quiere irse sin antes tratar de convencer a la Gran Consejera.

—¿No podría considerar indultar al Experimento 626?

—¿Indultarlo? Es una criatura extremadamente peligrosa. No puedo dejar libre una amenaza así.

—Me da la impresión de que solamente intenta hacer amigos. Sea peligroso o no, sé que lo conseguirá.

—Está bien, Aqua. Si se comporta como es debido, consideraré acortar su destierro.

—Gracias, señora. —Aqua se acerca a Stitch—. Me gusta tu amuleto. ¿Crees que mis amigos podrían ser también amigos tuyos? Me llamo Aqua. Mis amigos son Terra y Ven.

—Aqua. Amiga. Terra. Ven.

El capitán Gantu se lleva prisionero a Stitch. Aunque, como ya pudimos ver en la historia de Ventus, que se sucede poco después, el pequeño 626 logrará escaparse una vez más.

Capítulo A9 – País de Nunca-Jamás

Zorrillo y Osezno, los niños amigos de Peter Pan, están participando en una búsqueda organizada por el propio Peter. Quien encuentre un mapa del tesoro que ha escondido el chico volador, será el líder de la próxima expedición.

Sin embargo, quien finalmente encuentra el mapa no es otra que Aqua, por pura casualidad, ya que ha aterrizado muy cerca del lugar donde estaba escondido. Pese a la decepción inicial de los niños, y a la total oposición de Campanilla, Peter Pan determina que aquella recién llegada no ha incumplido ninguna regla, por lo que será su jefa en la búsqueda del tesoro. La Maestra intenta renunciar a su premio, pero Peter Pan no acepta un "no" por respuesta.

Ante tanta insistencia, Aqua acepta seguirles el juego. Tras las presentaciones correspondientes, todos inician la marcha en busca del tesoro indicado con una cruz en el mapa.

Pero no será un paseo tranquilo, ni mucho menos. Cuando llegan a la Laguna de las Sirenas, el capitán Garfio los está esperando.

—¡Ya te tengo, Peter Pan! ¡Hoy por fin me libraré de ti de una vez por todas!

—Oh, ahora no me viene bien, Garfio. Vamos de expedición. ¿Te importa si te dejo en ridículo otro día?

—¡De eso nada! ¡Me vas a dejar en ridículo ahora mismo! Digo... ¡Devuélveme el tesoro!

—¿Quién es? —pregunta Aqua.

—Bah, pasa de él —responde Peter Pan—. Es el capitán Garfio, un piratucho de tres al cuarto.

—¡En tres o cuatro trozos te voy a cortar yo, mocoso! —grita Garfio—. ¡Smee, fuego!

El sonido de una explosión los pone en alerta. Los cañones del barco del capitán Garfio disparan contra ellos, obligándolos a salir corriendo. Algunos nunca aprenden la lección...

Aqua, Peter Pan, Campanilla, Osezno y Zorrillo recorren toda la isla, siguiendo las indicaciones del mapa, hasta que llegan ante la base de un acantilado.

—La señal del mapa apunta hacia allí arriba —dice Osezno con preocupación.

—Sin problema —responde Peter Pan—. Un poco de polvo de hadas, y subiremos en un periquete.

—Pero... ¡nunca hemos volado tan alto!

—¿Y si nos caemos? —añade Zorrillo.

—¡Ahí va! —protesta Peter Pan—. ¿Desde cuándo sois unos gallinas?

—¿No crees que les exiges demasiado? —replica Aqua.

—Esto es entre ellos y yo, Aqua. Chicos, sólo los más valientes pueden reclamar el tesoro. Y ahora, Campanilla, si eres tan amable...

El hada crea un surco de polvo dorado desde la base hasta la cima, que los demás pueden usar para ascender volando. Afortunadamente, los cinco llegan arriba sanos y salvos. Desde allí, sólo pueden seguir un camino..., que los conduce irremediablemente hasta el punto de salida.

—Oye —dice Aqua—, ¿no estamos donde empezamos?

—¿Hemos recorrido todo Nunca-Jamás para nada? —se lamenta Zorrillo.

—Pero habéis superado todo tipo de obstáculos para llegar hasta aquí —replica Peter Pan, orgulloso de ellos—. Para mí, eso ya es mucho.

—Vaya, me equivoqué contigo —reconoce Aqua—. Has estado junto a ellos todo el tiempo, protegiéndolos como un buen jefe.

—¡Pues claro!

La conversación vuelve a ser interrumpida, una vez más, por el capitán Garfio. A su lado está Smee. Entre los dos han recuperado el tesoro que les robaron Peter Pan y compañía.

—¡Llegas tarde, Peter Pan! ¡Me llevaré lo que me corresponde! ¡Smee, proteja mi tesoro!

—¡A la orden, capitán!

Cuando Smee abre el cofre, se lleva una desagradable sorpresa: no hay ni rastro de los doblones y las joyas. En su lugar, únicamente hay juguetes y demás objetos que los niños consideran de alto valor sentimental.

—¡Que me aspen! —exclama Garfio—. ¡Sólo hay basura!

—¡¿Cómo que "basura"?! —protesta Peter Pan—. ¡Son nuestros tesoros!

—¡¿Y qué habéis hecho con *mi* tesoro?!

—Oh, se nos perdió —responde Osezno.

—¡¿Cómo?! ¡Mocosos del diablo! ¡Es la última vez que os burláis de mí!

El cocodrilo vuelve a hacer acto de presencia, por lo que Garfio decide marcharse, tremendamente asustado. Peter Pan y los demás recuperan el cofre, en el que destaca cierta espada de madera que Aqua reconoce al instante.

—Ésta es...

—Ah, Ventus la metió ahí —dice Peter Pan—. Creo que es un recuerdo especial de algo. Pero no te preocupes por él, dijo que no la necesitaba. Prometió volver a vernos. Y dijo que traería tesoros mucho mejores. ¡Tantos como para llenar cien cofres!

—Así que Ven estuvo aquí...

De repente, Aqua nota una presencia oscura cerca de allí, en el campamento indio.

—¿Qué pasa? —pregunta Osezno.

—Nada, tranquilo. Pero será mejor que os escondáis un rato.

La Maestra se dirige inmediatamente al campamento indio, donde, tal y como había percibido, se encuentra el chico enmascarado, Vanitas.

—¿Lo has pasado bien jugando con la muchachada? —se burla él.

Aqua observa la llave espada que Vanitas lleva en la mano. Es la de madera que estaba en el cofre.

—Deja eso donde estaba —le ordena la chica.

—Ventus ya es mayorcito para un juguete como éste... —Vanitas parte la espada en dos—. Tanto como yo para seguir lidiando contigo.

De nuevo, alguien comete la estupidez de subestimar a Aqua. Tras un intenso e igualadísimo combate, Vanitas muerde el polvo, y queda tendido en el suelo.

—Lo he conseguido... He acabado con él... Ven, Terra, podéis estar tranquilos...

Aqua también cae al suelo, exhausta. Cuando abre los ojos, Peter Pan está a su lado, y no hay rastro de Vanitas.

—¿Estás bien, Aqua? ¿Qué ha pasado?

—Estoy bien, tranquilo.

Peter Pan observa la llave espada de madera.

—Se ha roto el tesoro de Ven...

—No pasa nada —Aqua le resta importancia—. Lo que hace que estemos tan unidos, no se romperá tan fácilmente. Ése es nuestro verdadero tesoro. Creo que Ventus lo sabía, por eso la dejó aquí.

—Pues sí que parecéis muy unidos, Terra, Ventus y tú —asiente Peter Pan—. Y eso es algo muy especial. ¡Seguro que algún día volvéis aquí todos juntos!

—Me encantaría.

Pero ahora ha llegado la hora de despedirse. El viaje está próximo a su fin.

Capítulo A10 – Islas del Destino

Surcando el Pasaje dimensional, Aqua se siente atraída por una cálida luz, que la transporta a una de las Islas del Destino. Allí es donde crecen esos frutos con forma de estrella, en los que están basados los amuletos que hizo para ella misma y para sus dos amigos.

—Terra, Ven... Espero que estemos listos para la tormenta que se avecina.

Dos niños pasan corriendo junto a ella, y se detienen al verla. Son los Sora y Riku de cuatro años. Aqua no puede evitar acordarse de Terra y Ventus al ver la actitud seria del primero y despreocupada del segundo.

—Uno de vosotros podría ser realmente especial... ¿Me decís vuestros nombres?

—¡Soy Sora!

—Yo Riku.

Al mirar a Riku a los ojos, Aqua nota algo más: alguien le ha otorgado el poder de usar llaves espada. Aunque no lo sabe con seguridad, intuye acertadamente que ha sido Terra.

—Sora —dice la chica—, ¿aprecias a Riku?

—¡Claro! ¡Es mi mejor amigo!

—Bien. Entonces, si ocurre algo y Riku está a punto de perderse... O, digamos, si empieza a vagar solo por senderos oscuros..., procura no separarte de él y protegerlo. Ésa será tu labor, Sora. Cuento contigo para que la cumplas, ¿entendido?

Aqua les acaricia la cabeza a ambos, y se despide de ellos.

—Con una sola llave espada basta en cualquier amistad... Yo lo he aprendido por las malas. No querría nuestras vidas para estos niños. —Aqua observa su amuleto—. Terra, dime, ¿qué será de nosotros?

Capítulo A11 – Torre de los Misterios

Tras abandonar las Islas del Destino, Aqua encuentra un cuerpo flotando por el Pasaje dimensional. Al aproximarse, descubre que se trata del rey Mickey, inconsciente.

Cuando se encontraron en Vergel Radiante, Mickey le contó que era aprendiz de Yen Sid, por lo que Aqua decide llevarlo a su hogar, la Torre de los Misterios. Allí, además de verse por primera vez con Yen Sid, quien fuera compañero de Eraqus y Xehanort, también conoce a Donald y Goofy, que se ocupan de cuidar del rey mientras los otros dos Maestros de la llave espada dialogan en el despacho.

—Aqua, las estrellas me traen aciagas nuevas. La estrella del Maestro Eraqus se ha apagado. Me temo que eso sólo puede significar que ha fallecido.

—¡¿Qué?! ¿El Maestro? Pero... ¿quién es el responsable?

Yen Sid se toma unos segundos en responder, a sabiendas de que la contestación le producirá mucho dolor a Aqua.

—El Maestro Xehanort... y Terra.

—¡No! ¡Eso es absurdo! ¡Terra nunca lo haría!

—Espero de todo corazón que no te equivoques con tu amigo. Hay cosas que ni siquiera las estrellas pueden contarme.

—¡¿Dónde está?! ¡¿Dónde puedo encontrar a Terra?!

—Su corazón lo guía hacia la ancestral Necrópolis de Llaves Espada, donde los portadores de tales armas un día combatieron entre sí.

—Entendido. Tengo que ir tras él... y averiguar la verdad.

—Mantente alerta, Aqua.

La chica se marcha a toda prisa, con la esperanza de encontrar a sus dos amigos antes de que ocurra otra desgracia.

—Terra, Ven..., ¡tenéis que resistir! Daré con la forma de sacaros de ésta.

Capítulo A12 – Necrópolis de Llaves Espada

En este capítulo no hay nada nuevo, pero conviene ponerse en situación antes de proseguir, pues, aunque coincida en el tiempo con el final de las rutas de Terra y Ventus, ahora veréis que la historia sigue adelante, primero desde el punto de vista de Aqua, y más adelante... Bueno, ya llegaremos a eso.

Cuando Aqua llega a la llanura repleta de llaves espada, Terra ya está allí. ¿Será cierto, tal y como asegura Yen Sid, que fue Terra quien mató a Eraqus? Aqua confía en su amigo, y espera que se trate de un error.

—He oído que el Maestro ha caído... —dice ella.

—Sí, es cierto. —Terra aparta la mirada—. Fui un estúpido, y ayudé a Xehanort a hacerlo.

—¿...Por qué?

—El Maestro Eraqus intentó atacar a Ven. Yo luché solamente porque quería protegerlo. Pero era una treta. Xehanort lo preparó todo. Quería despertar la oscuridad de mi interior. Tenías razón, Aqua. Y el Maestro también. Necesitaba que me vigilaran. Perdí el rumbo. Pero eso ya se acabó.

—¿Qué es la oscuridad, sino odio y cólera? Xehanort está avivando la oscuridad que te consume, obligándote a luchar. Volverás a perder el rumbo. Dime, Terra, ¿cómo honraría eso la memoria de nuestro Maestro?

Ambos dejan de hablar de golpe, pues Ventus camina hacia ellos.

—Xehanort quiere que Vanitas y yo luchemos... para forjar la llave espada χ —dice el recién llegado—. Pero el Maestro Eraqus dijo que no podía permitir que eso pasase. Por eso trató de matarme.

—¿Qué es la llave espada χ? —pregunta Aqua.

—No lo sé muy bien —responde Ventus—, pero... me da un miedo de muerte tan solo pensarlo.

—Tranquilo, Ven. —Terra le pone una mano en el hombro—. Estamos contigo y cuidaremos de ti.

—Quizá tenga que enfrentarme a Vanitas después de todo. Si lo hago, quiero que...

—Nosotros tres nunca nos separaremos, ¿entendido? Siempre habrá un camino.

Ventus aparta a sus dos compañeros, manteniendo el rostro serio.

—Os lo pido como amigo. Por favor, acabad conmigo.

Aqua y Terra lo observan sin saber qué decir. Entonces, Xehanort aparece a lo lejos, caminando hacia ellos con parsimonia. A su lado va el chico enmascarado, Vanitas. Aqua estuvo a punto de matarlo en Nunca-Jamás, pero ha vuelto para seguir incordiando.

—Contemplad. —Xehanort abre los brazos—. Estas inertes llaves albergaron un gran poder, junto a los corazones de sus portadores. En esta yerma tierra, llaves espada de la luz y de la oscuridad se enfrentaron en la gran Guerra de las Llaves Espada. Innumerables portadores dieron su vida en pos de una sola, la llave definitiva. Y muy pronto me pertenecerá. —El Maestro señala a Ventus—. ¡La llave espada χ!

Aqua, Terra y Ventus activan sus armaduras. Están ante el combate más importante de sus vidas. No pueden ni imaginar todo lo que sucederá después...

Xehanort crea una plataforma de rocas y tierra, que los sitúa, a Vanitas y a él, muchos metros por encima de los tres alumnos de Eraqus. Entonces, el Maestro conjura un hechizo de aire con el que arranca decenas de llaves espada del suelo y las arroja sobre sus enemigos. Terra y Ventus logran esquivarlas, pero Aqua recibe un impacto que manda su casco por los aires. A continuación, es Terra quien está a punto de ser alcanzado por la corriente de llaves espada, pero se salva gracias a un hechizo protector de su amiga.

Mientras tanto, Ventus ataca a Xehanort por la espalda, creyendo haberlo pillado desprevenido. Error. El Maestro agarra a Ventus por la cabeza, extrae la energía de su interior, y deja al chico literalmente congelado. Después, lo arroja fuera de la plataforma de tierra, precipitándose en caída libre. Afortunadamente, Aqua evita que se estampe contra el suelo.

—¡Ven! ¡¿Estás bien?!

Pero el chico ni siquiera puede responder. Aunque sus ojos se mueven, el resto del cuerpo permanece congelado.

Xehanort lanza la energía que acaba de extraer de Ventus hacia las nubes que cubren el cielo de la Necrópolis. Entonces, las nubes se abren, formando un corazón en el cielo, a través del cual se filtra la luz. El Maestro está a punto de salirse con la suya.

Por si no fuera suficiente con dos villanos, acaba de llegar un tercero: Braig, el hombre de las dos ballestas que se enfrentó a Terra en Vergel Radiante. Ahora lleva un parche en el ojo, pero su actitud no ha cambiado.

—¿Qué tal si me dejas al esmirriado, para que puedas ocuparte de tu peleíta con Terra? —dice a Aqua, quien todavía sostiene el cuerpo congelado de Ventus—. Entiendo que no te haya hecho mucha gracia descubrir que dio matarile a vuestro Maestro. Je, je...

—¿Quién eres? —la chica mantiene las distancias.

—Vosotros dos os creéis las estrellas del espectáculo... ¡Más quisieras! Estáis aquí únicamente para que, cuando os aniquile, Terra ceda a la oscuridad. A ver, ¿quién quiere ser el primero?

—¡Cállate! —grita Ventus.

—¡Oh! ¿Así que este pipiolo es un portador de la llave espada hecho y derecho? Se ve la cólera en su mirada.

—Estás perdiendo el tiempo —replica Aqua—. Sigue intentando separarnos con tus patrañas. No va a funcionar. ¡Terra os demostrará que es más fuerte de lo que creéis!

Aqua se dispone a enfrentarse a Braig, para así proteger a un muy debilitado Ventus. El chico lucha por deshacer la congelación que agarrota sus músculos, pero, por el momento, no puede hacer otra cosa más que observar el combate sin moverse. Afortunadamente, su amiga no necesita ayuda para derrotar a Braig.

—Si es que no aprendo... —dice el hombre—. ¿Quién me mandaba jugármela con los portadores de las llaves espada? Pero ¿sabes una cosa? ¡Eso significa que hice lo correcto! Él me pidió que ganara tiempo..., y vaya si lo he hecho.

Con su trabajo cumplido, Braig huye una vez más. Aqua piensa en ir tras él, pero finalmente opta por quedarse junto a Ventus. El chico ha empezado a moverse; el hielo desaparece poco a poco.

Entonces, algo horrible sucede. Ventus abre los ojos como platos, mirando hacia arriba. Vanitas cae como un rayo sobre Aqua, quien no tiene tiempo de defenderse ante el brutal golpe de su llave espada.

La chica cae al suelo, inconsciente.

Capítulo A13 – Necrópolis, 2ª parte

Cuando está a punto de morir, Aqua siente la calidez de un hechizo curativo sobre su cuerpo. Quien la ha salvado es el rey Mickey.

—¡Cielos! —exclama él, aliviado—. ¡Me alegro de que estés bien!

—Ven... está en peligro.

Aqua se levanta de un salto, y busca a su amigo por los alrededores. No tarda en encontrarlo, muy cerca de ellos, de pie, mirando al suelo, empuñando una llave espada.

—¡Oh, menos mal! —Aqua corre hacia él—. ¡Estás a salvo! —No hay respuesta—. ¿Qué pasa, Ven?

De repente, el chico abre los ojos e intenta atravesar a Aqua con su llave espada. En un rapidísimo movimiento, Mickey logra desviar el ataque.

—¡Ése no es Ven! —advierte a su amiga.

El rey había observado algo que Aqua pasó por alto: el chico lleva una llave espada diferente a la que usa habitualmente, una mucho más llamativa, compuesta por dos llaves espada cruzadas. Es la llave espada χ.

—Exacto, no soy Ventus. Su corazón es ahora parte del mío.

Si recordáis la ruta de Ventus, el chico venció a Vanitas, pero esto resultó ser parte del plan de Xehanort. Que venciera Ventus era la única manera de crear la llave espada χ. Entonces, Vanitas invocó a varios nescientes que atraparon a Ventus, y consiguió fusionarse con él. Lo siguiente que vimos es que ambos se enfrentaban dentro de su corazón, ya que, por algún motivo, la llave espada χ estaba dañada. Sin embargo, ahora, en la ruta de Aqua, podemos ver que Vanitas tiene pleno control del cuerpo, y que la llave espada χ permanece intacta. Veamos qué ocurrió entre medias.

—Esta llave espada χ abrirá una puerta que conectará todos los mundos —dice Vanitas—. ¡Y será entonces cuando los guerreros portadores de la llave espada acudirán desde todas partes para combatir por la luz de Kingdom Hearts! Cuando eso suceda, tal y como narra la leyenda, ¡estallará la Guerra de las Llaves Espada!

—¡Cállate! —lo interrumpe Aqua—. ¡Estoy harta de oír estupideces! ¡Devuélvele el corazón a Ven!

Aqua y Mickey unen fuerzas para enfrentarse a Vanitas. Ellos dos son más poderosos que el pupilo de Xehanort, pero la llave espada χ le da una importante ventaja. Con un movimiento horizontal, el filo de la llave espada χ crea un torbellino que manda a Mickey por los aires y deja a la Maestra sentada en el suelo, herida.

—Qué, ¿ya te das por vencida? —Vanitas se muestra confiado.

Aqua sostiene el amuleto Siemprejuntos, aferrándolo con fuerza.

—Terra, Ven..., dadme fuerzas.

De pronto, su llave espada comienza a brillar. Aqua la observa con una mezcla de asombro y fascinación. Parece que sus plegarias han sido escuchadas.

Sintiendo el apoyo de sus amigos en su corazón, Aqua se abalanza nuevamente sobre Vanitas, quien logra bloquear el ataque con facilidad.

—Estás malgastando tus energías.

Sin embargo, su sonrisa desaparece de golpe, cuando la llave espada χ se quiebra ligeramente. Esto, por encima del significado literal, tiene una importante carga simbólica, pues es ahora cuando Ventus y Vanitas luchan dentro de su corazón. Una lucha que oscila entre lo real y lo metafórico. Es la fuerza de Terra y Ventus lo que ha otorgado poder a la llave espada de Aqua, y ahora es la fuerza de ella la que proporciona a su amigo una oportunidad de sobreponerse al control de Vanitas. En *Kingdom Hearts*, estos simbolismos son parte fundamental del argumento. Cuando se habla, por ejemplo, de cosas como "el poder de la amistad", no son palabras vacías; realmente es una fuerza interna que, en ocasiones como ésta, sale al exterior.

Como ya vimos en la segunda ruta, Ventus vence el combate interno entre la luz y la oscuridad de su corazón, exterminando completamente a Vanitas. Sin embargo, Ventus acaba siendo arrastrado por la luz, incapaz de despertar, y buscando otro corazón que le dé cobijo. ¿Qué otro corazón? Paciencia, pronto llegaremos a eso.

Por ahora, volvamos al punto de vista de Aqua. Ventus, ya sin Vanitas, ha caído al suelo, inconsciente. La llave espada χ ha desaparecido, creando una corriente de energía que está a punto de expulsar al chico hacia el Pasaje dimensional. Aunque sabe lo peligroso que es, Aqua decide internarse en la corriente de energía para tratar de activar las armaduras y poner a salvo a Ventus. Por desgracia, lo que ocurre es todo lo contrario: ambos acaban siendo absorbidos por un portal que los manda al Pasaje dimensional, donde vagarán sin rumbo...

¡O tal vez no! Porque el rey Mickey está de vuelta, y ha llegado justo a tiempo de presenciar lo ocurrido. Sin pensárselo dos veces, se lanza tras Ventus y Aqua, a quienes logra sacar de allí usando el fragmento estelar. Por primera vez, aquel artefacto ha respondido ante su voluntad.

Capítulo A14 – Un lugar seguro

Aqua despierta en la Torre de los Misterios. Yen Sid y Mickey están a su lado. También Ventus, aunque sigue inconsciente.
—Aqua —dice Yen Sid—, perdiste la consciencia. Por suerte, Mickey te encontró junto a Ventus a la deriva en el Pasaje dimensional, y os trajo aquí para que me ocupara de vosotros. Lo siento, pero no hay ni rastro de Terra.
—Entiendo... —Aqua sacude el hombro de su amigo—. ¡Ven! ¡Ventus!
No hay respuesta.
—Su corazón duerme —explica Yen Sid.
—¿Y cuándo despertará? —pregunta Aqua, esperanzada.
—Es difícil de decir. Es casi como si su corazón lo hubiese abandonado. Si volviese podría despertar. Pero si no lo hace, puede que siga dormido para siempre.
—No... Yo lo protegeré hasta que despierte. Para siempre, si es necesario.
—Debes saber que lo que tu amigo necesita ahora no es tu protección. Necesita que creas en él. Verás, el corazón de Ventus pende ahora del equilibrio. Reposa en la frontera entre la luz y la oscuridad. Por lo que puedo percibir, eso significa que vagará buscando a un amigo, alguien que crea en él y lo guíe de vuelta a casa. Mientras tu amor por él siga vivo, Ventus podrá encontrarte cuando al fin despierte. Tu amor lo guiará de vuelta hasta el lugar al que pertenece: el Reino de la Luz.
—No te preocupes, Aqua —dice Mickey—. Yo también creo en Ven. Lo considero tan amigo mío como el que más. Y si tú y yo creemos en él con todo nuestro corazón, ¡ya serán dos luces las que lo guíen!
—Tres luces —replica Aqua—. No te olvides de Terra.
—Pero... Terra ha desaparecido. Quizá para siempre.
—No. —Aqua saca el amuleto de su bolsillo—. Creo que sé cómo encontrarlo. Mientras tanto, Ven necesita un lugar seguro.
La Maestra decide llevarse a Ventus de allí, para no poner en peligro a Yen Sid y Mickey. Es mejor que esté escondido en algún lugar donde a nadie se le ocurra buscar. Aqua carga con su amigo

a la espalda y abandona la torre. Entonces, aunque sigue dormido, Ventus estira un brazo y hace aparecer la llave espada, con la que crea un portal mágico que conduce a Tierra de Partida.

—Está bien. Si es allí adonde quieres ir...

Aqua se estremece al ver la devastación que Xehanort ha causado en Tierra de Partida. La llave espada de Eraqus, "Salva del Maestro", está tirada en el suelo, en el punto exacto donde Terra acabó con su vida. Aqua la recoge, recordando las últimas palabras que le dijo a Eraqus: "Le prometo que traeré a Terra de vuelta. Y esta vez verá como demuestra que tiene lo necesario para ser Maestro. No es tan débil como usted cree". Pensar en ello hace que se sienta triste y culpable.

Entonces, Aqua recuerda algo. Cuando aprobó el examen y se convirtió en Maestra, Eraqus compartió con ella el mayor secreto del castillo de Tierra de Partida.

—Si algo me ocurriese —dijo—, y las hordas de la oscuridad asediaran esta tierra, toma mi llave espada y úsala para sellar este lugar. Generaciones de Maestros han sido responsables de mantener a salvo esta tierra. La luz y la oscuridad coexisten en equilibrio aquí, y algunos tratarían de abusar de su neutralidad. Por eso, nuestros predecesores idearon cierta... artimaña.

Detrás de uno de los tronos de la sala principal, hay una cerradura que únicamente se abre con la llave espada de Eraqus. Aqua sienta a Ventus sobre el trono y activa el mecanismo, que transforma por completo el mundo entero. Tal y como explicó Eraqus:

—Desde ese momento, todos aquellos que visiten esta tierra se perderán en el olvido. Nadie podrá jamás descubrir su misterio. Nadie, Aqua, excepto quien abra la cerradura.

Ahora, Aqua y Ventus están en una sala de color blanco inmaculado: la Cámara del Despertar. El chico sigue sobre el trono, dormido.

—Sé que es un lugar solitario —dice ella mientras le acaricia el pelo—, pero estarás a salvo. Terra y yo volveremos para despertarte antes de que te des cuenta.

Aqua abandona el castillo y se gira para ver su nuevo aspecto. Para ella, es un lugar nuevo. Para nosotros, no tanto. Y es que Tierra de Partida se ha convertido en el escenario de *Chain of Memories*: ¡el Castillo del Olvido!

Capítulo A15 – Oscuridad

Mientras aún se encuentra en el Castillo del Olvido, Aqua escucha la voz de Terra en su cabeza.
—Aqua, acaba conmigo.
—Terra, dime dónde estás.
—Te espero en Vergel Radiante.
Aqua monta en su Llave Surcadora y parte de inmediato. Cuando llega a la Plaza Mayor de Vergel Radiante, encuentra a alguien con la misma ropa de Terra y un rostro muy parecido, aunque de pelo grisáceo y ojos amarillos, como Xehanort. Entonces, ¿quién es de los dos? La respuesta no es tan sencilla, así que vamos a llamarlo "Terranort" por el momento. Creo que ayudará a evitar confusiones.
—¿Terra? —la Maestra se acerca a él.
Sin mediar palabra, Terranort agarra a Aqua del cuello.
—¿Quién soy? —pregunta de repente, emitiendo un halo oscuro.
—¡Lucha, Terra, por favor!
—¿Has dicho... Terra? —Terranort suelta a Aqua y se echa las manos a la cabeza. Pocos segundos después, su actitud cambia—. El corazón de Terra se ha consumido, asfixiado por la oscuridad de su ser.
Parece evidente que ahora es Xehanort quien controla el cuerpo, pues no duda en sacar una llave espada y atacar a Aqua. La chica esquiva el golpe y se prepara para luchar.
—Soy la Maestra Aqua —dice con seriedad—. ¡Devuélvele el corazón a mi amigo o lo pagarás muy caro!
Xehanort no luchará solo, pues cuenta con la ayuda de un sincorazón guardián, idéntico al que invocó contra Sora al final de *Kingdom Hearts*, cuando se hacía pasar por Ansem. Sin embargo, Aqua también cuenta con ayuda: Terra hace lo posible por resistirse en el interior de su corazón.
—¡Terra, sé que estás ahí! —exclama Aqua.
A Xehanort cada vez le cuesta más moverse, debido a los esfuerzos de Terra por recuperar el control. Tras forcejear contra sí mismo, el chico logra apuntarse al pecho con la llave espada.

—¡Sal de mi corazón!

El sincorazón guardián desaparece, creando un portal oscuro en el suelo, que absorbe a Terranort (lo vuelvo a llamar así porque ahora no lo controla ninguno de los dos). Aqua se lanza de cabeza tras él, y logra alcanzarlo en medio de la oscuridad, con ayuda de la Llave Surcadora.

—¡No sucumbas a la oscuridad!

Cuando Aqua se dispone a regresar por el mismo portal, la Llave Surcadora comienza a fallar. A este paso, no llegará a tiempo.

—Tengo que hacer algo, o los dos estaremos perdidos...

Entonces, a la Maestra se le ocurre un plan. Pone su armadura sujetando a Terranort, y coloca su llave espada, "Aguacero", en una de las manos de su amigo.

—Estoy contigo. Y ahora, ¡vete!

Aqua conjura un hechizo de aire que envía a Terranort volando a toda velocidad hacia el portal. La buena noticia es que él ha logrado cruzarlo antes de que se cierre. La mala, que ahora ella quedará vagando por la oscuridad, sin posibilidad de escapar.

—Ven, lo siento... Parece que no voy a volver tan pronto como creía. Pero te prometo que algún día regresaré para despertarte.

Aqua se pierde en la oscuridad, como una gota de agua en el océano.

Conexión

Capítulo C1 - Informes Xehanort

Antes de afrontar el último tramo de la guía argumental, que incluye el final de *Birth by Sleep* y la historia narrada en *0.2 – A Fragmentary Passage*, vamos a echar un vistazo a los documentos escritos por el Maestro Xehanort, que podemos recopilar en el juego. No aportan información especialmente relevante, pero sirve para ver la historia desde su punto de vista.

Informe Xehanort I:

"Son muchos los años que han pasado ya desde que dejé atrás mi hogar. En este tiempo, he recorrido innumerables mundos y aprendido mucho más de lo que un día soñé. Pero el tiempo pasa y las cosas se olvidan, por lo que he decidido comenzar a plasmar en papel mis experiencias.

Echando la vista atrás, aún recuerdo el día en que mi destino cambió... Sí, sin duda fue aquel día, el momento en que llegué a aquel lugar y conocí a quienes serían mi maestro y mi hermano, el día en que hallé un nuevo lugar al que llamar hogar.

También fue el momento en que las llaves espada entraron en mi vida, y aún ahora me pregunto por qué y para qué se crearon...

Durante mi aprendizaje como portador de la llave espada, se me dijo que nuestro deber como custodios de la luz era salvaguardar el mundo de la acechante oscuridad, pero algo me decía que no podía ser tan simple.

Fue por eso que mi espíritu inquieto me llevó a viajar por los mundos en busca de respuestas, aun a sabiendas de que mis superiores reprobarían mis escapadas."

Informe Xehanort II:

"Mi mentor me instruyó para vestir siempre la armadura en mis viajes a otros mundos, ya que ése era el único medio de protegerse frente a la oscuridad. Sin embargo, cada vez que atravesaba

el Pasaje dimensional, sentía una fuerza, había algo ahí fuera que me llamaba, así que decidí despojarme de la armadura.

Tal y como me habían enseñado, la oscuridad trata de devorar a los incautos, pero aprendí que era posible mantenerla a raya si se posee el poder necesario. ¿Qué hay de malo entonces?

Existen infinidad de mundos, todos y cada uno esparcidos y aislados en la amplitud de lo que se conoce como el cosmos interdimensional, un mar inmenso de espacio.

Cada uno de esos mundos está regido por sus propias leyes, ignorantes de los demás. Solo nosotros conocemos que fuera hay algo más, y debe seguir siendo así."

Informe Xehanort III:

"En la antigüedad, los mundos eran uno, y las barreras de luz que hoy los separan y aíslan no existían.

Era el tiempo de los portadores de la llave espada, que se contaban por cientos y vivían al amparo de la luz que todo lo envolvía. Pero en un mundo sin límites lleno de luz, pronto surgieron quienes quisieron acaparar más de la que necesitaban.

Todos los portadores descubrieron la verdadera naturaleza de las llaves espada, su auténtico valor. Cegados por la codicia, su único anhelo se convirtió en hacerse a toda costa con Kingdom Hearts, el Reino de los Corazones de luz. Ese fue el origen de una guerra encarnizada.

Kingdom Hearts es por sí mismo una aglutinación de innumerables corazones. Al igual que los humanos, los mundos también poseen un corazón, que siempre permanece a salvo de toda oscuridad. Sin embargo, si alguien consigue reunir los corazones de los mundos, es posible completar Kingdom Hearts."

Informe Xehanort IV:

"Cuando Kingdom Hearts se completa, aquel que abre sus puertas recibe el don de ser el artífice de un nuevo mundo. Sin embargo, dicha tarea excede los límites de lo terrenal, por lo que *el individuo renace como un ente más allá de la condición humana.*

La oscuridad es inherente a la luz, cara y cruz de una misma moneda que no existiría si faltara una de ellas. Fueron muchos los portadores de llaves espada que se sumaron a la lucha que acaeció, aunque muy dispares sus motivaciones. Unos velaron por la luz, otros se pusieron del lado de la oscuridad, hubo quién optó por defender que ambas debían coexistir en armonía e, incluso, hubo quién luchó por simple codicia y ansias de poder.

El caso es que la guerra se extendió incluso a los mundos que se habían mantenido al margen, neutrales ante el conflicto, hasta que finalmente la oscuridad acabó por invadirlo todo.

Fue así como la aciaga Guerra de las Llaves Espada llegó a su fin. Y nadie hasta nuestros días ha conseguido jamás abrir la puerta a Kingdom Hearts.

Tras eso, los pocos corazones de luz que sobrevivieron dieron origen a los mundos que ahora conocemos. Y para que nunca más se repitiesen los vergonzosos sucesos que llevaron a esa situación, cada uno de esos mundos quedó aislado por una barrera protectora."

Informe Xehanort V:

"Hoy en día, sólo los portadores de la llave espada, y aquellos que han sucumbido totalmente a la oscuridad de sus corazones, son capaces de viajar de un mundo a otro.

Nuestro deber como portadores es vigilar los mundos e impedir que la oscuridad vuelva a ceñirse sobre ellos. Por desgracia, no quedamos muchos a día de hoy capaces de blandir una llave espada, aunque estoy convencido de que en los mundos aguardan numerosos aspirantes aún por descubrir.

Son muchos los mundos que existen: el Reino de la Luz, el Reino de la Oscuridad... e incluso un limbo limítrofe que une ambos. Pero, sin duda, el Reino de la Oscuridad es un lugar prohibido en el que nadie debe aventurarse. De hecho, nadie que lo haya hecho ha podido regresar para contarlo."

Informe Xehanort VI:

"He descubierto que existen tres tipos de llaves espada: las de la luz, las de la oscuridad y las de los corazones.

La naturaleza de las dos primeras viene determinada por su origen y uso. Así, las llaves afines a la oscuridad se forjan en el Reino de la Oscuridad, mientras que las de la luz (las que nosotros, los portadores, usamos) nacen en los mundos de luz.

El más interesante es el tercer tipo, las llaves espada de los corazones. Estas 'llaves' se originaron cuando los mundos se reorganizaron al finalizar la Guerra de Llaves Espada; y sin ellas sería imposible hoy día llegar hasta Kingdom Hearts.

Únicamente reuniendo siete corazones de pura luz es posible forjar una llave espada de corazones, y, con ella, abrir las puertas que llevan a Kingdom Hearts. Y no sólo eso. Aquel que lo logre, obtendrá el control absoluto sobre todos los mundos y aquellos que moran en ellos."

Informe Xehanort VII:

"He logrado desvelar el misterio definitivo de las llaves espada... ¡Existe un cuarto tipo! Se las denomina llaves espada χ. Aunque es fácil confundirlas con las llaves espada habituales, su naturaleza es del todo distinta.

Mientras que las llaves espada son creadas por el hombre como un medio para llegar a Kingdom Hearts, las llaves espada χ coexisten por sí mismas junto al propio Kingdom Hearts.

Su concepción se produce al oponerse de forma equilibrada dos fuerzas de gran poder: un corazón de pura luz y un corazón de pura oscuridad. En el mismo instante en que ambas fuerzas se funden, aparece el verdadero Kingdom Hearts. A diferencia del que se genera de, podríamos decir, forma artificial por la acción de las llaves espada, este Kingdom Hearts alberga la perfecta comunión de los corazones de todos los mundos.

En otras palabras... Me temo que la Guerra de Llaves Espada que antaño asoló los mundos se libró precisamente para llegar a ese Kingdom Hearts.

Si eso fuera cierto, no importaría que los mundos estén protegidos por barreras, bastaría con hacerse con una llave espada χ para invocar Kingdom Hearts, lo que probablemente desataría una segunda Guerra de las Llaves Espada."

Informe Xehanort VIII:

"Mi amigo y compañero Eraqus está obcecado. Defiende la luz como la única verdad absoluta, pero se olvida de que la luz no puede existir sin la oscuridad.

Mi teoría es que el equilibrio entre ambas fuerzas es lo que hace posible la armonía de los mundos. Y es precisamente en circunstancias como las que vivimos ahora, un momento en que la oscuridad se ha visto relegada prácticamente a la mínima expresión de su existencia, cuando la armonía se rompe. Es necesario poner fin a la soberanía imperante de la luz para hacer resurgir la oscuridad, y así traer un nuevo orden equilibrado a los mundos.

Tras mis desavenencias con Eraqus, puse tierra de por medio e inicié mi peregrinaje por los mundos... Sin duda, por primera vez tras dejar mi tierra natal en mis años de juventud, volví a sentirme realmente libre. Ya había superado el examen de graduación y era considerado un Maestro de la llave espada, pero no fui elegido para suceder a nuestro antiguo Maestro en sus responsabilidades... Ese honor correspondió a Eraqus, por lo que el único camino que me quedó fue el de transmitir como mentor las enseñanzas.

Era tradición que cada Maestro tomase discípulos con el fin de perpetuar las tradiciones de los portadores de la llave espada y asegurar el futuro de generaciones venideras. Pero ¿realmente estaba dispuesto a seguir ese destino después de todo lo que durante años había sacrificado, desde que abandoné mi hogar cuando sólo era un crío?

No... No estaba dispuesto a dejar que mis últimos años se consumieran con algo tan banal. No cuando aún había tantas cosas que debía ver con mis propios ojos. Y, sin embargo, sentía ya que mis fuerzas no eran lo que fueron y que la fatiga asfixiaba mi cuerpo..."

Informe Xehanort IX:

"Los Maestros de la llave espada tenemos un don. Poseemos la capacidad de extraer la esencia de los corazones, ya sea del nuestro propio o del de otros. Realizando ese proceso una y otra vez, nos es posible vivir por siempre en este mundo.

Cuando era un niño, siempre soñé con ver los confines del mundo. Siempre quise ir a algún lugar en el que nadie antes hubiera estado; un mundo ignoto para todo ser viviente. Y sé cómo conseguirlo... Kingdom Hearts es lo que he anhelado toda mi vida. Es mi destino ser el primero en abrir sus puertas para crear un nuevo mundo, un lugar en el que la luz y oscuridad coexistan en perfecta armonía.

Por entonces ya tenía los conocimientos necesarios y un nuevo objetivo, pero mi cuerpo era ya viejo y débil para emprender tal tarea. El siguiente paso estaba claro: necesitaba un nuevo receptáculo.

Fue entonces cuando conocí a Ventus y lo puse bajo mi tutela como aprendiz. Parecía que el destino se había aliado conmigo, ya que desde el principio sentí en él un gran potencial, pero también percibí que había demasiada bondad en su corazón. Decidí que era demasiado frágil para usarlo como receptáculo, así que lo reservé para otro experimento que tenía en mente.

El objetivo era extraer toda la oscuridad que había en su interior y separarlo en dos entes completamente independientes: un corazón de pura luz y un corazón de pura oscuridad."

Informe Xehanort X:

"Estaba ansioso por llevar a cabo mi experimento. Finalmente realicé el proceso de extracción del corazón de Ventus y creé a Vanitas, un ser con un corazón de pura oscuridad. Pero, tal y como predije, el frágil cuerpo de Ventus no lo resistió, y acabó sumido en un profundo letargo.

Ventus, un ser con un corazón de pura luz, y Vanitas, pura oscuridad. Ya tenía los dos instrumentos necesarios para mi plan, pero debían ser criados hasta el momento de enfrentarlos y gestar así la llave espada χ.

Sin embargo, la oscuridad del corazón de Vanitas eclipsó también la luz de Ventus, que se precipitaba lenta pero irremediablemente hacia su total extinción. Aquel pobre chico merecía un lugar en el que acabar sus días en paz, y sólo un sitio me vino a la mente: mi tierra natal.

Casi sin pensarlo, me puse rumbo hacia la playa que largo tiempo atrás me vio tomar la decisión de partir dejando atrás mi hogar. Era la primera vez que pisaba aquella arena desde entonces, pero nada parecía haber cambiado. Era como si el tiempo se hubiera detenido a descansar pacíficamente en aquel lugar; un sitio perfecto para que Ventus hallara la paz.

Pero justo en ese momento, aun dormido, Ventus alzó la mano y una llave espada se posó en ella... Por increíble que pareciese, la luz de su corazón no se había apagado."

Informe Xehanort XI:

"Los poderes y aptitudes de Ventus y Vanitas eran tan dispares que no podía adiestrarlos juntos. Cada día que pasaban cerca el uno del otro, la oscuridad de Vanitas corroía más y más a Ventus.

Necesitaba un lugar adecuado para que la luz del corazón de Ventus creciese y se desarrollase sin ataduras. Y entonces caí en la cuenta... ¡Qué mejor lugar que junto a Eraqus, adalid y defensor a ultranza de la luz como único medio y fin!

Después de nuestros enfrentamientos, esperaba una acogida más fría por parte de Eraqus, pero, lejos de eso, se mostró complacido con mi visita y aceptó bajo su tutela a Ventus. Estaba hecho. Ya sólo quedaba esperar a que el corazón del joven creciera fuerte y lleno de luz.

Era la primera vez que pisaba en mucho tiempo la que consideraba mi segunda casa, y resultó que Eraqus ya tenía otros dos discípulos. Uno de ellos, Terra, me llamó poderosamente la atención... Sentí algo en su interior... Era un buen muchacho, pero tenía ansias de poder, algo que sin duda sembraría de oscuridad su corazón.

Él era mi receptáculo perfecto."

Informe Xehanort XII:

"Ha pasado mucho tiempo. He recibido una carta de Eraqus invitándome al examen de graduación para Maestro de sus pupilos, Terra y Aqua... Perfecto, así será más fácil hacerlos viajar a los otros mundos. Pero ¿qué pasa con Ventus? Él es un elemento primordial para mis planes.

Vanitas puede sentir parte de lo que siente Ventus. Según él, Terra es la clave de todo. Cuando Ventus comenzó su adiestramiento, Terra le regaló su llave espada de madera, y, desde entonces, le ha considerado como su hermano mayor. Quizá pueda ser ese nuestro punto de entrada hasta el corazón de Ventus.

El primer movimiento debe ser aislar a Terra y transmitir esa sensación de desasosiego a Ventus. Dejar que el joven de la tenue luz persiga a su hermano en su camino hacia la oscuridad.

Cuanto más fuerte sea la oscuridad, más fuerte se hará su luz; y conforme su luz gane en fulgor, más sombría será la oscuridad. Sólo entonces será el momento de provocar el enfrentamiento legendario que nos traerá el nuevo orden."

Carta de Xehanort:

"Estimado Eraqus:

Muchas gracias por invitarme a formar parte del tribunal en el próximo examen de graduación de Maestros. Supongo que, como sucesor de nuestro antiguo Maestro, te habrá resultado muy difícil recoger su testigo en la formación y adiestramiento de los que están llamados a ser nuestros futuros sucesores, pero no me cabe duda de que has sabido hacerte digno de tal honor y de que tu trabajo como mentor ha sido encomiable.

Soy consciente de que nuestras desavenencias y, en algunos casos, desafortunados lances del pasado, han lastrado nuestra relación durante años, pero te considero como un hermano y no me gustaría dejar pasar esta oportunidad que me brindas al invitarme al examen sin ofrecerte mis más sinceras disculpas y tenderte mi mano en señal de amistad y agradecimiento.

No hay duda de que nuestro Maestro eligió bien a su suce-

sor. *Como custodios de la luz, hemos velado durante generaciones para evitar que la oscuridad se cierna sobre los mundos, pero tú siempre te has mantenido firme a tus nobles convicciones y devoción por la luz sin cuestionarte nada más, y eso te honra.*

Como sabes, he recorrido los mundos durante años, y he comprobado con mis propios ojos que la oscuridad que mora entre nosotros se hace más fuerte cada día. Me temo que se avecinan tiempos aciagos, ya que la oscuridad se manifiesta ahora más vehemente si cabe. Quizá Yen Sid ya te haya puesto al tanto, pero una nueva amenaza se cierne implacable. Son los llamados nescientes, seres nacidos de las más aviesas emociones e ignorantes de todo cuanto la mera vida supone.

Mas no es eso todo cuanto ahora me preocupa, ya que también el próximo examen de graduación, y en concreto uno de los candidatos, me produce cierto desasosiego. Se trata de Terra, en el que presentí al conocerlo hace varios años un gran potencial..., pero también trazas de una poderosa oscuridad latente en su corazón.

Quizás sean sólo los desvaríos de mi cansada mente, pero algo me dice que conceder a ese joven el grado de Maestro en esta ocasión no sería lo más propicio. Aún queda por ver cómo se desenvuelve en la prueba final, pero para entonces estoy convencido de que tu buen juicio sabrá discernir si es digno o no.

Sin más, me despido ansioso de que nuestro reencuentro no se retrase más.

Atentamente, Xehanort."

Capítulo C2 – Verdades veladas

De vuelta en Vergel Radiante, Braig guía a Ansem y Dilan hasta la Plaza Mayor, donde ha encontrado a un chico inconsciente (Terranort), junto a la armadura y llave espada de Aqua. Sobra decir que Braig no los ha encontrado por casualidad, pues ya ha dejado claro que trabajaba en secreto para Xehanort.

Ansem se arrodilla junto a Terranort, quien abre los ojos lentamente.

—Muchacho, ¿te encuentras bien?

—Ah... —El chico se muestra perdido y confundido.

—¿Puedes hablar? Dime tu nombre.

Terranort tarda unos segundos en contestar. Y, cuando lo hace, Braig no puede ocultar su sonrisa.

—Soy... Xehanort...

Ansem se gira hacia los otros dos hombres.

—Rápido, llevadlo al castillo.

—Puede confiar en mí —asiente Braig—. Dilan, trae también esa armadura y la espada.

El hombre del parche en el ojo lleva a Terranort al castillo, donde, tras recuperarse, pueden hablar a solas.

—¡Eh, señor Maestro! —Braig le pasa un brazo por los hombros—. ¿Por qué actúas como si no te acordaras de tu colega? —No hay respuesta—. Vamos, dime que todo esto de la amnesia no es más que una trola. Tío, vaya cliché. —Braig endurece la mirada—. Porque... no serás Terra, ¿no? ¡Más quisieras! Bueno, tranquilo, todo está controlado.

Aunque Braig sigue convencido de que quien controla a Terranort es Xehanort, lo cierto es que su amnesia es real, y no está siendo manejado por nadie. Y es que, en su interior, dos corazones luchan por hacerse con el control de la mente y el cuerpo.

Los corazones de Terra y Xehanort se mantienen firmes, ambos convencidos de su victoria, aunque saben que ésta no llegará pronto.

—La oscuridad domina tu corazón —dice el anciano Maestro—. Me otorga su control. El cuerpo que un día te obedeció, ahora se rebela contra ti. Pero me pregunto cómo logras mantenerte aún aquí.

—Sigue siendo mi corazón —replica Terra—. ¿Crees que te basta con venir y adueñártelo? No me sentaré a ver cómo pasa eso.

—Hm. No albergues esperanza alguna de escapar de mí, muchacho. Al final, tu corazón será engullido por el mío para siempre.

—Te equivocas. Al final, te irás por donde has venido, viejo.

—Si bien recuerdo, ni siquiera podías dominar tu propia oscuridad. ¿Cómo pretendes ahora triunfar sobre la mía?

—Muy pronto lo averiguarás. —Terra sonríe.

—Oh... Así que de eso se trata, ¿eh? No soy el primero en irrumpir en tu corazón. Eraqus también está aquí, ¿verdad? Zorro astuto...

—Ya no temo a lo que la oscuridad acarrea. No importa que me arrebates el control de mi corazón, o que me arrojes al más profundo y oscuro de los abismos. Nunca me harás renunciar a la única cosa que me impulsa a seguir luchando. Cueste lo que cueste, pagaré el precio.

—Valiente declaración, sin duda. Pero... soy un hombre paciente. Podemos tomarnos el tiempo que sea para dirimir esta pequeña "disputa territorial". Sin embargo, has de saber que tú no eres más que otra de las muchas sendas que puedo elegir. Créeme, me aseguré muy bien de eso.

Capítulo C3 – Escuchar al corazón

Sora y Riku contemplan el cielo nocturno, tumbados en una playa de las Islas del Destino.
—Será mejor que volvamos a casa —dice Riku.
—Sí, ya es hora —asiente su amigo.
—Oye, Sora, ¿te pasa algo?
—¿Por qué lo dices?
—Estás... —Riku le señala la cara.
De pronto, Sora nota una lágrima recorriéndole la mejilla.
—Qué raro... Es como si algo me apretara por dentro.
—Alguien ahí arriba debe de estar triste —responde Riku.
—¿Dónde?
—Dicen que todos los mundos están conectados por un inmenso cielo. Así que quizá haya alguien ahí arriba, en uno de ellos, que lo está pasando mal, y espera que lo ayudes.
—Vaya... —Sora ha quedado impresionado con sus palabras—. ¿Se te ocurre algo que pueda hacer?
—Hmm... Quizá baste con abrir tu corazón y escuchar.
—No sé, Riku... A veces me sales con movidas muy raras... Pero bueno, lo intentaré.
—Venga.
Sora cierra los ojos, concentrado.
—(Eh, ¿me oyes?) —El niño nota una presencia—. (¿Hay alguien ahí?)
—(He oído tu voz.) —responde otro chico, una luz en su corazón—. (Atravesó la oscuridad que me rodeaba. A solas, seguí el sonido hasta un mar de luz..., y llegué hasta aquí, junto a ti. Me diste algo cuando más lo necesitaba. Una segunda oportunidad.)
—(¿Yo hice eso?)
—(Pero... ahora debo volver a dormirme.)
—(¿Estás triste?) —Sora siente las emociones del otro chico en su corazón.
—(¿Puedo quedarme aquí, contigo?)
—(¡Claro! Si eso te ayuda a sentirte mejor...)
—(Gracias.)
Sora abre los ojos y respira profundamente.

—¿Y bien? —pregunta Riku, intrigado.
—¿Sabes? Creo que ha funcionado.

Los dos chicos sonríen, mirando el manto de estrellas. Sora ni siquiera termina de comprender qué es lo que ha pasado. Ahora tiene el corazón de otro chico *refugiado* dentro del suyo. Es el corazón de Ventus, cuyo cuerpo sigue dormido en la Sala del Despertar del Castillo del Olvido. No sorprende, por tanto, que Ventus y Roxas sean como dos gotas de agua...

Capítulo C4 – Reino de la Oscuridad

Aqua recorre un camino interminable, en medio de la oscuridad. Siente las piernas pesadas, como si llevara años caminando. Cada vez le cuesta más esfuerzo pensar.

—¿Cuánto tiempo llevo aquí?

Varios monstruos surgen a ambos lados del camino. Aqua aún no los conoce, pero son sincorazón, como el que escoltaba a Xehanort en Vergel Radiante antes de caer al portal oscuro. La chica hace aparecer su llave espada, la que perteneció a Eraqus..., pero no encuentra en su interior motivación para seguir luchando.

—Quizá debería abandonarme a la oscuridad...

Aqua agacha la cabeza, esperando que los sincorazón acaben con ella, poniendo fin a su sufrimiento. Sin embargo, dos llaves espada aparecen volando de la nada, destruyendo a todos aquellos sincorazón. Son "Teluria" y "Brisa descarada", las llaves espada de Terra y Ventus. No es que ellos estén allí, sino que representan el poder la amistad, la energía que permite a Aqua seguir moviéndose. Al recordar a sus amigos, Aqua sonríe, un gesto simple pero que, en cierto modo, le resulta extraño, pues llevaba mucho tiempo sin hacerlo. ¿Cuánto lleva caminando sin parar?

La chica saca el amuleto de su bolsillo y lo observa sin dejar de sonreír.

—Siempre y cuando permanezcáis a mi lado, encontraré el camino de vuelta.

Con energía renovada, Aqua prosigue su viaje hacia ninguna parte. Los sincorazón tratan de detenerla, pero ya no teme luchar. Vuelve a ser ella misma.

La Maestra de la llave espada se abre camino entre cientos de sincorazón, manteniendo la esperanza de encontrar una salida hacia el Reino de la Luz. Y aunque no es eso lo que halla, descubre algo que la deja más confusa si cabe: el Castillo de los Sueños.

—No puede ser...

¿Qué hace el mundo de Cenicienta inmerso en el Reino de la Oscuridad?

Aparcamos a un lado *Birth by Sleep*, y damos la bienvenida a *Kingdom Hearts 0.2 – A Fragmentary Passage*.

Capítulo C5 – Castillo de los Sueños

No solamente el palacio; toda la aldea está allí, en el Reino de la Oscuridad. Sin embargo, su aspecto es muy diferente, mucho más lúgubre, con casas en ruinas y escombros flotando en el aire, como si el tiempo se hubiese detenido. Es una aldea fantasma.

—Hace mucho que no sentía algo así en el corazón —dice Aqua para sí misma—. Este lugar tiene algo...

Lo que sí encuentra, y no precisamente en pequeña cantidad, son sincorazón. Aqua sigue sin saber qué son exactamente esas criaturas, pero tiene claro que no se trata de nescientes.

—Lo di por sentado. Pensaba que no tenía nada que perder. También en este mundo, todos pensaban que estaban a salvo. Y no sólo las personas. El perro a la espera de su dueño... El gato acurrucado en un rincón... —Los ratones arreglando vestidos, se le olvidó añadir—. Tanta y tanta vida. Árboles, flores... No hay nada más triste que descubrir que todo lo que conoces ya no existe. La desolación de este lugar es insoportable. Ya basta. No puedo seguir viviendo del pasado.

Las campanas del palacio comienzan a repicar. El gran reloj situado en lo alto de una de las torres avanza rápidamente hasta marcar las cinco en punto, y, a medida que pasan las horas, el camino que comunica con el resto de la aldea se viene abajo.

Dado que el tiempo no existe como tal en el Reino de la Oscuridad, Aqua supone que debe de haber alguna manera de manipular el reloj para arreglar el camino, "volviendo al pasado". Y no se equivoca. Tras poner en marcha varios engranajes repartidos por la aldea, el reloj de la torre retrocede hasta marcar las doce en punto. El camino ha quedado restaurado.

—Ni siquiera los recuerdos están a salvo de la oscuridad... Lo que daría por volver atrás en el tiempo y poder pasar otra noche bajo las estrellas con mis mejores amigos...

En las escaleras interiores del palacio, donde Cenicienta perdió su zapato, Aqua encuentra a Terra.

—No puede ser —dice ella con incredulidad—. ¿Qué haces aquí? Deberías estar en el Reino de la Luz. ¡Oh, no! ¿Es que no conseguiste salir? —Terra se limita a mirarla en silencio—. ¿Por qué no me dices nada?

Aqua intenta cogerle la mano, pero lo atraviesa. Entonces, se da cuenta de que no es el verdadero Terra, sino un recuerdo de cuando ambos visitaron aquel mismo palacio. Aunque iban por separado, fue en ese punto exacto donde se encontraron.

—Un recuerdo entre las sombras... ¿Has venido a decirme que no pierda la esperanza?

Terra desaparece.

—El mundo mantiene vivos nuestros pensamientos. ¿Dónde fueron los habitantes de este mundo cuando se lo arrebataron? Al menos no están aquí, lo que significa que no han caído presa de la oscuridad. Es un consuelo.

Sin nada más que ver allí, Aqua prosigue su camino.

Capítulo C6 – Bosque de los Enanitos

La chica ha aparecido junto a la casa de los siete enanitos. Su mundo parece haber sufrido la misma funesta suerte que el Castillo de los Sueños. Al lado de la casa hay un ataúd de cristal y oro, el mismo donde colocaron el cuerpo de Blancanieves cuando ésta cayó víctima del engaño de la reina vanidosa y su manzana envenenada.

Sin embargo, ahora es otro cuerpo el que ocupa el interior del ataúd...

—¡¿Ven?!

Cuando Aqua intenta abrir el ataúd, Ventus desaparece.

—¿Qué has venido a decirme? Sé que prometí despertarte, lo siento. Antes de ayudarte, tengo que encontrar la manera de volver a casa. Quiero que sepas que, si mi corazón es fuerte, es gracias a ti. La oscuridad no puede acercarse.

Aqua repara en otro objeto situado cerca de allí. Es un gran espejo ovalado, sin nada especial a simple vista. La chica pone una mano en la superficie..., y, entonces, su reflejo la agarra de la muñeca y tira de ella hacia el interior del espejo.

Una vez dentro, Aqua se enfrenta a una proyección de sí misma.

—Nadie puede salvarte —dice la *falsa* Aqua—. Y nadie quiere hacerlo. Libérate de todo y desaparece en la oscuridad. Nunca volverás a ver la luz. ¿Acaso sirve de algo continuar con esta lucha? ¿De verdad mereces ser Maestra de la llave espada?

En realidad, quien habla es el subconsciente de Aqua. Son sus dudas y temores.

—¿En esto consiste enfrentarse a tus demonios?

—Tu corazón es el único que podría pertenecer a un demonio —replica la proyección—. Está vacío.

—¡Eso no es verdad! ¡Mi corazón es fuerte! ¡Y pienso demostrarlo!

Aunque la proyección posee las mismas habilidades que la auténtica Aqua, la chica logra derrotar a su enemiga..., o lo que es lo mismo: dejar atrás sus dudas y temores.

—Se acabó. —Aqua respira aliviada, aunque no por ello

menos preocupada—. Terra y Ven no me dijeron nada..., pero mi propia proyección quería destruirme... Nunca pensé que me convertiría en mi peor enemiga. Ella representa la debilidad de mi corazón. Sé que estoy sola. ¿Será que las innumerables horas en las sombras me han arrebatado el valor que nunca tuve? Estoy perdiendo la lucha. La oscuridad ha dado con las grietas de mi corazón. ¿Es ésta la última aparición antes de que se apodere de mí?

Aqua atraviesa el mismo espejo mediante el que llegó a ese "mundo interior". Sin embargo, esta vez no aparece junto a la casa de los siete enanitos...

Capítulo C7 – Reino Encantado

Otro mundo conocido. Aqua ha aparecido en medio de un bosque de espinas, que recuerda a la magia oscura de Maléfica. Ante ella están Terra y Ventus, quienes se alejan sin mirar atrás.

—¿Serán simples proyecciones? Me da igual que lo sean, o si sucumbo a la oscuridad. ¡Los echo de menos!

Aqua sigue el rastro de Terra y Ventus, hasta que un gran sincorazón le bloquea el paso. Es un Lado Oscuro, al que ya conocemos de otras entregas, y que representa la oscuridad que subyace en todos los corazones.

—¿De verdad piensas que puedes alejarme de mis amigos? —dice la Maestra, desafiante.

El bosque de espinas está plagado de Lados Oscuros, además de muchos otros sincorazón de distinto tipo. Pero el poder de Aqua es inmenso, y no hay nada ni nadie que pueda detenerla.

Finalmente, la chica alcanza a sus dos amigos.

—¡Terra, Ven!

El primero se da la vuelta.

—Aqua... ¿De verdad eres tú?

—Terra, ¿puedes hablar?

—¿Me ves?

—¡Claro! —asiente Aqua—. Y a Ven también.

—¿Ven? ¿Está aquí?

—¿Qué pasa, Terra? ¿Es que no lo ves?

—¿Dónde estamos?

—En un mundo consumido por la oscuridad. El Reino Encantado.

—¿La oscuridad se ha apoderado de los mundos?

—Hm... ¿Cómo sé que eres el verdadero Terra, y no la debilidad de mi corazón jugándome otra mala pasada? —Aqua se aproxima a Ventus, quien permanece inmóvil, dándoles la espalda, con la mirada clavada en el suelo—. ¡Ven, di algo!

—Aqua, te prometo que soy yo —responde Terra—. Pero no soy el mismo de siempre.

—¿A qué te refieres?

—Sigues llamándome "Terra", de modo que debes de estar

viéndome tal y como me recuerdas. Tu corazón me da forma. Pero... mi verdadero yo se ha perdido en las sombras.

—Y tú estás aquí, atrapado en el Reino de la Oscuridad.

—No... Mi corazón está vinculado con la oscuridad. Debe de ser por eso que podemos hablar. Pero no veo nada, Aqua. Dices que Ven está aquí, pero debe de ser como yo: una ilusión creada por tu corazón.

—Entiendo. Entonces, ¿estáis los dos a salvo en el mundo exterior?

—Eso creo.

—Me alegro. Pero ¿cómo me has encontrado?

—Busqué aquí. —Terra se pone la mano en el pecho—, y sentí tu presencia en la oscuridad.

—Vale, pero... ¿por qué está tu corazón vinculado con la oscuridad? ¿A qué te refieres con que te has perdido en las sombras?

—Olvídate de mí, Aqua. Xehanort está intentando encontrar a Ven.

—Nunca lo encontrará. Lo oculté en un lugar seguro. Creo que, si no me habla, es porque sigue durmiendo.

De pronto, Terra se echa las manos a la cabeza, mientras su pelo se vuelve progresivamente de color grisáceo.

—Ese lugar donde ocultas a Ventus... ¿Es la Sala del Despertar?

—Sí. —Aqua repara entonces en su color de pelo—. ¡¿Quién eres?!

—¿No lo sabes? Me llamo...

Un segundo Terra aparece detrás del primero (que, obviamente, es Xehanort).

—¡Vete, Aqua! ¡Xehanort se ha apoderado de mí, y me está utilizando para que le digas dónde has ocultado a Ven!

Un enorme sincorazón atrapa a Aqua y Ventus con sus grandes manos.

—¡Ahora vas a fusionarte con la oscuridad! —exclama Xehanort.

El sincorazón arrastra a Aqua hasta un portal oscuro.

Capítulo C8 – Juntos

Aqua flota en medio de la nada.
—Voy a fusionarme con la oscuridad...
La chica cierra los ojos, dejándose llevar. No hay nada que pueda hacer por resistirse.
—Aqua, ¿estás bien?
Cuando la Maestra abre los ojos, descubre que Mickey está a su lado, en un terreno desconocido. El rey la ha salvado del olvido una vez más.
—¿Cómo hemos llegado hasta aquí? —se pregunta ella.
—No hay tiempo para hablar. —Mickey hace aparecer su arma al ver aproximarse a un grupo de enemigos.
—Moradores de la oscuridad...
—¡Son los sincorazón!
Los dos elegidos de la llave espada colaboran para deshacerse de los sincorazón. Es una gozada verlos luchar juntos nuevamente.
—Cielos —dice Mickey—, jamás pensé que te encontraría en el Reino de la Oscuridad. ¿Qué te pasó?
—¿Has visto a Terra o a Ven?
—No, sólo a ti.
—Lo siento... La oscuridad de este lugar me está afectando.
—No te preocupes, todo saldrá bien. Llevamos buscándote una eternidad, Aqua. ¿Cómo es que acabaste en este lugar?
—Primero, dime: ¿cuánto tiempo ha pasado en el Reino de la Luz?
—Unos... diez años.
Es decir, que nos encontramos temporalmente en el momento donde se desarrolla el primer *Kingdom Hearts*.
—Interesante. —Aqua no parece sorprendida—. Desde la última vez que nos vimos, llevé a Ven a un lugar seguro y fui en busca de Terra. Pero Terra estaba a punto de caer presa de la oscuridad, así que no me quedó otro remedio más que quedarme aquí para que él tuviera una oportunidad de escapar.
—No lo sabía...
—¿Y tú, Mickey? ¿Cómo es que has acabado aquí? ¿Ha pasado algo en el Reino de la Luz?

—Son los sincorazón. Han invadido varios mundos y les han arrebatado sus corazones. Por eso, ahora se hallan sumidos en la oscuridad. Pero si logramos cerrar la puerta situada entre los dos reinos, el de la luz y el de la oscuridad, desde ambos lados, podremos proteger los mundos. Y aquí me tienes, buscando la llave de este lado. Resulta que entrar en el Reino de la Oscuridad no es tan sencillo. Los puntos por los que se puede cruzar se han vuelto inestables. Sólo cuando se consume un mundo, aparece la puerta entre los dos reinos. Por eso esperé la oportunidad idónea para colarme. Fue entonces, una vez dentro, cuando sentí el calor de una luz que ya conocía. La seguí y me trajo hasta aquí.

Aqua sabe de dónde procedía ese calor que condujo a Mickey hasta ella.

—El amuleto... Así que Terra y Ven han conseguido que volvamos a reunirnos. Pero... los mundos aún corren peligro. ¿Consiguió Terra volver al Reino de la Luz?

—Todavía no hemos dado con él.

—Entiendo. Bueno, esté donde esté, sé que seguirá luchando. Vencerá a la oscuridad. Y seguro que quiere que yo también luche.

—Es verdad. Seguro que está bien.

—Sí —responde Aqua—. Pero ¿qué hay de Ven? No se despertará a menos que esté a su lado. Tengo que salir de aquí. He de encontrar el camino de vuelta al Reino de la Luz.

—De acuerdo. ¡Busquemos la llave y volvamos a casa juntos!

—¿Sabes dónde hay una salida?

—Esto... —Mickey aparta la mirada, avergonzado—. Estaba tan preocupado por encontrar la manera de entrar, que no se me ocurrió pensar en cómo salir. ¡Pero seguro que la encontramos!

—No has cambiado nada. —Aqua ríe.

—Que nuestros corazones nos sirvan de guía.

—Hacía mucho que no oía esa frase.

—Los portadores de la llave espada siempre se lo decían unos a otros. Me gusta tenerlo presente. Bueno, ¿lista?

—Cuando quieras.

Aqua y Mickey atraviesan las profundidades de la oscuridad, eliminando a todos los sincorazón que se cruzan en su camino, hasta llegar a una cueva de luz cegadora, que los transporta a...

Capítulo C9 – Islas del Destino

Aqua reconoce al instante la playa en la que se encuentran.
—Aquí fue donde conocí a esos chicos...
—Se han perdido tantos mundos... —dice Mickey—. Ahora están atrapados aquí, en la oscuridad. Espera, ¿has dicho que conoces este lugar?
—Sí. He estado una vez antes. Conocí a dos chicos a los que llegué a plantearme entregarles el don de la llave espada. Pero como Terra ya le había entregado el poder a uno de ellos, al final no lo hice.
—¿Cómo se llamaban esos chicos? —Mickey intuye la respuesta, pero necesita oírla de su boca.
—Sora y Riku.
—Ya veo. Creo que nos estamos acercando.
—¿Eh?
—Sora y Riku son quienes me han estado ayudando a cerrar la puerta para siempre.
—¿Los mismos?
—Aqua, si la llave espada que encontraron mis amigos estaba aquí, también debe de estar su contraparte. La llave espada de la oscuridad debe de hallarse en este lugar, el lado oscuro de su mundo. ¡Vamos, sígueme!

Mickey corre hacia la cueva situada en el centro de la isla. Al igual que en el Reino de la Luz, las paredes están llenas de pintadas de Sora y Kairi. Pero no es eso lo que llama su atención, sino la puerta cerrada en el extremo contrario.
—Seguro que está aquí —dice el rey.
La puerta se abre sin dificultades. Al otro lado, hallan una llave espada reluciente.
—¿Es lo que estabas buscando? —pregunta Aqua.
—Exacto. ¡La llave espada del Reino de la Oscuridad!
—¿Una llave espada de la oscuridad?
—"Dos llaves guardan la puerta de la oscuridad. Nadie que albergue luz ha de atravesar la puerta". Muy bien, tenemos las llaves. Ahora busquemos a quienes nos ayudarán a cerrar la puerta.
—¿Cómo dices? —Aqua sigue sin comprenderlo.

—La puerta entre los dos reinos no permitirá que pase nadie que albergue luz en su corazón. De ahí que sólo salga la oscuridad. Podemos cerrar la puerta con las dos llaves espada, pero necesitamos ayuda a ambos lados.

—Muy bien. Ya que vais a sellar la puerta, seré yo quien la cierre.

—Lo siento, pero esa misión le pertenece a otra persona.

El suelo tiembla, mientras una luz potente los ciega durante unos segundos. Cuando recuperan la visión, descubren que las paredes de la sala han desaparecido. La puerta de la cueva de las Islas del Destino sigue allí, pero el resto es una gruta gigantesca, similar a otros paisajes del Reino de la Oscuridad. Y, al final de la gruta, hay una segunda puerta, ésta muchísimo más grande.

—¿Es la puerta que buscamos? —pregunta Aqua.

—Sí. La puerta a Kingdom Hearts. Bueno, no es exactamente el Reino de los Corazones que conoces. Aunque es más pequeño, sigue siendo el corazón de muchos mundos. A pesar de que no sea un Kingdom Hearts completo, no podemos dejarlo abierto, o la oscuridad se escaparía y destruiría los demás mundos. Es la hora. Con esta llave espada y la ayuda de Sora desde el Reino de la Luz, cerraremos la puerta. Lo único que nos falta... es Riku.

Apenas termina de pronunciar esas palabras, descubren a Riku corriendo hacia la puerta de Kingdom Hearts. Tras él va todo un torbellino (más o menos; el juego lo llama "ola") de sincorazón, que amenazan con atraparlo y cruzar las grandes puertas.

Aqua lanza un hechizo que retiene a los sincorazón.

—¡Marchaos sin mí!

—¡Pero...! —Mickey se niega a dejarla atrás.

La chica consigue que todo el torbellino de sincorazón atraviese la pequeña puerta que lleva a las Islas del Destino, que ella se ocupa de cerrar desde el otro lado, quedándose atrapada junto con los monstruos.

—¡Aqua! —grita el rey.

Pero ya es tarde. No hay nada que pueda hacer por ella. Además, nuevos sincorazón se aproximan a Riku, quien, ajeno a lo que ocurre allí dentro, sigue intentando cerrar las puertas de Kingdom Hearts, mientras Sora, Donald y Goofy hacen lo mismo desde el otro lado. Por suerte, Mickey llega a tiempo de eliminar a los sincorazón restantes y ayudar a sus amigos a cerrar la puerta. Es decir: los acontecimientos narrados en el capítulo 47 de la guía argumental del primer *Kingdom Hearts*..., sólo que, por aquel entonces, no sabíamos de la intervención de Aqua.

Mientras tanto, ella planta cara al torbellino de sincorazón en la playa de las Islas del Destino.

—La batalla por el Reino de la Luz está aún por ganar. Gracias a Terra y a Mickey, sé lo que está en juego. No tengo miedo. Me enfrentaré a la inmensurable oscuridad. La próxima vez que alguien se adentre en el Reino de la Oscuridad, allí estaré, como una luz que atraviesa todas las sombras. Seré su Siemprejuntos. Y, algún día, volveré a reunirme con Terra y Ven. ¡Soy la Maestra Aqua, y ésta es mi promesa! ¡Que nuestros corazones nos sirvan de guía!

Capítulo C10 – Retazos

(Los dos últimos capítulos pertenecen a *KH Birth by Sleep*, no a *KH 0.2 – A Fragmentary Passage*.)

Tras caminar durante mucho tiempo por el Reino de la Oscuridad, Aqua llega a una playa. Allí, sentado sobre una roca, contemplando en silencio el reflejo de la luna sobre el mar, hay un hombre encapuchado.
—¿Quién eres? —pregunta Aqua.
—Oh, hola. —El hombre, de voz grave, se sorprende al verla—. No suelo tener visitas.
—Me llamo Aqua. ¿Puedo preguntarte qué haces sentado en mitad del Reino de la Oscuridad? ¿Cómo has acabado aquí?
—Verás... Digamos que ya pasé una vez por estas orillas. Pero, por desgracia, al igual que la primera vez, no recuerdo quién soy ni de dónde vengo. Las corrientes que hasta aquí me trajeron borraron todo eso.
—Lamento oírlo. —Aqua se sienta a su lado—. Yo sólo sé que llevo aquí mucho tiempo. Vago sin rumbo hora tras hora, sin escapatoria...
—¿Deseas volver a tu propio mundo?
—Por mis amigos. Les prometí que estaría ahí cuando me necesitasen.
—Tus amigos, ¿eh? —El hombre se queda pensativo—. Jovencita, en algún lugar de los ajados retazos que mi memoria conserva, me recuerdas a un chico que conocí. Se parecía mucho a ti, leal a sus amigos y semejantes. Ese joven viajó por muchos mundos, y luchó a capa y espada para salvaguardar la luz.
—¿Salvaguardar la luz? Llevo aquí demasiado tiempo. ¿Es que ha pasado algo ahí fuera? ¿Están los mundos en peligro?
—Cuesta decirlo... Han estado a punto de sucumbir a la oscuridad más de una vez. Pero, en cada ocasión, aquel joven apareció blandiendo su llave espada para salvarlos.
—¿Qué? —Aqua se sobresalta al escuchar hablar de una llave espada—. Espera un momento, ¿no se llamaría Terra o Ven?
—No se llamaba así, me temo.

—Era de esperar... —Aqua suspira, decepcionada.

—¿Cuánto hace ya que lo conocí? Al menos un año, quizá más. Entonces, mi corazón estaba cegado por la venganza. Les hice cosas horribles, a él y a sus amigos. Llevé la amargura a muchos. Sentí que debía hacer algo. ¿Fue acaso una forma de limpiar mi conciencia, o solamente el mero instinto de un erudito? Aprovechando el largo letargo del joven, oculté en él los resultados de mi investigación. Trasplanté los datos donde pudieran ser más útiles. De hecho, me gustaría creer que... quizá él pueda arreglar las cosas. Un chico como él, capaz de llegar a tantos corazones. Él podría abrir la puerta adecuada y salvar las vidas de todos aquellos que yo condené. Muchos siguen aguardando un nuevo comienzo... nacido de un sueño. —En inglés: "birth by sleep"—. Yo también. Incluso tú.

Por si aún no había quedado claro: el hombre encapuchado es Ansem, alias DiZ, fallecido durante el tramo final de *Kingdom Hearts II*. Eso significa que Aqua lleva ya más de once años en el Reino de la Oscuridad.

—¿Y cómo se llama ese chico? —pregunta la Maestra.

—Su nombre es... Sora.

Al escuchar aquel nombre, Aqua no puede evitar llorar de felicidad.

Capítulo C11 – Hasta pronto

En las Islas del Destino, Sora observa el mensaje dentro de una botella que les envió el rey Mickey (epílogo de *Kingdom Hearts II*).
—Sora. —Riku se acerca a él—. ¿Ya te has decidido?
—Sí —responde su amigo con seguridad.
Segundos después, Kairi se une a ellos.
—Sora...
—Kairi, yo... debo irme. Me necesitan. Si soy quien soy, es gracias a ellos.
Kairi asiente y le entrega un amuleto Siemprejuntos.
—Hasta pronto, Sora.

KINGDOM HEARTS
Coded

Capítulo 1 – Registros huidizos

Tras los sucesos de *Kingdom Hearts II*, Pepito Grillo, el cronista real que acostumbra a viajar en el bolsillo de Sora, ha regresado al Castillo Disney.

—Dos viajes llegaron a su fin. Uno de ellos sirvió para detener la oscuridad, y el otro para devolver los corazones perdidos adonde les correspondía. Sinceramente, ninguno de ellos fue sencillo, pero un servidor tuvo el placer de dejar constancia de ambos por escrito. Dos viajes relatados en este par de volúmenes, para que ahora todo lo que quede del primero sea una simple línea: "Dar las gracias a Naminé". Por descontado, puede que esta línea sea todo cuanto deba contener, y ya toque cerrar este libro. De todos modos, ¿quién será esa tal Naminé?

Pepito pasa las hojas del diario, aparentemente vacío, con la única excepción de aquella frase. Sin embargo, al final del todo, encuentra otra más, como recién surgida de la nada: "Debemos regresar para calmar su dolor". Sorprendido, Pepito corre a la librería del castillo para informar al rey de su hallazgo.

—¿Un mensaje misterioso? —pregunta Mickey.

—Yo no lo he anotado, estoy seguro. Y nunca le quito ojo al diario. No sé quién tuvo ocasión de escribir, ni cuándo.

—Hmm... ¿"Calmar su dolor"? Cielos, Pepito. Parece que alguien nos está pidiendo ayuda porque no sabe qué hacer. Tenemos que cerciorarnos.

—Sí, pero ¿cómo? El resto de páginas siguen en blanco.

—Lo que escribiste ya no está, pero eso no significa que el diario esté vacío.

El rey convoca a Chip, Chop, Donald y Goofy. Las ardillas han creado el Binarama, una especie de ordenador capaz de virtualizar los datos del diario, para así descubrir lo que tiene oculto. Sin embargo, tan pronto como aparecen las primeras imágenes en el monitor, unos "cubos oscuros" invaden el sistema, bloqueando el acceso a los datos.

—¡Al diario de Pepito se le ha ido la castaña! —exclama Chip.

—¿Una castaña? —pregunta su hermano—. ¿Dónde?

—¡No estoy hablando de comida! No sé por qué exactamente,

pero algo raro pasa con los mundos de dentro del diario. ¡Y tampoco podemos analizar ese mensaje!

—Algo podremos hacer... —replica Mickey.

Aunque la tecnología no parece su campo fuerte, es Goofy quien tiene la mejor idea.

—Tal vez, si nos introducimos en esos mundos y restauramos los datos, podamos averiguar qué pasa.

—¡Claro que sí! —asiente Chip—. Podríamos buscar a alguien que esté dentro del diario, y pedirle que explore los mundos y arregle los datos.

—¡Conocemos a un chico adecuado para esta labor! —responde el rey—. ¿A que sí, amigos?

Las ardillas crean una versión virtual de Sora (con aspecto del primer *Kingdom Hearts*, que es cuando se escribió el diario) a raíz de los datos que hay almacenados en el libro. Por decirlo de alguna manera, es como si los relatos de sus viajes no hubiesen desaparecido del todo, sino que estuviesen aún escritos, ocultos, en un sentido más mágico o metafórico que físico o literal.

—Chop y yo hemos conseguido sobrescribir los datos de Sora —dice Chip.

—¿A qué te refieres? —pregunta Donald.

—Chip quiere decir que el Sora del Binarama ya puede usar la llave espada —explica Chop—. Ahora podrá reparar el lío que hay con los datos... O eso creemos.

—¿Es que hay dos Sora? —Donald sigue sin entenderlo.

—Vuestro viaje con el Sora original quedó registrado en forma de datos —responde Mickey—. Se podría decir que éste es... otra versión del Sora que conocemos.

La conversación se ve interrumpida cuando el Binarama empieza a mostrar ventanas de error.

—Esperad aquí —les pide Chip—. Vamos a ver qué ocurre en el cuarto contiguo. ¡No tardaremos!

Los errores desaparecen poco después; las ardillas saben lo que se hacen.

—A propósito, Majestad —dice Goofy—. ¿Qué hacemos aquí?

—En el diario de Pepito hay un extraño mensaje. El único modo de averiguar quién lo escribió es analizando todas las entradas.

—¿Qué dice el mensaje? —pregunta Donald.
—Hmm... "Debemos regresar para...".
—¡Porras! —interrumpe el mago—. ¡Se ve algo en el monitor!

Junto a la versión virtual de Sora (al que llamaremos directamente "Sora", por acortar), se encuentra un hombre encapuchado, con el traje negro típico, aunque no exclusivo, de la Organización XIII. Los dos están sobre unas plataformas redondas, con dibujos de colores.

—No recuerdo haber escrito nada así —dice Pepito, extrañado.

El hombre de negro se aleja de Sora a través de una pasarela.

—¿Me oyes? —Mickey se comunica con Sora a través de un micrófono—. Ve tras él. ¡Deprisa!

Sora obedece sin rechistar, aunque no tarda en perder de vista al encapuchado. Con lo que se encuentra es con un grupo de sincorazón, que le obligan a usar su recién adquirida "llave espada virtual". Aquella versión de Sora ni siquiera sabe lo que representa semejante arma.

—De vez en cuando tendrás que luchar —explica Mickey—. Pero no lo olvides: nunca dejes que se apague la luz.

Tras acabar con los sincorazón, Sora utiliza la llave espada para abrir una puerta que ha aparecido delante de sus narices.

Capítulo 2 – El ojo de la cerradura

Sora aparece en las Islas del Destino. El paisaje se mantiene casi igual que en la realidad, con la diferencia de que está lleno de bloques oscuros.

(Las frases en cursiva representan las voces que se oyen, por decirlo de alguna manera, del otro lado del monitor, ya que ésta llega algo distorsionada, como si hablasen por radio. Cuando se narre la historia desde el punto de vista de Sora, será Mickey quien hable en cursiva, y viceversa.)

—*¿Me oyes?*

—Otra vez esa voz... —El chico mira a su alrededor, pero no ve a nadie—. ¿Quién eres?

—*¿Estás bien, Sora?*

—También sabes mi nombre... ¿Acaso me conoces?

—*Más o menos. Me llamo Mickey. Aún no he conocido al Sora de este mundo, pero sé quién eres. Y Sora me conoce a mí. Se podría decir que somos buenos amigos.*

—Eh... Dices que no nos hemos conocido, pero sabes quién soy y somos amigos. ¿Es eso? No lo entiendo...

—*Es que estoy en un mundo distinto al tuyo. Es una historia muy larga. El caso es que mis amigos y yo estamos intentando aclarar un misterio, pero no podemos llegar a tu mundo. Si pudieras echarnos una mano...*

—¿Qué tengo que hacer?

—*Estamos buscando respuestas en el mundo en el que te encuentras. Sólo tú puedes encontrarlas.*

—¿Y eso por qué? Hmm... No lo tengo muy claro, pero... ¿qué quieres, que explore la isla?

—*¡Has dado en el clavo! Cualquier cosa que necesites, aquí estaré.*

—¡Muy bien!

—*Vamos a empezar por buscar anomalías.*

—Ya he encontrado varias. ¡Estos bloques! ¿Qué hacen repartidos por toda la isla?

—*Eso es parte del misterio...*

—Vale. A ver qué averiguo.

—Gracias. Y que no se te olvide, Sora: aunque estemos en mundos distintos, siempre puedes llamarme, y haré lo posible por ayudarte. Pase lo que pase, estaré a tu lado.

Sora se encuentra con Selphie, Wakka y Tidus, quienes le informan de que han visto al tipo de la capucha negra dirigirse a un sitio al que llaman "el lugar secreto", bajo el gran árbol situado en medio de la isla. Es una pequeña cueva llena de pintadas, que parecen hechas por niños. También hay una puerta cerrada.

—Quizás esté al otro lado de esta puerta...

De pronto, el suelo comienza a temblar. Sora escucha una voz en su cabeza.

—(Este mundo está herido. Detén el dolor para desbloquear el camino.)

—Esa voz... ¿Quién anda ahí? ¿Mickey?

La llave espada aparece en la mano del chico, mientras toda la sala se llena de una luz cegadora.

En la librería del castillo, el rey y sus amigos contemplan el monitor del Binarama, observando los movimientos de Sora. Cuando el chico empuña la llave espada, el brillo traspasa la pantalla y los ciega también a ellos.

Al recuperar la visión, Pepito Grillo se da cuenta de algo.

—¡Hay más palabras en el diario! ¡Alguien ha redactado una nueva entrada!

—"Este mundo está herido. Detén el dolor para desbloquear el camino" —lee Mickey—. Ojalá supiera qué hacer...

—¿A qué mundo se refiere? ¿Al nuestro?

—¡Chicos! —interrumpe Goofy—. ¡Mirad la pantalla!

El encapuchado se acerca a Sora.

—Este mundo se ha conectado.

—¿Eh?

—Se entrelazan. Este mundo está herido. Detén el dolor para desbloquear el camino.

—No entiendo nada. ¿Se trata de un acertijo? ¿Qué se supone que he de hacer?

—Si quieres curar su herida, ve al otro lado del ojo de la cerradura.

El encapuchado desaparece a través de un portal oscuro. En ese momento, una cerradura mágica aparece en medio de la misteriosa puerta de la cueva.

—¿Eh? ¿Qué es eso?

—*¿Qué ves, Sora?*

—¡Algo raro, Mickey! El tipo de negro ha hecho aparecer... una cerradura.

—*¿No te dijo nada?*

—Hmm... Dijo que fuera "al otro lado del ojo de la cerradura". Debe de haberse referido a esto.

—*Prueba con la llave espada, Sora.*

—Vale. Vamos allá.

Cuando Sora apunta con su llave espada a la puerta, el paisaje cambia de forma radical. El chico permanece en la misma isla, pero ahora todo a su alrededor es oscuridad.

—¡¿Qué ha pasado?!

—*La causa de las anomalías debe de estar por allí.*

—Si me deshago de ella, ¿volverá todo a la normalidad?

—*Esperemos que sí. Pero ándate con mil ojos, allí hay algo muy poderoso.*

Un sincorazón en forma de datos aparece ante él: es Lado Oscuro. Sora se arma de valor y logra derrotarlo, aunque el combate termina mal para ambos, pues una enorme esfera de oscuridad los absorbe.

En la librería del castillo, todos observan atentamente la pantalla.

—¿Crees que Sora estará bien? —pregunta Mickey.

—Espere, que ahora lo busco. —Pepito comienza a tocar botones del Binarama—. ¡Oh! ¡Hay una nueva entrada en el diario! "Hay más dolores que el que acabamos de calmar".

—¡Eh! —exclama Donald—. ¡Mirad!

Otras dos personas han aparecido en el monitor. Uno es Riku; el otro está completamente tapado por un manto marrón.

—Diablos, esto no pinta bien —dice el rey.

—Si los datos se han recuperado —responde Pepito—, deberíamos estar viendo lo que escribí en mi diario, ¿no? Sin embargo, esa escena nunca sucedió... O, al menos, nunca la transcribí.

—¿Quiere decir que nos está mostrando cosas que ni siquiera tú sabes? —pregunta Donald.

De repente, el Binarama activa una señal de alerta. Ha encontrado a Sora.

Capítulo 3 – Bloques corruptos

Sora despierta en un callejón de Ciudad de Paso. A su lado está Pluto, el perro del rey.
—*¿Estás bien, Sora?*
—Mickey, ¿dónde estoy? ¿Qué me ha pasado?
—*Parece que has acabado en un sitio diferente. Dime qué ves a tu alrededor.*
—Yo diría que es una ciudad. ¿Qué ha sido de mi isla?
—*Ya no hay bloques en ella gracias a tu sufrido empeño, Sora.*
—Uf, qué alivio... Así que ahora estoy en una ciudad extraña. Pero ¿por qué? ¿Habrá anomalías aquí también?
—*Es posible. ¿Te importaría echar un vistazo?*

A través del monitor, Donald observa aquellos edificios y calles, sintiendo nostalgia.
—Ah, qué recuerdos...
—¡Y que lo digas! —responde Goofy.
—Aquí conocimos a Sora en nuestra primera aventura —explica Donald al rey.
—También a Aeris, Yuffie, Cid y León —añade el capitán de los caballeros—. Me pregunto qué tal estarán.
—Interesante —asiente Mickey—. Así que aquí es donde os hicisteis amigos.
—Majestad, tengo una pregunta —dice Goofy—. Al digitalizar el diario, encontramos las entradas antiguas, ¿no? ¿Significa eso que el Pluto que despertó a Sora se compone únicamente de datos?
—¿Por qué lo preguntas?
—Me gustaría saber si el diario también contiene versiones de todos nosotros.
—Buena pregunta. ¿Tú que crees, Pepito?
—Ojalá tuviera la respuesta a esa pregunta, Majestad —contesta el cronista—. No podemos acceder a los datos por culpa de las anomalías. Es posible que el mundo se haya fragmentado, en lugar de constituir una entidad única, como creíamos. Es imposible saberlo.

—¡No importa! —replica Donald—. ¡Tenemos a Sora!
—¡Así es! —dice Mickey—. Seguro que él nos conducirá a la respuesta.

En la Ciudad de Paso virtual, Sora pide ayuda a Juanito, Jaimito y Jorgito. Los sobrinos de Donald investigan la ciudad hasta encontrar tres fragmentos de luz, que parecen formar el ojo de una cerradura. Sin embargo, está inacabada; falta una cuarta pieza. Quizá Cid sepa algo al respecto.

De camino a la tienda de Cid, Sora se topa con el encapuchado.

—Espero que estés contento con la que has armado —protesta Sora.

Sin pronunciar palabra, el hombre de negro le hace entrega del último fragmento de luz y se marcha. Al juntar los cuatro, éstos se elevan en el aire, formando una cerradura similar a la que Sora abrió en las Islas del Destino. Antes de poder manipularla, Sora debe derrotar a su guardián: el sincorazón Armadura (similar a lo ocurrido en el mundo real). Sin embargo, esta vez no parece ser suficiente, pues, tras el combate, la ciudad sigue sin estar a salvo.

—¿Por qué sigue habiendo bloques? ¿Acaso se me escapa algo?

—*El poder del sincorazón aún sigue presente* —dice Mickey—. *No te preocupes, Sora. Usa tu poder y acabarás con las anomalías de una vez por todas.*

—¿Mi poder?

—*Así es. Un poder tuyo, de nadie más. ¡Cierra el ojo de la cerradura con tu llave espada!*

—¡De acuerdo! ¡Allá voy!

Sora arroja un haz de luz con su llave espada, logrando que la cerradura desaparezca junto con todos los bloques oscuros.

—*¡Gracias, Sora! ¡Has resuelto el misterio de este mundo!*

—¡Bien! Pero... ¿qué pasa con el tipo de la capucha negra? Quizás sea él quien está detrás de todo este follón.

Una nueva entrada aparece en el diario de Pepito, aunque es similar a la anterior: "Hay más dolores que el que acabamos de calmar".

—Hmm... —Mickey se queda pensativo—. Parece que cada vez que un mundo del diario se recupera, se añade un nuevo mensaje.

El rey y sus acompañantes observan cómo Sora se encuentra con las versiones virtuales de Pluto, Donald y Goofy. Sin embargo, esto no termina de convencer al Donald real.

—Qué raro... ¿Aquel día estábamos con Pluto?

Al otro lado de la pantalla, el perro se aleja de sus amigos virtuales y atraviesa un portal oscuro.

—Estoy seguro de que no escribí nada así en el diario —dice Pepito.

—¿Creéis que el diario está tratando de decirnos algo? —pregunta Goofy.

Su conversación se ve interrumpida por la aparición de varios sincorazón dentro de la librería, en el mundo real.

—¡¿Sincorazón, aquí, en el castillo?! —Mickey no da crédito—. ¡¿Cómo es posible?!

El rey los pulveriza en un abrir y cerrar de ojos, pero eso no significa que el peligro haya terminado. Quizá los sincorazón estén atacando otros lugares del Castillo Disney. Por desgracia, cuando Donald, Goofy y Mickey se disponen a salir de la librería, descubren que la puerta está firmemente cerrada.

—Chicos... —dice Mickey—. Lamento tener que decir esto, pero estamos atrapados.

—Hoy no es nuestro día —protesta Pepito.

El Binarama capta de nuevo su atención, pues acaba de mostrar un nuevo mensaje en pantalla: "Detén el dolor para desbloquear el camino".

—¡En ello estamos! —exclama Goofy—. Antes ponía que ya habíamos calmado parte de él, ¿no?

—Bueno —concluye el rey—, tendremos que seguir recuperando datos tan rápido como podamos.

—Su Majestad —dice Pepito—, creo que Sora debe de estar ya en el siguiente mundo.

—Pero no podemos olvidarnos del castillo —replica Donald.

—A mí también me preocupa, Donald —responde Mickey—. Pero, ahora, lo mejor que podemos hacer es arreglar el diario.

Capítulo 4 – Palabras del recuerdo

Sora pasea por unos bonitos jardines, infestados de bloques oscuros.
—*Sora, soy Mickey, ¿puedes oírme?*
—Sí, alto y claro. ¿Dónde ha ido a parar la ciudad? Hace un momento estaba allí.
—*Lo siento, Sora, yo tampoco sé qué sucede. Es un misterio. Lo único que se me ocurre es que, al derrotar al enemigo en el ojo de la cerradura, acabaras en otro sitio. Vi un mensaje que decía: "Detén el dolor para desbloquear el camino". Quizás arreglar un mundo abra el camino al siguiente.*
—No entiendo qué está pasando. Lo único que sé es que acabé aquí tras derrotar al sincorazón. Y, a decir verdad, a este sitio no le vendría mal algo de ayuda.
—*Si este mundo es como los anteriores, tendrás que encontrar el ojo de la cerradura y derrotar al enemigo que mora en él.*
—Pero, entonces…, volveré a acabar en vete tú a saber qué otro mundo, ¿no? En fin, ¿qué se le va a hacer? ¡Cuenta conmigo! Sea lo que sea que necesites, yo me encargo.
—*¡Gracias, Sora!*
Un grito capta la atención del chico. No muy lejos de allí, una muchacha rubia está siendo perseguida por varios sincorazón.
—¡Atrás! —Sora prepara la llave espada—. ¡Yo me ocupo de ellos!
El Sora virtual los elimina sin dificultades.
—Uf, menos mal —dice ella, aliviada.
—¿Estás bien?
—Sí, gracias. ¿Quién eres?
—Sora. ¿Y tú?
—Pues… —La chica titubea, confusa—. Vaya, no hay manera. No consigo recordar nada.
Un gato aparece sobre sus cabezas. O, mejor dicho, "medio gato", pues el resto de su cuerpo permanece invisible.
—La pobre muchacha ha perdido sus recuerdos.
—¿Quieres decir que tiene amnesia? —pregunta Sora.
—No sólo ella, sino toda la gente de aquí. Los errores se han

esparcido por doquier. ¿No lo ves?

—Entonces..., ¿los errores son los culpables de que nadie se acuerde de nada? Si es así, más me vale encontrar pronto la cerradura y restaurar este mundo.

—¿Buscas una cerradura? —responde la muchacha—. Creo haber visto una por alguna parte.

—¿Dónde?

—Hmm... No me acuerdo...

—¿Cómo se va a acordar si ha perdido los recuerdos? —insiste el gato—. ¿Y si pruebas a darle "palabras del recuerdo"?

—¿Qué es eso? —pregunta Sora.

—Lo sabrás cuando las encuentres. Entonces, todo este lío se quedará en el olvido. ¿O será "en el recuerdo"?

Cuando el gato desaparece, Sora comienza a buscar esas "palabras del recuerdo" que mencionaba aquel extraño animal. Son una especie de estrellas luminosas que contienen palabras sueltas, como "Alicia". Al entregárselas a la muchacha, ella recupera sus recuerdos.

—¡Ah, claro! ¡Me llamo Alicia! —Uy, qué sorpresa.

—¿Te acuerdas ya de dónde viste la cerradura? —pregunta Sora.

—A ver que lo piense... Si me acuerdo correctamente, era brillante.

—¡Así es! ¿Dónde estaba?

—Tampoco me acuerdo de tantas cosas...

El gato reaparece (aunque lo más probable es que no se hubiera ido, sino que simplemente observara en silencio, aprovechando su invisibilidad).

—Quizás la palabra adecuada le refresque la memoria.

—Es decir —responde Sora—, que si le doy más palabras del recuerdo, conseguirá acordarse de dónde vio el ojo de la cerradura. ¿Dónde habrá más?

—Por aquí, por allá... Por todos lados. A saber...

El gato se marcha.

—Bueno, Alicia, tú espérame aquí, que ya te traigo yo los recuerdos.

—Vale.

Cuando Sora se gira para reanudar la búsqueda, no puede evitar sobresaltarse. Ante él se halla el encapuchado.

—Detén el dolor... Nuestro mundo todavía sufre, pero tu siguiente destino aguarda.

—¡¿Qué es lo que quieres?!

El hombre de negro desaparece.

Mickey y los demás siguen atentos a los progresos de Sora.

—¿"Palabras del recuerdo"? —Pepito está pensativo—. Majestad, ¿recordáis cómo describían a Naminé los informes?

—Una bruja capaz de manipular los recuerdos.

—Así es. —Pepito examina su segundo diario—. Todo lo que está pasando en estos mundos está relacionado con el primer diario, en el que ponía "Dar las gracias a Naminé". Pero, que yo sepa, el segundo diario está intacto.

—¿Crees que Naminé tiene algo que ver con todo esto? —pregunta Mickey.

—No lo sé con certeza, pero me da en la nariz que sí.

—Hmm... Habrá que esperar a ver qué pasa...

Sora lleva nuevas "palabras del recuerdo" a Alicia.

—¡Ya me acuerdo! —exclama ella—. Estaba en un campo de flores... Entonces vi a un conejo con chaleco. Parecía tener muchísima prisa. Lo perseguí hasta llegar a una especie de madriguera, caí en un agujero misterioso... Así es como acabé aquí. Le pregunté al Gato Risón cómo volver a casa. Me aconsejó que me dirigiera al palacio de la Reina de Corazones. ¡Eso es! ¡Allí fue donde vi algo parecido al ojo de una cerradura!

—¡Estupendo! ¡Has recuperado tus recuerdos!

—Y todo gracias a ti, Sora. ¿Quieres que te muestre el camino al palacio?

—¡Por supuesto!

Los dos se alejan de allí, sin ser conscientes de que están siendo observados por el encapuchado.

—La verdad está dentro del ojo de la cerradura. Los auténticos recuerdos también.

Tan pronto como Sora y Alicia ponen un pie en el palacio, la Reina de Corazones les corta el paso.

—¿Quiénes sois vosotros?

—Disculpe, Majestad —responde Alicia—. Debemos comprobar una cosa.

—¡No tan rápido! ¡Aquí se hace lo que yo digo! ¡Yo decido quién viene y deja de venir por aquí!

—Disculpe, las prisas me han traicionado.

—Esto es muy sospechoso. ¡Os juzgaré a ambos!

—¡Espere, Majestad! —suplica Alicia—. ¡No hemos hecho nada malo!

—Es inútil hacerse el inocente. Tengo pruebas de vuestro delito. ¡Me habéis robado mis recuerdos!

—¡No hemos sido nosotros! —replica Sora—. ¡Han sido los errores!

—Es así como lo lograsteis, ¿no? ¡Esparciendo errores por todas partes!

—¡Majestad, no tiene ninguna prueba! —protesta Alicia.

—¡Tengo una! ¡Me apetece echaros la culpa! ¡Ése es el veredicto! ¡Guardias! ¡Que les corten la cabeza!

Los soldados naipe rodean a Sora y Alicia. En ese momento, ella repara en algo que hay junto a la Reina de Corazones.

—¡Mira, Sora! ¡La cerradura está dentro de esa jaula!

—¡Bien hecho, gracias! Tengo que encontrar la manera de acceder al ojo de la cerradura. ¡Huye mientras puedas!

—Pero...

—No te preocupes, estaré bien.

—Eso espero... ¡No dejes que te apresen los guardias!

Sora distrae a los soldados naipe para facilitar la huida de Alicia. A continuación, logra bajar la jaula y proyectar un haz de luz sobre la cerradura de su interior. El ojo de la cerradura lo lleva ante otro sincorazón guardián: el Prestidigitador. Una vez eliminado, el País de las Maravillas está a salvo.

Capítulo 5 - Identidad

La imagen desaparece del Binarama.
—Magnífico —dice Mickey—. Parece que Sora ha restaurado otro mundo.
De nuevo aparece el mismo mensaje: "Hay más dolores que el que acabamos de calmar".
—Eso significa que la puerta de la librería sigue sin abrirse —se lamenta Goofy.
—"Detén el dolor para desbloquear el camino". —Mickey recuerda las palabras del diario—. Deben de quedar mundos en el diario que necesitan nuestra ayuda.
—Me pregunto qué tal le irá a Sora —responde Pepito—. ¿Habrá abierto el camino hacia el próximo mundo?
En ese momento, el monitor vuelve a activarse.

Sora acaba de toparse con el encapuchado, aún en el País de las Maravillas.
—¡Te he encontrado! —dice Sora—. ¡¿Eres tú quien ha alterado este mundo?! ¡Contesta!
—Este mundo se ha conectado. Los recuerdos y la verdad se entrelazan aquí. Debes saber la verdad.
El hombre de negro cruza un portal oscuro abierto por él mismo.
—*¡Deprisa, Sora! ¡Ve tras él! ¡Está claro que sabe algo!*
Sora logra atravesar el portal antes de que éste se cierre.

Mickey y los demás observan la pantalla en tensión.
—¿Cómo podemos saber quién es? —se pregunta Pepito.
—¿Y si es de la Organización XIII? —sugiere Donald.
—No os preocupes —responde el rey en tono tranquilizador—. Lo sabremos en cuanto Sora lo aprese.
La puerta de la librería se abre de golpe, pillando a todos por sorpresa. Quien aparece del otro lado no es ningún sincorazón, ni tampoco Chip y Chop, sino el mismo Sora virtual del Binarama. ¿Cómo es posible?
—¡¿Estás aquí?! —Mickey no da crédito.

—Esa voz... —responde Sora—. ¿Tú eres Mickey? Estaba persiguiendo a aquel tío, y...

De pronto, todos se dan cuenta de algo: ahora son ellos quienes se muestran en el monitor, como si estuviesen dentro del Binarama. Qué extraño... ¿Quiere decir que no están en el mundo real? Sus dudas van a quedar resueltas enseguida, pues a su lado aparece el hombre de negro, esta vez sin capucha. El rostro que escondía bajo la túnica les es más que conocido.

—¡¿Riku?!

—No exactamente —responde él—. Al igual que este Sora, soy un conjunto de ceros y unos que se parece a alguien que ya conocéis. El diario de Pepito estaba lleno de recuerdos, pero cuando se desperdigaron y fueron reunidos de nuevo, surgieron errores. Fueron ellos los que impidieron que el libro se restaurase del todo. De todos los posibles dispositivos de almacenamiento, fui yo el escogido para contener las páginas del diario. En mi interior guardo todos los recuerdos para evitar que se corrompan. —Es algo así como una memoria USB con forma de Riku—. Así que, en cierto modo, podría decirse que soy el diario de Pepito.

—¿Eres mi diario?

—Sí. —Riku (lo llamaremos así, como al falso Sora) pulsa un botón del Binarama—. Me tomé la libertad de importaros aquí para que me ayudarais con el misterio de esta entrada.

—¿Importarnos adónde? —pregunta Donald.

—¿No os habéis dado cuenta? Estáis dentro del diario.

De pronto, una voz les llega desde algún lugar que no pueden ver:

—¡*Su Majestad! ¡Su Majestad! ¡Si puede oírnos, responda, por favor!*

—¡Chip! ¡Chop!

—¡*Por fin os hemos encontrado! Cuando volvimos, el cuarto estaba vacío. ¡Os hemos estado buscando!*

—Entonces —dice Goofy—, si Sora está con nosotros, y Chip y Chop están viéndonos desde allá...

—¡Cáspita! —exclama Mickey—. Es verdad que estamos en el Binarama, como decía Riku. A lo mejor tú lo sabes: ¿crees que hay algún modo de regresar a casa?

Antes de que Riku tenga tiempo de responder, toda la sala se ve inundada por una luz de tonalidad rojiza y el estridente sonido de una alarma.

—¡*Alguien está intentando acceder a los datos desde fuera!* —advierten las ardillas.

—¿Un hacker? —Riku empieza a pulsar botones del Binarama—. Si eso es verdad, no podréis salir de aquí.

—¡*Tenéis que escapar antes de que...!*

La voz de Chip y Chop se interrumpe de forma repentina.

—Mala suerte —dice Riku—. La conexión entre este mundo y el real se ha cortado.

—¡Porras! —se lamenta Donald—. Danos alguna buena noticia...

—Si podemos restablecer la conexión, debería abrirse otro camino. Siempre y cuando esos errores no den la murga, claro.

—No pillo los detalles —responde Sora—, pero, básicamente, no podéis volver a casa, ¿no? Bien. Entonces yo me desharé de esos errores por vosotros.

—¡Sería magnífico! —exclama Goofy.

—Cada vez te debemos más favores, Sora —añade Mickey.

—¿Por qué llevas la cuenta? —contesta Sora—. Somos amigos, ¿no? ¡Nos vemos!

Sora se dirige hacia su siguiente destino.

Capítulo 6 – Inconsciencia

El Sora virtual llega a la entrada del Coliseo. No hay rastro de bloques corruptos ni de ningún otro tipo de anomalía.

—*Sora, ¿cómo va todo por ahí?* —pregunta Riku a través de los circuitos internos del Binarama.

—De momento parece que está todo en calma.

—*No bajes la guardia. Uno de los errores que interfiere con la conexión se encuentra en alguna parte del Coliseo. Empieza por buscar el ojo de la cerradura donde se esconde. Entonces, si no me equivoco, accederás al núcleo de ese mundo. Si eliminas lo que daña los datos del núcleo, el código se estabilizará. Así de sencillo.*

—Así que, como en los otros mundos, el enemigo está en el interior del ojo de la cerradura. ¡Vale! ¡Me desharé de él!

En la zona central del Coliseo, que ahora es un laberinto lleno de bloques oscuros, Sora conoce (otra vez) a Fil y Hércules. El héroe griego le informa de que el causante de todo aquello es Hades, por lo que ambos se disponen a internarse en el laberinto para buscar al Señor de los Muertos.

Sin embargo, un chico rubio, armado con un espadón, les corta el paso.

—¿Eres tú Hércules?

—¿Y tú quién eres? —replica Sora.

—Ahora mismo... vuestra pesadilla. Demostradme que tenéis buenos motivos para luchar.

El chico rubio los ataca, pero no tiene nada que hacer contra Hércules y Sora unidos.

—Así que es verdad lo que dijo de ti... —murmura el rubio.

—¡Dime cómo te llamas! —le pide Hércules.

—Soy Cloud, enemigo de héroes.

—¿Y nosotros qué te hemos hecho? —protesta Sora.

Cloud vuelve a correr hacia ellos..., aunque esta vez con un objetivo diferente: estaban a punto de ser alcanzados por una gran bola de fuego lanzada por Hades. Cloud los ha protegido.

—¿Cómo he podido fallar? —se lamenta Hades.

—¡Mantente al margen, Hades! —dice Cloud—. ¡Te dije que

esto era cosa mía!

—Por favor... Hace tiempo que dejó de tener que ver contigo.

—¿Qué?

—Creí que al menos me servirías como señuelo, para que yo mismo le diese la puntilla a Hércules. Menuda ayuda...

—¿Eres tú quien ha transformado el Coliseo en esto? —pregunta Sora.

—Lamento traicionar tus expectativas. —Hades ríe—. Yo no tengo nada que ver con este entuerto.

—¡Fuiste tú! —replica Hércules.

—Lo siento, figura, pero el guardián del laberinto ya no soy yo. Eso sí, como soy un buen dios, no me interpondré en vuestro camino. ¿Para qué, cuando me lo voy a pasar pipa viéndoos sufrir?

Hades desaparece.

—Me ha estado utilizando todo este tiempo... —dice Cloud, disgustado—. Debo irme.

Cloud también se marcha, dejando a Sora y Hércules a solas.

—¿Qué pasa con ese tío? —pregunta Sora, confuso.

—Parece que Hades lo ha engañado.

—Aun así, se ha pasado un poco de borde.

—Bueno... —Hércules cambia de tema—. Si no es Hades, ¿de quién se trata? No sé por dónde empezar.

—Tenemos que hacer algo o no habrá manera de salir de aquí.

Sora y Hércules recorren el laberinto en busca de pistas. En una de las estancias vuelven a encontrarse con Cloud, al que ayudan a derrotar a un grupo de sincorazón. Al principio se niega a escucharlos, pero, al final, logran que se una a ellos en su búsqueda. Vaya equipazo están formando.

En lo más profundo del laberinto aguarda Cerbero, el enorme perro de tres cabezas. Perfecto: una para cada uno. Sora, Hércules y Cloud unen fuerzas para derrotar al guardián del Inframundo.

Tras la derrota de Cerbero, Hades aparece de nuevo.

—Con lo que cuesta encontrar un laberinto decente..., ¿y qué hacéis? ¡Echarlo a perder! La gracia de los laberintos mortales es que se supone que debéis morir en ellos. Veo que voy a tener que mancharme las manos con vosotros...

Hades es un enemigo formidable, pero Sora, Cloud y Hércules, que han aprendido a luchar en equipo, logran hacer huir al hermano de Zeus.

El rey y sus amigos observan desde la librería del castillo virtual.

—Todo es muy distinto a como lo recuerdo —Donald se siente confuso.

—Esas escenas han salido del fondo de mi consciencia —explica Riku—. Cuando os deshacéis de los errores, me permitís introducirme aún más en los recuerdos relacionados con esos mundos. Lo que he visto debe de haber encontrado el camino de vuelta a través de la conexión, y aparece en pantalla.

—Entiendo —responde Pepito—. Si esos recuerdos vienen de aún más adentro del diario, es normal que no nos resulten familiares. ¡No son de ninguno de nosotros!

No tiene mucho sentido, la verdad, pero hay que aceptarlo.

—¡No puede ser! —exclama Mickey, con la vista clavada en el monitor.

Tras despedirse de Fil, Hércules y Cloud, Sora se dispone a marcharse. Sin embargo, alguien acude a su encuentro. Es Pete, el ayudante de Maléfica.

—¿Quién eres tú? —pregunta el elegido de la llave espada.

—¡Ja, ja, ja! ¿Te haces el tonto?

—¡*Pete!* —grita Mickey a través del micrófono—. *¿Cómo has entrado?*

—De la misma manera que vosotros. Vengo de "vacas" desde el mundo exterior. ¡Este mundo me pertenece! ¡Largaos a otra parte!

Pete atraviesa un portal mágico. Sora hace lo mismo; no piensa dejarle escapar.

Capítulo 7 – Designios maléficos

Sora ha llegado a la ciudad del desierto. No hay rastro de Pete.
—¿Dónde se habrá metido? Seguro que no trama nada bueno. Mickey no se preocupa porque sí.
Sora se encuentra con Aladdín, quien le pide ayuda para rescatar a Yasmín. La princesa ha sido capturada por el visir Yafar, que planea usurpar el trono del sultán. No tardan en dar con él, aunque las cosas están a punto de complicarse bastante: el visir cuenta con una réplica de la lámpara mágica, regalo de Pete.
Aladdín se dispone a usar la *verdadera* lámpara mágica (ambas virtuales, no lo olvidemos), pero Yafar lo evita pidiendo un deseo: paralizar a sus enemigos. El loro Iago aprovecha que Aladdín no puede moverse para arrebatarle la lámpara mágica y salir volando.
Afortunadamente, Sora parece inmune a la magia de Yafar, por lo que puede perseguir a Iago a través del bazar de Agrabah. El peso de la lámpara hace que el loro no logre volar muy alto, así que tampoco podrá huir muy lejos. Sora lo atrapa poco después.
—¡Déjame marchar, te lo ruego! ¡Yafar me obligó! ¡Es culpa suya!
—¡Más te vale que no te vuelva a ver molestar a mis amigos, Iago!
El chico deja ir al loro.
—¡Hasta luego, pardillo! —dice Iago mientras se aleja.
Sora observa la lámpara recién recuperada.
—No lo entiendo. ¿Para qué querrá Aladdín este trasto viejo?
De pronto, del interior de la lámpara comienza a salir humo azul, dando forma al genio que allí mora.
—¿Tienes problemas? ¡Has venido al lugar…! Oye, un momento, tu no eres Al.
—Mis amigos me llaman Sora. ¿Te refieres a Aladdín? Yafar lo ha paralizado. ¿Quién eres tú?
—¡Genio de la lámpara, para servirte! ¡Formula un deseo y se acabarán todos tus problemas! El poder de la magia en tus manos, siempre que lo necesites. ¡Como te lo cuento! ¡Soy todo tuyo!
—¿En serio? ¡Con la de deseos que tengo!
—Bueno, hasta cierto punto. Puedes pedir tres deseos como

máximo.

—Hmm... —Sora tiene su primer deseo—. Quiero que hagas que el mundo sea como antes.

—¡Pan comido! ¿Todo listo? ¡Mira! —Genio hace desaparecer todos los bloques oscuros—. ¿Qué te ha parecido? Ni rastro del espejismo deambulante ese.

—¡Muchas gracias! Entonces, ¿Aladdín y los demás ya no estarán paralizados?

—Ups. Esto... Hay un pequeño problema. El único que puede deshacer el hechizo es el que lo lanzó.

—¿Eh? No fastidies...

—Así son las reglas —se lamenta Genio—. Tengo que hacer exactamente lo que dices, no es cosa mía adivinar a qué te referías.

—No pasa nada, Genio. Fallo mío. No especifiqué cuando te pedí el deseo.

—No debería haberte dejado formular un deseo sin haberte explicado antes las reglas. ¿Sabes qué? Que ése no te lo cuento. ¡Y otra cosa te digo! Creo que sé por dónde anda ese granuja al que buscas. ¿Qué me dices, me das otra oportunidad?

—Qué remedio —Sora se encoge de hombros—. ¿Cómo iba a dar con él si no? Necesito ayuda. De acuerdo, Genio, mi siguiente deseo es que me lleves adonde está el villano.

—¡Claro que sí! ¡A sus órdenes, amo! ¡Allá vamos!

Aunque Sora ha conseguido la inestimable ayuda de Genio, Mickey no puede dejar de preocuparse por otro asunto.

—¿Adónde habrá ido Pete?

—¿Y cómo habrá llegado? —añade Pepito—. Por lo que tengo entendido, Pete ni siquiera debería existir en el Binarama.

—Debe de haber encontrado la manera de infiltrarse —responde Riku—. La pregunta es cómo.

—Lo que está claro es que no tiene acceso a este dispositivo —dice el cronista—, con lo cual debe de ser posible introducirse en el Binarama de otro modo.

—Pero los únicos diarios están aquí —replica Mickey.

—Seguro que Sora consigue esclarecer el misterio —Donald se muestra optimista.

—Sí, pero me sigue preocupando Pete. Yo iría pensando un

plan, no vaya a ser que pase algo.

—Tengo justo lo que necesitas —contesta Riku—. Ya sé cuál va a ser el plan.

Con ayuda de Genio, Sora llega a la Cueva de las Maravillas. Yafar tiene allí retenida a Yasmín, como ya ocurrió en la vida real. A su lado está la cerradura del mundo. Sora se enfrenta al visir, pero éste se convierte en genio usando otro de los deseos de la lámpara mágica que le regaló Pete. Después, se oculta en el ojo de la cerradura. Sora accede al interior con la llave espada, y llega a una sala rodeada de fuego.

—Parece que te he subestimado —dice Yafar—. Estoy impresionado. Aun así, tus esfuerzos han sido en vano. ¿No ves que soy invencible? ¡No tienes nada que hacer contra mí!

Yafar lanza una bola de fuego a Sora, que el chico esquiva por los pelos. Enfrentarse directamente a él es un suicidio, pero Genio tiene una idea: dirigir sus ataques a la lámpara, protegida por Iago.

—¡Voy a fulminarte de una vez por todas! —grita Yafar.

Sora corre, evitando la magia del genio-visir, hasta dar alcance al loro.

—¡Que sí, que sí, que me rindo! —Iago suelta la lámpara mágica—. ¡Te juro que no voy a volver a las andadas! Va siendo hora de cambiar de trabajo...

—¡Ahora, Sora! —exclama Genio—. ¡Encierra a Yafar en el interior de la lámpara!

Sora apunta hacia Yafar con la lámpara mágica, atrapándolo en su interior. En ese momento, Pete se muestra ante ellos.

—¡No es justo! ¡Se suponía que Yafar iba a ayudarme a sumergir este mundo en la oscuridad!

—¡Por fin te encuentro!

Pero de nada va a servir, pues Peter vuelve a desaparecer tan rápido como llegó.

—¿Ya te vas, Sora? —pregunta Genio.

—Sí. Creo que es momento de ir despidiéndose. Lleva a Yasmín a casa y devuélvele la lámpara a Aladdín.

—¡Concedido! ¡Ése era tu deseo número dos! ¿Cuál será tu tercer deseo?

—Mi tercer deseo... se lo dejo a Aladdín. Fue él quien encontró la lámpara. A él le debo haberte conocido y que nos hayamos hecho buenos amigos. Además, sé que la usará para algo que sin duda te hará muy feliz.

—Sora... ¡Gracias, amigo! ¡Eres el mejor! Me aseguraré de decírselo a Al. ¡Hasta pronto!

—¡Adiós, Genio! Y gracias por echarme una mano con todo.

Al contrario de lo que pueda parecer, los problemas aún no han desaparecido de aquel mundo. En el exterior de la Cueva de las Maravillas, Sora vuelve a encontrarse con Pete.

—¡Esta vez no escaparás!

—Ahí te equivocas, mocoso. Ya va siendo hora de revelar quién está detrás de todo esto. ¡Adelante, Maléfica!

—¿Quién es ésa?

Una llamarada de color verdoso aparece tras Sora. De su interior surge una mujer vestida de negro, con un bastón en la mano.

—¿Por qué tienes que dar siempre la lata? —pregunta ella, mirando a Sora de forma severa—. ¡Estás pidiendo a gritos que te dé una buena lección!

Maléfica lanza por los aires a Sora, haciendo que el chico deje caer la llave espada. La bruja se acerca a ella... y la pulveriza con un hechizo.

—¡Ja, ja, ja! Ya ves, sólo era una burda copia. Y ahora que ha desaparecido, ¡seré la dueña de este mundo! —La bruja invoca toda una multitud de sincorazón—. Vamos, mis leales esclavos... ¡Arrastrad todo cuando veáis hacia la oscuridad más profunda!

Los sincorazón se abalanzan sobre un indefenso Sora, quien no tiene tiempo de hacer otra cosa más que cubrirse la cabeza con los brazos. Por suerte, Mickey y Riku acuden al rescate.

—Maléfica —dice el rey—, ¿qué andas haciendo en el Binarama?

—Ya que os lo preguntáis... —responde Pete—. Todo fue idea mía, inútiles. Resulta que nos enteramos de que maquinabais algo, así que os hice una pequeña visita, siguiendo órdenes de Maléfica. ¿Y con qué me encuentro? Me asomé por la puerta y os vi a todos mirando la pantalla de un ordenador. De repente, apareció una luz blanca muy potente. —Se refiere a cuando el Sora digital usó la llave espada en la cueva secreta de las Islas del Destino—. Así es como Mi Majestad acabó en el circo de luces. Me desperté en un lugar tela de extraño: una sala luminosa rodeada de imágenes de diferentes mundos, que permitía viajar de unos a otros. Un buen sitio desde donde dominar los mundos. Y eso es todo. Tras aquello, Maléfica y yo hemos estado rebuscando por dentro. Por suerte, este mundo está conectado con tu resplandeciente castillo, Mickey. "Estaba", quiero decir. Antes de que me hiciera con el control de la salida y os atrapara aquí de por vida.

—¡¿Fuiste tú quien cortó la conexión?! —exclama Sora.

—¿Y eso qué más da ahora? —replica Maléfica—. Ambos mundos serán pronto míos. Y cuando este mundo se suma en las sombras, enviaré a los sincorazón de vuelta al Castillo Disney.

—¡Ni se te ocurra! —protesta Mickey.

—Se acabó el letargo. Dentro de muy poco, dominaré todos los mundos. Una pena que los mundos deban carecer totalmente de luz. En fin, tendré que eliminar la luz de los vuestros y sumiros a todos en un profundo sueño...

—De eso nada —responde Riku—. ¡No permitiremos que toques este mundo!

Riku ataca a Maléfica, pero ella lo inmoviliza con un hechizo, como si tuviese control absoluto sobre aquel chico virtual.

—¡Ja, ja, ja! ¿Acaso no sabíais que pertenece a la oscuridad? Está destinado a acabar consumido por ella, al igual que todos nosotros. A partir de ahora, está bajo mi control. Espero que me sirva para algo.

Maléfica y Pete desaparecen llevándose a Riku consigo.

Capítulo 8 – Superior al sistema

Sora y Mickey regresan a la librería del Castillo Disney virtual.

—¡Qué desastre! —exclama Pepito—. ¡Se han llevado a Riku!

—Dentro de Riku están ocultos los datos del diario, ¿no es así? —pregunta Goofy.

—¡Es verdad! —responde Donald—. ¡La oscuridad engullirá el Binarama!

—Pepito —dice Mickey—, ¿cuántos mundos quedan con errores?

—Pues... —Pepito mira la pantalla—. Sólo uno. Con lo poco que faltaba para restaurar todo...

—Sin errores, hubierais podido volver a vuestro mundo —se lamenta Sora—. Lo siento, chicos. Esta vez he metido la pata.

—Nada de eso, Sora —replica Mickey—. No te desanimes. ¡Ya me encargo yo de ponerle solución a esto! Buscaré pistas para arreglar los últimos errores y rescataré a Riku.

—¡Cuenta conmigo!

Sora intenta convocar su llave espada, pero no ocurre nada.

—Sora... —dice el rey—. Siento tener que decirte esto, pero Maléfica destruyó tu llave espada.

—¡No puede ser! ¿Cómo...?

—Verás, esa llave espada fue programada en el mundo real. Nosotros la introdujimos en el Binarama. No podemos hacer nada aquí dentro. Si salimos de aquí y volvemos al castillo verdadero, puede que logremos reescribir los datos y crear una nueva. Por desgracia, Maléfica nos ha dejado sin camino de regreso. De momento tendrás que apañártelas sin una llave espada.

—¿Y qué puedo hacer?

—No te apures. Ahora me toca a mí cuidar de mis amigos. ¡Esperadme aquí!

Mickey entra al último mundo con errores, mientras sus amigos esperan en la librería. Al cabo de unos minutos, Sora, que empieza a impacientarse, decide seguir sus pasos. Así es como llega a la entrada del castillo de Bastión Hueco, donde encuentra a Pete.

—¿Qué demonios haces aquí? —pregunta el esbirro de Maléfica.

—¡¿Qué habéis hecho con Riku?!

—¡Juas! Si tanto quieres saberlo, tendrás que atraparme. ¡Hasta luego!

Pete se interna en el castillo, y Sora corre tras él..., cayendo fácilmente en su trampa. Pronto se ve rodeado por cubos oscuros.

—Mira que eres bobo, pelopincho. No sé para qué te molestas en venir hasta aquí.

—¡Te pienso quitar esa sonrisa burlona de la cara!

—¡Ja! Que te crees tú eso... ¡Sincorazón a mí! Pórtate bien mientras yo me ocupo de dejar listo a cierto títere. ¡Que te diviertas con estos amigos míos!

Sora tiene que hacer frente a varios sincorazón. Algo que sería fácil en condiciones normales, pero recordemos que no posee la capacidad de invocar la llave espada. Sin ella, está desprotegido. Por suerte, Goofy acude al rescate.

—El rey dijo que esperásemos en la librería —dice el capitán—. No deberías haberte marchado solo.

—Ya, bueno... Lo siento.

—¡En marcha!

—De acuerdo...

Sora, impotente, se dispone a regresar a la librería del Castillo Disney. Sin embargo, Goofy lo detiene.

—¡Es por aquí!

—¿Eh? ¿No volvemos?

—Pensaba que querías ir a por Pete. Venga, debemos darnos prisa.

—¿A por Pete? ¿Estás seguro?

—¡Por supuesto! Tú mismo lo dijiste, Sora: ¡los amigos estamos para ayudarnos!

—¡Gracias, Goofy!

—Por cierto, ¿no has visto a Donald?

—No. ¿Es que vino contigo?

—Íbamos juntos, pero nos separamos a medio camino.

—Vamos a buscarlo antes de nada.

Sora y Goofy encuentran a Donald en otra sala del castillo de Bastión Hueco. Está mirando hacia toda partes, claramente desorientado.

—¿Adónde habíais ido? —protesta el mago—. ¿Cómo se os ocurre perderos?

—Me parece que el que se ha perdido has sido tú, Donald —replica Sora.

—¡Qué más da eso ahora! Me teníais preocupado.

—Lo siento. Hemos acabado aquí porque me rompieron la llave espada. Siento causaros tantos problemas.

—¿Pero qué dices? ¡Déjate de paparruchas!

—Es verdad —añade Goofy—. Con lo que nos gusta que nos metas en líos...

—¿En serio? —pregunta Sora, extrañado—. ¿Por qué?

—No es lo mismo verte desde fuera —responde Donald—. Teníamos ganas de volver a vivir aventuras contigo, como en los viejos tiempos.

—Aunque te hayas quedado sin llave espada —dice Goofy—, ahora nos tienes a nosotros.

—Donald, Goofy... ¡Gracias! Cuando estáis a mi lado, me siento capaz de cualquier cosa. Es como si ya lo hubiéramos hecho antes, aunque no me acuerde de ello.

—Ésa es la prueba de que los tres somos amigos —contesta Donald.

—Es divertido lo de hacernos amigos una y otra vez —añade Goofy.

—De todos modos, hay que volver a ponerse manos a la obra.

—Sí. Tenemos que atrapar a Pete y encontrar el modo de rescatar a Riku.

Los tres amigos encuentran y rodean a Pete en el gran salón del castillo.

—¡Ja! —dice Pete—. Como a solas tienes todas las de perder, has ido a llorarles a tus compañeros, ¿cierto? Pues que sepas que de nada te va a servir.

Pete hace aparecer varios sincorazón para que lo protejan, y bloques oscuros para que atrapen a Sora. Donald y Goofy evitan que Sora quede inmovilizado entre ellos, empujándolo y poniéndose en su lugar. Ahora son ellos dos quienes han quedado atrapados.

—¡Ja, ja! —Pete ríe—. ¿Quién os manda jugaros el tipo para

defender a un montón de datos? El chaval, al igual que la llave espada, es una copia. Vosotros lo creasteis. ¡Ni siquiera es real!

—¡Cierra el pico! —protesta Donald—. ¡Sora es nuestro amigo, aquí y en cualquier parte!

—Je, no deja de ser un montón de datos. Menudo amigo. ¡Si ni siquiera tiene corazón!

—¡Estás equivocado! —replica Goofy—. ¡El corazón de Sora late en nuestro interior!

—¡Paparruchas!

—Si prestaras atención, lo verías —dice Donald—. Tal y como están las cosas, ¿tú te crees que Sora lucharía por nosotros si no fuera nuestro amigo?

—¡Igual que Donald y yo lucharemos siempre por él! —añade Goofy—. Su corazón late en nuestro interior, y los nuestros en el suyo. Sora es nuestro amigo, y eso nos da fuerza. Digámoslo todos juntos: ¡mis amigos son mi poder!

—¡Mis amigos son mi poder! —exclaman los tres.

—¡Dejaos ya de tonterías! —responde Pete—. ¡Os vais a enterar! ¡Ese supuesto poder no os va a servir de nada!

De pronto, los bloques oscuros desaparecen... gracias al objeto que ha aparecido en la mano de Sora.

—¿La llave espada? —El chico es el primer sorprendido.

—¡¿De dónde la has sacado?! —Pete no da crédito—. No lo entiendo. Maléfica la había hecho añicos...

En ese momento, el rey Mickey llega al gran salón.

—Sora, me da la sensación de que algo ha cambiado en tu interior.

—¿Qué ha pasado? ¿Qué es eso que ha cambiado en mi interior?

—Desconozco los detalles, pero algo ha despertado dentro de ti. La llave espada está ligada estrechamente al poder del corazón de su portador. Un viejo amigo me dijo: los corazones son superiores a cualquier sistema. La llave espada que te dimos la creamos nosotros a partir de datos. A decir verdad, no esperaba que tuviera el mismo poder que la verdadera. Como no dejaba de ser una copia, carecía de materia, y Maléfica no tuvo problemas en destrozarla. Sin embargo, nuestros lazos se han fortalecido a lo largo de tu viaje. Te has convertido en algo superior al sistema,

Sora. Nadie más que tú posee un poder así. Y, al acceder a él, la llave espada ha vuelto a tus manos. Al menos, eso es lo que creo. Sólo tú poseías el poder capaz de lograrlo.

—Mi propio poder...

—Sí, así es. He buscado pistas por todas partes para reparar cualquier error que quedara, pero parece que todo va bien.

—¡Crear otra llave espada no es justo! —protesta Pete—. De momento, lo único que puedo hacer es pirarme...

—¡Que te crees tu eso! —exclama Sora—. ¡Devuélvenos a Riku! ¡Vamos!

—¡Estoy harto de todos vosotros! ¡Fuera de mi vista!

Pete se marcha a través de un portal. En su lugar aparece una cerradura.

—¡Vamos! —Donald se prepara para entrar.

—Espera —le pide Sora—. Dejad que me ocupe yo.

—¿Por qué?

—Hasta ahora he contado con vuestra ayuda, lo que me ha permitido llegar hasta aquí. Es hora de devolveros el favor. Usaré la llave espada para encontrar el camino de vuelta.

—Recuerda que no estás solo —responde Mickey—. Tu dolor es nuestro dolor. Siempre formarás parte de nuestro equipo, Sora.

—¡Tranquilo! Regresaré vivito y coleando, lo prometo.

Sora se enfrenta en solitario a Pete, al que logra derrotar. Sin embargo, el verdadero peligro no ha hecho más que empezar.

—Aún guardo un as en la manga. ¡Ven y saluda!

Pete hace aparecer a Riku en su versión oscura. No puede controlar su cuerpo, pero sí hablar.

—¡Aléjate, Sora!

—¿Qué te pasa?

—Me alegro de que hagas esa pregunta —responde Pete—. Resulta que me he tomado la libertad de arrebatarle su libertad.

—Buen juego de palabras—. No sabes lo útil que resulta un montón de datos. Cargas unos cuantos errores y listo. —Pete agarra a Riku—. ¡Ven aquí! Tu dueño tiene una orden que darte. ¡Elimina a ese mequetrefe!

—Jamás te obedeceré. —Riku trata de resistirse.

—¿Que no? A ver... ¿Acaso necesitas más poder?

Pete altera los datos de Riku, provocando que pierda por completo su personalidad. Sora se acerca a su amigo mientras el esbirro de Maléfica aprovecha para escapar.

—¿*Qué ha pasado, Sora?*
—¡Mickey, han surgido errores dentro de Riku!
—¡¿*Qué?! ¡Riku, ¿puedes oírme?!*

Riku responde de una forma nada esperanzadora: desenfundando su espada.

—¡Vamos, Riku! —insiste Sora—. ¿Es que no nos oyes?
—Destruidme...

Riku ataca a Sora, quien logra esquivar sus embestidas. En vista de que no tiene más remedio que luchar contra él, Sora busca el mal menor: golpear a Riku en la nuca para dejarlo inconsciente. Por el momento tendrá que bastar. Ahora toca encontrar la manera de repararlo.

Capítulo 9 – Depuración

Sora, con su amigo a cuestas, regresa al gran salón del castillo de Bastión Hueco, donde se reúne con Mickey, Donald y Goofy. El chico trata de eliminar los errores de Riku con su llave espada, pero lo único que ocurre es que aparece una nueva cerradura sobre él.

—¿Creéis que estará...?

—Los errores han poseído a Riku —dice Mickey—, lo que significa que no va a despertarse hasta que acabemos con ellos primero.

—Así que, si depuro su código, ¿Riku volverá con nosotros? Tengo que echar un vistazo a su interior.

—Nadie sabe si es seguro eso del "interior de Riku" —replica Goofy.

—Sé que es arriesgado, pero, si un amigo me necesita, ¡allí estaré para ayudar!

—No hay quien te detenga, ¿eh? —responde Donald.

—Haremos todo cuanto podamos para ayudarte —añade Goofy.

—Sora —dice Mickey—, no olvides que no estarás solo ahí dentro. No importa adónde vayas, tus amigos siempre estarán contigo en espíritu.

El chico apunta con la llave espada a la cerradura de Riku, accediendo así, por decirlo de alguna manera, al interior de sus datos.

Sora y Riku se hallan en un lugar completamente vacío, como si fuese el espacio exterior, rodeados de incontables estrellas.

—¡Riku! ¿Estás bien?

—No deberías estar aquí, Sora. De momento estoy consiguiendo retener los errores, pero no creo que pueda aguantar demasiado. Dentro de poco se apoderarán de todos mi datos. Y no sólo eso, sino que también dominarán todo el Binarama, incluido tú. Si te quedas aquí, acabarás plagado de errores. Llévate esto y escapa.

Riku le entrega una esfera luminosa.

—¿Qué es?

—Datos sin guardar en el diario original de Pepito. Parece que alguien los añadió más tarde.

—Ese alguien..., ¿no será quien escondió los datos del diario en ti?

—No lo sé. Revisa los nuevos registros y busca al responsable. Gracias a ti, la mayoría de errores se han depurado. Si resuelves el misterio de los datos añadidos, el diario se restablecerá por completo. Y, entonces, podréis dar con el camino de vuelta.

—Pero ¿qué pasará contigo, Riku?

—Me sumergiré en la oscuridad y eliminaré los errores por mi cuenta. No volverán a ver la luz. Así acabaremos con esto. Vamos, vete ahora que aún soy dueño de mis actos. Pronto se desbordarán los errores. ¡Date prisa, Sora! Si te marchas ahora, podrás escapar.

—Vale... Entonces, ¿todavía tengo tiempo?

—Sí.

—Pues si hay tiempo para escapar, mejor usarlo para acabar con los errores de aquí dentro y salvarte, ¿no?

—¡¿Qué?! ¡No me refería a eso! —protesta Riku.

—Venga, ya me conoces. ¿De verdad pensabas que te iba a dejar aquí tirado?

—Cierto, tú no eres así.

—A ver, ¿cómo hago para ayudarte?

Riku hace aparecer una puerta frente a ellos.

—Te llevará a lo más profundo de mis datos. Allí encontrarás un mundo construido a partir de mis recuerdos. Cuando elimines los errores de un mundo, se abrirá el camino al siguiente. Los errores lo han invadido todo, Sora. Ten cuidado.

—¡Muy bien! ¡Vuelvo en un periquete!

Sora atraviesa la puerta, que lo lleva directo a las Islas del Destino (o las Islas del Destino que están dentro del Riku que está dentro del Binarama). El lugar está plagado de bloques oscuros que el chico elimina con su llave espada. Cuando termina, Riku surge a través de la misma puerta.

—Como el efecto de los errores se ha debilitado, yo también puedo venir hasta aquí. Qué recuerdos...

—Y que lo digas —asiente Sora—. Por cierto, ¿recuerdas cuando me mostraste la cerradura en la cueva secreta?

—Sí. Quería que dominases la llave espada cuanto antes. Era necesario que aprendieras a luchar aquí.

—¿Sabías que dentro del ojo de la cerradura había un sincorazón gigante?

—Lo siento, apenas tuve tiempo de enseñarte nada —se disculpa Riku—. En el diario, la pared invisible que se alzaba entre mundos cayó derribada por culpa de los sincorazón. Del mismo modo, los errores comenzaron a destruir la pared que separa el mundo real del Binarama. Tuve que sopesar todas las opciones de las que disponía. Decidí aprovecharme de la situación, y pedir ayuda a Mickey y los demás. Sabía que era peligroso para ellos, pero no tenía alternativa.

—Mickey mencionó que había aparecido un mensaje misterioso en el diario —dice Sora—. Es así, ¿no? Todavía no sabemos por qué.

—Siento haberos metido en este berenjenal.

—Tranquilo. Me conformo con que nuestros amigos regresen a salvo.

—Vámonos.

Sora y Riku regresan al "lugar vacío". Junto a la puerta que lleva a los recuerdos de las Islas del Destino, ha aparecido una segunda puerta. Al otro lado está Ciudad de Paso, plagada de cubos oscuros, que Sora destroza con la llave espada.

—Buen trabajo. —Riku aparece tan pronto como la ciudad está a salvo—. La última vez que anduve por aquí fue para ayudar a unos chavales.

—¿Te refieres a Juanito, Jaimito y Jorgito?

—Sí. Fueron a por ellos porque habían encontrado fragmentos del ojo de la cerradura. Alguien tenía que protegerlos, así que decidí ocuparme yo.

—¿Por qué no me lo contaste cuando nos encontramos?

—Lo siento. Quería que fueses capaz de luchar a solas. Tenías un papel clave que desempeñar, y si no hubieras estado preparado..., mi única opción hubiese sido combatir por mí mismo.

—¿Sabes qué, Riku? Siempre te exiges demasiado, y no recurres a nadie. Yo siempre estoy encantado de que me "metas en líos", como dijeron Donald y Goofy. Los amigos están para ayudarse. Ya vale de decir "por mí mismo".

—Tienes razón. Perdona.

—No tienes por qué disculparte. Vamos, Riku, aún no hemos

acabado.

Dejando atrás Ciudad de Paso, Sora accede al País de las Maravillas mediante una tercera puerta. En su interior hay más cubos que pulverizar. Riku se une a él después.

—Sora, tienes que disculparme.

—¡Deja de decir eso!

—Nunca debí convertirme en presa fácil de los errores. Siempre acabo enfrentado a una fuerza exterior de la que me resulta imposible resistirme.

—Oye, Riku, un pregunta: ¿cuántos mundos hemos visitado hasta ahora? Hasta hace bien poco, la respuesta hubiera sido "uno". Pero últimamente hemos vivido un sinfín de aventuras en lugares de lo más variopinto. Y en vez de imaginarnos cómo serían, ahora que los hemos visto, guardamos muchos recuerdos de ellos. Es como si tuviera la sensación de que mi corazón y el tuyo albergan toda clase de lugares. Es algo alucinante.

—Ya...

—Es decir, por mucho que estemos alejados, siempre seguirás siendo tú mismo allá donde estés. Cualquier fuerza que trate de engullirte, no podrá hacer nada contra ti. Tú no sabes lo que es perder; siempre sales adelante en toda situación.

—Sora...

—Menudo discurso, ¿verdad? Será que me estoy haciendo mayor...

—Ja... Pues yo aún te sigo sacando unos centímetros.

—¡Dentro de nada pegaré un estirón! Tendré que bajar la vista para mirarte.

Riku ríe.

—Por cierto, Sora... Bueno, déjalo. Te lo diré cuando todo termine.

El siguiente destino de Sora es Agrabah. Allí, tras haberse deshecho de los cubos oscuros, tiene otra conversación con su amigo.

—¿Te acuerdas de este sitio? —pregunta Riku—. Vine hasta aquí para ayudarte.

—Sí, cuando me atacó Maléfica. De buena me librasteis.

—Sentí una presencia maligna, y Mickey sabía que algo no iba bien.

—Me alegro de que vinierais. Aquella vez supe lo que es quedarse sin llave espada... Claro que, al final, siempre sale todo bien. No hay nada que no puedas recuperar. ¡Por eso no debes darte por vencido!

—A veces envidio tu carácter, Sora. Siempre lo ves todo tan sencillo...

—¿Eso es un cumplido?

—También envidio que llegues a creer cosas así. —Riku ríe—. Venga, vámonos.

Los dos chicos regresan a la sala vacía, donde aún queda por cruzar una quinta puerta.

—Las heridas se han curado —dice Riku—, y el camino al lugar más recóndito se ha abierto. Pero, recuerda: ahí dentro está la causa definitiva. Aún no conocemos el origen ni la forma verdadera del error, ni qué hace ahí.

—Si elimino al causante de los errores —responde Sora—, el Binarama quedará libre de ellos, ¿no?

—Sí. Todo volverá a ser como era.

—Muchas gracias por todo, Riku. Siento que, tras recorrer tus recuerdos, me he hecho más fuerte.

—Si yo no he hecho nada...

—¡Claro que has hecho! Si no me hubieses guiado, nunca habría conseguido llegar hasta donde estoy. ¿Recuerdas cuando tomé la llave espada por primera vez, en las plataformas de colores? Estuviste a mi lado desde el principio.

—¿Cómo dices? La primera vez que nos vimos fue en la isla.

—¿Eh? Pero si estaba seguro de haberte visto vestido de negro... Hmm... Qué raro...

—Ahora olvídate de eso —replica Riku—. ¿Cómo llevas los preparativos para el combate? No podré acompañarte, pero deja que te dé un consejo: no te reprimas al ver el aspecto del enemigo.

—Vale.

Tan pronto como atraviesa la quinta puerta, que lleva a los recuerdos de Bastión Hueco, Sora comprende el significado de las palabras de su amigo: allí espera una versión oscura de Riku.

—Los errores se han apropiado del poder de Riku... ¡¿y han adoptado su forma?!

Tras un disputado combate, Sora logra derrotar a aquella versión corrupta de Riku, poniendo fin, en teoría, a todos los errores.

—¡Buen trabajo! —dice el *verdadero* Riku (más bien "el verdadero falso Riku")—. Ese error quería usurpar mi identidad, ¿verdad?

—Sí. ¿Cómo lo has sabido?

—Lo pude sentir. Supongo que el maldito intentaba usar la oscuridad de mi corazón en beneficio propio. Quizás envidiaba lo que tienes: que siempre estés rodeado de amigos que confían en ti.

—Para el carro, Riku. Para empezar, confío en ti. Además, ¡mis amigos son tus amigos! ¡Y si no, pregúntales!

—*¡Pues claro que somos tus amigos!* —es la voz de Mickey.

—Amigos... —Riku sonríe—. Supongo que es cierto.

—Vámonos, Riku. Nos esperan.

De pronto, todo el lugar comienza a temblar.

—¡Deprisa, Sora! ¡Huye! ¡Alguien interfiere con el camino que lleva al exterior! ¡Rápido, o quedarás atrapado! —Riku hace aparecer otra puerta—. Gracias, Sora. Nos vemos en el mundo exterior.

—¡Sí! ¡Prometido!

Sora cruza la puerta.

Capítulo 10 – Reinicio

Sora regresa al gran salón del castillo virtual de Bastión Hueco, junto a Mickey, Donald y Goofy. Recordemos que donde se encontraba hasta hace un momento era el Binarama de Riku, que, a su vez, está dentro del Binarama original, donde ellos se hallan ahora (pues el Sora digital no puede salir, a diferencia de sus tres amigos).

—Qué bien que hayas vuelto, Sora —dice el rey—. Se te ve muy bien.

—No os podéis ni imaginar las cosas que he visto, chicos.

—En realidad, lo hemos visto todo. Has eliminado los errores que quedaban en el Binarama. Muchas gracias.

—Me alegra haber sido de ayuda. ¿Estará bien Riku?

No es Mickey quien responde, sino el propio Riku, que se une a ellos en ese mismo instante.

—Estoy bien. Siento haberos dado tantos problemas.

—¡Riku!

—Hemos cumplido nuestra promesa, parece. Me encantaría poder hablar con calma, pero debéis daros prisa. —Riku hace aparecer una puerta que lleva al exterior—. Tal y como dije, os he preparado el camino de vuelta al mundo real.

—Ha llegado la hora de decirle adiós al Binarama —responde Mickey.

—El mundo que surgió de mis apuntes. —Pepito también está allí—. Ahora que ha llegado el momento de marcharse, siento algo de tristeza.

—¡Venid a vernos siempre que queráis! —dice Sora.

—Claro —asiente Goofy—. ¡Y la próxima vez podemos traer a los demás!

Mickey, Donald y Goofy (con Pepito, aunque suela permanecer oculto) se disponen a cruzar la puerta que los devolverá al mundo real. Antes de ello, Riku tiene algo que decirles.

—Escuchad. La verdad es que... —Riku se queda en silencio—. Nada, mejor espero a que lleguéis para decíroslo.

—Gracias, Riku —contesta el rey—. Espero que os vaya muy bien a los dos.

Chip y Chop reciben a sus amigos con los brazos abiertos. Están de vuelta en el Castillo Disney real, fuera del Binarama.

—¡Viva! ¡Os estábamos esperando!

Todos celebran la vuelta a la normalidad. Aunque, por desgracia, eso no significa que los problemas hayan desaparecido.

—¿*Podéis oírme?* —es Riku—. *Veo que el viaje de regreso ha ido bien.*

—¡Alto y claro, Riku! —responde Mickey—. Estamos bien gracias a vosotros.

—*Bueno, Sora y yo hemos acabado nuestra misión. Ahora que no hay errores, se ha acabado todo. El diario volverá a ser como era. ¿Verdad, Pepito?*

—Sí, debería quedar como estaba, con mis apuntes originales. Sin los molestos errores, las entradas del diario tendrían que volver a aparecer como las registré.

—*Efectivamente* —asiente Riku—. *Las entradas volverán a aparecer como antes. Y todo lo demás... se reiniciará. O sea, que la aventura que hemos compartido se borrará por completo de nuestros recuerdos. Será como si nunca hubiera sucedido.*

—Pero, entonces... —dice Goofy—, ¿os olvidaréis de los momentos que hemos compartido? ¿Hasta de lo que acabamos de hablar?

—*No somos más que datos. Así funcionan las cosas.*

—*Riku me lo ha contado todo* —añade Sora—. *Podemos estar contentos. Si así se recupera la normalidad en este mundo...*

—Ya, pero... —replica Donald, disconforme.

—¡Con todo lo que te has esforzado en el Binarama! —se lamenta Pepito—. ¡No es justo tener que olvidarlo!

—*Gracias, pero no pasa nada, de verdad. Además, no os vais a deshacer de nosotros tan fácilmente. Riku y yo no nos vamos a ninguna parte. Quizás perdamos algunos recuerdos, pero vosotros seguiréis estando ahí. Por mucho que el diario no conserve nada de lo acontecido, lo guardaréis en vuestros corazones. Pase lo que pase, siempre estaré ahí. Si recordáis quién soy y qué es lo que he hecho, puede que algún día podáis contármelo. Bueno, la conexión no tardará en cortarse. Supongo que me toca despedirme... Saludos a mi yo real, ¿vale?*

De pronto, se activa una alarma en el Binarama, mientras la

pantalla muestra un extraño mensaje:
"Error encontrado en oscuridad.
Despertando error.
¿Eliminar Binarama? Sí / No"

Antes de que ninguno de los allí presentes tenga la oportunidad de pulsar alguno de los botones, se activa la opción del "Sí".

Sora y Riku miran a su alrededor sin entender lo que está ocurriendo. Todo Bastión Hueco se sacude.

—¿Qué es este poder? —dice Riku—. ¡No se parece a nada de lo que he visto hasta ahora! ¿Los errores se han desbordado?

—*¿Errores?* —pregunta Goofy—. *¿Cómo es posible? ¡Si nos habíamos deshecho de todos!*

—Yo también lo creía... Parece que nos hemos equivocado. Según el mensaje, se va a borrar todo el Binarama. No podemos dejar que se desate un poder así. ¡Rápido, bloquead los datos!

—*¡Entonces desapareceréis Sora y tú!* —replica Mickey—. *¡Y también el contenido del diario! ¡Lo vamos a perder todo!*

—¡Acabo de acordarme de algo terrible! —añade Pepito—. *¡Pete y Maléfica están todavía en el Binarama! ¡Ellos también desaparecerán!*

—*Por muy malvados que sean, pertenecen al mundo real* —sentencia Mickey—. *¡No pueden quedarse dentro del Binarama!*

—Entonces ¿no podemos bloquear los datos? —pregunta Riku—. ¡Ambos mundos correrían peligro! ¿Qué hacemos?

—¡Oh, no! —exclama Sora—. ¡Ya me ocupo yo de esto, chicos!

—¿Qué tratas de hacer, Sora?

—No puedo dejar que esto quede así. ¿No oíste a Mickey? ¡Hay que salvar a Pete y Maléfica!

—Pero ¡si ni siquiera sabes dónde están!

—¡Pues los busco y ya está!

—¿No tienes miedo? —dice Riku, perplejo—. No sólo nuestros recuerdos; nosotros mismos, e incluso el mundo entero, podríamos desaparecer.

—Claro que tengo miedo... —Sora agacha la mirada—. ¿Cómo no iba a tenerlo? Pero el deber me llama. Seguro que lo entiendes mejor que nadie; tú también has luchado por tu cuenta.

Al igual que en tu caso, lo que realmente me da miedo es esperar sentado a que me borren. Riku, tú mismo lo dijiste: lo importante es saber lo que puede hacer uno. No sé si conseguiré algo, pero ¡es el momento de intentarlo!

Sin pensárselo dos veces, Sora atraviesa la cerradura con forma de corazón que se encuentra allí, en el gran salón del castillo del Bastión Hueco virtual.

Capítulo 11 – Luz interior

Pete, bajo la atenta mirada de Maléfica, se enfrenta a una versión digital del sincorazón Lado Oscuro.
—Maléfica, este tío ni se inmuta con mis ataques.
—Hmm... Así me gusta, un rival con agallas.
Sora llega a aquel lugar poco después.
—A éste me enfrenté en la isla... —dice sin apartar la vista de Lado Oscuro—. Pensaba que la oscuridad lo había engullido junto con todo lo demás. ¡Vamos, salid de aquí rápido!
—¿Cómo? —protesta Maléfica—. ¿Desde cuándo un mocoso me da órdenes?
—Pero, Maléfica —replica Pete—, creo que más nos valdría hacerle caso.
—¡Silencio! ¡No he pedido tu opinión!
El sincorazón les lanza una bola de energía, que manda a Pete y Maléfica por los aires. Sora se ha quedado solo.
—¡Es mucho más fuerte que la otra vez!
—(Ira... Odio...) —La voz de Lado Oscuro se clava en su cabeza—. (Anomalías que alimentan mi oscuridad...)
—¿Anomalías que se tornan en poder?
—¡Eso es, Sora! —responde Riku desde el otro lado de la cerradura—. No eres el único que ha cambiado y ha evolucionado en el interior del Binarama.
—¿A qué te refieres?
—Escucha con atención. Ya sé a qué se deben todos los errores. Él ha nacido de tu oscuridad. Se trata de tu sincorazón, Sora.
—¿Mi sincorazón?
—Quizá no lo recuerdes, pero en una ocasión te convertiste en un sincorazón. Quedó registrado en el diario, pero la entrada desapareció junto con todas las demás. También desaparecieron tus recuerdos, aunque se restauraron más tarde. Sin embargo, los apuntes del diario siguen sin reaparecer.
—¿Y la culpa de eso la tiene mi sincorazón?
—Es posible. Los apuntes del diario de Pepito surgieron de tus aventuras. La parte central de todos los datos eres tú, Sora. Sin ti, no hubieran existido. Durante todo este tiempo que has estado

evolucionando y adquiriendo mayor fuerza en el Binarama, tu sincorazón ha absorbido datos para así procurarse un poder mayor. Al igual que tú, Sora, ha evolucionado.

—Pero, Riku, ¡restauramos todos los datos! Eso debería haberlo debilitado, ¿no? ¿Crees que podré derrotarlo?

—No... Hay algo en lo que debería haber caído antes... En esencia, cuando derrotas a un sincorazón, liberas su corazón, y éste regresa a la persona de la que procede. Sin embargo, los corazones de los sincorazón que has liberado en el Binarama no son auténticos. Recuerda que un corazón no puede codificarse, Sora. Aquello que liberaste fue, probablemente, los pensamientos de los sincorazón.

—¿Y dónde han ido a parar? ¿Se encuentran en algún lugar en particular?

—¡Los tienes delante de tus narices! Tu sincorazón ha reunido y engullido los datos sombríos de los sincorazón derrotados. ¡Es de ellos de donde extrae su poder!

—Si algo así saliera al mundo de Mickey... ¡Oh, no! ¡Los protegeré con el poder que me han dado!

Sora se arma de valor y ataca a Lado Oscuro con la llave espada. Tras un duro combate, logra alzarse con la victoria.

—(Ira... Odio... Anomalías que alimentan mi oscuridad... Y, pronto, ¡corazones que saciarán mi hambre!)

El sincorazón no desaparece, sino que adquiere la forma de Sora, pero en versión oscura, llave espada incluida. Sora se defiende de sus ataques, hasta que, en un momento dado, la llave espada desaparece de sus manos. Ahora está indefenso ante los ataques de Lado Oscuro.

Sora cae sobre sus rodillas, impotente, esperando el golpe de gracia que está a punto de recibir. Sin embargo, alguien lo detiene.

—¡Mickey! ¿Cómo...?

El rey está frente a él, plantando cara al sincorazón.

—Somos amigos, ¿no? ¿Acaso lo has olvidado? Los amigos están para ayudarse. Cuando la oscuridad se intente apoderar de ti, debes mirar en tu interior. ¡Allí encontrarás la luz!

Sora levanta el brazo y se concentra, logrando que la llave espada reaparezca en su mano. Mickey lanza un haz de luz a Lado Oscuro, mientras Sora se ocupa de los sincorazón que lo rodean.

Pocos segundos después, todos los monstruos son historia.

Sora y Mickey regresan al gran salón del castillo de Bastión Hueco, donde encuentran a Riku, Maléfica y Pete.

—¡Menos mal! —exclama Sora—. ¡Estáis todos bien!

—Habían caído en una brecha de datos —explica Riku.

—Bah —dice Maléfica con indiferencia—, no esperéis que os lo agradezca. Con esto estamos en paz.

La bruja y su esbirro se marchan. Riku decide ir tras ellos en secreto.

—Será mejor que los vigile para que no la armen durante su regreso.

Cuando Sora y Mickey se quedan a solas, el rey se dirige a su amigo.

—A partir de ahora, los datos comenzarán a volver a su estado inicial. Recuperarán el aspecto que tenían antes de que los errores los corrompieran.

—Ahora sí, es el momento de la despedida... ¿Eh? —Sora nota algo en su interior—. ¿A qué se debe esto? Esta opresión de pecho... Es posible que aún queden errores.

—No es eso, Sora. —Mickey sonríe con tristeza—. Lo que sientes es el pesar que acompaña a toda despedida. Conocerte en este mundo me ha traído muchos recuerdos a la cabeza. Recuerdos de la primera vez que emprendí un viaje. La primera vez que hice un amigo, aquel día... Son tantos los recuerdos que has despertado en mí... He comprendido que los apuntes del diario no relatan sólo eventos. En él están grabados los sentimientos y las experiencias comunes. Prometo contarles a Sora y a Riku lo que hemos vivido en el Binarama. Así este viaje será un recuerdo compartido. Los recuerdos son los lazos que unen los corazones. Por eso, siempre seremos amigos.

—¡Sí! Prometido queda, Majestad.

Mientras tanto, Pete y Maléfica están a punto de salir del Binarama, ya fuera del alcance de la vigilancia de Riku.

—Ahora lo entiendo. —La bruja se detiene de golpe—. Ya sé por qué el mundo al que llaman "Binarama" me resultaba tan familiar.

—¿Eh?

—Me ha venido a la mente el antiguo Libro de las Profecías. Al parecer, es capaz de transcribir eventos que todavía no han sucedido.

—¡No me digas! Si le echáramos el guante a algo así, ¡podríamos dominar todo para siempre!

—Desde luego —asiente Maléfica—. Además, según la leyenda, también es capaz de crear un mundo nuevo con seres y poderes que todavía no existen.

—¡¿En serio?! ¿Un libro que permite sacarse un mundo de la nada? Es demasiado bonito para ser verdad.

—¿Y quién te dice que no lo sea? Es más, ¿en qué se diferencia del mundo al que llaman "Binarama"? ¿No crees que merece la pena investigar? Quizás el diario y el Libro de las Profecías estén relacionados de algún modo.

—¡Ya veo por dónde vas, Maléfica!

—Todavía no está todo perdido. Empecemos por apoderarnos de sus datos...

Capítulo 12 – Misterio sin resolver

Mickey regresa a la librería del Castillo Disney, en el mundo real, donde aguardan sus amigos.
—Al final no hemos llegado a descifrar ese misterioso mensaje —dice Goofy.
De repente, la pantalla del Binarama muestra a Riku.
—*Chicos, notición: ha aparecido un mundo nuevo dentro del diario. Encontré una puerta que conduce a esos datos extra. Alguien debió de haberla añadido cuando el resto de datos se restauraron.*
—Y si exploramos ese mundo... —responde Mickey.
—*Nos dará algunas respuestas acerca de ese mensaje.*
Riku, al igual que Goofy antes que él, se refiere al texto que encontró Pepito en su diario al principio de la historia: "Debemos regresar para calmar su dolor".
—¡Bien! —exclama Mickey—. ¡Vamos a pedirle ayuda a Sora!
—Hemos reparado los datos —replica Goofy—. Todo lo que hay en el diario ha vuelto a su valor inicial, ¿recuerdas?
—De modo que el viaje de Sora por el Binarama nunca llegó a ocurrirle —añade Pepito—. Ahora es el mismo chico que era antes de conocernos.
—*Yo estoy bien* —dice Riku—. *Mi partición no se ha visto afectada. Pero Sora... No podemos enviarlo allí cuando ni siquiera sabe qué está sucediendo.*
Todos agachan la cabeza, apenados. Mickey es el único que parece albergar optimismo.
—Riku, ¿podrías ayudarme a regresar al Binarama?

Sora despierta en un callejón de Ciudad de Paso. A su lado está Pluto. El chico ni siquiera sabe que es la tercera vez que *vive* esa situación (una en el mundo real, dos en el Binarama). Tampoco reconoce a la otra persona que acude a buscarlo: el rey Mickey.
—Éste fue el día en que comenzó tu viaje, Sora. Lo sé porque yo también estaba ahí. Es el momento de que sepas la verdad.
—¿Dónde estoy? ¿Qué hago aquí? ¿Y quién eres tú?

—Me llamo Mickey. Vengo de otro mundo.

—¿Otro mundo?

—"Debemos regresar para calmar su dolor". Es un mensaje. Y sólo tú posees los poderes necesarios para desvelar el misterio. Necesitamos que nos eches una mano.

—¿Con mis poderes? —La llave espada aparece súbitamente en su mano—. ¡Uah! ¡¿Qué es esto?!

—Aunque hayas perdido tus recuerdos, el poder que obtuviste sigue intacto. Necesito unir fuerzas contigo para descubrir toda la verdad.

—No acabo de entenderte, Mickey, pero... Es extraño. Hay algo dentro de mí que me hace sentir como si ya te conociera. Esa "verdad" que quieres saber, ¿tiene algo que ver conmigo?

—Aún no lo sé, pero seguro que es algo importante que debes saber.

—De acuerdo, Mickey. Haré lo que pueda.

—¡Gracias! ¡Sígueme!

Mickey hace aparecer una cerradura con su llave espada, que ambos se ocupan de abrir con sendos haces de luz.

Capítulo 13 – Perder y obtener

Sora ha llegado a un pasillo completamente blanco, sin nada a la vista, excepto las columnas laterales y la puerta cerrada que hay al fondo.

—Se supone que la verdad se oculta por aquí... ¿Mickey? —Sora mira a su alrededor. Está solo—. Supongo que se habrá adelantado.

El chico avanza por el pasillo, cuando, de pronto, un tipo vestido de negro se aparece ante él. El desconocido oculta su rostro tras una capucha, para variar.

—¿Quién eres tú? —pregunta Sora.

—Soy y no soy al mismo tiempo. —Por su voz, parece joven—. Aquí obtener es perder, y perder es obtener. Éste es el Castillo del Olvido. Aquí encontrarás seres queridos y viejos amigos.

El encapuchado le entrega un objeto.

—¿Esto es... un naipe? —observa Sora—. Tiene algo dibujado.

—Utiliza el naipe para avanzar. Más adelante aguarda la verdad.

El hombre de negro desaparece.

Basado en todo lo que hemos visto hasta ahora, y descartando que se trate de Riku, pus su voz es diferente, podemos concluir que debe de tratarse del encapuchado que Sora vio en las plataformas de colores, al inicio de su aventura virtual.

—Pero ¿esto cómo se usa? Se podía haber molestado en explicármelo... ¿Y por qué el dibujo me resulta tan familiar?

El naipe muestra una imagen de las Islas del Destino. Un lugar que no recuerda, pues no olvidemos que este Sora está *formateado*. Al aproximarse a la puerta del pasillo blanco, el naipe comienza a brillar, abriendo el camino hacia el interior de sus recuerdos. Al otro lado de la puerta se extiende una sala llena de imágenes de diversos lugares de las Islas del Destino.

—¿Qué está pasando aquí?

El encapuchado reaparece.

—El naipe que has utilizado crea ilusiones. Cuando lo usas, tienes una visión. Son seres creados a partir de los datos del diario de Pepito que tú mismo has restaurado.

—¿Quién es Pepito? ¿Qué he restaurado? No lo pillo.

—Error mío. Deben de haber reiniciado tu memoria. Lo único que recuerdas es salir de aquella isla. Sin embargo, deberías recordar a quienes vas a ver ahora. Al menos, eso creo.

—No sé de qué hablas —responde Sora, confuso—. ¿Qué se supone que he de hacer?

—Lo que quieras. Obra con total libertad. El diario es la mejor referencia que tienes, aunque no podrás ver todo cuanto contiene. Pero ¿qué más da? Lo que ocurra y a quienes conozcas aquí no serán más que una ilusión.

—¿Puedo hacer lo que me dé la gana?

—Eso es.

El hombre de negro se marcha, dejando a Sora con dos chicos y una chica: Wakka, Tidus y Selphie, tres de sus amigos de las Islas del Destino. Tras hablar con ellos, Sora se encuentra con otro encapuchado. Queda claro que es "otro", y no el de antes, por un motivo fácil de percibir: su voz.

—No esperaba menos de ti, Sora.

—Esa voz... ¿Riku? ¿Qué estás haciendo aquí?

—Tengo algo que mostrarte para que sigas adelante.

—¿El qué?

—Una verdad oculta de la que no tienes ningún recuerdo. Quiero que la sepas, y que la sientas.

—Seguro que se trata de algo importante. Soy todo oídos.

—Gracias, Sora. Ahora, cierra los ojos.

Unas imágenes aparecen en la mente de Sora. Es Riku, en lo alto de la torre del reloj de Londres, en el País de Nunca Jamás, el mundo de Peter Pan. A su lado está Kairi, sentada en el suelo, con la mirada perdida.

—¿Riku y Kairi? —pregunta Sora—. Ah, es verdad. Estaba viajando en busca de los dos.

—Mi corazón fue presa de la oscuridad —dice Riku—, mientras que Kairi perdió el suyo. En el viaje original, tú nos salvaste a ambos. Kairi y yo teníamos algo en común. ¿Sabes a qué me refiero? ¿No has sentido nada al ver esas imágenes?

—Algo en común...

—Dolor. Con nuestros corazones cautivos, fuimos dejando

de ser nosotros mismos. Sufrimos el dolor de perder la identidad. Bueno, Sora... ¿Qué habrías hecho tú?

—Está más claro que el agua: ¡ayudaros! Habría encontrado la manera de eliminar el dolor.

—Sabía que ésa sería tu respuesta. De hecho, eso fue lo que pasó. O "pasará", mejor dicho.

—Oye, y... ¿por qué me has mostrado eso?

—Pase lo que pase, nunca cambiarás —prosigue Riku—. Quería que lo supieras. A partir de ahora, vas a darte de bruces con muchas verdades. Olvidarás cosas importantes, perderás otras, vacilarás... Puede incluso que padezcas el dolor que supone dejar de ser uno mismo. Pero no te preocupes, Sora. Todo irá bien. No dejarás que te pase algo así. Eres una esponja; por mucho dolor que sientas, lo absorbes todo y haces del mundo un lugar mejor. Sigue los dictados de tu corazón. Si actúas según lo que sientes, podrás salvar a muchos. No trates de comportarte de manera especial. Basta con que sigas siendo tú mismo. A fin de cuentas, es lo que mejor se te da.

—De acuerdo.

—Que te vaya bien, Sora.

Riku desaparece instantes antes de que el otro encapuchado joven regrese. Parece que se turnan para molestar al pobre Sora virtual.

—¿Cómo ha ido, Sora? ¿Has disfrutado de tu reencuentro con las ilusiones?

—No los llames así —protesta el chico—. Se veían algo diferentes, pero eran mis amigos.

—Amigos, ¿eh? ¿Crees que podrás recordar sus nombres? A ver, dímelos.

—Pues... —Sora se queda en blanco—. ¡Ostras! ¿Cómo es posible que no me acuerde?

—Te lo dije. Todo lo que suceda en este castillo es una ilusión. De modo que, una vez terminado el reencuentro con los espejismos, vuelves a olvidarte de todo.

—¿Cómo dices?

—Bueno, ¿qué más da? —El encapuchado se encoge de hombros—. No serían tan importantes para ti si ni siquiera puedes recordarlos.

—¡Eso es mentira! —exclama Sora—. ¡Mis amigos me importan! Vale, puede que me haya olvidado de todo lo que ha pasado y de la gente que he conocido, pero ¡sé que recuperaré esos recuerdos!

—Lo que tú digas. —El chico misterioso le entrega varios naipes—. Todos ellos se han creado también a partir de datos. Úsalos y verás una ilusión como la de antes. Esta vez, de todos modos, no verás a ningún amigo. Sólo a gente que, tras salir de la isla, no llegaste a conocer. Te diré algo que puede serte útil: si te apetece hacerles sufrir, no tengas ningún reparo.

—¡¿Qué?!

—¿Qué más da? Son desconocidos. Espejismos de desconocidos, mejor dicho; meras ilusiones creadas con datos. No son conscientes de la realidad. Las blancas paredes de este castillo son todo cuanto conocen, lo que consideran su hogar. No sirve de nada contarles la verdad, así que ¿para qué molestarse? Habitantes de la irrealidad, eso es lo que son. ¿Sabes a lo que me refiero? —Sí, lo sabemos desde que lo dijiste la primera vez, no hace falta que lo repitas diez—. Nada es real. —Once con ésta—. Puedes romper los corazoncitos que no tienen sin remordimiento alguno. —Y van doce—. Daría igual que jugaras con sus sentimientos. —¿En serio? Trece—. Así de sencillo. Y tu corazón no padecerá, puesto que no tienes.

—No se dará el caso —replica Sora—. Está claro que no sabes lo que dices. Son todo mentiras. No sé a quiénes me voy a encontrar, pero ¿qué derecho tengo a hacerles sufrir? Si por mi culpa lo pasan mal, seguro que me remuerde la conciencia durante mucho tiempo. Algún día te darás cuenta de que en este mundo no hay nada libre de culpa.

—Has llegado al quid de la cuestión.

El encapuchado desaparece.

—¿Eh? ¿De qué va este tío? —Sora observa sus recién adquiridos naipes—. Así que, si utilizo estos naipes, podré ver a gente del pasado...

Capítulo 14 – El dolor del olvido

Sora utiliza el naipe con el dibujo de Ciudad de Paso, que lo lleva a otra sala parecida, pero con las paredes atestadas de imágenes de esa ciudad. Allí charla con Cid, Jaimito, Juanito y Jorgito, antes de que los cuatro desaparezcan.

—El de negro dijo que he olvidado a mis conocidos, incluso con los que acabo de estar. ¿Será verdad? —Sora se concentra—. No hay manera, no me acuerdo de ellos. ¿Qué es esta sensación: ¿Es... soledad? Me duele el pecho. O más bien el corazón. ¡Un momento! Si hubiera olvidado del todo a la gente que conozco, no tendría por qué sentirme así. Lo que significa que... ¡aún puedo acordarme de algo! ¡Los sentimientos van más allá de la memoria! Es posible que la recupere si se dan las circunstancias.

Sora accede a la siguiente sala, con el naipe del País de las Maravillas. Allí aguardan Alicia, el Gato Risón, la Reina de Corazones y los soldados naipe. Una vez más, todos desaparecen.

El encapuchado regresa para seguir dando la turra.

—Dime, Sora: ¿te acuerdas de quién has visto?

—Si ya lo sabes, ¿para qué me preguntas? —protesta el chico—. Me he olvidado.

—Te veo bastante calmado. Deduzco que te da igual haberte olvidado. ¿Tengo o no tengo razón?

—Es más bien al revés. Es cierto que no lo recuerdo, pero... puedo sentirlo. La rabia de no poder acordarme de ellos, la tristeza de haberlos olvidado... Guardo todos esos sentimientos en el corazón. Mi corazón sufre. Los recuerdos desaparecen, pero conservo las sensaciones. Mi corazón padece por ello. Este dolor puede ser la clave de todo. En algún momento me ayudará a recuperar completamente la memoria.

—Ése es el plan —responde el encapuchado antes de desaparecer.

El siguiente naipe lleva al Coliseo del Olimpo. Sora se encuentra con Fil, Hércules, Cloud e incluso Hades. Poco después, todos ellos se esfuman de su vista y de su mente.

El hombre de negro acude al encuentro de Sora una vez más.

—La tristeza de quedarte sin recuerdos y ser incapaz de recordar a amigos, engendra pesar y dolor en el corazón. Si no abandonas esa tristeza, algún día recuperarás los recuerdos perdidos. ¿Es eso lo que crees, Sora?

—Sí.

Por primera vez, el encapuchado ríe.

—No pensaba que fueras a picar tan fácilmente.

—¿Eh?

—Te avisé. En este lugar, obtener es perder, y perder es obtener. Has obtenido dolor a cambio de perder tus recuerdos. Confiaste en que el dolor del corazón era clave para recuperar la memoria. ¡Por eso no te deshiciste de él! ¿Lo entiendes ahora, Sora? Eres esclavo de tu dolor. El dolor no es algo que pueda sofocarse. Cada vez se hará mayor, y tu corazón caerá finalmente en la oscuridad.

—¿La oscuridad? ¿Pretendías arrastrarme allí desde el principio?

—Así es. Y ha bastado con unas cuantas ilusiones. Tú y tu corazón me lo habéis puesto muy fácil, Sora.

—¡Mientes!

Pero el encapuchado ya se ha esfumado.

Aún quedan naipes por gastar. El siguiente pertenece a Agrabah, donde Sora ve a Aladdín, Yasmín y Genio. Después, como era previsible, tendrá que seguir aguantando al encapuchado.

—Aún estás a tiempo de escapar, Sora. ¿Para qué quieres seguir padeciendo ese dolor? Convéncete a ti mismo de que debes olvidarte de quienes has conocido aquí. No vas a echar de menos a nadie. Hazlo y dejarás de sentirte triste. El dolor desaparecerá de tu corazón. Tú decides, Sora. Obsesionarte con unos recuerdos que no volverán y esclavizar a tu corazón para, finalmente, caer en la oscuridad..., o pasar página y liberarte de toda preocupación. ¿Qué es lo que prefieres?

Cuando Sora vuelve a estar a solas, observa el último de sus naipes, que contiene el dibujo de Bastión Hueco.

—¿Qué debería hacer? —se pregunta—. Si uso este naipe, podré ver a un amigo a quien luego olvidaré. No sé si me conviene. No me va a servir más que para sufrir más. Y si este tipo tiene razón, acabaré por caer presa de la oscuridad. —Sora mira a su alrededor—. Pero no parece haber otra salida. Sólo puedo seguir adelante con ayuda de este naipe. A menos que me libre del dolor... Cuando salga de este cuarto, seré incapaz de recordar qué ha pasado o a quién he visto. En lugar de sucumbir al dolor hasta que me consuma, quizás debería librarme de él. ¿Qué contiene mi corazón? ¿Qué debería hacer? Me siento tan perdido...

De pronto, una luz surge sobre su cabeza.

—¡Sora! ¿Me oyes, Sora?

—Esa voz... Eres Mickey, ¿verdad? ¿Dónde estás?

—Perdona, aún voy de camino hacia donde estás. De momento sólo puedo hacerte llegar mi voz.

—Ah, vale... Escucha, Mickey, no sé qué hacer. No consigo recordar a quién he conocido. Según el tipo de negro, si me obsesiono con lo que he perdido, el dolor se apoderará de mí.

—Ya veo... Lo que debes decidir es si estás dispuesto a aceptar que vas a olvidar a los demás.

Ante él se muestran dos imágenes: Goofy y Donald.

—¿Quiénes son?

—Bueno, aunque tú no los reconozcas, ellos se acuerdan de ti. Pase lo que pase, siempre te considerarán su amigo. Eres muy especial para ellos.

—¿Qué quieres decir?

—Prueba a preguntarle a tu corazón. ¿Cómo te sientes, Sora?

—No consigo comprender qué me pasa... ¿Quiénes son esos dos? No recuerdo haberlos conocido, pero me resultan familiares.

—Los recuerdos desaparecen, pero las sensaciones del pasado no. No importa que tus datos se borraran. Los sentimientos que despertaron en ti los amigos que lucharon a tu lado en el Binarama siguen presentes en tu corazón. ¿Y sabes qué? Seguro que sucede lo mismo con el tiempo que pasaste junto a aquellos que viste en los naipes.

—Entonces, el dolor que siento no lo produce lo que echo en falta, sino lo que no. Si es así...

Las imágenes de Donald y Goofy desaparecen.

—¡Vaya! Parece que mis fuerzas se han agotado... Sora, enseguida llego, te lo prometo. ¡Aguanta un poquito más!

—¡Mickey! —No hay respuesta—. Otra vez solo... Qué triste me siento... Me pregunto si esto será sentir dolor. Si es así, ¿podría arrastrarme a la oscuridad? Tengo que seguir adelante. Ya sólo me queda un naipe.

Capítulo 15 – Un lazo inesperado

Sora visita los recuerdos de Bastión Hueco antes de reencontrarse con su *colega* encapuchado.

—Ya has utilizado todos los naipes, ¿verdad? Me gustaría escuchar qué tal te ha ido, pero ambos sabemos que se te ha olvidado. Seguro que sientes un gran vacío por dentro.

—Ni hablar —replica Sora—. Aunque no los recuerde, sé muy bien que nos conocemos. Saber que me he olvidado de mis amigos hace que los eche de menos.

—Sientes dolor, ¿eh? Mira que te lo dije. Si te obsesionas con ese dolor, acabarás cayendo en la oscuridad. La única solución que te queda es librarte de él.

—No —insiste Sora—. Es gracias a este dolor que soy consciente de algo importante. Me recuerda lo importante que es lo que he olvidado. Y con eso me vale. No le daré la espalda. Todo permanecerá en mi corazón hasta el día que recupere los recuerdos.

—La oscuridad se adueñará de ti antes —le advierte el tipo de negro.

—Te digo que si no me hago cargo de este dolor perderé los lazos con aquellos que me importan. Está decidido. Resistiré este dolor, aunque el camino a mis recuerdos se tiña de sombras. El dolor seguro que cesa en cuanto recupere mi memoria. Hasta entonces, aguantaré. Este dolor unirá los recuerdos perdidos. Será el lazo que los sujete.

—¿El dolor, un lazo? ¡No me hagas reír! —El encapuchado invoca su propia llave espada—. ¡Deja que te muestre qué es el verdadero dolor!

El chaval de la túnica ataca a Sora, no con una llave espada sino con dos. Por su forma de combatir y su voz, ya no quedan dudas sobre quién se oculta bajo aquella capucha: ¡Roxas!

Aunque se trata de un enemigo formidable, Roxas cae derrotado.

—Venga, Sora... Acaba conmigo.

—No.

—¿Qué pretendes? Ya veo, por fin me has descubierto. Te has percatado de que yo también soy una ilusión. No vale la pena que me hagas desaparecer, ¿verdad? De poco sirve que quieras eliminar a alguien que nunca llegó a existir.

—Para nada. Dirás que eres una ilusión y todo lo que quieras, pero tus ataques me han hecho daño. Me has enseñado qué era eso del "verdadero dolor". De todos modos, el dolor que he sentido no ha sido sólo físico. Mientras luchábamos, he notado el tuyo. Era... un dolor intenso y punzante. No sé por qué, pero tenía algo de familiar. Era casi como si fuera propio. Me ha parecido que estábamos conectados, que compartía tu dolor. Si de esa forma puedo conseguir acercarme a los demás, no me importa seguir notando el dolor.

—¿Que no te importa? Eres un caso perdido... Toma. —Roxas le entrega otro naipe—. Prueba superada, Sora. Has comprendido qué es el dolor. Con ese naipe te aproximarás a la verdad.

—¿Qué quieres decir?

—Mi cometido era comprobar si estabas dispuesto a soportar el dolor. Mi misión concluye aquí. Ahora sólo resta desaparecer.

—¿Volverás a alguna parte?

—Quizás no tenga un lugar al que regresar..., aunque sí hay un sitio al que me gustaría ir.

—¿Adónde?

Roxas atraviesa el cuerpo de Sora y desaparece, como si se hubiese fundido en él.

—¿Eh? —El chico se pone la mano en el pecho—. Qué extraño... ¿Esto que siento son los recuerdos de otra persona? Un lugar al que me gustaría ir... Aquel melancólico y añorado atardecer... El primer y el último verano... Tranquilo, yo me haré cargo de tu dolor.

Capítulo 16 – Recuerdos ocultos

Sora se dispone a usar el naipe que le ha entregado Roxas, y que contiene el dibujo del Castillo del Olvido. Sin embargo, antes de poder hacerlo, alguien se acerca corriendo desde el otro extremo del pasillo. Es el rey Mickey Mouse.

—¡Por fin he llegado! Perdona por el retraso. Al final has tenido que ocuparte tú solo de todo. Ojalá hubiera podido llegar antes.

—No te preocupes. ¡Mira! Si uso este naipe, podré saber la verdad, parece.

—¿En serio? Y quizá podamos resolver también el misterio ese de "Debemos regresar para calmar su dolor".

—Comprobémoslo juntos.

Mickey y Sora atraviesan la puerta. Al otro lado, frente a una cápsula con forma ovalada, se encuentra una jovencita de vestido blanco y pelo rubio.

—¿Quién eres? —pregunta Sora—. Contigo me pasa como con Mickey. No te conozco, pero algo en ti me trae recuerdos.

—Me alegro de verte, Sora. Me llamo Naminé. Tú no sabes quién soy, pero yo a ti sí que te conozco.

—Esto... ¿Podrías explicármelo?

—Ya me ocupo yo de hacerlo —dice Mickey—. Una vez perdiste todos tus recuerdos. Fue Naminé quien te ayudó a recuperarlos.

—¿Naminé hizo eso por mí? Tengo que darte las gracias, entonces.

—No tienes nada que agradecerme —responde ella—. Fui yo quien volvió a entrelazar tus recuerdos, pero también fui yo la responsable de desperdigarlos. Además, la culpa de que hayan aparecido errores en el diario de Pepito también es mía.

—¿Cómo es eso? —pregunta el rey.

—Todo comenzó por un fragmento de recuerdo lejano que dormía en el corazón de Sora.

Naminé sostiene un orbe de luz entre sus manos.

—¿Esto es uno de mis recuerdos? —Sora lo observa de cerca.

—No es tuyo —explica Naminé—, sino el recuerdo de otra

persona, conectado contigo.

—¿Eh? ¿Cómo puedo tener recuerdos de otra persona? ¿No es eso raro?

—Sí, por lo general es algo imposible. Lo encontré mientras restauraba tus recuerdos, y me hizo pensar que había cometido un error. Pero, tras investigarlo a fondo, lo comprendí: este recuerdo pertenecía a tu corazón. Dormitaba en lo más profundo de él. Un recuerdo importante, del que deberías percatarte algún día. Pero también un recuerdo peligroso.

—¿Qué tiene de peligroso, Naminé? —pregunta Mickey.

—Es una poderosa concentración de dolor. Si no se trata con sumo cuidado, puede herir el corazón de Sora y destrozarlo. Por eso dejé un mensaje en el diario, para que hallarais la forma de poder resistir al dolor.

—Entonces, la nota de "Debemos regresar para calmar su dolor", ¿es tuya? Tú dejaste ese mensaje.

—Cuando desaté los recuerdos de Sora y los demás, desaparecieron los mensajes del diario de Pepito. Aquel diario contenía los apuntes de vuestra primera aventura, que, al estar ligados a la memoria de Sora, se vieron afectados. Cuando desperdigué los recuerdos de Sora, permanecieron en su corazón, por mucho que pareciera que se habían desvanecido. Por eso, aunque sin letras, los recuerdos del diario quedaron intactos. Por eso pudisteis leer los datos.

—Sí, pero los datos estaban todos dañados —responde Mickey—. Empezaron a aparecer un montón de errores que Pepito nunca había mencionado.

—Eso también es culpa mía —se lamenta la chica—. Son el resultado de que tratara de añadir este recuerdo, este dolor, a los datos del diario. Pensé que si os enfrentabais a los errores surgidos del dolor que mora en el recuerdo, daríais con un modo de resistirlo.

—Así que era eso... No sabía que te habías tomado tantas molestias para que investigásemos el dolor, Naminé.

—Lo siento. De haber sido posible, me hubiera gustado decíroslo en persona, pero mi verdadero yo no tiene ya presencia física.

—Esto... —interrumpe Sora—. Me he perdido.

—No pasa nada si no lo entiendes. —Naminé sonríe—. Lo importante es que has aprendido a resistir al dolor.

—¿Yo?

—Así es. A veces, el dolor se puede eliminar, pero hay dolores para los que no existe remedio alguno. Para soportar ese tipo de dolor, hace falta mirarlo de frente y aceptarlo. Si el dolor es demasiado agudo como para soportarlo solo, es momento de recurrir a un amigo cercano a tu corazón.

—El dolor, entonces, se convierte en un lazo común que nos hace más fuertes... —Sora ya lo comprende—. ¡Venga, vamos a hacer una prueba! Estoy dispuesto a enfrentarme a los recuerdos que encontraste. Aunque sean un torrente de dolor, trataré de soportarlo.

—Espera —dice Mickey—. Recuerda que no estás solo. Siempre puedes contar conmigo.

Naminé extiende los brazos, con el orbe de luz entre sus manos.

—Tocadlo sin miedo. Sentiréis cómo invaden vuestro corazón los sentimientos aquí encerrados.

Mickey y Sora se dan la mano y tocan el orbe que les ofrece Naminé. Al hacerlo, ambos aparecen en un lugar completamente blanco, donde no hay nada ni nadie más que ellos dos. Parece como si flotaran en el aire, sin soltarse de la mano para mantenerse unidos.

De pronto, varias imágenes aparecen frente a ellos: los rostros de Roxas, Axel, Xion y Naminé.

—(Verdades ocultas sepultadas en lo más profundo del corazón de Sora) —La voz de Naminé suena en sus cabezas—. (Sin embargo, tened en cuenta que estos recuerdos no le pertenecen.)

—Naminé, tú también estás aquí —dice Sora—. Y esa otra chica me resulta familiar... Pasó algo terrible, ¿verdad?

—(Esperan a Sora. Sólo él puede calmar su dolor. DiZ me dijo que escondió algo dentro de ti durante el año que pasaste durmiendo. Le pregunté qué era, pero no me lo dijo. Tan sólo lo describió como una "compensación". Sora ha de ser la clave para salvar a todos a quienes viste. E incluso a quienes están por ver.)

Las imágenes de otras tres personas se muestran ante ellos: un chico alto y fuerte con el pelo marrón; otro más joven, rubio, con cierto parecido a Roxas; y, por último una chica esbelta de pelo azul. Si habéis seguido el orden recomendado de lectura, ya sabréis de quiénes se trata. Para más detalles, consultad la guía argumental de *Birth by Sleep*.

—¡No puede ser! —exclama Mickey.

—(Quizá seas capaz de comprender su dolor. Estos tres también eran claves que conducían a la verdad sobre la llave espada. Y aún están conectados, muy dentro de ti, Sora.)

—Qué raro... —responde el chico—. Es como si ya los conociera.

—(Sí, a dos de ellos. Y en cuanto al tercero... No lo sabía, pero os une algo muy especial.)

Las imágenes desaparecen. Mickey y Sora se reencuentran con Naminé, junto a la cápsula ovalada.

—Naminé —dice el rey—, dijiste que Sora tiene que hacer que esos recuerdos afloren en él. ¿Es el momento?

—No estoy segura. Pero sé que llegará el día en que despertarán de su letargo. Y, entonces, el único que podrá salvarlos será Sora.

—El vínculo que todos comparten será la clave, ¿verdad? No te preocupes, Naminé. Me aseguraré de decírselo al Sora del mundo exterior.

—Sí, por favor. Bueno...

—Un momento —interrumpe Sora—. Nuestra promesa. La promesa a mi "yo" que no conozco. La mantuviste, ¿no?

—Aunque desaparezca, las promesas que le hice son eternas —asegura Naminé—. Es mi compensación por todas aquellas personas a las que he hecho daño.

—¿Y qué sucede contigo? Con la Naminé de aquí.

—Sólo soy un montón de datos creados para comunicar un mensaje. No debería existir en este diario. Ahora, el registro de mi existencia desaparecerá, pero cuando le pases el mensaje al otro Sora, recuerda contarle las cosas que has visto y sentido. Si haces eso, yo y mi otro yo podremos descansar.

—Junto a todos quienes estáis unidos al otro Sora —asiente el chico virtual—. No te preocupes, Naminé. ¡Ah! Casi se me olvida. Yo también tengo un mensaje para ti: ¡gracias!

Naminé sonríe antes de desaparecer.

Capítulo 17 – La carta del rey

"Y de este modo concluyó nuestro viaje para enlazar aquellos recuerdos con éstos.

Sora, cuando llegue el día en que recibas el mensaje de Naminé, y descubras esta aventura desconocida y misteriosa, deberás entender que lo que sientas en tu corazón será lo que él sintió en el suyo.

Quería contártelo sin demora. Hablarte de los recuerdos que duermen en tu interior, y esos fragmentos que conectan con tu futuro.

Sora, Riku, Kairi... La verdad tras la llave espada ha pasado por incontables personas, y ahora sé que descansa en vuestros corazones.

Sora, eres quien eres gracias a esas personas. Pero están sufriendo, y tú eres el único que puede calmar su dolor. Te necesitan.

Quizá todos los viajes que has hecho te hayan preparado para esta empresa que te aguarda. Al menos puedo decirte que no ha habido coincidencias, tan sólo eslabones de una gran cadena de sucesos.

Y ahora la puerta a tu próximo viaje está lista para que la abras."

Mickey termina de escribir la carta, que guarda de inmediato dentro de una botella de cristal antes de lanzarla al mar, esperando que llegue a las Islas del Destino. Es decir, tal y como pudimos ver al final de *Kingdom Hearts II*. Las historias se enlazan.

Capítulo 18 – Dos mitades

Mickey visita a Yen Sid en lo alto de su torre.

—Creo que al fin estamos cerca de averiguar el paradero del corazón de Ven —dice el rey.

—¿De veras? Entonces sólo quedaría Terra.

—Sí. Tenemos que salvar a los tres.

—La cuestión es..., ¿qué será lo próximo que haga Xehanort?

—¿Xehanort? —Mickey pone cara de sorpresa—. Pero si sus dos mitades han desaparecido: Ansem, que dirigía a los sincorazón, y Xemnas, que hacía lo propio con los incorpóreos. ¿No los derrotó Sora?

—En efecto, les dio fin a ambos —asiente Yen Sid—. De ahí viene exactamente nuestro problema. Su caída propicia la reconstrucción del Xehanort original.

—¿Cómo dices?

—El corazón de Xehanort, dominado en su día por su mitad sincorazón, ha quedado libre —explica Yen Sid—. Y su cuerpo, que se había convertido en un incorpóreo, se ha consumido. Las dos mitades volverán a juntarse. En definitiva: el Maestro Xehanort regresará.

—¿Crees... que puede intentar algo?

—Alguien como Xehanort debe de haber dejado muchas vías abiertas.

—Bueno —responde Mickey—, no importa lo que se traiga entre manos. Sora y yo estaremos preparados. ¡Y Riku también!

—Sí, ambos son ciertamente fuertes, pero no son Maestros de la llave espada como tú. Dime... ¿Bastaría con uno de vosotros para enfrentarse a Xehanort en caso de que él no estuviera solo?

—¿Qué quieres decir?

—Mickey, llama a Sora y Riku a mi presencia.

—Claro, pero ¿para qué?

—Para que nos demuestren si son merecedores del título de Maestro.

Capítulo 19 – Destino

En el laboratorio de Ansem, dentro del castillo de Vergel Radiante, han aparecido ocho personas. Seis de ellas están tiradas en el suelo, inconscientes. Parecen ser Axel, Saïx, Vexen, Zexión, Xaldin y Lexaeus, miembros de la Organización XIII. Bueno, en realidad son ellos..., y a la vez no lo son.

Recordemos las palabras de Yen Sid en el capítulo anterior.

—El corazón de Xehanort, dominado en su día por su mitad sincorazón, ha quedado libre. Y su cuerpo, que se había convertido en un incorpóreo, se ha consumido. Las dos mitades volverán a juntarse. En definitiva: el Maestro Xehanort regresará.

Pues eso mismo les ha ocurrido a aquellos seis hombres. Tras la destrucción de sus respectivos incorpóreos, han vuelto a la vida en su forma humana: Lea, Isa, Even, Ienzo, Dilan y Aeleus.

En cuanto a las otras dos personas que permanecen en pie, una es Braig, el original del incorpóreo Xigbar, nº2 de la Organización. Lo acompaña un hombre joven, de pelo largo y blanco, ligeramente plateado.

—Ha costado más de lo que pensaba —dice Braig, aliviado—, pero por fin parece que la cosa marcha sobre ruedas. No veo a Xemnas por ninguna parte. ¿Crees que la fiesta ya ha comenzado?

—Sí —responde el hombre de pelo blanco.

—Uf, el viejo de Xehanort me pone los pelos de punta... Da la sensación de que nos lee la mente a todos. Y lo peor es que nadie sabe lo que él quiere. Creo que no lo sabes ni tú.

—Iré adonde me lleve el destino.

—Lo que decía, no tienes ni idea.

—A cada uno de los Maestros de la llave espada se le confiaba un ejemplar. Como es de imaginar, con el paso del tiempo se forjó una gran cantidad de llaves espada. Sin embargo, de todas las que quedan en existencia, la del Maestro Xehanort es la más antigua. Ése es mi destino. Todavía está por hacerse realidad.

—Entonces —dice Braig—, ¿todo esto está relacionado con la antigua Guerra de las Llaves Espada? No es que me importe, vaya. Yo ya tengo bastante con mis planes. A todo esto, ¿a qué pobre desdichado piensas embaucar?

El hombre de pelo blanco mira a los seis que yacen en el suelo.
—S...
En ese momento, la escena termina.

Es curioso, y no menos extraño, que ambos estén hablando del "Maestro Xehanort" en tercera persona, pues aquel hombre joven de pelo blanco es precisamente el Xehanort que conocemos, dueño del laboratorio que antes fue de Ansem, y cuyo cuadro colgaba de la pared hasta que lo retiró Tifa.

¿Significa eso que ahora hay dos Xehanort, uno joven y otro viejo?

¿Cuáles son sus planes?

Continúa en *Kingdom Hearts 3D: Dream Drop Distance*.

KINGDOM HEARTS 3D
Dream Drop Distance

Capítulo 1 – Regreso

Empezamos en el mismo punto exacto en que concluyó la guía argumental de *Kingdom Hearts Coded*, con Braig y Xehanort, de apariencia joven, dialogando en el laboratorio del castillo de Vergel Radiante. A su alrededor yacen los cuerpos de Lea, Isa, Even, Ienzo, Dilan y Aeleus.

—¡Ey! ¿Esto es lo que pretendías? —pregunta Braig—. ¡Xehanort! ¿Me cuentas de qué va esto?

—Yo soy… —El chico de pelo blanquecino hace aparecer una llave espada.

—¡Anda! ¿Has recuperado la memoria o es que…? —Braig deja la frase a medias—. Un momento. ¿No será que nunca la perdiste?

Xehanort clava su llave espada en el pecho de Braig sin mediar palabra.

—Mi nombre no es Xehanort —sentencia—. Me llamo Ansem.

Capítulo 2 – Examen de graduación

Como también pudimos ver en el epílogo de *Kingdom Hearts Coded*, el Maestro Yen Sid teme que el regreso de Xehanort esté próximo, debido a que la destrucción de su mitad sincorazón y su mitad incorpórea haya causado la liberación de su corazón y cuerpo originales. Aunque Mickey, siempre optimista, se muestre confiado de poder hacerle frente con ayuda de Sora y Riku, lo cierto es que estos dos últimos ni siquiera alcanzaron el rango de Maestros de la llave espada, por lo que sus habilidades podrían resultar insuficientes. Para solventar esta complicación, Yen Sid pide al rey Mickey que convoque a ambos jóvenes en su torre, donde podrán someterse al examen de Maestro.

Mickey regresa poco después, acompañado por Riku, Sora, Donald y Goofy. Una vez allí, Yen Sid se dirige a los dos futuros candidatos. Preparaos, que viene discursazo.

—Hace mucho, en la era de los cuentos de hadas, el mundo refulgía colmado de luz. Muchos lo consideraban un don otorgado por un poder invisible al que llamaban Kingdom Hearts. El llamado Reino de los Corazones se mantenía salvaguardado por su igual, la llave espada χ —"ki"—, para que así nadie pudiera apoderarse jamás de cuanto albergaba. Mas poco tardó el mundo en infestarse de quienes tan solo codiciaban la luz para sí mismos. Y, así, las primeras sombras anidaron sobre nuestras tierras. Los custodios forjaron llaves espada a imagen de la llave espada χ original, y se libró una guerra a gran escala por Kingdom Hearts: la Guerra de las Llaves Espada. La guerra cubrió toda la luz que albergaba nuestro mundo, mas la oscuridad no logró penetrar hasta el fulgor en los corazones de los niños. Esa luz sirvió para reconstruir el mundo tal y como hoy lo conocemos. Un mundo hecho de muchos otros mundos que brillan como estrellas en el cielo. La llave espada χ, por su parte, no sobrevivió a la gran guerra. Los dos elementos con que fue forjada, una parte de oscuridad y otra de luz, se despedazaron en veinte fragmentos: siete de luz, trece de oscuridad. El origen de toda luz, el único y verdadero Kingdom Hearts, fue engullido por la oscuridad y jamás se volvió a saber de él. Mientras así siga, no habrá mundo, por fulgurante que sea, que no albergue resquicios de oscuridad. Pues la luz origina la oscuridad tanto como la oscuridad es atraída a ella. Por eso, algunos decidieron usar sus llaves espada, originalmente creadas para dominar la luz, para, en su lugar, salvaguardarla. Así surgieron los primeros héroes de la llave espada. —Pausa para coger aire y seguimos. ¡Dale, Yen Sid!—. Como Maestro de la llave espada, Xehanort poseía un don ajeno a otros. Mas las mentes más brillantes son, a menudo, turbadas por una simple pregunta: ¿cuál es la esencia del corazón humano, pues capaz es tanto de hacernos vulnerables como de fortalecernos? —La pregunta muy simple no es que sea, pero bueno—. Él confiaba en que la respuesta podría hallarse en la Guerra de las Llaves Espada. ¿Y si los desafíos de nuestro pasado fueran, en realidad, un mapa hacia la luz y la oscuridad que batallan en el interior de todos nosotros? Xehanort ansiaba esas respuestas, de ahí que renunciase a su calidad de Maestro y eligiese la senda de los buscadores. Desde entonces, adoptando diversas formas, se ha enfrentado a los guardianes de la luz. A portadores de la llave espada como vosotros. Y creedme bien cuando os digo que volverá a ponernos en apuros. Hemos de aprestarnos. Es por eso que vosotros, Sora y Riku, habréis de afrontar el examen para obtener el título de Maestro de la llave espada. Sin duda pensáis que ya sois más que dignos Maestros, pero tal cosa requiere de años de entrenamiento. Tan solo un verdadero Maestro es apto para adiestrar a otro. Vosotros aprendisteis a blandir la llave espada por vosotros mismos. Algo ciertamente encomiable. Mas ya ha llegado la hora de dejar atrás todo lo que creéis aprendido. Olvidad cuanto sabéis sobre la llave espada y comenzad vuestro adiestramiento desde cero.

—¡¿Qué?! —Sora da un respingo—. Será sólo una formalidad, ¿no? Bastante he demostrado ya. El rey, Riku y yo… ¡Nada puede con nosotros! ¿A qué sí, Riku?

Pero el otro candidato no lo tiene tan claro.

—Creo que en mi corazón aún arraiga la oscuridad. Recorrer esa senda me ha cambiado. Ni siquiera sé si estoy listo para blandir una llave espada. Quizá sí que necesite pasar un examen.

—¡Entonces me apunto! —Sora, siempre a la sombra de su amigo—. Me someteré al examen. ¡Ya veréis! ¡Riku y yo lo aprobaremos con matrícula!

Yen Sid asiente, satisfecho.

—Sea pues. Sora, Riku, que comience vuestro examen.

Venga, pues vamos a empezar… Ah, no, esperad, que viene otro discursazo importante.

—Para conseguir vuestro propósito de derrotar a Xehanort, necesitamos a quienes el rey Mickey menciona en su carta. Hemos de liberarlos del pesar y de su letargo, y traerlos de vuelta a nuestro mundo. —Parece evidente que se refiere a Ventus, Terra y Aqua—. Todo pasa por encontrar y abrir siete cerraduras durmientes, y recuperar un gran poder. Como ya sabréis, existen barreras que separan los mundos, lo que impide viajar de uno a otro. En el pasado, pudisteis atravesar sus fronteras porque las barreras se habían quebrado, o porque lograsteis abrir rutas especiales gracias a las llaves espada. Mas lo que ahora buscáis, las cerraduras durmientes, suponen un reto mayor. Como recordarás, Sora, en tu primer viaje no fueron pocos los mundos que conseguiste arrancar de la oscuridad. Aunque no todos regresaron por completo. Siguen sumidos en el letargo, desconectados de todos los demás. Ni siquiera los sincorazón han llegado a ellos. Se cree que estos mundos durmientes albergan sus propios seres de oscuridad. "Oníridos" es como se los conoce, y de dos naturalezas los hallaréis: "terrores", que se alimentan de los buenos sueños, y "lucientes", devoradores de pesadillas. Los oníridos serán vuestros guías, al igual que una vez lo fueron los sincorazón en vuestra búsqueda de la cerradura en el corazón de cada mundo. —Ya queda poco—. Cada sueño está conectado con otro, razón por la que hemos de elegir por qué mundo durmiente habréis de comenzar. Os enviaré de vuelta a las Islas del Destino, justo antes de que la oscuridad las engullera y cayeran sumidas en el letargo. Cuando los sueños os envuelvan, dejad que sean ellos quienes os guíen hacia los mundos durmientes. Al igual que existen siete luces puras, siete son las cerraduras durmientes. Abridlas y seréis obsequiados con nuevos poderes, además de romper el letargo que atenaza los mundos. Cumplid con vuestra misión y regresad sanos y salvos, pues así podré legitimaros como verdaderos Maestros.

Estupendo. ¡Al lío!

Capítulo 3 – Islas del Destino

Tal y como adelantó Yen Sid, el examen de graduación para Maestros da comienzo en las Islas del Destino, versión onírica. Sora y Riku no sólo han recuperado el aspecto que tenían antes de abandonar su hogar, sino que también han perdido gran parte de sus poderes. Ya lo dijo Yen Sid: "olvidad cuanto sabéis sobre la llave espada y comenzad vuestro adiestramiento desde cero". Por lo que saben, deben encontrar la manera de llegar a otros mundos, así que deciden construir una balsa para escapar de allí, tal y como anhelaban hacer de pequeños.

Por desgracia, su viaje concluye poco después, cuando se ven sorprendidos por Úrsula (la villana de *La Sirenita*) en alta mar.

—¡Oh, él tenía razón! —Úrsula ríe a carcajadas—. Las necias sardinillas están aquí. Perfecto. ¡Ha llegado el momento de saldar cuentas!

¿Es Úrsula parte del examen o ha accedido allí de algún otro modo? Sea como sea, Riku sugiere dejar las preguntas para más adelante, pues tienen un combate que disputar. Aunque apenas cuentan con el espacio de la balsita de madera para defenderse, los chicos logran eliminar a Úrsula. La desaparición de aquella gigantesca mujer provoca corrientes marítimas que tumban la balsa y arrastran a Sora y Riku hasta las profundidades del océano. Allí, para su sorpresa, hay una cerradura que pueden abrir con sus llaves espada para escapar de aquel mundo, y, no menos importante, evitar morir ahogados.

Un hombre cubierto por un manto marrón observa lo sucedido desde fuera del agua.

—Este mundo ha sido conectado.

Capítulo 4 – Sora: Ciudad de Paso

Sora despierta en Ciudad de Paso, sin la compañía de su amigo Riku. Lo primero que llama su atención son los ropajes rojizos que lleva puestos, ya que son diferentes a los que vestía antes de abrir la cerradura, en las Islas del Destino. Un detalle estilístico sin más. ¿O no?

—Será uno de los conjuros del Maestro Yen Sid —concluye, sin darle mayor importancia—. ¿Dónde estará Riku? ¡Riku! ¡¡Riku!!

—Calla ya —responde una voz desde el tejado que tiene justo encima—. Qué escandaloso.

Sora cae al suelo del susto. Quien lo ha sobresaltado es un chaval de edad similar a la suya, con el pelo naranja y las orejas cubiertas por cascos de música.

—Eres Sora, ¿no? —dice con un tono carente de toda emoción.

—Sí, pero... ¿cómo lo sabes?

—Me da que no eres un jugador.

El chico de pelo naranja examina la palma de la mano izquierda de Sora, donde no encuentra nada fuera de lugar.

—¿Un jugador? —pregunta Sora, confuso.

—No te enteras de nada. Hablo de la partida. —El chico le muestra su propia mano: tiene una especie de cuenta atrás activada, que indica "43:10". Es decir, 43 minutos y 10 segundos—. A los jugadores se les marca con el tiempo límite. Y no puedo permitirme perder esta partida. Necesito un compañero.

No sé de qué partida hablas, pero ¿puedo ayudarte en algo?

—¿Qué? —El "jugador" lo mira extrañado—. ¿Es que te fías del primer extraño con el que te cruzas? En fin. Lo siento, pero no me vales. No eres un jugador. Y ya tengo un pacto con otra persona.

—Vale, nada de ser compañeros —responde Sora con resignación—. ¿Y si te echo una mano como amigo?

—¿Ahora somos amigos? No es tan fácil.

—Nadie ha dicho que lo sea, pero podrías poner de tu parte.

—Ya, qué consuelo. Como quieras.

Sora sigue al chico en su búsqueda de aquella "otra persona" con la que dice haber hecho un pacto para el misterioso juego que están disputando (y que, como dato adicional, está relacionado con el videojuego *The World Ends With You*).

—Oye —dice Sora—, no sé cómo te llamas.

De pronto, los chicos se ven rodeados por unas extrañas criaturas coloridas.

—¡Oníridos! —exclama el jugador.

—Vaya nombre más raro —responde Sora.

—Yo no. Ellos.

—Ya, claro, lo había pillado...

—Soy Neku. Neku Sakuraba.

—¿Neku Sakuraba? Vaya trabalenguas.

—A mí no me lo parece. —A mí tampoco, la verdad. ¿Cuántos habéis probado a leerlo en voz alta?

—Venga, Neku —sentencia Sora, listo para la acción—. ¡A por ellos!

El chico de pelo naranja invoca a otra criatura, ésta con forma de gato, que lo ayuda a combatir a los oníridos. Por su parte, Sora hace aparecer la clásica llave espada "Cadena del reino". Entre ambos logran vencer con facilidad.

—Estos seres que te acompañan —dice Sora—, ¿también son oníridos?

—Sí. Para poder sobrevivir a la partida voy a necesitar ayuda extra. ¿Crees que podrás controlarlos?

—Claro... Supongo.

Desde ahora, Sora puede emplear materiales recogidos al vencer a oníridos para crear los suyos propios, que lo acompañarán durante toda la aventura. Forma parte del apartado jugable más que del argumental, así que no profundizaremos en ello.

Aunque Sora se sorprenda por todo, porque es un poco zote, en realidad ya pudimos leer esta misma explicación durante uno de los discursos de Yen Sid. Tal y como les explicó el Maestro a Riku y a él, el mundo de los sueños está habitado por oníridos de dos clases: terrores, los malos, o lucientes, como el gato de Neku Sakuraba o el marramaguau de Sora (es el primero que hay que crear obligatoriamente).

Con los terrores fuera de combate, es hora de proseguir la búsqueda del compañero o compañera de Neku. El chico se dirige a una pequeña plaza, donde se detiene de golpe.

—¡Te he traído a Sora! —exclama hacia ninguna parte—. ¡Cumple nuestro trato!

Antes de que Sora pueda asimilar lo que está pasando, un tipo con túnica negra se abalanza sobre él. Sin embargo, es el propio Neku quien se interpone entre ambos.

—¡Esto no es lo que acordamos! ¡Dijiste que no le harías daño!

—¡No, Neku! —grita Sora—. ¡Son muy peligrosos! —El chico intenta ayudar a su nuevo (supuesto) amigo, cuando, de pronto, comienza a sentirse débil y cansado—. ¿Por qué tengo tanto... sueño?

Sora cae al suelo. Sus ojos se cierran. Se ha quedado dormido.

Capítulo 5 – Riku: Ciudad de Paso

Riku, como Sora, también ha aparecido en Ciudad de Paso, con un cambio de vestimenta muy favorecedor. Pese a que se halla en la misma plaza donde su amigo cayó dormido, allí no hay rastro de él, de Neku, ni del tipo encapuchado.

—Recuerdo que caímos al mar cuando Úrsula nos atacó…, y creo que después abrimos la cerradura. Así que éste debe de ser uno de los mundos durmientes. Mi llave espada apareció en mi mano cuando más la necesitaba. Vale. Ha empezado.

—¡Vaya! —exclama una voz—. ¿Y tu portal? Uno no puede saltar de un mundo a otro así por las buenas.

Encima de Riku, sentado sobre el monumento de la fuente, hay un chico rubio.

—¿Quién eres? —pregunta el candidato a Maestro.

—Me llamo Joshua.

—¿Qué decías de un portal?

—¿Es que vamos a saltarnos la parte en que me dices tu nombre? —replica el chico.

—Riku.

—Hola, Riku. —Joshua ríe—. Los portales son pasajes que conectan los mundos. Por lo visto, el mundo en el que tú y yo estamos ahora mismo… Verás… Existen dos copias. Es como si se hubiera separado. Gracias a los portales, la gente como nosotros puede ir de uno a otro.

—¿Puede haber dos versiones de un mundo?

—Un mundo es tantas cosas como se necesita que sea —asegura Joshua—. Todo eso de que vivimos en un mismo mundo no está más que en nuestra cabeza. Pero ya lo sabías, ¿no? Te contaré una cosa, Riku. Tengo un encargo para ti.

—Paso. No me fío de ti.

—Venga, al menos escúchame. Busco a una chica llamada Rhyme. Es la llave del portal. ¿Y quién sabe a quién podríamos encontrarnos al otro lado? Quizá a tu amigo Sora.

Eso ha sido suficiente para captar la atención de Riku.

—¿Conoces a Sora?

—Por desgracia, no sé dónde está. Si no está en esta versión del mundo, es más que probable que esté en la otra. Pura lógica.

—Vale —asiente Riku—. ¿Quieres encontrar a Rhyme? De acuerdo. En marcha.

Tal y como ha explicado Joshua, todo apunta a que hay dos versiones oníricas de Ciudad de Paso. Sora está en una y Riku en la otra. Para encontrarse, deberían hallar un portal que las comunique.

Riku no tarda en conocer a los primeros terrores, de los que se deshace sin dificultades. Sin embargo, hay algo que le escama.

—Joshua, ¿por qué no van a por ti?

—¿Los oníridos? No les importa si no eres un soñador. Y eso tiene gracia, porque a mí sueños no me faltan.

—Pero a mí sí que me atacan. ¿Crees que soy un soñador?

—Todos los humanos lo son. —¿"Lo son"? ¿Él no lo es?—. Tuve un amigo que me dijo que nunca había soñado con nada, pero resultó que sus sueños eran los más poderosos de todos. Me recuerdas un poco a él. ¿Y si materializamos tus sueños? En este mundo, adoptan la forma de oníridos. Pueden ser unos aliados formidables.

Joshua le enseña a crear un vampiélago, el primer luciente de Riku. Aunque, bueno, en la práctica ambos candidatos a Maestro pueden usar los que haya creado el otro, así como compartir las mismas habilidades y demás.

En ese instante, otro chico rubio, éste con un gorro de calavera, se une a Riku y Joshua. Por algún motivo, parece cabreado con el último.

—¡Ya te tengo, Joshua! ¡En cuanto te dé para el pelo, Rhyme y yo podremos volver a casa!

—Beat... —responde Joshua con paciencia—. ¿Cuántas veces tenemos que pasar por esto? Te la ha jugado el tipo de la túnica negra. A ver si te enteras de que estás jugando a favor de tu enemigo.

—No me rayes, ¿quieres? —lo interrumpe Beat—. No me la das con ese rollo psicológico. ¡Al ataque, oníridos!

Beat invoca a un luciente con forma de oso, que, lejos de atacar a Joshua, se dirige directo hacia Riku y su vampiélago. Mala decisión.

—Bah, paso —se lamenta Beat al ver cómo su luciente es

derrotado—. Esto es demasiado para mí.

—Dándotelas de tipo duro todo el día yo también estaría quemado —dice Joshua.

—Yo... sólo quiero proteger a la única persona que me importa.

—Sé cómo te sientes —responde Riku.

Y eso es todo lo que tiene tiempo de decir antes de sufrir un intenso sopor, idéntico al que invadió a Sora en el capítulo anterior. ¡A dormir!

El estilo jugable de *Dream Drop Distance* nos obliga a alternar entre ambos protagonistas muy a menudo, ya que caen dormidos tan pronto como se vacían sus respectivas "barras de sopor". Para hacer la guía argumental menos liosa, voy a obviar este sistema de sopor y a hacer el cambio de personajes únicamente cuando llegue el momento más apropiado.

Por ejemplo, ahora.

Capítulo 6 – Sora: Ciudad de Paso, 2ª parte

Cuando Sora despierta, no hay rastro de Neku Sakuraba ni del tipo misterioso que oculta su identidad bajo una túnica negra. Por lo poco que ha podido descubrir, ambos tienen, o tenían, una especie de pacto: si Neku le entregaba a Sora, el encapuchado ayudaría al chico de pelo naranja y a su compañero/a de partida a escapar de Ciudad de Paso. No hay mucho que Sora pueda hacer con esa información, por lo que será mejor continuar investigando la ciudad en busca de la segunda cerradura durmiente.

A través del edificio subterráneo de correos, Sora llega al Distrito 4, donde se halla el coliseo del Naiperama, una competición en la que dos participantes enfrentan a sus oníridos, en batallas de tres contra tres. Nada relevante de cara al argumento. En la puerta del recinto, Sora se topa con una niña rubia que está hablando con los moguris que regentan el coliseo.

—¿No serás tú la compañera de Neku? —le pregunta Sora.

—Pues… no estoy segura —responde la niña—. Sólo sé que me llamo Rhyme.

Es la chica que buscaba Joshua, quien afirmaba que se trataba de "la llave del portal". Pero esto Sora no lo sabe, pues quien ha conocido a Joshua es Riku.

—¿Has perdido la memoria? —dice Sora.

—Sí.

—Oh, lo siento.

—Bah, no pasa nada. —Rhyme hace un gesto con la mano para restarle importancia—. Ya sabes lo que dicen: a veces hay que empujar un poquito a los recuerdos para que vuelvan.

—Sí, es verdad —responde Sora con una sonrisa—. Así que empujar un poquito… ¡Ya lo tengo! ¡Quizá Neku pueda darte ese empujoncito! Venga, Rhyme, ¡tenemos que encontrarlo!

La niña se muestra conforme, por lo que ambos inician la búsqueda…, que concluye en la calle de al lado. Neku Sakuraba está allí, solo, sobre el tejado del jardín botánico. El chico de pelo naranja se sorprende al verlos llegar.

—Sora… ¿Es que todavía te fías de mí?

—Claro que sí.

—Pero ya sabes que te la jugué, ¿no? El tipo de la túnica negra me dijo que podía llevarnos de vuelta a casa a mí y a mi compañero, pero antes tenía que entregarte. Perdóname.

—No pasa nada —responde Sora—. Cuando de verdad lo necesité, estuviste a mi lado. —Recordemos que Neku se interpuso para evitar que el encapuchado golpease a Sora—. Además, somos amigos, ¿no?

—Amigos... —Por primera vez, Neku sonríe.

—Oh, por cierto, ésta es Rhyme. ¿Podría ser ella tu compañera?

—No, lo siento. —Neku niega con la cabeza—. No es de mi equipo.

De pronto, Rhyme desaparece ante sus ojos. El supuesto culpable no anda muy lejos, pues ambos descubren al tipo de negro observándolos desde aquel mismo tejado. Neku corre hacia él, pero el encapuchado lo noquea con facilidad antes de invocar a un terror gigantesco llamado Macacofre. Para cuando Sora logra deshacerse del onírido, ya no hay rastro del desconocido de la túnica.

Con el lugar de nuevo en calma, Sora descubre tres figuras translúcidas corriendo por la calle, como fantasmas, de las cuales sólo reconoce a una.

—¡Riku!

—Espera, Sora —dice una voz masculina.

Joshua, al que hasta ahora no conocía, y Rhyme, ambos sin la apariencia fantasmal de Riku y compañía, aparecen ante Sora. Neku, ya recuperado del golpe, se une a la reunión en ese mismo instante.

—Hola, Neku —dice Joshua—. Qué largos se me han hecho los días lejos de tu compañía.

—¿Lo conoces? —pregunta Sora al chico de pelo naranja.

—Sí —responde Neku—. Joshua es... mi amigo.

—Vale —asiente Sora—. ¿Te llevaste tú a Rhyme, Joshua? Espera, y ¿cómo es que sabías mi nombre?

—Estoy al cuidado de sus sueños. Son mi portal. Digamos que sus sueños son un pasaje entre mundos.

—Ya veo... —Sora parece conforme, aunque estoy seguro de que no lo ha entendido—. Y ¿cómo es que sabías mi nombre?

—Esta ciudad tiene un pequeño secreto —dice Joshua—.

Sólo se muestra cuando alguien necesita un refugio. Sin entrar en detalles, ahora mismo son mis sueños los que lo forman. Así que por eso te conozco. Eres parte de mi sueño. También conozco a tu mejor amigo, Riku.

—¿En serio? ¿Conoces a Riku?

—Pues claro. Soy omnisciente, más o menos.

—¿Y dónde está? —pregunta Sora, impaciente.

—En esta misma proyección. —Joshua dirige su mirada a las tres figuras translúcidas—. En otra ensoñación de este mundo.

—¿Hablas de... otra Ciudad de Paso? ¿Podría ir allí con el portal ese?

—Me temo que no funciona así —replica el chico rubio—. El "portal ese" sólo responde a la persona que tiene los sueños de Rhyme. En esta proyección, tú estás viendo una concatenación de sucesos diferentes en otro mundo atrapado por los oníridos. En cuanto a por qué el mundo se ha dividido en dos..., algo me dice que tendrás que preguntárselo a él.

Joshua se refiere a una cuarta figura translúcida que se halla muy cerca de Riku y los demás. Es el tipo encapuchado.

—¿Quiénes son? —pregunta Sora.

—Beat —responde Rhyme al ver al chico con el gorro de calavera.

—Shiki —añade Neku (esto lo dejamos para el próximo capítulo).

Pero quien intriga a Sora es el desconocido de la túnica, que pronto dejará de serlo, ya que ha decidido, al fin, retirarse la capucha y mostrar sus cabellos blanquecinos. Es el mismo hombre joven que vimos en el último capítulo de *Kingdom Hearts Coded* y en el prólogo de esta misma guía argumental, y cuya existencia queda explicada en *Birth by Sleep*: Xehanort. Aunque, bueno, él se hace llamar a sí mismo Ansem; nombre que, como ya pudimos comprobar en *Kingdom Hearts II*, pertenece a su mentor. Para no confundirnos con el auténtico Ansem, a este joven Xehanort lo llamaremos Ansemcito.

Sora y Riku se sitúan uno al lado del otro, frente a Joshua. Parece que el chico rubio es el único capaz de hablar con ambos al mismo tiempo.

—Algo en su mundo hizo que todo cuanto en él existía se

extinguiera por completo —Joshua se refiere al mundo de *The World Ends With You*—. Para evitar que se perdiesen en el olvido, reuní los últimos retazos que quedaron de sus sueños y me puse a buscar un lugar donde mantenerlos a salvo. Por suerte, fue entonces cuando este mundo apareció. Gracias a los sueños de Rhyme, pudimos llegar hasta él. Pensé que aquí podrían tener una oportunidad; que los retazos de sus sueños podrían volver a recomponerlos. Imaginaos la sorpresa cuando descubrí que los sueños se materializan en este mundo. Se me ocurrió que, al reunir los retazos de sus sueños, quizá podría volverlos a traer de vuelta. Que quizá podría darles otra oportunidad.

Riku dice algo que Sora no puede oír.

—¿Y por qué no? —responde Joshua—. No somos nada por nosotros mismos. Cuando otros nos ven y toman conciencia de nuestra presencia, sólo entonces se puede decir que existimos. Lo único que necesitaban era que alguien los viera y conectara con ellos. Y vosotros sois, en gran parte, quienes lo habéis hecho posible.

—Joshua, ¿quién eres? —preguntan los dos elegidos de la llave espada al unísono.

—Digamos que... un amigo.

Joshua despliega dos enormes alas blancas y se aleja de allí volando, ante el asombro de Sora y Riku. En ese instante, una cerradura durmiente aparece ante ellos. Ya saben lo que tienen que hacer.

Capítulo 7 – Riku: Ciudad de Paso, 2ª parte

Toca volver atrás en el tiempo para retomar la ruta de Riku. Como os dije antes, será lo habitual durante toda la aventura.

Joshua y Beat también se han esfumado antes de que Riku recupere el conocimiento, tras su accidentada llegada a Ciudad de Paso. En su lugar hay una chica de pelo rosa, con un peluche de un gato negro entre las manos, que está siendo perseguida por un reducido grupo de terrores. Riku, cómo no, se apresura a salvarla.

—Muchísimas gracias —dice ella—. Soy Shiki, ¿y tú?
—Riku.
—Gracias, Riku.
—Vale.

Tras decir esto, Riku se dispone a marcharse. Una actitud que, como es comprensible, no sienta nada bien a Shiki.

—¡Oye! ¡¿Cómo que "vale"?!
—Perdona, esto no se me da bien —se disculpa Riku—. Corres peligro aquí. Vete a casa.
—Si tan peligroso es, ¿por qué me dejas sola? ¿No eres mi príncipe azul, o qué?
—¿Príncipe? —Riku se pone nervioso, avergonzado—. Te estás equivocando.
—Vaya tela... —Shiki suspira—. Te estaba vacilando. No sales mucho, ¿eh? Eres igualito que él. Menos mal que nos hemos conocido.
—Ya, genial...

Aunque ha quedado más que claro que no le hace ninguna gracia ir acompañado por esa muchacha de pelo rosa, Riku acepta llevarla consigo para protegerla de los oníridos agresivos. Juntos se dirigen al jardín botánico, el mismo lugar donde Sora los vio en forma translúcida. Por lo tanto, ya deberíais saber a quién está a punto de encontrarse: el tipo de la túnica negra. Al verlo, Shiki sale corriendo y se pierde de vista.

—¿Cómo has llegado aquí? —pregunta el encapuchado a Riku—. ¿Por voluntad o por casualidad?
—¿Quién eres?
—No puedes controlar aquello de lo que no eres consciente.

Este sueño sin fin será la prisión en la que vagues para siempre.

—¿Qué quieres decir?

En ese momento, Riku oye una voz a su espalda. Es Beat, acompañado por la chica pelirrosa.

—¡Riku, pasa de ese tío! —dice él—. ¡No te preocupes por Shiki! Ella me lo ha contado todo. Le prometió a Shiki llevársela de vuelta a nuestro mundo, y tú eras el pago por el viaje. Vaya una misioncita que nos han encasquetado. Y tú ni serás una parca ni nada.

Quedaos con el concepto de "parca" para más adelante.

El encapuchado decide revelar su identidad, aunque Riku no tiene ni idea de quién es…, pese a haber adoptado esa misma identidad, aunque un poco más mayor, durante un largo periodo de tiempo. Al final va a resultar que no es mucho más espabilado que Sora.

Ansemcito invoca al Macacofre de ese mundo onírico para que se enfrente a Riku, antes de desaparecer a través de uno de esos convenientes portales oscuros.

—Lo siento, Riku —dice Shiki, arrepentida por haberlo conducido hasta aquella trampa.

—No pasa nada —responde el candidato a Maestro—. Beat, cuida de ella.

—¡Sin problema!

Riku y los lucientes derrotan al Macacofre, como era de esperar. Entonces, aparecen ante ellos las figuras fantasmales de Sora, Neku, Joshua y Rhyme.

—¿Qué estamos viendo? —pregunta Riku, perplejo.

—¡Vaya movida, tío! —Beat se aproxima a Rhyme—. La tengo delante de mis narices y ni siquiera puedo tocarla.

—Si vuestros corazones están conectados —concluye Riku—, llegarás hasta ella.

Os advierto que la parte que viene ahora se mantiene casi idéntica a la ruta de Sora. Es una excepción, pues no hay ningún otro momento duplicado de aquí hasta el final de la historia.

Riku y Sora se sitúan uno al lado del otro, frente a Joshua. Como vimos en el capítulo anterior, el chico rubio es capaz de hablar con ambos al mismo tiempo.

—Algo en su mundo hizo que todo cuanto en él existía se

extinguiera por completo —explica Joshua—. Para evitar que se perdiesen en el olvido, reuní los últimos retazos que quedaron de sus sueños y me puse a buscar un lugar donde mantenerlos a salvo. Por suerte, fue entonces cuando este mundo apareció. Gracias a los sueños de Rhyme, pudimos llegar hasta él. Pensé que aquí podrían tener una oportunidad; que los retazos de sus sueños podrían volver a recomponerlos. Imaginaos la sorpresa cuando descubrí que los sueños se materializan en este mundo. Se me ocurrió que, al reunir los retazos de sus sueños, quizá podría volverlos a traer de vuelta. Que quizá podría darles otra oportunidad.

—No puede ser tan fácil —dice Riku.

—¿Y por qué no? No somos nada por nosotros mismos. Cuando otros nos ven y toman conciencia de nuestra presencia, sólo entonces se puede decir que existimos. Lo único que necesitaban era que alguien los viera y conectara con ellos. Y vosotros sois, en gran parte, quienes lo habéis hecho posible.

—Joshua, ¿quién eres? —preguntan los dos elegidos de la llave espada al unísono.

—Digamos que... un amigo.

Joshua despliega dos enormes alas blancas y se aleja de allí volando, ante el asombro de Sora y Riku. En ese instante, una cerradura durmiente aparece ante ellos. Los chicos elevan sus llaves espada para desbloquear el camino a un nuevo mundo. Hasta la vista, Ciudad de Paso.

Capítulo 8 – Sora: Ciudad de las campanas

Por extraño que resulte, Sora acaba de llegar a París. Su aspecto foráneo no pasa desapercibido para un hombre de semblante severo, quien da el alto al chico.

—No te había visto antes. ¿Te llamas…?
—Sora.
—Cuán inmundos ropajes —dice con desprecio—. Sé bien lo que eres.

Un soldado rubio interrumpe la conversación, pues trae malas noticias.

—¡Juez Frollo, señoría!
—¿Qué ocurre, capitán Febo? ¿Acaso no ve que estoy interrogando a este gitano?

A Sora lo habían llamado muchas cosas antes, pero nunca gitano, la verdad.

—¿Este mozo? —dice Febo, extrañado—. Señoría, sólo es un niño.
—Eso habré de juzgarlo yo —replica Frollo—. Y bien, capitán, ¿hay realmente algo de lo que quiera ponerme al tanto?
—Sí, señoría. ¡Unos monstruos han invadido la plaza!
—¡¿Monstruos?! —exclama Sora—. ¡Eso es cosa mía!

El capitán Febo trata de hacer cambiar de opinión a Sora, pero el chico hace oídos sordos y corre hacia la plaza de la catedral de Notre Dame. Una vez allí, lo que se encuentra no es precisamente una situación de caos, sino una alegre y animada fiesta de oníridos. Lo que más llama la atención de Sora es el chico de aspecto desfigurado que monta sobre un melefante.

—¡¿Qué estás haciendo?! —le pregunta Sora, preocupado—. ¡Aléjate de ahí!
—Ni hablar —replica el chico desfigurado—. Hoy es el festival. ¡Y mírame! ¡Soy el rey de los bufones!

Cuando el juez Frollo llega a la plaza, los oníridos dejan de comportarse de forma pacífica y amenazan con atacar al autodenominado "rey de los bufones". Sora y una joven mujer gitana acuden al rescate.

—Dejadme ayudar —dice ella—. Me llamo Esmeralda.

—Gracias —responde el elegido de la llave espada—. Yo soy Sora.

Esmeralda se encarga de poner a salvo al joven desfigurado, mientras Sora da buena cuenta de los terrores antes de que puedan hacer daño a alguien. Tras sofocar el peligro, el chico se une a ellos en el interior de la catedral de Notre Dame. Esmeralda y su nuevo amigo, llamado Quasimodo, parecen haber hecho muy buenas migas.

—Podrías quedarte aquí para siempre —sugiere él.

—No, no podría —responde ella, apenada.

—¡Oh, sí! Te acogiste a sagrado.

—Pero no soy libre —insiste Esmeralda—. Los muros de piedra hieren a los gitanos.

—Tú me ayudaste —dice Quasimodo—. Yo haré algo por ti.

—No tengo forma de huir —se lamenta la gitana—. Hay soldados en cada salida.

—No usaremos las salidas.

Quasimodo coge a Esmeralda en brazos y la lleva fuera de la catedral descolgándose por la fachada de la catedral.

—Eso no me lo esperaba —reconoce Sora, quien ha preferido mantenerse al margen hasta ahora.

—Sin duda alguna —responde una gárgola azul (Víctor).

—Es muy fuerte —añade una gárgola verde (Hugo).

—Ni la piedra de la que estamos hechas es tan dura como él —concluye una gárgola roja (Laverne).

—Lo sé —asiente Sora, antes de darse cuenta de quién le está hablando—. ¡Ahí va! ¡Gárgolas parlantes!

—¡Perdónanos por tener personalidad! —bromea Laverne.

—¿Cómo es que os lleváis tan bien con Quasimodo? —pregunta el chico.

Las gárgolas aseguran llevar diez años haciendo compañía a Quasimodo. Una década durante la que han permanecido juntos mañana, tarde y noche, pues el juez Frollo le ha prohibido abandonar la catedral, para que, según sus palabras, nadie tenga que ver su horrorosa cara. Tras diez años de reclusión, Quasimodo al fin se animó a dar el paso y dejarse ver fuera de la catedral…, con tan mala suerte que aparecieron los oníridos y el juez Frollo.

—Espero que esta decepción no haga que Quasi desista —se

lamenta Laverne—. Casi lo había conseguido.

—No debe dejar que su corazón sea una prisión —sentencia Sora—. Yo me encargo. ¡Iré a hablar con él!

En la plaza frente a la catedral, Sora se topa de nuevo con el capitán Febo, quien ya no viste su armadura de soldado, sino una camisa y pantalones de tela, como cualquier ciudadano corriente.

—Tranquilo, no deseo trabar combate contigo —dice el capitán—. Dime, ¿sigue ella a salvo en la catedral?

—Si te refieres a Esmeralda, Quasimodo la ayudó a huir.

—¡Diantres! El juez Frollo está obsesionado con exterminar a los gitanos. Su mente está cubierta de sombras. Cuando me opuse a sus atroces actos, me expulsó de la guardia.

—¿En serio? ¡Qué injusticia!

—No te preocupes por mí. Frollo aseguró haber encontrado la Corte de los Milagros, el refugio de los gitanos de la ciudad. Esmeralda y los suyos corren peligro. Debemos dar con ellos y ponerlos sobre aviso antes de que llegue Frollo.

A quien encuentran es a Quasimodo vagando por aquella plaza, ya sin la compañía de la gitana.

—¡Quasimodo, Esmeralda está en apuros! —le advierte Sora.

—¿Adónde ha ido? —pregunta Febo.

—No lo sé —responde Quasimodo, alarmado—. Se desvaneció entre las callejuelas. Me dio este colgante. —Quasi les muestra un colgante ovalado—. Dijo que nos ayudaría a encontrarla. "Cuando lleves puesta esta medalla, toda la ciudad será tuya".

Aunque no se había dado cuenta hasta entonces, Quasimodo comprende, de repente, que la forma del colgante representa la propia ciudad de París. Una pequeña cruz parece indicar la posición de La Corte de los Milagros. ¿Será correcta su hipótesis?

A través del cementerio y una red de túneles subterráneos, Sora, Quasimodo y Febo llegan a la Corte de los Milagros, el hogar de los gitanos, donde no tardan en reunirse con Esmeralda. Sin embargo, su descuido les va a costar caro: el juez Frollo los ha seguido hasta allí, acompañado por un séquito de oníridos.

—Magnífico, capitán Febo. Por suerte, es tan previsible como esperaba. Querido Quasimodo, siempre supe que algún día me servirías para algo. —Frollo arresta a Esmeralda ante la pasividad de sus amigos—. Al fin eres mía, bruja. Haremos una hoguera en la plaza.

Sora y los demás tratan de detenerlo, pero el juez conjura una especie de barrera de oscuridad que los impide acercarse. Si quieren salvar la vida de la gitana, van a tener que pensar en un plan alternativo.

De vuelta en la plaza de Notre Dame, Frollo realiza los preparativos para la ejecución pública. Con Esmeralda atada a un poste y una hoguera encendida bajo sus pies, todo parece perdido para la pobre gitana. Es en ese momento cuando Quasimodo se arma de valor y se lanza al rescate. El chaval desfigurado se descuelga de la catedral con una cuerda, libera a Esmeralda del poste y se la lleva de vuelta a Notre Dame. Allí es intocable.

—¡Está en sagrado! —grita a los cuatro vientos.

Frollo parece más que dispuesto a mancillar aquel sacro edificio, pues se dirige de inmediato, espada en ristre, al interior de la catedral. Cuando Sora trata de detenerlo, un enorme terror volador se interpone en su camino. Es la Velitárgola.

El juez alcanza a Quasimodo y Esmeralda en el amplio balcón de la catedral. No tienen escapatoria, ya que un repentino incendio les impide volver a descolgarse por la fachada. En realidad, no se sabe cómo se inicia el incendio ni cómo se ha esparcido tan rápido, pero resulta curioso que se esté quemando toda París menos la catedral. Es decir, al contrario que en el mundo real.

—Debí saber que arriesgarías tu vida por esa bruja gitana —dice Frollo—, al igual que tu madre murió intentando salvarte a ti.

—¿Qué? —Quasimodo no conocía esa información.

—Ahora… ¡voy a hacer lo que debí haber hecho hace veinte años!

Frollo embiste contra Quasimodo, quien queda colgado del balcón. Esmeralda trata de ayudarlo a subir, aunque no posee la fuerza suficiente. Una ocasión que el juez no piensa desaprovechar.

—"Y Él castigará a los malvados y los enviará a arder en las llamas del infierno… ¡para siempre!".

Frollo eleva su espada, dispuesto a decapitar a la gitana, cuando una gárgola se desprende de la fachada y provoca que sea el propio juez quien se vea envuelto por las llamas de la plaza. Es imposible que haya sobrevivido a tamaña caída.

Quasi está a punto de sufrir su mismo destino, ya que Esmeralda no se ve capaz de sostenerlo más tiempo (y él no parece muy dispuesto a sujetarse por sí mismo). Afortunadamente, el excapitán Febo acude al rescate antes de que se suceda la tragedia. Tras abrazarse a él en señal de agradecimiento, Quasimodo deja que Febo se vaya con Esmeralda, cogidos de la mano, hacia el incendio. Esto último no se puede explicar ni en la guía argumental, lo siento. Esperemos que sean ignífugos.

Poco después, Sora y las tres gárgolas parlantes se unen al jorobado.

—Quasimodo —dice Sora—, no debes dejar que tu corazón sea...

—Lo sé —lo interrumpe Quasi—. No puedo culpar a Frollo por haber levantado muros a mi alrededor, porque no eran esos muros los que me mantenían encerrado. Mi corazón es libre al fin. Ahora podré ver qué hay ahí fuera.

Sora decide quedarse unos minutos a solas descansando en la catedral, frente al altar.

—Todo este tiempo —dice para sí mismo—, Quasimodo permitió ser el rehén de las pesadillas que Frollo le impuso.

—Qué hipócrita —responde una voz.

El joven Xehanort, o el joven falso Ansem, alias Ansemcito, se aproxima caminando hacia el altar.

—¡Otra vez tú! —protesta Sora—. ¿A qué viene eso?

De pronto, Sora ve la figura de un joven muy parecido a él junto a Ansemcito. Nosotros ya lo conocemos: es Vanitas.

—Nadie más que tú ha hecho de su corazón una prisión... —dicen Ansemcito y Vanitas a la vez—, aun sin ser tú el prisionero

La frase tiene sentido después de conocer la historia de *Birth by Sleep*: Vanitas, así como Roxas (y alguno más), viven dentro del corazón de Sora.

—¿Mi corazón... es una prisión?

Cuando Ansemcito se marcha de la catedral, una cerradura durmiente aparece sobre el altar. A través de ella, Sora podrá llegar al tercero de los siete mundos.

Capítulo 9 – Riku: Ciudad de las campanas

Ya sabéis cómo funciona esto: regresamos al pasado para ver la historia desde el punto de vista de Riku. Sin embargo, hay diferencias con respecto a Ciudad de Paso que conviene aclarar. En el mundo anterior era evidente, al menos en teoría, que las historias de Sora y Riku se desarrollaban al mismo tiempo en lugares paralelos. Desde ahora, siento tener que decirlo, el argumento de *Dream Drop Distance* deja ver sus costuras y su falta de coherencia. La historia se desarrolla como en *Birth by Sleep*; es decir, como si cada personaje llegase en un punto determinado de la misma, y los actos de uno afectasen a la historia de los otros; lo cual no tiene sentido, porque se supone que son mundos y personajes diferentes. Hay dos Quasimodos, dos Esmeraldas, etcétera.

Vamos a dejar este tema aparcado y lo retomamos más adelante.

Nada más llegar a París, Riku se cruza con el capitán Febo, aún bajo las órdenes del juez Frollo, persiguiendo a Esmeralda por la plaza de Notre Dame. El propio Riku la ayuda a escapar, aunque ni siquiera sabe de qué se la acusa.

—Gracias —dice ella—. Soy Esmeralda.

—Riku. ¿Por qué te buscan?

—El juez Frollo lleva años persiguiendo a mi pueblo. De lo único que somos culpables los gitanos es de amar la libertad, pero Frollo odia todo lo que no puede controlar. Y ahora tiene un nuevo perro de presa para enviarlo contra nosotros —añade, en alusión a Febo—. Ni siquiera quiero imaginarme qué clase de oscuridad lo impulsa.

—Me hago una idea… —murmura Riku—. Cuéntame más. ¿Siempre ha sido así?

—Yo no sé mucho sobre Frollo, pero podrías probar en Notre Dame. Dicen que allí se hallan respuestas.

Dentro de la catedral, Riku conoce a Quasimodo.

—El archidiácono no está aquí —dice el chico desfigurado.

—A quien busco es a un tal Frollo. ¿Sabes dónde está?

—¿Mi amo? Dijo que tenía asuntos que atender en las afueras de la ciudad.

—¿Tu amo? —repite Riku, sorprendido.

—Es muy amable. El amo Frollo me salvó. Me protege del mundo exterior.

—¿De qué te protege?

—La gente de ahí fuera sería cruel conmigo. —Quasimodo se cubre el rostro—. Soy un monstruo.

—¿Eso te ha dicho Frollo? —Riku tuerce el gesto—. Las apariencias engañan, te lo aseguro. Los amigos de verdad siempre te verán tal y como eres, sin importarles cómo sea tu aspecto físico. Deberías salir y buscar amigos que te entiendan.

—El amo me lo ha prohibido —replica Quasi.

—¿Seguro que ésa es la verdadera razón? Yo creo que es otra cosa la que te retiene. Pregúntale a tu corazón, Quasimodo. —El elegido de la llave espada se marcha, mientras murmura unas palabras para sí mismo—. Ojalá yo siguiera mis propios consejos...

Gracias a la pista de Quasi, Riku se dirige a las afueras de París. Su trayecto no va a ser un paseo agradable, ya que el chico de pelo plateado está a punto de recibir la visita de una clase de onírido que conocemos de la ruta de Sora: la Velitárgola. El terror ataca a Riku desde las alturas, por lo que no tiene más remedio que huir de él.

La persecución finaliza frente a una casa humilde, con su propio molino de agua, más allá de los suburbios de la ciudad. El capitán Febo se halla en la puerta, cortando el paso al juez Frollo.

—Apártate, capitán Febo —le ordena Frollo—. Tengo pruebas de que esta familia ha dado refugio a gitanos.

—Eso no es un crimen —replica el soldado.

—Pocos crímenes se me ocurren tan viles como ese.

Es en aquel instante cuando Febo repara en la Velitárgola.

—¿Qué clase de demonio es ese?

—Oh, cuán errado está, capitán Febo —dice el juez—. No es un demonio, sino el más justo de los jueces. Se asegurará de castigar a los gitanos ahora y para siempre.

—¡Es una locura! —protesta Febo.

—No lo convencerás —asegura Riku—. Cuando caes tan hondo en la oscuridad, es casi imposible volver a salir.

—¡Cómo osas! —Las palabras del chico han ofendido a Frollo—. Soy un hombre virtuoso. La línea entre el bien y el mal se verá clara en cuanto los gitanos sean condenados al juicio de la hoguera.

El capitán Febo trata de enfrentarse a Frollo, pero la Velitárgola lo lanza por los aires con facilidad antes de que ambos, dueño y criatura, se marchen de allí..

—¿Estás bien? —le pregunta Riku.

—No puedo decir que no me advirtieras —se lamenta con expresión dolorida.

—No hagas esfuerzos. Frollo es mío.

—Gracias. —Febo aparta la mirada—. Tengo que reconocer que resulta embarazoso depender de un chaval.

—No serías el primero.

—Está bien, ve con cuidado. Creo que ese engendro se dirige a la catedral.

Riku corre de vuelta a Notre Dame, justo después de que Quasimodo rescate a Esmeralda de arder en la hoguera. Es aquí donde quería retomar el asunto de la falta de coherencia. Queda claro que no es el mismo mundo en el que se encuentra Sora, pues allí estaría luchando contra la Velitárgola en la plaza mientras Frollo persigue a Quasi y Esmeralda hasta el balcón de la catedral. Sin embargo, si tenemos tan claro que se trata de historias paralelas, ¿cómo ha encontrado el juez Frollo la Corte de los Milagros? Recordemos que fue Sora quien guió a Febo y Quasimodo hasta allí. Y si eran capaces de encontrarla sin ayuda de Sora, ¿significa que la intervención de los chicos es del todo intrascendente en el devenir de los sucesos? Por lo tanto, ¿qué sentido tiene aquel examen que están llevando a cabo, cuando bien podrían sentarse sin hacer nada y esperar que todo se solucione? De hecho, siendo justos, Riku aún no ha hecho absolutamente nada. Un poquito cogido con pinzas, me temo.

Dicho esto, prosigamos con la historia.

—Quasimodo —dice Riku—, ¿adónde ha ido el monstruo?

—Está ahí arriba —Quasi señala a lo alto de la catedral.

—Vale.

—Espera, ¡quiero ir contigo!

—Gracias, pero quédate con Esmeralda. —Antes de separarse, Riku tiene algo más que decir—. Quasimodo, ¿te respondió el corazón?

—Sí —asiente con una sonrisa.

Riku se encuentra con las tres gárgolas de colores en el interior de Notre Dame, a las que trata como si ya conociese de antes. Otro error argumental, pues es Sora quien las conoció, no él. Obviemos también esta parte, si os parece bien.

Cuando Riku alcanza el balcón de la catedral, toda París está en llamas.

   —¡Sí! ¡Que arda! —exclama Frollo desde lo alto de Notre Dame—. ¡Las llamas lo consumirán todo! Contempla. ¡Éste es el poder que me ha sido otorgado!

   —Sólo veo a un pobre viejo con el corazón en tinieblas —replica Riku.

   —¡Vuelves a equivocarte! ¡Ahora serás juzgado, como los demás!

Frollo se deja caer a las llamas de la plaza. Pues bueno. Pues vale.

Quien debe preocupar a Riku no es el juez corrompido por la oscuridad, sino las dos personas que acaban de llegar al balcón de Notre Dame. Atención a esto. Uno es Ansemcito…, ¡y el otro es el falso Ansem de *Kingdom Hearts 1*! Madre mía… Espero ser capaz de conseguir que no perdáis el hilo argumental.

   —¡¿Qué haces tú aquí?! —exclama Riku, poniéndose en tensión.

   —Tu buen amigo nunca se aleja —responde Ansemcito.

   —Qué pena —dice el Ansem adulto mientras recoge la espada que Frollo ha dejado atrás antes de suicidarse—. El precio por rendirse a la oscuridad…

   —Tú podrías escribir un libro sobre eso —espeta Riku.

   —Pero yo acepté la oscuridad. —Ansem apunta al chico con la espada—. Y, a menos que te apresures en hacer lo mismo, acabarás exactamente igual que él.

   —¡Yo recorro la senda que lleva al amanecer!

Riku invoca su llave espada, dispuesto a hacer frente a ambos al mismo tiempo si es necesario.

   —Veo que aún temes a la oscuridad —sentencia el joven.

Tras decir esto, los dos Ansem (aunque ninguno de ellos lo es, pues son Xehanort) se marchan a través de un portal de oscuridad. En cuestión de segundos, allí sólo quedan Riku y el arma de Frollo.

—¿Cree que le tengo miedo a la oscuridad? No. No mientras tenga la llave espada. Ella me guiará hacia la luz.

Y no se va a quedar con ganas de usarla, pues aún le queda un asunto pendiente: la Velitárgola. Riku se enfrenta a ella y la derrota en el balcón de Notre Dame, lo cual provoca que el incendio que hace unos segundos asolaba toda París desaparezca de repente sin que ninguna casa resulte dañada. ¡Viva!

Riku, Quasimodo, Esmeralda y Febo se reúnen por última vez en la plaza de la catedral.

—El amo Frollo me obligó a vivir en el campanario —dice Quasi—, pero los verdaderos muros eran los que levanté alrededor de mi corazón. Tú me has ayudado a verlo, Riku.

—Sé cómo se siente..., porque lo he vivido.

—Creo que todavía te guardas muchas cosas ahí dentro —observa el capitán, de nuevo admitido en la guardia de París.

—Eso lo hacemos todos —añade Esmeralda—. A veces, hay cosas que preferimos dejar al margen de quienes nos rodean. Al menos, hasta que podamos entenderlas.

Riku sabe que la gitana tiene razón: sí que hay algo que él oculta en su interior. Quizá por eso acabe de cruzarse con *él* en el balcón de Notre Dame. Xehanort...

—Sé bien qué camino recorre mi corazón.

Una cerradura durmiente aparece sobre la fachada de la catedral. Hasta más ver, París.

Capítulo 10 – Humanos

—Oye, Axel, ¿se te ha olvidado? —pregunta Roxas.
—¿El qué?
—Nos hiciste una promesa.
—Ah, ¿sí?
—Que siempre estarías ahí para traernos de vuelta.
—Ya…
—¿Lo captas? —bromea Roxas, imitando la frase típica de su amigo.
—Inseparables para siempre —asiente Axel.
Solo que eso ya no será posible, pues Roxas ha desaparecido, y esto no es más que un sueño.

El chico pelirrojo despierta en un laboratorio.
—¿Dónde estoy? ¿Qué me ha pasado? ¿Roxas...?
A su lado hay otras cuatro personas, todas ellas tiradas en el suelo, aunque no tardan en despertarse.
—Dilan, Aeleus, Even, Ienzo… —El chico pelirrojo observa su propia imagen en un espejo. Algo ha cambiado—. Volvemos a ser humanos. Pero sólo los que nos unimos a la Organización aquí. Supongo que eso deja fuera a Xehanort. ¿Y dónde están Braig y* Isa?

*Para que no haya confusiones: "Isa" se pronuncia "aisa", de ahí que ponga "y Isa" en vez de "e Isa". Por si sentís curiosidad, hay otros nombres que se pronuncian diferente, como el de Aeleus ("eleus") o el del protagonista de este capítulo, Lea ("lia"). Dilan, Even, Ienzo y Braig suenan tal y como se escriben en nuestro idioma. Todo ello, por supuesto, respetando la pronunciación original japonesa.

Capítulo 11 – Sora: La Red

Sora aparece en un entorno virtual, lo cual le trae recuerdos. ¿De *KH Coded*? No, porque esa parte de la saga no la conoce. Es el mundo de *Tron*, que ahora no se llama "Espacio paranoico", sino "La Red", pues está basado en su secuela: *Tron: Legacy*.

El chico de cabellos castaños puntiagudos no recibe la mejor de las bienvenidas, ya que un puñado de "hombres", probablemente parte del sistema defensivo del entorno virtual, se acercan a él con intención de arrestarlo.

—Comunique su identificador, programa.

—¿Eh? No tengo ninguno de esos. ¡Pero me llamo Sora!

—Verificando el identificador "Sora"… Identificador no encontrado. Programa furtivo localizado. Aislando para cuarentena.

Sora no tiene más remedio que salir corriendo para evitar que todos aquellos tipos tan poco amistosos se le echen encima. Su huida finaliza cuando otro programa, diferente a los demás, se interpone en su camino. Ambos se disponen a enfrentarse…, cuando, de pronto, el programa cambia de idea y se marcha. Sora lo ve alejarse, extrañado. ¿Por qué no le ha atacado?

Tras quedarse a solas, tres personas se aproximan a Sora. No parecen programas, sino humanos reales, ya que son diferentes entre sí y no llevan cascos cubriendo sus cabezas. Se trata de un hombre y una mujer jóvenes, junto con un segundo hombre algo más mayor que sus acompañantes.

—Oye, ¿me dejas ver tu arma? —La mujer observa de cerca la llave espada—. Es un programa increíble, tanto el arma como su portador.

—¿Programa? ¡Qué va! —replica el chico—. Esto es una llave espada. Y yo soy Sora.

—Yo soy Sam —dice el hombre más joven—. Ellos son Quorra y Flynn.

—Éste es el mundo de Tron, ¿no? —pregunta Sora.

—¿Lo conoces? —Flynn parece sorprendido—. El programa al que acabas de enfrentarte era Tron.

—¡¿Qué?! —Ahora es Sora el sorprendido—. ¡¿Eso era

Tron?!

—Antes era un buen amigo —asegura Flynn—. Juntos creamos este lugar, la Red. Era una maravilla. Pero Clu se hizo con el poder. Me envió al exilio, y Tron acabó siendo borrado. Al menos, eso creía. Clu lo ha convertido en otro programa llamado Rinzler. Es lo que tienen los programas: si te pones a trastear con el código, se puede acabar modificando su propia naturaleza y todo cuanto ha memorizado.

—¡Eso es terrible! —exclama Sora—. Está claro que Tron y este mundo están muy cambiados... Pero, si ése es realmente el Tron que conocí, debemos hacer que vuelva.

—¡Exacto! —asiente Flynn—. Veo que vas lanzado. Con algo de suerte, Clu tendrá una copia de seguridad del código original de Tron. Después de todo, sigue siendo un programa. Ser metódico está en su naturaleza.

—Entonces, si le arrebatamos a Clu el código original de Tron, haremos que vuelva a la normalidad, ¿no?

—Ésa es la idea.

—¡Genial! Gracias, señor. Voy a por Clu.

—Espera —responde Flynn—. ¿Acaso sabes dónde está?

—No, ni idea —reconoce Sora.

—Qué usuario tan peculiar —dice Quorra, divertida—. Ven conmigo, Sora. Yo te guiaré.

Flynn no ve aquella decisión con buenos ojos.

—Quorra, debemos seguir adelante.

—Sí —añade Sam—. ¿Qué piensas hacer si Rinzler vuelve a atacar?

—Si queremos salir —sentencia la mujer—, habrá que ocuparse primero de Rinzler.

—¡Nosotros dos podremos con él! —dice Sora, confiado.

—Está bien. —Flynn da su brazo a torcer—. Haced cuanto podáis. Quizá Sora y tú podáis ayudar a Tron. Algo me dice que podemos confiar en él.

Sam y Flynn prosiguen su camino, mientras Sora y Quorra van en busca de Clu. Según la mujer, deberían encontrarlo a los mandos de su acorazado, la nave del trono. Para llegar hasta él, van a necesitar hacerse con un velero solar en los muelles subterráneos.

La mujer no se equivocaba: allí está Tron, ahora bajo la identidad de Rinzler. El combate entre ambos parece inevitable.

—¡Espera, Quorra! —Sora se interpone—. Déjame hablar con Rinzler. Si le hablo de corazón, quizá llegue hasta el suyo y recupere la memoria.

—Es un programa, Sora —replica Quorra—. Los programas no tienen corazón.

—Eso es mentira. El Tron que conocí sí tenía algo. —Sora se dirige a Rinzler—. Ey, antes te llamabas Tron, ¿verdad? Clu te hizo algo raro y se cargó tus recuerdos. Estarás desorientado, pero tranquilo. ¡Venga, Tron, recuerda!

Sus palabras no surten efecto. Quorra, con un rápido movimiento, evita que Rinzler golpee a Sora con una de sus armas en forma de chakram.

—No creo que Rinzler sea el amigo que recuerdas —concluye la mujer.

—Necesita tiempo —insiste Sora—. Sólo eso.

La negativa del chico a luchar contra la nueva versión de Tron termina de la peor forma posible: con Rinzler incapacitando y secuestrando a Quorra. Su pasividad ha pasado factura.

—¿Por qué haces esto, Tron? —Sora aprieta el puño con rabia.

—Eso es lo que hacemos todos —responde una voz a su espalda. Es Ansemcito—. Dejar los recuerdos más importantes en lo más profundo de la mente para que así estén a salvo. En tu caso, los *corazones* más importantes. El vínculo entre los recuerdos y el corazón es muy fuerte.

Ansemcito no está solo. Quien lo acompaña no es Vanitas, al que Sora vio en su último encuentro con Ansemcito sobre la catedral de Notre Dame, ni tampoco el falso Ansem adulto que Riku vio en ese mismo lugar. Esta vez, se trata de una versión diferente de Xehanort: su incorpóreo, Xemnas.

—Basta poner unos cuantos corazones juntos —dice el líder de la Organización XIII—, para que prenda la chispa de la emoción. Un sentimiento. Mas en el mundo digital no es así como funcionan los recuerdos. No hay sentimiento alguno. Es posible almacenar miles, millones de datos, pero no hay un corazón que les dé sentido. Una vez, mi maestro, Ansem, encontró un viejo sistema e hizo una copia de su Programa de Control Maestro. Lo usó en su propio beneficio. Modificar los datos implicaba poder manipular los recuerdos a placer. Tron es una creación digital, ¿por qué habría de ser diferente? Está sometido a las leyes de este mundo. Sora, ¿qué me dices de ti?

—¿De mí?

—Tu corazón —sigue Xemnas—, tus recuerdos, tus datos y tus sueños. Los bits y bytes que han ido conformando tu vida hasta ahora… ¿Estás seguro de que no son una mera copia de los de otra persona?

—¡Sí! —responde Sora sin dudar—. ¡Mis recuerdos y mis sentimientos son sólo míos!

—Harías bien en comprobarlo. Asegúrate de que el recipiente contiene lo que dice la etiqueta…, pues has sido elegido.

Tras decir esto, Xemnas se marcha a través de un portal oscuro.

—¿Elegido para qué? —se pregunta Sora.

—Crees que éste es el mundo de los sueños —dice Ansemcito—, mas cuán errado estás. Los datos no sueñan. No pueden hacerlo. Estás en el mundo real. No tienes ni la más remota idea de que ya has andado el camino.

—¿De qué hablas?

Ansemcito se despide con una sonrisa. Es el rey del suspense.

Sin tiempo para descansar, Sora se ve transportado a la arena de lo que parece ser un coliseo virtual. El espectáculo está a punto de dar comienzo.

—Combatiente 13 contra Rinzler —informa una voz por megafonía.

Otros dos hombres llegan a la arena. Uno de ellos es Rinzler. El segundo, al que no conoce, parece un hombre real.

—Saludos, Sora —dice este último—. Te estaba esperando. Soy Clu.

—¡Así que fuiste tú quien convirtió a Tron en Rinzler!

—Correcto. Tuve que reprogramar su código.

—¡Pues desprográmalo! —protesta Sora.

—Sí —responde Clu—. Con los parámetros adecuados, quizá. Llevas cierto objeto, una llave espada. Con ella puede abrirse cualquier cerradura, ¿no es así? Entrégamela, y Rinzler volverá a ser Tron.

—¿La llave espada? —Sora contempla el arma que empuña en su mano derecha—. No puedo. Es lo que lleva luz a la oscuridad. ¡La oportunidad de hacer felices a los demás!

—¡Ja! Razonamiento erróneo. Tendré que arrebatártela a la fuerza.

Clu abandona la arena, dejando que sea Rinzler quien se bata en duelo con Sora. Sin embargo, el chico sigue sin verlo claro.

—Tron, ¿por qué no logro que me escuches?

—¡Lucha, Sora! —grita una voz desde lo alto del coliseo.

—¡Quorra! ¿Estás bien?

—Creo que Tron sí que te escuchó —dice ella—. Lo suficiente como para dejar que yo escapara. Puedes lograrlo, Sora. Conseguirás que te escuche. La llave espada hará que entre en razón.

—¡Lo intentaré!

Sora y sus lucientes derrotan a Rinzler. El chico trata de piratear el sistema de Tron para devolverle sus recuerdos..., momento que aprovecha el cretino de Clu para atacarle por la espalda. Rinzler, o Tron, se interpone para desviar el ataque, con tan mala suerte que el suelo cede bajo sus pies. Sora se lanza hacia su amigo para evitar que caiga fuera de la nave, pero no llega a tiempo de evitar la tragedia.

—Me ocuparé de ti más tarde —dice Clu—. Debo recuperar a Rinzler.

Clu se marcha de... Espera, ¿no se había ido ya antes? Qué ganas de protagonismo tiene el tío.

Quorra se acerca a Sora, quien permanece arrodillado en el suelo, junto al agujero por el que ha caído Tron.

—Intentó agarrarse a mi mano —se lamenta el chico—. Los recuerdos de Tron siguen ahí.

—Esa llave y tú tenéis un poder especial —responde Quorra.

—Tú también. El poder de hacer que lo entendiera.

—¿Significa eso que somos amigos?

—¡Claro que sí!

La cuarta cerradura durmiente se muestra ante Sora. Ha llegado la hora de dejar atrás la Red.

—¿Y si mis recuerdos no fueran míos? —se pregunta el chico—. No. Debo ser como Tron. Quizá nos hayamos desviado del camino, pero nuestros corazones nos guiarán de vuelta a la verdad.

Capítulo 12 – Riku: La Red

Riku sufre en sus carnes una bienvenida idéntica a la de Sora, con la diferencia de que él no intenta huir de los programas defensivos, sino que acepta acompañarlos para investigar el funcionamiento de aquel mundo virtual. Pronto descubre que no es el primer prisionero al que han echado el guante, ya que también tienen bajo custodia a Sam, al que ya conocemos de la ruta de Sora.

Sin embargo, no tardan en separarse, pues Clu tiene planes especiales para Riku. Quiere hacerle participar en una batalla de motos de luz, donde debe enfrentarse a programas hostiles para su propia diversión. Riku aprovecha el potencial ofensivo de su moto de luz para abrir un boquete en la pared y escapar de la zona de juegos. Una vez en el exterior, se reencuentra con Sam, quien también parece haber conseguido huir en cuestión de segundos. Clu va a tener que darle un par de vueltas al lamentable sistema defensivo que tiene montado.

—Sé cómo salir de la Red —dice Sam—. ¿Quieres venir?

—Aún no —responde Riku—. Pero ¿cómo se sale?

—Por el portal, una especie de puerta que se abrió cuando vine. En cuanto regrese al mundo real podré borrar a Clu. Así mi padre será libre para volver a casa.

—¿Tu padre?

—Desapareció hace veinte años, cuando se adentró en la Red. Tenía que mantener su disco a salvo de Clu, así que se ocultó. Lleva atrapado aquí desde entonces. Pero yo cambiaré las cosas.

—Ya veo... —asiente Riku—. He cambiado de idea. ¿Te importa si te acompaño a ese portal?

—Para nada. Toda ayuda me vendrá bien. Pero primero tengo que encontrarme con alguien. Está en la ciudad.

Si tenemos que situar esta escena en un momento temporal, queda claro que sucede antes de que Sam, Quorra y Flynn se encuentren con Sora. Aunque, como ya expliqué antes, son mundos diferentes, y, por tanto, historias paralelas, no complementarias. Como quizá ya hayáis supuesto, el padre al que hace referencia Sam no es otro que Flynn. Es un dato fundamental, aunque no se reveló en la ruta de Sora. De hecho, por ser más exactos, lo correcto sería decir que Sam Flynn es el hijo de Kevin Flynn, ya que es su apellido, no su nombre.

El disco de Flynn es la llave maestra que abre el portal que lleva al exterior de la Red. Según Sam, Clu intenta arrebatárselo a su padre para ser él quien escape de allí, así que deben darse prisa si no quieren acabar encerrados..., o, peor aún: borrados. Con lo fácil que sería colaborar y escapar todos juntos...

Sam y Riku se separan dos minutos, tiempo suficiente para que el primero encuentre a Flynn y Quorra. Su padre parece sano y salvo, aunque Clu ya le ha arrebatado el disco necesario para abrir el portal. Peor aspecto presenta la mujer, que yace inerte, con los ojos abiertos. Lo normal sería que Riku se preocupase o creyese que está muerta, pero la verdad es que le importa más bien poco.

Riku, Flynn y Sam, con Quorra en brazos, se dirigen a los muelles subterráneos, donde se ponen a los mandos de un velero solar. Mientras llegan a su destino, Sam deposita el cuerpo de Quorra en el suelo y Flynn manipula el disco de la chica para tratar de *repararla*. Sorpresa: Quorra no es una persona real, sino lo que ellos denominan una ISO (de "algoritmo isomorfo"), una nueva forma de vida surgida en la Red.

—Quorra es la última ISO —explica Flynn.

—¿Tú los creaste? —pregunta Riku.

—Se manifestaron, como una llama. En realidad, no pertenecían a ningún lugar. Se dieron las circunstancias apropiadas, y así es como tomaron forma. Hemos soñado durante siglos con un ser puro que nos trascendiera. Yo los encontré aquí, como flores en un vertedero. Eran maravillosos. Todo lo que siempre había deseado encontrar en el sistema: control, orden, perfección... Nada de eso era importante. Los ISO iban a ser mi regalo para el mundo.

—¿Y qué pasó?

—Clu —responde Flynn, disgustado—. Eso pasó. Fue ideado para crear el sistema perfecto. Pero un potencial infinito es imposible de acotar. Clu consideró a los ISO como algo imperfecto y los destruyó.

—Él lo estropeó todo —añade Sam.

—No —replica su padre—. Él es yo, así que *yo* lo estropeé. Por querer la perfección, por obcecarme en alcanzar lo que ya tenía ante mí... Justo delante de mis ojos —dice con la vista clavada en

Sam.

Esto merece una explicación. ¿Por qué dice Flynn que Clu es él? Porque, en cierto modo, es una versión virtual de sí mismo. Clu no es una persona real, sino un programa. Su nombre proviene de "Codified Likeness Utility" ("Utilidad de Semejanza Codificada), aunque fue adaptado al español como "Copia Lógica de Usuario". Su apariencia física se corresponde a la de un Kevin Flynn más joven.

—Cuando te centras en una sola cosa, pierdes de vista todo lo demás —dice Riku para sí mismo—. Mientras tanto, la gente que te rodea acaba saliendo malparada. Como Xehanort. Estaba tan obsesionado con encontrar respuestas que creó a Ansem. La curiosidad es algo que todos llevamos dentro. Pero si no tenemos cuidado, cualquiera puede acabar creando a un Ansem.

La reparación de Quorra ha sido un éxito. Por desgracia, la alegría dura poco, ya que los programas hostiles han detectado el velero solar en que viajan. Quorra se entrega para distraer a los soldados cibernéticos, mientras Sam y Riku recuperan el disco de Flynn. Ahora sólo queda rescatar a su amiga.

Rinzler acude a su encuentro, con Quorra como rehén. La nueva versión de Tron esquiva con facilidad los ataques de Sam, pero no es capaz de defenderse ante la llave espada de Riku, que lo manda volando fuera de la nave. Su presencia en esta ruta ha sido testimonial, la verdad.

Sam, Quorra y Riku se reúnen con Flynn en la cubierta de vuelo, donde el padre de Sam tiene ya preparada una pequeña aeronave que los transportará hasta la zona donde se halla el portal. El viaje, esta vez, transcurre sin incidentes. Los problemas comienzan cuando se apean de la aeronave. Clu los está esperando.

—Algo me decía que estarías aquí —dice Flynn.

—¡Tú! —protesta su *alter ego* virtual—. ¡Me prometiste que cambiaríamos el mundo juntos! ¡Has roto tu promesa!

Clu les tiene preparada una sorpresa: ha creado un onírido con los datos de su programa. Es la Comandantis. Pan comido para Riku.

—¡He creado el sistema perfecto! —insiste Clu, reacio a rendirse.

—La perfección es, por definición, imposible de determinar

—replica Flynn—. Resulta inalcanzable y, al mismo tiempo, no deja de estar justo ante nosotros. Tú no puedes saberlo porque ni siquiera yo lo sabía cuando te creé. Lo siento.

Clu tumba a Flynn de una patada y activa un mecanismo que divide por la mitad la plataforma sobre la que se encuentran. Ellos dos han quedado a un lado, mientras que Sam, Quorra y Riku no pueden hacer más que mirar desde lejos. De este modo, Clu logra arrebatar el disco, por segunda vez, a un indefenso Flynn sin que los otros tres intervengan. Pero cuál es la sorpresa de Clu, cuando descubre que el disco que tenía Flynn no era el necesario para abrir el portal. Ha sido engañado.

—¡Sam, márchate! —grita Flynn.

—¡No! —contesta su hijo—. ¡No pienso dejarte atrás!

—¡Ve y llévala contigo!

Sam mira a Quorra, quien le muestra el disco que tiene entre manos. ¡Es la llave maestra! Flynn y Quorra los han intercambiado en algún momento para engañar a sus perseguidores.

Es cuestión de tiempo que Clu llegue hasta ellos, por lo que Flynn decide tomar medidas drásticas: mientras Riku se ocupa de defender a Sam y Quorra, quienes están a punto de atravesar el portal, Flynn se fusiona con Clu, lo que provoca que ambos desaparezcan. En cuestión de segundos, allí no queda nadie más que Riku.

—El portal ha desaparecido... Las puertas que conectan los mundos, quizá nos ponen a prueba y nos cambian cuando las atravesamos. Esto no ha acabado. Todavía nos quedan muchas pruebas por afrontar. Pero estaremos preparados, Sora.

La cuarta cerradura durmiente aparece sobre su cabeza.

Capítulo 13 – Humanos, 2ª parte

Lea, el original de Axel, lleva un rato buscando a Isa y Braig, sin éxito. Ienzo y Aeleus parecen más interesados en investigar los archivos del castillo de Vergel Radiante que en dar con el paradero de sus dos compañeros desaparecidos. En cuanto a Dilan y Even, aún permanecen en cama, pues no han terminado de recuperarse de su letargo.

—Voy a echar un vistazo por los alrededores del castillo —dice Lea a Ienzo y Aeleus.

—Déjalo —le sugiere Aeleus—. Si hubieran vuelto, ya los habríamos encontrado.

—¿Insinúas que igual han acabado en algún mundo por ahí, o algo así?

—Lo dudo mucho —replica Ienzo—. Cuando alguien que ha perdido el corazón vuelve a ser pleno, regresa al lugar en el que todo ocurrió. Si, por cualquier motivo, dicho mundo no fuera accesible en ese momento, se crea una especie de refugio en el intersticio entre los mundos. Un lugar llamado Ciudad de Paso. Y allí son enviados. O, tal vez...

—A ver —lo interrumpe Lea—, la cosa es que nosotros estamos aquí. Volvemos a ser seres plenos, ¿no? Así que ellos tendrían que estar aquí también. Así de fácil.

—Coincido en que es extraño —asiente Ienzo.

Lea no se equivoca: sabemos que ambos, Braig y Isa, estuvieron allí, junto a ellos. También sabemos que Ansemcito atacó a Braig con su llave espada. Pero ¿qué pasó con Isa?

—¿Y si no fueran plenos de nuevo? —pregunta Lea, abierto a otras posibilidades—. ¿Sabéis qué os digo? Yo mismo los traeré de vuelta.

—¿Eh? —Ienzo lo mira, extrañado—. ¿Cómo, si puede saberse?

Lea tiene la vista clavada en una pizarra de la pared. Hay tres palabras que llaman su atención: "Door To Darkness".

Por si no lo recordáis, DTD es el sistema de datos creado por Ansem en el ordenador de su laboratorio. ¿Conseguirá Lea acceder a él?

Capítulo 14 – Sora: Paraíso del bromista

El cuarto mundo, o, al menos, la parte en que comienza Sora, es un parque de atracciones. Nada más llegar, el chico se topa con un viejo conocido.

—Este Pinocho... —dice Pepito Grillo para sí mismo—. Seguro que tiene preocupadísimo a su pobre padre. Aunque el pequeñín es todo un portento. El muñeco de madera del señor Geppetto, vivo gracias a la magia del Hada Azul. Le concedió el deseo de tener un hijo en agradecimiento por haber hecho felices a tantos. Pinocho necesita que lo guíe y sea la voz de su conciencia. Así, quizá, algún día podría ser realmente un... Bueno, será mejor no precipitarnos. Lo primero es encontrar a Pinocho.

Gracias por el resumen de la película, colega.

—¡Ey, Pepito! —Sora corre a su encuentro—. ¿Qué tal?

—Hum... —El cronista real lo mira de arriba abajo—. ¿Quién eres? No deberías andar por aquí, jovencito.

—¿Qué te pasa, Pepito?

—¿Eh? ¿Es que sabes quién soy? Claro que el nombre de Pepito Grillo ya se conoce por todos los rincones...

—¡Soy yo, Sora!

—¿"Sora", dices? No creo conocerte, aunque el nombre sí que me resulta familiar.

Tras pararse a pensar un par de segundos, algo poco habitual en Sora, enseguida comprende el motivo de que Pepito no lo recuerde. Fue Yen Sid quien se lo explicó antes del inicio de la misión.

—En los mundos durmientes, el tiempo no transcurre. Hasta que alguien restablezca el mundo y lo saque del letargo, permanecerá sumido en un sueño. Si bien hallaréis viejos conocidos, no serán más que meras proyecciones dentro del sueño. En realidad, duermen profundamente, prisioneros de un mundo que también duerme. Es más, dado el caso de alguien que ya no morase en la versión real de un mundo, los sueños podrían compensar su ausencia y restaurar aquello que falta en dicho mundo.

Es decir, que aquel Pepito Grillo no es el auténtico, sino una creación del mundo durmiente para remplazar al que ahora se halla en el Castillo Disney, o quizá junto a Mickey, Donald y Goofy. Por lo tanto, Sora debe cambiar su forma de dirigirse a él.

—Es un placer conocerte, Pepito.

—El placer es mío, Sora.

—Por cierto, ¿por qué me dijiste que no debería estar aquí?

—¡Este sitio es horrible! —afirma Pepito—. Los niños pueden romper todo cuanto quieran y vaguear sin más hasta acabar convertidos en burros. —Literal—. El pobre Pinocho se perdió mientras lo vigilaba y ha acabado aquí. ¡Ah, claro, por eso me suena tu nombre! —exclama de pronto el cronista real—. ¡Me lo dijo Pinocho!

—¿Él sí que me conoce?

—Me contó que un tipo vestido de negro le pidió "que gastara una broma a Sora". No entiendo qué quería decir, aunque sé que no mentía.

—Otra vez ese tío... —se lamenta Sora.

—¡Olvídate de él! —dice Pepito—. Si no encuentro a Pinocho, se convertirá en un burro, como los demás chicos.

Sora se ofrece a colaborar en la búsqueda, que los lleva hasta un circo cercano, donde Pinocho está siendo acosado por unos cuantos terrores. El elegido de la llave espada rescata al niño de madera, que ya presenta orejas y cola de burro. Pepito y Pinocho huyen del circo mientras Sora se encarga de eliminar a todos los oníridos. Cuando termina el trabajo, Sora recibe una visita poco deseada: Ansemcito y Xemnas.

—Vaya, vaya... —dice el incorpóreo—. Un títere vacío al que le ha salido un corazón. Qué cosas...

—Pinocho no tiene nada que ver con vosotros —protesta Sora—. Pero si a él le han dado un corazón, ¿no podríais vosotros también tener uno en vuestro interior?

—Tal vez. —Xemnas ríe—. Sin embargo, no olvides que tú no eres muy diferente a nosotros.

Los dos peliblancos se marchan a través del portal oscuro.

—¿En qué me parezco yo a un incorpóreo? —se pregunta el chico—. Eso no tiene sentido.

Una vez fuera del circo, Sora observa lo que parece una estrella dirigiéndose hacia él. Es el Hada Azul, la artífice de dar vida a Pinocho.

—Me temo que tengo muy malas noticias —informa el Hada—. El bueno de Geppetto se marchó en busca de Pinocho y se lo ha tragado una ballena llamada Monstruo.

—¡¿Qué?! ¿Se lo has dicho ya a Pinocho y a Pepito?

—Sí. En cuanto supieron que Geppetto seguía vivo dentro de la ballena en el fondo de los mares, se marcharon sin mediar más palabra. Están decididos a salvarlo.

—¡Es una locura! ¡Tengo que dar con ellos!

Sora corre hacia la costa, justo a tiempo de ver cómo Pinocho y Pepito saltan al mar desde un acantilado. El candidato a Maestro de la llave espada va tras ellos sin pensárselo dos veces, pese a que acaba de reconocer que es una locura. Lo que viene ahora..., no sé bien cómo interpretarlo. Veréis. Sora, Pepito y Pinocho deambulan por el fondo del mar durante minutos, sin ahogarse, gracias al poder de la amistad, del corazón y de Tetsuya Nomura, hasta que logran dar con Monstruo. La colosal ballena se traga al grillo y al muñeco antes de regresar por donde vino. Sora bucea tras ella, pero nada tiene que hacer bajo el agua contra semejante mamífero acuático.

Sin embargo, el chico está a punto de recibir una ayuda inesperada. Un poderoso onírido, el Gelivante, lanza un rayo de hielo a Monstruo que lo convierte en un gigantesco cubito de hielo. Después trata de hacer lo mismo con Sora, pero éste logra salir a la superficie, donde tiene ventaja. Sora utiliza su llave espada para descongelar a Monstruo, que se merienda al Gelivante de un bocado. Ya no es problema suyo. Si acaso, de Riku.

Sora alcanza la costa sano y salvo.

—Ahora lo entiendo —dice para sí mismo—. Después de esto, el mundo de Pinocho y Pepito es engullido por la oscuridad, y ambos acaban a la deriva junto con Monstruo en el océano del intersticio. Y entonces acaban en Ciudad de Paso, junto con el estómago de la ballena. Allí es donde nos conocimos de verdad. Es como dijo el Maestro Yen Sid: estoy dentro del sueño que está teniendo el mundo de Pinocho, y el mundo no volverá a la normalidad hasta que sea despertado del letargo.

Es decir, que aquel sueño representa el pasado, antes de la aparición de los sincorazón y de la llegada de Sora y Riku a Monstruo en el mundo real. No es un dato importante, pero está bien saberlo.

Una cerradura durmiente se muestra sobre Sora. ¡Es la quinta! Aunque ya os adelanto que su destino no va a ser el esperado...

Capítulo 15 – Riku: Paraíso del bromista

Riku no ha aparecido en el parque de atracciones ni en el circo, sino en el estómago de Monstruo. Un lugar que conoce bien. Allí se topa con Geppetto, quien asegura haber perdido a Pinocho poco después de reencontrarse en ese mismo lugar.
—Esta historia me suena —dice Riku—. Don Geppetto, deje que busque a su hijo.
—¿Lo harías por mí? ¡Gracias!
Tras separarse de Geppetto, Riku oye una segunda voz, ésta mucho más aguda, a su espalda.
—¿Acabas de decir que vas a ayudarnos a encontrar a Pinocho?
—¿Pepito?
—Así me llamo: Pepito Grillo. ¿Nos conocemos?
—No, es que... —Riku prefiere no dar explicaciones—. Da igual.
—Bueno, ahora sólo importa Pinocho. Estoy casi seguro de que se marchó con un desconocido que vestía una túnica negra.
—Otra vez él... —se lamenta Riku.
—Voy contigo. Pinocho va a necesitar su conciencia.
Hay un detalle curioso, y es que, por la forma en que suceden los hechos, queda implícito que Geppetto no puede ver ni oír a Pepito. Será que el amable señor tiene ya su propia voz de la conciencia que le dicta lo que está bien y lo que está mal.
Cuando Riku y Pepito encuentran a Pinocho y al tipo encapuchado, el aspirante a Maestro se lleva una sorpresa que, quizá, debería haber previsto. El chico de la túnica no es Ansemcito, sino el propio Riku. Recordemos que fue él quien secuestró a Pinocho durante los sucesos del primer *Kingdom Hearts*.
—Lo siento, Pepito —dice el niño—. Esta vez la he hecho buena. Papá y tú habréis estado muy preocupados por mí.
—¡Caramba, Pinocho! Creo que por fin empiezas a aprender.
El Riku de la túnica negra no parece interesado en combatir, pues deja escapar a Pinocho y se marcha pacíficamente mediante un portal.
—Ése era mi lado oscuro —dice Riku—. Una vez me entre-

gué a la oscuridad. Desde entonces, no ha dejado de acosarme de una forma u otra. El buscador de la oscuridad que se apoderó de mi cuerpo, una réplica creada de las sombras de mi corazón. Y, ahora, yo mismo.

—Riku, ¿no tienes a alguien como Pepito? —pregunta Pinocho—. Él es mi conciencia. ¡Me ha enseñado cosas muy importantes! A lo mejor necesitas a alguien que te diga qué está bien y qué está mal.

—Cierto —añade Pepito—. No puedes cargar con todos tus problemas tú solo. Seguro que tienes a alguien. ¿Algún amigo con quien hablar?

—Sí, tengo a alguien —asiente Riku—. Con esa sonrisilla tonta siempre en la cara. No podría imaginarme un maestro mejor que él.

—Ojalá tuviera yo un montón de buenos amigos —se lamenta Pinocho.

—Los tendrás, Pinocho —responde Pepito—. Más de los que podrás contar.

El estómago de Monstruo se sacude de repente. ¿Habrá comido algo en mal estado? Peor: se ha zampado a un onírido, que no es el Gelivante al que se enfrentó Sora, sino uno muy parecido, llamado Pirovante. Es decir, mismo diseño pero con ataques de fuego en vez de hielo. No olvidemos que son mundos paralelos, así que tiene sentido que no se trate del mismo terror.

Con el Pirovante fuera de juego, Pinocho puede reencontrarse con Geppetto, ser muy felices y comer perdices. Dentro del estómago de una ballena gigante. ¿Final feliz?

—Pensaba que sólo me habían enviado al pasado en las Islas del Destino —dice Riku para sí mismo—. ¿Por qué me da la sensación de que el tiempo ha retrocedido aquí también? Quizá sea por lo que dijo el Maestro Yen Sid: el mundo fue liberado de la oscuridad, pero todavía tiene que despertar. Está atrapado en un sueño infinito.

La quinta cerradura durmiente de Riku aparece ante él. Ya sabemos de uno que no permanecerá ni un segundo más dentro de Monstruo.

Capítulo 16 – Sora: Ciudad de Paso, 3ª parte

Un cuervo entra volando por la ventana superior de la torre de Yen Sid. Lleva la tiara de la reina Minnie en el pico y una carta entre las garras.

—Es de Maléfica —dice Mickey, alarmado tras leer la misiva—. Ha raptado a Minnie. Quiere que vaya al Castillo Disney, o si no…

El rey parte de inmediato, acompañado por sus leales Goofy y Donald.

—Justo en el momento adecuado —dice Yen Sid—. Demasiado calculado. A buen seguro que Maléfica habrá presentido un perturbación en las fuerzas oscuras. Y temo que sea… Xehanort.

Ajeno a todo aquello, Sora descubre que la cerradura durmiente del Paraíso del bromista lo ha llevado de vuelta a Ciudad de Paso.

—Bienvenido de nuevo, Sora. Te estaba esperando.

Al elevar la vista, el chico ve a Joshua sentado sobre un tejado.

—¿Hay algo que te impida hacerlo con los pies sobre el suelo? —bromea Sora—. Baja para que podamos hablar.

—¿Ahora?

—¿Cómo que "ahora"? —dice Sora, confuso—. ¿Qué quieres decir? ¡Eres tú quien ha dicho que estaba esperándome!

Joshua baja del tejado, aunque sin mucho entusiasmo.

—Cada día te pareces más a Neku. El caso es que me alegro de que los dos estéis de vuelta, porque…

—¿Qué dos? —lo interrumpe Sora—. ¿Riku también está aquí?

—Sí, pero cada uno en un mundo. Aunque a él no lo he visto preocupado por ello. Está seguro de que te encontrará.

—Lo sé —responde con una sonrisa.

—Piensa en Neku —sigue Joshua—. Todos, incluso él, han encontrado a sus compañeros para la partida.

—Oh, ¿ya han vuelto a casa?

—No. Recuerda lo que te dije: su existencia pende de un hilo, y las parcas están empeñadas en eliminarlos para siempre. Por suerte, aquí encontraron refugio y se reencontraron los unos con los otros.

—¿Las parcas? —Sora no está entendiendo nada, y con razón.

—Si Neku y los demás quieren volver a su hogar, tendrán que superar el "Desafío de las parcas". Se compone de varias misiones. Así son las reglas de su mundo. Pero, esta vez, la misión es muy compleja. Tienen que vérselas con un onírido capaz de invocar a cien como él. Así que confiaba en que Riku y tú nos echaríais una mano. Los dos blandís llaves espada, quizá eso nos brinde una oportunidad.

—Bueno —concluye Sora—, me alegro de que él también esté aquí.

—Si es que está —puntualiza Joshua—. Riku y tú estáis cada uno a un lado del portal. Igual que podría estar a tu lado, también podría estar a millones de kilómetros. Esa distancia no puede medirse ni en el tiempo ni en el espacio. Sería imposible de determinar, incluso, si no os separara ese muro.

—Tranquilo. —Sora no parece alarmado—. Riku siempre está conmigo, hasta cuando parece imposible que lo esté.

—Si es así, tenéis mucha suerte.

—Tus amigos y tú también tenéis mucha suerte, Joshua.

—Muchas gracias por decirlo tan convencido —responde sin poder aguantar la risa—. Sobre todo sabiendo que no tienes ni idea de lo que hablas. En fin... Tienen rodeados a Neku y su compañera en la plaza de la fuente. Puedo contar contigo, ¿verdad?

—¡Claro!

Sora se dirige hacia allí sin perder ni un segundo (bueno, de camino se para a abrir algún cofre, tampoco vamos a mentir). En la plaza, Neku y su compañera, Shiki, quien antes se hallaba en la parte de Riku, están siendo atosigados por un terror volador: el Halconjuro.

—¡Yo me encargo de esto! —exclama Sora.

—No necesitamos tu ayuda —replica Neku de forma cortante.

—¡Sí la necesitas! ¿Dónde están tus oníridos?

—Ya no me hacen falta.

—Ah, ya, tu compañera. —Sora mira a la chica de pelo rosa—. Supongo que querréis salir de una pieza de la partida, ¿no?

—Vale, tú ganas —dice Neku—. Te dejaré a ti el trabajo duro.

Sora derrota a los múltiples terrores invocados por el Halconjuro, quien termina huyendo. Con la plaza de nuevo en calma, Shiki y Sora pueden presentarse formalmente.

—Neku me ha contado tu historia —dice ella.

—Genial —asiente Sora—. Tendrías que haberlo visto, te andaba buscando como loco.

—¡Eh, Sora! —Neku lo interrumpe, avergonzado.

—¿Qué pasa? Dijiste que la necesitabas. No hay nada de malo.

—Qué bonito, Neku —dice Shiki.

—Lo que necesito es que dejes de incordiarme —replica el chico de pelo naranja.

—Me sigue pareciendo igual de bonito. Sienta bien que te necesiten.

El momento incómodo llega a su fin cuando Joshua se une al grupo.

—Perdonadme, ¿llego en mal momento? Es que el onírido tras el que vamos ha buscado refugio en la otra proyección de este mundo. Riku y nuestros otros amigos harán todo lo que puedan, pero me temo que no hacemos más que correr detrás de la zanahoria. Es hora de atrapar a esa cosa donde sea para poder acabar con ella.

Sora y Shiki salen corriendo en cuanto Joshua les indica dónde encontrar al Halconjuro: en el Distrito 3. Neku se queda atrás, pues hay algo que quiere preguntar al misterioso Joshua.

—¿Crees que lograremos volver a casa?

—Pensaba que no podías permitirte perder, Neku. Si te das por vencido, condenas al mundo.

—Sí... ¿Te veré allí?

—¿A mí? —responde Joshua, sorprendido.

—Sí. Eres mi amigo. También es tu casa.

—Quizá seas tú quien cada vez se parece más a Sora. —Joshua ríe—. Gracias.

El Halconjuro no tarda en aparecer justo donde dijo Joshua. Sora no tiene que enfrentarse a él, sino a las tres criaturas que invoca, una detrás de otra, y que el chico conoce bien: el Macacofre, la Velitárgola y el Gelivante. Después, el Halconjuro se marcha a través de una cerradura antes de que puedan darle alcance.

—¿Hemos fracasado? —se lamenta Shiki.

—¡Yo me encargo! —responde Sora—. No soy un jugador, así que puedo saltarme las reglas, ¿no?

—Bueno —dice Joshua—, supongo que las reglas del mundo no influyen cuando los corazones están conectados. ¿No es eso lo que sueles decir, Sora?

—¡Sí! Entonces, decidido.

Sora abre la cerradura por la que acaba de escapar el Halconjuro, y que es la sexta en total.

—Gracias, Sora —dice Neku antes de despedirse—. No era fácil, pero tú has logrado que lo fuera.

—Vaya, Neku —responde Shiki, asombrada—. Has cambiado. Se te ve más avispado. —La chica ríe al ver la cara de su amigo—. Sora, cuando des con tus amigos pásate a vernos por nuestro barrio.

—Te esperamos en Shibuya —añade Neku.

—¡Trato hecho! —asiente Sora.

—¿Quieres que le diga algo a Riku de tu parte? —pregunta Joshua.

—No. Nos veremos pronto.

Dicho esto, es hora de marcharse.

Capítulo 17 – Riku: Ciudad de Paso, 3ª parte

Nada más llegar a Ciudad de Paso, Riku también se topa con Joshua. Y no por casualidad, claro está.

—Tenemos problemas —le advierte el chico rubio—. Esperaba que uno de vosotros nos echara una mano.

—Sora ya ha estado aquí, ¿no?

—Premio. Nos las estamos viendo con un onírido de la peor clase. No deja de ir de un mundo a otro. No sólo eso: sabe cómo invocar a otros engendros como él, y a otros mucho más poderosos. Los demás han salido para pararle los pies, pero necesitan ayuda.

—¿Los demás? ¿Hablas de Shiki y sus amigos?

—Eso es —asiente Joshua—. Todos han encontrado a sus compañeros de partida. Shiki está combatiendo en la otra Ciudad de Paso. Es más, Sora los está ayudando.

Es decir, que este momento temporal se sitúa entre el encuentro de Sora con Neku y Shiki y su posterior batalla contra el Halconjuro. Incoherente, pues, cuando se encontraron Sora y Joshua, este último ya sabía que Riku estaba allí, pese a que acabamos de ver que llegó más tarde.

—¿En qué puedo ayudar? —se ofrece Riku.

—El onírido acaba de aparecer en la plaza de la fuente. He enviado a Beat y a su compañera a hacerle frente.

—Yo me encargo.

—Riku, tengo que contarte una cosa más. —Joshua se pone serio—. Las dos Ciudad de Paso separadas por el portal... Tenía la impresión de que eran mundos paralelos, pero creo que me equivocaba. Cuando Sora y tú os marchasteis, Shiki atravesó el portal para reunirse con su compañero de partida. Habrás visto que los jugadores llevan un temporizador marcado en sus manos, ¿no? Pues, cuando Shiki cruzó al otro lado, tenía más tiempo en su temporizador que su compañero. Y cuando la compañera de Beat cruzó desde el otro lado, resultó tener menos tiempo.

—¿El tiempo pasa de forma diferente en cada lado? ¿Y qué? —Riku se encoge de hombros—. Eso pasa en todos los mundos. Su mundo de partida se regirá por un eje temporal diferente.

—Sí, pero si estas Ciudad de Paso fuesen mundos paralelos, el tiempo en ambas correría a la par. Lo cual no sucede, por lo que no son mundos paralelos.

—¿Sugieres que son el pasado y el futuro de un mismo mundo?

—No, eso es imposible —replica Joshua—. La separación entre ambos es evidente. No sólo en cuanto al tiempo. Tú mismo lo has dicho: cada mundo se mueve a su propio ritmo. Y eso me lleva a pensar que, por todas sus similitudes, se trata de dos mundos diferentes.

—¿Mundos diferentes?

—Sí. Pero sólo es una conjetura. Sería algo así como un mismo mundo imaginado por dos personas distintas. ¿Qué te sugiere eso? Que estamos en…

—Un sueño —sentencia Riku.

—Premio de nuevo. De ser así, nada de esto nos incumbe lo más mínimo ni a mis amigos ni a mí. Pero, para Sora y para ti, podría ser una clave importantísima.

Esto es muy interesante. Riku ya sabía que estaban en un mundo onírico, pues en eso consiste el examen a Maestro de la llave espada. Lo asombroso es que Joshua, siendo parte del sueño, haya logrado ser consciente de su propia naturaleza. Es decir, acaba de darse cuenta de que no es Joshua, sino una proyección del chico que representa. *Kingdom Hearts* y su existencialismo golpean de nuevo.

Volvamos a la acción. Riku se une Beat y Rhyme en su combate contra los terrores invocados por el Halconjuro en la plaza de la fuente.

—¡Te has tomado tu tiempo, tío! —protesta Beat.

—¿Por qué no usas tus oníridos? —pregunta Riku.

—No los necesito si estoy con mi compañera de partida. ¡Y tampoco a ti!

—Ay, ya estamos otra vez… —Rhyme suspira—. Hace cinco segundos estaba en plan "¿dónde está Riku?", y ahora va de duro.

—¡Jo! ¡No le cuentes eso!

—Me alegro mucho de conocerte —dice la chica al recién llegado—. Eres Riku, ¿verdad? Yo soy Rhyme. Perdona que mi compañero se comporte como un memo.

—¡De eso nada! —protesta Beat, avergonzado—. Siempre le

das la vuelta a todo y tiras por los suelos mi reputación.

—Eso ya te has encargado de hacerlo tú solito —responde Rhyme—. Nadie mejora su reputación atacando la de los demás.

Riku no puede aguantar la risa al oírlos discutir de forma tan cómica.

—Sois tal para cual.

Creo que no se ha pronunciado una mentira tan grande en toda la saga, y eso que hemos tenido a Pinocho presente varios capítulos atrás. Cuidado con las relaciones tóxicas, amigos.

El Halconjuro, harto de verlos discutir, huye por las calles de Ciudad de Paso. Riku lo persigue hasta el Distrito 3, donde desaparece a través de un portal.

—Todo tuyo, Sora —dice Riku.

Como ya pudimos ver en el capítulo anterior, Sora se enfrenta a las invocaciones del Halconjuro, pero éste consigue escapar. Tarea para más adelante.

Joshua, Rhyme y Beat (que, en realidad, se llama Daisukenojo Bito) se unen a Riku instantes antes de que la sexta cerradura durmiente aparezca sobre sus cabezas.

—Bueno, tengo que irme —dice el chico de pelo plateado.

—Gracias, Riku —responde Rhyme—. ¡Saluda a Sora!

—Eso, cuídate —añade Beat—. Ya nos veremos por ahí.

—Recuerda lo que te dije, Riku —dice Joshua—. Ten cuidado. Si todo esto es un sueño, hará todo lo posible por embaucarte y hacerte pensar que es real.

Hechas las despedidas, ponemos rumbo al siguiente mundo.

Aunque, antes…

Capítulo 18 – Castillo Disney

Maléfica y Pete han secuestrado a Minnie en el Castillo Disney. Mickey, Donald y Goofy acuden al rescate, aunque no hay mucho que puedan hacer mientras la reina permanezca como rehén.

—Tengo grandes planes para todos los mundos —dice la bruja—, en cuanto me haya apoderado de ellos.

—Pues siento aguarte la fiesta —replica Mickey—, porque eso no va a pasar nunca.

—Deberías pensártelo con más calma. ¿Acaso no te importa lo que le pase a la reina?

—De acuerdo, Maléfica. Dinos qué es lo que quieres.

—Veamos… ¿Y si empezamos por este mundo? Me gustaba más su versión sombría y lúgubre.

—Mientes, Maléfica —protesta Mickey—. Ni siquiera tú te tomarías tantas molestias sólo por esto. ¿Qué pretendes en realidad?

—Qué suspicaz —responde la mujer con una sonrisa—. Seguro que te suena el nombre de Xehanort, el hombre que me mostró la existencia de otros mundos además del mío.

—¿Lo conoces?

—Queda claro que tú también —concluye Maléfica—. Xehanort me reveló cómo arrastrar los corazones hacia la oscuridad. Y, sobre todo, me habló sobre los siete corazones de pura luz, aquellos que me otorgarían el poder necesario para conquistar todos los mundos. Por desgracia, los mundos eran demasiado complejos, incluso para mis poderes. Fue un gran error de cálculo. Fue entonces cuando caí en la cuenta: hay otra forma que me permitiría hacerme con el control de los otros mundos. ¿Acaso no poseéis vosotros los datos de todos los mundos? —Maléfica se refiere a los datos del Binarama, que conocemos de *Kingdom Hearts Coded*—. Los mismos datos que ahora me entregaréis.

Mickey, Donald y Goofy se muestran sorprendidos, aunque quizá no deberían estarlo tanto, teniendo en cuenta que Maléfica y Pete estuvieron dentro del Binarama, por lo que es lógico que lo conozcan bien.

—¿Para qué queréis los datos? —pregunta el rey.

—Me temo que eso no os incumbe —replica Maléfica—. Veo que te obcecas en no aceptar lo desesperado de tu situación. Muy bien. ¡Acepta tu destino!

La bruja lanza un conjuro... que es desviado por un shuriken rojo. Un segundo shuriken está a punto de alcanzar a Pete, quien suelta a Minnie por un instante; suficiente para que ella utilice su magia de luz y escape de sus captores. Con los monarcas de nuevo reunidos, ya no hay nada que les impida lanzarse al ataque. Maléfica y Pete optan por huir a través de un portal de oscuridad.

—Ahora sé que lo que busco está entre estas paredes —dice ella antes de marcharse—. Tened por seguro que acabaré con vosotros.

De un segundo portal oscuro, idéntico al que acaban de cruzar la bruja y su esbirro, es de donde han surgido los oportunos shurikens. Tras ellos aparece su dueño, un chico pelirrojo vestido con una túnica negra.

—¿Has usado la oscuridad para llegar hasta aquí? —dice Mickey—. ¡Qué temeridad! No esperaba que tú nos salvaras, Axel.

—Nada de Axel —replica éste—. Me llamo Lea. ¿Lo captas?

Capítulo 19 – Sora: País de los mosqueteros

Hemos vuelto a Francia, donde los tres mosqueteros se enfrentan a una horda de oníridos. Bueno, no, en realidad es a uno solo. Y ni siquiera pueden con él. Donald, el primero de los mosqueteros, huye asustado. Goofy, el segundo, lucha con los ojos cerrados, por lo que no está ni cerca de golpear al rival. El tercer mosquetero, Mickey, no logra dañar al terror sin su llave espada. De no ser por la intervención de Sora...
—Rey Mickey, ¿estáis bien?
—¿Eh? ¿Acaso nos conocemos?
Recuerda, Sorita: son proyecciones, no los auténticos. El verdadero misterio, del que el chico también se ha dado cuenta, es otro.
—Este mundo no es uno de los que está durmiendo. No lo pillo.
Siendo justos, el de Ciudad de las campanas tampoco.
—¿De dónde has sacado esa llave? —pregunta Mickey.
—¿Esto? Es una llave esp...
—¡Chis! —lo corta el ratón—. Lo sé. Vienes de otro mundo, ¿cierto?
—¿Eh? Ah, sí.
—Me llamo Mickey. Intento solucionar un problema, por eso estoy en este mundo haciéndome pasar por mosquetero.
—Hmm... —Sora se queda pensativo—. ¿Estoy en un mundo que no conozco y que el rey visitó en el pasado? ¿Un mundo que también está atrapado en un sueño? Porque si es así...
No hay tiempo para seguir dándole vueltas, ya que van a tener que enfrentarse a nuevos oníridos con ganas de pelea.
—Soy Sora —dice a la proyección de su amigo—. Dejadme esto a mí.
Donald y Goofy regresan tan pronto como el chico se ocupa de limpiar la zona de terrores. Ambos se sorprenden de que Sora conozca sus nombres, pues, como ya sabemos, esas versiones del mago y el caballero nunca habían visto a aquel chico pelopincho.
—No importa cuándo nos conocimos —sentencia Mickey—. Cuando se hace un amigo, ¡es para siempre!

—¡Amigos para siempre! —repite Sora.

—Y ahora debemos proteger a la princesa. Donald, Goofy, seguidme.

—¿No vais a dejarme acompañaros? —pide el chico.

—Pero tú no eres un mosquetero —replica Mickey—. Y es una misión muy peligrosa.

—Pues con más razón debería ayudaros. Si la cosa se pone fea, ¡lleva a tus amigos a la pelea!

Menudo refrán se ha sacado de la manga.

—Tienes razón —asiente Mickey—. ¡Gracias!

—Bien —añade Goofy—, ¿es hora de decir la frase?

—¿Qué frase? —pregunta Sora.

Goofy se la chiva al oído, para que pueda unirse al grupo. Y ¿qué frase es? Pues cualquiera que conozca a los tres mosqueteros sabrá la respuesta.

—¡Todos para uno y uno para todos!

Frase mítica donde las haya.

Los mosqueteros explican a Sora su misión. Fue la princesa (Minnie) quien decidió su nombramiento como mosqueteros reales. El capitán (Pete), que aceptó a regañadientes, les encomendó su primera misión: escoltar a la princesa. Sobra decir que albergaba la esperanza de que fracasasen, como novatos que eran. Y así habría sido, de no ser por la irrupción de Sora en aquel mundo durmiente.

Los esfuerzos de Sora son en vano, pues tres bandidos, que se hacen llamar a sí mismos "golfos apandadores", logran secuestrar a la princesa de su carruaje mientras el aspirante a Maestro está ocupado luchando contra un rextiriano, un onírido con forma de dinosaurio. Sora y los tres mosqueteros siguen las huellas del carruaje hasta un torreón, donde se enfrentan en combate a los villanos y liberan a Minnie.

Por desgracia, esto no significa que los problemas hayan terminado. El propio capitán Pete se quita la careta (metafóricamente hablando) y rapta a Minnie. Mickey se apresura a cortarle el paso.

—¡Capitán Pete! Por el poder otorgado a mí como mosquetero, lo detengo, señor.

Pete rompe a reír.

—Muy buena ésa. A ver qué te parece esta otra: por el poder

otorgado a mi puño, ¡te doy una paliza!

La verdad es que es gracioso. O lo sería, de no ser porque Pete se ha llevado a Mickey y Minnie a Mont Saint-Michel. Y lo que es peor: ha encerrado al mosquetero en una celda subterránea que pronto quedará sumergida bajo el agua, cuando suba la marea. ¡Vaya giro tétrico!

Donald, Goofy y Sora toman una pequeña barca de los muelles para dirigirse a la cercana isla de Mont Saint-Michel. Buscadla en Google, que es preciosa. Una vez allí, no tienen más que descender al subsuelo para sacar a su amigo, ya inconsciente, antes de que sea demasiado tarde. Salvado por los pelos.

Mickey les informa de que Pete y sus esbirros se han llevado a Minnie al teatro de la ópera, así que toca regresar al continente, barca mediante, para darles su merecido. El grupo acorrala al capitán sobre el escenario…, sin sospechar que eso es justo lo que él quería. ¡Acaban de caer en su trampa! Pete activa un mecanismo que deja caer una enorme caja sobre las cabezas de…

De repente, la caja desaparece en el aire.

—¡No es posible! —exclama Pete, tan perplejo como todos los demás.

Sora sonríe. Es el único que sabe lo que ha pasado.

—Riku. Riku nos ha salvado. Siempre ha estado con nosotros.

Los mosqueteros ponen a salvo a la princesa, esperemos que de forma definitiva, mientras Sora se enfrenta a los golfos apandadores y a su jefe. El aspirante a Maestro y sus oníridos lucientes se bastan y se sobran para aplacar las aviesas intenciones de los maleantes.

De vuelta en el palacio de la princesa, Minnie decide oficializar el nombramiento de aquellos tres mosqueteros, que ahora son cuatro, contando a Sora.

—En gratitud por vuestro valor y por haberme salvado, os nombro por la presente mosqueteros reales. Gracias a todos.

Mickey, Donald, Goofy y Sora lo celebran.

—¡Todos para uno y uno para todos!

Con el problema del País de los mosqueteros ya resuelto, Sora puede abrir la séptima y supuestamente última cerradura durmiente. Más tarde hablaremos de esto, porque las cuentas no salen. Por ahora, veamos qué ha estado haciendo Riku mientras tanto.

Capítulo 20 – Riku: País de los mosqueteros

El lugar de aterrizaje de Riku (porque, aunque no lo haya explicado antes, ambos aspirantes a Maestro siempre llegan volando a sus respectivos mundos durmientes) es el patio delantero del teatro de la ópera. El chico se abre paso entre los terrores que se interponen en su camino hasta llegar el escenario del teatro, donde pilla a Pete y los tres apandadores con las manos en la masa, preparando la trampa de la caja que más tarde planean usar contra los mosqueteros. Riku sigue a los golfos apandadores por el teatro para sabotear su plan. Además de machacar a los bandidos y desarmar el mecanismo que controla la trampa, Riku libera a Minnie del arcón donde la habían encerrado. La reina va en busca de Mickey y compañía mientras Riku se enfrenta a un escurridizo onírido llamado Top Hoyillo, cuyo nombre hace referencia a la famosa marioneta Topo Gigio. Si no os suena de nada, es probable que seáis muy jóvenes.

De algún modo inexplicable, teniendo en cuenta que, según las pesquisas de Joshua, no son mundos paralelos, la intervención de Riku salva a Sora y los mosqueteros de morir aplastados.

Y ya está. El paso de Riku por el norte de Francia ha sido breve. Así que, mientras abre la séptima cerradura, vamos a ver qué ocurre lejos (¿o cerca?) de allí, en la torre de Yen Sid.

Lea trae malas noticias relacionadas con el regreso de Xehanort. Aunque en el juego no se nos permite oír qué es exactamente lo que dice el chico pelirrojo, podemos intuir de qué se trata gracias a la respuesta de Yen Sid.

—Advertí que algo no iba bien en el preciso instante en que Sora y Riku se marcharon —dice el Maestro—. Xehanort debía de estar al tanto de lo que nos proponíamos, incluso antes de que comenzáramos.

—Pero sabe dónde están, ¿verdad? —pregunta Goofy.

—Debéis tener presente que este examen no es el procedimiento habitual para obtener el título de Maestro. Resultaba necesario prepararlos sabiendo lo que deberán afrontar más adelante. Si Sora y Riku superan el examen y encuentran las siete puertas que corresponden a las siete luces puras, regresarán con un nuevo poder. Será entonces cuando ambos sean considerados Maestros. Sin embargo, los peligros hacen que este examen sea más bien un desafío.

—¿Estarán a salvo? —Mickey no puede ocultar su preocupación.

—Sabiendo sus aptitudes, confío y deseo que así sea —responde Yen Sid—. Por desgracia, mis intentos por localizarlos no han resultado muy fructuosos. Xehanort es un estratega taimado. No podemos hacer nada sin que él, hasta cierto punto, sea capaz de predecirlo. —El Maestro dirige su mirada a Lea—. Como veis, los miembros de la Organización vuelven a ser seres completos. Xehanort no será un excepción. No podemos vacilar de nuevo. Hemos de considerar toda estrategia para adelantarnos a Xehanort y atraparlo desprevenido. Debo preveniros una vez más: el viaje no será fácil.

—Entendido —asiente Lea—. Empecemos de una vez.

Capítulo 21 – Sora: Sinfonía del brujo

Esta vez es Sora quien llega a la torre de Yen Sid. Aunque, como él mismo percibe, no se trata de la misma torre de la que partió para iniciar su examen de Maestro, sino otro de los mundos durmientes. Uno, al parecer, controlado por el Halconjuro que huyó de Ciudad de Paso.

Mickey está sentado en la silla de Yen Sid, portando su sombrero de mago y agitando las manos como un director de orquesta. Sin embargo, parece haber sufrido algún embrujo que le impide reaccionar cuando Sora se acerca a él. Es como si estuviese siendo manejado por fuerzas oscuras.

Detrás de la silla hay tres partituras extrañas, que, de algún modo, parecen conectadas a Mickey. Sora opta por el camino de la fuerza bruta, embistiendo con su llave espada sobre las partituras..., pero no sirve de nada.

—(¡Cielos! ¿Eso es una llave espada? ¿De quién eres aprendiz?) —Aunque el ratón que tiene al lado no ha abierto la boca, Sora está convencido de que aquella voz pertenece a...—. (Soy Mickey, aprendiz de brujo.)

—¿Aprendiz? —El chico se queda pensativo—. Un momento... ¿Y si estoy en un mundo en el que el rey aún se estaba adiestrando?

—(¿Pasa algo?)

—¡Oh, nada! Soy Sora. Majes..., digo, Mickey, ¿qué puedo hacer para salvarle?

—(Te lo agradezco, Sora, pero no creo que eso sea posible. Un monstruo ha poseído la melodía, y de ella emana un poder oscuro que impide la entrada a todo aquel que desea hacerle frente. La oscuridad sólo flaqueará frente a una Musa Armónica.)

—¡Es el onírido que dejé escapar! —se lamenta Sora—. Vale, ¿dónde está esa Musa Armónica? ¿Y qué es, exactamente?

—(El interior de la partitura alberga un poder capaz de contrarrestar toda oscuridad. Pero debes ir con cuidado. Entre todas esas claves y notas acechan monstruos. Quizá no tan terribles como el mayor de ellos, pero fuertes, sin duda.)

Sora usa su llave espada para abrir la primera de las tres partituras, que lo transporta a un mundo musical interior. Tal y como advirtió Mickey, el lugar está plagado de oníridos. Nada de lo que un elegido de la llave espada deba preocuparse en exceso, claro está.

Cuando encuentra la Musa Armónica, el chico tiene que soportar una nueva visita del incansable Xehanort Ansemcito.

—Cuán fácilmente te has sumido en las profundidades del letargo.

—¿Qué haces aquí?

—Un mundo precioso, ¿verdad? Casi parece un sueño.

—¿Por qué me sigues? —insiste Sora.

—¿Es que todavía no lo ves? ¿O acaso das por sentado que pertenece a ese examen tuyo? Yo no soy parte del sueño. Y si piensas que lo soy, eres más simplón de lo que dicen. Aunque... todo esto acabará pronto. Sigue durmiendo y volveremos a vernos.

Ansemcito se marcha.

—¿Qué habrá querido decir?

Buena pregunta. Aunque en todo momento daba la impresión de que ese Xehanort no era parte de los mundos que visitaban Sora y Riku, todavía son muchas las dudas que deja su existencia. Pero no se resolverán aún, ya que Sora tiene algo más urgente de lo que ocuparse: eliminar la oscuridad que atenaza al Mickey aprendiz de brujo.

Con la primera Musa Armónica en su poder, y la segunda activada por otra persona (no hace falta decir quién), Sora al fin puede acceder a la tercera y última partitura, donde aguarda el temible Halconjuro. Ya no puede huir, así que el elegido de la llave espada lo machaca sin contemplaciones. De este modo, además de sanar a Mickey, Sora puede abrir la octava cerradura durmiente.

Y ¿por qué hay ocho cerraduras durmientes, si Yen Sid dijo que había siete? Otra buena pregunta. Supongo que podemos contar las dos de Ciudad de Paso como una sola, y así ya salen las cuentas. ¡Venga, a otra cosa!

Capítulo 22 – Riku: Sinfonía del brujo

Riku aterriza a los pies de la torre de Yen Sid. Por las escaleras cae toda una cascada de agua que parece proceder del piso más alto, el despacho del Maestro. A quien encuentra allí arriba no es a Yen Sid, sino a Mickey, en el mismo estado de inconsciencia, poseído por la música oscura, que en la ruta de Sora.
—Esta partitura lo tiene atrapado.
Riku invoca su llave espada, pero una voz de procedencia desconocida lo detiene.
—(No podrás derrotar a esa oscuridad a base de fuerza bruta. Soy Mickey, aprendiz de brujo. ¿Y tú?)
—Riku. Si la fuerza bruta no sirve, dime qué hago.
—(Dentro de esta melodía hay una Musa Armónica tan poderosa como para disipar la oscuridad. ¿Podrás encontrarla?)
—Déjalo de mi cuenta.
Riku no accede a la primera partitura, como Sora, sino a la segunda. Cuando elimina a todos los oníridos que salen a su paso y encuentra la Musa Armónica, todo a su alrededor desaparece, como absorbido por la oscuridad. Y es entonces cuando Ansemcito hace acto de presencia.
—El elegido de la llave espada…
—¿Qué quieres?
—Tú la blandiste primero, ¿no es así? Pero sucumbiste a la oscuridad, que fuiste incapaz de controlar, y tu don, la llave espada, fue a parar a Sora. Tus errores siempre acaban convirtiéndose en problemas para otros.
—Puede —responde Riku sin dejarse afectar por las palabras de Xehanort—. Pero estoy aquí para corregir todo eso.
—Una vez más, actúas de forma predecible. Aunque a mucha mayor escala de lo que imaginaba.
—Si tantas ganas de cháchara tienes, pasa de una vez a la parte en que me cuentas de qué va todo esto.
¡Bien dicho, Riku! Por desgracia, a Ansemcito le gusta mucho el sonido de su propia voz y marear la perdiz.
—No sé cómo lo hiciste, pero has dado con la forma de confinar la oscuridad dentro de tu corazón. Y de nada nos sirve un joven

inmune a la oscuridad.

—Mira, eso son buenas noticias —bromea Riku.

—Tu abismo te aguarda.

Ansemcito convoca a un viejo conocido: Chernabog. Como es probable que no os acordéis de él, os refresco la memoria: se trata de un demonio sincorazón gigantesco, al que Sora, Donald y Goofy debieron derrotar antes de su batalla final contra Ansem (el sincorazón de Xehanort). Y ¿qué tiene que ver con Riku? Venga, venga, ¡no hagáis tantas preguntas!

Tras derrotar a Chernabog, Riku consigue la Musa Armónica y escapa de la partitura. No hay nada más que pueda hacer, pues la tercera, donde se halla el Halconjuro, está sellada para él. Sora se ocupará de todo. Al menos, la cascada de agua ha desaparecido.

En cuestión de minutos, la maldición de Mickey desaparece. Sora ha cumplido el objetivo conjunto.

—¡Es increíble! —exclama el aprendiz de brujo, recuperado—. ¿Qué ha pasado?

—Sora —responde Riku.

—¿Sora? ¿Qué curioso? Al oír ese nombre me dan ganas como de sonreír.

—Sí, él produce ese efecto.

—¡Caramba! Riku, las Musas Armónicas que liberasteis se unieron y crearon una melodía tan magnífica como poderosa.

—Sora es capaz de dar con lo más brillante de cada cosa y lograr que se produzcan milagros como si nada. Es difícil no sonreír cuando está cerca.

—¡Cielos! —dice Mickey—. ¡Así es lógico que la melodía resultara tan divertida! Aunque seguro que también tiene que agradecértelo a ti. Si ha podido disfrutar así es gracias a que tiene un buen amigo como tú. Es como si cada uno se aferrara a una pequeña parte del otro. Vuestros corazones van al compás, por eso cantan libremente. Ojalá pudiera formar parte de vuestra pandilla algún día.

Riku le estrecha la mano.

—Lo harás —responde el chico de pelo entre plateado y morado—. Créeme.

La última cerradura durmiente se muestra ante ellos.

En ese mismo lugar, aunque en el mundo real, Yen Sid sigue reunido con Mickey, Donald y Goofy, todos ellos muy preocupados por sus amigos. De quien no hay rastro es de Lea, pues ya se halla en plena misión secreta.

—Maestro Yen Sid —dice el rey—, ¿cree que lo conseguirá?

—Hm… Es evidente que no se le pueden pedir peras al olmo, pero Merlín y las tres hadas madrinas le están prestando ayuda en un lugar mucho más… flexible respecto al tiempo. Confío en que sabrá aprender a dominarlo. Sé que algo arde en su interior, así que todo depende de cuán intensa sea esa llama.

—Oh… ¿Y qué pasa con Sora y Riku?

—Pues, si damos por sentado que Xehanort estaba al tanto de nuestros planes, aún tendría por fuerza que haber estado allí, justo en el lugar y el momento en que las Islas del Destino fueron engullidas por la oscuridad. De no ser así, jamás hubiera podido llegar hasta Sora y Riku.

—¿De verdad cree posible que Xehanort lo tuviera todo planeado con tanta antelación?

—No —responde Yen Sid—. De hecho, dudo que así sea.

—¿Y si hubiera hecho lo mismo que Sora y Riku? —sugiere Goofy—. ¿Habrá saltado en el tiempo?

—Para que eso fuese posible, debería existir una versión de sí mismo tanto en el origen como en el destino. Ni siquiera Xehanort puede transportar su cuerpo al completo a través de tan amplias brechas temporales.

De pronto, Mickey se estremece.

—Oh, no… Ahora recuerdo que Xehanort abandonó su cuerpo. Era una versión de sí mismo que había poseído a Riku.

—¡No! —exclama Yen Sid, perplejo—. ¡No puede ser! ¿Su astucia llega a tales límites que ha sido capaz de prever algo así?

—Si le parece bien —sigue Mickey—, ¿puedo ir a ayudar a Sora y Riku?

—¿Cómo? No puedes entrar en el mundo de un sueño.

—Si Xehanort está detrás de todo esto, no permanecerán en los mundos de los sueños para siempre. Acabarán reapareciendo en algún lugar donde podamos encontrarlos. Quizá hasta podamos averiguar dónde será. Sigue a los corazones y ellos te guiarán. Es algo que me dijo la Maestra Aqua.

¿Ha sido Xehanort capaz de retroceder en el tiempo hasta el momento en que poseyó a Riku para así poder interferir en los sueños de ambos candidatos a Maestro de la llave espada? Más importante aún: ¿tiene esto algún sentido? ¿Era necesario? La respuesta a estas dos últimas cuestiones está clara, así que vamos con una última y más importante: ¿qué planea hacer Xehanort con Riku y Sora ahora que han abierto todas las cerraduras durmientes?

Capítulo 23 – Sora: El Mundo Inexistente

Sora no puede evitar sorprenderse al descubrir que ha aparecido en el mundo que perteneció a la Organización XIII. ¿De verdad sigue durmiendo o ya ha despertado? Su aspecto físico no engaña: Sora conserva la apariencia infantil del pasado.

—¿El mundo de la Organización también está durmiendo? No puede ser. Estoy seguro de que ya he encontrado las siete cerraduras, así que debo de estar despierto y en el mundo real. Pero ¿por qué aquí?

—¡Oooh! —Una voz masculina sobresalta al chico—. ¿Qué te pasa, dormilón?

—¿Quién eres? ¡Sal que te vea!

Túnica negra, parche en el ojo, pelo largo y oscuro con canas... No cabe duda: se trata de Xigbar, nº2 de la Organización XIII e incorpóreo de Braig. Sora, Donald y Goofy acabaron con él en el castillo de aquel mismo mundo, pero, de algún modo, parece haber regresado. Es probable que sea parte del sueño, aunque tampoco podemos olvidar que, al principio de este mismo juego, Xehanort atravesó al renacido Braig con la llave espada, por lo que también es posible que sea real. Por ahora, mantendremos la intriga.

—Las hemos pasado canutas para traerte aquí —dice Xigbar—. Pero al final va a merecer la pena.

—¿Estás metido en esto?

—¡Ey! Vamos a ir poniendo las cosas en claro por orden, Sora. ¿O debería decir Roxas? Primero, andarás preguntándote a qué viene este cambio en tu itinerario. ¿Por qué estás aquí y no en casa? Muy fácil: ¡te hemos traído nosotros! Tomamos el control de tu periplo siestero antes de que empezara, y, desde entonces, hemos sido tus compañeros y leales guías.

—¿Antes de que empezara? —Sora recuerda algo—. ¡El hombre del manto que vimos al abrir la cerradura de las Islas del Destino! También está el de la túnica negra... —Ansemcito—. Y Xemnas...

—¡Bingo! Si pudiste saltar atrás en el tiempo, hasta el momento justo antes de que tu hogar cayera en el letargo, fue sólo porque allí ya existía una versión antigua de ti. Y veo que en el pasado ya te encontraste con nuestro amigo, el del manto.

Eso es cierto. En los primeros compases de *Kingdom Hearts*, tanto Sora como Riku tienen ocasión de charlar con un hombre cubierto por un manto marrón, al que no llegan a ver la cara, y cuya identidad, por supuesto, desconocían. Se suponía que era Ansem, el sincorazón de Xehanort.

—Estaba allí para asegurarse de que acabarías aquí y ahora —sigue Xigbar.

—¡Eso es ridículo! —replica Sora.

—Vaya si lo es —reconoce el hombre del parche—. Demasiado perfecto. ¿Quién podría creérselo? Por eso mismo, pobres necios, jamás caísteis en la cuenta. Os creísteis que estabais haciendo no sé qué clase de examen, ¿no? Pues explícame esto: ¿cómo es que llevas la misma ropa que en los mundos oníricos, si se supone que ya estás en el real? No te vas a despertar, ¿vale? Se acabó todo eso de la realidad y los sueños. Sólo estamos nosotros, tú y esto.

—Entiendo —asiente Sora, nada preocupado—. Muy bien. —El chico invoca su llave espada—. ¿Y qué? Al menos ahora sé a quién echar la culpa.

—Oh, veo que conservas esa mirada llena de ira. Pero ahora debo marcharme. Tengo alguna cosilla de la que ocuparme.

Doce figuras, todas ellas con túnicas negras, aparecen alrededor de Sora. Sólo uno de ellos muestra su rostro bajo la capucha: Ansemcito.

—Ven conmigo.

Por un momento, Sora cree ver a Riku en el cuerpo de Xehanort. Y, entonces, pierde el conocimiento.

—Dulces sueños, chaval —dice Xigbar.

Sora abre los ojos. Está en la playa de las Islas del Destino, acompañado por Ansemcito. Frente a ellos, charlando entre sí, se encuentran el joven Xehanort del pasado y el tipo del manto marrón.

—Aquí fue donde empezó —dice Ansemcito—. En ese momento, no tenía ni idea de que hablaba con una versión de mí mismo. Abandonó su cuerpo material para encauzarme por el camino a seguir.

—¿Qué quieres decir? —pregunta Sora.
—Ése, el del manto, es Xehanort reducido únicamente a un corazón. El ser al que tus amigos y tú llamabais "Ansem".

El sueño cambia. Esta vez, muestra a Sora y al hombre del manto marrón en la cueva secreta de las Islas del Destino.
—¿Esto es...? —dice el Sora real.
—Sí —asiente Ansemcito—. El momento del que hablaba Xigbar.
—Soy yo, justo antes de que la oscuridad se tragase mi mundo.
—Para viajar en el tiempo es necesario desprenderse del cuerpo. Primero, Ansem me hizo partir, y luego se aseguró de estar aquí llegado el momento adecuado. Eso fue lo que puso todo esto en marcha.
—¿Qué insinúas? —pregunta Sora—. ¿Que sabía todo lo que ocurriría?
—No. No todo. Pero recuerda que Ansem poseyó a Riku y experimentó lo mismo que él de primera mano.
—¿Y? Eso es sólo una parte —replica el chico—. ¿Cómo sabía que yo aparecería hoy aquí?
—Muy sencillo.
La respuesta se muestra ante Sora: Kairi. ¿Xehanort la utilizó para manipular a Sora? Objetivo conseguido, desde luego.

El sueño todavía tiene una tercera escena que mostrar. Varias versiones de Sora recorren Ciudad de Paso, caminando de un lado para otro.
—Has estado aquí muchas veces —dice Ansemcito—. Tu primera aventura *KH*, tu viaje por los recuerdos —*Chain of Memories*—, en el Binarama —*Coded*—, en tus sueños... Todo vivido una y otra vez, como en un *déjà vu*.
Sora observa otras escenas acontecidas en aquellas mismas calles, con Mickey, Donald, Goofy y Pluto como protagonistas. Y eso es todo cuanto puede contemplar, pues su vista no tarda en nublarse, como si estuviese a punto de caer dormido. O, más bien, de despertar.

Capítulo 24 – Riku: El Mundo Inexistente

Riku ha llegado directamente al castillo de la Organización XIII. Desde luego, no es el lugar en el que esperaba *despertar*.
—¿Por qué estoy aquí? Ya he abierto las siete cerraduras, así que tendría que haber regresado al mundo del que partí.
Despierto no está, eso seguro, porque su apariencia no es la del presente. Para obtener respuestas, va a tener que llegar a la cima del castillo. Es allí donde encuentra a Sora sumido en un profundo sueño... del que quizá no consiga despertar.
—¡No, Sora! ¡Tienes que despertarte!
Riku hace todo lo posible por sacar a su amigo del sopor, pero enseguida se ve obstaculizado por la llegada de un terror encapuchado, del que llama la atención el símbolo de su espalda, similar al que lleva Riku en sus nuevos ropajes oníricos.
—¿Eres tú quien lo mantiene atrapado en esa pesadilla? Porque, si es así, ¡yo seré la peor de las tuyas!
Riku derrota al terror encapuchado y regresa junto a su amigo.
—Sora, no vayas tras los sueños. Ellos sólo te llevarán hasta un abismo del que jamás lograrás despertar.
De pronto, Sora desaparece.
—Sora ya no puede despertar —dice una voz grave.
—¡Ansem!
—Por muchas pesadillas que elimines, jamás podrás despertar a quien ha caído al abismo de los sueños. Los recuerdos se tornan en sueños, que afloran cuando dormimos. Y, al dormir, caemos en la oscuridad. El corazón de Sora pertenece ahora a la oscuridad.
—¡Sora nunca sucumbiría a ella!
—Mas lo sientes, ¿verdad? —insiste Ansem—. Este mundo, la pesadilla, el abismo... ¿Por qué no has regresado a la realidad de la que procedes?
—No... —Riku mira a su alrededor—. ¿Esto es...?
—El sueño de un sueño. Una pesadilla doble. Todo este tiempo has estado dentro de los sueños de Sora. Y ahora te aguarda la oscuridad dentro de la oscuridad.
Un portal oscuro se abre bajo los pies de Riku, quien no puede evitar sumergirse en sus profundidades. Al otro lado aguarda

Ansem. Bueno, el doblemente falso Ansem (porque ni es real ni representa al auténtico Ansem).

—Al comienzo de tu examen —dice el sincorazón de Xehanort—, cuando partiste de aquella diminuta isla, me viste llevando una túnica negra. En ese mismo instante supiste que algo no marchaba bien. Así que, sin ni siquiera saber qué hacías, te metiste en el sueño de Sora. Fue entonces cuando te convertiste en lo que significa ese emblema que llevas a la espalda: un onírido, para proteger a Sora de los terrores.

—¿Yo? —dice Riku, confuso—. ¿Soy un onírido?

—Exacto. Pero no has cumplido. Después de tanto esforzarte por dominar la oscuridad y proteger a quienes amas, es una pena que al final hayas renunciado a un poder así.

—Esto no ha acabado —replica el chico—. Aún puedo salvar a Sora.

—¿Sabes cómo hacerlo? Da rienda suelta a tu oscuridad y podrás rescatar a tu amigo.

El falso Ansem le tiende la mano. Un gesto que Riku rechaza.

—Ansem... No: Xehanort. Un día blandiste una llave espada. Pero la oscuridad te arrebató el corazón, y, con él, la llave espada. ¿No lo ves? En parte ésa es la razón de mi viaje. Después de dejar que la oscuridad medrara en mi corazón, ¿sigo siendo digno de la llave espada? Te confiné en mi interior, pero aquí estás, atormentándome. Y ahora lo entiendo: no sirve de nada intentar mantener a raya la oscuridad.

—Al fin te quitas la venda —responde Ansem, satisfecho.

—¿Sabes? Cuando te miro, un recuerdo me viene siempre a la cabeza. Un secreto que prometí guardar cuando era un niño. La razón más importante por la que siempre deseé ver los otros mundos. Todo fue por él. —Se refiere a Sora, claro—. Mi viaje comienza aquí y ahora. Volveré al mundo real junto a Sora.

Riku hace aparecer su llave espada.

—¿Ésa es tu respuesta? —dice Ansem.

—Sí, sé cómo hacerlo: consumiendo la oscuridad y devolviéndola a la luz.

—Buena suerte —sentencia en tono irónico.

Riku se bate en duelo con el Xehanort sincorazón. Es decir: contra la oscuridad de su propio corazón. Y, un vez más (aunque no siempre fue así), el chico de pelo plateado resulta vencedor.

—¡Ahora eres parte de mi corazón, Ansem! ¡Parte de la luz!

—Qué necio eres... ¡Y por siempre un títere de la oscuridad!

Ansem desaparece.

—Fuerza para proteger lo más importante —dice Riku con una sonrisa.

Su visita a El Mundo Inexistente aún no ha concluido. Pero, antes, veamos qué ocurre dentro de la cabeza del pelopincho.

Capítulo 25 – Sora: El Mundo Inexistente, 2ª parte

Sora despierta en un callejón de El Mundo Inexistente. Algo ha cambiado en él: ya no presenta su aspecto infantil, del pasado, sino el verdadero y actual. ¿Significa esto que al fin ha despertado?

El chico ve a Mickey, Donald y Goofy correteando por aquellas calles. Cuando se dispone a perseguirlos, una chica rubia, vestida de blanco, se interpone en su camino.

—¿Eres... Naminé? —La chica hace el amago de salir corriendo, pero Sora le agarra un brazo para evitarlo—. Tengo un mensaje para ti. Quería contártelo cuando todo acabara.

De pronto, Sora se da cuenta de que la chica que tiene cogida del brazo ni es Naminé, ni es rubia, ni tampoco tiene ya un vestido blanco. Se trata de una chica morena, con una túnica del mismo color que su pelo. Él no la conoce, nosotros sí: es Xion.

Sora se sorprende al notar una lágrima deslizándose por su propia mejilla. ¿Por qué llora, si no la conoce? La respuesta... mora en su corazón.

—(¡Tienes que despertarte!)

El elegido de la llave espada siente un repentino dolor de cabeza. ¿Qué ha sido esa voz lejana que apenas pudo oír? No importa, debe seguir avanzando. Xion y Naminé ya no están allí, y tampoco hay rastro de Mickey, Donald y Goofy, por lo que tendrá que buscar el camino por su cuenta.

Más adelante, Sora se topa con una figura encapuchada, a la que da el alto creyendo que se trata de Xion. Se equivoca, aunque por poco: es Roxas.

—¿Cómo puedes estar aquí? —pregunta Sora, desconcertado—. ¿Es esto un sueño?

—Esto podría haber sido al contrario —responde Roxas con seriedad.

—¿Eh?

—Pero debes ser tú. Hay tantos corazones conectados con el tuyo... Tú eres yo, por eso puedes sentir lo que yo sentí.

—No —replica Sora—. Roxas, tú eres tú. No somos el mismo. Mereces tanto como yo ser alguien por sí mismo.

Roxas sonríe al escuchar aquello.

—¿Lo ves? Por eso debes ser tú.

El antiguo nº13 de la Organización XIII acepta ser parte de Sora; le parece lo más justo, aunque signifique su desaparición. Al fin y al cabo, tanto él como Naminé y Xion surgieron de los corazones de Sora y Kairi, por lo que no deberían haber existido en un primer momento. Y por eso mismo, además, queda claro que aquello no puede ser el mundo real.

Roxas se fusiona (una vez más) con Sora, lo que desencadena todo un huracán de recuerdos en la mente del chico. Recuerdos que estaban bloqueados en su corazón, sobre la vida de Roxas en la Organización, sobre Axel, sobre Xion... Recuerdos placenteros, aunque también dolorosos.

—(Sora, no vayas tras los sueños. Ellos sólo te llevarán hasta un abismo del que jamás lograrás despertar.)

De nuevo esa voz lejana, amortiguada, que parece decirle algo que no acaba de comprender. Si supiese que es Riku tratando de despertarlo... No olvidemos que, ahora mismo, Sora se halla en el sueño dentro del sueño. La versión Disney de ese peliculón titulado *Origen* o *Inception*.

Sora llega a la base del castillo de la Organización XIII, donde cree ver a Riku y Kairi. Sin embargo, cuando se aproxima a ellos, las figuras de sus amigos cambian y se convierten en una chica de pelo azul (Aqua) y un chico moreno (Terra).

—Ven —dicen ambos.

—¿Eh?

Sora ni siquiera se ha dado cuenta de que su propio cuerpo ha mutado... en el de Ventus. Otro corazón que alberga en su interior, aunque, en este caso, no era un "trozo desprendido", como pudieran ser Roxas, Naminé y Xion, sino un corazón refugiado en el suyo, tal y como se explica en *Birth by Sleep*.

De pronto, Sora sufre una revelación. Esa chica de pelo azul... Sí, está seguro de haberla visto antes. Fue en las Islas del Destino, cuando Riku y él aún eran pequeños.

—(¡Sora, detente! ¡Tienes que despertarte!)

Todas las imágenes se esfuman de su cabeza en un abrir y cerrar de ojos. No hay rastro de Riku, Kairi, Aqua, Terra o Ventus. Pero Sora no está solo.

—No ha sido fácil sumirte en un sueño por segunda vez —

dice Xigbar—. Y por poco hace que te despiertes.

—¿Has sido tú quien me ha metido en la cabeza todas esas visiones? —pregunta Sora, aún recuperándose.

—No eran visiones, sino un sueño. Lo de que te quedaras dormido sí ha sido cosa nuestra. Pero no podemos meterte cosas en la cabeza. Oye, tengo una idea: escucha a tu corazón, quizá te revele algo.

—Mi corazón sufría. —Sora se echa la mano al pecho—. Por eso seguía adelante.

—¡Oh! Gracias, corazón de Sora, por traérnoslo derechito hasta donde queríamos —dice Xigbar en tono burlón—. Los corazones son maravillosos, ¿eh? Siempre haciéndonos tropezar.

—Tú deberías saberlo, ¡porque todos tenéis uno! Axel, Roxas, Naminé y aquella otra chica. Yo sentí lo que Roxas sentía, y sé que disfrutaron juntos, que se enfadaron y que pasaron penas. Necesitas un corazón para llorar.

Xigbar ríe.

—Ya era hora de que lo entendieras.

—Así es —añade una segunda voz. Nuevo invitado incorpóreo a la reunión: Xemnas—. Un corazón nunca desaparece del todo. Quizá existan discrepancias entre nuestros temperamentos, pero resulta evidente que, en algunos de nosotros, ya iba tomando forma una nueva semilla. Cuando nace, es posible adiestrar el corazón. Al experimentar creando sincorazón, buscábamos ejercer control sobre la mente y convencerlos para que renunciaran a su propio ser. Has de saber que es posible desterrar el corazón de un cuerpo, pero el cuerpo siempre intentará sustituirlo en cuanto tenga la oportunidad, tantas veces como necesite. —No hace falta explicar que, cuando hablan de corazones, lo hacen desde un punto de vista espiritual, no al órgano que bombea sangre—. Por eso sabía que el hecho de disociarnos en sincorazón e incorpóreo no era más que una separación temporal.

—Entonces —dice Sora—, ¿por qué les engañaste diciéndoles que no tenían corazón?

Quien responde no es el incorpóreo de Xehanort, sino el de Braig.

—Xemnas y Xehanort crearon la Organización con un objetivo muy claro: reunir un buen puñado de receptáculos vacíos, acoplarlos a Kingdom Hearts y completarlos a todos con un mismo corazón y mente. Te lo traduzco: iban a convertir a todos los miembros en Xehanort.

—¿Crear más Xehanort? —Sora no da crédito—. Engañaste a tus amigos... ¿Y tú qué? ¿No te da miedo transformarte en otro?

—¿Yo? —Xigbar sonríe—. Yo ya soy Xehanort a medias.

—¡Es una locura!

—Sin embargo —dice Xemnas—, ya fuera por debilidad del cuerpo, de la voluntad, o por falta de confianza, la mayoría de los miembros originales que elegimos para la Organización no estuvieron a la altura. Por eso, como es lógico, ni siquiera se acercaron a su objetivo. Mas es algo que cabía esperar. Ahora sabemos cuán necios son los corazones, y hemos logrado los demás objetivos. Esta última excursión ha resultado ser la mejor prueba final para la Organización.

—¡Basta ya! —protesta Sora—. ¡Tratáis a los corazones como si fueran frascos en una estantería! ¡Y no es así! Los corazones se componen de todos los que nos rodean, de lo que sentimos por ellos... Son el vínculo que nos mantiene unidos incluso al estar separados. Ellos son mi poder.

Sora invoca su llave espada, listo para luchar.

—¡Ja! —Xigbar deja escapar una carcajada—. Tienes ese poder por los lazos que te unen a los demás. La llave espada nunca hubiera elegido a un alfeñique como tú. Pero no me llores. Sabemos que tendrás un brillante futuro... cuando te unas a nosotros.

El chico titubea por un instante, aunque su respuesta no se hace esperar.

—Sé que la llave espada no me eligió. —Terra eligió a Riku, ya lo sabemos por *Birth by Sleep*—. Y no me importa. Me siento orgulloso de ser sólo una pequeña pieza en un gran puzle. De todos los que sí han sido elegidos. Mis amigos. ¡Ellos son mi poder!

—Sólo es palabrería barata —replica Xigbar, disimulando su malestar—. Muy bien, veamos dónde eres capaz de llegar con tu poder. ¡Xemnas, todo tuyo!

El hombre del parche desaparece, y Xemnas no tarda en hacer lo mismo, cuando Sora lo derrota en combate. Una batalla que le ha drenado todas las energías, hasta el punto de que apenas puede mantenerse en pie. El chico se deja caer, exhausto.

¿Está Sora ya a salvo? Pues no, porque Ansemcito vuelve al ruedo para seguir tocando las narices.

—Lo has puesto demasiado fácil. Sé que crees haber vencido, pero caíste derrotado en el instante en que te sumiste tan adentro. Estás en el más profundo abismo del letargo. Y has consumido todo tu ser para nada. Jamás podrás volver al mundo real.

—¿Qué quieres decir?

—Ya te lo dijimos: no eran las cerraduras durmientes las que encaminaban tus pasos. No estás aquí por ellas. La senda que has recorrido la marcamos nosotros. El emblema que portas en el pecho es la prueba.

—¿Qué?

Por primera vez, Sora observa la gran "X" de su camiseta. Resulta que no era un simple diseño inofensivo.

—¿Lo ves? —dice Ansemcito—. Ese símbolo, la Marca del Apóstata, nos revela tu posición en cada instante. Muchas veces te has preguntado por qué aparecíamos allá donde tú ibas. Es porque te necesitamos, Sora. O, para ser más precisos, necesitamos lo que dejarás atrás: el decimotercer receptáculo oscuro.

Dicho de otro modo: quieren convertir a Sora en la última versión de Xehanort.

—¿Por qué...?

—¿Quieres saber por qué no cabía duda de que te presentarías hoy aquí? —lo interrumpe Ansemcito—. Es porque he seguido los pasos de mi destino, y aquí me han traído, frente a ti. —Como excusa, deja que desear. Y lo que viene ahora no mejora—. Es posible desplazarse a través del tiempo, pero el tiempo en sí es inmutable. Hoy debían confluir aquí las versiones de mí mismo esparcidas por el tiempo para darte la bienvenida, Sora, como decimotercer miembro. Son hechos imposibles de variar.

—¿Qué me va a pasar? —Sora apenas tiene fuerzas para hablar.

—Te he revelado todo cuanto sé. Todos estamos aquí. Ignoro qué nos tiene reservado el futuro. Regresaré al tiempo que me corresponde y me convertiré en el hombre que dará ser a los demás. Aunque sé de este futuro porque así lo he vivido, volver a mi propio tiempo eliminará los recuerdos y las vivencias que aquí he experimentado. Aun así, llevo grabado en el corazón el camino que se me ha marcado. Ése que primero me llevará a salir en busca de otros mundos.

—Riku...

—Tu corazón quedará durmiendo por siempre en los pliegues de la oscuridad, y tu cuerpo será un receptáculo más para mi ser. Así la luz da paso a la oscuridad. Duerme, Sora.

El chico cierra los ojos y se deja llevar por el abismo infinito...

Sin embargo, en el último momento, algo extraño sucede. Sora alberga una cálida luz en su corazón que lo protege de la absoluta desaparición. ¿Y cómo lo hace? Envolviendo su cuerpo con una armadura.

La armadura... de Ventus.

Capítulo 26 – Riku: El Mundo Inexistente, 2ª parte

Tras derrotar al terror encapuchado y a Ansem, Riku ha aparecido en las calles de El Mundo Inexistente, fuera del castillo de la Organización XIII.

—Este lugar... ¿He salido por fin del sueño?

Basta con que se mire a sí mismo para darse cuenta de que no. Aún mantiene la apariencia del pasado y el símbolo de onírido luciente a su espalda.

—Sora y yo llevamos separados desde que comenzamos nuestro viaje, porque Ansem... No, porque Xehanort lo planeó todo. O sea que nos hemos desviado bastante del examen para Maestro que nos propuso Yen Sid. Vale, Sora tiene que estar por aquí, en alguna parte.

Y no se equivoca, pues ambos comparten un mismo mundo onírico. Sora se encuentra dentro del castillo de la Organización, sentado sobre uno de los trece tronos de la sala redonda que ya hemos visto en más de una ocasión en títulos previos. Riku llega hasta él sin dificultades, con ayuda de sus oníridos, aunque alguien se interpone en su camino justo antes de que pueda despertar a su amigo.

—Apártate de mi nuevo receptáculo.

Es Ansemcito, al que, desde ahora, llamaremos "Xehanort joven", sin apodos ni nombres falsos.

—¿Receptáculo? —pregunta Riku.

—Sí. Al principio eras tú quien nos interesaba, pero desarrollaste una cierta resistencia a la oscuridad. Así que hicimos como la llave espada: pasamos al siguiente candidato. Roxas... Él sí que era un buen sujeto. Por desgracia, tomó conciencia de sí mismo y regresó a Sora. El verdadero propósito de la Organización XIII es disociar el corazón de Xehanort en trece receptáculos. Gracias a Sora y a ti, ahora sabemos que no todos nuestros candidatos eran apropiados. Aunque hemos logrado corregir las diferencias. Y ahora, Sora, el decimotercer receptáculo, está a nuestro alcance.

—¿Trece Xehanort? —repite Riku, perplejo.

De pronto, diez personas con túnicas negras ocupan los tronos de la Organización XIII. Siete de ellos ocultan su rostro bajo las ya típicas capuchas. Los otros tres son Xigbar, Xemnas y el sincorazón de Xehanort (el Ansem de *KH1*, por si acaso aún hay dudas). En cuanto a los tres tronos restantes, no olvidemos que Sora ocupa uno de ellos ahora mismo, por lo que sólo quedan dos vacíos: el de Xehanort joven, y... Paciencia, pronto llegaremos a eso.

—Ésta es la verdadera Organización XIII —dice Xehanorcito—. Yo soy el Xehanort del pasado más remoto. Mi futuro yo me encomendó una tarea: debía visitar mis otros yo desperdigados por los mundos y asegurarme de que todos se presentaban hoy aquí.

Es decir, que los incorpóreos que conocimos en *Chain of Memories* y *Kingdom Hearts II* no eran más que recipientes para Xehanort. Quería poseer los cuerpos de todos y cada uno de ellos.

—¿Desde el pasado? —pregunta Riku.

—Existen restricciones a la hora de viajar en el tiempo —explica el joven Xehanort—. Para empezar, es necesario dejar atrás el cuerpo. Tras eso, debe existir una versión de uno mismo en el destino. Al llegar, sólo puedes ir hacia delante según las leyes del tiempo, y es imposible alterar los acontecimientos destinados a producirse. —Por lo tanto, lo que viaja en el tiempo es el corazón, por decirlo de alguna manera, entre la versión futura y la pasada de un mismo ser—. Mi yo del futuro más lejano llegará pronto. Así, el tiempo para nosotros volverá a fluir según su curso normal, y yo regresaré a mi época para vivir la vida que mi sino ha marcado. Él podrá dar fe.

Sus planes están a punto de sufrir un revés inesperado, cuando un ser fulgurante, rápido como una centella, cae sobre la cabeza de Xehanort y lo inmoviliza con la magia Paro. ¡Es el rey Mickey!

—Menos mal que llego a tiempo. —Mickey sonríe a su amigo—. ¡Trae a Sora y vámonos de aquí!

Contra todo pronóstico, Xehanort joven logra escapar de la magia y golpear al rey.

—¡He dicho que os apartéis!

—¿Cómo has podido moverte? —pregunta Riku, extrañado.

—Oh, no... —Mickey se acaba de dar cuenta de algo—. ¡¿Tú eres...?!

El joven Xehanort hace aparecer su propia llave espada, con la que se enfrenta a Riku en combate uno contra uno, ya que Mickey ha quedado temporalmente indispuesto a causa del golpe sorpresa que recibió. Por suerte, el chico se basta y se sobra para salir victorioso.

En cuanto la batalla llega a su fin, Riku y Mickey se ven sorprendidos por la aparición de una nueva figura, ésta sobre el trono más alto de los trece. Se trata de un anciano... al que Mickey reconoce de inmediato.

—¡Maestro Xehanort! ¡Teníamos razón sobre ti!

—Todo estaba ya escrito —dice el Xehanort de *Birth by Sleep*—. Mis otras doce versiones presenciarán hoy aquí cómo vuelvo a convertirme en un ser pleno. Tal es el futuro que se muestra ante mis ojos.

—¿Por qué haces esto? —protesta Mickey.

—En la antigüedad, la gente creía que la luz era un don venido de una tierra invisible llamada Kingdom Hearts. Pero ese Reino de los Corazones estaba protegido por su igual, la llave espada χ. Los guerreros se disputaron aquella maravillosa luz, estallando así la Guerra de las Llaves Espada. La cruenta lucha acabó por despedazar la llave espada χ en veinte fragmentos: siete de luz y trece de oscuridad. El único y verdadero Kingdom Hearts fue engullido por la oscuridad y jamás se volvió a saber de él. Una vez traté de crear luz y oscuridad puras por mí mismo para forjar la llave espada χ, pero resultó un absoluto fracaso. —Se refiere a Ventus y Vanitas—. Mi entusiasmo me llevó a desviarme de la senda a seguir para lograr mi objetivo. Me precipité. Hoy puedo admitirlo.

—Lo que hiciste... —Mickey lo señala de forma acusadora—. Tus errores cambiaron los destinos de tres de mis amigos. —Aqua, Terra y Ventus, claro.

—Ah... —responde Xehanort—. Pero el destino nunca es azaroso. No hice más que guiarlos hacia donde debían estar. El chico atribulado que no logró convertirse en la espada, la Maestra embaucada que se sacrificó por un amigo y el joven incapaz que acabó siendo mi nuevo receptáculo.

—No supe cómo salvarlos —se lamenta el rey—. Me convencí a mí mismo de que su sacrificio te había detenido. ¿Cómo pude estar tan ciego? Debí habérmelo imaginado en cuanto Maléfica empezó a reunir a las Siete Princesas de los corazones.

—Sí, todo fue obra mía —confiesa Xehanort, confiado—.

Usé a esa hada malvada para que me proporcionara las siete luces puras, mientras yo disponía los trece receptáculos rebosantes de pura oscuridad.

—Pero fracasó —replica Riku—. Sora dio al traste con ambos planes.

—Sí que lo hizo —dice Xehanort, sonriente—. Ese pánfilo y mediocre crío… Un portador de la llave espada como jamás había conocido. Sin embargo, no he cejado en mis ambiciones: los siete custodios de la luz y los trece buscadores de la oscuridad.

—¿Siete custodios de la luz? —Mickey se queda pensativo—. Como portadores de llaves espada, estamos Riku, Sora y yo. Y con mis tres amigos desaparecidos —Aqua, Terra y Ventus, insisto—, somos seis. Por tanto, el séptimo tiene que ser… —Mickey contempla los tronos—. Entonces, los trece buscadores de la oscuridad…

El rey se ha dado cuenta de algo que no comparte con Riku. Bueno, tranquilos, la intriga no durará mucho más.

—Qué perspicaz —asiente Xehanort—. Pero Sora y otro más de esa lista tuya —Terra— me pertenecen ahora, con lo que te faltan tres custodios. No te angusties, el destino dicta que todos los fragmentos se presentarán. Tanto tus siete luces como mis trece tinieblas, de cuyo enfrentamiento resultará el premio que tanto anhelo: ¡la llave espada χ! —Xehanort se pone en pie—. Pero, antes, los trece deben unirse. Todos los sitiales han sido ocupados. ¡Y ahora el último receptáculo albergará mi corazón como el resto!

Xehanort apunta a Sora con su llave espada, de la que surge una esfera que va directa hacia él. Sin embargo, en el último segundo, alguien se interpone entre ambos para evitar que Sora acabe poseído por el anciano. ¡Es…!

—¡Axel! —exclama Xigbar.

—¿Axel? —dice el pelirrojo—. Qué va. Me llamo Lea. ¿Lo captas?

—¡No tendrías que estar aquí!

—Lo prometí. Siempre estaré ahí para traer de vuelta a mis amigos. ¿Llego en mal momento? Teníais un precioso guion listo, pero se os olvidó escribir la secuela. ¡Ahora veremos el desenlace!

Uno de los encapuchados se abalanza sobre Lea, quien logra bloquear el ataque por los pelos. Su rostro cambia al ver de quién se trata: el desaparecido Isa. No parece dispuesto a razonar, por lo que Lea se apresura a alejarse de él.

—¿Qué haces aquí, Axel? —pregunta Riku.

—No —replica éste—, te he dicho que me llamo... Bah, déjalo. "Axel" me vale. ¡Salgamos de aquí!

El sincorazón de Xehanort pilla desprevenidos a Riku y Mickey, a los que atrapa con ayuda del mismo sincorazón guardián que invocó en la parte final del primer *Kingdom Hearts*. En ese instante, Donald y Goofy aparecen de la nada y caen sobre el sincorazón guardián, que se esfuma tan rápido como llegó. Un poquito forzado, ¿no?

—Se acaba el tiempo —dice Xehanort—. Ni la luz ni la oscuridad han consumado su unión, y hemos de volver adonde pertenecemos. Mas la convergencia de los siete y los trece está cerca. Pongamos fin a esto en el lugar destinado, en cuanto vuestras luces y mis tinieblas se hayan reunido.

Todos los Xehanort, incluyendo las versiones que ya moran en el interior de Xigbar y Isa, desaparecen en la oscuridad. Es entonces cuando, al fin, Mickey y los suyos pueden salir del sueño.

Capítulo 27 – Abismo

Yen Sid da la bienvenida a Riku, Mickey, Donald, Goofy y Lea en su torre. También a Sora, aunque éste permanece perdido en el abismo de los sueños.

—Siete luces... Trece tinieblas... —dice Yen Sid tras escuchar el relato de los recién llegados—. El Maestro Xehanort ha estado ocupado.

—¿Por cuánto tiempo dormirá Sora? —pregunta Mickey.

—Lo que lo aflige es algo diferente —responde Yen Sid—. En vuestro examen para Maestro, debíais abrir siete cerraduras durmientes. Al hacerlo, sus mundos se despertarían del letargo en que estaban sumidos y obtendríais la fuerza para liberar un corazón de su sueño. Riku, tú lograste abrir esas cerraduras en los sueños de Sora. Por tanto, la lógica lleva a pensar que eres tú quien ostenta el poder para despertar el corazón de Sora.

—Pero, Maestro —replica Mickey—, su corazón ha caído en el más oscuro de los abismos. Si Riku no tiene cuidado, podría quedar atrapado también. Yo iré por él.

—Tal vez lo consiguieras, Mickey —asiente Yen Sid—, pero es innegable que Riku tiene más posibilidades, pues largo tiempo ha caminado ya por el corazón de Sora.

—Mickey, te lo agradezco. —Riku le dedica una sonrisa—. Debo ir yo a despertar a Sora. Mira su cara. Duerme como si todo fuera bien. Como si no hubiera de qué preocuparse. Siempre ha sido así. Después de ponernos de acuerdo los tres para montar la balsa, él pasó de todo y se fue a echarse la siesta a la playa. Ya veis, al final siempre tengo que ser yo el que está encima de él. Además, ¿qué clase de Maestro se pondría a dormir en mitad de su examen? También lo hago por mí. Él me salvó un vez. Oí cómo me llamaba. Me necesita.

—Sí —dice Mickey—. Tenéis un vínculo muy fuerte que os mantiene unidos. Puedes llegar a él incluso en la oscuridad. ¡Sólo tienes que seguir ese vínculo!

—¡Todos estamos conectados con Sora! —añade Goofy.

—Y si la oscuridad te arrincona —concluye Lea—, juro que te sacaré de ahí. Oscuridad a mí, ya ves.

—Gracias, chicos. —Riku inclina la cabeza—. Volveré con Sora muy pronto.

Riku accede al corazón de Sora con su llave espada, cual cerradura. En su interior aguarda una versión oscura, un terror, de la armadura de Ventus, la misma que protegió a Sora cuando éste cayó al abismo de los sueños. Tras derrotarlo, el chico de pelo plateado puede usar la llave espada de Sora para profundizar más aún en su corazón.

El lugar en el que acaba de aparecer, una vez más, es la playa de las Islas del Destino. A su lado está Roxas, observándolo en silencio. Tras unos tensos segundos, el incorpóreo lanza una pregunta.

—¿A qué le tienes tanto miedo?

Riku titubea, pues es una cuestión complicada.

—A perder algo que de verdad aprecio.

Roxas desaparece al oír aquello. Sin embargo, vuelve a aparecer a pocos metros de distancia. ¿O quizá no se trate de la misma persona? Riku ha notado algo diferente en él. Es igual... pero no es igual. Y es que, en realidad, se trata de Ventus.

—¿Qué es lo que más aprecias?

Otra pregunta compleja.

—A mis mejores amigos —responde Riku.

Ventus, como Roxas, desaparece. Entonces, Riku divisa a una persona con túnica negra sentada sobre el tronco de un árbol caído, tal y como solían hacer Sora, Kairi y él años atrás. Riku corre a su encuentro, pese a tratarse de una chica a la que no conoce. Es Xion.

—Riku, ¿qué deseas?

—Más preguntas... —El chico suspira—. Está bien. Deseo... recuperar algo que aprecio y perdí.

Esta vez no es sólo Xion quien desaparece, sino también él mismo. Cuando abre los ojos, Riku está de vuelta sobre la arena de la playa. Frente a él, arrastrada por la marea, hay una botella con un mensaje dentro, que se asegura de recoger. Sin embargo, antes de poder leerlo, Riku escucha una voz a su espalda.

—No era a ti a quien esperaba.

—¡DiZ! Es decir, ¡Ansem el Sabio!

Al fin, el auténtico Ansem hace acto de presencia. Nada de Xehanort usurpando su nombre e identidad. Recordemos que este

Ansem, cuyo alias significa "Darkness in Zero" (oscuridad nula), falleció en *Kingdom Hearts II*.

—¿Qué haces aquí? —pregunta Riku.

—Quizá buscase la redención por lo ocurrido en el pasado, a pesar de que ninguna disculpa repararía el dolor que he causado. Sentía que era mi deber dejar algo atrás. Por eso digitalicé mis investigaciones y a mí mismo, y nos oculté en Sora.

—¿Todo esto... son datos? —Riku contempla la botella que ha recogido del mar.

—Sí. Una pista, espero, para que os halléis a vosotros mismos o a vuestros amigos cuando lo necesitéis. El corazón siempre se desarrolla muy rápido. Cada contacto con la luz, con la naturaleza o con otras personas moldea la parte más dúctil de nuestro ser. Los incorpóreos no difieren mucho de nosotros en ese aspecto. Sora ha sido el único capaz de regresar a su forma humana sin que su incorpóreo sea eliminado. Eso da fe del amor que alberga en su corazón por los demás y del vínculo que los mantiene unidos. Quizá tenga la fuerza necesaria para traer de vuelta los corazones y el propio ser de los que a él están conectados, y así devolvernos a quienes ya dábamos por perdidos para siempre. Nuestros tesoros más preciados, incluso una marioneta vacía, los árboles del bosque y los pétalos que arrastra el viento... Miremos adonde miremos, estamos rodeados de corazones. Y no es necesario poseer poderes sobrenaturales para verlos. Todos recordamos cómo, de niños, nuestros corazones nos hacían verlo todo reluciente y perfecto. Así es el corazón de Sora: inmaculado, siempre dispuesto a ver lo bueno antepuesto a lo malo. Cuando alcanza a ver el corazón de algo, eso se hace realidad. Si un vínculo se rompiese, él podría tener el poder de recomponerlo. Ha llegado a innumerables corazones. Los ha acogido y los ha salvado. Algunos de esos corazones han permanecido junto a él, así cayeran en la oscuridad o quedaran atrapados aquí. Así duerman en la oscuridad del corazón de Sora o hayan sido aceptados en su candor. Todos pueden ser salvados. Sora tan solo debe ser él mismo y encaminarse hacia donde lo guíe su corazón. Es la mejor y la única forma. El resto está ahí, en esa botella.

—Entendido —responde Riku—. Gracias.

—De nada. Dime, ¿qué te ha traído aquí?

—Ah... Digamos que tengo que despertar a Sora.
—No me digas que ha vuelto a dormirse.
—Sí. —Riku sonríe—. ¿Qué voy a hacer con él?
—Buena pregunta. —Ambos ríen—. No temas, Sora está a salvo. Lo liberaste al poner fin a la pesadilla que lo apresaba.
—¿Te refieres al Sora cubierto por aquel fantasma negro? —Es decir, la armadura de Ventus.
—Después de eso regresaste aquí —dice Ansem—, donde tres jóvenes te hicieron preguntas. Ésa fue la llave que puso fin a su letargo. Sora está despierto. Ya puedes volver a casa.
—¿En serio? Gracias.
Riku utiliza la llave espada de Sora para abrir la cerradura de aquel mundo.
—¡Joven! —Ansem lo llama antes de separarse—. No creo recordar que me hayas revelado tu nombre.
—Soy Riku.
El chico se marcha de las Islas del Destino, con la botella y el mensaje bien aferrados entre sus manos. Los datos que contiene pueden resultar vitales en un futuro próximo.

Capítulo 28 – Maestros

Riku despierta en la torre de Yen Sid. Apenas ha terminado de incorporarse, Sora se abalanza sobre él para darle un abrazo.
—¡Estás a salvo, Riku!
—Oye, ¿esto no debería ser al revés? —bromea el chico de pelo plateado y morado—. ¿Cómo estás tú?
—¡Mejor que nunca! Podía ver todo lo que ocurría en mi sueño, y tu voz estuvo conmigo todo el tiempo. Gracias, Riku. ¡Gracias a todos! Oh, por cierto, ¿hemos pasado el examen?
—Ambos habéis actuado de forma admirable —responde Yen Sid—. Y, sobre todo, me alegra teneros a los dos de vuelta de una pieza libres del ardid de Xehanort. También he de dar las gracias a Lea, pues su propia iniciativa ha servido para cambiar las tornas. Así debo yo disculparme también por no haber sabido ver el peligro y haberos enviado tan imprudentemente a un examen tan arriesgado. Esta aventura ha sacado a la luz muchas verdades ocultas. Ahora debemos apresurarnos para acometer la gran batalla contra la oscuridad que nos aguarda. Es por eso que necesitamos a un nuevo Maestro de la llave espada. Uno que albergue un poder diferente. —Aquí llega el momento de la verdad—. Sora, Riku, ambos merecéis tal honor. Mas sólo uno se enfrentó al reino de los sueños una vez más para abrir la última de las cerraduras y salvar a su amigo. Riku, yo te otorgo el título de auténtico Maestro de la llave espada.
Riku se queda bloqueado ante aquella gran noticia. Es Sora quien, lejos de sentirse triste por su propio fracaso, felicita en primer lugar a su amigo.
—¡Muy bien, Riku! ¡Sabía que aprobarías con matrícula!
—¿En serio soy Maestro de la llave espada? —Riku no termina de creérselo.
—¡Felicidades, Riku! —Mickey le estrecha la mano.
—Gracias, Mickey. Se lo debo a mis amigos.
—¡Ya veréis lo pronto que lo consigo yo también! —dice Lea.
—¡¿Qué?! —responde Sora, sorprendido—. ¿Tú también quieres ser Maestro de la llave espada?
—Para eso he venido, para aprender a blandirlas.

—¡¿Tú?! —preguntan Riku y Sora al unísono.

—Ey, gracias por el voto de confianza —dice con resignación—. Pensaba hacer una entrada triunfal, llave espada en ristre..., pero se ve que se resiste a materializarse. Igual es por el movimiento de muñeca, o vete tú a saber.

Lea estira su brazo, ¡y una llave espada aparece de repente! A eso le llamo yo aprender rápido. Hasta el propio Maestro Yen Sid es incapaz de contener su asombro. ¡Bienvenido al equipo, Lea!

Pero volvamos con Sora. Consciente de que aún tiene camino por delante para convertirse en Maestro, el chico castaño decide internarse una vez más en el mundo de los sueños.

—Después de tanto dormir, hay algunas cosas que quiero arreglar.

—¿Podrás tú solo? —pregunta Donald.

—Sí. No tardaré. ¡Hasta pronto!

Tendremos que esperar a *Kingdom Hearts III* para reencontrarnos con Sora. Sin embargo, *Dream Drop Distance* no ha dicho su última palabra. Vamos con el final secreto.

Capítulo 29 – Séptimo custodio

Tras contemplar una serie de pistas que, en su día, pretendían anunciar, de forma velada, *Kingdom Hearts III*, regresamos a la torre de Yen Sid un tiempo indeterminado después de la partida de Sora. Donald y Goofy, sentados sobre las escaleras de entrada de la torre, empiezan a impacientarse, pues su amigo está tardando más de lo previsto.

—¿Estará bien? —se pregunta Goofy—. Lea salió a toda prisa hacia Vergel Radiante, y ahora el maestro Yen Sid ha enviado también a Riku a una misión misteriosa. ¿Crees que algún día nos encomendarán una tarea importante a nosotros?

Donald ya no escucha a su amigo, pues parece sorprendido por algo que acaba de ver. Riku está de vuelta..., y no viene solo.

Mientras tanto, en el piso superior de la torre, Yen Sid charla con Mickey.

—La ancestral Guerra de las Llaves Espada sumió el verdadero Kingdom Hearts en la oscuridad —recuerda el anciano—, y despedazó la llave espada χ. Mas la luz que aún refulgía en los corazones de los niños dio forma al mundo tal y como lo conocemos hoy en día. La luz de la maltrecha llave espada χ se separó en siete para servir de salvaguarda a cada uno de los corazones puros del mundo.

—Siete luces puras... —dice Mickey—. Las Siete Princesas de los corazones.

—Así es. Esos siete corazones puros son la fuente de toda luz presente en los mundos. Si se malograran, las sombras volverían a cernirse sobre ellos. Por eso, incluso si renunciáramos por voluntad a buscar las siete luces para evitar otra Guerra de las Llaves Espada, Xehanort iría a por las Siete Princesas para forjar la llave espada χ.

—Entonces —concluye el rey—, se librará una batalla entre las siete luces y las trece tinieblas, ¿y nada que hagamos podrá evitar que estalle la Guerra de las Llaves Espada?

La mirada severa de Yen Sid habla por sí misma.

—Para salvaguardar los siete corazones puros necesitaremos siete luces tan radiantes como para plantar batalla a las trece tinieblas.

—Así que nos falta un custodio de la luz —dice Mickey.

Damos por hecho que está contando a Sora, Riku, Lea, Aqua y Ventus, aunque estos dos últimos permanezcan en un estado poco favorecedor: ella atrapada en el mundo de la oscuridad y él dormido desde muchos años atrás (tantos como tiene Sora, de hecho). Ellos cinco, junto con Mickey, ya suman seis. Queda por ver el séptimo. Y no tendremos que esperar para conocerlo. ¿O "conocerla"?

Riku se une a Mickey y Yen Sid en su debate.

—Maestro Yen Sid, he traído a quien me pidió, aunque no me dijo por qué.

El chico hace un gesto a su acompañante para que se acerque.

—He sabido que tú también puedes blandir una llave espada —dice Yen Sid—. Me alegro de tenerte aquí.

Kairi asiente con la cabeza. Ella será el séptimo custodio de la luz en la batalla que está por llegar.

¡Pongamos rumbo a *Kingdom Hearts III* para ver el desenlace!

Aunque, antes, haremos una parada en...

KINGDOM HEARTS Back Cover
キー バックカバー

Back Cover 1 – Albaburgo

«Hace mucho, los mundos conformaban uno solo. A esta época se la conocería posteriormente como la era de los cuentos de hadas».

La historia narrada en *KH χ Back Cover* se inicia muchos años antes de los sucesos del resto de la saga, en una ciudad llamada Albaburgo, y está protagonizada por el Maestro de Maestros (desde ahora únicamente "Maestro", para acortar) y sus seis aprendices.

El Maestro poseía un ojo capaz de atisbar el futuro. Tuvo a bien confiar a cinco de sus seis pupilos un ejemplar del Libro de las Profecías, cuyas páginas recogían las calamidades que habrían de venir, y que mostraban un futuro aciago.

Un buen día, el Maestro desapareció sin previo aviso, no sin antes dejar una importante misión para cada uno de sus seis pupilos. El responsable Ira, portador de la máscara del unicornio, tomó el testigo como líder del grupo. La virtuosa Invi, portadora de la máscara de la serpiente, quedó a cargo de observar a los demás, siempre con equidad. El intrépido Aced, portador de la máscara del oso, fue nombrado asistente del nuevo líder. La prudente Ava, portadora de la máscara del zorro, asumió el papel de preparar a extraordinarios portadores de la llave espada para el futuro. El imperturbable Gula, portador de la máscara del leopardo, quedó a cargo de descubrir el misterio del Libro de las Profecías. Por último estaba Luxu, cuya misión difería completamente de los demás. Él se marchó antes incluso de la desaparición del Maestro de Maestros, llevando una llave espada y una caja consigo.

Ira, Invi, Aced, Ava y Gula eran conocidos como "Augures". El Maestro dejó otra misión para todos ellos: fundar sus respectivas cinco órdenes, donde entrenarían a numerosos portadores de la llave espada, para que recogieran luz derrotando a los sincorazón. Así, Ira creó la orden Unicornis. Invi hizo lo propio con la orden Anguis. Aced fundó la orden Ursus. Ava, la más joven, era la líder de la orden Vulpes. Por último, Gula estaba al frente de la orden Leopardos.

Para no perdernos en la narración, todos los sucesos previos a la desaparición del Maestro estarán explicados en pasado, mientras que lo que ocurra tras la desaparición (con una excepción, que entenderéis cuando la veáis) estará contado en presente.

Back Cover 2 – Misión de Ira

Ira acudió al encuentro del Maestro, quien solicitó hablar con él fuera de su despacho, para tratar un tema que no quiso adelantarle.

—¿Has leído el Libro de las Profecías? —preguntó el Maestro.

—Sí, pero aún intento asimilarlo.

—Te lo tomas con calma, ¿eh?

—Quiero examinarlo con detenimiento —se excusó Ira—. Maestro, ¿es verdad lo que dice el último pasaje?

—Ah, eso, sí... Una pena, ¿verdad?

—Sí. —Ira agachó la cabeza, entristecido.

—Por cierto, si algún día desaparezco de repente, ¿puedo contar contigo para que apacigües a los demás?

—¿Qué quieres decir con "desaparecer"?

—Desaparezco, me desvanezco, me esfumo... Llámalo como quieras. De todas maneras, es sólo un caso hipotético.

—Vale...

De pronto, el Maestro cambió su habitual tono jovial por uno mucho más serio y solemne.

—El mundo está lleno de luz. Se compone de muchos otros mundos más pequeños, conectados entre sí, que se extienden más allá de donde alcanza la vista. Una luz nos protege a todos los que habitamos este vasto territorio. Todos los mundos comparten una luz, un destino.

—Se refiere a Kingdom Hearts, ¿no? —preguntó Ira.

—Has dado en el clavo. La gente cree que la luz de Kingdom Hearts no desaparecerá nunca. Sin embargo, si se extinguiera, el mundo se sumiría en una profunda oscuridad.

—Entiendo. Por eso nos ha entregado estas llaves espada, para que transmitamos el mensaje de la luz y protejamos Kingdom Hearts de la oscuridad.

—No —replicó el Maestro—. No son para proteger Kingdom Hearts. El último pasaje dice: "En ese mundo condenado, estallará una gran guerra. La luz se extinguirá y sólo quedará oscuridad".

Ira no pudo evitar mostrarse sorprendido ante semejante aseveración.

—¿Acaso no es nuestro deber, como portadores de la llave espada, impedir que estalle la guerra?

—Eso es imposible —respondió el Maestro de forma totalmente despreocupada.

—¿Qué?

—¿De verdad crees que puedes cambiar el futuro?

Ira no supo qué responder a eso.

—Entonces... —dijo—, ¿qué quiere de nosotros?

—Debemos concentrarnos en el *después*. De poco sirve intentar cambiar algo que sabemos que va a acontecer.

—Pero, ¿y qué hay de los habitantes de este mundo? —insistió Ira—. ¿Y de quienes estarán aquí cuando llegue la oscuridad? ¿Vamos a abandonarlos a todos?

—Sé realista. —El Maestro rió—. ¿De verdad piensas que siete personas pueden salvar a un mundo entero?

—¡Al menos debemos intentarlo! Si tuviéramos más portadores de la llave espada, podríamos...

—Bueno —lo interrumpió el Maestro—, si te empeñas...

—Sí —asintió Ira, optimista.

—Tú mismo. ¡Buena suerte!

El Maestro de Maestros se marchó. Tenía más Augures con los que reunirse.

Aunque eso tendrá que esperar, pues, como ya os adelantaba antes, a lo largo de esta historia se intercalan continuamente escenas de distintos momentos temporales: antes y después de la desaparición del Maestro. Prestad atención al tiempo verbal utilizado en cada capítulo.

Back Cover 3 – Lucientes y terrores

Ira, el Augur de la máscara del unicornio, ha convocado a sus cuatro compañeros en la sala de reuniones. Tiene malas noticias que transmitirles.
—Hay un traidor entre nosotros.
—¿Cómo lo sabes? —pregunta Invi, la mujer de la máscara de la serpiente—. ¿Acaso tienes pruebas?
—He encontrado esto.
Ira les muestra un pequeño animal, parecido a un gato, que camina a dos patas.
—¿Es un Chirithy oscuro? —dice Ava, la chica con la máscara del zorro.
—¡¿Un terror?! —exclama Invi, asombrada.
Este concepto, el de los terrores, ya debería seros familiar de antemano, pues ocupa una parte importante de *Dream Drop Distance*. Resulta que fue el Maestro quien creó a los Chirithy lucientes para que ayudaran a los portadores de la llave espada. Todos tendrían el suyo propio, quien los acompañaría y guiaría por el buen camino. Sin embargo, si el corazón de uno de los portadores se viera invadido por la oscuridad, su luciente adquiriría un tono oscuro, convirtiéndose en lo que denominan "terror". Si eso ocurriera, su misión más urgente sería detenerlo antes de que la oscuridad se propagara a otros corazones.

Y los peores augurios se han cumplido: Ira ha encontrado a un Chirithy oscuro, lo que implica que, posiblemente, uno de ellos sea un traidor.
—¡Yo no soy! —se apresura a decir Aced, el hombre de la máscara del oso.
—Hay una manera sencilla de resolver este asunto —responde Gula, el chico de la máscara del leopardo—. Invoquemos a nuestros lucientes y lo sabremos.
—Por desgracia —dice Invi—, hay numerosos portadores de la llave espada a nuestras órdenes. Cualquiera de nosotros puede invocar a uno de sus Chirithy que no sea un terror. Dudo que lo que sugieres nos lleve a ninguna parte.
—En ese caso —interviene Ava—, ¿cómo podemos saber que

el terror que viste pertenece a uno de nosotros? Podría ser de cualquiera de las órdenes.

—Lo dudo mucho —replica Ira—. ¿Recuerdas lo que se entregó a los portadores de la llave espada para hacerlos más fuertes? Normalmente no nos preocupamos de lo que llevan. No obstante, creo que esos objetos son obra del terror.

—¿Los brazaletes? —pregunta Ava—. Ya sé que, cuando se equipan, permiten acumular energía oscura..., pero todos habíamos acordado consentir su uso.

—El problema no es acumularla, sino usarla. Es prácticamente lo mismo que usar el poder de la oscuridad.

—Un plan genial. —Gula suspira, resignado—. Todos los lucientes tienen el mismo aspecto, y hay muchísimos portadores de la llave espada. Es imposible averiguarlo.

—Oh, no... —se lamenta Ava—. Todos se han puesto ya los brazaletes...

Los cinco se quedan en silencio, pensativos. Es Aced quien rompe el hielo.

—¿Y ahora qué? ¿Cómo vamos a encontrar al culpable?

—Esos brazaletes no los ha podido adquirir cualquiera —dice Ira—. Por eso, estoy seguro de que es uno de nosotros.

—Lo siento, Ira —replica Invi—, pero no estoy de acuerdo. ¿Qué pruebas tenemos de que los brazaletes estén ligados al poder de la oscuridad, o de que hayan sido creados por un terror? No podemos sacar conclusiones precipitadas.

—Menudo líder estás hecho, Ira —protesta Aced—. Gracias a tu magnífico discurso, ahora nos invade la duda a todos. ¿Qué pensabas? ¿Que el traidor iba a entregarse con semejante acusación? Qué ingenuidad. Creo que el Maestro se equivocó al elegirte.

—Basta ya, Aced —lo corta Invi para evitar que la discusión vaya a mayores.

Sin decir nada más, Aced abandona la sala.

—Creo que hemos acabado por hoy —sentencia Gula—. Confío en que nos mantengas al tanto, Ira.

—Espero que todo se resuelva pronto —añade Ava, con expresión triste.

Ambos salen de la habitación, dejando a Ira e Invi a solas.

—No ha ido muy bien, que digamos... —se lamenta él.

—¿Qué te pasa, Ira? No te reconozco.

—Una página perdida... Algo falta en nuestro Libro de las Profecías. Al parecer, cada una de nuestras copias contiene los eventos del futuro. Pero... este suceso no aparece en ninguna parte.

—¿Y qué tiene todo esto que ver con el traidor? —pregunta Invi.

—Como acabo de decir, no aparece en mi libro.

—Ira, ¿sugieres que alguien tiene la página que falta? ¿Y que quien posee el libro entero es el traidor?

—Que pasa algo, está claro. Y una página del libro ha desaparecido como por arte de magia. No creo que sea algo descabellado pensar que quien tiene la página que falta ha caído presa de la oscuridad. Confía en mí.

Invi se apresura a examinar su propio Libro de las Profecías.

—Tampoco aparece en mi libro. Quizás tengas razón. Aunque, por otro lado, ¿y si entregar la página que falta solamente a uno de nosotros era el plan del Maestro desde el principio?

—Es imposible saberlo —concluye el líder de Unicornis—, ahora que el Maestro ha desaparecido.

—No te preocupes, Ira, observaré de cerca a los demás. Te mantendré informado, como siempre.

—Gracias.

—De nada. Al fin y al cabo, es lo que el Maestro me pidió que hiciera. Que tu corazón te sirva de guía, Ira.

Back Cover 4 – Misión de Invi

La mujer de la máscara de la serpiente escuchaba atentamente las palabras del Maestro de Maestros.
—Resumiendo: quiero que observes a los demás. Poca cosa.
—De acuerdo —asintió Invi.
—Como ya he dicho, es posible que Ira tenga que tomar las riendas. No seas tímida, pero sí justa. ¡Habla sin miedo! Aunque mi palabra exacta haya sido "observar", también tendrás que mediar. Asegúrate de que todos se llevan bien.
—Lo entiendo, pero... la idea de formar y mantener una orden sin Luxu o sin usted, es poco menos que inquietante, la verdad.
—¡No te lo tomes tan a la tremenda, Invi! Esto es sólo por si desparezco, cosa que tal vez no ocurra nunca. ¿O acaso quieres que me vaya?
—¿Qué? ¡N-no, claro que no!
—¡Era broma! —El Maestro rió mientras pasaba su mano por la cabeza de Invi—. Sé que a todos nos cuesta aceptar los cambios, pero el mundo siempre avanza. O te adaptas o te quedas atrás, sola. Ahora que sabes lo que nos depara el destino, ¿qué te dice tu corazón, Invi? Te lo tengo dicho: "que tu corazón te sirva de guía". Tienes que escuchar a tu corazón y hacer lo que te pida.
—Entendido.

Back Cover 5 – Alianza

Días después de que Ira les advirtiera de que uno de ellos podría ser un traidor, Aced, Gula y Ava se han reunido en secreto en un almacén.

—Me he equivocado con Ira —dice Aced, visiblemente molesto—. Pensaba que sería un buen líder, pero me ha decepcionado. ¿Qué opináis vosotros? No os creeréis lo que ha dicho Ira, ¿verdad?

—Claro que no —responde Gula, más calmado que su colega—. Sus argumentos no tenían pies ni cabeza. Como dijo Invi, no son más que especulaciones infundadas. No existen pruebas que apunten a ningún culpable, mucho menos uno de nosotros.

—Quizás exista algo que todavía no nos haya contado —sugiere Ava.

—Si es así —replica Aced—, debería decírnoslo. ¡¿Cómo se atreve a sospechar de nosotros, de sus camaradas?!

—No sé si "camaradas" es la palabra más apropiada... —murmura Gula—. En cualquier caso, ¿por qué no vas al grano, Aced? Dudo que nos hayas reunido para quejarte.

—Quiero que los tres formemos una alianza.

—¡Las alianzas están prohibidas! —protesta Ava.

—Lo sabía —dice Gula—. Sabía que esto iba a pasar. ¿Qué sugieres, Aced? ¿Que nos unamos y nos enfrentemos a Ira?

—No serviría de nada —reconoce el hombre de la máscara del oso—. Ira no va a cambiar de opinión. La oscuridad juega un papel en todo esto, no me cabe duda. Pero no creo que haya un traidor en nuestras filas. Por desgracia, Ira no opina lo mismo, y se dedica a perder el tiempo intentando encontrar al traidor. La oscuridad no espera, y nosotros tampoco deberíamos hacerlo. Hemos de reunirnos y encontrar la manera de vencerla.

—Supongo que tiene sentido —asiente Gula.

—Estoy de acuerdo en que debemos combatir la oscuridad —contesta Ava—, pero el Maestro dejó muy claro que no podíamos combinar las órdenes.

—Una pena que ya no esté... —Aced sabe que todo sería más fácil con él.

—Me apunto —dice Gula de repente—. Pero dejemos algo claro: la alianza es únicamente entre nosotros dos. No quiero involucrar a los miembros de mi orden.

Aced y Gula miran a Ava, esperando escuchar su decisión.

—Yo... quiero obedecer al Maestro.

—Lo entiendo —responde Aced—. La elección está en tus manos. Haz lo que consideres correcto.

—Ya...

—Por cierto, Aced. —Gula cambia de tema—. ¿Saben algo Ira e Invi?

—Por motivos evidentes, no le he dicho nada a Ira. Pero sí que he hablado con Invi.

Precisamente, en ese mismo instante, la mujer de la máscara de la serpiente llega al almacén.

—¿Querías verme, Aced? —Invi mira a su alrededor, sorprendida—. Gula, Ava, ¿qué hacéis aquí? ¿A qué viene todo esto?

—Escucha, Invi —dice Aced—. Quiero formar una alianza entre nuestras órdenes. Gula ya ha aceptado. ¿Y tú, estarías dispuesta a...?

—¡¿Y desobedecer al Maestro?! —Es un claro "no".

—¡No nos queda otra elección! —insiste Aced—. La oscuridad se cierne sobre nosotros. Tenemos que unirnos si hemos de derrotarla.

—El Maestro nos asignó una misión a cada uno —le recuerda Invi—, y nos dijo que, para garantizar el equilibrio, las órdenes debían ser independientes. Alterar el equilibrio genera ansias de más poder y, en última instancia, oscuridad. ¿Acaso se os ha olvidado? Quizás... sea a ti, Aced, a quien ha invadido la oscuridad.

—¿Que me ha invadido *a mí*? —El hombre de la máscara del oso aprieta el puño con rabia—. ¿Y tú qué, Invi? Nos espías e informas de todo a Ira. ¡¿De verdad crees que tu corazón sigue estando puro después de lo que has hecho?!

—¡Lo hago porque es mi misión!

—Observarnos, sí, ¡pero no contarle a Ira todo lo que hacemos y decimos! ¡¿Quién nos dice que Ira y tú no estáis compinchados y tramáis a nuestras espaldas?!

—Basta ya.

Invi se marcha, dando la discusión por finalizada.

Back Cover 6 – Ephemer

Ava está sentada en el borde de una fuente, en la plaza de Albaburgo, lamentándose por los últimos sucesos.

—¿Hasta cuándo vamos a seguir así, discutiendo los unos con los otros?

Un chico de pelo rizado se aproxima a ella.

—¡Maestra Ava!

—Oh, hola, esto... Te llamabas Ephemer, ¿no?

—¡Sí! ¿Puedo sentarme contigo?

—Claro.

Ephemer se sienta a su lado.

—¿A qué viene esa cara? —pregunta él—. ¿Te pasa algo?

—Es complicado... —responde la portadora de la máscara del zorro—. ¿Recuerdas lo que me preguntaste una vez, acerca de por qué las órdenes compiten entre sí en lugar de colaborar? En realidad, siempre me había preguntado lo mismo.

—¿Acaso no es lo que ordenó el Maestro?

—Sí, y debemos obedecer sus instrucciones. Si él lo dijo, así ha de hacerse. Pero últimamente no hago más que pensar. Una vez me dijiste que buscabas respuestas, que querías resolver los misterios del mundo. Creo que tenías razón. Para llegar a alguna parte, tenemos que cuestionar las cosas y pensar por nosotros mismos.

—Te veo muy rara hoy. Supongo que los Augures también tienen días malos. ¡Quizás te pongas de mejor humor si hablamos sobre el Libro de las Profecías!

—Lo siento, pero no. —Ava y sus compañeros tienen prohibido compartir el contenido del libro.

—Vaya...

—¿Creías que iba a colar?

—¡No, no, sólo bromeaba!

—Si tú lo dices... —responde ella con tono alegre—. Pero, volviendo al tema, creo que sería genial si todas las órdenes se llevasen bien y colaborasen.

—Ahora que lo dices, hoy he conocido a alguien de otra orden. No hablaba mucho, me da que es tímido. Hemos quedado mañana.

—¡Seguro que os lo pasáis muy bien! Deberías ir a casa y

descansar para mañana.

—¡Vale! —Ephemer se pone en pie de un salto—. Bueno, me alegro de haber hablado contigo. No sé qué te preocupa, pero espero que se te pase pronto.

—Gracias.

Ephemer se marcha corriendo.

—Si llegara a pasar algo malo —dice Ava para sí misma—, me encantaría dejar el futuro en manos de los jóvenes que ven el mundo como él. Deja que el viento te lleve lejos, cual diente de león.

Back Cover 7 – Informes

La mujer de la máscara de la serpiente acude al encuentro de Ira, quien está estudiando el Libro de las Profecías.
—¿Has descubierto algo, Invi?
—Al parecer, las órdenes de Aced y Gula se han aliado.
—Entonces, Aced es el traidor.
—No, no creo que lo sea —replica Invi—. Aced ve la alianza como una manera de adquirir mayor fuerza para enfrentarse a la oscuridad. Diría que su corazón todavía pertenece a la luz.
—Aunque tengas razón, el Maestro prohibió claramente las alianzas.
—Sí, y ante todo deberíamos obedecerlo —sentencia la Augur—. Por eso he intentado persuadir a Gula para que la disuelva.
—Ya me encargo yo —se ofrece Ira.
—No, déjame que hable con él —insiste Invi—. Si intervienes, no servirá más que para enfadar más a Aced.
—Como quieras. Lo dejo en tus manos.
—Otra cosa, Ira: Aced cuestiona nuestros motivos. Por precaución, te informaré con menos frecuencia. No quiero que se lleve una impresión equivocada. Espero que lo entiendas.
—Claro.
Invi se marcha, dejando al portador de la máscara del unicornio a solas con su Libro de las Profecías.

Back Cover 8 – Ruptura

Meses después del inicio de la alianza entre Aced y Gula, ambos Augures vuelven a reunirse en el almacén.
—Se acabó, lo dejo —dice el chico de la máscara del leopardo.
—¿Qué dejas?
—La alianza. Va siendo hora de disolverla.
—¿Y eso por qué? —pregunta Aced, disgustado.
—Cuando accedí a formarla, pensaba que la oscuridad se cernía sobre nosotros. Pero no ha ocurrido nada. De hecho, no se ha producido ningún incidente últimamente. Y tampoco le has pedido a nadie más que se una a la causa.
—Sí, pero...
—La alianza no sirve de nada —insiste Gula—. Hasta Invi lo piensa.
—¡¿Invi?!
—Oh.... Se me ha escapado.
—¡¿Te ha dicho ella que disuelvas la alianza?!
—Tal vez —reconoce Gula—. Pero soy yo quien ha tomado la decisión, por los motivos que te acabo de explicar.
Aced coge a su amigo por la pechera.
—¡Todavía no hemos dado con el traidor!
—Precisamente por eso. No puedo confiar en nadie.
El hombre de la máscara del oso suelta a su compañero..., aunque no por ello va a dejar de insistir.
—¿Te das cuenta de que no vas a poder enfrentarte a la oscuridad tú solo?
—Ya he tomado la decisión.
Gula se marcha del almacén, dejando a Aced muy cabreado. Aunque no con él, sino con su compañera Augur.
—¡Te arrepentirás de esto, Invi!

Back Cover 9 – Misión de Aced

Aunque fue el Maestro quien reclamó la presencia de Aced en su despacho, allí no había nadie cuando llegó el Augur de la máscara del oso. Por suerte, sólo tuvo que esperar unos segundos antes de que el Maestro de Maestros se uniera a él.

—¿Llevas mucho esperando, Aced? Lo siento.

—Acabo de llegar.

—Bueno, dime: ¿por qué has venido?

—Eh… —Aced se quedó descolocado—. ¿Acaso se ha olvidado? Me ha llamado usted.

—¡Pues claro que no me he olvidado! —el Maestro rió—. ¡Era broma! Te estaba poniendo a prueba.

—Ya...

—A ver, te he llamado para explicarte tu misión. Vas a ser la mano derecha de Ira.

—¿Eh? ¿A qué se refiere?

—Ira será el líder cuando me marche, así que tendrá que contar con tu respaldo. No me decepciones.

Aced no quedó nada conforme con aquella decisión.

—A ver si me ha quedado claro, Maestro: ¿Ira va a ser el líder?

—¿Acaso detecto cierto tono de decepción en tu voz? ¿Querías ser tú el líder?

—¡No! —se apresuró a responder—. Bueno..., si me lo hubiera pedido, tal vez. Pero a lo que me refería es...

—Entonces —insistió el Maestro—, sí que quieres ser el líder, ¿no?

—Yo...

—Sé que lo deseas, pero con eso no basta. Lo fácil sería decirte: "¡tío! ¡Ascenso al canto! ¡Ahí lo llevas!". Ponerte de mandamás y eso. Pero hace falta algo más que entusiasmo para ser el jefe. Además, necesito a alguien como tú, que le dé algún que otro empujón en la dirección adecuada.

Aced optó por tragarse el orgullo y seguir las instrucciones del Maestro.

—Tiene razón. Ira es el más digno de todos nosotros. Seguro que será un gran líder.

—Adjudicado entonces.

—Un momento —siguió el Augur—. Por muy digno que sea, ¿por qué necesitamos otro líder, Maestro? ¿Acaso va a dejar de instruirnos usted?

—Bueno..., quizá desaparezca algún día. —No hubo respuesta. Aced lo observaba con la boca abierta, en silencio—. Bueno —repitió—, quizá desaparezca algún...

—¡¿Desaparecer?! —exclamó Aced de repente—. ¡¿Por qué?! ¡¿Adónde?!

—¡A ver si contestas antes! ¡Pensaba que no me estabas escuchando! De todas maneras, no estoy seguro de si voy a desaparecer o no. A saber.

—Pero...

—En cualquier caso —lo interrumpió el Maestro—, tendrás que respaldar a Ira. Bien sabemos que es muy estirado. Lo suyo es pensar y darle vueltas a la cabeza tras esa máscara de unicornio. Tendrás que hacer que se ponga en marcha. Los demás cuentan contigo.

—De acuerdo —asintió Aced, resignado.

—Puede que no te entusiasme tu misión, pero es la más importante. ¿Entendido?

—¿Eh?

—¿Es que tengo que explicarlo todo? Aunque nombrar líder a Ira es buena idea en teoría, es posible que más adelante te parezca que no lo está haciendo bien, en cuyo caso tendrás que intervenir. Tu liderazgo podría marcar la diferencia. Ésa es tu verdadera misión.

Aquello cambió la cara de Aced. Ahora sí se sentía importante.

—Entendido, Maestro.

—Que tu corazón te sirva de guía. ¡Buena suerte, Aced!

Back Cover 10 – Enfrentamiento

Ha pasado más de un año desde que desapareció el Maestro. Aced, convencido de que su verdadera misión consiste en reconducir, por las buenas o por las malas, la situación entre los Augures, se dispone a enfrentarse a Ira. Sin embargo, antes de llegar a su encuentro, Invi se interpone en su camino. Las llaves espada del hombre de la máscara del oso y la mujer de la máscara de la serpiente entrechocan bajo la luz del crepúsculo.

—¡No seas tan presuntuoso! —exclama Invi—. ¡Sólo quiero proteger el equilibrio, tal y como ordenó el Maestro! ¡Has perdido el juicio!

—O hacemos algo, o la luz se extinguirá —insiste Aced—. Si eso ocurre, no podremos evitar el sombrío destino que nos aguarda. ¡Si hemos de salvar al mundo, debemos ir contra las enseñanzas del Maestro!

—¡¿Insinúas que el Maestro estaba equivocado?!

—Él ya no está aquí —le recuerda el Augur de la máscara del oso—. No dejaré que su profecía se cumpla. ¡El mundo no puede caer presa de la oscuridad!

—¡Serás necio!

El combate entre ambos es muy igualado, aunque, poco a poco, Invi empieza a imponerse. Gula observa todo escondido detrás de una esquina, sin intervenir…, hasta que llega Ava. Entonces, el chico de la máscara del leopardo se hace el despistado, como si acabase de llegar, y ambos se apresuran a separar a sus dos amigos.

—¿Qué estáis haciendo? —pregunta Ava, perpleja.

—Por desgracia —responde Invi—, he descubierto quién es el traidor.

—¡No puede ser verdad!

La chica de la máscara del zorro mira a Gula, esperando que sea él quien tome la decisión. Éste hace aparecer su llave espada, dejando claras sus intenciones.

—¡Ava, no tenemos tiempo que perder!

Los tres Augures, Invi, Gula y Ava, se preparan para enfrentarse a su ya excompañero. Aced, por su parte, no piensa huir ante tan desventajoso combate.

—Que mi corazón me sirva de guía.
El hombre de la máscara del oso se abalanza sobre ellos.

Back Cover 11 – Misión de Gula

El chico de la máscara del leopardo tuvo que esperar pacientemente hasta que el Maestro terminó de buscar cierta información en el Libro de las Profecías.

—A ver... ¿Dónde está? ¡Ah, aquí!

El Maestro arrancó una página concreta y se la entregó a su pupilo.

—¿Qué es esto? —preguntó Gula.

—Adelante, léelo.

—Veo que es del Libro de las Profecías, pero...

—Es una página que no aparece en vuestros libros —explicó el Maestro—. En ella está escrita tu misión: tienes que encontrar al traidor que se oculta entre vosotros y detenerlo antes de que sea demasiado tarde. Para ello...

—Ya veo —lo interrumpió Gula—. Por eso todos tenemos distintas misiones, ¿no? Si uno no cumple la misión que se le ha encargado, podemos asumir que es el traidor. Un plan brillante.

—¡Vaya, me has arruinado la explicación!

—¿Eh?

—¡Qué rabia! —protestó el Maestro—. ¡Me has chafado la sorpresa! ¡Quería dejarte boquiabierto con mi asombrosa genialidad y mi espléndida oratoria!

—¿Perdón? ¿Acaso estoy equivocado?

—No, estás en lo cierto. —El Maestro suspiró—. En fin, ahora te toca a ti entrar en acción. Aunque sabemos que hay un traidor, compórtate normal y céntrate. Confía en ti y en nadie más.

Back Cover 12 – Discordia

Las calles han quedado destrozadas tras el enfrentamiento entre los Augures. Aced se ha visto obligado a huir, herido, incapaz de derrotar a Invi, Gula y Ava al mismo tiempo.

El chico de la máscara del leopardo sigue el rastro del supuesto traidor, y no tarda en dar con él. Está sentado en el suelo, en no muy buenas condiciones. Su respiración es entrecortada, a causa del dolor y el cansancio.

—Gula... —dice al verlo llegar.

—¿Sabes cuál es mi misión, Aced? Falta algo en nuestro Libro de las Profecías. Una página perdida.

—¿Una página perdida?

—La página habla de la existencia de un traidor. El Maestro me ha pedido que lo encuentre y lo detenga.

Gula hace aparecer su llave espada, que apunta hacia el hombre de la máscara del oso.

—Te consideraba mi camarada —protesta Aced, poniéndose en pie—. Pero ya no, Gula. Me da igual si piensas que soy el traidor y quieres acabar conmigo. Sabías que había un traidor, y, en vez de decir nada, te limitaste a observar cómo nos peleábamos. Eso no te lo perdono.

—Estás hecho polvo, Aced. ¡Ríndete de una vez!

—¡No me subestimes!

Ava llega corriendo poco después. Justo a tiempo para ver a Gula caer al suelo, derrotado.

—¡Déjalo ya! —La chica se interpone entre ambos.

—Tú también, ¿eh? —responde Aced antes de marcharse.

—¿Por qué hemos tenido que llegar a esto...?

Aced camina bajo la lluvia, arrastrando los pies, por las calles de Albaburgo. No tarda en toparse con el Augur de la máscara del unicornio.

—¿Has venido a rematarme? —dice Aced—. Ya puedes darte prisa.

—No he venido por eso —replica Ira—. Quiero cumplir mi misión, eso es todo. No es responsabilidad nuestra cambiar los eventos del futuro. Pero sí lo es asegurarnos de que la luz no se extinga. Sólo hay cinco luces, y no podemos permitir que desaparezca ninguna.

—¿Todavía me consideras una de las cinco?

—Por supuesto.

Ira pone una mano sobre el hombro de Aced para transmitirle su confianza.

—Sólo tú podrías ser tan optimista después de todo lo que ha pasado... —dice Aced—. Supongo que ése es uno de los motivos por los que te respeto tanto. En cualquier caso, es posible que sólo seamos cuatro. Me refiero a Gula. Me habló de la página perdida. Al parecer, contiene algo que no aparece en nuestro Libro de las Profecías. La está usando para dar con el traidor y atraparlo. Según él, es su misión. ¿Quién sabe cuáles son sus verdaderas intenciones? Lo que sí sé, es que jamás le perdonaré el haberse callado lo del traidor. Ésa es la mayor traición de todas.

—Quiero pensar que Gula se limitaba a cumplir su misión —responde Ira—. Me ocuparé del asunto, Aced. De momento, no digas nada a nadie.

—Entendido.

—Tengo que encontrar esa página perdida...

Back Cover 13 – Página perdida

Pocos días después, Invi y Ava discuten sobre un puente.

—¡¿Por qué se lo has contado a Ira?! —protesta la chica de la máscara del zorro—. Sé que has sido tú, porque nadie más sabía dónde estábamos. ¿No se te ocurrió pensar que podrías empeorar las cosas?

—¿Y qué más te da? Además de poseer tu propia orden, he descubierto que te has llevado a los mejores portadores de la llave espada de otras órdenes, y los estás adiestrando en un lugar secreto. ¿O no es verdad?

—¡Lo hago porque es mi misión!

—¿Qué? —Invi ha metido la pata—. No lo sabía... Perdona, me he pasado.

—Está bien —responde Ava, conciliadora—. Yo tampoco tendría que haberme puesto así.

—¿Qué quería Ira?

—No lo tengo muy claro —dice la Augur de la máscara del zorro—. Me ha pedido que le entregue a Gula. Sus ojos... daban miedo. Pensaba que iba a hacer algo terrible. Sabía que no le podía decir dónde está Gula. Al ver que no iba a sacarme nada, se ha marchado.

—Ya veo... —asiente Invi—. Y ¿cómo está Gula?

—No lo sé. Se ha ido.

Ava recuerda lo sucedido poco antes...

La chica de la máscara del zorro estaba bajo ese mismo puente, en un escondrijo, cuidando de Gula, herido tras su combate contra Aced.

—¡Se acerca alguien! —advirtió el Chirithy de Ava—. ¡Viene directo hacia aquí!

—Ocúpate de Gula, ahora vengo.

En la zona superior del puente, Ava se topó con Ira, quien recorría el lugar como si buscase algo.

—¿Va todo bien? —preguntó ella.

—Sé que Gula está aquí.

—¿Qué?

—Dime dónde está —exigió Ira con voz severa.

—¿Para qué? ¿Qué piensas hacer?

—No es asunto tuyo.

—Pues no pienso dejar que te acerques a él —replicó Ava.

—Así que esas tenemos... Muy bien, me voy.

El hombre de la máscara del unicornio aceptó marcharse, por respeto a su compañera.

Cuando Ava regresó al escondrijo, descubrió que el chico herido estaba intentando salir de allí.

—¿Qué haces, Gula?

—¿Ha pasado algo?

—Ha venido Ira. Quería que te entregase.

—Sabía que llegaríamos a esto... —se lamentó Gula.

—¿Llegar a qué? —preguntó Ava.

—Todo el mundo quiere leer la página perdida.

—¿La página perdida?

—Sí. Una página que me entregó el Maestro. No aparece en nuestros Libros de las Profecías. Habla de una traición inevitable. Menciona al "portador del emblema". Y eso es todo, así que no tengo muy claro a qué se refiere. Mi misión es encontrar al traidor. Sospechaba de Aced, y por eso me enfrenté a él. Ya sabes lo que ocurrió después.

—¿Por qué me cuentas esto, Gula? Ya tengo bastante con las enseñanzas del Maestro y con mi misión.

—Ambos hacemos lo que nos han encargado. Soy un necio por actuar en función de lo que pone en la página perdida. Además, el texto es de lo más ambiguo. Por eso tengo que averiguar quién es.

—¿Cómo?

—Preguntando al Maestro.

—Pero ya no está.

Pese al riesgo evidente que corría, Gula decidió contarle su plan a Ava.

—Voy a invocar Kingdom Hearts.

—¡¿Qué?!

—Entonces, no le quedará más remedio que volver.

—¡Invocar Kingdom Hearts está totalmente prohibido!

—¡Precisamente por eso! —insistió Gula—. ¡La única manera

de que vuelva es romper las reglas! ¡Si las cosas no cambian, el mundo estará condenado! Pero, para ello, necesito más luz. No tengo suficiente. Tú siempre haces lo correcto, Ava. Ayúdame.

La chica de la máscara del zorro reflexionó unos segundos antes de dar una respuesta.

—Mira, sé que quieres que regrese el Maestro..., pero invocar Kingdom Hearts podría tener consecuencias nefastas para el resto del mundo. Si el Maestro nos lo prohibió, fue por algo. Lo siento, pero no te puedo ayudar.

—Entiendo... Que tu corazón te sirva de guía.

Ante la negativa de su compañera Augur, Gula se marchó por su cuenta.

Volvemos al presente, con la tensa conversación entre Ava e Invi.

—Gula quiere recoger luz —explica la primera.

—Ah, ahora entiendo por qué Aced e Ira están haciendo lo mismo. Quieren mantener el equilibrio. Pero ése no es el equilibrio que hemos de mantener. Si cada uno recoge luz para uso propio, los portadores de la llave espada no tardarán en enfrentarse entre sí, lo que desencadenaría... la Guerra de las Llaves Espada.

—Entonces —dice Ava—, se cumpliría lo que dice el Libro de las Profecías.

—La luz se extinguiría —añade Invi.

—¿Qué vas a hacer tú?

—Recoger luz, también. Sea como sea, hay que mantener el equilibrio. Ava, tú deberías hacer lo mismo. Hay que retrasar lo inevitable.

—De acuerdo...

Back Cover 14 – Dientes de león

Ava ha reunido en la plaza de Albaburgo a todos los portadores de la llave espada de su orden secreta: los Dientes de león. Antes de dirigirse a ellos, la chica de la máscara del zorro recuerda su encuentro con el Maestro.

Al igual que sus cuatro compañeros Augures antes que ella, Ava también visitó al Maestro en su despacho para recibir su correspondiente cometido.
—Pronto se hará realidad lo que vaticina la última página del Libro de las Profecías —dijo él—. El mundo sucumbirá ante la oscuridad.
—¿No podemos hacer nada por impedirlo, Maestro?
—Ahí es donde entra tu misión. Es posible que seas la única esperanza que tenemos de que la luz no se extinga.
—¿Yo, la única esperanza? —Ava, humilde, no pudo evitar sorprenderse—. ¿Qué quiere que haga, Maestro?
—No luches en ningún combate, y olvídate de las órdenes. Encuentra portadores de la llave espada con potencial..., y crea una organización independiente. Cual semillas de diente de león, deja que vuelen a otro mundo. Ellos mantendrán la luz viva.
—¿De verdad cree que soy la persona adecuada?
—Ava, eres la única persona capaz de hacerlo.
—Entendido.

Ahora, al fin, ha llegado el momento de transmitirles el deseo del Maestro.
—Hoy vais a continuar con el adiestramiento necesario para cumplir nuestra misión. La sesión quizás os resulte familiar, pero en un mundo distinto; uno compuesto de sueños. Sois nuestra esperanza. Pronto estallará la guerra. Quienes busquen proteger la luz, acabarán por enfrentarse a sus aliados, por lealtad a sus órdenes. A decir verdad, no sé hasta dónde podré guiaros. Lo que no debéis olvidar es que cualquiera puede caer presa de la oscuridad. En esta guerra no habrá ganadores. Lo perderemos todo. Excepto vosotros, las semillas de la esperanza. ¡Cuando llegue el día y estalle la

guerra, no os unáis a la lucha! ¡Huid al mundo exterior! Os estáis adiestrando para cumplir vuestra crucial misión. El futuro está en vuestras manos. Y también lo está la luz del mundo. Que vuestros corazones os sirvan de guía.

Back Cover 15 – Misión de Luxu

Ya ha quedado claro que el sexto de los pupilos del Maestro es diferente a sus compañeros. Ambos, profesor y alumno, comparten una peculiaridad: ocultan su rostro bajo una túnica negra con capucha. Un recurso demasiado explotado en la saga, todo sea dicho.

Como parte de su misión, Luxu recibió una llave espada oscura, con un brillante ojo azul en el lateral.

—Dejo en tus manos la "Atisbadora" —dijo el Maestro—. Bueno, en realidad no se llama así.

—¿Y cómo se llama?

—Pues... la "Innómita". —Es decir, la "Sin nombre"—. Atisbe o no atisbe, ya habrás notado que esta llave espada tiene un ojo. El mío, para ser exactos.

—¡¿Qué?!

—Oh, ¿es que te da grima o qué pasa?

—¡N-no!

—Bueno... —siguió el Maestro—. En fin, hablemos de tu misión. Tienes que entregarle la llave espada a tu aprendiz, y él al suyo, para que mi ojo pueda ver el futuro.

—Entonces —respondió Luxu, pensativo—, si el Libro de las Profecías...

—¡Bingo! —lo interrumpió el Maestro—. El hecho de que exista es prueba de que lo has logrado. Adiestraste a un aprendiz hábil, le entregaste la llave espada y cumpliste tu misión. ¡Enhorabuena! —El Maestro aplaudió con entusiasmo—. ¿Qué pasa? ¡Has hecho un trabajo estupendo! ¡Sonríe un poco!

—Pero todavía no he hecho nada...

—Ahí tienes razón. ¡Manos a la obra, entonces! Eso sí, a partir de ahora estás solo. Tampoco podrás recurrir al Libro de las Profecías. No puedo permitir que provoques ninguna paradoja temporal. Pero no me cabe duda de que te las arreglarás sin él, ¿verdad?

—¿En serio tengo que hacerlo solo? —Luxu no lo veía del todo claro—. ¿Qué pasará con los demás?

—Detalles sin importancia, no te preocupes. De momento, tú, la llave espada y... esta caja, debéis manteneros ocultos. —El Maestro le entregó una pesada caja con ruedas, para facilitar su transporte—. Verás con tus propios ojos, y con el mío, por supuesto, cómo acaba todo entre los demás. Cuando llegue el momento adecuado, cumple tu misión.

—¿Qué hay dentro? —preguntó Luxu, intrigado.

—¡Es un secreto! Y ni se te ocurra abrirla, ya sabes. ¡Jamás de los jamases!

—Ahora sí que me pica la curiosidad...

—De acuerdo, te lo diré. —Qué fácil de convencer—. Pero que quede entre nosotros. Y prométeme que nunca la abrirás.

—Prometido.

El Maestro le susurró algo al oído... que no podemos oír. ¡Maldición!

—¿Qué? —Luxu se sorprendió al escuchar *aquello*—. ¿Por qué?

—Ya lo verás —sentenció el Maestro.

Con la "Innómita" y la caja secreta en su poder, Luxu se marchó de Albaburgo, dispuesto a cumplir su misión

—Que mi corazón me sirva de guía.

KINGDOM HEARTS III

«Pueden arrebatarte el mundo. Pueden arrebatarte el corazón. Quitarte todo lo que conoces. Pero, si es tu destino, cada paso hacia delante te llevará un paso más cerca de casa».

Capítulo 1 – Prólogo: ambición

Dos niños dialogan mientras disputan una partida de algún juego similar al ajedrez.

—¿Has oído hablar de la Guerra de las Llaves Espada? —pregunta el primero, de cabellos blanquecinos.

—Claro —responde su compañero, moreno.

—Hace muchos años, los portadores de la llave espada entraron en guerra por el dominio de la luz.

—Ya. El Maestro cuenta esa historia a menudo.

—Me pregunto qué pensaban hacer con Kingdom Hearts cuando lo hicieran aparecer.

—¿Quién sabe? —El moreno se encoge de hombros—. No comprendo por qué nadie querría iniciar una guerra.

—También sabrás lo de los "Maestros perdidos".

—¿Quiénes?

—Los que iniciaron la guerra —explica el peliblanco—. O aquellos que se beneficiaron de ella.

—Ni idea. ¿Dónde has oído eso?

—Puedes dejar de hacerte el tonto. "Será en aquella tierra donde impere la oscuridad y se extinga la luz". Un futuro Maestro de la llave espada debería saber eso.

—Lo que tú digas.

El chico de pelo blanco levanta la mirada del tablero y contempla una llave espada que cuelga de la pared de aquella sala.

—La "Atisbadora" observa el destino del mundo. El futuro ya está escrito.

—Ah, ¿sí? —responde el moreno—. Yo no lo tengo tan claro. Además, ¿quién dice que no lo puedo cambiar? A lo mejor prevalece la luz.

—Se te ve muy seguro de ti mismo. Pero las cosas no pintan a tu favor.

—Puede. Pero, al contrario que con la oscuridad, la luz no siempre es lo que parece. Te sorprenderías.

—Oh, eso espero.

Vamos a dejarnos de intrigas, pues estos dos portadores de la llave espada no nos son desconocidos, aunque sea la primera vez que los vemos en su aspecto infantil. El primero, por supuesto, es el omnipresente Xehanort. Su compañero no es otro que Eraqus, quien, en un futuro, sería maestro de Aqua, Terra y Ventus.

¿Y qué me decís de la llave espada que hay en la pared? Xehanort la ha llamado "Atisbadora". Si habéis seguido el orden recomendado de lectura, ese nombre, así como el de "Innómita", permanecerán frescos en vuestra memoria. Es la llave espada que el Maestro de Maestros entregó a Luxu, con la misión de que éste se la legara a su aprendiz, y así continuamente, hasta llegar al momento actual. Aunque, bueno, llamarlo "actual" no es lo más correcto, pues esta escena aún se desarrolla en el pasado.

Ahora sí, de verdad, ¡viajemos al presente!

Capítulo 2 – KH 0.2: final

En la guía argumental de *0.2 – A Fragmentary Passage*, dejamos un capítulo pendiente, ya que no encajaba en la narración de *Birth by Sleep*, sino que pretendía enlazar *Dream Drop Distance* con *Kingdom Hearts III*. Pues bien, ha llegado el momento de cederle el protagonismo que merece. Veamos qué nos ofrece/ofrecía el final de *A Fragmentary Passage*.

Mickey y Riku han sido convocados por Yen Sid en su despacho de la Torre de los Misterios. Kairi va con ellos. Es decir, justo tal y como acaba *Dream Drop Distance*.
—Se aproxima la gran batalla contra Xehanort —les informa Yen Sid—. Debemos apresurarnos en reunir a los siete custodios de la luz, y así poder mantener a salvo las siete luces puras. Los tres portadores de la llave espada que perdimos hace ya una década deben volver a nuestro mundo. Liberemos a Ventus, Terra y Aqua de su desventura, pues están llamados a grandes gestas. Tras su primera batalla contra Xehanort, el corazón de Ventus no se despertó. Aqua encontró un lugar seguro donde ocultar a su amigo. Pero cuando fue en busca de Terra, cayó en un abismo del que es imposible salir sin ayuda del exterior. Mickey, si eres tan amable...
El rey asiente, antes de girarse hacia sus dos compañeros.
—Me encontré con Aqua en el Reino de la Oscuridad...
Mickey les cuenta las aventuras narradas en *KH 0.2 – A Fragmentary Passage*, y que acabaron con Aqua encerrada en el Reino de la Oscuridad, para permitir a Sora, Riku y demás cerrar la puerta de Kingdom Hearts, antes de que los sincorazón invadieran el Reino de la Luz.
Al escuchar aquella historia, Riku no puede evitar sentirse culpable.
—¿Se sacrificó para salvarme? ¿Por qué me lo habéis ocultado todo este tiempo?
—Tenía que respetar su decisión —responde Mickey.
—¿Y qué pasa con nosotros? ¡Si hubiéramos podido elegir, habríamos ido en su ayuda!
—No te precipites, Riku —lo interrumpe Yen Sid—. Como ha

dicho Mickey, entrar por primera vez en el Reino de la Oscuridad no fue sencillo. Por mucho que hubiéramos encontrado la manera de volver, ninguno de nosotros habría podido sacar a Aqua. Por eso le pedí a Mickey que no te dijera nada, y mucho menos que fuera a por ella.

—Pero ¿por qué mantenerlo en secreto? —insiste Riku.

—Es obvio: si Sora y tú lo hubierais sabido, habríais ido a rescatarla sin pensar en las consecuencias.

—En cambio —añade Mickey—, ahora sí podemos ayudar a Aqua. ¡Riku, tú y yo iremos en su búsqueda!

—¡Muy bien! —asiente el chico de cabello plateado—. ¡Contad conmigo!

—¿Quién eres y qué has hecho con el Riku que conozco? —bromea Kairi—. ¡Hablas como Sora!

—¿Me lo debería tomar como un cumplido? Me preocupo demasiado por ser un modelo a seguir. Debería limitarme a escuchar a mi corazón. Típico de Sora...

—Bueno, tú también nos gustas tal y como eres. —Kairi sonríe a su amigo antes de dirigirse hacia Yen Sid—. Maestro, he venido porque deseo ayudar. ¿Hay algo que pueda hacer?

—He pedido al mago Merlín que se encargue de adiestraros a Lea y a ti como nuevos portadores de la llave espada —responde Yen Sid.

—¿Quién es Lea? —pregunta ella.

—Se refiere a Axel —explica Mickey.

—¡¿Qué?!

—Se ha reformado. Hasta se ocupó de rescatar a Sora. ¡Puedes confiar en él!

Kairi, poco convencida, mira a Riku, quien asiente con la cabeza. Le guste o no, Lea va a ser su nuevo compañero.

—Venga, Riku —apremia el rey—, tenemos que marcharnos. Empecemos por encontrar la entrada al Reino de la Oscuridad.

—Esperad —dice Yen Sid—. Mickey, Riku, las tres hadas me pidieron que os entregara estas vestiduras. Os protegerán a ambos de la oscuridad.

Yen Sid les hace entrega de sendos maletines, que se llevan consigo cuando abandonan la torre con Kairi. Para ella no hay regalito... por ahora.

La siguiente escena está incluida tanto en *0.2 – A Fragmentary Passage* como en el propio *Kingdom Hearts III* (con alguna modificación). El escenario es el mismo que instantes atrás, aunque cambiando a la mayoría de personajes. Sora, Donald y Goofy, quienes han llegado poco después de la marcha de Mickey, Riku y Kairi, escuchan atentamente las sabias palabras del Maestro Yen Sid.

—Para derrotar a Xehanort, necesitamos la ayuda de varios aliados. Debemos liberarlos de su letargo lo antes posible. Es algo que ya hemos hablado, Sora. Afrontaste el examen para convertirte en Maestro con tal de adquirir el poder necesario para despertarlos. Sin embargo, la oscuridad casi logró apoderarse de ti, por lo que no has conseguido dominar tus nuevas habilidades. —Ni aprobar, todo sea dicho—. Además, Xehanort estuvo a punto de convertirte en su receptáculo, arrebatándote así la mayoría del poder que habías adquirido. No me cabe duda de que lo habrás advertido, ¿verdad?

—Sí... ¡Pero bueno, da igual! ¡Me pasa cada dos por tres!

A lo que se refiere Sora, y razón no le falta, es a que en todos los juegos de la saga le toca empezar de cero (bueno, de "1", que es el nivel mínimo). Y la verdad es que Nomura y Square Enix siempre saben ingeniárselas para que tenga coherencia argumental. En el primer *KH* por razones obvias. En *Chain of Memories* porque había perdido los recuerdos. En *KH2* porque pasó mucho tiempo dormido. En *Coded* era una versión virtual de Sora. Y en *Dream Drop Distance* estaba dentro de un mundo onírico. Ahora se ha visto afectado por su conflicto con Xehanort, así que es de suponer, tal y como ha insinuado Yen Sid, que no tendrá ninguna de sus habilidades en *Kingdom Hearts III*.

—Chip y Chop están analizando los datos que Ansem el Sabio entregó a Riku —dice el anciano mago—. Podrían indicarnos cómo recuperar los corazones perdidos de nuestros amigos. Confío en que los datos nos sean de ayuda. Sin embargo, la mejor manera de desbaratar los planes de Xehanort... eres tú, Sora. Si te dejas guiar por tu corazón, estoy seguro de que daremos con todos los custodios de la luz. Pero antes debes recuperar toda la fuerza que has perdido. Quizá no sea sensato esperar una recuperación absoluta, mas hay algo primordial: el poder del despertar, aquel que no lograste dominar durante el examen. Hay una persona, un verdadero héroe, que perdió su fuerza y consiguió recuperarla. Deberías hacerle una visita. Confío en que te pueda indicar el camino.

Es evidente que está hablando de Hércules, por lo que el primer destino de Sora debería ser el mundo basado en Grecia que tantas veces hemos visitado a lo largo de la saga. Por supuesto, Donald y Goofy irán con él. ¡Todos a bordo de la nave Gumi!

Esperad, no tan deprisa. Lo que prometía ser un viaje sencillo no tarda en complicarse, ya que ninguno de los tres sabe cómo llegar al mundo de Hércules, pues las rutas antiguas han desaparecido. La solución no es que sea muy complicada, pero digamos que no son las tres mentes más brillantes del universo. Bueno..., personas, perros, patos, como prefiráis llamarlos.

—"Que tu corazón te sirva de guía" —recita Goofy de repente—. El Maestro Yen Sid siempre nos decía eso antes de enviarnos a alguna misión importante.

—"Que mi corazón me sirva de guía" —dice Sora, pensativo—. ¡Ah, ya lo tengo!

El chico de cabellos castaños puntiagudos hace aparecer su llave espada, con la que apunta hacia el horizonte. De pronto, un portal se abre ante ellos.

—¡Coliseo del Olimpo, allá vamos!

Capítulo 3 – El Olimpo

Kingdom Hearts III denomina a este primer capítulo jugable (hasta ahora eran todo cinemáticas) *"Kingdom Hearts II.9"*. No es que sea importante para el argumento, pero me pareció interesante comentarlo a modo de curiosidad.

La nave Gumi aterriza en mitad del monte Olimpo, a las afueras de Tebas, la ciudad que da cobijo al famoso coliseo que tan buenos momentos nos ha dado a lo largo de la saga. En el monte no van a encontrarse con Hércules, aunque sí con otro viejo conocido: Hades, dios del Inframundo.
—Ah, vosotros —dice Hades con apatía—. Lo que faltaba.
—¿"Lo que faltaba"? —repite Sora—. Eso ha sido frío hasta para ti.
—Si tenéis frío, ¡os puedo hacer entrar en calor! —Vaya cambio de humor más drástico—. ¿Sabéis qué? Da igual. No pasa nada, porque pronto me quitaré al musculitos de encima.
—Otra vez estás tramando algo.
Sora empuña su llave espada. Donald y Goofy se preparan para luchar junto a él.
—¡Eh, tranquilos! —replica Hades—. ¿Qué es esto? ¿Esparta?
—Humor nunca le falta—. Mirad, tengo prisa. No puedo perder el tiempo con vosotros. El cosmos está esperando a que vaya y lo conquiste.
—Pobre Hades —dice Sora a sus amigos—. Cree que esta vez de verdad le va a funcionar.
El Señor del Inframundo no se deja afectar por las palabras condescendientes del portador de la llave espada. Lleva nada menos que dieciocho años preparando un plan…, que va a dar comienzo ahora mismo.
—¡¿Dónde están mis titanes?! —grita al monte—. ¡Mostrad vuestro poder!
El Olimpo comienza a temblar cuando varios seres gigantescos surgen de sus profundidades. Y eso es todo cuanto Sora, Donald y Goofy tienen tiempo de contemplar, pues un viento huracanado los saca volando de allí, en dirección a… Bueno, lo dejamos para

más tarde. Por ahora, quedémonos con Hades.

—Buen trabajo, chicos —dice a los titanes—. Volvamos al tema del golpe de Estado cósmico.

De pronto, un portal oscuro se abre justo al lado del hermano de Zeus. De él surgen otras dos figuras conocidas: Maléfica y Pete.

—Oh, perfecto —se lamenta Hades—. Ahora tengo que aguantaros a vosotros.

—Menuda forma de saludar a tus viejos amigos —protesta Pete.

—Curioso, no recuerdo que me hicierais ningún favor memorable. Os podéis quedar con los sincorazón. He vuelto a mi plan original, ¿vale? Ahora, largo. La salida está por allí. Encantado de veros y todo eso. ¡Adióooos!

—No hemos venido por ti —replica la bruja—. Tengo asuntos propios de los que ocuparme. Sólo necesito saber si existe una peculiar caja negra en algún lugar de este mundo.

—¿Una caja negra? —Hades se queda pensativo—. Ah, no me lo digas. ¿Buscas la caja que Zeus escondió en la Tierra?

—Es posible —asiente Maléfica—. Y, si así fuera, ¿dónde podría hallarla?

Dejamos este asunto aparcado por ahora, para volver con los tres héroes *voladores*. El viento huracanado ha llevado a Sora, Donald y Goofy hasta la ciudad de Tebas, donde son rescatados por Hércules, quien hace gala de su fuerza, rapidez y agilidad al evitar que se espachurren contra el suelo. Por desgracia, el reencuentro no es todo lo feliz que cabría esperar, ya que la ciudad está sufriendo el ataque de las tropas sincorazón, enviadas por Hades.

—¿A qué habéis venido? —pregunta Hércules a sus amigos—. No creo que sea a degustar el queso y las aceitunas.

—He venido a preguntarte una cosa —explica Sora—. ¿Recuerdas cómo, la última vez que nos vimos, estabas bastante apagado y debilucho? ¿Cómo conseguiste recuperar tu fuerza cuando saltaste para salvar a Meg?

—Es difícil de explicar. Sólo sé que ella estaba en peligro, y quise salvarla con todo mi corazón. Pero no sabría decirte cómo.

—Oh, vaya... —se lamenta el chico de las Islas del Destino—. Yo también he perdido toda la fuerza. Por eso te necesito. Esperaba que tuvieras alguna solución, o algo.

—Lo siento, Sora.

La pacífica charla llega a su fin cuando un grupo de sincorazón se aproxima a ellos. Sobra decir que se llevan una buena paliza, por entrometidos.

Con la calle de nuevo en calma, una figura alada aterriza a su lado. Es Pegaso, el caballo de Hércules. Sobre su lomo viajan Megara y Filoctetes, la amada y el instructor de Hércules, respectivamente.

—Sora, Donald, Goofy, gracias por venir a ayudarnos —dice la mujer.

—Meg, tienes que buscar un lugar seguro —le pide Hércules—. Registraremos la ciudad para asegurarnos de que nadie esté atrapado en el incendio.

Pegaso, Meg y Fil se marchan volando por donde vinieron, mientras los otros tres, tal y como acaba de decir Hércules, se ocupan de eliminar a más sincorazón y rescatar a ciudadanos en peligro. El día a día del trabajo de un héroe.

En un momento dado, Sora, Donald y Goofy, separados temporalmente de Hércules, se topan con Maléfica y Pete.

—Vaya, vaya —dice ella en su clásico tono soberbio—. ¡Si son Sora y los peones del rey!

—¡¿Los sincorazón son cosa vuestra?! —responde el chico.

—Por supuesto que no.

Pete observa a Sora de arriba abajo. Ha notado algo raro en él.

—Oye, Maléfica, el crío de la llave espada parece más enclenque que la última vez que lo vimos. ¡Acabemos con él mientra podamos!

—No pierdas el tiempo con el chico —replica Maléfica—. Es irrelevante. —Eso ha dolido—. Tenemos un asunto más importante del que ocuparnos.

—¡Oh, claro! —asiente Pete—. Tenemos que encontrar la caja negra.

—¡Silencio, estúpido! —Maléfica reprende a su esbirro por irse de la lengua—. En cuanto a vosotros, nos encontraremos de nuevo… cuando tenga tiempo para menudencias.

—¡Más os vale haceros más fuertes para entonces! —concluye Pete a modo de despedida.

Sora no puede ocultar cuánto le han dolido las palabras de Maléfica y Pete. Aun así, va a tener que reprimir sus sentimientos y seguir adelante. Aún le queda mucha gente griega a la que salvar.

Curiosidad: mientras recorren los jardines de Tebas, Sora puede derribar una estatua para abrir un hueco en un muro. Aunque no se hace mención alguna, se trata de la estatua de Aquiles, héroe de la guerra de Troya. Y ¿sabéis a qué punto de la estatua hay que golpear para tumbar la estatua? Seguro que podéis suponerlo incluso quienes no hayáis jugado: ¡al talón, claro!

Donald, Goofy y Sora, reunidos de nuevo con Hércules, están a punto de recibir una visita del todo inesperada. Es Xigbar, el n.º 2 de la Organización XIII.

—¡Oh! Todo este altruismo me enternece —dice en tono burlón—. ¿Los corazones de luz vienen con pólizas de seguros de las buenas? Nada bueno puede salir de anteponer los demás a uno mismo.

—Eso no es cierto —replica Hércules—. Fui capaz de salvar la vida a Meg porque no me importaba arriesgar la mía.

—Querrás decir porque tienes amigos en las altas esferas. —Razón no le falta, la verdad—. Los truquitos así no funcionan con el populacho.

—¿Y tú qué sabrás? —protesta Sora—. No estabas allí para verlo. Si no, admirarías su valor.

—No admiro que nadie salte a las fauces del peligro —responde Xigbar—, si alguien más tiene que acabar rescatándolo a él. Estáis haciendo cola para salir perdiendo. Condenando a otros a caer con vosotros. Ah, y os podéis ahorrar vuestro discursito. Sí, los corazones conectados son poderosos, pero si pones mucho de ese poder en un solo lugar, puede que algún corazón acabe roto. Aunque, Sora, eso no quiere decir que tú tengas que cambiar. Acepta el poder que se te otorga. Encuentra los corazones unidos al tuyo.

—¿Y por qué iba a aceptar tus consejos?

—¡Ja! Porque no tienes otra opción más que seguir este rastro de migajas. Y, al final, descubrirás lo que te depara el destino. De hecho, tu recompensa podría estar a la vuelta de la esquina. ¡Estás cerca!

Las palabras de Xigbar son como balas. Poco se puede objetar al respecto cada vez que el incorpóreo de Braig, ahora con parte de Xehanort en su interior, abre la boca.

—¿Corazones rotos? —Sora recuerda las palabras de Xigbar después de que éste se marche—. ¿Los de quién?

—No dejes que te afecte —dice Hércules—. Sólo trata de molestarte porque piensa que puede. Pero le demostraremos que se equivoca. Le demostraremos que nuestros sacrificios no han sido en vano.

—Tienes razón.

—Además —añade Goofy—, nosotros somos prueba más que suficiente.

—¡Somos un equipo! —sentencia Donald—. ¡Juntos podemos con todo!

Los cuatro amigos prosiguen en su labor, eliminando sincorazón y salvando a ciudadanos indefensos, hasta que Tebas recupera la relativa calma. Es entonces cuando Pegaso, Meg y Fil regresan junto a ellos.

—Hemos comprobado toda la zona —dice Meg—. Todo el mundo está a salvo.

—Genial —asiente Hércules—. Hemos hecho lo que hemos podido.

Eso no significa que los problemas hayan terminado, pues aún queda el *asuntillo* de Hades y los titanes. Para ello, Sora y sus compañeros deben iniciar el ascenso por el monte Olimpo. ¡Vamos allá!

Capítulo 4 – El Olimpo, 2ª parte

Además de a los numerosos sincorazón que infestan el monte Olimpo, el grupo debe derrotar al revivido Titán Roca para abrirse paso hasta la cima, el hogar de los dioses olímpicos, las doce principales figuras del panteón griego, con Zeus a la cabeza. Por si os lo estáis preguntando, son los siguientes: Hera, Poseidón, Afrodita, Ares, Atenea, Hermes, Apolo, Artemisa, Hefesto, Deméter, Hestia y el propio Zeus. En cualquier caso, se trata de los doce originales, pues cambian de un relato a otro, dependiendo del escritor. La mitología griega ha tenido muchas versiones, ¡y no sólo en la antigüedad! La saga *God of War* es uno de los muchos ejemplos recientes de reinterpretación. Pero no nos vayamos por las ramas.

Quien no formaba parte de esos doce dioses olímpicos originales, aunque sea hermano de cinco de ellos, es nuestro *querido* Hades. El Señor del Inframundo no ha perdido el tiempo: con ayuda de los feroces titanes, ha logrado aprisionar a todos los habitantes del monte Olimpo. Por cierto, ¿sabíais que los padres de Zeus y Hades, llamados Crono y Rea, también eran titanes? Aunque no tan feos como estos, espero. Ah, y también habréis llegado a la conclusión de que Hades es el tío de Hércules. En esa familia no es que se tengan mucho cariño.

Sora, Goofy, Donald y Hércules se enfrentan a los tres titanes restantes (Titán Hielo, Titán Lava y Titán Tornado) mientras rescatan a los dioses cautivos. En cuanto Zeus queda liberado, los titanes tratan de huir. Hércules se asegura de que lo hagan, pero no fuera de Grecia, sino del planeta Tierra. Vaya fuerza tiene el zagal.

—¡No me lo puedo creer! —gruñe Hades—. ¡Dieciocho años trazando ese plan, y me lo echáis a perder!

—¡Ríndete de una vez! —responde Sora—. Nunca derrotarás a Hércules, da igual las veces que lo intentes.

—Eso —dice Goofy—, quédate en el Inframundo, donde perteneces.

—¡Seguro que allí te lo pasas de muerte! —remata Donald. Buen chiste, por cierto.

—¡Basta ya! —grita Hades, quien no parece dispuesto a tirar la toalla—. ¡No he llegado tan lejos para ser ridiculizado por Zeusito, su rayito de sol y un trío de payasos! ¿Sabéis qué? Ya me he hartado. ¡Acabaré con vosotros!

Hércules tumba a Hades de un único puñetazo (por la espalda, eso sí).

—¡Esto es por intentar destruir Tebas!

—¡Me las pagarás! —responde Hades, conteniendo su rabia—. ¡Tengo muy muy buena memoria!

El Señor del Inframundo pone pies en polvorosa, a sabiendas de que no tiene ninguna oportunidad de salir victorioso.

Sora, Donald y Goofy se disponen a abandonar el monte Olimpo. Para su sorpresa, Hércules decide acompañarlos.

—¿Estás seguro de que quieres abandonar este sitio? —pregunta Sora.

—¿No es el Olimpo tu hogar? —dice Goofy.

—Y tu familia —añade Donald.

Pero Hércules lo tiene claro.

—Puedo ver a mi familia cuando quiera. En cambio, si me quedara, tendría que separarme de la persona a la que más amo. Sería una vida vacía. Por fin sé cuál es mi destino.

Hércules se reúne con Megara en las puertas del Olimpo. Una vez más, el lazo temporal del amor romántico se sobrepone al lazo eterno de la familia.

—Sora —dice Hércules—, no llegué a responder a tu pregunta. ¿En qué puedo ayudarte?

En realidad sí que lo hizo. Sora le preguntó cómo recuperó la fuerza después del bache que sufrió, y Hércules le respondió que fue su amor por Meg lo que le devolvió la motivación.

—Da igual —concluye Sora—. Creo que es algo que debo averiguar yo mismo. Encontraré la fuerza igual que tú: algo por lo que luchar con todo mi corazón.

—Tu corazón es fuerte, Sora. Sigue así y sé que te volverás más fuerte que nunca.

—Sí, y puede que hasta acabe siendo más fuerte que tú —bromea el chico.

Sora, Goofy y Donald regresan a la nave Gumi. No han avanzado mucho, por lo que su objetivo se mantiene intacto: deben encontrar la forma de que el portador de la llave espada recupere su antiguo poder. O uno mayor, incluso, pues recordemos que no fue suficiente para aprobar el examen de Maestro. Por ahora, deben regresar a la Torre de los Misterios para hablar con Yen Sid.

Mientras tanto, en las calles de Tebas, Maléfica y Pete se dedican a excavar el suelo en busca de la caja negra. Bueno, lo correcto sería decir que él excava con sus manos mientras ella se limita a mirar. Como en una obra real, vaya.

—¿Estás segura de que esa caja con el Libro de las Profecías existe? —pregunta Pete—. Yo creo que el pardillo de negro te estaba tomando el pelo.

—Tu trabajo es cavar, inútil —le recrimina Maléfica—. Debo encontrar ese Libro de las Profecías y apoderarme de él. Sólo disponemos de la pista de ese sujeto. No podemos ignorarla sin investigarla a fondo.

—Quería decir que dar palos de ciego no nos va a ayudar a…

Pete deja la frase a medias cuando sus manos se topan con un objeto resistente. ¡Es una caja! ¿Cuáles eran las probabilidades de encontrarla abriendo zanjas al azar por toda la ciudad? Sin embargo, dicho recipiente no es negro, por lo que todo apunta a que se trata de una caja distinta. Ésta es morada, con una especie de calavera tallada a un lado.

—Debe de ser la caja de Pandora que mencionó Hades —dice Pete.

—Déjala donde estaba —responde su jefa.

—¡¿Qué?! ¿Con lo que me ha costado sacarla?

—Ésa no es la caja que deseo. Nuestros asuntos aquí han concluido. Nos vamos.

Las pistas que recibieron no sirven para encontrar la caja negra que buscan con tanto ahínco, y que podemos suponer que se trata de la misma que el Maestro de Maestros encomendó a Luxu al inicio de su viaje, junto con la llave espada "Atisbadora". Sin embargo, si aquella otra, la morada, es realmente la caja de Pandora…, ¡más vale que no caiga en malas manos! Es toda una suerte que Maléfica haya decidido pasar de ella.

Por desgracia, es pronto para respirar aliviados. Y es que allí hay alguien más, contemplando la escena desde las sombras. Alguien que, si quisiera, tendría acceso a la caja de Pandora. Y ese alguien… es Xigbar.

Capítulo 5 – Reino de la Oscuridad

Mickey y Riku recorren el Reino de la Oscuridad en busca de la Maestra Aqua, perdida desde los acontecimientos de *Kingdom Hearts 0.2 – A Fragmentary Passage* (que más tarde Mickey se encargará de resumirnos). El chico parece desorientado, pese a que, como él mismo dice...

—Ya había estado aquí. Debería conocer este sitio. Pero es como si hubiera ocurrido en otra vida.

—Piensa en todo lo que has visto. —Mickey trata de consolarlo—. En todo lo que has sentido. Es como si hubieras crecido años en muy poco tiempo.

—Recuerdo la primera vez que estuve aquí. Tenía tanto miedo... Pero ahora han desaparecido todas mis dudas y temores. En todo caso, me siento eufórico. Y no es porque haya oscuridad en mi interior. Conozco esa sensación demasiado bien. Esto es diferente. Ahora tengo el control. A lo mejor es porque estás conmigo esta vez.

Mickey niega con la cabeza.

—No soy yo. Creo que es porque has encontrado esa fuerza especial para proteger aquello que te importa.

—¿Qué? —Riku no acaba de entenderlo.

—A veces, alguien te importa tanto que el resto de sentimientos desaparecen. No queda lugar para el miedo o las dudas.

Muy parecido a la versión de Hércules sobre cómo logró superar su bache.

—¿Será eso? —se pregunta Riku—. Fuerza para proteger lo que importa... Me recuerda a una promesa que hice.

—¿A quién?

—A alguien que conocí una vez. Es un secreto.

Se refiere a Terra, cuando éste lo nombró portador de la llave espada. Pero no se lo digáis a nadie, que es un secreto.

—Parece un buen recuerdo —concluye el rey.

—Lo es. Ya que estamos recordando cosas... —Riku observa los alrededores—. Mickey, ¿te suena algo de esto?

—Más o menos. Pero el Reino de la Oscuridad ha cambiado desde que estuve aquí con Aqua.

—Sí, es diferente a como lo recuerdo yo también —asiente el chico.

—Normalmente, seguiría a mi corazón y Aqua me mostraría el camino. Pero cuanto más me acerco, más difuso siento ese vínculo.

—¿Quieres decir...? —Riku se teme lo peor.

—Tal vez, pero no podemos abandonar la esperanza.

Su búsqueda los conduce hasta una playa, que quizá recordéis del final de *Kingdom Hearts II*. Si no, Riku os refrescará la memoria en breves instantes.

—Ya no está —se lamenta Mickey—. Estoy seguro de que Aqua estaba aquí. Pero, ahora, su rastro se ha vuelto tenue.

—Yo ya había estado aquí, con Sora —dice Riku—. Es donde encontramos el camino de vuelta al Reino de la Luz. —Es decir, después de luchar contra Xemnas—. ¡Eh, a lo mejor Aqua también ha podido regresar!

Mickey no se muestra tan optimista.

—Aqua ha caído en un abismo aún más negro. Un lugar en el que no puedo verla. Y creo que no estamos equipados para adentrarnos más.

La relativa tranquilidad llega a su fin cuando Riku se ve emboscado por una criatura formada por cientos de sincorazón, que lo absorbe a su interior sin que el chico tenga tiempo de escapar. Allí no hay nada más que una negrura infinita... y una voz amortiguada.

—No esperaba volver a verte.

—¿Qué? —Riku mira a su alrededor. No hay nadie—. ¿Quién...?

—¿Por qué has venido aquí?

—Porque alguien me necesita.

—¿Quieres ayuda? —pregunta la voz lejana.

—¿Quién eres?

—¿Yo? Soy...

Riku pierde el conocimiento antes de poder oír la respuesta. Cuando vuelve a abrir los ojos, está tumbado sobre la arena de la playa del Reino de la Oscuridad, con Mickey velando por su seguridad.

—¿Dónde han ido los sincorazón? —pregunta Riku.

—Me libré de más de la mitad de ellos. El resto desaparecieron, pero primero te soltaron.

—Gracias. Te debo una.

—Ya sé que te sientes invencible, pero no lo somos.

—¿Tú estás bien, Mickey?

—Sí, gracias al equipo nuevo. —Son los trajes que les entregó Yen Sid—. Pero tu llave espada…

Riku no se había dado cuenta hasta entonces: su llave espada está partida en dos. Por ahora, lo mejor sería retirarse, arreglar la llave espada y pedir consejo a Yen Sid.

—Aqua sigue aquí. —Riku se siente impotente por no poder ayudarla—. ¿Y si está asustada y sola, como me sentía yo la primera vez que vine? ¿Cuánto tiempo vamos a hacerle esperar en este horrible lugar?

—Pero Aqua es como Sora —responde Mickey con una sonrisa—. Tan fuerte como él, quiero decir.

—Entonces, supongo que no le pasará nada. —Riku ha recuperado el optimismo—. Sora podría caerse en cualquier mar de oscuridad y salir nadando.

—Además —añade Mickey—, no tardaremos mucho en volver.

Antes de marcharse, Riku clava su llave espada en el suelo. O lo que queda de ella.

—Ya no puedo usarla. Creo que la dejaré aquí, para mi otro yo.

Capítulo 6 – Torre de los Misterios

Sora, Donald, Goofy, Mickey y Riku se reencuentran en la Torre de los Misterios, el hogar de Yen Sid. Todos traen malas noticias: viajar al Olimpo no ha sido suficiente para que Sora recupere su antiguo poder, y sigue sin haber rastro de Aqua.
—¿Alguna pista? —pregunta Donald.
—La Maestra Aqua consiguió llegar a la playa que Sora y yo visitamos una vez —responde Riku—, pero el rastro termina ahí.
—Su rastro se desvanece en el gran abismo —añade Mickey—, bajo el Reino de la Oscuridad.
—Entonces —dice Donald con cara de circunstancias—, ¿ha desaparecido para siempre?
—No —replica Riku—. Sora fue arrastrado al abismo durante el examen, y yo fui tras él para traerlo de vuelta. Así que creo que, si encontramos a alguien muy cercano a Aqua y lo intentara, tal vez podría alcanzarla.
—Pero no sé a quién pedírselo —se lamenta Mickey—. Ventus está escondido, y Aqua es la única que sabe dónde. Además, nadie ha visto a Terra en mucho tiempo. Aqua fue la última.
—Así que Aqua es la clave para reunir a los tres —concluye Riku.
—Su profesor —dice Yen Sid—, el Maestro Eraqus, sería otra posibilidad, de no ser porque Xehanort lo asesinó de forma despiadada.
Curiosidad: en *Birth by Sleep* vimos a Terra matar a Eraqus. Sin embargo, la nueva realidad es que Terra sólo lo debilitó, pero fue Xehanort quien dio el golpe de gracia, en secreto, para que Terra (y nosotros) pensara que fue él mismo, y así aprovecharse de su debilidad para poseerlo.
—¡Yo la salvaré! —exclama Sora de repente.
—Pero, Sora —dice Goofy—, va a ser muy difícil, porque no tienes el poder del despertar.
—¿Eh? —El chico se muestra confuso—. Perdonad, no sé por qué he dicho eso.
¿Acaso… alguien ha hablado desde su corazón?
—Pues a mí me ha convencido —dice Mickey.

—Sí —asiente Riku—. Más te vale no decepcionarnos ahora.

Pero no nos adelantemos. Para hacer eso posible, aún queda mucho camino por delante. Yen Sid es el encargado de repartir las tareas.

—Sora, debes centrarte en recuperar el poder del despertar que perdiste. Mickey, Riku, recuerdo que la Maestra Aqua viajó a muchos mundos y conectó con otras personas que tal vez sean el vínculo que necesitamos.

—Buen plan, Maestro —responde Mickey—. Riku y yo seguiremos sus pasos y veremos si logramos encontrar pistas. Pero, primero, hay algo que quiero consultarle. Sufrimos un ataque muy fuerte en el Reino de la Oscuridad. Mi llave espada está dañada, y los sincorazón rompieron la de Riku en dos, así que vamos a tener que reemplazarlas antes de continuar.

—En ese caso, deberíais ir al encuentro de Kairi y Lea —dice Yen Sid—. Aún prosiguen su entrenamiento bajo la tutela del mago Merlín. Además, quisiera que les entregarais estos presentes. —El anciano mago hace aparecer dos maletines—. Son las mismas vestiduras que os entregué a vosotros; ropajes especiales que protegerán a Kairi y a Lea de la oscuridad.

—¡Entendido!

—¡No es justo! —protesta Sora—. ¿Dónde está el mío?

—Tranquilo —responde Yen Sid—, también tengo ropajes para ti. Un regalo de las tres hadas madrinas.

—¡Ya sabía que no se olvidaría de mí! ¡Gracias!

—No son ropajes ordinarios, Sora. Como siempre, poseen poderes especiales, así que llevó más tiempo prepararlos. Además, en el interior hallarás un regalo de parte de Chip y Chop.

—¡Vale!

Sora recoge su propio maletín, emocionado.

Antes de continuar, quiero hacer una aclaración ortográfica, para evitar confusiones: hay que distinguir el "maestro", con minúscula, sinónimo de "profesor", del "Maestro", con mayúscula, que es el rango más alto de los portadores de la llave espada. Por ejemplo, el Maestro Eraqus es el maestro de Terra, Ventus y Aqua. Lo encontraréis escrito de ambas maneras.

—Bien —sigue Yen Sid—, ahora todos estáis listos para continuar.

—¡Eh, esperad! —exclama una voz aguda—. ¡No os olvidéis de mí!

Pepito Grillo entra en escena. El cronista real ha sido compañero inseparable de Sora durante casi todas sus aventuras. Debemos agradecérselo, porque es quien toma nota de todo lo que sucede, y también quien rellena esos informes tan útiles que podemos consultar en todo momento. Ahora, no será distinto.

—¡El equipo al completo! —dice Goofy.

No tan rápido. Yen Sid aún tiene algo más que comunicarles.

—Para marcar el inicio de un nuevo viaje, quiero entregarte esto, Sora. —Un amuleto morado aparece en la mano del chico—. Es un Unecorazones, un amuleto de la buena suerte hecho expresamente para ti. Tienes un don para conectar con otras personas, y este regalo refuerza ese don.

—¡Hora de partir! —sentencia el rey.

—Que vuestro corazón os sirva de guía —dice Yen Sid antes de verlos marchar.

Ese Unecorazones, en realidad, sirve para invocar oníridos lucientes, las criaturas que asistían a Sora en combate durante *Kingdom Hearts 3D: Dream Drop Distance*. Más adelante consigue otros, pero no influyen en la historia, así que lo pasaremos por alto.

Ah, y en cuanto al regalo de Chip y Chop que Yen Sid dijo que Sora encontraría dentro del maletín… Paciencia, pronto lo veremos.

Capítulo 7 – Otro corazón

Sora, Donald y Goofy montan en su nave Gumi, listos para iniciar un nuevo viaje. Pepito Grillo va con ellos, aunque rara vez lo mencionaré, pues no interviene (ni se deja ver) en la mayor parte de las conversaciones. Ahora viene la parte complicada: elegir un destino. Con todas las rutas cerradas, no saben adónde ir.

De pronto, una melodía capta la atención de todos ellos. Procede de algún lugar de la propia nave. ¿Qué será? La respuesta, en el bolsillo de Sora: es un pequeño aparto electrónico, parecido a una PDA o un teléfono móvil. Dicho de otro modo: el regalo misterioso de Chip y Chop.

Precisamente, lo que muestra la pantalla es una solicitud de videollamada, enviada por las dos mañosas ardillas.

—¡Bien! —exclama Chop (el de hocico rojo y dos dientes, por si no los distinguís)—. ¡Lo ha cogido!

—Vaya, por fin —dice Chip (hocico negro, un diente)—. ¡Tienes que responder al gumífono, Sora! Si no, no te podemos poner al día.

Vamos a resumir esto, que a las ardillas les gusta mucho hablar. El gumífono es ese "teléfono móvil", cuya utilidad resulta vital en *Kingdom Hearts III*, más allá de para realizar videollamadas. La mayor parte son cuestiones de jugabilidad que no afectan a la guía argumental, como la cámara de fotos, así que no es necesario dedicarle más tiempo. Queda en manos de Pepito Grillo (aunque es más grande que él).

—Cuando Riku y tú volvisteis de los mundos durmientes —dice Chip—, Riku recuperó datos secretos de investigación que Ansem el Sabio había escondido en tu interior.

¿Recordáis, en la parte final de *Dream Drop Distance*, la botella con un mensaje dentro que Riku recogió del mar, en las Islas del Destino, donde estaba la versión de DiZ (el verdadero Ansem) que él mismo se encargó de almacenar dentro de Sora antes de morir? Pues ése es el llamado "código de Ansem", que Chip y Chop se están ocupando de descifrar… con ayuda.

Otra persona se une a la videollamada para proporcionarles más información al respecto. Se trata de Ienzo, el humano original de Zexión, n.º 6 de la Organización XIII. Junto a él se encuentra Aeleus, el original de Lexaeus, n.º 5. ¿Quién habría dicho que acabarían siendo aliados de Sora y sus amigos? Aunque lo cierto es que Aeleus no lo ve con buenos ojos, pues no guarda buenos recuerdos de Roxas. Pero eso es otra historia.

—Los datos del código de Ansem están cifrados —explica Ienzo—, así que sólo hemos podido acceder a una parte. —Hay algo más de lo que quiere hablar, ahora que tiene ocasión de ello—. Sora, estamos aquí porque tú y tus amigos derrotasteis a nuestros incorpóreos. Ahora estamos completos. Aunque en su momento descartamos nuestros corazones voluntariamente, no sabíamos que Xemnas, o más bien Xehanort, nos estaba engañando. Xemnas y Xehanort ya no tienen poder sobre nosotros. Tan sólo somos estudiosos del corazón, exactamente igual que cuando comenzó todo esto.

—¡Sí, y qué más! —Donald no se lo cree.

—Pero, ahora que lo pienso —responde Goofy—, Axel está de nuestra parte.

—Nosotros también tenemos amigos a los que queremos traer de vuelta —dice Ienzo—, como vosotros. Para lograrlo, tendremos que cooperar. A propósito de eso, Sora: encontramos datos intrigantes en el código que hemos descifrado.

—¿Sobre mí? —pregunta el chico.

—Sí. Para recomponer tus recuerdos, nuestro maestro, Ansem el Sabio, inspeccionó tu corazón al detalle. Lo que descubrió fue que tu corazón no te pertenece sólo a ti.

Escuchar aquello no sorprende a Sora.

—La verdad es que lo sospechaba —reconoce el portador de la llave espada—. Hay otro corazón en mi interior. Creo que es Roxas. Igual que Naminé aún está en el interior de Kairi.

—Interesante —asiente Ienzo—. Bueno, nadie conoce tu corazón mejor que tú. La verdad es que tengo una larga batería de preguntas, pero es una teoría válida. Es increíble que tu incorpóreo y tú podáis coexistir. Si compartís un corazón, no me extraña que alguien tan especial como tú llamara la atención de Ansem el Sabio. Continuaremos la investigación siguiendo tu hipótesis.

A Sora ya no le importa recobrar su fuerza perdida. Se ha marcado un nuevo objetivo: *recuperar* a Roxas.

Capítulo 8 – Villa Crepúsculo

La llave espada abre el camino al que fuera el hogar de Roxas durante los eventos de *Kingdom Hearts II*. Bueno, más o menos. No olvidemos que Roxas estaba en una Villa Crepúsculo digital alternativa, copia de la auténtica.

Como curiosidad, decir que es aquí donde empieza *Kingdom Hearts III*, según el propio juego. Sale el logo, y todo. Lo de antes, sin contar el segmento final de *Kingdom Hearts 0.2*, ha sido *Kingdom Hearts II.9*.

La Villa Crepúsculo real es una ciudad bulliciosa, sin rastro de incorpóreos o sincorazón. Se agradece visitar un mundo en el que no quieren matar a Sora nada más poner un pie allí. Lo difícil, en todo caso, será hallar la manera, si es que la hay, de contactar con Roxas. Más que nada, porque no existe.

—Me encontré con Roxas en los mundos durmientes. —Sora recuerda los últimos capítulos de *Dream Drop Distance*—. Fue como... comprender su corazón por primera vez.

—También estaba en el Binarama —dice Donald.

—Ajá —asiente Goofy—. Era una prueba para ver si tu versión de datos estaba lista para resistir el dolor que llevas dentro.

—¿Y lo estaba? —pregunta Sora—. Sé lo que es el dolor. Cuando perdí a Riku y a Kairi... Y luego, cuando perdí la llave espada y vosotros tuvisteis que seguir adelante sin mí... No tener a nadie a mi lado fue el peor dolor de todos. Eso demuestra lo mucho que significáis para mí. Cargar con un poco de dolor no debe de ser tan malo. Es parte de querer a tus amigos.

Muy buena reflexión de Sora. Nadie quiere sufrir, pero si ese sufrimiento procede del miedo ante la posibilidad de perder a alguien, significa que ese alguien es muy valioso.

—Es igual que el Sora digital —concluye Donald.

—Claro —responde Goofy—. Todos los Sora son Sora.

Buena reflexión, también, la de Goofy: todos los Sora son Sora. Debería estudiarse en clase de filosofía.

—Parece que hace una eternidad que estuve aquí —dice el chico.

—No hace tanto —replica Goofy—. A lo mejor sientes eso

porque el Roxas de tu interior echa de menos su hogar.

—Entonces, si Roxas ha sentido algo, ¡estamos en el sitio correcto! ¡Roxas, te encontraré!

—(¿Buscas a nuestro señor?)

—¿Eh?

Sora se queda de piedra al oír aquella voz susurrándole al oído. ¿Cómo es posible, si no hay nadie más cerca? Donald y Goofy aseguran no haber visto ni oído a nadie. Aunque eso está a punto de cambiar, cuando un grupo de incorpóreos acude a su encuentro. Retiro lo que dije antes sobre la tranquilidad de Villa Crepúsculo.

Tras acabar con los incorpóreos, Sora, Goofy y Donald se topan con Hayner, Pence y Olette, los tres chavales que acompañaban a Roxas en *Kingdom Hearts II*. Rectifico: los tres chavales cuyas versiones virtuales acompañaban a Roxas. Ellos, los auténticos, no lo conocen. Hayner y compañía están tratando de escapar de toda una marabunta de sincorazón, a los que el portador de la llave espada, el capitán de los caballeros reales y el mago de la corte se ocupan de exterminar.

—¿Otra vez están pasando cosas raras? —se lamenta Pence.

—¿Lo dices en serio, Pence? —responde Hayner—. ¿Cuándo has visto tú un tornado de cosas amorfas? Esto no es raro, ¡es inédito!

—Supongo que sí. Las criaturas de la última vez eran blancas. Estas cosas deben de ser nuevas. ¡Qué ganas de ponerme a investigar!

—Ya hemos terminado el trabajo de la escuela, bobo —le recuerda Olette—. Bueno, sea lo que sea que está pasando —dice a los recién llegados—, no estaríais aquí sin motivo.

—Estamos buscando a Roxas —explica Sora.

Los tres habitantes de Villa Crepúsculo se quedan en silencio, pensativos.

—Qué curioso —dice Hayner al cabo de unos segundos—. No conozco a ningún Roxas, pero el nombre me suena. Quizá nos hayamos cruzado en alguna parte.

Es Goofy quien resuelve su duda.

—La verdad es que puede que fuera amigo de otra versión de vosotros.

El capitán les entrega una fotografía en la que puede verse a

Roxas con sus tres amigos. Ellos tienen una foto exactamente igual, aunque sin Roxas. Asombrados por este hecho (pese a que son conocedores de la existencia de "otra Villa Crepúsculo"), Hayner, Pence y Olette se ofrecen a ayudar en la búsqueda del incorpóreo de Sora. Ellos se encargarán de preguntar por la ciudad mientras los forasteros realizan una visita a la vieja mansión del bosque, el lugar en que se hicieron la fotografía. También es el lugar donde Sora pasó un tiempo durmiendo para recuperarse de los sucesos de *Chain of Memories*. ¿Os acordáis de eso o tenemos que pedir ayuda a Naminé para recomponer vuestros recuerdos?

—Por cierto —dice Sora antes de separarse—, tengo un teléfono que hace fotos. ¿Nos hacemos una todos juntos?

Goofy se ofrece a hacer la fotografía. Puede parecer un detalle intrascendente, pero quizá sea importante para el futuro, así que aquí queda dicho. En cuanto a la jugabilidad, sirve para descubrir los portafortunas, figuras con forma de Mickey que hay que buscar por todos los mundos. Ya sé que no viene a cuento, pero es divertido, así que quería comentarlo.

De camino a la mansión, el Trío (llamaré así a Donald, Goofy y Sora de vez en cuando, para acortar) se topa con una escena de lo más inusual. En el bosque hay unos sincorazón… que están acosando a una rata. Y no un ratón tipo Mickey o Minnie, sino una rata normal, el animal que todos conocemos y que tantos méritos ha hecho por acabar con la raza humana; primero con la peste negra y luego con el Virus T. Ésta, sin embargo, parece una rata inofensiva, más interesada en recoger fruta que en morder a otros seres vivos.

El Trío acaba con los sincorazón y ayuda a la ratita (o "el ratito", pues es macho) a recoger toda la fruta que las criaturas oscuras le habían arrebatado. Cabe destacar que la rata no puede comunicarse, pero es capaz de controlar a Sora con sólo estirarle del pelo. Así funcionan las cosas en la película *Ratatouille*.

Despidámonos de la rata por ahora, aunque no tardará en volver a cobrar protagonismo.

Sora, Donald y Goofy llegan a la vieja mansión apenas unos instantes antes de que lo hagan Hayner, Pence y Olette.

—Lo de preguntar por ahí ha sido un fracaso —se lamenta Pence.

—Esta mansión es nuestra última esperanza —concluye

Hayner.

Todos se dirigen al laboratorio subterráneo, cuya existencia ya no supone ningún secreto para ellos. Pence, incluso, recuerda la contraseña: "helado de sal marina".

—Estoy dentro —dice el chico—. Pongamos el teletransportador en marcha. —Esta vez, el ordenador lanza una alerta de error—. Oh, vaya, está protegido.

—¿Protegido de qué? —pregunta Sora.

—Pues de nosotros —explica Pence—. No podemos usarlo para ir a la otra Villa Crepúsculo.

La conversación se ve interrumpida por una melodía fácilmente reconocible: el gumífono de Sora. Ienzo quiere iniciar una videollamada.

—Hola, Sora. Por casualidad, ¿no estarás delante de un ordenador?

—Sí —responde, perplejo ante aquella supuesta coincidencia—. ¿Cómo lo has sabido?

—Estaba trasteando con el ordenador de Ansem. Ya sabes, para descifrar el código. Y he visto que alguien se había conectado desde otro terminal. Suponía que eras tú.

Sora ni siquiera comprende lo que acaba de escuchar, por lo que Pence decide hacerse cargo de la situación.

—He sido yo. Me llamo Pence.

—Bien —dice Ienzo—, siempre y cuando sea un usuario en quien podamos confiar.

—Pero estoy atascado. Uno de los programas está protegido, así que no puedo abrirlo.

—¿Cuál?

—El teletransportador a la otra Villa Crepúsculo —responde Hayner con impaciencia—. Es la única manera de encontrar a Roxas. Tienes que ayudarnos.

—¿La otra Villa Crepúsculo? —Ahora es Ienzo quien no entiende nada—. ¿Un teletransportador? Es decir, ¿una ciudad virtual dentro del ordenador, hecha de datos?

—¡Un Binarama! —exclama Pepito Grillo (esto sí que no os lo esperabais).

—Sí —asiente Goofy—, ya hemos visto uno de esos. Es lo que usamos para investigar el diario de Pepito.

—Tal vez pueda hacer algo —dice Ienzo—. Pence, tenemos que configurar una red.

Todos se sientan a esperar mientras Ienzo y Pence se ocupan de configurar la red entre ambos ordenadores. Una vez lista, el investigador de Vergel Radiante puede acceder al terminal de Villa Crepúsculo para solucionar el problemilla que tienen entre manos.

—¿Y qué pasa con Roxas? —pregunta Sora, ansioso.

—Para que el mundo virtual estuviera completo —explica Ienzo—, Ansem el Sabio tuvo que incluir todos los datos de Roxas cuando lo construyó. Es decir, que en algún lugar de vuestro ordenador habrá un registro con esos datos. Podemos descifrar el código de Ansem más rápido y analizar la Villa Crepúsculo virtual al mismo tiempo.

—Vale, genial —responde Sora—. Haced eso.

—Me alegro de que nos sigas —bromea Ienzo. Es evidente que Sora no se ha enterado de nada, para variar—. No te preocupes, ya nos ocupamos nosotros. Chip y Chop me echarán una mano desde aquí. Os llamaré cuando sepamos algo más.

—¡Gracias!

—Oh, antes de que se me olvide —prosigue Ienzo—. Tenemos noticias preocupantes sobre uno de los antiguos miembros de la Organización. Lo conocíais como Vexen, aunque para nosotros era Even, otro de los aprendices de Ansem. Volvió a convertirse en un ser completo, como nosotros, pero aún no se había despertado. Tiempo después de que Lea se fuera, Even desapareció. Aeleus y Dilan, a quienes conocíais como Lexaeus y Xaldin, fueron a buscarlo. Por ahora, ni rastro. Estoy empezando a preocuparme.

Sora se teme lo peor.

—¿Crees que se ha puesto de su lado? —Se refiere, por supuesto, a Xehanort.

—Es una posibilidad —reconoce Ienzo—. Even es un investigador taimado. Tened cuidado.

Vamos a dejar estos dos temas aparcados por ahora: tanto la investigación del ordenador, tarea para Ienzo y Pence, como la desaparición de Even. Hay mucho que hacer hasta entonces.

Capítulo 9 – Villa Crepúsculo, 2ª parte

Nada más abandonar la mansión, Sora, Donald y Goofy reciben una doble visita sorpresa: el falso Ansem (sincorazón de Xehanort) y Xemnas (incorpóreo de Xehanort). Es decir, dos de los miembros de la nueva..., no: de la *verdadera* Organización XIII.

—¿Crees que podrás traer a Roxas de vuelta? —pregunta el primero.

—Roxas no debería haber existido —añade Xemnas—. Lo que pretendes es imposible.

—Claro que existe —replica Sora—. Su corazón está dentro del mío.

—Y en el improbable caso de que consigas separar los dos —sigue el incorpóreo—, ¿dónde piensas poner su corazón?

Sora se queda pensativo, en busca de alguna idea.

—Bueno, Roxas vivía en la otra Villa Crepúsculo, ¿no? Lo mandaré allí de vuelta.

—¿Te das cuenta de lo que dices? —responde Ansem—. La otra Villa Crepúsculo no es más que datos.

—Un corazón puede vivir en cualquier parte —asegura Sora—. Incluso en datos. ¡Estamos rodeados de corazones!

—De hecho —dice Goofy—, Ansem y Xemnas eran dos partes de la misma persona, ¿verdad? Pero mira, ahora existen por separado, sin problemas. —¡Bingo! Punto para el capitán de los caballeros reales—. Si ellos pueden, no veo por qué tú y Roxas no vais a poder.

—En ese caso —concluye el falso Ansem—, adelante.

—Nada nos agradaría más que el regreso de Roxas —añade Xemnas.

—Ya, claro. —Sora se planta frente a ellos—. No va a volver con vosotros.

—Sigues igual de ciego —responde Xemnas, con esa actitud calmada de ir muchos pasos por delante—. Un incorpóreo es lo que queda atrás cuando se entrega el corazón a la oscuridad. Sólo hay una manera de hacer que Roxas vuelva: que te deshagas de tu corazón. Así que, Sora, ¿has decidido entregarte a la oscuridad?

—¿Qué?

—Adelante —dice Ansem—. Las sombras siempre andan cerca.

Y no lo dice por decir. Ansem invoca sincorazón, mientras que Xemnas hace lo propio con incorpóreos.

—Libera tu corazón —dicen ambos al mismo tiempo antes de perderse a través de un portal oscuro.

Sora, Donald y Goofy se ocupan de las molestas criaturas antes de poner rumbo de vuelta a Villa Crepúsculo, dejando atrás la mansión abandonada y a su amigo Pence. «¿Y Hayner y Olette?», os preguntaréis. Vamos a ello.

La investigación de Ienzo y Pence les llevará mucho tiempo. Pero mucho mucho. Así que Sora y sus dos leales amigos deciden marcharse de aquel mundo hasta entonces, en busca de nuevas aventuras. Sin embargo, antes de montar en la nave Gumi, aún les aguarda una última sorpresa. Y es que Gilito McPato, el tío de Donald, ha abierto un restaurante allí, en plena Villa Crepúsculo: el Le Grand Bistrot. Tiene contratados a Hayner, Olette y Pence como repartidores de publicidad; trabajo del que van a tener que ocuparse los dos primeros, al estar el tercero en la mansión. Pero lo que deja perplejos a Sora, Donald y Goofy es... la identidad del chef del restaurante: ¡la rata a la que ayudaron antes! O "Minichef", como lo conocen allí. No influye en el argumento, pero les puede preparar platos deliciosos que aumentan sus parámetros de combate. *Merci*, Minichef!

—Quiero pediros un favor —dice Sora antes de despedirse—. Sé cómo se siente Roxas; lo que es sentirse perdido. Pero Donald, Goofy y Kairi me trajeron de vuelta al desearlo con todas sus fuerzas. Así que quisiera pediros que vosotros hagáis lo mismo y deseéis que Roxas vuelva.

—Eso no es ningún favor —responde Hayner—. Todos lo haremos. ¡Yo ya lo estoy deseando!

—¡Gracias!

Ahora sí, es hora de que Sora, Donald y Goofy se larguen de Villa Crepúsculo... sin sospechar que están siendo continuamente observados, no por una persona, ni por dos, sino por tres: Ansem, Xemnas y Xigbar. En definitiva: por la Organización XIII.

—¿No lo habéis hecho demasiado obvio? —pregunta Xigbar.

—Se nos ordenó guiarlo —responde Xemnas.

—Sí —añade Ansem—. Míralos. Si no se lo deletreáramos, no llegarían muy lejos.

—Muy bien —asiente Xigbar—. Pero no olvidéis cuántas veces Sora ha dado al traste con nuestros planes.

Xemnas no parece preocupado, y así lo hace saber.

—Si se desvía del camino marcado, lo destruiremos.

—Pero entonces tendremos que encontrar otro receptáculo —dice Xigbar.

—Por eso nunca nos lo jugamos todo a una carta.

Tras estas misteriosas palabras de Xemnas, decimos "hasta luego" a la ciudad del perpetuo atardecer, al restaurante de Gilito, a la Organización XIII y también al Trío protagonista. Vamos a ver qué están haciendo otros dos personajes fundamentales de esta historia.

Capítulo 10 – Aprendices

Kairi está entretenida escribiendo una carta para su mejor amigo.

"Siento haberme ido sin despedirme. ¿Te lo ha dicho el Maestro Yen Sid? Estoy entrenando para convertirme en una portadora de llave espada, como tú. Se acabó el quedarme esperando a que vuelvas de tus aventuras. Quiero salir ahí fuera y hacer lo que pueda por ayudar. Merlín ha usado su magia para traernos a un lugar donde el tiempo no importa. Podemos tomarnos el tiempo que queramos para completar nuestro entrenamiento. Es un hechicero increíble. Ah, cuando digo "tomarnos" me refiero a Lea y a mí. Siente mucho todos los problemas que nos causó. Le dije que no se preocupara, pero no deja de disculparse. Al principio me daba un poco de miedo, pero ahora lo conozco mejor. Él sólo quería ayudar a su amigo. Es difícil que no te caiga bien. De vez en cuando, se me queda mirando. Cuando le pregunto qué le ocurre, dice: «No lo sé. Creo que he olvidado algo. Aunque no sé el qué». Sora, creo que puede tener que ver contigo. En tu viaje no dejas de ayudar a otras personas. A algunas no las conocías de antes, y a otras, como Lea, sí. Todas ellas cuentan contigo. No será fácil, pero espero que sigas siendo el Sora feliz y alegre que conozco. No hay corazón que no puedas alcanzar con tu sonrisa."

Cuando la chica levanta la cabeza, descubre que Lea está frente a ella, observándola con expresión seria.
—¿Pasa algo?
—¿Eh? —Lea parece despistado—. No, nada, lo siento.
—Venga, Lea…
—¿Qué? Es verdad. —El chico pelirrojo se apresura a cambiar de tema—. ¿Estás escribiendo una carta para Sora?
—Hum… Técnicamente, sí. Pero no la voy a mandar. Es más… para mí.
—Pídeselo a Merlín —le sugiere Lea—. Él la entregará por ti.
—Da igual, no pasa nada. Me gusta hablar con Sora, aunque sea en papel.

—Ah, vale. —Lea le entrega uno de los dos helados de sal marina que ha traído consigo—. Ten. Le he pedido a Merlín que los comprara. Ya sabes, hemos conseguido manifestar las llaves espada, hay que celebrarlo.

—Qué bueno eres, Lea.

—Ni lo menciones.

El chico parece de nuevo sumido en sus pensamientos.

—¿Qué te pasa? —pregunta Kairi—. ¿Estás intentando recordar lo que has olvidado?

—Bueno, yo… Sí.

—Mañana, tú y yo, un uno contra uno —dice ella para tratar de animarlo—. ¿Estarás listo?

—Claro.

—No te contengas, Lea. Prométemelo.

De pronto, la expresión del pelirrojo cambia. Sus ojos se humedecen, lo que no tarda en dar paso a dos surcos de lágrimas. Apenas han sido un par de segundos, pero, al mirar a Kairi, ha creído ver la figura de Xion hablándole.

—¿Estás bien, Lea? —Kairi se acerca a él, preocupada.

—Sí, sí, perdona. —Lea aparta la mirada—. Se me ha metido algo en los ojos.

—Lea…

—Tengo que irme, lo siento.

—Vale, pero deja de disculparte.

El chico, al fin, recupera su sonrisa.

—Con una condición —dice antes de marcharse—. Llámame "Axel" de ahora en adelante. ¿Lo captas?

Pues eso haremos nosotros también. Desde ahora recuperamos su nombre de incorpóreo.

Capítulo 11 – El paradero de Terra

De dos custodios en ciernes pasamos a dos Maestros de la llave espada consagrados, como son Mickey y Riku. Dilan (ex-Xaldin), ya recuperado de su transición a ser completo, guía al rey y su amigo hasta la plaza de Vergel Radiante, donde... Bueno, dejemos que sean ellos quienes lo expliquen. Esta conversación sirve como útil recordatorio de eventos pasados, por si no tenéis frescas las demás guías argumentales ni sus respectivos juegos.

—Éste es el lugar en el que Aqua cayó al Reino de la Oscuridad tras lanzarse a salvar a Terra —dice Riku después de que Dilan los deje a solas.

—Sí —asiente Mickey—. Aqua dijo que Terra estaba raro. Sintió oscuridad en él y acabaron luchando.

—Y ambos desaparecieron. Más o menos al mismo tiempo, los guardias hallaron a un extraño con el pelo blanco, inconsciente aquí, en la plaza. Dijo que se llamaba Xehanort.

Esos dos guardias, miembros del Regimiento de los Custodios, no eran otros que Dilan y Aeleus. Y el chico que decía llamarse Xehanort... Bueno, sólo lo era en parte.

—Ansem el Sabio acogió a ese extraño —explica Mickey—, pero fue un error. Xehanort traicionó a su maestro y robó su investigación. Fue entonces cuando Xehanort y los demás aprendices separaron sus corazones de sus cuerpos. —Así *nacieron* Xemnas, Xigbar, Xaldin, Vexen, Lexaeus y Zexión—. El corazón de Xehanort tomó el nombre de su maestro, "Ansem", y viajó al pasado para dar instrucciones a su yo joven. —Xehanorcito—. Incluso llegó a controlarte por un tiempo, Riku. Su cuerpo vacío se quedó en el presente, donde, bajo el nombre de "Xemnas", fundó la Organización XIII. Su objetivo era preparar trece receptáculos para el corazón de Xehanort.

—Hasta que pusimos fin a la Organización —puntualiza Riku—. Mientras tanto, el joven Xehanort visitó el futuro —nuestro presente— para elegir trece receptáculos por su cuenta. Trece corazones cuyos fuertes lazos con él sirvieran para iniciar una nueva Organización: la auténtica Organización XIII. Y ahora quieren luchar contra nosotros. —El chico se queda pensativo. Hay un cabo suelto que no comprende—. ¿Qué le ocurrió a Terra? Pensaba que Aqua lo había salvado.

Mickey conoce la respuesta.

—Lo hizo, pero no nos dimos cuenta. ¿Recuerdas el final del examen de graduación, cuando el Maestro Xehanort hizo su reaparición? —En la sala de los trece tronos, con Sora aún dormido—. Ése es el Xehanort que yo recuerdo, un hombre anciano. Pero ¿cómo explicas la apariencia de Ansem y Xemnas, su sincorazón y su incorpóreo? ¿No es extraño que parezcan tan jóvenes? ¿Por qué no son ancianos, como el original? Es porque Xehanort estaba utilizando un cuerpo diferente cuando se dividió en sincorazón e incorpóreo. —Tiene sentido—. Viste el retrato de Xemnas en el castillo de Vergel Radiante, ¿verdad? No es el rostro de cualquier extraño acogido por Ansem el Sabio, sino el del joven cuyo cuerpo poseyó el Maestro Xehanort.

—¡No puede ser! —exclama Riku, perplejo—. ¿Ése era Terra? ¿Xehanort estaba usando a Terra?

—Sí —asiente Mickey—. El Maestro Xehanort mencionó que uno de los posibles custodios de la luz le pertenecía. Se refería a Terra. Aqua, sin saberlo, salvó a alguien más que a su amigo aquel día.

—Bueno... Pero Xehanort vuelve a ser un anciano. ¿Dónde está el cuerpo de Terra?

—Es porque el Maestro Xehanort está reuniendo receptáculos —explica el rey—. Dijo estar ya en posesión de dos de nuestras siete luces. Uno era Sora, al que conseguimos traer de vuelta, pero Terra debe de seguir de su lado.

—¿Con la Organización XIII? Deberíamos avisar a Sora.

—Sí, y a Merlín también.

Hasta aquí el interesante resumen, con información que nosotros, los lectores o jugadores, ya conocíamos, pero que Riku todavía no.

¡Volvamos con el Trío!

Capítulo 12 – Caja de juguetes

Rex y Hamm están sentados en la cama, frente al televisor, contemplando con admiración el tráiler de un videojuego recién publicado, titulado *Verum Rex*. De repente, su amigo Woody corre hacia ellos y los obliga a tumbarse junto a él.

—¿A qué ha venido eso, Woody? —protesta Hamm.

—¡Chsss!

La explicación está a los pies de la cama, donde han surgido numerosas criaturas oscuras: sincorazón.

—¿Han vuelto? —pregunta Buzz Lightyear al llegar junto a sus tres amigos.

Woody le pide que agache la cabeza. Tiene un plan, aunque por ahora es mejor pasar desapercibidos.

—Bien, chicos —dice Woody—. Hoy enseñaremos a esos intrusos enmascarados quién manda aquí. ¿Todos preparados?

—¡No, espera! —lo interrumpe Rex, asustado—. ¡Creo que no estoy preparado emocionalmente!

Antes de que los cuatro amigos pasen a la acción, otros tres recién llegados se ocupan de los sincorazón por ellos. Son, cómo no, Sora, Donald y Goofy.

Con el lugar de nuevo en calma, es hora de hacer las presentaciones pertinentes. Como muchos ya sabéis, Rex, Hamm, Woody y Buzz no son seres normales y corrientes. Al contrario: son juguetes con capacidad de cobrar vida cuando no hay personas cerca. Rex es un dinosaurio, Hamm es un cerdito hucha, Woody es un sheriff vaquero y Buzz es un guardián espacial. Entonces, ¿cómo es que cobran vida estando Sora allí? Sencillo: tanto el portador de la llave espada como sus dos acompañantes inseparables se han transformado en muñecos, para, según palabras de Donald, "salvaguardar el orden mundial". Algo que ya hemos visto en muchos otros mundos antes, nada novedoso.

—¡Eh, yo te conozco! —Rex se abraza a Sora—. ¡Eres Yozora!

—Para el carro, Rex —lo corta Woody—. No sabemos quiénes son.

—¡Pero podemos confiar en ellos! ¡Son los héroes más vendidos del país!

Es irónico, pero Rex ha confundido a Sora con el protagonista de *Verum Rex*. Y no digo que sea irónico por el *"Rex"* del nombre, sino porque Yozora no se parece en nada a Sora, pero sí, y mucho a Riku. Y más aún a Noctis, protagonista de *Final Fantasy XV*, que es en quien está inspirado. Por cierto, ¿sabíais que salió una demo de *FFXV* en la que Noctis estaba en una habitación y era tan pequeño como un juguete? Guiños de ida y vuelta.

—¡La madre de Andy se los debe de haber comprado! —dice Hamm, tan convencido como su amigo de que Sora, Donald y Goofy son muñecos basados en *Verum Rex*.

—Hamm tiene razón —responde Rex—. ¿Habéis visto qué rápido se han librado de los intrusos? Seguro que han venido a investigar dónde están nuestros amigos, y por qué el láser de Buzz de pronto laserea de verdad. ¡Y todas las otras cosas raras! ¡Eso es lo que hacen los héroes!

—No nos precipitemos —replica Buzz, desconfiado—. No bajemos la guardia, Woody.

El sheriff observa a los tres nuevos juguetes, con expresión dubitativa. ¿Tienen razón Rex y Hamm, o la tiene Buzz? ¿Debe confiar en ellos o no?

—Desde luego, le habéis dado una buena lección a esos intrusos —reconoce Woody.

—Eran sincorazón —explica Goofy.

—¡Los malos! —añade Donald.

—Llevamos un tiempo luchando contra ellos —dice Sora.

Para disgusto de Buzz, Woody parece dispuesto a darles una oportunidad. Ya no se muestra tan distante, sino como es realmente: cercano y amigable.

—¡Soy vuestro fan número uno! —Rex sigue a lo suyo—. Llevo meses enganchado a vuestro juego. Ya he llegado a nivel 47, pero es muy difícil pasarse a Bahamut. Ni Slinky ni yo sabemos cómo derrotarlo. Ay, ojalá Slinky y los demás estuvieran aquí. ¡Les haría tanta ilusión conoceros…!

Buzz, Woody, Rex y Hamm no son los únicos juguetes de aquel lugar, la habitación de un niño llamado Andy. También hay seis soldados de plástico y tres peluches extraterrestres (aunque, técnicamente, Sora, Donald y Goofy también son extraterrestres).

—Disculpa —dice Buzz, el único que permanece receloso, a

Sora—. Has dicho que os habéis enfrentado a esos intrusos antes. ¿Cuándo y por qué?

—Esto...

—¡El orden mundial! —le recuerda Donald.

Es decir, que no pueden confesar que no son juguetes reales, sino que es todo un hechizo del mago de la corte. Esto, por supuesto, no ayuda a disipar las suspicacias del guardián espacial.

—De algún sitio tenéis que haber salido, ¿no?

—Tranquilízate, Buzz —dice Woody—. Lo importante es que se han deshecho de esos intrusos. No hay por qué interrogarlos.

—Entendido. Pero, aun así...

Sora se apresura a cambiar de tema para salir del aprieto.

—¿Hace mucho que esos intrusos, los sincorazón, os dan problemas?

—Aparecieron hace poco —responde Woody.

—De hecho —añade Buzz—, esos sincorazón se materializaron justo después de que nuestros amigos desaparecieran.

En resumen: de un día para otro, todos los demás juguetes desaparecieron. No sólo ellos, sino también Andy, su hermana Molly y su madre. Fue entonces cuando empezaron a ocurrir todo tipo de cosas raras, como la llegada de los sincorazón, o que el láser de juguete de Buzz comenzase a funcionar de verdad.

—Seguimos esperando a que Andy vuelva a casa —dice Woody, entristecido.

—Parece alguien muy importante para vosotros —responde Sora.

—Sí. Es el mejor amigo que cualquier juguete podría tener.

—¡Vale! —Sora da una palmada—. ¡Pues empecemos a buscar! ¿Tenéis alguna pista que podamos seguir? ¿Ha pasado alguna otra cosa rara?

Todos se quedan pensativos de nuevo. Es Buzz quien da con la solución. Bueno, quizá no con la solución, sino con nuevas preguntas.

—Cuando todos desaparecieron, llegaron los intrusos... y alguien más: un sujeto de negro, con capucha. De hecho, es el único otro juguete que hemos visto, además de vosotros tres.

Parece que la Organización XIII está implicada en los extraños sucesos del mundo Caja de juguetes. El Trío y sus nuevos amigos tendrán que colaborar para sacar la verdad a la luz. ¿Por dónde empezar a buscar?

—Sargento —dice Woody al líder de los soldados—, ¿hay noticias del equipo de reconocimiento?

—Los últimos informes dicen que se encuentra en la ciudad, señor. En Galaxy Toys.

Pues ya tenemos un punto de partida para la búsqueda. A través de la ventana, los juguetes pueden bajar hasta la calle y, aprovechando que tampoco hay rastro de ningún ser vivo en toda la ciudad, correr hasta el lugar donde fue visto por última vez el encapuchado.

Capítulo 13 – Caja de juguetes, 2ª parte

Woody, Buzz, Rex, Hamm, Sora, Donald, Goofy, los soldados y los extraterrestres han llegado al centro comercial Galaxy Toys, donde son recibidos por todo un ejército de sincorazón, algunos de ellos a bordo de Gigas, robots de combate basados en el videojuego *Verum Rex*. Al mando de aquellos sincorazón está el encapuchado que iban a buscar, y que no es otro que el Xehanort joven que tanto dio la lata en *Dream Drop Distance*.

—¡Eres el de los sueños! —exclama Sora—. ¡El primero de los Xehanort!

—Es un honor que me recuerdes —dice con ironía—. La oscuridad de un corazón llena el vacío de otro. ¿Veis cómo le dan vida a esos juguetes inertes? Igual que los sincorazón y los incorpóreos: encajan.

—¿Por qué haces esto?

—Nos falta una oscuridad y debemos recuperarla. Puede que encontremos una pista en la manera en que los corazones conectan entre sí en este mundo. Así que hicimos una copia del mundo y separamos los corazones. Me pregunto cómo soportarán esta prueba.

—¿Qué quieres decir? —pregunta Sora.

—No me decepciones.

Xehanorcito se marcha, dejando a todos intrigados. ¿Qué ha querido decir con eso de la "copia del mundo"? Sora, que conoce bien a Xehanort, tiene una teoría.

—Seguramente haya dividido este mundo en dos. Vuestros amigos están en un mundo y nosotros en otro. Uno de los dos es real y el otro es una copia muy convincente.

—No hablarás en serio. —Buzz no se lo cree—. Ah, claro, vienes de un videojuego. Bueno, tal vez en tu juego las cosas funcionen así, pero aquí, en la realidad, no puedes dividir los mundos. Es ridículo.

¿Es ridículo, como afirma Buzz? Pues la verdad es que sí. ¿Tiene sentido fuera de los sueños? No mucho. ¿Hay que aceptarlo, sin importar nuestra opinión, porque así lo han querido los guionistas? Afirmativo. Sigamos.

—Lo admito, suena muy extraño —reconoce Woody—. Pero si de verdad estamos en un mundo alternativo, eso explicaría por qué tu láser se ha vuelto real —dice a Buzz—. ¿De verdad te suena más improbable que enfrentarse a malvados emperadores y proteger la galaxia?

A lo que Woody se refiere, y que sólo entenderéis quienes hayáis visto *Toy Story*, es a que Buzz Lightyear tardó un tiempo en darse cuenta de que era un juguete. Al principio creía ser un guardián espacial real, con la misión de derrotar al emperador Zurg. No es que sea una excusa muy buena para convencer a Buzz, pues ya todos, incluido él, saben que aquello era una fantasía, no la realidad. Lo de la división de mundos, por otro lado, sí que parece auténtico. Y ellos, por si no ha quedado claro, se hallan en la copia.

El sargento y sus soldados corren al encuentro de Woody. Traen muy malas noticias.

—¡Acaban de secuestrar a Rex! Mis hombres vieron cómo lo izaban hasta el segundo piso, señor. Y Hamm y los marcianos también han desaparecido.

La situación se complica. Quiera o no, Buzz va a tener que confiar en Sora, Donald y Goofy para encontrar a todos sus amigos desaparecidos. Es una misión demasiado complicada para Woody, los soldados y él solos.

Encontrar y *rexcatar* a Rex no les cuesta mucho. El dinosaurio, que es más bien asustadizo, decide *rexgresar* (perdón) a la entrada de Galaxy Toys mientras los demás prosiguen la búsqueda de los juguetes perdidos.

A Hamm lo localizan en la sección de bebés, prisionero de una muñeca llamada Angelie Amber. Lo que tiene de bonita lo tiene de malvada, ya que parece haber sido poseída por la oscuridad. Sintiéndolo mucho, el médico Sora le receta una somanta de palos para liberarla de toda esa oscuridad. ¡Niños, no miréis!

—¿Y si acabamos como ella? —se pregunta Buzz—. ¿Qué pasa si olvidamos quiénes somos y empezamos a atacarnos entre nosotros?

—Eso no pasará, Buzz. —Sora trata de calmarlo.

—Sois demasiado fuertes —asegura Goofy.

—¿Y si me poseen y empiezo a atacaros? —insiste el guardián espacial.

—Los sincorazón… —responde Sora—. La oscuridad sólo arraiga en nosotros cuando nuestros corazones dudan. Confiad en mí. No os pasará nada si vuestro corazón es fuerte.

—Eso son buenas noticias —dice Woody, confiado—. Te conozco, Buzz. Tu corazón jamás flaquea si se trata de tus amigos.

—Supongo que tienes razón, vaquero —concluye Buzz—. Siento haberos preocupado.

Donald y Goofy observan un extraño objeto volador no identificado deambulando por el centro comercial, con un gancho que puede usar para "abducir" juguetes. ¡Ya sabemos quién es el más que probable culpable del secuestro!

Woody, Buzz, Sora, Donald y Goofy dejan atrás a Hamm y a los soldados para perseguir al platillo volante. Éste los conduce hasta los tres marcianos, quienes, por motivos obvios, también se han sentido tentados a ir tras el OVNI. Pido perdón si el colectivo extraterrestre se ha sentido ofendido por mis prejuicios y estereotipos. La aeronave de juguete consigue capturar a los marcianos, pero Sora y compañía la destruyen antes de que pueda huir.

—Ya no podremos alcanzar el nirvana —se lamentan los seres verdosos, ajenos al peligro que corrían.

—Siento haber tenido que destruir la nave —dice Sora.

—No temas, aún tenemos nuestro nuevo hogar: el cuarto de Andy.

—Tienen razón —responde Buzz—. Éste no es nuestro lugar. Llevamos en esta juguetería demasiado tiempo. Deberíamos regresar al cuarto de Andy.

—Pero Xehanort nos dijo que ese cuarto ni siquiera es de verdad —le recuerda Sora.

—¿Tienes pruebas de que ese disparate sea cierto? Además, aunque sea falso, puede que Andy esté en alguna parte de este mundo, con nosotros. Me voy a casa a esperarlo. Se acabó el debate.

Todos los juguetes se muestran de acuerdo: deben regresar a casa de Andy. No es que vayan a solucionar así sus problemas, pero, al menos, estarán a salvo. Por su parte, Sora, Donald y Goofy tendrán que ocuparse de Xehanorcito sin ayuda.

Cuando están a punto de separarse, algo los detiene: Rex ha vuelto a desaparecer.

—Se ha ido —explica Hamm—. Ha dicho que quería demostrar a Buzz que puede confiar en Sora. Está ahí arriba, donde los videojuegos.

Lo que pretende el dinosaurio de plástico es encontrar un ejemplar de *Verum Rex*, el videojuego protagonizado por Yozora, al que Rex confunde con Sora. Así podrá demostrar que Sora, Donald y Goofy son juguetes de ese videojuego, y no invasores sincorazón. Lo cierto es que su razonamiento parte de una base errónea, pero sirve para que los demás confíen en ellos, así que mejor no decir nada.

En la tienda de videojuegos, además de a Rex, encuentran al joven Xehanort.

—No puedo permitir que os vayáis tan pronto. Aún me queda mucho por observar.

—Sólo nos quieres a nosotros —protesta Sora—. Deja que se vayan.

—Una frase digna de ti, custodio de la luz. Muy bien, saltaremos al escenario final.

Mientras el Xehanort del pasado distrae al grupo, un sincorazón alcanza a Buzz por la espalda. Basta con eso para que acabe poseído, como la muñeca Angelie Amber.

—¡¿Qué le has hecho?! —exclama Sora.

—Pensaba que estaba claro —responde Xehanort con calma—. Estoy poniendo a prueba la fuerza de sus lazos. En este mundo, los juguetes tienen corazón, y éste proviene de un lazo poderoso. ¿Qué ocurre cuando pones a prueba su resistencia? Cuando hay mundos de distancia entre ellos, ¿podrán la tela y el plástico retener sus corazones? Sólo necesitaba una manera de dividirlos. Alguien que los llenara de desconfianza y dudas. Y ese abismo que habéis creado puede llenarse de oscuridad insondable. Observadlo vosotros mismos.

Xehanort lanza una magia que envía a Sora directo hasta un televisor, en el que se está reproduciendo el videojuego *Verum Rex*. El chico se ve absorbido por la pantalla y acaba dentro del propio juego. No olvidemos que es un mundo falso, así que puede pasar cualquier cosa. Tras deshacerse de unos cuantos Gigas, los robots de combate, Sora consigue regresar al exterior.

Buzz ha desaparecido a través de un portal oscuro, junto a

Xehanort. Por suerte, los soldaditos han logrado rastrearlos hasta la zona de juegos, con toboganes, piscina de bolas y bloques para que se entretengan los niños pequeños. Sobre aquella sala hay un conducto de ventilación del que emana oscuridad; parece una pista fiable. Sora, Woody, Donald y Goofy se ayudan de una figura de cactilio (criatura mítica donde las haya de la saga *Final Fantasy*) para llegar hasta el portal oscuro alojado dentro del conducto de ventilación. Dentro, como era de esperar, aguardan Xehanorcito y Buzz Lightyear. Este último parece inconsciente, rodeado de un halo de oscuridad.

—Contemplad —dice el joven del pasado—. ¡Qué oscuridad tan tremenda! Todo porque lo han arrancado de los brazos del niño que más aprecia.

—¿Eso quiere decir que, si no encontramos a Andy, todos acabaremos como Buzz? —se pregunta Woody.

—La distancia no importa —replica Sora—. Andy es parte de vuestros corazones igual que mis amigos son parte del mío. ¡Eso es algo que no se puede arrancar!

—Ah, cuánta razón. —La respuesta de Xehanort resulta sorprendente—. Pero si la luz de la amistad es una forma de poder, la oscuridad de la soledad es un poder aún mayor. La oscuridad es la verdadera naturaleza del corazón.

Antes de que Sora pueda contestar, Woody se interpone entre ambos.

—No sé de qué estás hablando —dice con rostro serio—, pero no me importa. Devuelve a Buzz a la normalidad y piérdete.

—¿O qué, juguete? —Xehanort sonríe.

—Sí, soy un juguete —reconoce Woody—. Y un amigo. Supongo que nadie te ha querido nunca, por eso no sabes nada de los corazones ni del amor.

—Los corazones nos rodean —añade Sora—, intentando conectar entre ellos. Tu soledad sólo ha hecho que los lazos entre Buzz y Woody sean más fuertes. Ésa es la verdadera naturaleza del corazón: no olvidarlos jamás. Allá donde estén, Andy y los demás tampoco los han olvidado.

—No podrás separarnos de Andy —sigue el sheriff—. Vamos a volver a casa, quieras o no. ¡Y Buzz viene con nosotros!

Sora y Woody caminan hacia Xehanort, quien no parece intimidado o impresionado.

—Xehanort —dice el chico—, estás tan empeñado en buscar sombras, que has olvidado la luz que las proyecta.

Sus palabras tienen un efecto inesperado: la oscuridad que rodea a Buzz desaparece de repente. Woody se apresura a ir en su auxilio mientras Sora, Donald y Goofy se enfrentan a Xehanorcito. Al peligrís le basta con un movimiento del brazo para mandarlos volando por el aire.

—Así que hasta las marionetas vacías pueden recibir corazones fuertes. Voy a tener que recordar eso.

—Pues recuerda también esto —responde Buzz, ya recuperado—: nuestros corazones siempre estarán conectados a Andy. ¡Da igual lo que hagas!

—Y eso es algo que jamás comprenderás —añade Woody—, porque estás más vacío que cualquier juguete.

Lejos de plantar batalla, Xehanort opta por largarse, no sin antes dejarles una frase llena de significado.

—Ahora sé que se puede colocar un corazón en un receptáculo de nuestra elección... En agradecimiento, os daré un regalo de despedida.

—¡Espera! —Sora corre hacia él.

—Encuentra los corazones unidos al tuyo.

—¿Qué?

Xehanort ya no puede responder, pues ha desaparecido. En su lugar queda un enorme sincorazón volador, cuyo aspecto recuerda al de una aeronave de juguete. Tras acabar con él, Sora, Goofy, Donald, Woody y Buzz regresan al Reino de la Luz, donde se reencuentran con Rex, Hamm, los soldados y los marcianos.

Por ahora, no parece que haya forma de viajar de aquel "mundo copia" al real, así que Woody y compañía tendrán que resignarse. ¿Podrán volver algún día con Andy y los demás juguetes?

—Si seguimos nuestros corazones —dice el sheriff—, los acabaremos encontrando. Ahora vosotros también sois parte de nuestros corazones, así que dejadnos ser parte de los vuestros.

Sora, Donald y Goofy se abrazan a él, emocionados.

—Hora de partir —sentencia Buzz—. Hasta el infinito... ¡y más allá!

Capítulo 14 – Réplicas

De vuelta en la nave Gumi, Sora llama a Ienzo mediante el gumífono. Quiere preguntarle cómo va su investigación, con el objetivo de darle un cuerpo al corazón de Roxas. Sin embargo, quien contesta la videollamada es el rey Mickey.

—¿Me he equivocado de número? —pregunta Sora.
—No. Riku y yo estamos de visita en Vergel Radiante.
—Quería pediros vuestra opinión. Para resucitar a Roxas se necesita un cuerpo, ¿verdad?
—Sí, para alojar un corazón.

Riku, que ha oído aquello, se une a la conversación.

—Réplicas. Las réplicas son prácticamente humanas.
—¿Las qué? —Sora no sabe de qué está hablando su amigo.
—Oh, claro, no te acuerdas. —Es comprensible, ya que perdió los recuerdos tras *Chain of Memories*—. La antigua Organización XIII desarrolló "réplicas", receptáculos realistas en los que colocar corazones. Son tan reales que parecen personas de verdad. Con corazones, las réplicas lo serán.
—Entonces —dice Sora—, si conseguimos una de esas réplicas, ¿Roxas tendrá su propio aspecto cuando esté completo?
—Sí —asiente Riku—. La réplica toma la forma del corazón de su interior.
—¡Perfecto!
—Hablaré con Ienzo —dice Mickey—. Estaba en la Organización por entonces, así que quizá sepa algo más.
—Genial. Un momento... —A Sora se le acaba de ocurrir una teoría—. ¿Creéis que la Organización y Maléfica también quieren réplicas?
—No —contesta Goofy—. Estoy seguro de que mencionaron "una caja negra".

Recordatorio: es la caja misteriosa que le entregó el Maestro de Maestros a Luxu durante el último capítulo de *Kingdom Hearts χ Back Cover*. ¿Qué esconde? ¿El Libro de las Profecías? Eso, por desgracia, aún no lo sabemos.

—Hay algo que tenéis que saber —dice Mickey—. Es sobre uno de los miembros de la Organización.

—¿Qué?

Lejos de responder, el rey cambia de tema.

—Dejad que nosotros nos ocupemos de Roxas y Naminé. Vosotros continuad con vuestro viaje y manteneos vigilantes por si veis a Terra.

Mickey finaliza la llamada. Por ahora, vamos a quedarnos a su lado.

—No cambian nunca, ¿eh? —dice a Riku con una sonrisa.

—Ésa es su mejor cualidad —responde el chico.

—Bueno, ya hemos entregado a Merlín los atuendos para Kairi y Axel. Vayamos al estudio de Ansem el Sabio.

Mickey y Riku acceden al castillo de Vergel Radiante. Y, dicho esto, volvemos a cambiar de bando. Sigamos con el incombustible Trío, de viaje a un nuevo mundo.

Capítulo 15 – Reino de Corona

¡Que nadie se asuste! No, no fue aquí donde surgió el Coronavirus. En realidad, se trata de un mundo tranquilo y precioso..., del que, por desgracia, alguien no puede disfrutar. Os presento a Rapunzel. Es una joven muchacha, de larguísima melena rubia, que lleva toda su vida encerrada en lo alto de una torre. ¿Por qué? Pues porque su madre así se lo ha ordenado. "Por su bien".

—El mundo exterior es un lugar peligroso. Tienes que quedarte aquí a salvo.

Rapunzel, para quien su madre es el máximo (y único) referente, obedece sin rechistar. No tiene más amigos que un camaleón llamado Pascal. Y es un mundo sin internet ni videoconsolas, así que se aburre como una ostra. Pobrecita.

Hay un motivo en especial que hace soñar a Rapunzel con abandonar la torre algún día. Todos los años, coincidiendo con la fecha de su cumpleaños, el cielo se llena de luces rojas. ¿Casualidad? La chica no puede evitar tener la sensación de que son para ella. Quiere descubrir la verdad..., pero no se atreve. Si su madre dice que es peligroso salir, debe de tener razón, ¿no? Al fin y al cabo, nadie la quiere más que ella.

No muy lejos de allí, en el bosque que rodea la torre, Sora, Donald y Goofy acaban de aterrizar con su nave Gumi. Lo que en principio parece un ambiente tranquilo, relajado, con buen clima, no tarda en torcerse por culpa de los sincorazón. No es a ellos a quien atacan, sino a un chico que trata de huir a toda prisa. Su nombre es Flynn Rider.

Mientras el Trío se hace cargo de despachar a los sincorazón, Flynn escapa en dirección a la torre, a través de un pasadizo semioculto. Allí tampoco es bien recibido, pues la propia Rapunzel, asustada, lo aprisiona con ayuda de su melena, que ha resultado estar imbuida de algún tipo de poder mágico. Puede alargarla o acortarla a voluntad, por ejemplo. También posee capacidades curativas.

—¿Cómo te va? Me llamo Flynn Rider —dice para tratar de ganarse su confianza.

Rapunzel, lejos de caer en su amabilidad, lo amenaza con una sartén.

—¿Quién más conoce mi paradero?
—Vale, rubita...
—Rapunzel.
—Como quieras. Verás: yo estaba en un lío, deambulando por el bosque, me tope con tu torre, y... ¡Oh, no! —Flynn mira a su alrededor, alarmado—. ¡¿Dónde está mi alforja?!
—Escondida —responde ella—, donde nunca la hallarás. Y ahora dime: ¿qué quieres hacer con mi pelo? ¿Cortarlo? ¿Venderlo?
—¿Qué? —Su cara de confusión no parece fingida—. Claro que no.
—¿No quieres mi pelo?
—¿Qué narices iba a hacer yo con tu pelo? —insiste Flynn—. Me perseguían, vi una torre, escalé hasta la ventana, punto.

Rapunzel empieza a dudar. Quizá aquel chico no esté mintiendo, después de todo. Menos confianza en él muestra Pascal, el camaleón, aunque se le ha ocurrido una idea que puede favorecer a su amiga.

—De acuerdo, Flynn Rider —dice Rapunzel—. Estoy dispuesta a ofrecerte un trato. ¿Tú sabes lo que es esto?

La chica le muestra un dibujo en la pared, donde se pueden ver las luces que adornan el cielo nocturno durante todos y cada uno de sus cumpleaños.

—¿Te refieres a los farolillos que hacen en honor de la princesa? —pregunta él.

—Así que son farolillos... Bueno, mañana por la noche iluminarán todo el cielo con esos farolillos. Tú serás mi guía. Me llevarás hasta ellos y me traerás de vuelta a casa sana y salva. Entonces, y sólo entonces, te devolveré la alforja. Ése es mi trato.

Flynn ni se plantea aceptar.

—Va a ser que no. Por desgracia, mis relaciones con el reino no son muy fluidas en este momento, así que no te llevaré a ninguna parte.

—Algo te trajo hasta aquí, Flynn Rider. Llámalo como quieras: fortuna, destino... He tomado la decisión de confiar en ti.

—Una horrible decisión —asegura él, tan honesto como sarcástico.

—Lo digo en serio.

Siendo honestos, no es que Flynn tenga muchas opciones. Ni siquiera puede moverse a causa de la melena que lo mantiene atado a una silla. Si quiere salir de ahí, va a tener que pasar por el aro.

—A ver si lo he entendido bien… —dice Flynn—. Te llevo a ver los farolillos, te traigo a casa, ¿y tú me devuelves la alforja?

—Te lo prometo —responde la chica rubia—. Y cuando hago una promesa, no la incumplo jamás.

En realidad, lo que más preocupa a Flynn es que Rapunzel llegue a descubrir el contenido de la alforja. Por otro lado, viajar a la ciudad, más allá de sus problemas personales, implica enfrentarse a los sincorazón. Tal vez… Sí, es una buena idea: pedirá ayuda a Sora, Donald y Goofy.

—Está bien, te llevaré. Con una condición: mis tres ayudantes también vienen.

Flynn parte en busca del Trío, con Rapunzel a la zaga. La chica no puede evitar maravillarse con todo cuanto ve, huele y toca, pues, hasta ahora, no conocía más paisaje que el que se ve desde la ventana de su habitación, en lo alto de la torre. Y teniendo en cuenta que se halla en un espacio más bien estrecho entre montañas, este paisaje se reduce a un trozo de campo y un par de árboles. No quiero cuestionar a su madre, pero ¿de verdad que era lo mejor para ella?

Por cierto, ¿habéis visto esos vídeos de bebés a los que sus padres llevan por primera vez a una zona con césped y les da miedo tocarlo? Pues algo así es Rapunzel ahora mismo.

Flynn convence a Sora, Donald y Goofy de hacerse pasar por sus ayudantes. Los tres aceptan por el bien de la inocente muchacha. Lo único que tienen que hacer es escoltarlos hasta la ciudad, para que Rapunzel pueda presenciar el lanzamiento de farolillos…, y, aunque esto prefiere callárselo, para que Flynn recupere su alforja.

—El mundo exterior debe de parecerle grande y aterrador —dice Sora a sus dos compañeros—. Sé cómo se siente. Por suerte para mí, vosotros aparecisteis en el momento adecuado.

Así es: su encuentro en Ciudad de Paso lo cambió todo. Como también cambió, si no todo, al menos mucho, el encuentro de Sora con Marluxia en el Castillo del Olvido de *Chain of Memories*. El tipo de melena rosa, n.º 11 de la Organización XIII, traicionó a sus compañeros, junto con Larxene (n.º 12), para llevar a cabo sus propios planes. Ambos, Marluxia y Larxene, acabaron siendo derrotados por Sora. Un problema menos tanto para el portador de la llave espada como para la Organización XIII.

Y ¿por qué digo esto, así, de repente? Bueno, recordemos que al destruir el sincorazón e incorpóreo de un ser, éste retorna a su forma original. Así ha sucedido con Braig, Dilan, Aeleus, Ienzo, Isa, Even y Lea, que sepamos. El original de Marluxia, cuyo nombre desconocemos (por ahora), no despertó en el castillo de Vergel Radiante, como los demás, porque no fue allí donde lo transformaron. Pero es de suponer que lo haya hecho en algún otro lugar. ¿Dónde? Eso no es lo relevante. Lo importante es que, como en el caso de Xigbar, su incorpóreo está de vuelta, lo que significa que alguien, probablemente Xehanort, le ha arrebatado el corazón por segunda vez. Y sea cual sea su nueva misión, lo ha llevado hasta el Reino de Corona.

Sora, Donald y Goofy se han separado momentáneamente de Rapunzel y Flynn, cuando un portal oscuro se interpone en su camino. El hombre de cabello rosado que surge del interior no les es conocido, debido a la pérdida de memoria consecuente de su paso por el Castillo del Olvido.

—¿Tú también estás con la nueva Organización? —pregunta Sora.

—Mi nombre es Marluxia. Y, sí, lo estoy. Qué interesante volver a verte.

—¿Volver a verme? Donald, Goofy, ¿lo conocéis?

Ambos niegan con la cabeza.

—Qué pena que no me recuerdes —dice el incorpóreo—, porque yo te recuerdo extremadamente bien. Aunque son recuerdos de los que preferiría desprenderme.

—No sé de qué estás hablando —protesta Sora.

—Ni deberías saberlo, ni lo sabrás. Ahora, si me lo permites, he venido a pedirte un favor. Seguro que lo has notado… —Marluxia hace una pausa—. Bueno, a lo mejor no. —Hace bien en no sobrestimar a Sora—. Deberías saber que la joven a la que acompañas, Rapunzel, es la viva luz de este mundo. Quisiera verla a salvo de sus oscuros horrores.

—Empezando por ti, ¿no? —ironiza el pelopincho.

—Todo lo que la Organización persigue es equilibrio. Has de comprenderlo: nuestro objetivo no es luchar contra la luz. Queremos complementarla. Usa esa llave espada para mantener a Rapunzel a salvo.

Interesante. La misión de Marluxia, por no decir de toda la Organización XIII, consiste en proteger a Rapunzel, aunque sea de forma indirecta. Sobra decir que, como ya hizo Maléfica en el primer *Kingdom Hearts*, sus planes pasan por secuestrarla si es preciso. Ya sabéis: el Maestro Xehanort anhela reunir a siete custodios de la luz y trece buscadores de la oscuridad. ¿Qué papel juega Marluxia en todo esto? ¿Es otro de los recipientes del corazón de Xehanort? ¿Tendrá, como en *Chain of Memories*, sus propios planes, o habrá quedado reducido a un simple peón en una partida de ajedrez que le queda demasiado grande?

Sora, Donald y Goofy corren tras los pasos de Rapunzel y Flynn, con la esperanza de encontrarlos antes de que sean sorprendidos por sincorazón o incorpóreos (aunque Marluxia debería mantenerlos a raya, cosa que, por motivos injustificados, no hace). Mientras buscan a sus nuevos amigos, se topan con una mujer que también parece estar siguiendo el rastro de alguien. De hecho, ese "alguien" es la misma Rapunzelita, y la mujer no es otra que su mamá.

—Esa chiquilla se ha ido de casa sin avisar, y estoy preocupadísima. Por favor, decidme si sabéis dónde está mi niñita.

—Te lo diríamos —responde Goofy, apenado—, pero la hemos perdido.

—Podemos buscarla juntos —sugiere Sora.

La mujer no parece muy interesada.

—¿La habéis perdido? Entonces no me servís de nada. La encontraré yo misma.

Vaya cambio de actitud. Tan amable que parecía cuando necesitaba un favor... Al ver que no le serán de ayuda, la mujer se marcha.

—¿Rapunzel se ha escapado de casa? —pregunta Donald a sus amigos, ajeno a este hecho.

Lo único que saben ellos con certeza es que Rapunzel quería ver el espectáculo de farolillos. Acerca de todo el asunto de la prohibición vitalicia de salir de la torre, no tenían ni idea.

—¿Y si Marluxia decía la verdad? —reflexiona Sora.

—¿Te fías de la Organización XIII? —protesta Donald, extrañado.

—No, claro que no. Pero ¿y si tiene razón? ¿Y si Rapunzel es la luz de este mundo?

—Estoy de acuerdo —asiente Goofy—. ¿Por qué la persigue la oscuridad?

Si quieren obtener respuestas, van a tener que encontrar a Rapunzel. Y rápido.

El primero que localiza a Flynn y Rapunzel no es Sora, ni Marluxia, ni tampoco la madre de la joven..., sino un caballo. Sí, sí, un caballo. A ver: no se trata de un caballo cualquiera, sino de uno que conoce bastante bien a Flynn. De hecho, el equino, de nombre Maximus, tal y como indica su emblema, pertenece a la guardia real de Corona, y está allí para detener al chico. Afortunadamente, Rapunzel y su camaleónico amigo Pascal logran calmarlo.

—Oye —dice ella—, hoy es algo así como el día más importante de mi vida. Y, la verdad, necesitaría que no lo arrestaras. Danos sólo veinticuatro horas. Luego podéis seguir persiguiéndoos hasta que os hartéis, ¿vale? Además, es mi cumpleaños, para que lo sepas.

Maximus cede ante la insistencia de la chica. Él mismo los acompañará hasta la ciudad, para no quitar la vista de encima a Flynn. Sobre el motivo de que la guardia real persiga a Flynn, Rapunzel prefiere no indagar.

Sora, Donald y Goofy encuentran a Rapunzel y compañía poco después. Los seis, junto a Pepito Grillo y Pascal, ponen rumbo a la capital del Reino de Corona, que no queda ya muy lejos.

Capítulo 16 – Reino de Corona, 2ª parte

La ciudad está de celebración: es el festival en honor de la princesa. Calles abarrotadas, música, bailes... Un día para disfrutar, a la espera de que caiga la noche y se produzca el habitual lanzamiento de farolillos. A Rapunzel le llama la atención un mural de la plaza, que muestra a la familia real, con el rey, la reina y una princesa bebé. Ella debe de ser la homenajeada.

Tras la puesta de sol, Flynn y Rapunzel alquilan una barca para presenciar el gran momento de la fiesta desde un lugar privilegiado. La chica, por algún motivo, no parece tan ilusionada como antes.

—Llevo mirando por una ventana dieciocho años, soñando con cómo me sentiré cuando vea esas luces elevándose hacia el cielo. ¿Qué pasará si no es como yo lo he soñado?

—Lo será —asegura Flynn.

—Y, si lo es, ¿qué haré después?

—Tiene su parte buena: podrás buscarte un nuevo sueño.

Los dos se quedan en silencio cuando se divisa a lo lejos el primer farolillo, seguido poco después por decenas, cientos o miles de farolillos semejantes, que sobrevuelan el agua y se reflejan en su superficie. Flynn ha traído dos por sorpresa, uno para él y uno para Rapunzel.

—Yo también tengo algo para ti. —La chica de larguísima melena rubia saca de vete tú a saber dónde la alforja de Flynn—. Tendría que habértelo dado antes, pero tenía miedo. Ya no lo tengo, ¿me entiendes?

—Empiezo a entenderlo.

Flynn aparta la alforja. Lo único que le interesa ahora es pasar el rato con Rapunzel, sin importar sus ambiciones egoístas. O... ¿quizá no?

—Perdona —dice el chico—, tengo un asunto que resolver.

—Vale.

Rapunzel decide confiar en él. Flynn rema hasta la orilla y se marcha con su alforja a toda prisa. Quizá sea buen momento para desvelar qué hay dentro. Maximus, el caballo, perseguía a Flynn por un buen motivo: ha robado una corona del castillo. Un crimen grave. Sin embargo, ahora pretende devolverlo, arrepentido. Quiere dejar atrás su vida de ladrón. ¿Lo conseguirá? La respuesta, después de un pequeño salto temporal.

Rapunzel aguarda en los muelles el regreso de Flynn, o Eugene, que es como se llama en realidad. Se lo ha debido de confesar en algún momento, aunque no se haya visto esa parte de la conversación en el juego. A cada minuto que pasa, sus dudas se acrecientan. Pascal es menos optimista. Por desgracia, los peores temores se hacen realidad cuando ambos observan un pequeño barco alejándose de los muelles. Quien maneja el timón es Flynn, con una corona en la mano. ¡Qué cabrón! Bueno, no juzguemos tan deprisa. Lo que Rapunzel no sabe es que, en realidad, Eugene está inconsciente, atado al mástil, para que parezca que está huyendo.

—Vaya —dice alguien—, ha huido con la corona y se ha olvidado de ti.

Al girarse, Rapunzel se topa con un hombre de cabellos rosados. Es Marluxia.

—Él no haría eso —asegura la chica.

—Olvídate de Flynn Rider. Sabes cuál es tu lugar, y no es junto a él.

Marluxia invoca varios incorpóreos, no con intención de dañar a Rapunzel, sino de asustarla para que salga corriendo. De esta forma, no tarda en encontrarse con su madre. Un encuentro, por supuesto, organizado por Marluxia. El miembro de la Organización XIII quiere que Rapunzel se refugie en la torre, lejos de todo riesgo. Flynn, desde luego, era el mayor riesgo de todos.

Rapunzel, con el corazón destrozado por la supuesta traición de Flynn, se abraza a su madre. En ese estado, no le supondrá ningún esfuerzo convencerla de regresar a la torre.

Mientras tanto, Sora, Donald y Goofy, quienes han seguido el rastro de los incorpóreos, llegan a la salida de la ciudad justo a tiempo de ver cómo Rapunzel y su madre se alejan.

—¡Eh, Rapunzel! —grita Sora.

Pero la chica no puede oírlo. En su lugar, quien se aproxima a ellos es Marluxia.

—Portaos bien —dice con un sonrisa—. Esa chica se ha reunido con su querida madre. Deberíais dejarlas en paz.

—¿Y eso por qué? —protesta el chico.

—Porque Rapunzel es demasiado importante. En lo alto de su torre permanecerá escondida y vivirá su vida con Madre Gothel.

Al fin sabemos cómo se llama la mamá.

—¡Pero es como mandarla a prisión! —insiste Sora.

—Eso es exactamente lo que es —responde Marluxia con indiferencia—. El cabello de Rapunzel contiene una poderosa magia curativa. Sí, Madre Gothel codicia esa magia para sí. Otros también. Pero si Madre Gothel protege a Rapunzel, si la mantiene a salvo, entonces le está haciendo un favor a la Organización.

—¿Qué favor?

—Digamos que la mantiene en reserva. Un peón extra, por si falláis y no reunís los restantes custodios de la luz. Así podremos convocar a otros corazones de luz. Los nuevos Siete Corazones que completen nuestras filas.

—¿Nuevos Siete Corazones? —repite Sora.

—Sí, siete que han heredado la luz de las princesas después de que cumplieran con su cometido.

—¡Ella no os importa! ¡Sólo queréis utilizarla para vuestros fines! —Sora convoca su llave espada—. ¡Pues se acabó!

—Ya sabía yo que montarías una escena —dice Marluxia, resignado, sin perder la calma—. Muy bien, di "buenas noches".

El incorpóreo lanza una magia a Sora que lo deja inconsciente al instante.

Dejamos al Trío por unos instantes y viajamos a la torre de Rapunzel. La chica, con tiempo para pensar en la soledad de su habitación, ha empezado a unir las piezas del puzle de su pasado. Esa princesa bebé del mural... ¿es ella? ¿No es casualidad que lancen los farolillos el mismo día de su cumpleaños?

—Soy la princesa perdida.

—¿Qué dices, Rapunzel? —pregunta su madre, que pasaba por allí.

—Digo que soy la princesa perdida, ¿verdad? —repite, ahora con actitud decidida y desafiante—. ¿He hablado claro, madre? Aunque quizá no debería llamarte así.

—Oh, Rapunzel, ¿estás oyéndote? ¿Por qué me haces esa ridícula pregunta?

Gothel trata de abrazar a la chica, pero ella la rechaza.

—¡Fuiste tú! ¡Tú lo planeaste todo!

—Todo lo que hice fue para protegerte —reconoce ella.

—Llevo toda mi vida escondiéndome de la gente que ha buscado aprovecharse de mi poder, ¡cuando debería haberme escondido de ti!

—¿Adónde vas a ir? ¡Él no va a estar esperándote!

—¿Qué le has hecho? —pregunta Rapunzel, preocupada.

—A ese bandido lo van a colgar por sus crímenes.

—No...

—No pasa nada —sigue Madre Gothel—. Escúchame. Las cosas son como tienen que ser.

La mujer intenta acariciar la melena de la princesa, pero ella se mantiene firme.

—¡No permitiré que nunca vuelvas a usar mi pelo en tu beneficio!

Rapunzel empuja a su madre, quien choca contra un espejo, que se rompe contra el suelo. Tras esto, la joven regresa a su habitación.

—¿Quieres que sea la mala? —dice Gothel—. Bien, pues voy a ser la mala, querida.

Capítulo 17 – Reino de Corona, 3ª parte

La noche da paso a la mañana. Sora lleva dormido desde que recibió el impacto del hechizo de Marluxia, ya ausente. Goofy y Donald permanecen a su lado, sin saber qué hacer, cuando oyen el ruido cercano del trotar de un caballo. Es Maximus, y no viene solo, pues Flynn, o Eugene, va montado sobre su lomo. Parece que se han reconciliado.

Después de varios intentos infructuosos de despertar a Sora, al fin lo consiguen del modo más inesperado: con un lametón de Maximus en la cara. ¿Es que acaso tiene poderes curativos, como la melena de Rapunzel? Pues qué asco, casi prefiero seguir durmiendo.

Tras ponerse al día, todos ponen rumbo hacia la torre oculta en el bosque. Max y Flynn se adelantan, ya que el Trío va a tener que ocuparse de unos cuantos incorpóreos que salen a su paso. El ladrón, o exladrón, deja al caballo junto a la base de la torre y asciende por la fachada, gracias a la melena de Rapunzel. Cuando llega arriba, sin embargo, le aguarda una desagradable sorpresa. Es una trampa de Madre Gothel, quien no duda en apuñalar a Flynn en el abdomen, a traición. El chico se retuerce de dolor en el suelo, incapaz de defenderse, ante la impotente mirada de Rapunzel, quien no puede hacer nada por ayudarlo, ya que su madre le ha atado las manos.

—Déjame salvarlo —le pide la princesa—. Si lo haces, me iré contigo.

—No, Rapunzel —responde Flynn.

Lo único que quiere Eugene es que su amiga no se vea abocada a una vida de aprisionamiento "por su culpa".

—No intentaré escapar —insiste Rapunzel—. Por favor, deja que le cure, y tú y yo estaremos juntas para siempre, justo como deseas. Todo volverá a ser como antes.

Madre Gothel tarda en tomar una decisión. Finalmente acepta, aunque no sin antes encadenar a Flynn a la pared, para evitar que las persiga una vez esté curado. A continuación, la mujer libera a Rapunzel y le permite aproximarse al chico herido.

—Todo se va a arreglar —dice ella.

—No, Rapunzel...
—Te lo prometo, confía en mí.
—No puedo permitir que lo hagas.
—Y yo no puedo permitir que mueras —replica Rapunzel.
—Pero, si lo haces, serás tú quien morirá.

En sentido figurado, claro está. Aun así, la chica se mantiene firme: no le importa renunciar a su libertad a cambio de salvar a su amigo. Lo que ella no sospecha es que Eugene ha alcanzado uno de los trozos del cristal que se rompió poco antes, y que está a punto de utilizar sobre su melena. Con un rápido movimiento, Flynn corta la larga cabellera de Rapunzel, que cambia de color, del rubio al moreno. Ha perdido su magia..., y eso tiene todo tipo de consecuencias.

—¡¿Qué has hecho?! —grita Madre Gothel.

La piel de la mujer comienza a arrugarse, y su pelo se vuelve blanquecino. En realidad, Gothel es un anciana, que se aprovechaba del poder regenerador de la melena de Rapunzel para mantenerse joven, en apariencia. Pascal aprovecha la desesperación de Madre Gothel para hacerle la zancadilla y que caiga por la ventana. Vaya con el camaleón asesino.

Sora, Donald y Goofy llegan a los alrededores de la torre en el momento exacto en que Gothel se precipita por la ventana. Sin embargo, cuando cae al suelo, allí sólo hay tela. ¿Dónde se ha metido la mujer?

—Ha caído en la oscuridad —dice Marluxia, salido de la nada—. No podemos permitir que se acerque a nuestra luz pura. Su presencia sólo la oscurecería.

Aunque tengan motivaciones muy diferentes, tanto el incorpóreo como Flynn, Sora y compañía desean mantener a Gothel alejada de Rapunzel. A todos les conviene que muera. Sin embargo, por algún motivo carente de toda lógica pero que a Nomura le parecía necesario, Marluxia ha decidido convertir a la falsa madre de Rapunzel en sincorazón, y obligarla a luchar contra el Trío. ¿No habría sido más fácil dejarla morir con la caída? ¿Por qué arriesgarse a que pueda hacer daño a la princesa?

Sea como sea, Sora y sus amigos acaban con ella y corren al encuentro de Rapunzel. La escena que se encuentran no es demasiado agradable. La chica, que ahora es morena, está arrodillada junto a Flynn, quien apenas tiene fuerzas ya para respirar y mantener los ojos abiertos.

—*Brilla linda flor, dame tu poder* —canta Rapunzel—. *Vuelve el tiempo atrás, torna lo que ya fue.*

—Rapunzel... —dice él con dificultad.

—¿Qué?

—Tú... eras mi nuevo sueño.

—Y tú el mío.

Eugene cierra los ojos, incapaz de seguir luchando. Rapunzel llora, desesperada.

—*Herido estás, cambia el azar, el sino trócalo, torna lo que ya fue. Lo que ya fue...*

Cuando sus lágrimas caen sobre el rostro de Eugene, toda la habitación se llena de una potente luz amarilla. ¿Significa esto que la chica mantiene su poder mágico aun sin la melena? Parece que sí, pues, poco a poco, la herida de su amigo se cierra de forma milagrosa. Se ha salvado por los pelos. No literalmente.

Rapunzel y Eugene se abrazan, emocionados. Parece que esta historia también tendrá un final feliz.

Habría estado bien presenciar la vuelta de Rapunzel a casa, con sus padres, los reyes. Pero esa parte nos la tendremos que perder, pues Sora, Donald y Goofy deciden irse de allí cuanto antes. ¿A qué viene tanta prisa? Os recuerdo que Marluxia sigue campando a sus anchas por el Reino de Corona. Pero bueno, es lo que hay.

Maléfica y Pete observan la nave Gumi alejarse del Reino de Corona.

—Otro mundo del que no hemos sacado nada —se lamenta Pete—. ¿Estás segura de que esa caja existe?

—Sí —responde la bruja sin dudarlo.

—¿Y cómo estás tan segura?

—Está escrito.

—¿Qué?

—Ven. —Maléfica abre un portal oscuro.

—¿Adónde? Esos tontainas no nos van a ayudar a encontrarla. Ni siquiera la están buscando.

—¿Quién ha dicho que vaya a seguirlos?

Ya no hay más réplicas. Pete se limita a seguir a su jefa en silencio. Ella sabe lo que se hace.

Capítulo 18 – El marionetista

Hagamos otra visita al laboratorio del castillo de Vergel Radiante, donde Mickey y Riku están reunidos con Ienzo y Aeleus. La escena se inicia con la conversación a medias, pero seguro que captáis rápido el tema que están tratando.

—¿Llegamos tarde? —se lamenta el rey.

—Sí —asiente Ienzo—. Even debe de saberlo todo sobre las réplicas, de cuando era Vexen en la Organización. Se recompletó, igual que todos nosotros, pero no recuperó la consciencia hasta tiempo después, tras la marcha de Lea. Aeleus y Dilan fueron a registrar la ciudad en su busca, pero sin éxito.

—¿Qué hay de su investigación? —pregunta Riku.

—Lamentablemente —responde el joven científico—, su trabajo con las réplicas estaba incompleto. Puede que aún haya algún documento por aquí, en el ordenador, pero todos de antes de avanzar significativamente.

—¿Tienes idea de dónde podría haber ido? —dice Mickey.

—No muy lejos, siendo humano —le recuerda Ienzo—. No tiene los medios para irse de este mundo. Los portales oscuros quedan fuera de nuestro alcance.

Sin embargo, Lea, o Axel, pudo usar uno durante la historia de *Dream Drop Distance*, para rescatar a la reina Minnie en el Castillo Disney. ¿Cómo es posible? No busquéis explicación ante lo que, a todas luces, es un fallo de guion.

—¿Y si se lo han llevado quienes sí pueden usar portales oscuros? —Riku sospecha de la Organización XIII.

—¡Claro! —exclama Mickey—. ¡La Organización también necesita réplicas!

—Para completar sus filas —añade el recién nombrado Maestro.

—Deberíamos ir a informar a Yen Sid —concluye Mickey—. Y a Sora y los demás, de paso.

En algún lugar indeterminado, lo que parece ser una especie de páramo abandonado, hay una formación rocosa con trece pilares de piedra y tierra. Sobre uno de ellos está Isa, o Saïx, pues no queda claro si aún es humano o si Xehanort lo ha transformado. En el pilar contiguo, de nuevo con su traje negro habitual de la Organización XIII, se halla el hombre sobre el que debatían Ienzo y los demás: Even.

—La humanidad es un tesoro incalculable —dice Isa (lo llamaremos así mientras no digan lo contrario)—. Y, sin embargo, ¿quieres volver a la Organización?

—Sí, por supuesto —asiente Even—. Sufrir una erradicación a manos de Axel fue lección suficiente sobre en quién no confiar.

—Te dio una segunda oportunidad de vivir.

—Me apartó de la única cosa que me interesa —replica Even—. No necesito mi humanidad, ¡quiero mi investigación! Debo completarla, cueste lo que cueste.

—Las réplicas —sentencia Isa.

—Eso es. —Even ríe—. Pronto podrán reemplazar, en lugar de tan solo duplicar. Con un corazón podrán ser tan reales como cualquier humano.

—Excelentes noticias. Sería terrible invitarte de nuestro a nuestras filas para verte fracasar en la entrega del último receptáculo, Vexen.

¿"Vexen"? ¿No "Even"? Entonces, ¿vuelve a ser un incorpóreo? Más problemas para el bando de la luz...

Capítulo 19 – Monstruópolis

Sora, Donald y Goofy se han transformado en monstruos con la magia de Donald, para evitar alterar el orden mundial. Y es que la ciudad en la que han aterrizado está poblada por monstruos, pero no de forma caótica, como los sincorazón y demás criaturas hostiles, sino organizados en una sociedad pacífica.

El Trío se halla frente a un edificio, en cuya fachada se puede leer el eslogan "Asustamos porque nos preocupamos". A ninguno de los tres le transmite mucha confianza una compañía con ese eslogan, por lo que deciden entrar a investigar. Y no tardan en alegrarse de haberlo hecho, pues, en recepción, sorprenden a dos monstruos rodeando a una niña pequeña, apenas un bebé.

—¡No es lo que parece! —se apresura a decir uno de los monstruos, verde, pequeño, de cuerpo redondo y con un único gran ojo—. Mirad, esa niña salió de la nada, y... ¡Tenemos que llamar a la CDA! ¡Código 835!

Por su forma de hablar, todo apunta a que el monstruo verde está mintiendo.

—¿Estáis asustando a esa niña? —Sora les apunta con su llave espada.

—Sí —responde el monstruo verde—. ¡Digo, no! Ya no usamos la energía de los gritos. Nada de sustos.

—Mike, cálmate —dice el otro monstruo, azul, grande y peludo.

Lo cierto es que la niña no parece asustada, sino que está pasándoselo en grande con aquellos monstruos. Todo ha sido un malentendido, y uno bastante racista por parte de Sora, debo añadir.

Vamos a poner los puntos sobre las íes. Aquel edificio pertenece a "Monstruos, S. A." (o "Monsters, Inc."), una empresa que se encargaba de proporcionar electricidad a Monstruópolis mediante la mayor fuente de energía conocida: los gritos. Para ello, utilizaban un sistema de puertas mágicas que los transportaba hasta habitaciones de niños, a los que asustaban. Muy turbio todo. El caso es que ya dejaron ese negocio atrás, pues descubrieron que hay una fuente de poder mayor que los gritos: las risas. Ahora, con

Sully, el tipo azul, a la cabeza de la directiva de Monstruos, los trabajadores, empezando por él mismo, se dedican a hacer reír a niños. Lo de las puertas se mantiene, eso sí; me sigue pareciendo igual de turbio.

No está permitido traerse a los niños del mundo humano al de los monstruos, ya que los consideran más tóxicos que la comunidad de *League of Legends*. De ahí que Mike Wazowski, el monstruo verde, se mostrase tan alterado al ser descubierto con aquella niña pequeña perdida, a la que llaman Boo. Aunque ella se esté divirtiendo mucho, Sully y Mike saben que deben devolverla a su mundo lo antes posible. Para ello, deben encontrar la misma puerta por la que llegó, dentro del gran almacén de puertas.

Vale, ahora es cuando surgen las complicaciones. Para empezar, han aparecido en Monstruópolis unas criaturas que no son tan pacíficas como los habitantes de la ciudad. Su aspecto de sincorazón puede llevar a engaño, ya que, en realidad, no lo son. Por supuesto, tampoco se trata de incorpóreos. ¿Qué son, entonces?

—Recuerdo que el rey nos contó algo sobre emociones negativas —dice Goofy.

—¿Nescientes? —responde Donald.

—¡Sí, eso es! Hace tiempo, el rey luchó muchas batallas contra ellos, junto a los portadores de la llave espada desparecidos.

—¿Los mismos tres a los que estamos buscando? —pregunta Sora.

En efecto, los nescientes son los enemigos de *Birth by Sleep*, a los que debíamos enfrentarnos con Terra, Ventus y Aqua. La existencia de los nescientes está ligada a la de cierto ser..., del que hablaremos más tarde. Pero no os haré esperar mucho, porque la historia de este mundo es casi inexistente hasta su aparición.

El caso es que hay otro monstruo dispuesto a ponerles las cosas muy difíciles a Sully, Mike y compañía. Se llama Randall, un extrabajador que recurría a métodos deleznables para asustar a niños. Lo desterraron, pero está de vuelta gracias a la ayuda de... alguien.

—No me interesa recolectar risas —dice Randall—. Lo que quiero son emociones negativas. Mis amiguitos nescientes han invadido la fábrica para conseguírmelas.

—La Organización XIII debe de estar ayudándolo —murmura

Goofy.

—La risa no es sostenible —sigue Randall—. Cuando un niño se ríe por última vez, se acabó. Toca empezar de cero. Sin embargo, la energía negativa, como la tristeza... Dales algo que haga añicos sus corazoncitos y estarán tristes toda la vida. Nunca más tendremos que preocuparnos por la energía.

Randall ha alterado los sistemas mecánicos de la fábrica de la compañía Monstruos, lo que causa un incendio que amenaza con arrasarlo todo. Mientras los agentes de la CDA ("Child Detection Agency", aquí ADN: "Agencia de Detección de Niños") se encargan de extinguir el fuego, Sora y los demás eliminan a los nescientes y sincorazón alborotadores. A continuación, regresan al almacén de puertas, donde al fin atrapan a Randall. Se ha buscado un buen guardaespaldas: un nesciente gigante, con aspecto de flan oscuro, llamado Masa de Terror. Mike, Sully y el Trío eliminan al nesciente y destierran una vez más a Randall, a través de una de las muchas puertas, que Sora se encarga de sellar con su llave espada. Ahí te quedas, lagartija.

Y es ahora cuando empieza lo bueno.

Un tipo encapuchado se aparece ante ellos en el almacén. Es a esa persona misteriosa a quien están ligados los nescientes. Si tenéis buena memoria, ya deberíais saberlo, pues se explica en *Birth by Sleep*. Si no, estáis a punto de redescubrirlo.

—¿Quién eres? —pregunta Sora.

—Tengo que decir que ese aspecto tan raro me tenía confundido, hermano —responde el encapuchado, haciendo referencia a la apariencia monstruosa del portador de la llave espada.

—Espera un momento... —Sora se acuerda de él—. ¡Estabas en la catedral de Notre Dame!

En uno de los mundos oníricos que visitó durante las aventuras de *Dream Drop Distance*, Sora se encontró con el joven Xehanort acompañado por otro chaval, de aspecto sorprendentemente parecido al de Sora. Es curioso que lo haya reconocido, pues en aquella ocasión mostraba su rostro, mientras que ahora lleva la cabeza, debajo de la capucha, cubierta por un casco. ¿Lo habrá conocido por la voz?

—Soy Vanitas —dice el chico del casco.

—Ahora viene la parte en que nos sueltas una charla sin sentido y desapareces, ¿no? —bromea Sora.

—Este mundo funcionaba a base de gritos. Transformaban los gritos de niños humanos en energía. Y esta empresa era la responsable de ello. Es el depósito de negatividad más rico que hallaremos jamás.

—¡Ya hemos dicho que se acabó lo de asustar! —protesta Mike.

—¿En serio? —responde Vanitas—. Si es así, ¿de dónde han salido todas estas botellas de gritos? —El chico observa uno de los muchos tanques herméticos del almacén—. Esta central era todo lo que podría desear, y tuve la suerte de encontrar un peón con el corazón oscurecido por la sed de venganza. —Habla de Randall, claro—. Mi corazón está hecho de una sola cosa. Los gritos y tristeza que los nescientes han tomado de esos niños bastarán para reconstruirlo. Pero, aun con toda esta negatividad, mi corazón sigue incompleto. —Vanitas invoca su propia llave espada y apunta con ella a Sora—. Necesito una cosa más: la mitad de mí que aún duerme en tu corazón.

—¡Vanitas! —grita Sora con una voz que ni él mismo reconoce.

—¡Ventus! —contesta Vanitas, satisfecho—. Qué escondite tan peculiar te has buscado. Fragmento insignificante...

En realidad, Ventus es el original. Vanitas fue creado por Xehanort a partir de Ventus, como su opuesto: uno luz, otro oscuridad. También es cierto que Ventus destruyó a Vanitas, pero, ya veis, aquí lo tenemos de vuelta. Recordemos que Ventus también quedó incapacitado durante aquel combate, por lo que, para no caer en la más absoluta oscuridad, ligó su supervivencia al corazón de otra persona: un niño que heredó parte de sus poderes. Me refiero, por supuesto, a Sora.

—¿De qué hablas? —Sora no entiende nada, porque no tiene acceso a la guía argumental.

—Oh, no creo que lo recuerdes —responde Vanitas—. Cuando eras pequeño, creaste un vínculo especial con un chico llamado Ventus que se unió a tu corazón.

—¿Uno de los portadores de la llave espada está dentro del corazón de Sora? —pregunta Goofy, sorprendido.

—¿Cómo es posible? —añade el propio Sora.

—Ahora —sigue Vanitas—, me devolverás a Ventus.

El poder actual de Vanitas es muy superior al de Sora, por lo que no tiene dificultades para desarmarlo. Sin embargo, cuando se dispone a darle el golpe de gracia, Sully lo sorprende por detrás. El director de Monstruos arroja a Vanitas al interior de una puerta. Acto seguido, mete esa puerta en una segunda puerta, y la segunda puerta en una tercera. Por si no resultase suficiente para mantener a Vanitas alejado de allí, Mike tritura aquella puerta. Ahora sí que no tendrá forma de atravesarla desde el otro lado. Bueno, ni tampoco desde éste.

Con la compañía Monstruos a salvo por ahora, Sully y Mike pueden despedirse de Boo y enviarla a su mundo. Por último, sólo queda decir adiós a los tres visitantes, que regresan a su nave Gumi con más incógnitas en la cabeza que cuando aterrizaron.

Capítulo 20 – Tres corazones y una desaparecida

De vuelta en la nave, Sora se muestra intranquilo.

—¡Deberíamos ir al Reino de la Oscuridad!

—No puedes ir hasta que consigas el poder del despertar —le recuerda Goofy.

—¡Pero tenemos que hacer algo! ¡A este paso, ganará la Organización!

Ante eso, no hay nada que Donald o Goofy puedan replicar. Ambos comparten su preocupación.

—Sora —dice Pepito Grillo—, ¿tienes idea de cómo se llega al Reino de la Oscuridad?

—Pues no, pero Riku y Mickey sí.

—No te lo dirán —asegura Donald.

—No hasta que cumplas tu propia misión —añade Goofy.

Sora se da por vencido. Por muchas ganas que tenga de ir en busca de Aqua, sabe que estaría dando palos de ciego.

Cuando el gumífono comienza a sonar, el portador de la llave espada se apresura a contestar, deseando que al otro lado de la videollamada aparezcan los rostros de Mickey o Riku. Nada de eso: es Ienzo.

—Tengo noticias sobre el código de Ansem —explica el investigador—, y sobre la réplica que necesitamos para albergar el corazón de Roxas.

—Te escucho —responde Sora, más animado.

—Primero, la réplica. Even sigue desaparecido, pero hemos encontrado parte de su investigación. Veré lo que puedo aprender de ella. Sobre los datos de Ansem el Sabio, hemos descubierto un pasaje muy interesante. Esto es lo que dice: "He percibido tres corazones diferentes dentro del de Sora. Uno es Roxas. El segundo ha estado con Sora casi el mismo tiempo que él. Y el tercero ha vivido en el corazón de Sora desde incluso antes; durante toda su vida, de hecho. Un descubrimiento realmente sorprendente. Aunque estos corazones se han fundido dentro de Sora y permanecen en silencio e inactivos, Sora retiene los recuerdos de todos ellos. Estos recuerdos están en compartimentos, cada uno en su caja, por así decirlo. Considero que esos corazones pueden despertarse si retornan a la caja que contiene los recuerdos correctos. Si se une el corazón con sus recuerdos y se los aloja en un cuerpo adecuado, creo que cualquiera de ellos, o todos, pueden volver a ser reales".

—¿Roxas y dos más? —resume Sora, cuando el investigador deja de hablar—. Gracias, Ienzo.

—De nada. Cuídate.

Ienzo finaliza la llamada.

—Tres corazones diferentes —repite Donald, sorprendido.

—Uno de ellos es Roxas —responde Goofy—. Otro ha de ser Ventus.

—¿Crees en lo que dijo Vanitas?

—Bueno, no tenemos más pistas... —Goofy se queda pensativo—. Sora, ¿tienes idea de quién puede ser el tercero?

—Me temo que no.

Pensad, pensad. Más adelante resolveremos esta incógnita.

Sora, Donald y Goofy no pueden viajar al Reino de la Oscuridad, pero nosotros sí. ¿Recordáis el capítulo 5 de esta guía argumental, cuando Mickey y Riku llegaron a la playa del Reino de la Oscuridad? No fue un paseo agradable, ya que no sólo no encontraron a Aqua, sino que acabaron con las llaves espada rotas por culpa de una emboscada de sincorazón.

Vale, pues regresemos a ese mismo lugar. Hay dos personas allí, aunque no se trata de los Maestros de la llave espada. Bueno, miento: una de ellas sí que lo es. Ya sabéis a quién me refiero, ¿no? ¡Al fin, Aqua está de vuelta! La acompaña el auténtico Ansem el Sabio, o DiZ, como se hace llamar. ¿Qué hace él allí, si no está sumido en la oscuridad sino muerto? Otra de las muchas cosas sacadas de la manga, me temo.

—Dime, ¿te quedarás? —pregunta Ansem.

—Tengo la sensación de que estas aguas bañan una orilla que ya he visitado.

—Las Islas del Destino.

—¿Las conoces? —Aqua no puede ocultar su emoción.

—Sí —asiente Ansem—. Son hermosas. Muy diferentes de este páramo.

—Me quedo —sentencia la Maestra peliazul—. Alguien vendrá a buscarme.

—Estas aguas se hallan entre la luz y la oscuridad. Sus orillas son los márgenes del día y la noche. Nos han reunido a nosotros. ¿Por qué no a ti con alguien más?

—Sí.

Y así es: Aqua y Ansem están a punto de reunirse con "alguien más". Por desgracia, puede no tratarse de un encuentro amistoso...

—Maestro, necesito hablar contigo.

Ambos se giran al oír aquella voz. Quien está ante ellos es el falso Ansem de *KH1*, el sincorazón de la fusión entre Xehanort y Terra, a quien/quienes Aqua rescató al final de *Birth by Sleep*. Para no liarnos, ahora lo llamaré Xehanort, sin más.

—¿"Maestro", dices? —responde el auténtico Ansem—. ¿Has venido a burlarte de mí?

No olvidemos que, aunque Xehanort fue su pupilo, al final se aprovechó de Ansem y le robó tanto la investigación como la identidad.

—¿Recuerdas aquellos experimentos sobre el corazón que detuve a tu instancia? —dice Xehanort—. Entre los sujetos había una joven. Había perdido la memoria, igual que yo. —Acordaos de esta chica misteriosa—. Pero tú puedes reconstruir los recuerdos. Lo hiciste con Sora. Creo que viste los recuerdos de aquella joven.

—¿Qué es lo que quieres saber? —pregunta Ansem, receloso.

—¿Dónde dejaste a la joven?

—¿Qué joven?

—Muy bien. —Xehanort sonríe—. Si no me lo quieres decir aquí...

Aqua se interpone antes de que la situación llegue a las manos.

—Creo que deberías marcharte.

—¿Un custodio de la luz perdido? —dice Xehanort—. ¿Esperas al rey y a su bufón? ¿Dónde está tu llave espada?

—¡No la necesito!

Aqua ataca a Xehanort con un rodillazo, pero éste invoca a su sincorazón guardián, que bloquea el golpe y lanza a la Maestra por los aires. Entonces, el sincorazón arroja una esfera de oscuridad que se incrusta en el pecho de la chica, indefensa sin su llave espada. Aqua cae sobre el agua de la playa, con la oscuridad extendiéndose por todo su cuerpo.

—¿Qué es esta sensación?

Y así, sin más, Aqua acaba hundida en el mar, rodeada de oscuridad. Cuando parecía que las cosas no podían irle peor...

Capítulo 21 – Bosque de los Cien Acres

Chip y Chop informan al Trío, gumífono mediante, de que Merlín quiere hablar con ellos lo antes posible. Los está esperando en Le Grand Bistrot, el restaurante de Gilito, en Villa Crepúsculo. Os advierto de que, por vuestro propio bien, resumiré esta parte todo lo que pueda. No aporta absolutamente nada a *Kingdom Hearts III*, más allá de añadir un minijuego.

Merlín les hace entrega del libro titulado *Winnie the Pooh*, que esconde todo un mundo en su interior: el Bosque de los Cien Acres. Uno que Sora ya ha visitado en más de una ocasión, sin la compañía de sus amigos. La última vez que lo vieron, la cubierta del libro mostraba al portador de la llave espada junto al osito Winnie. Ahora, sin embargo, sólo aparece este último. Para descubrir el motivo, Sora se interna una vez más en el Bosque de los Cien Acres.

Todos los habitantes de aquel mundo en miniatura se han reunido para ayudar a Conejo con la cosecha. Sora se apunta a la tarea, aunque no de buena gana. ¿Quién puede culparlo? Como bien dice Donald: "ya estamos otra vez con lo de ayudar".

Cuando terminan, Winnie the Pooh tiene algo que decir a Sora.

—Antes estabas justo aquí —dice mientras se señala el pecho—. ¿Por qué te fuiste?

—¿Irme? —pregunta Sora, perplejo.

—Sí. Verás, cuando me retumba la tripita me es muy difícil pensar en algo que no sea miel. Me preocupaba haberme olvidado de ti.

—Eso jamás, Pooh.

—Bien. Porque me gustaría que estuviésemos siempre juntos.

—Lo estamos —asegura Sora—. En nuestros corazones.

Sin embargo, el chico no está del todo convencido. Puede notar algo raro en su interior, que no es capaz de describir. Es como si su conexión con Pooh se hubiese debilitado.

—¿Qué pasa, Sora? —Pooh lo saca de sus pensamientos.

—Oh, nada. Lo que importa es que estaré en tu corazón de ahora en adelante. No pienso irme.

—Gracias, Sora.

La portada del libro recupera la imagen de Sora junto a Winnie the Pooh. Objetivo cumplido. Hasta siempre, Bosque de los Cien Acres.

—Todo vuelve a ser como debe —concluye Merlín.

—Pero —dice Goofy—, ¿cómo es que la imagen de Sora desapareció?

El portador de la llave espada se muestra alicaído.

—Me ocurrió algo que me hizo desaparecer del corazón de Pooh. Merlín, no quiero perder a mis amigos.

—No hay por qué inquietarse —responde el mago—. Aquello que se pierde puede encontrarse de nuevo. Siempre hay nuevos caminos entre corazones que podemos descubrir y transitar.

Tras estas sabias palabras, Sora, Donald y Goofy regresan a la nave Gumi. Toca abrigarse hasta arriba, que vamos a pasar mucho frío.

Capítulo 22 – Arendelle

Nada más poner un pie sobre el manto nevado de la Montaña del norte, el Trío divisa a lo lejos a una joven mujer rubia, de expresión triste, huyendo de una ciudad costera. Preocupados, los tres amigos se apresuran a seguirla a través del bosque.

—¡Espera! —grita Sora.

—¿Qué hacéis aquí? —pregunta ella, sorprendida—. ¿De dónde habéis venido?

—De... un sitio un poco más cálido.

Sora sabe que no puede dar datos precisos, por eso de no alterar el orden mundial.

—¿Habéis venido a Arendelle por la coronación?

—Eh... Sí, exacto. —Mejor mentir que dar explicaciones—. Somos Sora, Donald y Goofy. ¿Cómo te llamas?

—Elsa. Reina Elsa de Arendelle.

—¡¿La reina?! —Los tres amigos se ponen firmes.

—No deberíais estar aquí. Volved al pueblo.

Elsa les da la espalda. No hace falta conocerla en profundidad para notar que algo la preocupa.

—Majestad —dice Sora—, creo que os vendría bien una mano amiga. ¿Necesitáis hablar?

—Marchaos —insiste Elsa—. Necesito estar sola. No quiero herir a nadie.

—¿Tan malo es? Debéis de haberlo pasado muy mal.

—¡Basta ya!

Elsa, cansada de tanta insistencia y entrometimiento, conjura un muro de hielo que la separa de los tres viajeros. Ellos no pueden más que observar el muro con la boca abierta, pues jamás imaginaron que aquella chica poseyera semejante poder mágico.

—Arendelle está más segura conmigo aquí.

—¡No más segura para ti! —replica Sora.

Pero la reina ya no escucha, pues ha salido corriendo.

—Si quiere estar sola —dice Donald—, debemos dejarla ir.

—Lo sé —asiente Sora, sintiéndose impotente—. Pero quería saber por qué está tan triste.

—¿Y desde cuándo es eso asunto tuyo? —responde una voz.

Sora, Donald y Goofy se giran al escuchar a aquella mujer a su espalda. Túnica negra, pelo rubio... Aquí está la antigua n.º 12 de la Organización XIII, compañera de Marluxia durante el intento de traición en el Castillo del Olvido, también eliminada por Sora y compañía..., y, ahora, como empieza a ser costumbre, de vuelta en su forma incorpórea.

—¿Quién eres?

—¿Perdona? —Larxene se siente ofendida por el ninguneo, aunque enseguida comprende que no es tal cosa, sino una pregunta sincera—. Ah, es verdad, que lo olvidaste. Soy Larxene. A ver si se te queda en el tarro esta vez. Nosotros cuidaremos de Elsa, no te preocupes por ella.

—¿Por qué vais tras Elsa? —pregunta Sora.

—Nadie va a hacerle daño —insiste Larxene—. Pero estamos hartos de que os entrometáis. Quedaos aquí y sed buenos chicos.

La incorpórea lanza un rayo al muro de hielo creado por Elsa, que cambia de forma y atrapa al Trío dentro de lo que parece una dimensión paralela. Para complicar aún más las cosas, aquella dimensión tiene forma de laberinto y está plagada de sincorazón e incorpóreos, por lo que escapar no resulta sencillo. Aun así, Sora, Donald y Goofy se bastan y se sobran para limpiar la zona de enemigos y regresar a Arendelle. No hay nada ni nadie capaz de pararlos.

El portador de la llave espada y sus dos acompañantes, o tres si contamos a Pepito, ascienden por la ladera de la Montaña del norte, en busca de Elsa. La persecución concluye en la cima, donde la reina ha usado su magia para construirse todo un castillo de hielo. Muy bonito de ver, aunque no tan cómodo para vivir. Hasta su vestido es ahora de hielo. Está más que dispuesta a aislarse para siempre, pues teme hacer daño a alguien sin querer con su magia.

Cuando Sora, Donald y Goofy se disponen a acceder al castillo, Larxene se interpone.

—Por favor, no me digáis que la estáis espiando.

—Eres tú quien la está siguiendo —replica Sora.

Bueno, en realidad Larxene no se equivoca..., pero no nos dediquemos a repartir culpas.

—Vale, lo admito —dice Larxene—. Elsa nos parece interesante. Puede que sea una de las siete luces puras que necesitamos.

Los nuevos Siete Corazones. —Es decir, como Rapunzel—. ¡Pero tenemos que asegurarnos! Por suerte, somos los mejores detectando esas cosas. No puedes identificar ese brillo especial si no miras desde las sombras. Aunque... puede que Elsa no tenga esa luz. O sea, mira ese palacio de hielo, hecho de magia que se ha forzado a reprimir hasta ahora. ¿Y si es magia oscura?

—¡Elsa nunca usaría la oscuridad! —asegura Sora, quien conoce a Elsa perfectamente de haber hablado con ella quince segundos.

—La verdad es que aún es pronto para saberlo —concluye Larxene—. Todo depende de cómo lo vea ella. Si cree que su magia es oscuridad, lo será. La única manera de liberar su corazón es aceptar su poder, sea cual sea. Así que, ¿qué aceptará Elsa: luz u oscuridad? ¡Qué ganas de saberlo!

—¡No dejaré que caiga en la oscuridad! —dice Sora.

—Es una decisión que debe tomar ella, no tú. La verdad, empiezo a entender por qué te trata tan fríamente. ¿Quieres ayudarla? Deja de intentar ser su héroe. Deja que resuelva sus problemas a su manera.

Para mantener al Trío alejado del palacio de hielo de Elsa, Larxene crea una corriente de aire con sus poderes de rayo (es posible, lo explica la ciencia de *Kingdom Hearts III*). Sora, Donald y Goofy caen montaña abajo...

Y sobreviven. Pues claro que sobreviven. Lo malo es que tienen que volver a escalar la montaña, esta vez por un camino diferente, para evitar a Larxene. ¿Qué? ¿Que no os parece tan malo? Pues esperad, porque ahora viene lo peor. Tanto ruido y alboroto ha provocado una avalancha, que se lleva a los tres amigos por delante...

¡Pero también sobreviven! Genial. Cerca de allí se encuentran con otro grupo, éste formado por una chica (Anna), un chico (Kristoff), un reno (Sven) y un muñeco de nieve andante y parlante (Olaf).

—¿Adónde vais? —les pregunta Sora.

—Estamos intentando acabar con este invierno tan raro —explica Kristoff.

—Y, para eso —añade Anna—, tenemos que encontrar a mi hermana, Elsa.

—Qué coincidencia —dice Goofy—. Nosotros también la estamos buscando.

—¿Os importaría contarnos qué está pasando? —pide Sora—. Estamos preocupados. Pensamos que podría estar en peligro.

Anna considera que son de fiar, por lo que acepta resumirles el argumento de *Frozen*, con canción de fondo y todo.

—Siendo niñas, Elsa y yo estábamos muy unidas. Pero un día, por algún motivo, me apartó. Los años pasaron y apenas nos veíamos. Hasta que, finalmente, llegó el día de la coronación. Me hacía muchísima ilusión. Pensé que por fin podríamos hablar. Pero en la fiesta hice algo que la enfadó muchísimo. Nos peleamos y perdí los estribos. ¡Estaba tan frustrada! Fue entonces cuando ella usó su magia para apartarme. Todo fue culpa mía. No debería haberla hecho enfadar. Elsa huyó porque estaba asustada. Tengo que llevarla a casa.

—Estoy seguro de que sabe lo mucho que la quieres —responde Sora tras oír el relato—. (Y creo que, a lo mejor, por eso tenía ese aspecto tan triste) —piensa el chico—. (Igual que cuando Riku desapareció. Pensó que tenía que apartarme para protegerme. A lo mejor Elsa siente lo mismo). Si alguien puede ayudarla, eres tú.

Pues no se hable más: Sora, Donald y Goofy se apuntan al grupo de Anna, Kristoff, Olaf y Sven. ¿O son ellos quienes se apuntan al grupo de Sora? No importa. El objetivo está claro: encontrar a Elsa.

Capítulo 23 – Arendelle, 2ª parte

Mientras Sora, Donald y Goofy se ocupan de unos cuantos sincorazón, sus nuevos amigos llegan al palacio de cristal de Elsa. Anna les pide que esperen allí fuera, pues quiere hablar con ella a solas.

—Has desencadenado un invierno eterno en todas partes.

—¿En todas partes? —La propia Elsa no es consciente del alcance de su magia.

—No pasa nada —responde su hermana pequeña—. Descongélalo y ya está.

—No puedo. No sé cómo.

—Claro que puedes. Yo sé que puedes.

Al sentirse agobiada, el poder de Elsa se vuelve a descontrolar, con tan mala suerte que un fragmento de hielo se incrusta en el pecho de Anna. No parece que le haya hecho nada grave..., aunque más tarde veremos que este percance tiene sus consecuencias.

Cuando el portador de la llave espada, el capitán de los caballeros y el mago de la corte se reúnen con Kristoff y compañía, un gólem de hielo, presuntamente creado por Elsa, se abalanza sobre ellos. El Trío le planta cara para dar tiempo al resto del grupo a escapar, pero el combate termina de la peor manera posible: con Sora, Donald y Goofy cayendo al vacío desde la cima de la montaña. Sí, otra vez. Y sí, claro que sobreviven sin un rasguño. Es gracias al poder de la amistad, supongo.

—Menos mal que la nieve es blandita.

Si a Sora le sirve de excusa, a nosotros también.

Bueno, ¿y ahora qué? ¿Hay que subir por tercera vez hasta la cima de la Montaña del norte? Sí, en teoría. Aunque no en la práctica. Y es que el Trío se cruza con un tipo castaño, joven, vestido con ropaje de Arendelle, por lo que se descarta que pertenezca a la Organización, llevándose a Elsa camino de la ciudad. Que la chica esté inconsciente es un claro indicativo de que aquello se trata de un secuestro en toda regla. Y que del cuerpo de él emane un aura oscura... no ayuda a ser optimistas.

La persecución se ve interrumpida cuando el gólem de hielo hace acto de presencia. ¿Ha venido a terminar el trabajo? ¡Frío! Es decir, "frío" de que no se acerca a la realidad, no de que el gólem esté frío, que también es verdad, al ser de hielo...

—¡Elsa! —ruge el gólem.

—Espera —dice Sora, sorprendido—. ¿Has venido a salvar a Elsa? Estamos en el mismo bando.

—Elsa...

—Formemos equipo, grandullón.

Merengue, que así se llama el gólem, acepta de buen grado. Tremendo aliado acaban de agenciarse. El problema es que, por culpa de la distracción mutua, han perdido de vista al chico misterioso y a Elsa. Que comience la búsqueda.

Cerca de allí, el Trío y Merengue se topan con Kristoff y Sven.

—¿Dónde está Anna? —pregunta Sora (Olaf le da igual).

—De vuelta en casa. —Kristoff parece triste—. La magia helada de Elsa golpeó a Anna en el corazón. Si no se quita el hielo, se congelará para siempre. Sólo un acto de amor verdadero puede derretir un corazón helado. Así que la he llevado de vuelta a Arendelle, con su amor verdadero, Hans.

—Ah... —responde Sora, decepcionado—. Había asumido que vosotros dos...

—¡No, no! Yo sólo evitaba que se perdiese.

Lo que Sora, Donald y Goofy no saben es que Hans, el supuesto amor de Anna, es quien ha secuestrado a Elsa. Quizá, oscuridad aparte, Hans no pretenda otra cosa más que llevar a Elsa junto a Anna, para que pueda curarla. De ser así, estaría haciendo lo correcto.

Con ayuda de Merengue, que es capaz de detectar a su creadora, el grupo encuentra a Elsa y Hans en un periquete. Anna también está allí, con un aspecto preocupante, a punto de convertirse en un cubito de hielo humano. La reina yace en el suelo, incapaz de moverse, mientras que el chico, espada en ristre, se dispone a ejecutarla. ¿Tal vez así se cure Anna? No podremos averiguarlo, pues la propia princesa se interpone entre ambos en el momento exacto en que se transforma en una estatua de hielo. Por suerte, la espada se rompe al impactar contra su brazo helado. Al menos, Elsa está a salvo gracias al gesto heroico de su hermana pequeña.

La oscuridad de Hans toma forma de lobo gigante: un sincorazón llamado Sköll, al que Sora, Donald y Goofy deben derrotar. Lamentablemente, esto no basta para que Anna se recupere. Normal, por otro lado, ya que ha sido transformada por Elsa, no por Hans. La reina llora abrazada a ella, desconsolada, sintiéndose culpable (y con razón). Pobre Annita…

¿Recordáis que Rapunzel curó a Flynn, o Eugene, con sus lágrimas? Pues los guionistas van cortos de ideas, porque aquí sucede exactamente lo mismo. El llanto de Elsa es el "acto de amor verdadero" necesario para deshacer el gélido hechizo.

Mientras las hermanas celebran el feliz reencuentro, Larxene se aparece junto a Sora, Donald y Goofy.

—Así que el amor ha llenado sus corazones de luz —dice la incorpórea—. Dos en un mismo mundo, eso sí que es una sorpresa.

—¡Larxene! —exclama Sora—. Primero Marluxia y luego tú. ¿De qué va esto?

En serio, Sora, tío, tanto Marluxia como Larxene ya os lo explicaron: están asegurándose de que no les pase nada a los posibles reemplazos de los custodios de la luz, para que Xehanort pueda salirse con la suya. Este chaval no se entera de nada.

Pero dejemos que sea Larxene quien se lo haga saber.

—Ya te lo he dicho antes: los nuevos Siete Corazones. Si fracasáis y no reunís a los siete custodios de la luz, vamos a necesitar un grupo de repuesto.

—¡No metáis a personas inocentes en esto!

—¡Oh, vaya, qué duro! —bromea Larxene—. Qué mayor te has hecho. Bueno, pues haz tu trabajo y encuentra a los custodios de la luz.

—Ya, claro —replica Sora—. Ni que vosotros tuvierais ya a vuestros trece. El rey dijo que os faltaba un buscador de oscuridad.

—Ah, qué va, ya estamos listos —asegura la mujer, siempre sonriente, antes de marcharse a través de un portal oscuro.

¿De verdad han encontrado a un decimotercer cuerpo que sirva de recipiente para Xehanort? Más adelante lo veremos. Antes, debemos despedirnos de este mundo.

Con Elsa de nuevo en sus cabales, el invierno da una tregua a los habitantes de Arendelle. La coronación se podrá desarrollar sin incidentes. Pero eso ya no es tarea de Sora y sus dos amigos, quienes han sido convocados por Yen Sid. ¡De vuelta a la Torre de los Misterios!

Capítulo 24 – Reuniones

Yen Sid da la bienvenida en su despacho a Riku, Mickey, Sora, Donald y Goofy. Tienen mucho sobre lo que ponerse al día.

—La Organización dice que ya tiene a sus trece oscuridades —informa Sora.

—¿Será cierto? —se pregunta el rey.

—No lo sé. Pero hay algo que no paran de mencionar. Dicen que buscan los "nuevos Siete Corazones". Más bien "vayamos a molestar a más princesas".

—Hmm... —Yen Sid se acaricia la barba, pensativo—. Las Princesas del Corazón originales cumplieron con su papel de proteger la luz pura. Han transmitido su luz a otras. Ciertamente, nuestro enemigo conoce este hecho. Si desean usar el nombre "nuevos Siete Corazones" para ellas, que así sea.

—Pero Kairi no ha pasado su poder a nadie —replica Sora—. ¿Es ella una de las Siete?

—Debe serlo —asiente Mickey—. En cualquier caso, ha elegido blandir la llave espada y luchar con nosotros como uno de los custodios de la luz.

Por desgracia, eso no es suficiente.

—Aún tenemos que encontrar a Terra —les recuerda Donald.

—Eh —dice Goofy con optimismo—, al menos hemos encontrado a Ventus. Vanitas nos dijo que está en el corazón de Sora.

—Lo mismo dijo Ansem el Sabio en sus datos —añade Pepito Grillo—, por lo que probablemente sea cierto.

—¡Eso es genial! —exclama Mickey—. ¡Ahora podemos rescatar a Ven!

Bueno, no será tan fácil. Que no se olviden de cierta muchacha de pelo azul.

—Tal vez —dice Riku, menos confiado—. Pero Aqua es la única que sabe dónde está escondido. Tenemos que encontrarla a ella primero.

Si supieran que Xehanort la encontró antes que ellos y la incapacitó con una magia oscura... ¿Qué habrá sido de la desdichada Maestra Aqua?

—Yo iré —se ofrece Sora.

—Necesitas el poder del despertar —replica Yen Sid—. ¿Lo posees?

—Eh... Seguramente no.

—Sin ese poder, no estás listo para enfrentarte al Reino de la Oscuridad.

—¡Venga ya!

Riku no puede evitar reír al escuchar las quejas de su amigo.

—El Maestro Yen Sid te conoce demasiado bien. Dijo que intentarías ir a rescatarla. Sora, sabemos que quieres ir porque estás preocupado por Mickey y por mí. Te lo agradezco, pero el poder del despertar es importante. Podrás unirte al rescate en cuanto lo tengas, ¿te parece?

—Sí, vale...

No es que tenga otra opción.

—Bien —dice Yen Sid—. Sora proseguirá su viaje para fortalecer sus poderes, mientras que Mickey y Riku se centrarán en la búsqueda de Aqua.

Pasamos de una reunión a otra; del lado de la luz al de la oscuridad. En el páramo abandonado con trece pilares de piedra, donde pudimos presenciar una conversación entre Saïx y Vexen (capítulo 18), se hallan ahora Marluxia y Larxene.

—¿Qué haces tú de vuelta? —pregunta el incorpóreo de melena rosada.

—Menuda forma de saludar a tu antigua compinche —responde ella—. ¿Por qué nos ha traído de vuelta el viejo? Debe de saber que traicionamos a la Organización cuando la dirigía Xemnas.

—A Xehanort no le importamos ni tú ni yo —asegura Marluxia—. Somos simples cáscaras vacías. La antigua Organización era igual. Xehanort necesita trece receptáculos que acojan su esencia.

—¿"Cáscaras"? —Larxene tuerce el gesto, disgustada—. Paso. ¿Qué, damos otro golpe?

Una tercera persona se une a la conversación. Es Demyx, el n.º 9 de la antigua Organización XIII, con su sitar entre las manos.

—Bah, no lo conseguisteis la última vez. Hay que ser listo, como yo.

—¡¿Qué?! —exclama Larxene—. ¡Tú no eres listo!

—Bueno, ya sabes lo que ha dicho Marly. —Se refiere a Marluxia, por si las dudas—. No tengo que ser listo.

No tiene que serlo, en efecto, porque Xehanort quiere apoderarse de su cuerpo y de nada más.

—Ni hábil, agradable o atractivo —añade Larxene—. Hasta un cuenco de cereales sería más útil.

—Ahí te has pasado —protesta Demyx, sin darle mayor importancia—. Soy extremadamente imponente cuando quiero. Aunque, la verdad, eso no pasa casi nunca.

—¿Por qué no has ido a ningún mundo, como nosotros?

—Estoy en el banquillo.

Larxene no entiende a qué se refiere, así que Marluxia se encarga de explicárselo.

—Saïx ha metido a Vexen en el ajo. Deben de querer usar réplicas.

—¿Esas marionetas? —pregunta Larxene.

—Oh, no —responde Demyx—. Las réplicas son mucho más reales de lo que recuerdas. ¡Una de ellas me quitó el sitio!

La mujer rompe a reír.

—Claro que te quitó el sitio. Eres más tonto que un zapato.

Marluxia, menos dado a la chanza, prosigue con la explicación.

—Las últimas réplicas de Vexen no son meras marionetas. El falso Riku que usamos en el Castillo del Olvido sólo era un prototipo. La siguiente réplica, hecha con los recuerdos de Sora, era tan real que se unió a nuestras filas. —Xion—. Vexen dice que las nuevas serán humanas del todo. Si es que las termina.

—Oh… —Larxene sonríe—. El caso es que le dije a Sora y a los demás idiotas que ya estamos listos. ¡Qué fallo!

—Dejemos que crean eso —responde una voz grave. Xemnas acaba de llegar—. Si creen que ya tenemos las trece oscuridades, entrarán en pánico. Y el pánico lleva a la falta de preparación.

—¿Por qué es miembro esta cosa? —Larxene señala a Demyx.

—Los seis primeros miembros de la Organización original eran aprendices de Ansem el Sabio. —Es decir: Xigbar, Xaldin, Vexen, Lexaeus, Zexión y Xemnas—. El séptimo y el octavo se unieron más tarde. —Saïx y Axel—. El decimotercero fue Roxas, un portador de la llave espada. Así que, ¿y vosotros? ¿Cómo creéis que elegí a los números del 9 al 12?

—Porque nuestros corazones son superpoderosos —dice Larxene.

—No. Se os ha reunido para otro propósito.

—¿Cuál? —pregunta alguien a quien no pueden ver—. ¿El de pudrirnos siendo los últimos monos?

Teníamos al n.º 9 (Demyx), al n.º 11 (Marluxia) y a la n.º 12 (Larxene). Nos faltaba, cómo no, el n.º 10: Luxord.

—¿Tú también? —dice Larxene al verlo aparecer a través de un portal oscuro—. ¿Qué es esto? ¿Organización Refrito?

Pues ha definido bastante bien la historia hasta ahora de *Kingdom Hearts III*.

—Resulta que yo tengo un papel importante —responde Luxord—. Nada de banquillo.

—¿Nos has estado espiando? —dice Demyx—. Qué turbio.

—Uno debe ocultar su mano tanto como sea necesario.

—¿Qué papel importante? —pregunta Larxene, intrigada—. ¿Esa estúpida caja que Xigbar dice que es real, pero de la que no nos quiere hablar?

—Eso se lo tendrás que preguntar a Xigbar. —Luxord se encoge de hombros—. Bien, Xemnas, ¿cuál es nuestro propósito? No nos habrás invitado por nostalgia.

Después de esta larga introducción, es hora de que Xemnas, el incorpóreo de Xehanort, comience a dar explicaciones. ¿Qué lo llevó a reclutar a Demyx, Luxord, Marluxia y Larxene?

—Revelaréis vuestro mayor secreto: el antiguo legado de la llave espada que sigue aletargado.

Los cuatro se han quedado de piedra al oír aquello.

¡Y hasta aquí puedo leer! De hecho, ya os adelanto que este misterio no se resuelve en todo *Kingdom Hearts III*. Es uno de los muchos cabos sueltos preparados para posibles futuras entregas.

Capítulo 25 – El Caribe

Sora está emocionado de poder volver a navegar por el mar Caribe. Una pena que tengan que hacerlo a bordo de una cutre balsa de madera, ya que es ahí donde han aparecido en su segunda visita a este mundo. Para mayor desgracia, su felicidad no tarda en tornarse preocupación cuando Goofy advierte que la corriente marítima los está arrastrando hacia una cascada gigantesca. Por mucho que traten de remar y resistirse, ya es demasiado tarde. Sora, Donald y Goofy caen irremediablemente por la cascada.

Dos veces, dos, cayeron desde lo alto de una montaña en Arendelle. Y eso por no hablar de cuando fueron arrastrados por una avalancha. ¿Qué es un *poquito* de agua en comparación, eh?

El trío despierta sobre la arena de un desierto. No hay rastro de la balsa, de la cascada, ni del propio mar. Allí no hay nada más que arena, arena, arena, un barco y arena. Están perd... Espera un momento: ¿cómo que "un barco"? ¿En medio del desierto? Debe de tratarse de una visión provocada por el calor o el cansancio. Además, no es un barco encallado, sino que se desplaza... ¡con ayuda de toda una legión de cangrejos! Menuda locura. Aun así, no pierden nada por acercarse a investigar. Los cuatro corren hacia... Espera otra vez: ¿cómo que "los cuatro"? Hagamos recuento: Sora, Donald, Goofy y...

—¡Jack Sparrow! —exclama Sora.

—Capitán Jack Sparrow —le corrige el pirata.

—¿Dónde estamos?

—¡Olvida eso! ¡Hay un navío a la fuga! ¡Ayudadme a capturar la Perla Negra antes de que escape!

Jack y los tres viajeros suben al barco en marcha. Los cangrejos, por suerte (o no), se dirigen al mar, así que es cuestión de tiempo que la Perla Negra regrese al lugar que le corresponde.

Al llegar a la costa, Jack Sparrow se reencuentra con todo un grupo de piratas, la mayoría parte de su antigua tripulación, algún que otro amigo e incluso un enemigo mortal. Pero vayamos por partes.

—¡Señor Gibbs! —exclama al ver a su mano derecha.

—¡A tus órdenes, capitán!

—Eso pensaba. Espero, pues, que puedas responder de tus actos.

—¿Perdón?

—Hay una perpetua y empecinada falta de disciplina en mi navío. ¿Por qué?

—Señor... —Joshamee Gibbs se aproxima a él—. Estás en el Reino de Davy Jones, capitán.

—Sí, claramente.

Es obvio que no tenía ni idea. Sobre qué es eso de "el Reino de Davy Jones", lo aclararemos más adelante.

—Jack Sparrow. —Otro hombre llama su atención.

—¡Ah, Héctor! Cuánto tiempo, ¿verdad?

—Sí. Isla de Muerta, ¿recuerdas? Fue donde me mataste.

—No, no lo recuerdo.

Si habéis visto las películas, esto no os sorprenderá: Héctor Barbossa es el villano de la primera (*La maldición de la Perla Negra*), así como del mundo de *Piratas del Caribe* de *Kingdom Hearts II*. ¿En qué momento pasó de enemigo a aliado? Más aún: ¿cómo pasó de muerto a, aparentemente, vivo? Tendréis que ver las películas para saberlo. Cosa, por cierto, que ya deberíais haber hecho sin necesidad de que yo os lo diga. Las tres primeras son gloria bendita.

Will Turner y Elizabeth Swann también forman parte de aquel grupo de piratas. Sora no puede evitar fijarse en el aspecto de la mujer, menos refinado que en su anterior encuentro.

—Pareces una aventurera —observa el chico.

—Porque he vivido aventuras. Pero jamás imaginé que nos veríamos aquí.

—¿Dónde exactamente es "aquí"? ¿Qué es eso de un reino?

—El Reino de Davy Jones —explica Will—. Jack no ha pagado cierta deuda que le debe, así que Jones mandó al Kraken para que devorara a Jack. Así es como ha acabado aquí.

—¿Quieres decir que estamos en un lugar de ultratumba?

—Y hemos venido a rescatar a Jack de su destino —concluye Elizabeth.

Mientras tanto, el propio Jack está hablando con otro nuevo personaje en la saga *KH*, una mujer a la que también parece conocer a la perfección.

—Tía Dalma… Dando una vuelta, ¿eh? Tú siempre le das un agradable sentido macabro a cualquier delirio.

Dalma ríe al escuchar aquello. El pirata cree estar alucinando.

—Esto es real, Jack —dice Elizabeth—. Estamos aquí. Hemos venido a rescatarte.

—Muy amable de vuestra parte —responde Jack—. Pero, en vista de que yo poseo un barco y vosotros no, sois vosotros quienes debéis ser rescatados. Y no estoy seguro de que me apetezca.

Cansado de los desvaríos del capitán pirata, Will trata de hacer entrar en razón a su amigo.

—Jack, Cutler Beckett tiene el corazón de Davy Jones. Controla el Holandés Errante.

—Está tomando todos los mares —añade Elizabeth.

—Hay que detenerlo —sentencia Tía Dalma—. Se ha convocado la Asamblea de Hermanos.

Vale, hagamos una recapitulación rápida. Por ahora, sabemos que Jack Sparrow tiene una deuda con un pirata llamado Davy Jones, cuyo reino está en el "otro mundo". Como Jack no cumplió su parte, Jones envió al Kraken, el calamar gigante que atemoriza a todo el que navega por alta mar, para hundir la Perla Negra, con su capitán a bordo. Los amigos de Jack y Barbossa se las han ingeniado para llegar hasta allí a rescatarlo. También sabemos que un marinero británico, Cutler Beckett, director de la Compañía de las Indias Orientales, se ha hecho con el mando del Holandés Errante, el navío de Davy Jones, al que controla de alguna forma que aún desconocemos. Sólo nos falta por saber eso y cuál era la deuda de Jack.

—Os dejo a solas y mirad lo que pasa —dice Sparrow—. Todo se va por la borda.

—Escucha, Jack —responde Gibbs—. El mundo necesita desesperadamente que vuelvas.

—Y tú necesitas una tripulación —añade Will.

Jack Sparrow sigue poco convencido.

—¿Por qué iba a querer navegar con ninguno de vosotros? Cuatro intentasteis matarme.

—¡Nosotros estamos de tu parte! —exclama Sora.

—En eso tienes toda la razón. No habría capturado la Perla Negra sin vosotros. Sora, Donald, Goofy, bienvenidos a bordo. Tía

Dalma, puedes venir. Gibbs, tú también. ¡Levad anclas! ¡A vuestros puestos! ¡Vamos a zarpar!

Jack no sólo admite a todos como parte de su nueva tripulación, sino que se ofrece a enseñar a Sora a manejar el barco. Será útil para más adelante. Por ahora, es mejor centrarse en escapar del Reino de Davy Jones. Y eso... no es nada, pero que nada sencillo.

Mientras Sora, Donald y Goofy descansan sobre la cubierta, a la espera de que Jack Sparrow decida el rumbo a seguir, la misteriosa Tía Dalma se aproxima al Trío.

—Si unís vuestro destino al de Jack Sparrow, pronto sufriréis con él la ira de Davy Jones.

—¿El tipo que mencionó Will? —pregunta Sora—. ¿Quién es? ¿Y qué le hizo Jack?

—¿En serio no sabéis quién es Davy Jones? ¿Y vosotros os hacéis llamar lobos de mar?

—Somos... de otro mar.

—Ah, ¿sí? —Dalma sonríe. Queda claro que está lejos de ser una pobre ingenua—. Los destinos de Jack y Davy Jones están entrelazados. Jones sacó la Perla Negra de las profundidades para Jack, y lo convirtió en capitán durante trece años. A cambio, Jack prometió darle a Jones su alma, en pago. Pero pasaron trece años y Jack no cumplió. Así que Jones mandó al Kraken a devorar a Jack y llevarlos, a él y a la Perla Negra, a las profundidades. Pero si se entera de que el ingenioso Jack ha escapado de su sino, el castigo será aún peor. Lo mismo para sus amigos.

—¿Nos va a comer el Kraken? —pregunta Goofy, asustado.

—¡Que lo intente! —exclama Sora—. ¡No le tengo miedo!

—¿Nada de miedo? —pregunta Dalma, interesada en el chico—. Qué raro. La mayoría de los hombres corren a tierra firme en cuanto se menciona al Kraken. Pero tú no. Jack tiene miedo. Quiere librarse de su deuda con Davy Jones. Por eso necesita la caja.

—¡¿La caja?!

¿Será la misma caja que buscan Maléfica, Pete y la Organización XIII?

—Es un cofre —explica Tía Dalma—. Davy Jones metió en él la parte de sí que le causaba dolor. Dolor demasiado intenso para seguir viviendo, pero no lo bastante como para causarle la muerte.

—¿Y qué parte es ésa? —pregunta Sora.
—Su corazón.

Sobre ese mismo tema están debatiendo, en un barco diferente, dos miembros de la antigua Organización XIII: Vexen y Luxord.
—¿Cómo se las apaña? —se pregunta el primero—. Una criatura sin corazón que continúa existiendo... Ni siquiera mi mejor réplica puede lograrlo. El secreto debe de estar dentro de esa caja. ¡Quisiera saber qué misterios contiene!
—Creo que nuestras órdenes se limitan a encontrar la caja y tomarla —replica Luxord—. Nada más. Mantén esa curiosidad tuya a raya.
—Tan miope como siempre —protesta Vexen—. ¿Para qué me querría la Organización, nada más volver a estar completo, sino para reconocer mi pericia intelectual e invertir en mi investigación? Cada uno de mis pasos es un paso por todos nosotros.
—Oh, ¿de verdad? —responde Luxord con cierta ironía—. ¿Y hacia dónde deberíamos dar nuestros siguientes pasos?
Vexen observa a su compañero con suspicacia.
—Luxord, ¿detecto signos de traición en tus palabras?
—No digas tonterías. Quiero dejarlo claro: sólo sirvo a la Organización. No comparto tu necesidad de complacer a Xemnas. Se le da bien manipularte. Siempre ha sido así.
—Todo lo que deseo es tener libertad para continuar con mi investigación —dice Vexen—. Ansem el Sabio se negó a apoyar mi talento, así que prefiero seguir a Xemnas. Bueno, a Xehanort. Así de simple.
—Ya veo. ¿Y no te importa cómo use tus investigaciones?
—En absoluto. Lo único que me importa es completar el receptáculo humano perfecto.
—Hum. —Luxord prefiere no seguir insistiendo—. Muy bien. Pero conozco este mundo mejor que tú, así que hazme el favor de mantenerte al margen.
—Oh, claro. Con esos incordios de por medio, tampoco podría avanzar mucho.
—Ya tengo pensado cómo lidiar con ellos. Después, podrás continuar con tus estudios.
—Buen chico. —Vexen le da la espalda—. En ese caso, obser-

varé desde las sombras.

El científico abre un portal de oscuridad, un detalle importante para resolver nuestra duda: definitivamente se trata de Vexen, el incorpóreo, no Even, la forma original.

Capítulo 26 – El Caribe, 2ª parte

La Perla Negra y su tripulación están de regreso en el mundo de los vivos. Si han podido lograrlo es gracias a que Jack Sparrow descifró ciertas cartas de navegación, aunque, una vez más, es algo que se cuenta en las películas, no en *Kingdom Hearts III*.

Un barco acude a recibirlos. Y no es lo que podríamos calificar como "una calurosa bienvenida". Su tripulación está compuesta por sincorazón voladores, que atacan a la Perla Negra desde el aire. No hay mucho que puedan hacer los piratas para defenderse desde la distancia.

Tía Dalma se aproxima a Sora para susurrarle unas palabras al oído.

—Usa esa llave para liberarme, Sora, y tendrás mi más solemne promesa. Todo el poder que desees del mar será tuyo.

El chico se queda extrañado ante aquellas intrigantes palabras. Pero no hay tiempo de darle vueltas, pues tiene que hacer algo si no quiere que la Perla Negra ponga rumbo, antes de tiempo, al más allá. Sora monta sobre uno de los sincorazón, al que utiliza para derribar el resto de la flota aérea. Entonces, su montura sincorazón desaparece, lo que provoca que el portador de la llave espada caiga al agua.

El mar arrastra a Sora hasta la orilla de una remota isla, en la zona llamada Archipiélago. Cuando se recupera, sólo dos personas (si es que se los puede considerar así) permanecen a su lado: Donald y Goofy.

—¿Dónde están los demás? —pregunta Sora.

—Han seguido adelante —explica Goofy.

—¡Desertores! —protesta Donald, no sin razón.

—Vaya —se lamenta Sora—, con lo que me alegraba de volver a verlos…

—¿Tanto deseas navegar con el capitán Jack Sparrow?

Los tres se giran al oír aquella voz. Sparrow no los ha abandonado.

—¿Adónde vamos ahora? —pregunta Sora.

—A ninguna parte sin un barco —responde Jack—. Tenemos que conseguir uno.

Se da la casualidad (o no) de que en esa misma isla, dentro de una gruta, hay un barco en perfectas condiciones, custodiado por el sincorazón Rape Eléctrico. Con el camino despejado, Jack y su reducida tripulación se ponen al timón del Leviatán.

La calma dura poco. En concreto, hasta que otro gran barco se cruza en su camino, como surgido de la nada. El capitán de aquel navío es Luxord.

—¡Parlamento!

Al escuchar esa palabra, Jack Sparrow le permite subir a bordo del Leviatán.

—¿Has vuelto a la Organización? —pregunta Sora, menos confiado que el ingenioso capitán Sparrow.

—Sí —asiente Luxord—. Sorprendente, ¿verdad? Nunca sabes qué cartas te tocarán.

—Jack, no le des a este tío ni los buenos días.

—Oh, vamos —sigue el incorpóreo—. ¿Sois tan poco sofisticados que declinaríais una conversación educada?

—Sora, atrás —le indica Jack—. Es el Código. No se debe abatir a un pirata que esté a bordo si dicho pirata solicita parlamento.

—Ah, sí —dice Luxord—. ¿Cómo podrían gustarme los juegos y los concursos si no siguiera las reglas? Sólo al ganar de manera justa merece la pena la victoria.

—Aunque —responde Jack—, por supuesto, el Código son más bien directrices que reglas. Habla.

—Busco una caja. O quizás un cofre. ¿Sabes de qué hablo?

—Sí. Puede. ¡No! —rectifica—. Pero esa caja no es algo con lo que quieras jugar, amigo. Hazme caso.

—¿En serio? Hagamos una apuesta, pues. ¿Qué os parece si disputamos una carrera a ese puerto que tanto estimáis?

—¿Port Royal? —pregunta Jack.

—Sí. Quien lo alcance primero, gana. Si gano yo, me diréis todo lo que sepáis sobre ese cofre. Si ganáis vosotros, os conseguiré lo que sea que deseéis.

—¡Hecho!

—Entonces, tenemos un acuerdo.

Luxord regresa a su barco. Aunque Sora no parece conforme con seguirle el juego al incorpóreo, Jack ha aceptado el trato, así que no tienen más remedio que participar en dicha carrera naval.

—No puedes dejar que se haga con esa caja —dice Sora—. ¿De verdad sabes qué es lo que está buscando?

—Digamos… que podría ir tras el cofre que contiene el corazón de Davy Jones. Pero no tengo ni la más remota idea de por qué desearía tal cosa.

—¿Está en una caja negra? —pregunta Goofy.

—Es más negra que azul, así que sí.

El Trío no está convencido de que aquella caja sea la misma que andan buscando sus enemigos desde el inicio de la aventura, pero tampoco pueden arriesgarse a ignorar las pistas. De todos modos, ya sabemos cómo se las ha apañado Cutler Beckett para poner al mismísimo Davy Jones y al Holandés Errante bajo sus órdenes. Will no estaba usando una metáfora cuando dijo que el marinero británico tenía el corazón de Jones en su poder.

La carrera es cualquier cosa menos justa. Cañonazos, incorpóreos, sincorazón… Todo vale con tal de ser el primero en llegar a Port Royal. Tras una disputada competición, el Leviatán se alza con la victoria.

—¡Magnífico! —Luxord aplaude—. Me quito el sombrero, caballeros. Sé reconocer una derrota. Ahora bien, creo que os debo vuestro premio. Pero no os he preguntado qué es lo que deseáis.

—Ah, eso es fácil —responde Jack—. Quiero el cofre que hay a bordo del Holandés...

—¡No, Jack! —lo interrumpe Goofy—. ¡No se lo digas!

Un poco tarde para eso.

—Bueno —se excusa el pirata—, no le he dicho qué holandés.

Luxord, satisfecho con la información obtenida de su simple aunque efectivo engaño a Jack Sparrow, se marcha de allí con una sonrisa victoriosa en la boca.

Jack sugiere atracar en Port Royal para reparar los daños sufridos por el Leviatán durante la carrera. Hasta entonces, no podrán perseguir a Luxord.

—Buscad cangrejos —les pide Jack—. Ellos se encargarán.

—¿Cangrejos? —pregunta Sora, confuso.

—Los detalles no importan. Buscad cangrejos blancos, ¿vale?

En realidad, los detalles sí que importan, pero tendrán que esperar para más adelante. Sora, Donald y Goofy se ocupan de reunir tantos cangrejos blancos como pueden, similares a aquellos que devolvieron la Perla Negra al agua en el Reino de Davy Jones. Está claro que no son crustáceos normales y corrientes.

Con el Leviatán reparado, Jack Sparrow les da una sorprendente noticia: no irá con ellos.

—Esta versión de mí ya ha cumplido su objetivo.

—¿Esta versión?

—Sí, este yo de repuesto que la diosa de los mares envió para ayudaros. Aunque, claro, todas mis versiones siguen siendo yo. Puedo ser duplicable, pero sigo siendo incomparable. El mar nos sonríe, capitán Sora. Dejémoslo ahí. Ahora mismo, mi yo real tiene un compromiso ineludible en la Cala de los Naufragios, donde la Hermandad de los Piratas se enfrentará a Beckett en una batalla por nuestra libertad.

—¡Déjanos ayudar!

—No. Este asunto deben resolverlo los piratas, no tú, Sora. Ahora eres libre como el viento. Y volarás lejos.

El cuerpo de Jack se deshace en una masa de cangrejos blancos. Ahora todo tiene sentido: los cangrejos han sido enviados por la diosa de los mares para ayudarlos. Así fue como la Perla Negra regresó al mar en el Reino de Davy Jones, y también como encontraron el Leviatán en el Archipiélago. El Jack que los acompaña desde entonces es, o era, una versión cangrejil creada por la diosa del mar.

El auténtico Jack Sparrow, así como Will, Elizabeth y compañía, van camino de la Cala de los Naufragios para encontrarse con Cutler Beckett y Davy Jones. Sin más dilación, Sora y sus dos amigos ponen rumbo hacia el mismo lugar.

Capítulo 27 – El Caribe, 3ª parte

Los líderes de ambas tripulaciones se encuentran en una pequeña isla. De un lado están Beckett, Will y Davy Jones (este último dentro de un barril con agua, ya que no puede pisar tierra). Del otro, Barbossa, Elizabeth y Jack Sparrow. Una vez más, el juego se niega a explicar qué ha ocurrido para llegar a esa situación, así que, insisto, vais a tener que ver las películas para saberlo. No os arrepentiréis.

—Hicisteis un trato conmigo, Jack —dice Beckett—: entregar a los piratas. Y aquí están. No seáis vergonzoso. Acercaos. Reclamad vuestra recompensa.

Es decir, que Jack había acordado en secreto con Beckett llevarle a Barbossa y Elizabeth. Los ha traicionado. La verdad es que está horriblemente mal contado en *Kingdom Hearts III*.

—Sparrow —dice Davy Jones—, tu deuda conmigo todavía no está saldada. Cien años de servicio a bordo del Holandés Errante.

—Ya pagué esa deuda, compañero —replica Jack.

—Escapaste.

—Propongo un intercambio —los interrumpe Elizabeth—. Will viene con nosotros y podéis quedaros con Jack.

—Accedo —dice Will.

—No, no accede —protesta Jack.

—Accedo —añade Beckett.

Barbossa no se muestra tan de acuerdo con la decisión de Elizabeth. O, mejor dicho, con que sea ella quien tome decisiones.

—Jack es uno de los señores de la piratería. No tenéis derecho a hacerlo.

—Soy la reina de los piratas —le informa ella.

Y no miente. Más información que tenéis que aceptar porque sí, lo siento. Will se une a Barbossa y Elizabeth, mientras que Jack no tiene más remedio que ir con Beckett y Davy Jones.

—Comunicad a vuestra hermandad lo siguiente —dice el marinero británico—. Podéis luchar, pero todos vais a morir. O podéis no luchar, en cuyo caso tan solo la mayoría moriréis.

—Vamos a luchar —responde Elizabeth, decidida—, y seréis

vos quien muera.

La batalla entre el bando de Beckett y la Hermandad de los Piratas está a punto de comenzar. El Leviatán llega a tiempo de unirse a la refriega, instantes antes de que se inicie la melodía de los cañones. Will y Elizabeth reciben al Trío a bordo de la Perla Negra.

—¿Dónde están Jack y Tía Dalma? —pregunta Sora.

—A Jack se lo ha llevado Cutler Beckett —explica Will—. Barbossa pensaba que podríamos derrotar al Holandés Errante si liberábamos a Calypso, la diosa del mar. Tía Dalma era ella, en realidad, en forma humana.

Es decir, que todo este tiempo ha sido Tía Dalma, o Calypso, quien ha ayudado a Sora, Donald y Goofy con los cangrejos blancos. Ya os decía yo que no parecía una pobre ingenua...

—Calypso es una diosa caprichosa —dice Barbossa, quien ha oído la conversación—. Nuestra última esperanza ha fallado.

Sora recuerda las palabras que Tía Dalma le susurró al oído, y que ahora cobran sentido: "Usa esa llave para liberarme, Sora, y tendrás mi más solemne promesa. Todo el poder que desees del mar será tuyo". Podía haber sido un poquito menos críptica, sobre todo con Sora, que no suele pillar las cosas al vuelo, precisamente.

Antes de iniciar la batalla, Elizabeth, nueva reina de los piratas, se dirige a su tripulación.

—¡Escuchad! ¡Nuestros hermanos siguen atentos a lo que hagamos, esperan que la Perla Negra los guíe! ¡Lo que verán será hombres libres y libertad! ¡El enemigo verá los fogonazos de nuestros cañones y oirá el sonido de nuestros aceros! ¡Verá el valor de nuestros corazones! ¡Venceremos y ellos sucumbirán! ¡Caballeros, izad la bandera!

Como discurso motivador no ha sido de los mejores, pero ha surtido efecto. ¡A la carga!

Sora, Donald y Goofy regresan al Leviatán, donde no tardan en recibir una visita inoportuna.

—Así que ése es el Holandés Errante —dice Luxord.

—El cofre que mencionó Jack contiene el corazón de Davy Jones —responde Sora—. ¡No puede ser la caja que buscáis!

—Nadie sabe qué contiene la caja que buscamos. Si es una caja negra, nos hacemos con ella. Así de simple.

—¿No sabéis lo que contiene? —pregunta Sora, desconcertado—. Entonces ¿para qué la necesitáis? ¿Cómo sabréis que la habéis encontrado?

—Ni idea. —Luxord se encoge de hombros—. Lamentablemente, los mandamases no se han dignado a informarnos. Pero sí dijeron que la caja contiene esperanza.

—¿Esperanza?

Eso sí que ha sorprendido a Sora. ¿La Organización XIII busca "esperanza"?

—No obtendrás más información de mí. —El incorpóreo observa el escenario de la batalla—. Hm... Hay demasiado caos como para encontrar la caja. Podría quitar ese barco de en medio.

Basta con un chasqueo de dedos de Luxord para que unos enormes tentáculos surjan de las profundidades marítimas y atrapen a la Perla Negra. ¡Es el Kraken! Con el incorpóreo fuera de escena, Sora acude al rescate de sus amigos. Parecía imposible, pero los cañonazos consiguen que el Kraken se retire... por el momento.

Vamos con Jack Sparrow, quien ha cumplido su objetivo a bordo del Holandés Errante: hacerse con el cofre de Davy Jones. Cuando se dispone a escapar, Luxord se interpone en su camino.

—Has obtenido lo que buscabas. Tal vez seas tú el mejor jugador. Aun así, te ordeno que me lo entregues.

—Estás muy equivocado —replica Jack—. No te voy a dar nada.

—Espera. Invoco el derecho a parla...

—¡No! —lo interrumpe el pirata—. ¡Nada de parlamento! Echa un vistazo a tu alrededor. Estamos un pelín ocupados. Además, ya tengo todo lo que quiero.

Jack echa su aliento sobre el rostro de Luxord, quien queda aturdido por el repugnante olor y cae al mar. Una táctica irreprochable (no así la higiene bucal).

El siguiente enemigo no será tan fácil de derrotar: Davy Jones ha pillado a Jack tratando de huir.

—¿Te has perdido, Jack Sparrow? Los prisioneros no deben estar en cubierta. ¡Tu lugar es el calabozo!

Por suerte para Jack, el Trío llega justo a tiempo de evitar la tragedia. Sin embargo, Davy Jones tampoco va a luchar solo, pues el Kraken se ha recuperado, y parece dispuesto a vengarse del daño sufrido por culpa del Leviatán. Mientras Sora, Donald y Goofy hacen frente a los tentáculos del monstruo legendario, Sparrow y Jones cruzan sus espadas en el extremo contrario del Holandés Errante. Davy Jones cuenta con la ligera *ventaja* de ser inmortal, por lo que ni siquiera la llegada de Will y Elizabeth parece que vaya a ser suficiente para poner fin a las intenciones del capitán sin corazón (que no "sincorazón").

Sora y sus dos amigos logran hacer huir al Kraken, de alguna forma que ni siquiera explican en el juego, y se apresuran a unirse al resto del grupo. Lo que presencian nada más llegar les hiela la sangre: Davy Jones ha acorralado a Will.

—Dime, William Turner, ¿temes a la muerte?

—¿Y tú? —responde Jack, quien ha abierto el cofre y amenaza con apuñalar el corazón que contiene—. Es estimulante tener la vida y la muerte en la palma de la mano.

—Eres un ser cruel, Jack Sparrow.

—Eso depende del punto de vista.

—¡Así es!

Sin mediar más palabra, Davy Jones atraviesa a Will con su espada. Sora, Donald y Goofy saltan sobre el pirata monstruoso para tratar de alejarlo de Will, aunque, por desgracia, la intervención llega algo tarde, pues parece una herida mortal. Sin embargo, la distracción es suficiente para que Jack entregue el cofre a Will, y que así sea éste quien apuñale el corazón de Davy Jones. ¿Por qué él, y no Jack? Tiene una explicación.

—Parte del barco, parte de la tripulación —dice Jack—. El Holandés siempre debe tener un capitán.

Es decir, que, al matar a Davy Jones, Will se ha convertido en el nuevo capitán del Holandés Errante. Y eso implica convertirse en un ser inmortal, por lo que, aunque muera, no lo hará del todo. Enseguida lo comprobaremos.

Aunque se hayan quitado de encima al Holandés Errante y al Kraken, aún tienen por delante la armada británica, con el Endeavour, navío de Cutler Beckett, en cabeza.

—Creo que es el momento de abrazar la más noble y antigua de las tradiciones piratas —sugiere Gibbs.

Se refiere a huir, por si las dudas.

—En realidad —dice Jack—, nunca he creído en las tradiciones. ¡Al ataque!

La batalla se decidirá en el cara a cara entre la Perla Negra y el Endeavour. Sin embargo, como ya os anticipaba antes, a los piratas les ha surgido un nuevo aliado: el Holandés Errante del inmortal capitán Will Turner. Cutler Beckett no puede más que observar con impotencia cómo ambos barcos lo flanquean y reducen el Endeavour a astillas mediante sendas andanadas de cañonazos. La Hermandad de los Piratas ha salido victoriosa.

En vista de que Sora sigue sin comprender qué ha pasado, Gibbs le hace un rápido resumen.

—El Holandés Errante debe tener un capitán. Elizabeth y el capitán Turner se acaban de casar, pero ahora tendrán que vivir en mundos diferentes. Un día en tierra por cada diez años en la mar. Un precio excesivo.

Mejor eso que morirse.

—Un día no es suficiente tiempo —se lamenta Sora.

—Sabes que eso no es verdad —replica Jack Sparrow—. Sólo hace falta un instante para conectar con tus amigos.

—Siempre hay tiempo suficiente... —Sora sonríe—. Voy a encontrarlos.

Capítulo 28 – Alianzas y traiciones

Tenemos a Axel y Kairi abandonados en plena instrucción del manejo de la llave espada. Veamos qué tal les va.

Ambos han recibido ya los trajes que les envió Yen Sid, aunque, por ahora, Kairi es la única que se lo ha puesto. Axel parece haberle cogido cariño a la típica túnica negra de la Organización.

—¿Cuándo vas a probarte el tuyo? —pregunta la chica.

—No sé, a lo mejor luego —responde con desgana.

—Pero siempre llevas lo mismo.

—Si no está roto, no lo arregles. —Al menos esperemos que lo lave—. Así seguro que me encuentras entre la multitud. Es más fácil de recordar.

No puedo decir que coincida con el pensamiento de que es más fácil destacar vistiendo como la mitad del elenco de *Kingdom Hearts*, pero hay que respetar la decisión de Nomura. Digo, de Axel.

—Ya casi hemos completado el entrenamiento —dice Kairi.

—Sí…

—En algún lugar de mi interior está Naminé. Si podemos liberar a Roxas, a ella también.

—Supongo que sí.

—Naminé apareció cuando Sora me liberó de su corazón. Así que, cuando ella volvió a ser parte de mí, pensé que todo estaba bien. Pero ella no puede contemplar este paisaje, ni sentir la brisa en el rostro. En absoluto. Y, si pudiera sentir, lo haría de manera diferente. Su tiempo fue breve, pero lo vivió. Y eso lo hace suyo. ¿Qué derecho tenía yo a quedarme con esos sentimientos y experiencias? No me pertenecen. Nada es como debería ser. Ni para ella, ni para Roxas.

—Lo sé —asiente Axel—. Cuando era niño, conocí a un chico extraño. Pero nos hicimos buenos amigos. Nunca volví a verlo y casi lo olvidé. Más tarde conocí a Roxas. No me lo podía creer, eran como dos gotas de agua. Ah, pero no se lo dije a Roxas. No quería perderlo también. El nombre de aquel chico era Ventus. Es uno de los portadores de la llave espada desaparecidos. ¿Crees que aún me recuerda?

—Seguro que sí —responde Kairi con una sonrisa.

—Ahora que vamos a volver, todo me preocupa.

—Bueno, ya no tienes que preocuparte tú solo, Axel.

Así es, porque ahora tiene nuevos amigos, empezando por la propia Kairi.

Dejemos a Kairi y Axel con su entrenamiento, y cambiemos de localización para ver en qué andan metidos otros dos personajes de gran peso argumental en esta trama. Nos situamos en la vieja mansión de Villa Crepúsculo, adonde acaban de llegar los dos Ansem mediante un portal oscuro. Para no confundirnos, al auténtico (DiZ, Ansem el Sabio) lo llamaremos "Ansem" a secas, mientras que al falso lo llamaremos "Xehanort", ya que es su sincorazón.

Recordemos, esto es importante, que Xehanort encontró a Ansem y Aqua en la playa del Reino de la Oscuridad, y que infectó a la Maestra de la llave espada con una magia oscura que la hundió en el mar. Ahora, Xehanort y Ansem se hallan en el mundo real, lo cual resultaría extraño, al estar Ansem muerto, de no ser porque esto es *Kingdom Hearts III*, donde todo vale.

—Por favor —dice Ansem—, ya he creado suficientes víctimas.

—Ciertamente. Todos los niños sacrificados en nombre de tu investigación... Ahora puedes reparar el daño.

—Ya te he dicho que no me la llevé. Detuve la investigación a causa de su desaparición.

—¿Y crees que por eso eres respetable? —replica Xehanort—. Usaste a Roxas y a Naminé, para después desecharlos. Dudo que tengas siquiera un ápice de bondad en ti. Te llevaste a la joven y la escondiste. Enséñame los datos que escondes aquí.

Queda claro nuevamente que Xehanort busca a alguien, una chica joven, a la que Ansem podría haber escondido, pese a que él asegura no haberlo hecho. ¿Quién dirá la verdad? ¿Y de quién estarán hablando? ¡Recordadlo para más adelante!

—Roxas y Naminé... —Ansem suspira con expresión triste—. Si aún sigo con vida, es para reparar el daño que les hice. ¿Qué crees que ocurrirá si encuentras a la joven?

—Sus recuerdos guardan un misterio que desentrañar. Uno

sobre la batalla que perseguimos, entre la luz y la oscuridad. Sabes algo al respecto, y por eso detuviste los experimentos.

—Estás completamente equivocado, Xehanort.

—Pronto lo veremos.

El sincorazón empuja a Ansem para obligarlo a seguir caminando, sin sospechar que están siendo espiados por un trío de chavales: Hayner, Pence y Olette.

—¡Yuju! ¡Disculpen!

Pence atrae la atención de Xehanort mientras Olette se cuela por detrás y ayuda a Ansem a escapar. Hayner, que quiere ir un paso más allá, trata de golpear a Xehanort con una patada voladora. Mala decisión, está claro. El sincorazón guardián de Xehanort bloquea el golpe y lanza al chico por los aires. Hasta aquí, lo previsible. La sorpresa llega ahora, y es que uno de los habituales monstruos incorpóreos evita que Hayner se estrelle contra la pared. Es la primera vez que una de estas criaturas hace algo por ayudar, en vez de atacar a diestro y siniestro.

Ansem, Olette, Hayner y Pence huyen a toda prisa, mientras más incorpóreos cortan el paso a Xehanort, quien tampoco parece muy desesperado por traer de vuelta a su antiguo maestro.

—Sirvo a la Organización. Esto es traición. —Xehanort sonríe—. Ah, ya veo lo que ocurre...

Y nosotros lo veremos enseguida.

Ansem y los tres jóvenes se ponen a salvo en el sistema de alcantarillado de Villa Crepúsculo. Los chavales se conocen cada recoveco como la palma de su mano.

—Vosotros sois los amigos de Roxas, ¿verdad? —observa Ansem.

—Eso es —asiente Hayner—. ¿También lo conoces?

—Oh, sí, bastante bien.

—Supongo que ha merecido la pena vigilar la vieja mansión —dice Pence—, porque esto es lo que yo llamo una buena pista.

Los chicos le muestran una fotografía en la que aparecen Roxas y ellos tres. Es la misma foto que les regaló Goofy.

—Es la única prueba que tenemos de que Roxas fuese amigo nuestro —dice Olette.

—Cuéntenos cosas sobre él —le pide Hayner—. Queremos conocerlo mejor.

Pero no hay tiempo para ello, pues una quinta persona se une a la reunión. Y, desde luego, es una presencia del todo inesperada: ¡Vexen!

—Maestro, está a salvo —dice con alivio.

—¿Even, eres tú? —Ansem se muestra receloso—. Así que los incorpóreos de antes han sido cosa tuya.

—He estado aguardando este momento. Rechacé una vida normal para infiltrarme en la Organización. Maestro, cuando supe que Xehanort lo buscaba, supe que también era mi oportunidad de encontrarlo. Porque, ¿sabe qué? Yo también estoy arrepentido.

Espera un momento... ¡¿Vexen es ahora de los buenos?! ¿De verdad se ha unido a la nueva Organización XIII para aprovecharse de ellos, o acaso, por el contrario, es justo lo que pretende hacer con Ansem? ¿Juega a dos bandas? Interesante, sin duda. Ya veremos en qué desemboca todo esto. Por ahora, viajemos a...

Capítulo 29 – San Fransokyo

Tal y como indica su nombre, el mundo en que han aterrizado Sora, Donald y Goofy es una mezcla de San Francisco (Estados Unidos) y Tokio (Japón). Allí, seis valientes héroes luchan contra los sincorazón que infestan la ciudad. Se hacen llamar los "Big Hero 6". Son un grupo de lo más inusual, pues está compuesto por cuatro chicos y chicas con armaduras cibernéticas, un quinto chico disfrazado de monstruo y, por último, un robot blanco y orondo, de actitud calmada y cariñosa, aunque reparte tortas como panes cuando se lo propone. Vamos con las presentaciones.

En primer lugar, quien parece ser el cerebro del grupo, es Hiro Hamada, todo un prodigio en el campo de la robótica. Lo acompañan Wasabi, experto en ingeniería plasmática, Honey Lemon, experta en química y Go Go Tomago, ingeniera mecánica. El chico con el disfraz del monstruo, que es la mascota de su instituto, se llama Fred. Por último tenemos a Baymax, el robot asistente de Hiro.

No vamos a pararnos a narrar en profundidad la historia de San Fransokyo, porque gran parte de la misma se limita a los miembros de Big Hero 6 y los de "Héroes de la llave espada 3" (así denomina Sora al Trío, aunque él sea el único que puede manejar dicha arma) luchando contra sincorazón y entrenando para mejorar las prestaciones de Baymax. Es decir, que tanto la trama como el desarrollo rozan el nulo. Lo que sí es importante saber es que Hiro sigue los pasos de Tadashi, su hermano mayor, fallecido en un incendio. Él es el verdadero creador de Baymax. De hecho, el robot actual es el segundo modelo; dato importante para más adelante.

—Tadashi sigue viviendo dentro de vuestros corazones —les dice Sora—. Cuando os falten las fuerzas, él os prestará las suyas.

Por un momento, el portador de la llave espada siente a Roxas en su interior. Él también lo acompaña allá donde vaya.

A la amenaza de los sincorazón se une una nueva: los microbots, una especie de robots microscópicos inventados por el propio Hiro, y que se han unido en varias criaturas tangibles a las que llaman "cuboscuros". Que se hayan descontrolado no se debe a un error de programación, sino a que alguien debe de haberlos manipulado. La pregunta es: ¿quién? Y la respuesta... se oculta bajo una túnica negra con capucha. No es un incorpóreo, ni tampoco un sincorazón. Se trata de... ¡Riku! Pero no el Riku actual, sino su versión más joven, con pelo largo. Pista: exactamente tal y como era en el Castillo del Olvido.

—Como si no tuviera bastante con este estúpido experimento... —Riku observa un chip que tiene en la mano—. Aún no está listo.

—¿De dónde ha sacado eso? —se pregunta Hiro, extrañado—. Es el primer chip que hice para Baymax. Está lleno de programas de combate. Le dicen cómo reaccionar.

—Entonces —dice Goofy—, ¿es como su corazón?

—Algo así.

Riku arroja el chip a los cuboscuros, que adquieren un mayor poder gracias a esos programas de combate. Sora y sus amigos logran derrotarlos con ayuda de las gafas RA, un dispositivo también inventado por Hiro, que les permite ver el núcleo de los cuboscuros.

Antes de que puedan recuperar el chip, Riku se les adelanta.

—Oh, esto no es para vosotros. No hasta que esté terminado.

—Riku, ¿eres tú? —pregunta Sora—. ¿Por qué tienes ese aspecto?

—Las apariencias engañan, pero el corazón no. Sabes que soy yo.

—Sé que Riku no haría esto —replica Sora—. No sin un buen motivo.

—¿Desde cuándo importa el motivo? —Riku ríe—. Llevamos compitiendo desde que éramos niños.

—¡No lo escuches, Sora! —exclama Donald.

—¡Esa túnica quiere decir que está con la Organización XIII! —añade Goofy—. ¡No es el Riku de verdad!

—Eres más listo de lo que aparentas —reconoce el falso Riku.

—Derrotamos a Ansem y a Xehanort —sigue el capitán—. Pero volvieron de todos modos. A lo mejor este Riku también ha vuelto del tiempo en el que Ansem lo poseyó.

Ante tanta insistencia, Riku acepta resolver sus dudas.

—A diferencia de cierto mago que conocéis, he tenido que seguir las reglas para poder viajar a través del tiempo. Tuve que dejar mi cuerpo atrás.

—Esto me suena… —Sora tiene en mente a Xehanorcito—. Pero tienes cuerpo.

—El corazón de Xehanort dejó su cuerpo para poder viajar atrás en el tiempo. Tenía que contarle a su yo joven los grandes planes que tenía preparados. Su corazón se quedó allí, en el pasado, esperando durante años hasta que aparecimos. El corazón de Xehanort me poseyó y me convertí en Ansem, el primer gran enemigo al que os enfrentasteis. La otra parte de él, lo que dejó atrás, tomó el nombre de Xemnas y creó la primera Organización. Todo fue parte del plan para conectar a Xehanort con los corazones adecuados, suficientes para crear la auténtica Organización XIII. Podían venir de cualquier lugar, cualquier momento, siempre y cuando tuviera receptáculos adecuados en los que ponerlos.

—¿Receptáculos? —pregunta Sora, aún igual de desconcertado.

—¡Réplicas! —responden Donald y Goofy al unísono.

—Exacto —asiente Riku—. El Programa Réplica fue un éxito. Somos como personas de verdad.

Vexen creó una réplica de Riku, con la que Sora ya tuvo sus más y sus menos en el Castillo del Olvido. No se acuerda porque, como ya sabemos, olvidó todo lo sucedido en *Chain of Memories*. Ahora, esa réplica (u otra igual) alberga en su interior parte del corazón de Xehanort. Es uno de los trece buscadores de la oscuridad, que acabarán enfrentándose a los siete custodios de luz de manera supuestamente irremediable. Esa, al menos, es la intención de Xehanort.

—¿Y qué estás haciendo aquí? —pregunta Sora al Riku réplica.

—Comprobar si puedo recrear un corazón a partir de datos.

—¿Qué?

—Lo siento, ¿te hemos copiado la idea? —responde con ironía, pues sabe que es lo mismo que Sora quiere hacer para *revivir* a Roxas—. Ese globo con patas de ahí tiene un corazón. —Se refiere a Baymax—. Al menos, esa es la majadería que me he de creer.

—Estamos rodeados de corazones —asegura Sora con firmeza—. Sólo tienes que verlos para que se vuelvan reales.

—¿De dónde has sacado ese chip? —pregunta Hiro—. Yo lo

creé.

—Tranquilo —dice Riku—, prometo devolverlo al lugar donde lo encontré.

—¿Qué quieres decir?

—Este trasto ha conseguido los datos que necesitábamos. —La réplica de Riku patea un cuboscuro—. El terror de sufrir un ataque por sorpresa, la desesperación de no tener adonde huir, el deseo de venganza...

—En todo corazón hay esperanza —replica Sora.

—Tienes razón. Por eso hice que nuestra creación luchara contra ti. Ahora, los datos contienen un corazón completo. ¿Cómo era eso que dijiste? "Sólo tengo que verlo para que se vuelva real". Pues vamos a verlo.

¿Recordáis que antes os dije que el Baymax actual, el que forma parte de Big Hero 6, es el segundo modelo? Pues, de algún modo, Riku se ha hecho con el primero, y está a punto de activarlo introduciendo el chip de combate de los cuboscuros. Ya tiene los datos que necesitaba para su activación.

—Aún falta una pieza —dice Riku—. Sora, tú eres quien completará su corazón. No existe corazón sin tristeza, sin pérdida. Verás, vas a tener que destruir al amigo de Hiro delante de él.

La réplica de Riku se marcha con un sonrisa en el rostro. Qué cabrón.

—Hiro, ¿qué hacemos? —pregunta Sora, dubitativo.

—Baymax es muy importante para mí... —Hiro aprieta el puño con rabia—. Pero ese chip no es él. Ya cometí este error en el pasado. Tadashi no querría que existiera un Baymax que hace daño a las personas. Sora, tienes que detenerlo.

Dicho y hecho. Sora y el Baymax bueno combaten al Baymax corrupto en el aire, lejos del alcance de los demás. Tras infligirle suficiente daño, el Baymax manipulado por Riku entra en "modo de seguridad" y cae al suelo, donde Hiro se ocupa de extraerle el chip.

—Para asegurarse, tenemos que destruir el chip.

—¿Estás seguro? —pregunta Honey Lemon.

—Es lo correcto. Tadashi habría querido lo mismo.

—Pero, Hiro —insiste Sora—, ¿no es eso el corazón de Baymax?

—No pasa nada. Baymax vive en nuestro interior. Esto… debo hacerlo yo.

Hiro destruye el chip, en lo que se supone que es un momento emotivo, pero que dudo que haya emocionado a nadie. Al fin y al cabo, lo único que sabemos de este Baymax es que ha pretendido matar a Sora y compañía. El bueno no ha sufrido daño alguno.

De todos modos, para que no haya nadie ni un pelín triste, Hiro se encarga de reparar también a ese Baymax y hacerlo igual que el otro. Ahora hay dos idénticos. Si alguien sigue triste, que se lo diga a Hiro y haga más robots hasta que se le pase. Miles, miles de robots. Tal vez algún día conquisten el mundo. Pero eso no será narrado en esta guía argumental, pues toca despedirse de San Fransokyo… y afrontar el tramo final de *Kingdom Hearts III*.

Capítulo 30 – Anti

¡Mucha atención, que llega la mejor parte! Hasta ahora, todo ha sido un largo prólogo, que nos estaba preparando, tanto a los espectadores como a Sora, para el desenlace de esta historia. ¿Preparados?

Vamos a empezar con nuestros tres héroes a bordo de la nave Gumi. Sora recibe una llamada de Chip y Chop, quienes le informan de que han perdido el contacto con Riku y Mickey en el Reino de la Oscuridad. ¿Estarán en problemas? Y lo que es más importante: ¿cómo pueden llegar hasta ellos? La puerta que comunica el Reino de la Luz con el de la Oscuridad está sellada, y Mickey es el único custodio capaz de abrir un portal entre ambos mundos, ya que posee una llave especial de oscuridad, que consiguió en *KH 0.2 – A Fragmentary Passage*.

No le demos muchas vueltas: la solución es la misma de siempre.

—Que mi corazón nos sirva de guía. Nos mostrará el camino.

Sora apunta al cielo con su llave espada. Todos se sorprenden mucho cuando un portal se abre ante ellos. ¿No es lo mismo que pasa siempre? Al cruzarla, el Trío llega a un lugar de sobra conocido: las Islas del Destino.

—¿Por qué nos ha traído aquí? —se pregunta el chico.

Sora encuentra una llave espada tirada sobre la arena de la playa. Aunque él no lo sabe, es la llave espada del Maestro Eraqus: "Salva del Maestro". También fue la que Aqua utilizó para ocultar a Ventus. ¿Cómo ha llegado hasta allí? No hay ninguna explicación lógica o convincente, así que aceptémoslo sin más.

La "Salva del Maestro" abre una puerta en el centro de la isla, bajo un gran árbol; justo el lugar donde se hallaba la cueva secreta que, como también comprobamos en *KH 0.2 – A Fragmentary Passage*, comunica con el Reino de la Oscuridad. Sora decide internarse por su cuenta, sin la compañía de Donald y Goofy, a quienes no le resulta fácil convencer de quedarse allí. Pero, por ahora, será lo mejor. Es un lugar demasiado peligroso. Y si no, que se lo digan a...

Puede que Chip y Chop hayan perdido el contacto con Riku y Mickey, pero nosotros aún lo mantenemos. Veamos dónde se encuentran y qué están haciendo.

Los dos Maestros de la llave espada se hallan en el Reino de la Oscuridad, luchando contra todo un ejército de sincorazón. Lo cierto es que la situación no pinta bien para ellos, hasta el punto de que una corriente de sincorazón atrapa al rey, quien pierde su llave espada por el camino. Problemas. Y lo peor está por llegar. De hecho, está a la vuelta de la esquina.

Los sincorazón se unen en una gran esfera, de la que surge una figura femenina, apenas una sombra. La figura oscura recoge la llave espada de Mickey del suelo y se gira hacia su portador, aún atrapado por los sincorazón.

—Esta llave espada... Mickey, llegas demasiado tarde.

La sombra adquiere una forma que el rey no tarda ni medio segundo en reconocer: ¡es Aqua! Aunque... hay algo raro en ella.

—¿Qué te ha pasado? —pregunta Mickey, preocupado.

—Me abandonaste. Eso ha pasado. Me dejaste en esta prisión de sombra más de diez años, sabiendo lo que me ocurriría.

—Lo siento...

—Llegué a esta orilla oscura tras vagar sin cesar —dice Aqua con tono rencoroso—. Esperé una eternidad a que llegara ayuda. Pero nadie vino. Perdí mi llave espada. Me quedé sin medios de abrirme camino entre los sincorazón. Deberías haber sabido que estaba atrapada. ¿Tienes idea de lo solo que se siente uno aquí? ¿El miedo que da no tener a nadie? Todo lo que queda en mi corazón es miseria y desesperación. ¡Y ahora podré compartirlas con vosotros!

—No me hacen falta —replica Riku, calmado—. Ya tengo las mías propias.

El chico siente la oscuridad en su interior. Es una oscuridad completamente controlada, a la que incluso pone forma: una versión más joven de sí mismo. No es su debilidad sino su fortaleza. Por desgracia, no es suficiente para derrotar a la Maestra Aqua. ¿O deberíamos llamarla Anti-Aqua?

Desesperado, Riku no puede evitar acordarse de su amigo.

—Sora...

Entonces, como si lo hubiese invocado, Sora aparece junto a

él, recién llegado de las Islas del Destino.

—¡Lo conseguí! —exclama Sora, orgulloso.

—¿Cómo lo has hecho? —pregunta Riku.

—Con algo de ayuda. —Sora le muestra la "Salva del Maestro"—. Rescata al rey. Yo me encargo de ella.

Riku libera a Mickey mientras Sora se enfrenta a Anti-Aqua. La chica de pelo azul cae derrotada y se ve de nuevo arrastrada a las profundidades de… ¿O no? Cuando todo parece perdido, una mano amiga la ayuda a salir a la superficie.

—¡Aqua!

—Sora…

Aqua abre los ojos. Ante ella hay dos figuras masculinas, a las que, en un primer instante, confunde con Ventus y Terra. En realidad se trata de Sora y Riku. Mickey también está con ellos. La Maestra mira a su alrededor, sorprendida por el cambio de escenario.

—¿No son éstas… las Islas del Destino?

—¡Exacto!

—¿Cuándo cayeron en la oscuridad?

—No lo han hecho —replica Riku—. Estás de vuelta en el Reino de la Luz.

Al oír aquello, Aqua no puede evitar romper a llorar. Ha tenido que esperar más de una década, pero, al fin, ha logrado escapar del Reino de la Oscuridad. ¡Bienvenida a casa!

Capítulo 31 – Redención

Por muy emotivo que sea el regreso de Aqua, tenemos que cambiar de tercio y presenciar una serie de sucesos importantes que se están llevando a cabo en otro mundo: Vergel Radiante.

Vexen y Demyx están reunidos en la plaza, donde no pueden ser escuchados.

—¿Por qué yo? —pregunta Demyx, sorprendido.

—¡No puedo dejar que los elegidos se enteren! —explica Vexen.

—Ah, ya veo. ¡Es porque estoy en el banquillo!

—¡Yo también lo estoy! —replica el científico.

—Vale, mira… ¿En serio? Traicionar a esos tipos sería estúpido. Si se enteran, nos podemos dar por erradicados. ¿Qué saco yo de esto?

Vexen tarda unos segundos en responder.

—El perdón.

—¿Por qué? —pregunta Demyx.

—La gente como nosotros… En pos de la ciencia, a veces cometemos errores terribles. Olvidamos que nuestra misión es ayudar a las personas. Pero ahora puedo ayudar a alguien con mi investigación, reparar el daño.

—Yo no soy un científico —protesta el incorpóreo del sitar—. No sirvo para nada. Soy un cobarde. Ni siquiera somos amigos. Puedo contar con los dedos de una mano las veces que hemos hablado. ¡No te conocía ni en vida!

—Que sí, que sí… Pero escucha esto.

Vexen le susurra unas palabras al oído. Sea lo que sea que le ha dicho, ha producido en Demyx el impacto que esperaba.

—¡No puede ser!

—Es verdad —asegura Vexen—. Todo esto fue idea suya. También está arrepentido, pero es uno de los elegidos, así que no puede hacer nada. Por eso actúo en su lugar. Por eso necesito que tú actúes en mi lugar si algo sale mal. Como has dicho, no somos amigos, precisamente. Nadie sospecharía de ti.

—Entonces —concluye Demyx—, ¿no tendré que luchar?

—Correcto. Y nada de quedarte en el banquillo.

—¡Vale! ¡Me apunto!

¿Cuál es la misión de Demyx? No tendremos que esperar para comprobarlo. Demos un pequeño salto en el tiempo.

Ienzo está en el laboratorio del castillo de Vergel Radiante, pensando en sus cosas.

—Hemos avanzado mucho en la reconstrucción del corazón de Roxas —dice para sí mismo—. Pero sin un receptáculo... Los cuerpos no crecen en los árboles. O usamos el plan B, o nada. Pero el plan B no es una solución de verdad.

De pronto, un portal oscuro se abre tras él. De su interior surge Demyx, portando un cuerpo envuelto en sábanas.

—¡Zexión, cuánto tiempo! —exclama al llegar.

—¿Demyx? ¿Eres tú?

—¿Qué tal te va la humanidad? Yo he vuelto con los incorpóreos, pero me parece que me han metido en un embrollo, ¿sabes? Tenemos que tener una buena charla.

—Eh, más despacio —le pide Ienzo—. ¿Qué está pasando?

—Ah, perdona. Deja que me explique. Estoy aquí en una misión secreta. Parece que todo el mundo pasa tanto de mí, que soy el tipo perfecto para hacer una entrega especial. ¡Y no vengo solo!

Otra figura aparece a través del portal oscuro. Ienzo no cabe en su asombro al reconocer a su maestro, Ansem el Sabio. Recordemos que se encontró con Vexen en las alcantarillas de Villa Crepúsculo, por lo que era de esperar que estuviesen colaborando. El viejo equipo se reúne.

—¡Maestro Ansem!

—Me alegro de verte, Ienzo.

—Me dijeron que se había vuelto loco. Que nos había abandonado. Sólo era un niño... Pero tendría que haberlo sabido. Lo siento muchísimo.

—Lo importante es que reconoces el error. —Ansem le pone las manos sobre los hombros—. Tranquilo, Ienzo. Fui yo quien acabó consumido por el odio y abandonó sus obligaciones como tu mentor. Perdóname.

Aeleus y Dilan se suman a la reunión. No dicen nada, pero ahí están, contentos de ver que todo, o gran parte, vuelve a ser como antes de su unión forzada a la Organización.

—Esto… —Demyx interrumpe el bonito momento—. ¿Podemos seguir ya? Ienzo, te traigo un regalo de parte de Vexen. —El incorpóreo señala el cuerpo envuelto en sábanas—. Sólo hemos podido conseguir uno, pero Vexen supuso que vosotros sabríais qué hacer con él.

Es justo lo que Ienzo necesitaba para depositar los datos, el corazón, de Roxas: ¡un receptáculo funcional! ¿Podrá traer de vuelta al incorpóreo de Sora? Tendremos que esperar para descubrirlo.

Capítulo 32 – Despertar

Tras dejar a Riku y Mickey en la torre de Yen Sid, para que descansen, Aqua lleva a Sora, Donald y Goofy al Castillo del Olvido. La Maestra eleva la llave espada de Eraqus ante las puertas del castillo, que comienza a cambiar de forma y color, hasta recuperar su aspecto original. Y es que, como ya vimos en *Birth by Sleep*, el Castillo del Olvido no es más que un engaño para mantener a todos los posibles enemigos alejados de aquel mundo. Su verdadero nombre es Tierra de Partida.

Ventus sigue durmiendo en el interior del castillo donde una vez convivió con Eraqus, Terra y Aqua. La chica se abraza a él, confiando en que despierte…, cosa que no ocurre.

—¿Por qué? —se pregunta ella—. ¿Es que tu corazón no consiguió volver?

Antes de ocuparse de ese inconveniente, van a tener que hacer frente a otro más apremiante: Vanitas, la versión oscura de Ventus, los ha estado siguiendo.

—Qué truco tan astuto. No me extraña que nadie pudiera encontrarlo.

—¿Por qué estás aquí? —dice Aqua.

—Oh, siento interrumpir vuestro emotivo reencuentro, pero no me negarás un momento con mi hermano, ¿verdad?

Lo cierto es que sí: Aqua piensa negárselo. La Maestra planta cara a Vanitas, sin la ayuda del Trío, a los que pide que se mantengan al margen.

—Ha llegado mi momento de brillar.

Todo apunta a que Aqua saldrá vencedora…, hasta que Vanitas opta por jugar sucio y atacar a un indefenso Ventus. Aqua recibe el golpe en su lugar para evitar que su amigo sufra daños, lo que la deja completamente indefensa, a merced de la llave espada de Vanitas. Sora, Donald y Goofy no pueden intervenir, apartados por un muro mágico creado por la propia Maestra. Entonces, Vanitas eleva su espada y…

De pronto, Sora siente algo en su corazón. Una luz que llevaba mucho tiempo apagada.

—(Tengo que despertar…) —dice una voz en su interior.

—¡Sí! —responde Sora—. ¡Dime qué he de hacer!

—(El poder del despertar...)

—No puedo. Aún no lo tengo.

—(Nunca lo perdiste... Duerme hasta que alguien lo necesite... Llámalo...)

—Lo estoy llamando con todo mi corazón.

—(Gracias por cuidar siempre de mí, Sora...)

La voz, la luz durmiente, regresa a su auténtico portador. Ventus abre los ojos y se abalanza sobre Vanitas. El choque de ambas llaves espada destruye la barrera mágica, lo que permite a Sora, Donald y Goofy acudir en su auxilio.

—Tres custodios son demasiado trabajo —dice Vanitas—. Pero ahora que mi hermano está despierto, estoy seguro de que vendrá a verme.

Vanitas se marcha a través de un portal oscuro, derrotado aunque confiado.

Para Ventus es toda una sorpresa ver por primera vez el rostro de Sora, pues le recuerda enormemente al de su hermano oscuro. Sin embargo, sabe que no tienen nada que ver el uno con el otro.

—Tú fuiste mi segunda oportunidad. —Ventus le tiende la mano—. Llámame Ven.

Aqua le revuelve el pelo de forma cariñosa.

—Buenos días, Ven.

—Buenos días, Aqua.

El momento ha llegado. La Torre de los Misterios es el lugar elegido para la reunión de los siete custodios de la luz, sin olvidar a Yen Sid, Donald y Goofy. Los siete portadores de la llave espada: Sora, Riku, Mickey, Kairi, Axel, Aqua y Ventus, están preparados para combatir a Xehanort en sus trece receptáculos de oscuridad.

—Al fin estamos todos reunidos —dice Yen Sid—. Primero: Sora, Riku, Donald, Goofy, Mickey. Me faltan palabras para agradeceros lo que habéis hecho. Y a vosotros, Aqua y Ventus: somos afortunados de teneros entre nosotros de nuevo.

—Gracias —responde Aqua—. Ojalá pudiéramos haber vuelto antes para ayudaros. Os estamos agradecidos por rescatarnos.

—Siento haberos decepcionado —se disculpa Mickey—. Aún no hemos encontrado a Terra.

—No te preocupes —dice Aqua—. Terra estudió junto al Maestro Eraqus, como nosotros dos. Es responsabilidad nuestra.

Al igual que el rey antes que él, Riku se acerca a Aqua para disculparse.

—Mickey me dijo que me salvaste en el Reino de la Oscuridad. Debería haber ido a ayudarte de inmediato, pero era demasiado inexperto. Lo siento.

—No. —Aqua niega con la cabeza—. Al contrario.

Axel carraspea para interrumpir el innecesario cruce de disculpas y agradecimientos. Quiere su dosis de protagonismo.

—Ah, sí —dice Yen Sid—. No olvidemos a nuestros nuevos portadores de la llave espada. Lea, Kairi, habéis mejorado sobremanera.

—Hola a todos —responde Axel—. Podéis llamarme "futuro Maestro de la llave espada".

Aqua, sin embargo, parece más interesada en la chica. Recuerda el nombre de Kairi, así como el colgante que ésta lleva aún alrededor del cuello.

—¡Increíble! ¡Eres tú!

—¿La conoces? —pregunta Mickey, extrañado.

—Cuando tú y yo nos conocimos en Vergel Radiante, los nescientes intentaron atacar a una niña. ¿Recuerdas?

—¡Vaya! ¿En serio? ¿Ésa era Kairi?

—Supongo que funcionó el hechizo protector que lancé sobre ti —dice Aqua a Kairi.

—Lo siento, apenas recuerdo aquellos días —confiesa la nueva portadora—. Pero parece que habría estado en peligro de no ser por ti, así que te lo agradezco.

Axel vuelve a carraspear para evitar caer de nuevo en la espiral interminable de agradecimientos, disculpas y halagos. No parece ser muy fan del estilo *Kingdom Hearts*.

—Todo esto es muy bonito, pero ¿dónde encajo yo? Ven es clavado a Roxas… ¿O es Roxas el que es clavado a Ven? Y ahora tengo que explicarle todo, que ya es una historia larga y liosa de por sí… —¿Verdad?—. Y parece que todo el mundo conoce a todo el mundo, ¡y es demasiado para captarlo de una!

—No te preocupes tanto, Lea —replica Ventus.

—¿Qué? ¿Me recuerdas?

—¡Pues claro! Somos amigos. —Aunque se conocen de cinco minutos, cuando Axel era pequeño—. ¡Aún no me creo que te hayas convertido en un portador de la llave espada, como yo!

Para hacer las cosas más fáciles, Pepito Grillo les entrega a todos una copia de las guías argumentales. Perdón, quería decir gumífonos. Así, además de leer un resumen de los sucesos pasados, pueden mantenerse en contacto.

—Bueno, ya tenemos a nuestros siete custodios —concluye Mickey.

—Sí —asiente Sora—. Aunque… ojalá Roxas, Naminé y Terra estuvieran aquí también.

—Terra seguro que está con la Organización —dice Riku—, así que aún podemos salvarlo.

—Dejádnoslo a Ven y a mí —se ofrece Aqua—. Lo traeremos a casa.

—Sí —añade Ventus—, se lo prometí a Terra. Le prometí que estaría a su lado cuando me necesitara.

—Y yo me encargaré de Roxas —dice Axel—. No sé cómo, pero lo traeré de vuelta.

—Naminé está segura conmigo. —Kairi se echa la mano al pecho—. Sé que encontraremos una manera de ayudarla. Confiad en mí. No pienso rendirme.

Genial, pues no se hable más. Todos saben qué deben hacer (aunque no cómo). Las últimas palabras de la reunión corresponden a Yen Sid:

—Es una pena no contar aquí con todos nuestros amigos, pero nuestros siete custodios de la luz se han reunido. Tal vez, incluso, podríamos decir "nueve custodios", con Donald y Goofy. Sé que, con el tiempo, el resto también se unirá a nosotros. Hoy, recuperaos. Mañana viajaréis al lugar destinado.

Capítulo 33 – Calma antes de la tempestad

Los custodios de la luz tienen unas cuantas horas libres antes de su batalla final contra Xehanort. Cada uno las gasta como quiere, así que veámoslos por separado.

Empezamos con Ventus y Aqua, quienes permanecen en el mundo de la Torre de los Misterios. Los dos amigos han salido al exterior para disfrutar del paisaje.

—Las estrellas aquí son tan hermosas... —dice Ventus—. Me fijé cuando llegamos. Hacía mucho que no podíamos verlas.

—Lo sé —asiente Aqua.

—Recuerdo que tuve muchos sueños. Sobre ti y Terra, y sobre Sora y sus amigos, creo. Había otras personas que no reconocí, ¡y un montón de animales rarísimos! Es como si hubiera sido parte de una gran aventura.

—Yo también he viajado —responde la Maestra—. Pero, pronto, todo volverá a la normalidad.

—Pongámonos al día cuando vuelva Terra.

Ventus observa su Siemprejuntos, un amuleto que le hizo la propia Aqua. Ella también saca el suyo. ¿Podrán reunirse algún día con el tercero de sus amigos?

Axel ha llevado tres helados de sal marina a lo alto del reloj de Villa Crepúsculo, el lugar donde solía reunirse con Roxas y Xion.

—Bueno, Roxas... Se supone que tendría que haberte traído de vuelta ya... Pero ya ves.

—¿No deberías despedirte de tu hogar de verdad? —responde una voz.

Axel se sorprende al ver aparecer a Isa. No: a Saïx.

—¿Qué haces aquí? —pregunta el pelirrojo.

—Relájate, no quiero pelear. —Saïx le arrebata un helado—. ¿Por qué has comprado tres? Uno para Roxas, ¿y dos porque sí?

—No lo sé. Me apetecía, ¿vale?

—Cuando aún éramos amigos, solíamos colarnos en el castillo. Allí, hicimos una amiga. Nos convertimos en aprendices de Ansem el Sabio para rescatarla.

—Y fracasamos —recuerda Axel—. Un día desapareció sin

más.

—Te rendiste.

—No me rendí.

—Un día éramos aprendices —sigue Saïx—, el siguiente Ansem había desaparecido. Y al siguiente éramos incorpóreos. Xemnas nos puso a hacer el trabajo sucio. Seguir al incorpóreo de Xehanort era la única manera de descubrir qué le ocurrió. Era su conejillo de indias.

—¿Y? —lo interrumpe Axel—. ¿La encontraste? Te ayudé a subir de rango. Espero que sirviera de algo.

—Me temo que no. Ni una pista. Incluso empecé a preguntarme si nos la habíamos imaginado —reconoce el incorpóreo de melena azulada—. Tal vez nunca existió. Pronto descubrí un nuevo propósito. Me di cuenta de que podía ser más fuerte.

—Sí, se te fue de las manos —concluye Axel—. Despierta y déjalo ya.

—Afróntalo. Roxas es igual que nuestra amiga. Se fueron para siempre. Tienes que aceptarlo.

—Ya quisieras —dice Axel, lleno de rabia—. Voy a traerla de vuelta. A todos. ¡Especialmente a Roxas! Y a ti también te arrastraré de vuelta a casa, aunque tenga que tirarte de las orejas.

Saïx se termina el helado en silencio antes de volver a pronunciarse.

—Las marcas que tenías en la cara… Ya no están.

—Sí. No me hacen falta.

—Solía decirte que evitaban que llorases. Aquellas lágrimas invertidas.

—Lárgate, ¿quieres? —Axel se ha cansado de tanta frialdad—. Mañana te daré una paliza.

—No espero menos.

Saïx, sonriente, desaparece a través de un portal oscuro.

Es el turno de Riku. Aunque parece que está solo, sentado en la playa de las Islas del Destino, lo cierto es que le acompaña *alguien*. Es un *chico* que siempre va consigo. Una versión más joven de sí mismo. Una *réplica espiritual*, en realidad. Es el Riku oscuro.

—¿Cuánto hace que sabes de mi existencia?

—Me salvaste —responde el Riku auténtico—. Creo que viniste por algún motivo.

—No llegué muy lejos como réplica. Fui un fracaso. Después de que Sora y tú os fuerais, mi cuerpo decayó y la oscuridad tomó mi mente hecha pedazos. Estaba a punto de darme por vencido y rendirme cuando apareciste.

—¿Te pareció una señal?

—Tal vez. Preferiría enfrentarme a mi final junto a ti que en la oscuridad.

—¿Eso es lo que quieres?

—Sí —asiente el Riku oscuro—. Pero aún no. Tengo un asunto pendiente.

—Tómate el tiempo que quieras.

Sora y Kairi, sentados sobre un tronco muy cerca de allí, observan a su amigo.

—¿Por qué está solo? —pregunta él.

—Dijo que necesitaba estar un rato a solas. Por cierto, ¡toma! —Kairi le hace entrega de un fruto de paopu. Se dice que "si dos personas lo comparten, sus destinos se unirán"—. La batalla de mañana será la más dura. Quiero ser parte de tu vida, pase lo que pase. Eso es todo.

—Kairi, te protegeré.

—Déjame protegerte a ti por una vez.

Por último, no podemos olvidarnos de nuestros viejos amigos, Maléfica y Pete. Siguen a lo suyo, buscando la misteriosa caja negra. O ¿quizá ya no?

—¡Ya estoy harto de esta caza del tesoro! —exclama Pete—. No hemos sacado nada de ninguna caja.

—Estoy de acuerdo —asiente Maléfica—. Nuestra búsqueda termina hoy.

—¿Qué? ¿Cómo?

—No se puede encontrar aquello que no existe. Como esa caja.

—Ya sabía yo que nos tomaban el pelo —protesta Pete.

—Silencio, estúpido. Quiero decir que esa caja no existe *ahora*.

—¿Eso es un acertijo? ¿Dónde se supone que hay que buscar?

—La luz y la oscuridad están destinadas a luchar —sentencia la bruja—. Sobre nosotros se cierne una Guerra de Llaves Espada. Sólo tenemos que esperar al momento predestinado. Venza quien venza, se revelará la caja. Cuando esté en mi poder, podrá comenzar nuestro auténtico trabajo.

Capítulo 34 – Necrópolis de Llaves Espada

Aqua y Ventus regresan al lugar donde, para ellos, acabó todo: la Necrópolis de Llaves Espada. Fue allí donde, con ayuda de Terra y Mickey, se enfrentaron a Xehanort, Vanitas y Braig. También fue el lugar donde su amigo fue poseído por la voluntad de Xehanort.

Ahora, Aqua, Ventus y Mickey acuden como parte de los siete custodios de la luz, junto a Sora, Riku, Kairi y Axel. También Donald y Goofy, por supuesto. E incluso puede que Pepito Grillo.

Apenas ponen un pie en ese mundo desolado, el verdadero Xehanort, la versión anciana del Maestro, acude a recibirlos.

—Cuenta la leyenda que hubo un tiempo en que la oscuridad cubría el mundo. Sabemos tan poco sobre la Guerra de las Llaves Espada… Sólo que fue el comienzo. Si la ruina trae la creación, ¿qué podría traernos otra Guerra de las Llaves Espada? Cuando caiga la oscuridad, ¿se nos juzgará dignos de la preciada luz de la que habla la leyenda?

El sincorazón de Xehanort se une a su original.

—¿O acaso volverá la creación a las sombras? Hoy recrearemos la leyenda y lo descubriremos.

Xemnas, el incorpóreo, también se une a la congregación de Xehanorts.

—Pero, primero… Vuestra luz es demasiado brillante. Ha de extinguirse para dejar ver la verdad.

Se suele decir que tres son multitud. Pues vamos con un cuarto: Vanitas. ¿También posee parte del corazón de Xehanort?

—Sólo al romperse vuestra esperanza, batalla tras batalla, podremos obtener la llave a Kingdom Hearts.

El quinto es Xehanorcito, la versión joven del pasado.

—Y la romperemos. Está escrito.

Aunque se supone que son trece, los Xehanort se dan por satisfechos por ahora y desaparecen. Eso sí: no sin antes invocar a cientos de… No: a miles de… ¡No! ¡A cientos de miles de sincorazón!

Si de verdad esperaban detener a los custodios de la luz con eso, lo llevan claro. Sora se basta y se sobra para cargárselos a todos, así que imaginad si cuenta con la ayuda del resto de custodios.

Tras acabar con los sincorazón, Ventus divisa una figura familiar a lo lejos.

—¡Terra!

Ventus corre hacia su amigo. Sin embargo, Aqua se interpone entre ambos.

—Sé que no eres él —dice al supuesto Terra—. ¡Deja ir a nuestro amigo!

El pelo de Terra se vuelve blanco, lo cual confirma las sospechas de Aqua. Es el último integrante de la nueva Organización XIII. Para hacer la narración más clara y sencilla, lo llamaremos "Terranort".

—Hoy es el día en que perderéis —dice Terranort—. Antes de enfrentaros a los trece, vuestros corazones se verán separados de vuestros cuerpos. Pero no temáis. Incluso así, la llave espada χ será forjada.

—No vamos a perder contra ti —replica Sora.

La respuesta de Terranort no se hace esperar. Y no son palabras, precisamente. El aprendiz de Eraqus, poseído por Xehanort, se abalanza sobre Ventus a tal velocidad que Aqua no puede evitar lo que está a punto de suceder. Terranort golpea a Ventus con tanta violencia que éste sale volando y cae al suelo ya inconsciente.

Su siguiente objetivo es Kairi. La buena noticia es que Axel logra interponerse (ya que ella no hace nada) justo antes del impacto. La mala, que el golpe ha dejado herido al pelirrojo. Ya van dos custodios incapacitados.

Terranort intenta atacar a Kairi por segunda vez (ya que ella sigue sin hacer nada). En esta ocasión, es Goofy quien repele el ataque. Al portar un escudo, el capitán de los caballeros reales no sólo protege a Kairi, sino que también logra que Terranort pierda el equilibrio y caiga hacia detrás. Un instante de desprotección que Donald no piensa desaprovechar.

—¡Zettafulgor!

Nadie sabe de dónde ha sacado el mago tan tremendo hechizo, que incluso desintegra a Terranort. Tal es la potencia del mismo, que Donald cae al suelo, exhausto. Al final va a resultar que Goofy y Donald son más hábiles que los propios custodios.

Si creen que con la aparente derrota de Terranort ya han terminado sus problemas, se equivocan. ¡Vaya si se equivocan! Los cientos de miles de sincorazón que eliminaron minutos atrás no son nada en comparación con los millones que forman ahora todo un huracán que arrasa el lugar. Aqua, Ventus, Axel, Kairi, Mickey, Goofy y Donald son absorbidos por el huracán de sincorazón en un abrir y cerrar de ojos. Sora ni siquiera puede moverse, aterrado ante el horror que está viviendo. Si él no ha sufrido su mismo destino, es porque Riku, el único capaz de plantar batalla al huracán, está protegiendo a su amigo. Pero ¿por cuánto tiempo podrá resistir?

—Los hemos perdido. —Sora rompe a llorar—. Perdidos para siempre. ¿Qué hacemos? Sin ellos… Toda mi fuerza venía de ellos. Ellos eran todo mi poder. Solo no valgo nada. Hemos perdido. Se acabó.

—Sora, tú no crees eso de verdad —replica Riku—. Sé que no.

Lo crea o no, Sora sigue sintiéndose incapaz de seguir luchando. Y, como es obvio, Riku no puede ocuparse de todo. En cuestión de segundos, los sincorazón arrasan con el chico de pelo de punta.

«*Como rezaba la profecía: "La luz se extingue y sólo queda oscuridad"*».

Capítulo 35 – Mundo Final

Un mar infinito cubierto de nubes. ¿Cómo ha llegado Sora hasta allí? El chico camina sobre el agua, sin ser consciente de que su cuerpo se ha vuelto translúcido.

—¿Dónde estoy?

La respuesta llega, literalmente, volando. Una luz desciende a su lado, y de ella surge una criatura pequeña, como un peluche de un gato que camina a dos patas.

—No has podido resistirte, ¿eh? Mi nombre es Chirithy. Éste es el Mundo Final.

En *KH χ Back Cover* ya oímos hablar de los Chirithy. Son criaturas creadas por el Maestro de Maestros para acompañar a los portadores de llaves espada. Los buenos son los "lucientes", mientras que aquellos que sirven a los portadores que se han dejado arrastrar por la oscuridad son denominados "terrores". Estos conceptos también os sonarán de los oníridos de *Dream Drop Distance*. En cualquier caso, este Chirithy es claramente un luciente.

—Yo soy Sora. ¿Qué es eso de "Mundo Final"?

—No existe nada más allá de aquí —explica el Chirithy—. Has estado aquí en otras ocasiones, en tus visitas a la Estación del Despertar. Pero lo dejé pasar. Los límites del sueño y la muerte se tocan, no se pueden evitar ese tipo de visitas ocasionales.

—¿Has dicho "muerte"?

—Sí —asiente la pequeña criatura—. El fin natural de aquellos cuyos corazones y cuerpos perecen juntos. Pero algunos persisten y llegan hasta aquí.

En otras palabras: ¡Sora ha muerto! Oh, chico…

—Mi corazón y mi cuerpo perecieron —dice Sora, incrédulo.

—Pero algo te mantiene aquí. Se niega a dejarte marchar. Pendes de un hilo.

—¿Y mis amigos?

—Me temo que nadie más ha llegado contigo. Y si no están aquí, una de dos: o se han ido para siempre o siguen aferrados al mundo del que viniste.

—¡Tengo que volver! —exclama Sora.

—¡Espera, espera! ¿Cómo vas a volver? No puedes irte sin

más, como las otras veces.

—¿Qué?

—Ya te lo he dicho. Las otras veces viniste aquí voluntariamente. Esta vez es muy diferente. Para volver a ser tu antiguo yo y volver al mundo real, antes tendrás que recomponer todas tus piezas en este mundo.

—¿Estoy descompuesto en piezas?

—Bueno, no literalmente, claro —dice Chirithy—. Sólo desde un punto de vista conceptual. A saber qué le ocurre a tu interior, pero tu forma está en perfectas condiciones. Normalmente, sólo los corazones llegan al Mundo Final. Pero ya que tú has conseguido retener cierta forma, eso debe de querer decir que tu cuerpo también ha acabado aquí.

—Vale —asiente Sora, esperanzado—. Entonces, si encuentro mi cuerpo, ¿podré volver?

—Exacto.

Pues vamos al lío. Lo que tiene que hacer Sora es buscar otras versiones de sí mismo y unirse a ellas. Es decir, tocarlas, sin más. No es una tarea rápida, pero sí sencilla. Lo interesante, de todos modos, no es su búsqueda de "otros Soras", sino los espíritus en forma de estrella con los que se encuentra por el camino. Hay dos que destacan por encima de los demás, así que centrémonos en ellos.

—Buenos días —dice una estrella con voz femenina.

—¡Hala! —exclama Sora, asombrado—. ¡Sabes hablar!

—Tienes aspecto de persona. ¿Por qué conservas tu apariencia? ¿Eres especial?

—Pues… no lo tengo muy claro —reconoce el chico—. ¿El corazón de quién eres?

—Ya no pertenezco a nadie. Me quitaron el nombre, todo.

—No puede ser. No pudieron quitarte el corazón.

—Tan solo porque añora a una persona. —Se refiere a su corazón, al que ve como algo externo.

—¿Sí? ¿Va a venir alguien a buscarte?

—No lo sé —dice la estrella—. Su corazón cambió por completo; fue reemplazado con el de otro. Pero si recuperara su antiguo yo, le preocuparía mi ausencia. Así que elegí esperar aquí, donde pueda encontrarme.

—Bien. Tienes que tener fe.

—¿Fe? ¿Te refieres a saber, en mi corazón, que él volverá? ¿Aunque no tenga pruebas?

—Exacto —asiente Sora—. Pensaba que había llegado mi fin, pero un amigo me miró y me dijo: "Tú no crees eso de verdad". Entonces, ¿quién te hizo esto? Los sincorazón roban corazones... ¿Fue un incorpóreo?

—No, alguien corpóreo.

—¿En serio? —Sora se cruza de brazos, pensativo—. Vaya, ojalá pudiera ayudarte. Pero mi situación no es mucho mejor.

—Tienes que ocuparte de las tareas que te esperan.

—Hay tantas...

—Razón de más para esforzarte —insiste la estrella—. Aquí estás, al borde del abismo, pero te aferras a tu identidad. Posees mucha voluntad. Esa voluntad te guiará.

—Gracias. —Sora le dedica una sonrisa—. Me alegro mucho de haberte conocido. Me has animado. Espero que ese amigo tuyo te encuentre pronto. ¡Ah! Y si encuentro a ese amigo tuyo le diré que venga a buscarte. ¿Cómo se llama?

En un movimiento moralmente cuestionable por parte de Nomura y Square Enix, la estrella le susurra el nombre a Sora en el oído. Quieren mantenerlo en secreto por ahora. No olvidéis esta estrella, que os la recordaré más adelante, cuando menos lo esperéis. Llegado el momento comprenderéis a qué viene lo de "moralmente cuestionable".

Sigamos.

Antes os dije que había una segunda estrella importante. Ésta, a diferencia de la primera, reconoce a Sora nada más verlo.

—Sora, soy yo, Naminé.

—¡¿Naminé?!

—¡Me alegro tanto! Has conseguido aferrarte a tu identidad.

—¿Por qué estás aquí?

—Estaba en el corazón de Kairi, pero nos golpeó una oscuridad poderosa... y me desperté aquí.

—¿Y Kairi? —pregunta Sora, alarmado.

—Aún siento su corazón. Está luchando con todas sus fuerzas para evitar que te desvanezcas.

—Así que la razón por la que retuve mi forma...

—Es porque ella te mantiene completo —explica Naminé—. Ve con ella.

—Lo estoy intentando. Pero ¿qué pasará contigo? No puedo dejarte aquí.

—No pasa nada, de verdad. Vine de Kairi. Cuando ella esté a salvo de nuevo, volveré a ella.

—Naminé, sé que tengo que darte las gracias. No cuenta cuando lo hizo mi versión digital del Binarama. Tengo que decirlo yo mismo. Pero no así. Tú y Roxas podéis decirme que esto os parece bien, pero sé cuánto sufrís. Sentí ese dolor a través de Roxas.

—Es a él a quien la gente echa de menos, no a mí.

—¡Mentira! —replica Sora—. ¿Qué hay de mí, Kairi, Donald y Goofy? ¡El rey! Y Roxas también. Ah, y hay otra persona especial más con la que puedes contar.

Es de suponer que se refiere a Riku. En esta parte, el nivel de ambigüedad es absurda e innecesariamente rebuscado.

—Gracias, Sora.

—Bueno, voy a salvar a Kairi para que quedes libre de este lugar, ¿vale?

—¡Espera! —Hay algo más que Naminé quiere decirle—. Mientras navegaba entre recuerdos, hablé con Terra, el portador de llave espada que habéis estado buscando. Su voluntad es fuerte y lo mantiene unido al Reino de la Luz. Intentaré seguir esa conexión. Quizá eso baste para inclinar la balanza en la otra dirección.

—¿Eh? —Sora no ha entendido la mitad.

—Digamos que... te voy a ayudar.

—Esa parte de ti me recuerda a Kairi. Gracias, Naminé. ¡Ah, ese "gracias" no cuenta!

Aunque Sora no se entere, lo que acaba de decir Naminé es importante: va a intentar comunicarse con la voluntad de Terra. Pronto veremos en qué afecta eso al mundo de los vivos.

Sin más distracciones, Sora reúne todas la partes de su ser hasta recuperar la forma corpórea. Con la tarea cumplida, Chirithy regresa a su lado.

—Oye —dice Sora—, ¿cómo es que tú aún conservas tu aspecto? ¿Quieres que te ayude a encontrar tus piezas?

—Oh, mi caso es diferente.

—Entonces... ¿estás esperando a que alguien te rescate?

—Algo así.

—Pues dime quién. ¡Lo encontraré!

—No, no hace falta —responde Chirithy, avergonzado por algún motivo—. No recuerda el pasado. Además, seguro que es más feliz con sus nuevos amigos. Pero esperaré. Algún día vendrá aquí.

Aquí tenéis algo más para recordar, pues tardaremos en resolverlo. ¿A quién espera Chirithy? Se une a las incógnitas de a quién espera el espíritu anónimo con forma de estrella y quién es la chica desaparecida que el sincorazón de Xehanort cree que Ansem el Sabio ocultó.

—De acuerdo —concluye Sora—. Volveré a hacerte una visita.

—¡¿Qué?!

—Ahora somos amigos.

—¿En serio? —Chirithy parece emocionado—. Echo de menos tener amigos.

—¡Nos vemos! ¡Y gracias! —Sora se dispone a marcharse. Sin embargo, antes tiene una última duda—. Por cierto… ¿Podrías darme una pista sobre cómo salvar al resto?

—¿En serio? —Chirithy suspira—. ¿Es que no eres un portador de la llave espada? ¿No has aprendido cómo restaurar un corazón perdido?

—¿Restaurar sus corazones? ¿Es lo mismo que el "poder del despertar"?

—No lo sé. Haz la prueba.

—Vale. Voy a necesitar todo mi corazón para esto.

Sora usa su llave espada para abrir un portal mediante el que salir del Mundo Final.

—¡Busca la luz en la oscuridad! —dice Chirithy a modo de despedida—. ¡Que tu corazón te sirva de guía!

Capítulo 36 – Segunda oportunidad

Sora ha aparecido en un lugar vacío y oscuro. Allí no hay absolutamente nada, excepto una pequeña luz lejana. Al dirigirse hacia ella, el chico se ve transportado al monte Olimpo.
—Aquí no hay nadie.
—Vaya, ¿y yo qué soy? —protesta una voz desde el bolsillo de Sora.
—¡Pepito! ¡Estás bien!
—Puede que "bien" sea exagerar, pero ¿a qué esperamos? ¡Tenemos que encontrar a los demás!
Por suerte, no será una búsqueda larga ni complicada. Un sincorazón llamado Lich ha robado los corazones de todos sus amigos, por lo que Sora debe perseguirlo a través de un serie de portales oscuros que comunican con todos los mundos que ya ha visitado en *KH III*. Allí, en el Olimpo, Sora recupera el corazón de Riku. En el Caribe recupera el de Aqua. En Monstruópolis, el de Donald. En Caja de juguetes, el de Ventus. En Arendelle, el de Goofy. En el Reino de Corona, el de Mickey. Por último, en San Fransokyo, el de Axel. Sora elimina al Lich antes de que pueda escapar de la ciudad protegida por los Big Hero 6. Misión cumplida. Aunque...
—Nos falta uno —dice Sora—. ¿Dónde está el corazón de Kairi?
—Ojalá lo supiera —se lamenta Pepito.
Ante ellos se abre un portal oscuro diferente a los que utilizaba el Lich para transportarse entre mundos. Quien lo ha invocado no es otro que Xehanorcito.
—Tus andanzas en los mundos durmientes no te enseñaron nada. Sueño a sueño, estuviste a punto de enterrarse a ti mismo en la oscuridad del letargo. ¿Vuelves a las andadas? Ese Lich con el que has estado luchando no es como los otros sincorazón. Existe para empujar los corazones a las profundidades de la oscuridad. Si vas tras él, condenarás a tu corazón a ese mismo abismo.
—Estás equivocado —replica Sora—. Mi corazón es fuerte.
—¿Qué crees que es el poder del despertar? Sirve para viajar entre corazones y alcanzar mundos, no para viajar entre mundos y alcanzar corazones. Utilizar ese poder a la ligera tiene un alto

precio.

—¿Y qué? ¿Ahora te preocupas por mí?

—No. Nada puede salvarte. Has pagado el precio. Y se halla al fondo del abismo.

Xehanorcito se marcha. Sus palabras resuenan en la cabeza del custodio. ¿Se ha condenado Sora por usar el poder del despertar? Es otra cuestión que tendrá que esperar, pues, por ahora, lo más urgente es encontrar el corazón de Kairi.

Sora recibe una llamada de Chip y Chop.

—¡Rápido, Sora! ¡Se ha abierto el camino a la Necrópolis de las Llaves Espada!

—¡Claro! —exclama el chico—. ¡Aún no hemos mirado allí!

¿Cómo puede ir Sora a la Necrópolis sin su nave Gumi? Pues volando. Sí, en serio: literalmente volando. Vamos a dar por hecho que no está en el mundo real, sino en alguna especie de dimensión de los corazones. El caso es que Sora puede viajar hasta la Necrópolis siguiendo una luz lejana. Una luz que resulta ser la propia Kairi.

—¡Te encontré! —exclama él.

—Sabía que lo conseguirías.

—Tú evitaste que desapareciera.

—Todo lo que hice fue creer que no lo harías.

—Junto a ti me siento fuerte, Kairi.

La chica le da la mano.

—Te lo dije, Sora. Conmigo estás a salvo.

—Sí. Gracias, Kairi.

—Los demás están más adelante. Vamos.

Sora y Kairi llegan a la Necrópolis de las Llaves Espada, donde se reúnen con Riku, Mickey, Aqua, Ventus, Axel, Goofy y Donald. Esta vez parece que se trata del mundo real..., pero, vaya, que es mejor hacer pocas preguntas y dejarse llevar.

La cuestión no es tanto el "dónde", que también, sino el "cuándo". Han viajado al pasado, justo antes de su encuentro con Terranort. Los sucesos parecen repetirse. Ventus corre hasta su amigo, Aqua se interpone, Terranort ataca a Ventus...

Es entonces cuando ocurre algo diferente. Algo en lo que Naminé pudo tener algo que ver, al hablar con la voluntad de Terra. Y es que Terranort no llega a golpear a Ventus, pues una armadura vacía bloquea el ataque. Es la armadura de Terra, manejada por su voluntad, del mismo modo que es la voluntad de Xehanort quien maneja el cuerpo de Terra. Algo así como "Terranort vs Terrarmadura". Espero que se entienda, porque son los nombre que voy a usar.

—¿Quién eres? —pregunta Terranort.
—Te tengo, Xehanort —responde Terrarmadura.
—Es imposible...
—Cuánto he esperado este momento...

Terranort y Terrarmadura, o Xehanort y Terra, comienzan su lucha particular, mientras los custodios de la luz, sin olvidar a Goofy y Donald, combaten a las hordas de sincorazón que amenazan con repetir la masacre de dos capítulos atrás. Aunque el bando de la luz está más preparado que en el luctuoso momento de su derrota previa, no pueden hacer nada por evitar que los sincorazón formen el gigantesco huracán de oscuridad. Todos lo observan con impotencia. Todos, menos uno.

—Le pondré fin —dice Sora, decidido.

El chico corre de frente hacia el huracán, como un auténtico loco. No parece la mejor de las ideas. Sin embargo, cuando está a punto de ser absorbido por el huracán, Sora tiene una visión. En ella ve a un chico al que desconoce.

—(¿Necesitas ayuda?)

Es Ephemer, uno de los muchos Dientes de león, aprendices de la Maestra Ava (*KH χ Back Cover*). Recordemos: el Maestro de Maestros encargó a la portadora de la máscara del zorro crear una organización secreta de guerreros de la llave espada, los Dientes de león, a los que debía instruir para después repartir por todos los mundos. Y, aunque ha pasado mucho tiempo desde aquello, serán los espíritus de esos Dientes de león, albergados en las llaves espada de la Necrópolis, quienes acudan al rescate de Sora en este preciso instante. Cientos de llaves espada, con Sora a la cabeza, forman un remolino que aniquila al huracán de sincorazón.

—¿Qué ha sido eso? —pregunta Mickey, anonadado.
—Portadores de la llave espada —explica Aqua—. De hace mucho tiempo.
—La luz del pasado —concluye Ventus.

Sin tiempo para celebraciones, y con Terranort y Terrarmadura aún combatiendo en alguna parte, otro de los miembros de la Organización hace acto de presencia. Esta vez se trata del Riku réplica, el mismo de San Fransokyo (no confundir con el Riku oscuro que habita en el corazón de, cómo no, Riku).

—Ya podrían mandar al jefe —bromea Axel.

—La Organización ha estado usando corazones —dice Mickey—. Aquellos a los que Xehanort llegó en el pasado, y que ahora controla. Riku, éste debe de ser el tú de cuando Ansem controlaba tu corazón.

No fue eso exactamente lo que dijo el Riku réplica en San Fransokyo. Entonces ¿es o no es una réplica? ¿Es, por contra, un Riku del pasado? ¿O es el Riku del pasado, el que estuvo controlado por Xehanort, pero en el cuerpo de una réplica? Yo me inclino por esto último. Es lo único que tiene algo de sentido, al menos.

—Sí, me acuerdo —responde Riku—. Cómo olvidarlo.

—Diría que fue nuestro mejor momento. —El Riku réplica ríe.

—No. Nunca he caído más bajo.

—¿Estás seguro? ¿Y si lo comprobamos? ¡Un examen de graduación de verdad!

El Riku réplica concentra el poder de la oscuridad, formando una sombra gigante de Xehanort. Entonces, una segunda figura aparece a su lado. Es Xigbar.

—Tenemos que asegurarnos de que no volvéis a fracasar torpemente —dice a los custodios.

—¿"Torpemente"? —repite Axel—. Perdona, *jefe*, pero hemos fracasado con estilo.

—Al menos lo admites —dice Xigbar—. Bueno, si los custodios creéis que estáis listos, tendréis que demostrárselo al anciano una última vez. Todo tuyo, chaval.

Xigbar se despide del Riku réplica y se marcha a través de un portal oscuro. La versión malvada de Riku tampoco parece muy dispuesta a luchar, ya que su plan consiste en invocar otra horda de sincorazón para atosigar a los custodios. Es comprensible: sería muy estúpido si decidiera enfrentarse él solo a los nueve.

Vencer a los sincorazón invocados por Riku réplica, quien ya ha abandonado la zona, sería relativamente sencillo con las llaves espada de los Dientes de león. Por desgracia, en esta ocasión no parecen muy por la labor de cooperar. Van a necesitar un milagro. Eso, o un *deus ex machina*. Como éste: Yen Sid cae del cielo y conjura una barrera protectora, que mantiene a los sincorazón alejados.

—Adelante, mis jóvenes custodios. Los detendré aquí tanto como pueda.

Donald y Goofy se ofrecen a proteger a Yen Sid mientras los siete custodios de la luz continúan avanzando por la Necrópolis. No tardan en toparse con Xehanort, el anciano, acompañado de sus otros doce receptáculos, todos ellos encapuchados. Lo cual me hace plantearme una pregunta: ¿qué ha pasado con Terrarmadura? Estaba luchando contra Terranort la última vez que lo vimos. La solución, en *Re Mind*.

—Como los otros elegidos —dice Xehanort—, hoy dejaremos nuestra muesca en el destino. He estado esperando pacientemente. ¡Juntos descubriremos los secretos de la Guerra de las Llaves Espada! ¡Forjemos la llave definitiva! ¡La llave espada χ!

Xehanort clava su llave espada en el suelo. Al hacerlo, se crea un laberinto de rocas, que separa a los trece buscadores de la oscuridad de los siete custodios de la luz. Pero no por mucho tiempo. Lo que comienza ahora es una serie de combates entre ambos bandos, el momento por el que hemos esperado toda la aventura, y que dividiré en capítulos, pues resultan de lo más interesante.

Capítulo 37 – Batalla de Riku

Los custodios se han separado para hacer frente a los buscadores de oscuridad en zonas distintas del laberinto creado por Xehanort. El trabajo de Sora consiste en darles apoyo a todos ellos. Somos los jugadores quienes elegimos el orden, así que, desde ahora, voy a narrar los sucesos tal y como los viví en mi partida. El resultado, en cualquier caso, es el mismo.

Empezamos con Riku, quien se está enfrentando a tres rivales al mismo tiempo: Xigbar, Riku réplica ("Réplica" desde ahora) y el sincorazón de Xehanort ("Ansem" desde ahora). Al ver llegar a Sora, este último, Ansem, decide marcharse de allí y dejar que sean Réplica y Xigbar quienes se ocupen de los custodios. Un grave error por su parte, está claro. O ¿acaso es justo lo que pretende?

Sora y Riku unen fuerzas para derrotar a sus dos rivales. De nuevo, el orden depende de nosotros, así que empezamos por Xigbar.

—Pues vaya… —El incorpóreo cae sobre sus rodillas—. Si tuviera una llave espada, sería diferente.

—No eres digno de usar una —replica Sora.

—Oh, lo soy —asegura Xigbar—. El anciano prometió legarme la suya. ¿Por qué crees que estaría aguantando todo esto si no?

—Sería un desperdicio dártela —espeta Riku.

—Ya, claro…

Xigbar se aleja de ellos a paso lento, caminando de espaldas. Pronto comprenden qué es lo que pretende hacer: dejarse caer por un barranco. Supongo que, si su vida tiene que acabar en ese preciso instante, prefiere hacerlo por su propia mano. Una decisión respetable. Y un rival menos.

Siguiente objetivo: Réplica. Pese a su inquebrantable confianza, nada tiene que hacer contra la fuerza combinada de Sora y Riku.

—No eres real —dice Réplica con voz débil—. Yo soy el real.

—¿Eh? —Riku lo mira sin entender nada—. ¿No eres mi yo del pasado? ¿De cuando Ansem me poseyó?

Por si dos Rikus os parecen pocos, esperad, que ahora serán

tres. El Riku oscuro que habita en el corazón de su original se manifiesta de forma... ¿espiritual?

—No —dice el Riku oscuro—. Tú derrotaste a Ansem y sigues aquí. Esta réplica soy yo.

Riku oscuro se mete en el cuerpo de Réplica y logra sacar su corazón del receptáculo artificial. Sin embargo, en vez de poseer la réplica, el Riku oscuro opta por volver a salir, esta vez llevando al Riku malvado consigo. La carcasa ha quedado vacía.

—¿Qué estás haciendo? —pregunta Riku, confuso—. ¡Quédate el receptáculo para ti!

—No —responde el Riku oscuro, sonriente—. El mundo ya te tiene a ti. Hay alguien que necesita esta réplica más que yo. Ya sabes a quién me refiero.

—Naminé. La estás salvando.

—Buena suerte.

Los dos falsos Rikus desaparecen. Menos mal. Si he conseguido explicarlo bien me merezco una medalla.

—¿Esta réplica es para Naminé? —pregunta Sora a su amigo.

—Sí. Ojalá pudiéramos ayudarla ahora, pero, primero...

—Lo sé.

—Yo iré tras Ansem.

—Vale —asiente Sora—. Yo iré a ayudar a los demás.

Han caído dos buscadores de oscuridad. Aún quedan once.

Capítulo 38 – Batalla de Mickey

Si Riku os parecía osado, plantando cara a tres rivales, esperad a ver a quién se enfrenta Mickey: Xemnas, Marluxia, Larxene y Luxord. ¡Cuatro incorpóreos para él solo! Por suerte, eso se acabó. Sora ha llegado a tiempo.

Tras un breve intercambio de golpes, Xemnas pone pies en polvorosa, no sin antes darle parte de su poder a Luxord. Se ve que le cae mejor que los otros dos. Comprensible, por otro lado, ya que Marluxia y Larxene eran traidores. ¿Por qué ha decidido confiar en ellos, de todos modos? Mi teoría: para que Nomura no tenga que crear personajes nuevos. Ya lo dijo Larxene: esto parece "Organización Refrito".

Luxord arroja una carta a Sora, con intención de atraparlo dentro de ella. Mickey salta delante de su amigo para ser él quien reciba el impacto, por lo que es el rey quien acaba aprisionado dentro del naipe.

—Sora, un último juego —dice Luxord—. Las reglas son fáciles. Para ganar sólo tienes que encontrarme entre estas cartas y abatirme.

Luxord invoca numerosas cartas del tamaño de una persona. La dificultad, para Sora, no reside tanto en discernir tras cuál de ellas se oculta el incorpóreo, sino en tener que hacerlo mientras esquiva los ataques de Marluxia y Larxene. Aun así, el portador de la llave espada lo consigue. Luxord es el primero de ese grupo en caer, y el tercero en general, tras Xigbar y Riku réplica.

—Has nacido para los juegos como éste —dice Luxord con sus últimas fuerzas—. Toma esto.

El n.º 10 obsequia a Sora con un naipe.

—¿Qué es esto? —pregunta el chico.

—Un comodín. Te lo has ganado. Guárdalo. Puede cambiar las tornas.

—Espero que podamos jugar de nuevo, cuando seamos normales.

—Me gustaría mucho, Sora.

Una despedida menos hostil de lo esperado. En otras condiciones, Luxord podría no haber sido su enemigo. En cuanto a la carta que le ha entregado, podéis olvidaros de ella. Tiene la misma importancia en el resto de *KH III* que la historia de Winnie the Pooh o la caja de Pandora (me apuesto un brazo a que ni os acordabais). Es decir: cero. Son sólo tres pequeños ejemplos dentro de esta maraña argumental llena de agujeros. Seguro que tratan de *rellenarlos* en un hipotético *Kingdom Hearts IV*.

Con Mickey de vuelta en el campo de batalla, los dos custodios liquidan a Larxene.

—¿Estás de broma? —protesta ella, incrédula.

—Pronto volverás a estar completa —responde Sora para tranquilizarla.

—No te he pedido tu estúpida opinión. ¡He perdido! ¡Y contra unos fracasados! Aunque... supongo que podría ser peor. ¿Ser la carcasa de ese carcamal? No, gracias.

—¿Por qué lo ayudaste?

—Hm. —Larxene aparta la mirada—. Nos unimos por pasar el rato.

—¿"Unimos"? ¿Tú y quién más?

—Es un secreto.

Larxene desaparece, llevándose su secreto consigo. Aunque, bueno, de secreto tiene poco. Todos sabemos que Marluxia es su compañero inseparable. Más adelante comprobaremos desde cuándo lleva siéndolo.

Sora y Mickey vapulean al incorpóreo de pelo rosa, ya sin la compañía de los demás miembros de la Organización. Su actitud, como la de sus predecesores, también cambia al ser derrotado.

—Oh... Ahora es cuando lo recuerdo. —Marluxia ríe.

—¿Te estás riendo de verdad? —pregunta Sora, sorprendido.

—Sí. Mi corazón está recordando cómo sentir.

—¿En serio? Me alegro.

—Y ahora estoy a punto de recuperar mi identidad —sigue Marluxia—. Mi razón de ser. Gracias a ti, Sora.

El quinto buscador de la oscuridad desaparece. Quedan ocho.

Capítulo 39 – Batalla de Axel y Kairi

Mientras Mickey se ocupa de perseguir a Xemnas, Sora corre en auxilio de Axel y Kairi, quienes se están enfrentando a Saïx y a un encapuchado bajito. El incorpóreo de pelo azul demuestra ser mejor combatiente que todos los buscadores anteriores, pues logra tumbar a Sora y Kairi, y dejar a Axel de rodillas. Saïx se dispone a dar el golpe de gracia al que fuera su amigo, cuando, de pronto, Xemnas aparece tras él. De Mickey, en cambio, no hay ni rastro.

—Hubo un tiempo en el que confié en ti para deshacernos de los traidores —dice Xemnas a Axel—. Pero ahora tú eres el mayor traidor de todos. ¿Cuáles son tus últimas palabras para con tu superior?

—A ver, deja que piense. —Axel no parece intimidado—. ¿Qué tal "nunca fuiste mi superior"?

—Ah, siempre fuiste el peón díscolo. Eliminado del tablero al principio de la partida. Inútil y olvidado.

—¿Lo dices en serio? ¿Tienes idea de lo popular que soy? Tengo montones de gente apoyándome. Lo siento, jefe. Nadie se carga a Axel. ¿Lo captas?

El pelirrojo ataca a Xemnas..., quien detiene el golpe sin apenas esfuerzo, con su mano izquierda.

—¿Se supone que esto es una llave espada? ¿O acaso es un juguete? —Xemnas destroza la llave espada de Axel con su magia—. He perdido la cuenta de las veces que has estropeado nuestros planes. Eso termina ahora. Extirparé la luz que hay en ti... ¡con oscuridad!

Xemnas trata de golpear a un indefenso y debilitado Axel. Sin embargo, este golpe tampoco logra conectar. Quien lo ha detenido es... ¡el buscador encapuchado! Preparaos para el siguiente giro de guion absurdo.

—¿Otra vez cambias de bando? —pregunta Xemnas.

—Lo necesitamos vivo —responde el encapuchado, que, por la voz, resulta ser "encapuchada".

—Sólo necesitamos su corazón para forjar la llave, no su alma. —Xemnas sonríe al recordar algo—. Oh, es verdad, vosotros dos erais amigos. En ese caso... hazlo tú.

La encapuchada, que también maneja una llave espada, apunta con su arma a Axel. Parece dubitativa, como si se negase a hacerlo, aunque instantes antes estuviesen peleando a muerte.

—No lo hagas —dice Sora—. Para, Xion.

El chico la ha reconocido. Sí, esa encapuchada es Xion, la n.º 14 de la Organización, réplica creada para atrapar los recuerdos de Sora que Roxas albergaba. En *KH 358/2 Days* tenía sentido, os lo prometo. Otra cosa que sucede en *358/2 Days* es su muerte y desaparición. Podemos aceptar que Xehanort haya creado otra réplica, pero ¿de dónde ha sacado esa réplica su memoria y sentimientos, si son puros datos? ¿Y por qué ayudaba al bando de la oscuridad? ¿Y por qué ya no?

Xion suelta su llave espada, con lágrimas en los ojos. Se siente confusa (aunque no tanto como nosotros al tratar de comprender todo esto).

—Marioneta inútil —espeta Xemnas.

El incorpóreo de Xehanort tumba a Xion y Sora de una patada (…), y, a continuación, se acerca a ella para rematarla. Axel agarra la pierna de Xemnas para evitarlo.

—Has perdido tu llave espada —dice el tipo de pelo grisáceo—. ¿Aún crees que puedes ser un custodio? Espera tu turno.

Xemnas se quita de encima a Axel con otra patada (…) y camina hasta Xion, quien permanece inmóvil, como Sora. En serio, los ha derrotado con una patada de lo más normal. Por si os lo estáis preguntando, Kairi permanece quieta y sin hacer nada, como siempre.

Cuando todo parece perdido, ¡otro *deus ex machina* salvaje aparece! Un cuerpo cae a toda velocidad del cielo y cobra vida al unirse con una luz que emana del cuerpo de Sora. ¡Es Roxas! Ienzo ha conseguido implementar los datos del ordenador de Ansem el Sabio en la réplica creada por Vexen. Sólo le faltaba recuperar su corazón, que, como ya sabemos, reposaba a salvo dentro de Sora.

—Es mi turno.

—Imposible —replica Xemnas—. ¿Cómo has conseguido un receptáculo?

—Igual que tú. La mayoría de los miembros de la Organización viajaron aquí desde el pasado como corazones. Tenías una réplica preparada para cada uno de ellos.

—¿Quién te lo ha contado?
—Mi retorno se debe a muchas personas. Algunos de ellos, conocidos tuyos.

Xemnas sabe a quién se refiere.

—Ansem el Sabio. Zexión.
—Y otros —concluye Roxas—. No se te da tan bien conquistar los corazones de las personas como te piensas. Faltaba una cosa para poder volver a estar completo: una conexión. Sora me ha ayudado a volver aquí, con mis amigos.
—No necesito corazones —dice Xemnas—. ¡Los dispersaré a los cuatro vientos!

¿Cómo que no necesita corazones? ¿No dijo antes a Xion que era justo eso lo que necesitaba para forjar la llave espada χ? En cualquier caso, Xemnas opta por jugar sucio. El incorpóreo se teletransporta a la espalda de los custodios y agarra a Kairi de un brazo. La chica, por supuesto, ni se resiste. Su entrenamiento ha sido todo un éxito.

—¿Qué importa tener una lucecita menos? —sentencia Xemnas—. Tenéis otras, igual que nosotros tenemos más oscuridades.

El que fuera líder de la antigua Organización XIII se marcha a través de un portal oscuro, llevándose a Kairi consigo.

No olvidemos que Saïx sigue allí, por lo que el combate debe continuar.

—Descansa, Axel —dice Xion—. Roxas luchará en tu lugar y yo lucharé en el de Kairi.
—Vale —responde el pelirrojo con una sonrisa—. Cuando se trata de llaves espada, sois los expertos.

Sora, Roxas y Xion se enfrentan a Saïx en un tres contra uno. Aunque se trata de un rival complicado, la ventaja numérica es demoledora.

Cuando Saïx cae al suelo, Axel corre a su lado.

—¿Por qué estás triste? —pregunta el incorpóreo.
—¡¿Has dejado que te reduzcan a esto?!
—Pensaba que ya no necesitabas las marcas de la cara. —Saïx se refiere a las lágrimas invertidas, que, según él, evitaban que Axel llorase—. Parece que te hacen mucha falta.
—¡Déjalo ya! —protesta el pelirrojo—. ¡Deja de fingir! Pensaba que todo lo hacías por ella.

De nuevo se menciona a esa chica misteriosa, por la que ambos se unieron a Ansem el Sabio. Todavía no sabemos nada más de ella, pues no se la ha mencionado con anterioridad. Esperad a ver los informes secretos.

—Lo sacrifiqué todo para intentar encontrarla —dice Saïx—. Tú eres quien hizo amigos nuevos. Nos dejaste a ella y a mí atrás. La manera en que dejaste nuestras vidas me enfureció. Perdí toda motivación.

—No os olvidé —replica Axel.

—Lo sé. Tú no harías eso. Pero... estaba celoso.

—¿Lo admites?

—Bueno, si consigo volver... No conseguirás que lo diga de nuevo.

—Hasta pronto, Isa.

—Hasta pronto, Lea.

Saïx desaparece. Con él, ya van seis buscadores de oscuridad eliminados, y una que ha cambiado de bando. Por lo tanto, aún quedan otros seis por derrotar.

Capítulo 40 – Batalla de Aqua y Ventus

Sora continúa avanzando en solitario. Si os preguntáis por qué Axel, Roxas y Xion no van con él… Pues porque se han quedado atrás, llorando. Sin comentarios.

Aqua y Ventus están luchando contra Vanitas y Terranort. Sora se une a ellos para derrotarlos. Vanitas, quien siempre lleva la cabeza cubierta por un casco, es el primero en caer. Los golpes recibidos han hecho que el casco se rompa, por lo que ya no puede seguir ocultando su rostro. Sora se sorprende muchísimo al ver que es idéntico a él…, aunque ya lo vio en la catedral de Notre Dame. No sé si es el tipo de cosas que uno olvidaría.

—Tu cara… —dice Sora, perplejo.

—Soy la parte de Ventus que le fue arrebatada —responde Vanitas—. Y tú eres la parte que Ventus necesitaba para volver a estar completo. ¿Por qué no habríamos de ser idénticos?

No tiene mucho sentido, ya que Vanitas existe desde antes de que el corazón de Ventus se cobijara en Sora. Pero lo aceptamos y seguimos.

—Tú me defines, Sora —sigue Vanitas—. Igual que lo hace Ventus. Somos hermanos y, juntos, formamos un todo.

—Entonces —dice Sora—, ¿por qué no luchas junto a nosotros en vez de junto a la oscuridad?

—Porque yo soy oscuridad. —Depende de lo literal que sea esto, puede haber querido decir "yo soy oscuridad" o "yo soy Darkness". Más adelante lo entenderéis—. Y ya lucho junto a vosotros. Soy vuestra sombra. No se puede estar más cerca.

—Yo nunca quise esto —replica Ventus—. Nunca quise que me partieran en dos. Deberíamos ser libres de elegir. No sólo la luz, ni sólo la oscuridad. Elegir aquello que somos.

—Pero —insiste Vanitas—, Ventus, yo decidí quién soy.

—¿Y eres oscuridad?

—Oscuridad es lo que soy.

—Vale…

—¡¿Cómo que "vale"?! —protesta Sora—. ¡Vanitas!

Le parezca bien o mal, poco importa ya: Vanitas desaparece. Es el séptimo buscador derrotado (ocho con Xion).

Mientras charlaban animadamente, Aqua proseguía su batalla contra Terranort y un sincorazón guardián que éste es capaz de invocar. La intervención de Sora y Ventus es suficiente para derrotar a esa versión de Xehanort, que poseyó el cuerpo del tercer alumno del Maestro Eraqus.

—Aqua... Ven...

Pese a que su pelo aún es blanquecino, Terra parece estar recuperando el control. ¿Ha logrado expulsar a Xehanort de su interior? Sora y sus dos amigos corren a ayudarlo. Sin embargo, cuando se acercan a él, del cuerpo de Terra surgen unas cadenas de oscuridad que atan a los tres custodios.

—Jamás romperéis estas cadenas —dice Terranort, de nuevo al mando—. Son nuestros vínculos. ¡No tenéis poder sobre mí!

Aqua y Ventus han perdido todas sus fuerzas por el poder de las cadenas, que han resultado ser tan poderosas como las patadas de Xemnas. Terranort las eleva hasta una altura considerable, desde donde la caída podría resultar fatal.

—Terra... —dice Ventus con dificultad—. Cumplí mi promesa...

Terranort suelta las cadenas. Aqua y Ventus caen al suelo ante la mirada horrorizada de Sora, aún encadenado. Sin embargo, algo increíble sucede. ¿Os acordáis que antes he dicho que Xehanort invoca a un sincorazón guardián? ¡Pues es este sincorazón quien salva a Aqua y Ventus de morir espachurrados contra el suelo! Y no conforme con eso, también libera a Sora.

—¡¿Cómo es posible?! —exclama Terranort—. ¡Caíste en la oscuridad!

—Un día... —responde el sincorazón (sí, habla)—, arreglaré... las cosas... Volveré a este reino... ¡Y protegeré a mis amigos!

El sincorazón inmoviliza a Terranort. Sora aprovecha el momento de debilidad para apuntar con su llave espada a Terranort. Cuando el haz de luz de la llave espada impacta sobre la espalda de Terranort, el sincorazón, que en realidad sí tenía un corazón (el de Terra), se fusiona con él. Vaya lío. Resultado: Terra está de vuelta, ya liberado del dominio de Xehanort.

—Terra, ¿eres tú? —pregunta Aqua con lágrimas en los ojos.

—Sí. Nunca has dejado de alumbrar mi camino.

—Estás aquí —dice Ventus.

—También te oí a ti, Ven. —Ahora Terra también llora—. Me encontraste, tal y como prometiste. Gracias.

Los tres amigos se abrazan.

—Aqua y Ventus necesitan descansar —dice Sora—. Terra, cuida de ellos.

—No, Sora —replica Ventus—. Yo también voy.

El chico trata de seguirle el paso, pero apenas puede sostenerse en pie.

—Eso es lo que él quiere —advierte Sora—. Que cometamos errores. Que nos pongamos en peligro.

—Ve, Sora —sentencia Aqua—. Te alcanzaremos.

—Sí, dejádmelo a mí.

Pues como siempre.

Hagamos recuento: siete buscadores de oscuridad eliminados (Xigbar, Riku réplica, Luxord, Larxene, Marluxia, Saïx y Vanitas), uno reclutado (Xion) y uno que ha recuperado su verdadera conciencia (Terra). Por lo tanto, quedan cuatro. Y vaya cuatro…

Capítulo 41 – Batalla de Xehanort

Xehanort, Xehanort, Xehanort y Xehanort. Esos cuatro son los últimos buscadores de la oscuridad en pie. Dicho de otro modo: el Xehanort anciano, el sincorazón (Ansem), el incorpóreo (Xemnas) y el del pasado (Xehanorcito). Sora no tendrá que enfrentarse a ellos en solitario, pues Mickey y Riku están con él.

—¡Xemnas! —grita Sora—. ¡¿Dónde está Kairi?!

—Tranquilízate, chico —responde Xehanort (si no especifico, es el anciano)—. Las trece oscuridades se han enfrentado a las siete luces nueve veces, creando estas nueve llaves espada. —Xehanort invoca nueve llaves espada que flotan a su alrededor—. Nos faltan cuatro, que crearemos aquí y ahora.

—Ya, claro —replica Sora—. ¿Y qué te hace pensar que te ayudaremos con eso?

En realidad, lo llevan haciendo desde que fueron a la Necrópolis. Los custodios están colaborando de forma consciente con el plan de Xehanort. Bastaba con no haber ido...

—Je —ríe el anciano—. Te olvidas de que calculo cada detalle.

—¡¿Kairi?! —Sora se teme lo peor.

—Si de verdad abres Kingdom Hearts —dice Riku—, te derrotaremos y lo cerraremos de nuevo.

—Tal vez... —Xehanort sonríe, confiado—. ¡Si lográis sobrevivir!

Xehanort permanece apartado, mientras sus otras tres versiones luchan contra Sora, Riku y Mickey. No le importa ganar o perder, pues basta con que se enfrenten para crear otras tres copias de esas llaves espada. Una vez reúnan las trece, aparecerá la llave espada χ. Aunque, todo sea dicho, en *Birth by Sleep* bastó con un enfrentamiento entre Ventus y Vanitas para que apareciese. Eran otros tiempos, menos complicados y con algo más de coherencia.

Podemos elegir el orden, así que empecemos con Xehanorcito. Lo siento mucho, amigo del pasado, pero te ha tocado ser el primer perdedor. Aunque a él no parece importarle, pues no deja de reír.

—¿De qué te ríes? —pregunta Sora, molesto.

—Te lo dije. Todo esto tiene un precio elevado.

—¿Y qué precio es ése?

—Yo volveré a mi tiempo y viviré mi vida. Pero, Sora, tú no. Tu viaje termina aquí.

—¿Qué?

—Adiós, Sora. Tu tiempo en este mundo...

Xehanort desaparece antes de poder concluir la frase. No hay tiempo de preocuparse por lo que ha dicho, pues la batalla debe continuar.

¿Quién será el segundo eliminado? ¡Falso Ansem, te elijo a ti!

—Nuestro viaje ha sido impresionante —dice a Riku.

—¿Sabes? —responde el custodio—. Es raro. Creo que te echaré de menos.

—Tu fuerza es más vasta que la oscuridad. Sabía que jamás te derrotaría. Parte de mí quería desafiar al destino... Pero, cuando los demás nos traicionaron, descubrí que no me importaba. Y, tras eso, nada más pareció importar.

—Ansem... —Sora ha quedado impactado por aquellas palabras.

—¿Qué? Tienes que pasar página, chico. Aún quedan cosas que encontrar. Ve y encuéntralas.

El sincorazón desaparece. Sólo queda Xemnas, que nada tiene que hacer contra los tres custodios de la luz. Adelante discursito.

—Derrotado de nuevo...

—Sé que tienes un corazón —dice Sora—. ¿Qué sientes? ¿Ha valido la pena?

—Siento... el vacío que han dejado mis compañeros. Los di por sentado. Y ahora... no tengo nada. La primera emoción que siento en años, desde que me alcanza la memoria..., y es la soledad.

—Xemnas les da la espalda—. ¿Ves? Tener corazón es doloroso.

—El dolor es parte de la humanidad —responde Sora.

Xemnas sonríe al escuchar aquello.

—¿En serio? Entonces... debe requerir una fuerza increíble.

Hasta siempre, Xemnas.

Con estas tres nuevas llaves espada, creadas mediante el choque de la luz y la oscuridad, Xehanort ya tiene doce. El anciano apunta al cielo con una de ellas. Las nubes desaparecen, dando paso a una luna con forma de corazón. Es Kingdom Hearts.

—Vamos, Sora —dice Xehanort—. El combate final entre luz y oscuridad. Necesitas motivación, ¿no?

Xehanort tiene a Kairi a su lado. La chica, inconsciente, no puede defenderse (aunque tampoco es que haya diferencia con cuando está consciente).

—¡Kairi!

Sora corre en su ayuda…, pero llega tarde. Xehanort la atraviesa con su llave espada. Kairi se rompe en miles de cachitos y desaparece. Desde luego, es la escena más desasosegante de toda la saga. Y, además, es lo que el anciano Maestro necesitaba para crear la decimotercera llave espada idéntica.

Los tres custodios atacan a Xehanort, pero éste los detiene temporalmente con la magia "Paro".

—Ahora, la Guerra de las Llaves Espada llegará a su fin. —Las trece llaves se fusionan en una sola, de aspecto diferente—. ¡La llave espada χ está completa! ¡Kingdom Hearts, invoco tu auténtica forma! ¡Ábrete y muéstrame el futuro!

La luna se vuelve oscura. Xehanort se ha salido con la suya. Qué mala pinta tiene esto…

Sora cae de rodillas, sintiéndose impotente. Entonces, el chico nota dos manos sobre sus hombros. Son Donald y Goofy.

—Típico —dice el mago—. No puedes hacer nada sin nosotros.

—Sécate las lágrimas —añade el capitán de los caballeros—. ¡Detengamos al Maestro Xehanort!

No tendrán que hacerlo solos, pues Axel, Roxas, Xion, Aqua, Ventus y Terra ya están allí. Se han tomado su tiempo. En cuanto a Yen Sid… Parece que Nomura se olvidó de él casi tanto como de los personajes de *Final Fantasy*.

—¿Qué hacemos ahora? —pregunta Ventus.

—Aún queda una esperanza —responde Mickey.

—¿Cuál?

—Xehanort —dice Riku—. Durante el examen de graduación —*Dream Drop Distance*—, dijo que puede trascender el tiempo y el espacio. Él es un portal en sí mismo. Podemos usar eso para tenderle una trampa.

—Pero no será fácil —sigue Mickey—. Aqua, Riku, necesitaré vuestra ayuda para sacar a Xehanort de este mundo.

—Hecho —asiente la Maestra.

—¡Esperad! —interrumpe Sora—. ¡Yo lo haré! Kingdom Hearts es una amenaza aún mayor. Dejad que yo me encargue de Xehanort mientras lo mantenéis cerrado.

Todos se muestran de acuerdo. Sora, Donald y Goofy serán quienes se enfrenten a Xehanort, y los otros siete usarán sus llaves espada para evitar que nada pueda cruzar desde el otro lado.

—Vamos —apremia Terra—. La oscuridad se está extendiendo.

—Sora —dice Xion antes de separarse—. Kairi estará bien. Puedo sentirlo.

—Gracias —responde el chico.

Sora lanza un rayo de luz a Xehanort, quien permanece de espaldas a sus enemigos (una sabia decisión), con la mirada fija en Kingdom Hearts. Al mismo tiempo, todos los demás, incluyendo a Axel, cuya llave espada se rompió minutos atrás pero se ha reparado sola por arte de magia, hacen lo propio con la luna en forma de corazón.

Por un momento, una luz cegadora inunda toda la Necrópolis de Llaves Espada.

Capítulo 42 – Scala ad Caelum

Sora, Donald y Goofy han aparecido en una ciudad desconocida. Aunque ellos no lo saben, es donde vivían Xehanort y Eraqus de pequeños, durante su instrucción como portadores de la llave espada. La ciudad parece vacía, excepto por unos tipos con túnica y casco, que los reciben de forma poco amistosa. Son doce en total, esto es importante.

—¿La Organización? —se pregunta Donald.
—Yo creo que no son de aquí —replica Goofy.

El Trío se enfrenta a ellos. Un combate que finaliza cuando aparece Xehanort, quien se ha transportado hasta allí al mismo tiempo que Sora y compañía. De hecho, fue el Maestro de la llave espada quien hizo las funciones de portal temporal.

—Contemplad esta ciudad —dice Xehanort—. Fue un lugar de poder para los portadores de la llave espada. El nexo del que nacen todos los mundos. —Las doce figuras se fusionan con Xehanort. Trece oscuridades en una—. Aquí, todos mis yoes podemos ser uno. ¡Unidos, en Scala ad Caelum!

Que, por si os lo preguntáis, significa "Escalera al Cielo" en latín.

Al fusionarse todas sus versiones, el poder de Xehanort aumenta. Ahora, además, está protegido por una armadura con casco. La llave espada que blande no es la χ, al menos. Sora, Donald y Goofy unen sus fuerzas una última vez (o no) para derrotar a Xehanort. Éste, ya sin su armadura nuevecita, huye a lo más alto de Scala ad Caelum. El Trío lo persigue hasta allí.

—¡Se acabo, Xehanort! —exclama Sora.
—¿Pensabas que podrías contenerme aquí —dice Xehanort—, sabiendo lo que sabes sobre los vínculos? —Esta vez sí: el anciano hace aparecer la llave espada χ—. ¡Sólo hay un cielo, un destino! ¡Ven, Kingdom Hearts!

La luna con forma de corazón aparece sobre ellos. Comienza la batalla final. Pese al innegable poder de la llave espada χ, Sora y sus dos amigos vuelven a vencer a Xehanort. O eso parecía. En realidad, el anciano aún no ha dicho su última palabra.

—¡Todo acabará aquí y ahora!

Xehanort lanza un rayo a Sora, quien logra bloquearlo con su llave espada y el apoyo de sus dos compañeros. Entre los tres logran conjurar su propio rayo, que alcanza de pleno a Xehanort. El lonjevo Maestro cae al suelo, incapaz de seguir sosteniendo la llave espada χ.

—¿Por qué…? ¿Cómo…?

—¡Se acabó! —dice Sora—. ¡Has perdido!

—No… Mirad, llegáis tarde.

Xehanort señala Kingdom Hearts. La luna ha cambiado de color, a uno más rojizo, en lugar del amarillo habitual. Eso, al parecer, significa algo malo.

—¿Qué va a ocurrir? —pregunta Sora.

—Una purga —dice Xehanort—. El mundo volverá a su estado original. El mundo comenzó en la oscuridad, y de esa oscuridad vino la luz. De la luz vinieron las personas, y las personas tenían corazones. La maldad anidó en esos corazones, creando más oscuridad, que se extendió por el mundo como una plaga. La luz, el símbolo de la esperanza del mundo, fue devorada por la oscuridad. No dejó más que ruina. Un fracaso. Pero la primera luz, la luz de Kingdom Hearts, puede brindarnos un nuevo comienzo. Un mundo vacío, puro y brillante.

Es decir, que Xehanort quería usar Kingdom Hearts para *reiniciar* el mundo y la humanidad, y así acabar con la maldad y la oscuridad… que él mismo se encargaba de esparcir. Tenía tres opciones: no hacer nada, ayudar a mantener el orden o liarla y luego pretender arreglarlo. Lo primero y segundo no daba para videojuego, así que optó por lo tercero.

—No era decisión tuya —le recrimina Sora.

—¿Y de quién era? —Xehanort se pone en pie y recupera la llave espada χ—. El mundo necesita que alguien se alce y lo lidere. Alguien fuerte, que impida que los débiles contaminen el mundo con su oscuridad sin fin. ¡Alguien que decida su destino!

—Esa persona no eres tú, Xehanort. Un verdadero líder sabe que el destino es incontrolable. Y lo acepta.

—Me recuerdas a un viejo amigo…

De pronto, una cerradura aparece en el centro de Kingdom Hearts. De su interior surgen varias luces que caen junto a Sora, Donald y Goofy. Son sus camaradas: Mickey, Riku, Aqua, Ventus,

Terra, Axel, Roxas y Xion.

—Kingdom Hearts se está cerrando en el otro lado —informa Riku a Sora—, pero seguimos a nuestros corazones hasta ti.

Terra se dirige a Xehanort, ante las miradas de preocupación de Aqua y Ventus. Temen que pueda recaer.

—Maestro Xehanort —dice Terra—. La luz no siempre es lo que parece.

Es la segunda vez que vemos esa frase en esta guía argumental. La primera fue en el capítulo 1, durante la partida de ajedrez. Aunque han pasado muchísimos años, Xehanort la recuerda.

—Zorro astuto...

El cuerpo de Terra comienza a brillar. Del mismo modo en que Sora daba cobijo a otros corazones, Terra ha estado cuidando del de Eraqus. Aunque eso es algo que Xehanort ya sabía, pues él mismo lo comentó en *Birth by Sleep*. El espíritu de Eraqus se manifiesta ante ellos, sin receptáculo ni nada. Se supone que es algo puramente simbólico, aunque más tarde veremos que se permiten ciertas licencias.

—Entrégame la llave espada χ, Xehanort —dice Eraqus.

—Es demasiado tarde.

—Puede que lo sea para nosotros, pero no para ellos.

—No —insiste Xehanort, testarudo—. Puedo lograrlo.

El espíritu de Eraqus pone su mano sobre el brazo del que fuera su amigo.

—Basta. Jaque mate.

Ambos Maestros recuerdan una escena de su pasado: el final de esa partida de ajedrez que ya hemos comentado en varias ocasiones, y que se saldó con victoria para Eraqus.

—Me has pillado —reconoció Xehanort.

—¿De verdad? —dijo Eraqus, sorprendido—. Nunca admites cuando pierdes.

—Eso es porque nunca pierdo.

—¡Venga ya!

Los dos amigos rieron.

—Buena partida la de hoy —siguió Xehanort—. Quizá no llegue tan lejos como tú.

—¿Qué quieres decir?

—Cuando el mundo necesite quien lo defienda, te elegirán a ti, Eraqus.
—¿Tú crees?
—Pero eso no quiere decir que no pueda apoyarte.
—Sí —asintió Eraqus—. Y yo te apoyaré a ti.

Xehanort sonríe al revivir este bonito recuerdo. Ante el asombro generalizado, el anciano ofrece la llave espada χ a Sora.
—Muy bien hecho, chico.
Mientras tanto, Eraqus se dirige a sus alumnos.
—Terra, Aqua, Ven, perdonad a vuestro imprudente maestro. —Los tres se abrazan a él. No tiene sentido abrazarse a un espíritu, pero, a estas alturas, ¿qué lo tiene?—. Ven, te puse en una situación tan horrenda… Y, Aqua, te dejé una carga tan pesada… Terra, cuida de ellos por mí. Por favor.

Eraqus se despide de ellos y regresa junto a Xehanort, quien apenas puede mantenerse en pie.
—¿Listo, amigo mío? —pregunta el primero.
—Sí.
Ambos recuperan su forma juvenil y desaparecen.

Capítulo 43 – Puntos suspensivos

Sora utiliza la llave espada χ para cerrar Kingdom Hearts y salir de Scala ad Caelum con sus amigos. En pocos segundos, todos están de vuelta en la Necrópolis de las Llaves Espada.
—Se acabó —dice Mickey, aliviado.
Todos asienten. Todos, menos uno.
—No —replica Sora.
—Encontraremos a Kairi —dice Riku para tranquilizarlo—. Volvamos con el Maestro Yen Sid. Se nos ocurrirá algo.
—No —repite Sora—. Sé qué hacer. Todos mis viajes comenzaron el día en que la perdí. Y cada vez que la encuentro, la pierdo de nuevo. Pensé que por fin podríamos estar juntos…, pero está ahí fuera, sola. Ni un segundo más.
Sora parece dispuesto a ir en su busca de inmediato. Sin embargo, Mickey trata de hacerle cambiar de opinión.
—Espera, Sora. ¡El poder del despertar no es para ir de corazón en corazón! Incluso si encontraras a Kairi, puede que no podáis volver a casa.
Han puesto tantas veces esta excusa que ya no suena creíble.
—La encontraré —dice Sora, decidido—. Y los dos volveremos en un abrir y cerrar de ojos.
—Por favor... —insiste Mickey.
—Déjale ir, Mickey —lo interrumpe Riku—. Su corazón y su mente se han decidido. Confía en él.
Tras las palabras de Riku, Mickey da su brazo a torcer.
—Está bien. Ten cuidado, Sora.
—Gracias.
Sora usa su llave espada para abrir una nueva cerradura. El viaje no ha terminado.

Los demás miembros del grupo, a los que no parece importarles tanto Kairi, pueden al fin disfrutar de una vida feliz y pacífica en compañía de sus seres queridos.
Mickey, Goofy, Donald y Pepito Grillo regresan al Castillo Disney, donde son recibidos por Minnie, Daisy y Pluto. Yen Sid, Chip y Chop llegan poco después. Está bien saber que no se deja-

ron olvidado al anciano mago en la Necrópolis.

Aqua, Ventus y Terra organizan un funeral en honor de Eraqus. La llave espada "Salva del Maestro" podrá reposar cerca del lugar donde su antiguo portador perdió la vida. Además, Ventus se reencuentra con el Chirithy del Mundo Final, que ha resultados ser su compañero. Lo cual, a su vez, nos da a entender dos detalles argumentales que desconocíamos. Primero, que Chirithy ha sido capaz de salir del Mundo Final sin que nadie vaya a buscarlo. Segundo, que Ventus es viejísimo, pues procede de la era de los cuentos de hadas, donde ya era portador de la llave espada. En realidad, hay varios datos más o menos interesantes que se tratan en *Kingdom Hearts: Union Cross*, el juego para móviles. Por si queréis saber en qué consiste su historia, le dedicaré un capítulo después de éste, que enlaza con el epílogo de *KH III*. Por ahora, sigamos con los custodios de la luz.

Axel, Roxas y Xion han elegido Villa Crepúsculo, el lugar que les es más familiar, como su residencia permanente, ya sin la molesta Organización XIII marcando sus pasos. Y no estarán solos. Los tres se unen a la pandilla de Hayner, Pence y Olette, sin olvidar al nuevo séptimo miembro: Isa, de nuevo en su forma humana.

En el castillo de Vergel Radiante, Ansem el Sabio, Ienzo y Even (suponiendo que ya no sea incorpóreo), después del éxito que supuso la reconstrucción de los datos de Roxas, llevan a cabo la difícil tarea de dar vida a otra réplica: Naminé. Éxito total. Al poco de despertar, Aeleus y Dilan escoltan a Naminé hasta la plaza de Vergel Radiante, donde alguien ha ido a recogerla. Riku invita a Naminé a viajar con él a bordo de la nave Gumi. Ella acepta encantada.

Tiempo después, todos los amigos, a excepción de uno, se reúnen en la playa de las Islas del Destino. Hasta Kairi está allí. Y la pregunta no es sólo "¿cómo pudo regresar Kairi?", sino… "¿dónde está Sora?". Esto no ha acabado, amigos. Nos vemos en *Kingdom Hearts III Re Mind*.

Capítulo 44 – Union Cross

Antes de dar paso al epílogo, a los informes secretos y a *Re Mind*, quiero hacer un resumen rapidísimo de la historia de *Kingdom Hearts: Union Cross*.

Como ya pudimos ver en *KH χ Back Cover*, los Augures, aprendices del Maestro de Maestros, acabaron enfrentados entre sí a causa del Libro de las Profecías. Eran cinco: Ira, portador de la máscara del unicornio, Invi, portadora de la máscara de la serpiente, Aced, portador de la máscara del oso, Gula, portador de la máscara del leopardo, y Ava, la fundadora de los Dientes de león, portadora de la máscara del zorro. A estos cinco habría que sumarle un sexto: Luxu, al que el Maestro de Maestros envió lejos de Albaburgo, llevando consigo la llave espada "Innómita" (o "Atisbadora") y una caja negra, la que en *KH III* buscan tanto Maléfica como la Organización, y cuyo contenido desconocemos. El conflicto entre las cinco facciones, o "Uniones", es lo que causó la Guerra de las Llaves Espada.

Hasta aquí, todo lógico y sensato. Ahora comienza la locura.

Absolutamente todo el mundo murió en la guerra. Con dos excepciones: el personaje creado por el jugador y su Chirithy. Tranquilos, no significa que tuvieran que procrear entre ellos para dar paso a la nueva humanidad, ni nada parecido. En realidad, resulta que... todo lo relacionado con la Guerra de las Llaves Espada había sido un sueño. Sí, sí. Ocurriría tarde o temprano, pero todo lo que recordaban no tenía validez alguna. Además, se les sumaba una nueva preocupación: Maléfica viajó hasta su época después de ser derrotada por Sora. Sí. Os lo avisé.

Fue entonces cuando dio comienzo la verdadera Guerra de las Llaves Espada (salvo que cambien de idea más adelante). Ava recibió instrucciones del Maestro de Maestros para formar a los cinco sucesores de los Augures, que estaban destinados a perecer en la batalla. Sin embargo, Ava no se limitó a informar a los cinco elegidos, sino que, a espaldas de su maestro, entregó el Libro de las Profecías a uno de ellos, llamado Brain.

Tiempo después, una de las sucesoras de los Augures, ya como líder de su correspondiente Unión, fue asesinada por una figura sin identificar. El lugar de esta chica, Strelitzia, lo ocupa su hermano mayor, Lauriam. Si os fijáis, cambiando las letras y añadiéndole una "X" sale el nombre de "Marluxia". Que tenga el pelo rosa deja bien claro que no es mera casualidad.

Los cinco líderes de las Uniones (Brain, Lauriam, Ephemer, Skuld y ¡Ventus!) acuerdan unirse en un único grupo, al que llaman "Union Cross", para evitar que se repitan los sucesos del pasado.

Al mismo tiempo, Maléfica llega a Albaburgo con ayuda de un ser llamado Darkness (que, en inglés, significa "oscuridad"). La paz ha durado poco.

Lauriam y su amiga Elrena (añadidle una "X" y, tachán, "Larxene") investigan la muerte de Strelitzia. Al mismo tiempo, Brain descubre, gracias al Libro de las Profecías que le entregó Ava, que Ventus es un traidor, ya que no forma parte de los cinco elegidos. Resulta que fue él, Ventus, hipnotizado por Darkness, quien asesinó a la hermana de Lauriam.

Ventus logra aplacar a Darkness absorbiéndolo dentro de sí, pero no sirve de mucho, pues pronto aparecen nuevos Darkness que amenazan con destruir Albaburgo. El jugador y los líderes de las Uniones se enfrentan a sus enemigos dentro de un mundo ficticio, de datos, del que consiguen escapar todos menos el/la prota, quien se sacrifica para evitar que los Darkness sigan a sus amigos.

Por desgracia, Albaburgo es destruida de todos modos. En su lugar, Ephemer construye una nueva ciudad: Scala ad Caelum.

En cuanto al personaje del jugador... Su corazón no desaparece del todo, sino que renace en un nuevo ser. Uno del que, quizá, hayáis oído hablar. Su nombre es Xehanort.

Esto no es todo, pero sí lo más importante de *Union Cross*, necesario para comprender ciertos detalles de *Kingdom Hearts III*.

Y a *Kingdom Hearts III* volvemos, precisamente, pues aún nos queda por ver el epílogo que conecta el presente con las historias de *KH χ Back Cover* y *KH Union Cross*.

En la Necrópolis de las Llaves Espada, una figura encapuchada contempla la "Innómita", la misma que le legó el Maestro de Maestros. A su lado, además, hay una gran caja negra. Esta persona misteriosa, por lo tanto, debe de ser Luxu.

Cuatro portales (no de oscuridad) surgen a su alrededor. De

cada uno de ellos emerge un Augur, sus viejos compañeros: Ira, Invi, Aced y Gula. La única que falta es Ava. Aparte del Maestro de Maestros, claro.

—¿Nos has invocado de vuelta? —pregunta Ira.
—Sí —responde Luxu.
—¿De verdad eres tú, Luxu? Se te ve diferente.

Luxu se retira la capucha. Tiene el pelo largo recogido en una coleta, un parche en el ojo... ¡Pero si es Xigbar! Lo de tirarse por un barranco fue un engaño, al parecer.

—Hacía mucho tiempo que no escuchaba ese nombre —dice Luxu—. Últimamente me llaman "Xigbar", pero, oye, como prefieras. Hace algún tiempo tuve que desechar mi cuerpo. He usado unos cuantos cuerpos más, pero sigo siendo yo, en el fondo.

—¿Qué ha pasado? —dice Aced—. ¿Por qué estamos aquí?
—Tenía un papel que cumplir. Y, tras todos estos años, está cumplido. —Luxu mira sus cuatro excompañeros—. Hum... Ava no ha venido, como suponía.

—¿Qué quieres decir? —pregunta Gula.
—Le expliqué claramente que debía mantenerme informado.
—¿Y por eso decidiste excluirla?
—Qué va —replica Luxu—. Lo más probable es que Ava esté haciendo lo que considera correcto.

Estas últimas líneas las he traducido de la versión japonesa, porque en inglés y castellano no tienen sentido.

—¡Ya he tenido bastante! —lo interrumpe Aced, enfadado—. ¡Luxu, ¿cuál era tu papel?!

El hombre del parche clava su mirada en la caja negra.

—Espero que os gusten las historias largas...

Capítulo 45 – Informes secretos

Es costumbre en la saga, sobre todo en las entregas numeradas, recopilar numerosos informes secretos que profundizan en la historia de cada juego. *Kingdom Hearts III* no iba a ser menos.

Informe secreto 1 (por Sujeto X):

"¿Estoy viva?
Me desperté en una celda. Sola, hasta que los investigadores vinieron con sus experimentos, insistiendo en descubrir mi identidad.
No tenía respuesta alguna que ofrecerles. Cuatro amigos y una llave. Eso es todo lo que recordaba. Ni siquiera recordaba mi nombre. Allí me llamaban simplemente "X". Mi único consuelo era el tiempo que pasaba con aquellos dos chicos que me visitaban de vez en cuando.
Un día, un hombre vino a sacarme de la prisión. En la oscuridad, sólo conseguí distinguir que portaba un parche. Incluso ahora, años después, no siento que esté más cerca de comprender quién o qué soy.
Que mi corazón me sirva de guía."

Sujeto X es la amiga de Lea y Isa, el motivo de que se unieran a Ansem, ya que éste la usaba para sus experimentos. En algún momento desapareció, o quizá la ocultó Ansem, tal y como insinuaba el sincorazón de Xehanort. Lo más probable es que no sea el caso, ya que el informe secreto da a entender que Braig (Luxu) la liberó. Sobre la identidad de Sujeto X hablaremos más adelante. Basta con leer la frase final para saber que es, o era, una portadora de la llave espada.

Informe secreto 2 (por Xehanort):

"Diario del examen de graduación.
Han pasado algunos días desde que emprendí el viaje de preparación para el examen de graduación como Maestro de la llave espada. Eraqus pidió permiso para realizar el mismo peregrinaje, pero parece que yo debo ser el primero en recorrer los mundos mencionados en los antiguos cuentos de hadas.
Hasta hace pocos años, sólo conocía mi propio mundo. Un trozo de tierra rodeado de mar. Pero cómo he soñado, cómo he ansiado conocer el mundo que había más allá... Y, tras recibir orientación sobre el futuro, dejé el nido atrás. Al emprender el camino que me llevaría al lado de mi maestro, entré en contacto con la oscuridad en sus muchas facetas. Lo sabía incluso entonces, como por instinto: por muy terrorífico que fuera ese poder, podía utilizarse. Dominarse.
Eraqus es de sangre azul, descendiente de los primeros Maestros de la era de los cuentos de hadas. Pero yo no he llegado hasta aquí para halagar a nadie. Seré su par. Su igual. Y, para lograrlo, tengo que aprender a controlar el poder que nace de la luz y de la oscuridad en perfecto equilibrio."

Informe secreto 3 (por Xehanort):

"Los experimentos del corazón.
Notas sobre el sujeto X, extracto 1.
Se encontró al sujeto en la plaza central, poco después del amanecer. Mujer, de aproximadamente quince años. Tras siete días de observación, pronunció sus primeras palabras, pero no pudo darnos un nombre. Muestra signos de amnesia profunda, así como preocupación por saber qué mundo es éste. Sus palabras sugieren que abandonó su mundo junto a otros, aunque no recuerda los nombres de sus antiguos compañeros. Todos los esfuerzos realizados para explorar sus recuerdos han provocado un violento rechazo.
Tras los experimentos iniciales que realizó conmigo, Ansem el Sabio interrumpió su investigación sobre el corazón, detenido por

un temor que soy incapaz de imaginar. Sin embargo, este sujeto es como yo: carece de recuerdos. Es la muestra perfecta con la que continuar el trabajo de mi maestro. Debería estar agradecida; al explorar el corazón tenemos un acceso directo a los recuerdos. Yo mismo he comenzado a recuperar mi pasado olvidado gracias a estos mismos experimentos.

¿Quién es ella? ¿De dónde procede? Son preguntas que ningún científico ignoraría. Y las palabras que murmuró: "Que tu corazón te sirva de guía…"."

Cabe remarcar que tanto el informe secreto 3 como el 4 no los escribió Xehanort siendo ya un anciano, sino en su juventud, cuando investigaba bajo las órdenes de Ansem el Sabio.

Informe secreto 4 (por Xehanort):

"Los experimentos del corazón.
Notas sobre el sujeto X, extracto 2.
Los recuerdos del sujeto no han vuelto, y nuestras conversaciones siguen siendo incoherentes. Los pocos fragmentos que se pueden entrever, evocan un mundo desaparecido, como la era de los cuentos de hadas. Aunque parece improbable, sugieren que la pregunta que deberíamos hacernos no es "de dónde procede", sino "de cuándo". Si realmente ha viajado en el tiempo, la posibilidad de investigar su corazón es incluso más atractiva.

Mis experimentos iniciales usaron unos cuantos sujetos, pero ninguno poseía la entereza necesaria para soportarlos. Al final, todos ellos sufrieron daños mentales. Sabía que sería un golpe muy duro perder a un sujeto tan especial como ella.

Tras descubrir los experimentos que he estado realizando, mi maestro me ordenó cesar mi trabajo inmediatamente y destruir los registros de la investigación. Es más, ordenó liberar a los sujetos que quedaban. Se ha marchado.

¿Dónde está el Sujeto X ahora? ¿La ha escondido el "sabio" maestro Ansem en alguna parte? En cualquier caso, no cejaré en mi empeño. Yo mismo tomaré su lugar como primer sujeto del gran experimento que llevaremos a cabo."

Informe secreto 5 (por Saïx):

"Recuerdos, extracto 1.
Este castillo era maravilloso para nosotros, los niños. En el interior de sus muros, Ansem el Sabio llevaba a cabo su investigación, y sus frutos permitían que todos en el exterior vivieran en paz y alegría. Solo aquello ya era suficiente para despertar nuestro interés, aunque no todos los rumores que escapaban de sus muros eran tan benevolentes. De noche, se oían los sonidos apagados de lamentos humanos. Se hablaba de peligrosos experimentos con personas. A Lea y a mí no nos quedó más remedio que tramar un plan para colarnos en el interior y saciar nuestra curiosidad.
Los dos que guardaban las puertas eran investigadores, aunque no lo parecieran a primera vista debido a su corpulencia. Y escabullirse de ellos sólo era el primer obstáculo, que resultó no ser nada fácil. Nos encontraban y nos sacaban de allí por las orejas, una vez tras otra.
El día que por fin conseguimos entrar, descendimos por una larga escalera de caracol hasta el corazón del castillo. Allí encontramos un espacio oscuro, lleno de jaulas. No había suficiente luz para discernir si había alguien en ellas, y no podíamos permitirnos preguntar en voz alta. Pero lo sentimos: una presencia, allí, en la oscuridad. El terror se apoderó de nosotros e inmediatamente nos arrepentimos de haber ido. Pero justo cuando nos giramos para huir, escuchamos una voz casi inaudible. El instinto de salir corriendo era casi irresistible, pero alguien o algo nos indicó que nos acercáramos.
Allí, rodeada de un pálido halo de luz plateada, la encontramos".

Informe secreto 6 (por Saïx):

"Recuerdos, extracto 2.
Estaba demasiado oscuro para distinguir sus rasgos. Hablamos con ella en susurros. ¿Quién era? ¿Por qué estaba allí presa? No nos respondió. No tenía ningún recuerdo. Era un enigma, pero supe que quería ayudarla.

Y, así, continuamos con nuestras infiltraciones, aunque muchas de ellas no pasaron de las puertas del castillo. Cuando conseguíamos entrar, hablábamos con ella. Era todo el consuelo que dos niños como nosotros podían ofrecer. Pero Lea tenía otras ideas. Estaba decidido a liberarla. Nos colamos en el castillo aquel día sabiendo solamente que queríamos salvarla de todo corazón.

Pero no la encontramos allí aquel día. Ni el siguiente, ni en ninguna de nuestras visitas posteriores. ¿La habían trasladado? ¿Nos la habíamos imaginado? Lea y yo sabíamos que sólo había una manera de asegurarse. Y por eso nos hallamos frente a las puertas del castillo hoy. No como niños que quieren colarse en su interior, sino para convertirnos en los nuevos aprendices de Ansem el Sabio."

Aunque estos dos últimos documentos estén firmados con el nombre de Saïx, es Isa quien los escribió, no su incorpóreo. Fue bajo las órdenes de Ansem, tan solo un día después, cuando perdieron los corazones y Xehanort los reclutó para la Organización XIII.

Informe secreto 7 (por Vexen):

"El Programa Réplica y la reanimación.

No me desperté inmediatamente después de que me eliminara y me recompletara como humano. Tal vez el daño era excepcionalmente grave. Incluso tras despertarme, permanecí en cama, considerando cuál sería mi siguiente paso.

En mi trabajo en el Programa Réplica para la Organización, creé unos veinte receptáculos. La mayor parte de los resultados tempranos fueron un fracaso. Ni siquiera se les adjudicó números. El primer éxito que resultó de aquel lote fue la réplica de Riku. Tras él, Xion (n.º i) fue esencialmente indistinguible de un humano natural, aunque se volvió inestable debido a influencias externas. Con esos dos como base, trabajé para construir varias réplicas casi perfectas, pero el programa se canceló justo antes de que pudiera completarlas; mis esfuerzos se vieron interrumpidos. Sospecho que Xehanort pretende utilizar tanto el lote original como las réplicas sin usar de última creación.

Hoy me he levantado y he decidido caminar hasta la plaza. Mi primera salida en un tiempo. Pero mi paseo ha sido interrumpido cuando un visitante sorpresa ha aparecido con una propuesta inesperada. A pesar de ser más joven que yo, se había alzado hasta ser la mano derecha de Xemnas. Acepté sus términos y me convertí en un incorpóreo de nuevo. Sería más fácil utilizar el antiguo Programa Réplica de aquella manera.

Haré lo que sea necesario para redimirme."

El arrepentimiento de Even, o de Vexen, era real. El incorpóreo al que llama "mano derecha de Xemnas", quien le incitó en secreto a usar sus conocimientos, no para ayudar a Xehanort, sino a Ienzo y compañía, era Saïx.

Informe secreto 8 (por Vexen):

"La auténtica Organización XIII.

Xehanort busca doce receptáculos que, en conjunción consigo mismo, considera la "auténtica" Organización XIII. Ahora que ya tiene suficientes, Demyx y yo hemos pasado a ser reservas.

Otros miembros que sirvieron a Xemnas en la antigua Organización han seguido el mismo camino que yo: eligieron desechar su recién recuperada humanidad para volver a unirse en la auténtica Organización como incorpóreos. Excepto Xemnas. Él no puede existir en el presente porque aquí ya existe un Xehanort: el anciano que está al mando. La existencia del anciano como un humano impide que su sincorazón y su incorpóreo, vencidos en el pasado, así como su versión más joven, puedan habitar en este tiempo.

Para sortear ese inconveniente, Xehanort está usando los prototipos de réplica que creé en el pasado como contenedores. Ha arrancado los corazones de sus otras versiones de las eras en las que existieron. Xehanort me ordenó perfeccionar las réplicas, hacerlas incluso más indistinguibles de un humano real. Mejorar mis creaciones para que alojen humanos de carne y hueso también va en pos de mis propósitos. Para completar mi expiación sólo queda pensar en una manera de hacer llegar tantos de esos receptáculos como pueda a aquellos que realmente los merecen."

No es que Xemnas, el falso Ansem (el sincorazón de Xehanort) y Xehanorcito hubiesen resucitado, sino que se trataba de réplicas, completadas con esas otras versiones del Maestro Xehanort, cuyos corazones trasladó en el tiempo. Para bien o para mal, el Proyecto Réplica de Even fue todo un éxito.

Informe secreto 9 (por Ienzo):

"Resumen del código de Ansem el Sabio, extracto 1.
He inspeccionado todos los datos que mi maestro confió a Riku, y aquí presento mis conclusiones preliminares.
El corazón de Sora alberga tres cajas, y en cada una de ellas habita el corazón de otra persona. Una contiene a Roxas. Otra contiene otro corazón que ha existido en su interior durante prácticamente el mismo tiempo. La tercera ha contenido un corazón desde incluso antes. Los tres se han fundido con el corazón de Sora y no poseen voces propias. Cualquier intento de extraerlos mecánicamente podría ser tan grave para Sora como el evento que lo convirtió en un sincorazón.
Primero, se debe disponer de un receptáculo para cada corazón. Después, se necesitará algún tipo de chispa que los induzca a despertarse. Obviamente, la solución ideal sería devolver cada corazón a su propio cuerpo, pero eso no es factible para Roxas, y no está claro si lo sería para los otros dos desconocidos. El mismo problema atañe a Naminé, quien creemos que vive en el corazón de Kairi actualmente. Aun así, si se tuvieran preparados cuerpos alternativos, sus corazones aún necesitarían esa chispa para poder despertar: personas que se preocuparan por ellos, que pudieran mostrarles el camino a casa.
La digitalización completa y perfecta del corazón es imposible. Sólo se puede reconstruir parcialmente. Por consiguiente, la única solución pasa por extraer directamente del interior de Sora los corazones que necesitamos tan desesperadamente. Por suerte, los datos almacenados en Villa Crepúsculo contienen registros

casi perfectos de los recuerdos de aquellos que allí vivieron, y, especialmente para Roxas y Naminé, esto es de vital importancia."

Los tres corazones que habitaban dentro de Sora eran los de Roxas, Xion y, el más antiguo, Ventus. En cuanto a Naminé, aunque no lo comentara en su capítulo correspondiente, que hayan podido crear una réplica de ella era una señal de que Kairi estaba de vuelta. No habrían podido replicar a Naminé sin el corazón de Kairi. En *Re Mind* veremos más detalles sobre eso.

Informe secreto 10 (por Ienzo):

"Resumen del código de Ansem el Sabio, extracto 2.
La única opción viable para alojar sus corazones es utilizar las réplicas. Si conseguimos transferir sus recuerdos digitales del repositorio de Villa Crepúsculo a las réplicas, éstas podrán reconstruir la apariencia humana de los individuos, con resultados casi perfectos. Después, sólo necesitaremos provocar la chispa correcta para que sus corazones encuentren el camino desde el interior de Sora y Kairi a estos nuevos cuerpos.
El Programa Réplica fue verdaderamente revolucionario, pero aún no se había completado cuando la antigua Organización desapareció. ¿Cómo conseguiremos avanzar en la investigación sin Even? Necesitamos al menos tres réplicas: una para Roxas, otra para Naminé y otra para el polizón desconocido que se halla en el interior del corazón de Sora.
Se trata de un dilema difícil, pero, mientras escruto los datos de mi maestro, me viene a la cabeza el sabor del helado que él solía comprarme cuando dábamos paseos juntos, cuando yo era niño. Ya tendré tiempo de arrepentirme de mi traición más adelante. Por ahora, he de centrarme en restaurar a Roxas y a Naminé, y en demostrar que mi maestro tenía buenas intenciones."

Informe secreto 11 (por Luxu):

"Observaciones, extracto 1.
Lo logré: la Guerra de las Llaves Espada se desarrolló exactamente tal y como está escrito en la página perdida. Ahora, debo traspasar a otro la llave espada que me entregó el Maestro. Se han elegido cinco líderes para las órdenes, de entre los Dientes de león que sobrevivieron. Entregaré mi llave espada a uno de ellos y continuaré observando los eventos del futuro.
Pero parece que alguien ha dado el cambiazo. Uno de los cinco es un impostor, alguien a quien el Maestro no eligió. Representa un virus para el programa que el Maestro escribió tan meticulosamente.
El virus ha iniciado una extraña empresa: un plan descabellado que permitirá a los cinco escapar a una dimensión diferente. Algo así no puede ser posible. Se trataría del mismo truco que permitió a los Dientes de león viajar a otras dimensiones tras la Guerra de las Llaves Espada. Pero estos jóvenes no son Maestros. No tienen los medios. A menos que, por supuesto, cierta mágica dama, invocada hasta aquí desde el futuro, sepa más que yo.
Se suponía que todo el asunto de los líderes de las órdenes estaba destinado a ocurrir. ¿Serán estos nuevos acontecimientos parte del plan trazado por el Maestro?"

Este informe, así como el siguiente, son documentos del pasado lejano. Ya sabemos que los cinco nuevos líderes de las Uniones, tras la desaparición de los anteriores, así como de la joven Strelitzia, eran Ephemer, Skuld, Lauriam, Brain y Ventus. No sabemos a cuál de ellos entregó Luxu la "Innómita" o "Atisbadora". Sí que sabemos ya quién era el traidor: Ventus, manipulado por Darkness.

Sobre la "mágica dama" que viajó a su época desde el futuro (nuestro presente), se refiere a Maléfica.

Informe secreto 12 (por Luxu):

"Observaciones, extracto 2.
Incluso en una dimensión que no sufrió la Guerra de las Llaves Espada, la paz no era más que un sueño. En ausencia de nuestro maestro, apareció una oscuridad que, a buen seguro, llevará al mundo a su destrucción de nuevo.
En medio del caos, legué mi llave espada al líder de una de las órdenes, siguiendo las instrucciones del Maestro. Fui testigo de cómo los cinco fueron enviados a otra dimensión, a un alto precio, para así asegurar que la línea de los portadores de la llave espada se perpetúe. Y ahora, sin mi llave espada, debo abandonar esta tierra para cumplir con mi último cometido. Tendré que abandonar mi propio cuerpo y colocar mi corazón en receptáculo tras receptáculo, tantos como sea necesario.
Pero continuaré vigilando a través de las eras, una tras otra. En algún momento, ya sea dentro de años o décadas, siglos o milenios, me encontraré con los cinco una vez más.
En algún momento de esta historia cíclica de legados, aparecerá un elegido que recreará la Guerra de las Llaves Espada. Cuando ese chivo expiatorio llegue y tome mi llave espada, será el momento de pasar a la acción y cumplir mi papel.
Los Maestros perdidos despertarán."

Ese "elegido" o "chivo expiatorio" acabó siendo Xehanort. En todo momento, sin saberlo, estuvo siendo manipulado por Luxu y el Maestro de Maestros.

Durante el epílogo pudimos apreciar el regreso de los Maestros perdidos: Ira, Invi, Aced y Gula. Faltaba Ava.

Informe secreto 13 (por Luxu):

"Observaciones, extracto 3.
Parece que este cuerpo y este nombre serán los últimos. Podría llenar libros con las vidas que he vivido a través del tiempo, pero ahora debo centrarme en aquello más importante.
La llave espada se ha traspasado con éxito de generación en generación, y parece que por fin surgirá un Maestro de la llave espada dedicado a la oscuridad. Hasta ahora, he contemplado el curso de los acontecimientos desde la distancia. Tal vez haya llegado el momento de intervenir. Sólo he de representar el papel de un necio deseoso de obtener el poder de la llave espada. Me haré pasar por su aliado para vigilar mi llave espada desde cerca.
La "Atisbadora", una llave espada forjada con el ojo del Maestro de Maestros. Me la legó a mí, como yo la he legado a otros, y, a través de ella, puede ver el futuro, todo lo que acontecerá. A través de las eras, en cuerpo tras cuerpo, vida tras vida, mi tarea ha sido vigilar la "Atisbadora" en su periplo de mano en mano. Ha sido mucho tiempo. Más de lo que puedo expresar.
Pero ahora, por fin, la Guerra de las Llaves Espada ha comenzado, y Kingdom Hearts se abrirá. Un Kingdom Hearts verdadero, nacido del enfrentamiento entre la luz y la oscuridad. Pronto me reuniré con mis antiguos compañeros, y, en ese momento, mi larga vigilia llegará a su fin. Él volverá..."

Xigbar, Braig, Luxu... Da igual: nos ha tenido engañados a todos. Y, al primero, a Xehanort. Al parecer, todo lo ha hecho por obediencia al Maestro de Maestros, quien regresaría una vez cumplida la misión de Luxu. Pues aquí te esperamos, Maestro.

KINGDOM HEARTS III
Re Mind

Re Mind 1 – Re Pasado

Kingdom Hearts III no ha terminado. Aún nos queda la expansión, *Kingdom Hearts III Re Mind*, secuela directa de los hechos narrados hasta ahora. Bueno, secuela... en parte. Una parte pequeña, de hecho.

Vamos a empezar presenciando tres conversaciones interesantes del pasado. La primera se produjo durante la visita de Sora, Donald y Goofy al Olimpo, aunque quienes estuvieron involucrados en dicha conversación no fueron ellos, sino dos miembros de la Organización XIII: Xigbar y Luxord.

—A ver si lo adivinas —dijo el rubio—: una cabra negra esconde una carta y le pide a una cabra blanca que la busque. ¿Para qué?

—Genial, un acertijo —respondió Xigbar con ironía—. Justo lo que me hacía falta.

—Puede tener muchos motivos. Quizás se le haya olvidado dónde la ha escondido, o sea una broma pesada. También es posible que la carta haya desaparecido. Así de pronto se me ocurren varias posibilidades, pero no son más que conjeturas.

—En ese caso —concluyó el hombre del parche—, es mejor limitarse a seguir las órdenes. Así de sencillo.

Obviamente, todo eso de las cabras y las cartas no era más que una metáfora. Luxord hablaba de ellos mismos y de la misión que tenían entre manos.

—Eso es lo que hago siempre, obedecer sin rechistar. Sin embargo, a veces no puedo evitar ponerme a pensar. Si el contenido de la caja es un misterio, ¿por qué se empeña la Organización en conseguirla? Además, ¿quién ha dado la orden? ¿Xehanort? ¿Xemnas? Al primero sólo le preocupa el combate entre las siete luces y las trece oscuridades. Es raro que esté tan interesado en una caja misteriosa. Lo cual sugiere que la orden viene de Xemnas..., o de la persona que me asignó la misión: tú.

—Pues va a ser que ha sido Xemnas —replicó Xigbar.

—Sin embargo —insistió Luxord—, mi investigación me lleva a pensar que es cosa tuya. —Tipo listo—. ¿Para qué quieres la caja?

—No sé qué contiene —confesó Xigbar—, pero los portadores de la llave espada la protegen desde tiempos inmemoriales. ¿No te pica la curiosidad? Dicen que contiene información crucial para los portadores de la llave espada.

—¿Quién lo dice, exactamente?

—Esto... —Xigbar se hizo el despistado—. No me acuerdo. Siempre ando con los oídos bien abiertos, pero he estado en tantos sitios que a saber dónde lo oí.

—Si la caja es tan importante como dices —siguió Luxord—, ¿por qué has tardado tanto en buscarla? Me da que sabes que otros también la buscan y quieres encontrarla antes que ellos, para que quienes te rodean no lleguen a saber del vínculo que te une con ella. ¿Quién eres realmente, Xigbar? —No hubo respuesta—. En fin, qué más da. No me va a cambiar la vida. Prefiero fingir que no sé nada al respecto.

Luxord se marchó. Tras este interrogatorio, en el que el n.º 10 de la antigua Organización XIII demostró ser muy perspicaz, Xigbar no pudo evitar hacerse una pregunta similar.

—¿Y quién eres tú, Luxord?

Nosotros ya sabemos que Xigbar es Luxu, y que fue el Maestro de Maestros quien le encomendó la caja negra, sin revelarle su contenido. También conocemos el origen de casi todos sus compañeros de la Organización, incluyendo a Marluxia y Larxene (Lauriam y Elrena en *Union Cross*). ¿Tendría Luxord un papel relevante en el pasado, como todos los demás? ¿Y Demyx? Incógnitas que, con toda probabilidad, serán resueltas en futuras entregas.

Para la segunda conversación debemos viajar setenta y cinco años al pasado, con un Xehanort aún en formación como portador de la llave espada, vistiendo la clásica túnica negra. Lo acompañaba un tipo encapuchado, al que ya conocemos, aunque jamás hemos visto su rostro. Es el Maestro de Maestros.

—Esta túnica repele la oscuridad —dijo Xehanort—. Es muy útil.

—¡Te lo dije! —exclamó el Maestro con su inquebrantable tono animado—. ¿Qué tal te ha ido? Tu aventura, digo.

—He descubierto la razón de mi existencia.

—Ah, ¿sí? ¡Cuenta, cuenta!

—En todo el mundo, la gente parece llevar una vida apacible. Se creen honrados y virtuosos, pero no es más que una máscara. La oscuridad acecha en lo más profundo de sus corazones. Su luz es una farsa.

—Parece que tu experiencia te ha abierto los ojos —dijo el Maestro—, incluso más de lo que pensabas. Debes de haber vislumbrado la oscuridad.

—Aquellos que son débiles y que ansían más poder —siguió Xehanort—, le arrebatan su fuerza a los más poderosos, convencidos de merecérsela. Así es como acaban cayendo presa de la oscuridad. Creen lo que quieren creer y se justifican con excusas baratas. Así se perpetúa el ciclo y la oscuridad sigue expandiéndose.

—Es decir —respondió el Maestro—, los débiles necesitan justificar sus actos para reconocer su propia insistencia. ¿Y no puedes dejar pasar algo así?

—No. Para eso, más les vale dejarse gobernar por la oscuridad. —Ya desde pequeño apuntaba maneras—. La gente se cree que tiene poder, pero no es más que una ilusión. Son ovejas fingiendo ser lobos. Pero, en cierto modo, los entiendo.

—¡Esto sí que es una novedad! Un portador de la llave espada que se pone del lado de la oscuridad. —Aunque el Maestro de Maestros se mostraba sorprendido, no parecía en absoluto preocupado—. ¿Por qué no dejarlos en paz hasta que la oscuridad los consuma?

—Porque el mundo se sumiría en el caos —contestó Xehanort—. Hace falta algo de orden.

—¿Estás seguro? —El Maestro le dio la espalda—. ¿Por qué no dejamos que todo siga su curso?

—Comprender los corazones, así como las emociones que contienen, es algo complicado. Me he dado cuenta de que es fácil ignorar lo que uno no comprende.

—¡Está bien, está bien! El mundo te necesita, en eso estamos de acuerdo.

—No sé qué puedo hacer —dijo Xehanort—, pero no me voy a quedar de brazos cruzados. El futuro es demasiado importante.

—Es verdad —asintió el Maestro—. Sería lamentable dejar el futuro en manos de una luz distorsionada. Entonces, ¿qué va a ser? Tienes el poder de cambiar las cosas. Tú decides: ¿qué quieres hacer con el mundo?

—El poder, ¿eh? —Xehanort se quedó en silencio un par de segundos—. ¿Quién sabe? Mi entrenamiento está a punto de terminar y se acerca el examen. Quizás entonces tenga las cosas más claras.

—¿Vas a dejar que el examen decida por ti? —El Maestro suspiró, decepcionado—. Escucha: la nota del examen no importa. Crees firmemente que el mundo te necesita. Yo diría que ya sabes el camino que vas a tomar.

—En cierto modo, sí —reconoció Xehanort—. Creo que sé adónde debo ir y qué debo hacer. Esta túnica, por ejemplo. Me resulta familiar. Es como si estuviera destinado a llevarla.

—No —replicó el Maestro—. Pronto te desharás de ella.

—¿Cómo lo sabes?

—Llegará el día en que no te haga falta. Si de verdad posees un gran poder, la oscuridad no podrá controlarte. —El Maestro no se equivocaba—. De hecho, serás tú quien controle la oscuridad. Yo, al contrario que tú, soy un miedoso, no me atrevo a quitármela.

—Pero... ¿qué eres? ¿Una especie de adivino?

—Podría mentirte y decirte que sí —respondió en tono jovial—, cuando en realidad podría ser un artista o un erudito. Podría decirte que busco la paz en el mundo o que deseo la destrucción. La verdad es lo que ves con tus propios ojos, no lo que oyes.

—¿Puedo, al menos, saber tu nombre?

—¡¿Pero qué te acabo de decir?! En fin, da igual. Me llamo []. —Xehanort oyó la respuesta; nosotros no. ¡Maldito seas!—. Soy uno de los Maestros perdidos.

—¿"Maestros perdidos"? —Xehanort no parecía conocer esa historia.

—Que tu corazón te sirva de guía.

Y eso es todo cuanto el Maestro de Maestros estaba dispuesto a compartir con Xehanort.

Nos trasladamos al pasado reciente, con un Xehanort ya anciano reunido con dos de sus hombres de confianza: Xigbar y Saïx. El lugar de esta reunión era, casualmente, el mismo en que se desarrolló la escena anterior. Xehanort no pudo evitar sonreír al recordar la conversación que tuvo con el Maestro de Maestros setenta y cinco años atrás.

—¿Qué te hace tanta gracia, carcamal? —preguntó Xigbar al ver el gesto de Xehanort—. ¿Nos lo cuentas para que nos riamos todos?

—Estoy hoy aquí por un encuentro que tuve hace muchos años, cuando todavía era joven. Nunca supe quién era, y es posible que jamás lo sepa, pero ahora veo la verdad de la que hablaba.

—Déjate de batallitas, que no nos sobra el tiempo —lo interrumpió Xigbar—. Sin el chaval, todavía nos falta el decimotercer receptáculo. Y de los otros doce, sólo nosotros tres estamos presentes. ¿Estás seguro de que los demás han regresado a sus respectivas épocas?

Xehanort asintió, confiado, sin pronunciar palabra.

—Marluxia y Larxene están en esta época —explicó Saïx—, buscando los nuevos Siete Corazones. Luxord también está en algún lugar de esta época, pero, tras nuestra última reunión, se fue en busca del objeto que le pediste. ¿No es así?

—Ah, sí, claro —respondió Xigbar—. Digamos que es algo que nos beneficiará a largo plazo, aunque no sea tan importante por el momento. Continúa.

—Como de costumbre, no sueltas prenda. —Saïx prefirió ignorar el tema por el momento—. Los corazones de Ansem, Xemnas, Vanitas, el falso Riku y el joven Xehanort han regresado a su lugar de origen y se han recompuesto de nuevo. Cada uno de ellos busca un guardián de la luz.

Xigbar hizo recuento.

—De modo que quienes se volvieron humanos antes de volverse una vez más incorpóreos, somos Luxord, Marluxia, Larxene, tú y yo. Cinco en total. Los del pasado transferidos a réplicas son Ansem, Xemnas, Vanitas, el falso Riku y el joven Xehanort. Si contamos al anciano, son once en total. Creo que todavía nos faltan dos.

Xehanort sonrió. Parecía tenerlo todo calculado.

—Pasemos a la razón de nuestra presencia aquí hoy. Mis encarnaciones de tiempos pasados, receptáculos a los que transferí mi corazón, mi esencia, fueron destruidas. Por eso fue restaurado en lo que tenéis ante vosotros. —Es decir, que el anciano reapareció "gracias" a que derrotaron a su sincorazón e incorpóreo—. Para desaparecer completamente, el corazón y el cuerpo deben recuperar su forma original. Ésa es una de las razones por las que separé mi corazón en varios receptáculos. Ansem y Xemnas vienen de Terra, de su forma joven, también restaurada. Pero mi corazón ha regresado, mientras que el suyo sigue perdido. Decidí llenar ese receptáculo vacío con mi corazón. —Así surgió Terranort—. Pienso llenar de nuevo este receptáculo con mi corazón, el mismo que residió en el interior de Terra.

—Entonces, tenemos doce —concluyó Xigbar—. ¿Quién va a sustituir al chaval?

—Vexen creó doce réplicas —respondió Saïx—. Las cuatro primeras no eran más que marionetas, apenas humanas. El primer prototipo fue el falso Riku, y después se creó el n.º i. —Xion—. Luego tenemos a Ansem, Xemnas, Vanitas, el falso Riku y el joven Xehanort. Cinco receptáculos más. Queda uno. Vexen y Demyx podrían valer, pero sólo como último recurso. El objetivo para la última réplica es que tenga un corazón vinculado a Sora.

—¿A Sora? —preguntó Xigbar, sorprendido—. ¿Tienes a alguien en mente?

—Al segundo prototipo: el n.º i. Aunque desapareció de los recuerdos, siguió presente en los datos de Vexen. Su existencia está muy vinculada con los recuerdos de Sora, por lo que es perfecto.

—El n.º i... —El hombre del parche asintió, conforme—. Un número imaginario, qué apropiado.

—Mientras el joven Xehanort se encarga de transferir los corazones —siguió Saïx—, yo cumpliré con mi deber. Voy a buscar a Vexen.

Y, con esto, la conversación llegó a su fin, así como las escenas del pasado. Volvamos al presente.

Re Mind 2 – Re Presente

Sora, que estuvo muerto durante unos instantes tras ser devorado por el huracán de sincorazón, sabe cuál es el lugar donde debe comenzar la búsqueda de Kairi. Si hay alguna forma de traerla de vuelta, sin duda debe de hallarse en el Mundo Final. Allí, Sora se reencuentra con su amigo Chirithy, a quien explica el motivo de su visita.

—Incluso con el poder del despertar —dice el luciente tras oír el relato—, no se puede hacer regresar a alguien.

—Pero el corazón de Kairi todavía no está perdido. —Sora se niega a rendirse—. Sigue con nosotros, ¿verdad?

—Tal vez, pero me temo que la situación es muy grave.

—Ya he restaurado seis corazones. ¿Qué más da uno más?

—Así no va la cosa... —insiste el Chirithy con paciencia—. El poder sirve para despertar y restaurar corazones dormidos, no para recuperarlos una vez que han dejado de existir. Ya lo has logrado seis veces, y, gracias a ello, has cambiado enormemente el transcurso de la historia. Has roto un tabú de la naturaleza. ¡Y eso está prohibido! Quien rompe un tabú de la naturaleza, ha de pagar un precio exorbitante.

Es lo mismo que le advirtió Xehanorcito.

—Entonces —dice Sora—, ¿cuál es ese precio?

—Perderás tus poderes —explica Chirithy—. Ya no podrás usar el poder del despertar.

—¿Eso es todo? ¡Pues no es para tanto!

—Ahí no acaba la cosa... Tú, tu ser... Desaparecerá del mundo. —Eso sí que es alarmante—. Y, sin tus poderes, no podrás regresar a tu mundo de origen.

—Me da igual —replica Sora—. No entiendo muy bien todo, pero, si algo sé, es que no me queda otra alternativa. Debo recuperar a Kairi, cueste lo que cueste. Todo lo que he hecho ha sido por ella. Chirithy se da por vencido.

—Nada de lo que diga te hará cambiar de opinión, ¿eh?

—Debo seguir mi corazón —dice el portador de la llave espada.

—En ese caso, ha llegado el momento del adiós. Pero antes

escúchame con atención. Regresarás de nuevo al pasado, pero esta vez no podrás reescribirlo. Pase lo que pase, deberás asumirlo y seguir adelante. El corazón que ahora posees ya existía por entonces. Ya había regresado al pasado, y eso es algo que nada puede cambiar. Volverás a la grieta en el entramado del tiempo que se creó al cambiar tu destino hasta en dos ocasiones. Para no alejarte demasiado del verdadero poder del despertar, irás atravesando los corazones de los guardianes hasta llegar al de Kairi. Cada emoción sentida por los guardianes: tristeza, ansiedad, miedo, amabilidad... Todo lo que vieron y todo lo que sintieron entonces, deberás atravesarlo y abrirte camino hasta las profundidades de sus corazones. No sé qué te espera al final, ni qué serás capaz de conseguir, pero no me cabe duda de que descubrirás una gran verdad que te será de ayuda. Pero, en el pasado, sólo tendrás hasta el momento en que viniste aquí, de modo que deberás encontrar y restaurar el corazón de Kairi antes. Éste es el único consejo que puedo darte. Que tu corazón te sirva de guía.

Voy a intentar tratar esto de la forma más correcta posible, por vosotros, los lectores, y por el cariño que le tengo a esta saga. *KH III Re Mind* es un despropósito mayúsculo, que se limita a repetir el tramo final de *Kingdom Hearts III* pero con pequeños cambios. Y eso, de por sí, ya contradice la frase de Chirithy: "no podrás reescribirlo". Si no pudiera modificarlo, ¿de qué serviría viajar al pasado? Vale, está bien, no le demos más vueltas, y no os preocupéis si no lo entendéis, pues ya nada tiene sentido o es mínimamente coherente. Veamos qué ocurre de la forma más resumida posible, para no tener que hacer un "copia y pega" de los últimos capítulos.

Sora, que se ha convertido en un DeLorean con patas, viaja a la Necrópolis del pasado, en el momento exacto en que se toparon con Terranort. En realidad, no se manifiesta de forma física, sino como un "espectador". Puede ver lo que ocurre pero no intervenir; ni siquiera en los actos y palabras del propio Sora del pasado. Su labor, recordemos, consiste en viajar de corazón en corazón. Necesita conectar siete (porque sí): Ventus, Aqua, Terra, Roxas, Riku, Mickey y el suyo propio.

Hay alguna escena diferente a lo visto en *KH III* (otra contradicción), así que procedo a listaros todo lo novedoso que considero de cierta relevancia.

Sora combate contra la oscuridad interna de Ventus (copia de un combate opcional de *KH III*). Ya lo insinué en el capítulo 40: Vanitas no es el "hermano malvado" de Ventus, sino el ente conocido como Darkness que habita en su interior, después de que él mismo lo absorbiera, tal y como está explicado en la parte de *KH Union Cross*.

Sora, el auténtico (es decir, el viajero del tiempo) combate contra Terranort en un lugar apartado. Sí, ya sé que se suponía que era una especie de aparición espiritual, pero ahora ya no lo es. Luego volverá a serlo. Y así todo. El caso es que Terrarmadura se sacrifica para salvar al chico de lo que podría haber sido un ataque mortal. Así queda justificada su desaparición. Además, durante el combate, Sora puede hablar con Naminé, quien le dice que fue ella quien consiguió que los "pensamientos más intensos y personales" (literal) de Terra poseyesen la armadura. Nada que no supiésemos.

Tras el combate del Riku original contra su copia oscura, es Demyx quien se lleva el receptáculo de Riku réplica para que Ienzo y Ansem el Sabio puedan insertar en él los datos de Naminé. Aún queda el corazón, pero eso lo dejamos para más adelante.

Si Xemnas, o Xehanort, pudo traer de vuelta a Xion, fue gracias a los datos almacenados por Vexen. La chica no recuerda nada ni sabe quién es. Es al interactuar con Axel y Sora cuando recupera su antiguo ser y cambia de bando.

Roxas, Axel y Xion arrebatan la Marca del Apóstata a Xemnas (es decir, la "X"). Al parecer, Roxas la necesita para mantenerse aferrado al mundo, por ser el vínculo que lo une con Axel y Xion. El momento de ver a este otro trío combatiendo codo con codo es una de las mejores cosas de *Kingdom Hearts III*.

Aunque vemos a Xehanort destruir a Kairi en miles de trocitos, resulta que sólo la ha cristalizado, dividido en siete partes con forma de pétalo y escondido por ahí (en vez de quedárselas consigo, que habría sido lo más lógico). Cinco de esos pétalos están repartidos por la Scala ad Caelum del pasado. Para los dos últimos toca regresar al presente. No, perdón: al presente del pasado. Es decir, tras la cristalización de Kairi. Ya me entendéis.

Mickey, Riku, Axel, Roxas, Xion, Aqua, Ventus y Terra se enfrentan a los tipos con túnica y casco que representan a las otras doce versiones de Xehanort, y que el anciano ha enviado de vuelta al presente a través de Kingdom Hearts, con ayuda de la llave espada χ, mientras él combate contra Sora, Donald y Goofy en la batalla final de *KH III*. Por ahora, quedémonos con Riku y compañía. Su enfrentamiento contra los doce encapuchados termina de la peor manera posible: con todos, menos Mickey, encerrados en portales con forma de cerradura. La parte buena es que, gracias a este combate, Sora puede acceder al corazón de Riku, con lo que consigue el sexto pétalo (no le busquéis explicación a nada de lo que ocurra ahora, por favor). La parte mala es que Mickey se ha quedado solo contra doce rivales. El rey resiste a duras penas los ataques de los encapuchados..., hasta que nota una energía en su interior. Es Sora.

—¡No importa la distancia que nos separe! —exclama Mickey—. ¡La luz unirá nuestros corazones!

La llave espada de Mickey desprende una luz que extermina a todos sus enemigos en un abrir y cerrar de ojos. Hay que ver lo poderoso que es el optimismo... cuando eres parte de los buenos en un videojuego.

Ahora que Sora ha logrado alcanzar el corazón de Mickey, ya posee los siete pétalos de cristal necesarios para recomponer a Kairi en el "presente del pasado". Objetivo cumplido.

Sora y Kairi luchan contra Xehanort (otro "porque sí"), al que derrotan de forma definitiva, ya para siempre, en todas las versiones, dimensiones y épocas (en verdad no, ya veréis). Tras liberar a sus amigos de esos portales en forma de cerradura, los dos custodios de la luz reaparecen en el Mundo Final. Allí, Kairi conoce a Chirithy.

—Nos vamos a casa —le informa Sora—. Deberías venir con nosotros. Si de verdad te importa alguien, no deberías quedarte a esperar sin más. Los corazones están conectados estés donde estés. Si no podéis estar juntos, de acuerdo, lo único que te queda es esperar. Pero si existe alguna posibilidad remota de que lo estéis, has de hacer todo lo posible.

—Sora... —Chirithy no sabe ni qué decir.

—Este lugar es precioso, pero se disfrutaría mejor en buena compañía. Es importante compartir los buenos momentos con amigos. Así que no se hable más: te voy a llevar a que veas a tu amigo,

Chirithy.

Así es como Chirithy sale del Mundo Final y se reencuentra con su viejo amigo, Ventus.

Todo apunta a un final feliz, ¿verdad? Pues nada más lejos de la realidad. Sora ha notado algo en su cuerpo: está empezando a desaparecer. Antes de que eso ocurra del todo, Kairi y él se dedicarán a viajar por los mundos, al fin juntos.

Llevar al Chirithy a Tierra de Partida es importante, pero lo es más aún implantar el corazón de Naminé, contenido dentro de Kairi, en la réplica fabricada por Vexen, Ienzo y Ansem el Sabio. De esta forma, la chica rubia puede volver a la vida.

Ahora ya se entiende por qué, al final de *Kingdom Hearts III*, estaban todos los amigos reunidos en las Islas del Destino. Todos... menos Sora. El chico ha pagado el mayor de los precios, tal y como le advirtieron Xehanorcito y Chirithy. Un minuto de silencio por el gran héroe que nos ha acompañado durante tantísimo tiempo...

...Y que, de una forma u otra, lo seguirá haciendo. ¡Esta guía argumental aún no ha concluido!

Re Mind 3 – Limitcut

El DLC *Re Mind* no termina ahí. Tras superar esa revisión del tramo final de *KH III*, se desbloquea el "Episodio Limitcut", protagonizado por Riku. El Maestro de la llave espada ha pasado las últimas semanas en Tierra de Partida, entrenando con su camarada Terra. Sin embargo, ahora deben separarse, pues los tres pupilos de Eraqus están a punto de embarcarse en una nueva misión. Terra, Aqua y Ventus se equipan con sus armaduras y se internan en un portal oscuro, quién sabe con qué intenciones. Más cabos sueltos para cerrar en futuras entregas...

Y ahora damos un enorme salto temporal.

Ha pasado un año desde la desaparición de Sora. Riku se encuentra en la casa de Merlín, en Vergel Radiante, poniendo al día de los últimos (o no tan "últimos") acontecimientos a la cuadrilla de *Final Fantasy*. Es decir: León (Squall), Aeris, Yuffie y Cid.

—Si todavía nos acordamos de Sora —dice Aeris—, es porque debe de seguir entre nosotros.

No es un razonamiento muy sensato, para empezar. ¿Acaso no nos acordamos de la gente que ha fallecido?

—Tiene su lógica. —León opina diferente a mí.

—Pero hemos buscado a Sora por todas partes —dice Riku—, y no hemos encontrado ni una sola pista. Si de verdad está en alguna parte, ¿no deberíamos haber encontrado ya algo?

Todos se quedan en silencio, pensativos. León es el primero en pronunciarse.

—Cid se ha pasado un año estudiando los datos. Y en el castillo un tanto de lo mismo, ¿no? ¿De verdad no han encontrado nada?

—Bueno —responde Riku—, en realidad... todo esto se les queda un poco grande.

—¡Venga, Cid! —exclama Yuffie—. ¡Dinos que has encontrado algo, por favor!

Por primera vez en toda la conversación, el antiguo dueño de la tienda de objetos de Ciudad de Paso aparta la mirada del ordenador.

—¡Lo hago lo mejor que puedo! —se excusa Cid—. Estoy a punto de encontrar algo, ¡lo presiento!

No van a tener más remedio que seguir esperando.

—Por cierto —dice León a Riku—, ¿cómo van los demás?

—Mickey, Donald y Goofy están buscando pistas en todos los mundos que visitó Sora —explica el portador de la llave espada—. Terra, Ven y Aqua están en el Reino de la Oscuridad. Y la banda de Villa Crepúsculo está examinando los recuerdos de Roxas y Xion.

—¿Y Kairi? —pregunta Aeris.

—Ella... —Por algún motivo, Riku parece triste—. Su corazón podría albergar alguna pista. Lleva un año dormida mientras lo examinan.

Es decir, que le han robado todo un año de su vida. Terrible.

—Entonces —se lamenta Aeris—, no hemos avanzado nada...

Los gritos repentinos de Cid podrían indicar lo contrario.

—¡¿Qué narices es esto?!

—¿Qué ocurre? —pregunta León.

—Este ordenador, el de Villa Crepúsculo y el del castillo están conectados a la misma red. —Por "castillo", obviamente, se refiere al de Vergel Radiante—. Me enviaron todos sus datos y los agregué a los que ya tenía. Mirad.

La pantalla del ordenador muestra... ¡a Sora!

—¡¿Sora está dentro del ordenador?! —pregunta Yuffie, cual *boomer*.

—No, no —responde Cid—. Sólo son los datos que he compuesto a partir de Sora y sus habilidades de combate. La banda a la que se enfrentaba Sora... El Batallón como se llame... ¿Sabéis a quién me refiero? También he recreado sus datos.

—La verdadera Organización XIII —puntualiza Aeris—. Quizá sus datos nos lleven a Sora.

—Ya lo había pensado —asiente Cid—, pero lo he intentado y sus datos son tan potentes que es imposible acceder a ellos.

—¿Y si lo intentas usando los datos de Sora? —sugiere León.

—¡Buena idea! ¡Voy a probar!

En otras palabras: Cid va a usar al Sora virtual para enfrentarse al Batallón..., digo, a la Organización XIII virtual. Como en un videojuego, vaya. Un personaje de videojuego manejado por un personaje de videojuego manejado por nosotros. A efectos prácticos, Sora, o Cid, o nosotros mismos, en definitiva, tenemos que derrotar a Xehanort, Ansem, Xemnas, Xigbar, Luxord, Larxene, Marluxia, Saïx, Terranort, Riku oscuro, Vanitas, Xehanorcito y Xion. ¿Para qué? Para nada. Pero ¿y el buen rato que hemos echado?

Por suerte para Cid y sus acompañantes, alguien llega para llevarlos por el buen camino. Es una vieja conocida: el Hada Madrina.

—Me envían Merlín y el Maestro Yen Sid a buscar a Riku.

—Aquí estoy —dice el chico, intrigado.

—Encantada de conocerte. —En efecto: no se conocían. Ella estaba acostumbrada a tratar con Sora—. Quiero que me lo cuentes todo de los sueños que has estado teniendo, cariño.

—¿De mis sueños? —Riku hace memoria—. Tuve uno en el que buscaba a Sora en un lugar oscuro repleto de rascacielos. —Por las imágenes que muestra el juego, parece que se trata de Tokio. ¿O quizá sea Ins…? Bueno, no importa—. De repente, sentí que alguien me observaba desde lo alto de un edificio. Eso es todo lo que recuerdo.

—Está bien —asiente el Hada Madrina.

—¿Por qué te interesa tanto el sueño de Riku? —pregunta León.

—El Maestro Yen Sid estaba preocupado porque no habéis logrado encontrar a Sora. Y como Riku ha estado antes en los sueños de Sora, pensó que podría ser la clave. Los sueños son mi especialidad; de ahí que Merlín y él me pidieran que viniera.

—¿Crees que los sueños de Riku podrían aportar alguna pista? —dice Aeris.

—Sí, cariño —responde la maga—. Seguro que contienen algo que nos pueda llevar hasta Sora.

—¿Mis sueños? Riku sigue sin verlo claro.

—Sí. —El Hada Madrina le guiña un ojo—. Y los de los otros dos.

Sobre quiénes son esos "otros dos", Square Enix se encarga de dejarlo abierto a interpretaciones. Lo último que se muestra es una imagen de Kairi y el Mundo Final…, pero a saber en qué desemboca todo esto.

Y, ahora sí, toca despedirse de… Espera, ¿qué es esto que pone aquí? ¿"Episodio Secreto"?

Re Mind 4 – Episodio secreto

Sora despierta en lo que parece el Mundo Final. Es de noche, a diferencia de todas las visitas anteriores, en las que lucía el sol. Chirithy ya no está allí, aunque, en su lugar, Sora se topa con cierta persona que le resulta familiar. Es algo mayor que él, con pelo oscuro y un ojo de cada color (heterocromía). En concreto, el derecho es azul y el izquierdo es rojo.

—¿Tú no eres... Yozora?

El protagonista de *Verum Rex*, el videojuego del mundo de *Toy Story*.

—¿Cómo lo sabes? ¿Quién eres tú?

—Me llamo Sora. Tengo que pedirte un favor.

—¿Sora? —lo interrumpe—. ¿Tú eres Sora?

—¿Eh? ¿Me conoces?

—He oído hablar de ti. —Yozora no parece muy dado a las explicaciones.

—Si estás aquí —dice Sora—, significa que esto no es real, ¿no? Un momento... Esa chica me habló de ti... Así que quizá sí que seas real.

Vamos a desvelar una de las incógnitas que teníamos acumuladas. La chica a la que se refiere Sora es el espíritu con forma de estrella que decía estar esperando a alguien, allí mismo, en el Mundo Final, cuando Sora se dedicaba a reunir las partes de sí mismo para revivir.

—No —dice Yozora—, no es el mundo real. Y sí, yo estoy aquí. Pero éste no es mi verdadero aspecto. ¿Cómo sabías que era yo? ¿Y por qué te haces llamar "Sora"?

—Pues... porque es así como me llamo.

—Si de verdad eres Sora, debe de ser cosa del destino. Ahora ya sé lo que debo hacer.

Un arma de fuego aparece en la mano derecha de Yozora. Pero eso no es, ni de lejos, lo más sorprendente. Todo el paisaje cambia, como si acabasen de teletransportarse. Ahora están en la azotea de un altísimo edificio, en medio de una ciudad llena de luces. Curiosamente (o no), muy parecida a la ciudad del sueño de Riku.

—¡Oye, espera! —Sora no quiere luchar sin motivo.

—Llegué aquí por casualidad —dice el chico con ojos de diferente color—, y tuve que superar varios obstáculos. Una voz me dijo que salvara a Sora.

—¿A qué viene apuntarme con el arma, entonces?

Yozora hace aparecer una espada en su mano libre.

—Acabemos con esto.

Aunque Sora conserva todo su poder, el mismo con el que logró derrotar a Xehanort (o su versión real, si éste es virtual, cosa que no podemos confirmar ni desmentir), no resulta suficiente para doblegar a un rival como Yozora.

—Lo siento —dice el protagonista de *Verum Rex*—, pero yo no pierdo jamás. Te salvaré.

Yozora cristaliza a Sora. ¿Ésa es su idea de salvarlo? Debe de tener un buen motivo; otra cosa es que esté dispuesto a compartirlo con nosotros. Pero, esperad, que no lo habéis visto todo.

La ciudad desaparece. Yozora cierra los ojos apenas unos segundos. Cuando vuelve a abrirlos, está sentado en la parte trasera de un coche. Es como si acabase de despertar de un sueño. Su aspecto, casi idéntico, presenta leves diferencias. Los ojos de diferentes colores se mantienen, eso sí. Hmm… Es curioso, pero, a simple vista, es lo único que lo diferencia de *él*. Salvo que Yozora realmente sea *él*. Misma apariencia, mismo corte de pelo, ropa parecida… Hasta la ciudad y el coche resultan semejantes a los del príncipe. Si no sabéis de quién estoy hablando, vais a tener que esperar un poquito para descubrirlo.

—He tenido sueños muy raros últimamente… Me pregunto si todo esto será verdad… o no.

Esta frase, la que pronuncia Yozora en el coche, es la primera frase de Sora en *Kingdom Hearts*, antes de iniciar la aventura que dio origen a la saga.

Aunque... quizá me equivoque, y no sea así como ha sucedido todo. Quizá, al final, Sora haya logrado derrotar a Yozora en combate.

—Me imagino que todavía no se requieren mis poderes —concluye Yozora.

—¿Qué quieres decir?

—Da igual.

Yozora desaparece, así como la ambientación de ciudad nocturna que los rodeaba. El Mundo Final ha recuperado su aspecto original: tranquilo y soleado...

Pero no es con Sora con quien nos vamos a quedar, sino con el otro chico. Tal y como ocurrió en el final en que Sora acaba cristalizado, Yozora despierta en la parte trasera de un coche. Y ya va siendo hora de dejar de irnos por las ramas, ¿verdad?

La escena presenta similitudes más que evidentes con un tráiler de *Final Fantasy Versus XIII*, el juego que acabó mutando en *Final Fantasy XV*. Yozora es un calco de Noctis Lucis Caelum, protagonista de *FFXV*. Tanto *"yozora"* como *"noctis lucis caelum"* significan algo parecido a "cielo nocturno" en sus respectivos idiomas. Además, *"sora"* es "cielo" en japonés, eso ya os lo había explicado. Es decir, que no son coincidencias casuales, sino buscadas.

Avancemos. ¿Significa eso que el espíritu con forma de estrella del Mundo Final era Lunafreya, la prometida de Noctis? ¿O acaso pretenden otorgar validez a *FF Versus XIII* como un ente separado de *FFXV*? En ese caso, el espíritu sería Stella, el personaje que dio origen a Lunafreya. Dato curioso: *"stella"* significa "estrella" en latín. Ahora mismo tenemos tantas preguntas sin respuesta...

Por cierto, ¿sabéis cómo se llama (en japonés e inglés, no en español) el objeto que gana Sora al derrotar a Yozora? "Cristal Regalia +". Si habéis jugado a *Final Fantasy XV*, sabréis que el coche oficial de la realeza de Insomnia, la ciudad gobernada por la familia Lucis Caelum, también se llama "Regalia". ¿Estaban Sora y Yozora luchando en una Insomnia virtual? ¿El sueño de Riku se desarrollaba en Tokio, como pensábamos en un primer momento, o en la capital del reino de Lucis?

Pero, atención, que esto no ha terminado.

—¡Comandante! —El conductor despierta a Yozora—. Impresionante, ¿a que sí?

No podemos ver la cara de dicho conductor, pero sí la parte superior de su cabeza. Eso, sumado a su inconfundible voz... ¡¿Es Luxord?! Xigbar, o Luxu, no se equivocaba al considerarlo una persona de interés, que ocultaba su verdadera identidad. ¿Es el ser original de Luxord habitante de la misma ciudad que Yozora? ¿Cómo está todo conectado? Lo veremos... en unos años.

Ahora sí, ponemos punto y final a *Kingdom Hearts III*...
¡Pero no os vayáis aún! La historia continúa. Nos queda los últimos capítulos, dedicados al juego musical *Kingdom Hearts: Melody of Memory*.

KINGDOM HEARTS
Melody of Memory

Melody of Memory 1 – Recuerdos

La historia de *Melody of Memory*, en gran parte, es un viaje a través de los recuerdos de Kairi, durante ese año que ha pasado dormida en el castillo de Vergel Radiante. En la práctica, se trata de un resumen de (casi) toda la saga narrado por ella misma. Así pues, me hago a un lado y le cedo el testigo durante los próximos párrafos. Todo tuyo, Kairi.

"Guiado por una voz misteriosa, Sora cruzó la puerta que marcaría el comienzo de su viaje. Sora, Riku y yo queríamos salir de nuestra isla y ver el mundo. Un día, Sora se encontró con un tipo de otro mundo. Por su parte, Donald y Goofy recibieron una carta de Mickey pidiéndoles que encontraran al portador de cierta llave.

Una noche fatídica, la oscuridad engulló las Islas del Destino. Riku desapareció en la oscuridad, pero mi corazón consiguió huir y ponerse a salvo en el interior de Sora. La oscuridad pudo con Sora, que se despertó en un lugar desconocido.

Sora, elegido de la llave espada, se unió a Donald y Goofy. Los tres recorrieron juntos un sinfín de mundos, sellando las cerraduras para protegerlos de la oscuridad que los acechaba. Mientras tanto, Riku se despertó en la Cueva de Sombras.

Con su corazón cegado por la oscuridad, Riku se enfrentó a Sora. En pleno combate, Sora se dio cuenta de que su poder no provenía de su arma, sino de sus amigos. Cuando Sora se dio cuenta de que mi corazón siempre había estado en su interior, no dudó en salvarme, sin importarle lo que pudiera sucederle. Ahora me tocaba a mí salvarlo. Al intentar hacer acopio de fuerzas, pasó algo increíble. Con la esperanza de que jamás volviésemos a separarnos, le entregué a Sora mi amuleto.

La luz que emanaba de Kingdom Hearts destruyó a Ansem, el rival más poderoso al que se había enfrentado Sora. Pero la oscuridad tras la puerta amenazaba con irrumpir en cualquier momento. Con Riku y Mickey en el interior, y Sora en el exterior, cerraron Kingdom Hearts desde ambos lados. Sora y sus dos amigos continuaron con su viaje."

Hasta aquí el resumen del primer *Kingdom Hearts*. Vamos con *Chain of Memories*.

"*Intentando dar con Riku y Mickey, Sora terminó en el Castillo del Olvido. Con cartas de los recuerdos de los mundos que habían visitado, el grupo se adentró en el castillo. Por otro lado, Riku se despertó debajo del castillo, donde oyó una voz misteriosa. Sora ascendía hacia el pasillo superior, mientras que Riku se dirigía a la planta baja. Los dos seguían subiendo por el castillo, cada uno por su propio camino.*

A medida que Sora avanzaba, sus recuerdos se iban desvaneciendo. Sin embargo, los recuerdos de Naminé cobraban claridad. Estaba cautiva en el castillo, y Sora estaba decidido a salvarla. Mientras tanto, Riku se enfrentaba a la oscuridad de su interior a medida que avanzaba por el castillo. Tuvo que enfrentarse con alguien idéntico a él, una réplica de Riku creada por la Organización. Fueron los recuerdos falsos de la réplica los que lo llevaron a enfrentarse a Sora.

Naminé tenía el poder de sobrescribir los recuerdos de Sora y de quienes estaban conectados a él; poder que la Organización había aprovechado en su propio beneficio. A pesar de descubrir que los recuerdos de Naminé eran falsos, Sora seguía empeñado en protegerla. Se preparó para el combate definitivo, ansioso por recuperar sus recuerdos perdidos.

La batalla en el Castillo del Olvido llegó a su fin. Para poder recuperar sus recuerdos, Sora tendría que olvidarse de Naminé. Cayó en un profundo sueño, pero no sin antes haberse dejado un recordatorio para darle las gracias cuando despertara. En ese momento, Zexión decidió que Riku ya no le servía para nada. Riku oyó a lo lejos a Naminé. Riku acogió el poder de la oscuridad sin miedo, y con él derrotó a Zexión y a su réplica. Naminé se ofreció a confinar la oscuridad del corazón de Riku para siempre, pero éste se negó, dispuesto a sacar partido a sus poderes. Riku y Mickey partieron del Castillo del Olvido, y siguieron el camino donde la oscuridad se oculta entre la luz, el camino hacia el alba".

Seguimos con *Kingdom Hearts II*.

"En Villa Crepúsculo, Roxas intentaba disfrutar de su última semana de vacaciones. Sin embargo, soñaba con Sora a menudo y se producían todo tipo de fenómenos extraños a su alrededor. Roxas acabó en una mansión abandonada, donde recordó haber sido miembro de la Organización XIII. Además, descubrió que el mundo que conocía era falso, una creación de DiZ para restablecer los recuerdos de Sora. Un día después, las vacaciones de Roxas llegaron a su fin.

Sora se despertó al fin, y encontró un mensaje en el diario de Pepito. Tras pedir consejo a Mickey, decidió continuar su viaje de nuevo. Sora sentía cierto pesar en el corazón al alejarse de la ciudad. En la Torre de los Misterios, Yen Sid les advirtió acerca de la Organización XIII. Mickey se había marchado en busca de más información sobre la Organización. Sora, Donald y Goofy intentaron dar con él en varios mundos."

Hacemos una pequeña pausa en *KH II* para conocer la historia previa de Roxas en *Kingdom Hearts: 358/2 Days* (que, por cierto, se pronuncia *"three five eight days over two"*).

"Siete días después de que Roxas consiguiera su nombre y puesto en la Organización XIII, conoció al número XIV, Xion, y su destino dio un vuelco. La Organización estaba compuesta por incorpóreos, seres desprovistos de corazón, que anhelaban completar Kingdom Hearts para recuperar su integridad. Para ello, la llave espada de Roxas era una herramienta imprescindible. A medida que pasaban los días y Roxas cumplía sus misiones, se hacía cada vez más amigo de Axel y Xion. Además de su objetivo principal, la Organización quería crear réplicas. Habían copiado algunos recuerdos de Sora del Castillo del Olvido en una réplica, Xion. Riku descubrió que eso era lo que impedía a Sora despertar. Xion se quedó desconsolada al descubrir que sólo era una marioneta. Axel hizo lo que consideró mejor para todos, y Roxas abandonó la Organización para descubrir su verdadera naturaleza. Xion quería devolver sus recuerdos a Sora, por lo que pidió ayuda a Naminé. Sabiendo que estaba a punto de ser una réplica completa, Xion pidió que la destruyeran. Quería que Roxas se encargara de ello. Confiando en que Roxas liberaría los corazones

que habían recuperado, Xion regresó al lugar al que pertenecía: el interior de Sora.

Roxas se dirigió al castillo de la Organización, pero Riku le impidió el paso. Tras descubrir que Roxas era el incorpóreo de Sora, Riku recurrió a los poderes de la oscuridad para derrotarlo, costase lo que costase. Roxas se despertó, dispuesto a disfrutar de su día de vacaciones."

Ahora sí, veamos cómo termina *Kingdom Hearts II*.

"*Sora regresó a Bastión Hueco, donde descubrió que el Ansem al que había derrotado no era más que un impostor. El verdadero Ansem tenía un aprendiz llamado Xehanort, al que los sincorazón llamaban "Ansem, el buscador de oscuridad". El incorpóreo de Xehanort, Xemnas, era el líder de la Organización XIII. El objetivo de la Organización se hizo evidente: querían recoger todos los corazones liberados por la llave espada para crear otro Kingdom Hearts y usarlo en su propio beneficio. Sintiéndose manipulado, Sora estuvo a punto de abandonar, pero, gracias a la ayuda de un desconocido, se armó de fuerzas y siguió adelante.*

Para que Sora pudiera llegar a la sede de la Organización XIII, Axel decidió sacrificarse. Roxas apareció en el interior de Sora y lo retó, reclamando su derecho a existir. Sin embargo, Roxas tuvo que resignarse ante la fuerza de Sora y desapareció. Al fin, Sora, Riku y yo nos reencontramos. Kingdom Hearts acechaba por encima de sus cabezas, pero Ansem el Sabio logró impedir que se completara. Sora y Riku se enfrentaron a una batalla encarnizada contra Xemnas, el último miembro de la Organización XIII.

Xemnas fue derrotado al fin, pero, tras el combate, Sora y Riku acabaron atrapados en el Reino de la Oscuridad. De repente, llegó una botella a la playa. El mensaje los condujo de vuelta al Reino de la Luz."

Turno de *Kingdom Hearts Coded*.

"*El diario que relataba las aventuras de Sora contenía una entrada un tanto misteriosa. Para investigarla, convirtieron el diario en datos, pero éstos estaban repletos de errores. Mickey pidió ayuda a Sora digital para restaurar el mundo del diario. Según restauraba el Binarama, iban apareciendo cada vez más mensajes extraños. Mickey y los demás deberían haber estado observando todo desde el otro lado de la pantalla, pero, en algún momento, Riku digital, la encarnación del diario, los había importado en el Binarama para resolver el misterio de la entrada. Por su parte, Maléfica y Pete querían hacerse con el control del mundo real mediante el Binarama. Sora digital acumuló poder de las conexiones con sus amigos de su corazón, y lo usó para luchar y abrirse camino adelante. Derrotó a los sincorazón de Sora, el error en los datos que había dañado el diario. Aquí debería haber concluido su viaje, pero Mickey descubrió que había aparecido una puerta a un mundo nuevo, de modo que volvió a adentrarse en el Binarama. Al otro lado de la puerta se encontraba el Castillo del Olvido. Guiado por un tipo de negro, Sora digital sufrió una y otra vez el dolor de su corazón. Si se aferraba al dolor, sucumbiría ante la oscuridad... No obstante, Sora digital descubrió que su dolor era el nexo que unía sus recuerdos. Juró al tipo de negro, Roxas, que aceptaba el dolor. El dolor de todos aquellos conectados a Sora permanecía latente en su corazón. Con el fin de encontrar la manera de afrontar el dolor y aliviarlo, Naminé había dejado la misteriosa entrada del diario: "Debemos regresar para calmar su dolor". Al fin, Mickey y Sora digital comprendían el verdadero significado de esas palabras. Sora digital le dio las gracias a Naminé y se despidieron. Mickey escribió una carta a Sora describiendo todo lo sucedido en el Binarama. "Eres quien eres gracias a esas personas... Te necesitan. Está a punto de abrirse la puerta a otra aventura"."*

Esa "otra aventura" tendrá que esperar, pues vamos a viajar al pasado para recordar a Aqua, Terra y Ventus en *Kingdom Hearts: Birth by Sleep*.

"Los tres aprendices del Maestro Eraqus sellaron sus lazos de amistad antes de presentarse al examen de graduación. Sin embargo, Aqua fue la única que aprobó y se convirtió en Maestra de la llave espada. Terra se sintió profundamente decepcionado. Al poco tiempo, informaron a los tres de la aparición de unas

criaturas llamadas "nescientes", que amenazaban el Reino de la Luz. Además, el Maestro Xehanort había desaparecido. Terra y Aqua quedaron a cargo de la situación. Mientras tanto, un niño enmascarado le dijo algo a Ventus que lo dejó trastocado. En su búsqueda de Xehanort y los nescientes, Terra resistió la llamada de la oscuridad. Ventus iba tras él... y Aqua vigilaba a Terra, tal y como le habían encargado. El plan del Maestro Xehanort iba sobre ruedas.

Resulta que, cuando era pequeña, Aqua me rescató en Vergel Radiante. Después se reencontró con Terra y Ventus, pero sus caminos pronto volvieron a separarse. La luz guió a Terra hasta un joven, Riku, a quien cedió su llave espada. Mientras tanto, Ventus descubrió que se convertiría en la llave espada χ, y el Maestro Eraqus intentó eliminarlo. Decidido a salvar a su amigo, Terra recurrió al poder de la oscuridad para enfrentarse a su propio maestro. La llave espada χ tomaría su forma cuando se produjera el choque entre la luz pura y la oscuridad pura. Ventus se dirigió a la Necrópolis de Llaves Espada para poner fin al asunto de una vez por todas.

Por fin quedó al descubierto el plan del Maestro Xehanort. Terra, Aqua y Ventus se sumieron en una encarnizada batalla. Durante el combate, Xehanort invocó a Kingdom Hearts. El cuerpo de Terra se convirtió en un receptáculo para Xehanort, pero su voluntad y devoción hacia Aqua y Ventus persistían en su armadura. Aun sabiendo que su corazón sería destruido, Ventus impidió que se forjara la llave espada χ. Mientras Ventus luchaba, Aqua se enfrentó a Vanitas, que había asumido el control del cuerpo de Ventus. Gracias al poder que le otorgaron sus amigos, Aqua destruyó la llave espada χ.

El corazón de Ventus cayó en un profundo sueño. Aqua se enfrentó a Terra, cuyo cuerpo estaba controlado por el Maestro Xehanort. Para restaurar su corazón, Aqua luchó con todas sus fuerzas. Xehanort extrajo el corazón de Terra de su cuerpo, con lo que éste cayó presa de la oscuridad. Pero Aqua se negó a perder a su amigo, y lo devolvió al Reino de la Luz. Al despertarse Terra, había perdido todos sus recuerdos y se hacía llamar "Xehanort". Sola y atrapada en el Reino de la Oscuridad, Aqua estaba a punto de rendirse y dejar de luchar contra la oscuridad, cuando apare-

cieron sus vínculos con sus amigos en la forma de una luz brillante que la salvó. Sora, todavía un niño, había unido su corazón anteriormente con el de Ventus. El vínculo que compartían le devolvió el corazón herido de Ventus."

Nos mantenemos en el pasado, ya que aún queda (volver a) conocer la historia de *Kingdom Hearts 0.2 – A Fragmentary Passage*. Aprovecho para decir que estoy respetando el flujo de la narración de Kairi a la hora de hacer la división en párrafos. Es ella quien está haciendo este resumen, no yo.

"Mientras Aqua vagaba por el Reino de la Oscuridad, podía vislumbrar mundos conocidos del Reino de la Luz. Algo no iba bien. Según avanzaba por el reino, comenzaron a aparecérsele visiones de Terra y Ventus. Incluso tuvo que luchar contra una visión de sí misma. Aqua se dio cuenta de la vulnerabilidad de su propio corazón, y corrió desesperada tras las imágenes de sus amigos. Tras derrotar a un sincorazón gigantesco, Aqua por fin pudo hablar con Terra, quien tenía vínculos con el Reino de la Oscuridad. No obstante, poco después, el Maestro Xehanort se apoderó de él. Mickey, que buscaba una llave espada que pertenecía al Reino de la Oscuridad, consiguió salvar a Aqua justo a tiempo. Juntos llegaron a las Islas del Destino, de las que la oscuridad se había apoderado. Aqua se dio cuenta de que había estado allí antes, y de que era el lugar donde conoció a Sora y Riku, lo que ayudó a Mickey a encontrar la llave espada que buscaba. Tenían todo lo que necesitaban, de modo que ahora sólo hacía falta cerrar la puerta. De repente, aparecieron varios sincorazón, y Aqua se enfrentó a ellos aun sabiendo que se quedaría atrapada en el Reino de la Oscuridad. Habiendo cumplido su misión como Maestra de la llave espada, Aqua fue testigo de cómo el mundo recuperaba su luz, mientras ella caía en las profundidades de la oscuridad.

Años después, todos nos preparábamos para ir en busca de Aqua. Fuimos cada uno en una dirección distinta, sirviéndonos de nuestros corazones como guía."

No te adelantes, Kairi, que eso último pertenecía al tramo final de *KH 0.2*, situado en el tiempo después de *Kingdom Hearts 3D: Dream Drop Distance*. Y con él vamos ahora, precisamente.

"El Maestro Yen Sid sabía que Sora y Riku todavía tenían mucho que aprender para poder detener al Maestro Xehanort, por lo que les pidió que realizaran el examen de graduación. Como parte del examen, tenían que dirigirse a los mundos durmientes y despertarlos desbloqueando sus cerraduras. Sin embargo, un fatídico encuentro hizo que Sora y Riku acabaran en mundos distintos. Luchando codo a codo con los oníridos, lucientes benévolos, siguieron adelante. De repente, apareció un joven vestido con una túnica negra.

Sora y Riku siguieron su camino de sueño en sueño. Sin embargo, el falso Ansem, Xemnas y el chico de negro aparecían allá donde iban Sora y Riku, confundiéndolos cada vez más. Por su parte, Mickey se vio envuelto en una de las maquinaciones de Maléfica, pero fue salvado por Lea, anteriormente llamado Axel, de la Organización XIII. El Maestro Yen Sid accedió a que Lea se convirtiera en portador de la llave espada para pillar desprevenido a Xehanort y vencerlo.

Sora pensó que el examen había concluido, pero se vio de vuelta en el Mundo Inexistente. Allí, fue arrastrado a las profundidades de la oscuridad y capturado con la intención de convertirlo en el decimotercer receptáculo del Maestro Xehanort. Por su parte, Riku, al llegar, se encontró a Sora atrapado en una pesadilla. Riku descubrió que, sin querer, se había metido en el sueño de Sora, protegiéndolo de las pesadillas. El Maestro Xehanort recuperó su forma, pero lo habían pillado desprevenido y no pudo llevar a buen puerto su plan. Poco después se desvaneció, no sin antes augurar una guerra que estaba por venir...

Para despertar a Sora, Riku se sumergió en su sueño de nuevo. Riku siguió adentrándose en el sueño de Sora, donde se encontró con aquellos cuyos corazones residían en el interior de Sora. Gracias a su ayuda, Sora consiguió despertar sano y salvo y Riku se convirtió en Maestro de la llave espada. Lea había pasado a ser portador de la llave espada..., y yo me convertí en el nuevo miembro de los custodios de la luz."

El segmento final del resumen narrado por Kairi, como no podía ser de otra forma, abarca la historia de *Kingdom Hearts III*.

"Para prepararse para la batalla definitiva contra el Maestro Xehanort, Sora partió en busca de alguna manera de recuperar su poder del despertar. En el Olimpo, aprendió a luchar por alguien más con todo su corazón. En Villa Crepúsculo, buscó pistas sobre Roxas. En un reino de fantasía, conoció a uno de los nuevos Siete Corazones. Y en la Caja de juguetes aprendió que los corazones pueden estar donde menos te lo esperas. Mientras tanto, Lea y yo seguíamos el entrenamiento para portadores de la llave espada, y Riku y Mickey encontraron una pista sobre el paradero de Terra.

Sora continuaba con su viaje. En Arendelle descubrió un amor lo suficientemente fuerte como para derretir un corazón congelado. En la fábrica de risas de Monstruópolis descubrió que Ventus residía en el interior de su corazón. Por último, en San Fransokyo vio cómo se construían corazones a partir de datos. Mientras tanto, Riku y Mickey se vieron obligados a enfrentarse a Aqua, cuyo corazón había caído presa de la oscuridad. Gracias a la ayuda de Sora, Aqua pudo por fin volver al Reino de la Luz, y la Tierra de Partida recuperó su antiguo esplendor. Ventus se despertó gracias a Sora, que había recuperado el poder del despertar, y pudo salvar a Aqua de Vanitas.

"La luz se extinguirá y sólo quedará oscuridad". Todo sucedió tal y como había vaticinado el Libro de las Profecías. Sin embargo, Sora se negaba a rendirse. Su corazón persistía frente a todo pronóstico. Usó el poder del despertar y luchó con todas sus fuerzas por salvar a sus amigos. La derrota de la luz se sobrescribió, y los custodios de la luz se reunieron en la Necrópolis de Llaves Espada. La batalla decisiva contra la verdadera Organización XIII estaba a punto de comenzar. En pleno fragor de la batalla, Terra, Roxas y Xion revivieron y se unieron a los custodios de la luz. No obstante, el Maestro Xehanort consiguió invocar al verdadero Kingdom Hearts. Para impedir que Kingdom Hearts liberase todo su poder, Sora se dirigió a la antigua ciudad de los portadores de llaves espada: Scala ad Caelum. Entonces, comenzó la batalla definitiva. Tras la batalla, el Maestro Xehanort tuvo que renunciar a la llave espada χ y desistir en su empeño. Kingdom

Hearts fue sellado de nuevo. Sin embargo, aquí no acabó todo. Yo desaparecí durante el combate, y Sora, empeñado en dar conmigo, fue en mi búsqueda. Así que se embarcó en una nueva aventura, esta vez solo."

¿Adónde habrán llevado a Kairi todos estos recuerdos? Estamos a punto de comprobarlo.

Melody of Memory 2 – El otro lado

Avanzamos en el tiempo, aunque aún es pronto para abandonar el subconsciente de Kairi. La chica se encuentra en el Mundo Final; en una versión propia, dentro de su mente. Estar allí, de algún modo, hace que recuerde una escena del pasado que había olvidado, y que será de gran importancia en el futuro.

Kairi, aún siendo una niña pequeña, corría por Vergel Radiante huyendo de los sincorazón, sueltos por la plaza de la ciudad. Cuando vio a un chico de pelo gris y con bata de laboratorio acercarse a ella, creyó estar a salvo. Sin embargo, lo que ese chico, que no era otro más que Xehanort en su época de pupilo de Ansem, pretendía hacer con ella, era secuestrarla y meterla en una cápsula del laboratorio.

—La oscuridad se apoderará de este mundo —le dijo—, así como de todos tus seres queridos. Si de verdad posees el poder de una Princesa del Corazón, tu corazón hará eco en el de un portador de la llave espada, y podrás llevarme a su mundo. Es la única manera de salvar los nuestros. Esto es mucho más que un experimento. Es nuestra única esperanza. Como la mayoría de la gente, seguramente pienses que no hay nada más allá de este mundo. Pero te equivocas. Existen muchos otros mundos. Por la noche, brillan en el firmamento. En ese mar de estrellas, tu destino te guiará adonde debes ir. No obstante, si llegas a un mundo sin luz ni oscuridad, un mundo del otro lado, tu tarea no será nada sencilla. En ese caso, será mejor que abandones tu búsqueda, ya que habremos fracasado.

Vamos a dejar estas palabras aparcadas para más adelante. A Kairi se le ha presentado un problema en el Mundo Final: la versión de Xehanort, con aspecto anciano, que vive en su subconsciente.

—No paras de interponerte en mi destino —le reprende Kairi—. Si no fuera por ti, Sora y los demás estarían a salvo. Por mucho que en realidad no estés aquí y esto no sea más que una ilusión, ¡no permitiré que sigas existiendo!

—Tienes razón —reconoce Xehanort, inmutable—. Te envié a otro mundo y cambié por completo el curso de tu destino. Al final, sucumbiste ante mí, lo que hizo que Sora desapareciera. Este mundo ha sido creado con los recuerdos de tu corazón. Intentas hallar a Sora recurriendo a los recuerdos que tienes de él en tu propio corazón. Pero no vas a encontrar nada. La respuesta que tanto anhelas se encuentra en recuerdos olvidados hace mucho.

—¡Déjalo ya!

Kairi ataca a Xehanort con su llave espada, pero el anciano Maestro logra desarmarla sin demasiadas complicaciones. Sin embargo, una nueva arma aparece en la mano de la chica: es la "Cadena del reino", la llave espada de Sora. Hasta el cuerpo de Kairi parece haberse transformado en Sora por unos instantes.

—Vaya —dice Xehanort, sonriente—, mira quién se apunta a la fiesta... —No hay respuesta—. Justo lo que imaginaba: tu voz no puede llegar hasta aquí. Ahora ya tengo claro dónde está tu corazón.

Sora, o Kairi poseída por su amigo, o como queráis denominar a esta forma espiritual metafórica sin el más mínimo sentido, derrota a Xehanort. Por desgracia, el anciano sigue con ganas de charla.

—El día que te expulsé de tu mundo... ¿Recuerdas lo que te dije? En esas palabras encontrarás la respuesta que anhelas. —Se refiere a la escena del pasado que vimos antes—. Sé que te hago sufrir, pero no soy más que un producto de tu corazón. Voy a darte la respuesta. —Xehanort adquiere su apariencia joven, con la bata del laboratorio de Ansem—. Antes, cuando mi corazón y mi cuerpo eran uno, te dije lo que pasaría si fracasábamos. "Si llegas a un mundo sin luz ni oscuridad, un mundo del otro lado, tu tarea no será nada sencilla". Ésa es la respuesta.

—¿Y eso qué significa?

Kairi despierta en el laboratorio del castillo de Vergel Radiante, donde, según palabras de Riku, llevaba un año dormida. Ienzo, Ansem y Even se han visto obligados a desconectarla, pues temían por su seguridad, tras detectar ciertos fallos en el ordenador al que estaba conectada.

La chica comparte con los tres investigadores los detalles de su encuentro con el Xehanort de sus recuerdos (o quizá pudieran verlo de algún modo en el ordenador). A todos les llama poderosamente la atención la frase repetida por el propio Xehanort.

—"Si llegas a un mundo sin luz ni oscuridad, un mundo del otro lado, tu tarea no será nada sencilla" —dice Ienzo, pensativo—. Nunca he oído hablar de ningún lugar así.

—También dijo algo que me chocó bastante —remarca Even—: "tu voz no puede llegar hasta aquí. Ahora ya tengo claro dónde está tu corazón".

—Lo normal sería que se refiriese al Reino de la Oscuridad —responde Ienzo—, pero está claro que, en este caso, no es así.

Ansem parece tener una teoría al respecto.

—Un lugar donde las voces no pueden llegar… Al otro lado de nuestro mundo, de la realidad... ¿Qué es lo contrario de la realidad? ¿Un mundo ficticio?

—¿Ficticio? —pregunta Ienzo.

—Semejantes misterios se nos quedan grandes.

—Quizá Mickey o el Maestro Yen Sid sepan algo —sugiere Kairi.

La conversación se ve interrumpida por la llegada de Riku, escoltado por Aeleus.

—¡Kairi! —exclama el primero—. ¡Te has despertado!

—Sí, acabo de despertar ahora mismo. ¿Qué haces aquí?

—Tengo información sobre Sora.

—¿En serio? ¡Nosotros también!

Pero eso tendrá que esperar. Y es que, en realidad, a Riku lo acompaña otra persona, que se aparece ante ellos poco después. Si recordáis el final del "Episodio Limitcut" de *Re Mind*, tal vez os hagáis una idea de quién se trata.

—Para quienes no me conozcáis, soy el Hada Madrina. Es un placer.

—Ha venido por petición de Yen Sid —explica Riku—. Tiene información que podría ayudarnos a encontrar a Sora.

—¿Te envía Yen Sid? —pregunta Kairi.

—¡Así es! —asiente el Hada Madrina—. Para encontrar a Sora, necesitamos tres llaves. La primera es Riku. La segunda eres tú, Kairi. Ambos habéis aportado vuestro granito de arena: Riku con sus sueños y Kairi con sus recuerdos.

—¿Los recuerdos de Kairi? —Riku no sabe a qué se refiere.

—Sí —dice Ienzo—. Examinamos el corazón de Kairi y encontramos una pista importante en sus recuerdos olvidados. Hay otro mundo al otro lado del nuestro, sin luz ni oscuridad.

Ésa, al menos, es la hipótesis sin confirmar de Ansem.

—Y tú, Riku, ¿qué has soñado? —pregunta Kairi.

—Desde que Sora desapareció, he soñado varias veces con una ciudad repleta de rascacielos. Al parecer, ésa es la pista.

—Quizá a eso se refiriera Xehanort —responde Ienzo—. Un mundo ficticio...

—Es posible —añade Ansem—. Podemos viajar a los tres reinos de nuestro mundo: la luz, la oscuridad y la dimensión entre ambas, porque se encuentran en "nuestro lado". Eso incluye los mundos de los recuerdos, los datos y los sueños. Si no me equivoco, el "otro lado" de nuestro mundo, al que las voces no pueden llegar, debe de encontrarse fuera de nuestra realidad. Es decir: si no es realidad, debe ser ficción. Pero eso es todo lo que sabemos.

No es mucho, pero es algo.

—Así que había pensado en preguntar a Mickey y al Maestro Yen Sid —dice Kairi.

—No creo que puedan ayudarnos, cariño —replica el Hada Madrina—. Pero no te olvides de que hay tres llaves. Nos falta una. Una con una voluntad de hierro y un sueño valioso.

—¿Quién es?

—Ya lo verás. ¡Os la presentaré!

Melody of Memory 3 – La tercera llave

El Hada Madrina transporta a Riku y Kairi al Mundo Final. Un lugar nuevo para el chico, aunque, al parecer, no para la maga. En cualquier caso, lo que cabría preguntarse no es tanto cómo conoce ese lugar, lo cual veo del todo plausible, sino cómo conoce a la "tercera llave". Seguro que más adelante se sacan de la chistera cualquier excusa para *enlazarlas*. O no. Ya da todo igual.

Como decía, es allí, en el Mundo Final, donde aguarda la "tercera llave": un espíritu con forma de estrella. Sí, esa misma que habló con Sora, y que parecía estar esperando a que Yozora la rescatara. Dado que aún no tiene nombre ni sabemos cómo es su forma original, la llamaremos "Stella".

—Los corazones fuertes se reúnen aquí después de morir —explica el Hada Madrina a sus dos acompañantes—, hasta que están listos para continuar.

—¿Nos conocemos? —pregunta el espíritu.

—Soy Kairi. Encantada.

—Podéis conservar vuestro aspecto en este mundo. Una vez conocí a alguien que también podía.

—¿Ésta es la última llave? —pregunta Riku, confuso.

—Así es —responde el Hada Madrina—. Ya tenemos las tres.

—Pero ¿cómo puede ayudarnos?

—Muy fácil. Ella viene del mundo del otro lado. Es muy especial, ¿sabéis? Aunque haya perdido su aspecto, consiguió encontrar el camino hasta aquí. Pero si regresa a su mundo, le robarán su corazón. ¿A que sí, cariño?

—Sí —reconoce Stella, sorprendida—. Sabes mucho sobre mí.

—Bueno, un poco. —El Hada Madrina ríe—. Y si pudiera usar la magia para devolverte tu aspecto, lo haría sin dudarlo. Por desgracia, mientras tengas esta forma me temo que es imposible. Pero no te preocupes, seguro que pronto encontramos la manera de hacer realidad tus sueños.

—¿Mis sueños?

—Sí —dice Riku—, te ayudaré a hacerlos realidad. ¿Podremos así dar con Sora?

—Ojalá fuera tan sencillo —se lamenta la anciana—. Primero, tenemos que llegar a su mundo. Si nos abre un camino, puedes usar el poder del despertar para llegar hasta allí.

—¿Habéis dicho "Sora"? —los interrumpe Stella.

—¿Lo conoces? —pregunta Kairi.

—Sí. Estuvo aquí hace tiempo. Me dijo que no me rindiese. ¿Le ha pasado algo?

—Desapareció —explica Riku—. Es amigo nuestro, así que lo estamos buscando. Al parecer, ahora mismo se encuentra en una ciudad repleta de rascacielos. ¿Te suena?

—Una ciudad con rascacielos... —Stella sabe exactamente a qué se refiere—. ¿Quadratum? Que yo sepa, tiene más rascacielos que ninguna otra ciudad. Debe de estar allí.

—Quadratum... —Riku se queda pensativo—. ¿Estará Sora allí?

—No podemos saberlo con certeza —responde el Hada Madrina—, pero creo que es posible.

—Muy bien. ¿Podrías ayudarnos? —pregunta Riku al espíritu.

—No entiendo qué está pasando —dice Stella—, pero, si Sora está en peligro, os ayudaré en todo lo que pueda.

—Gracias.

Riku usa su llave espada para abrir un portal a través del corazón de Stella.

—Me temo que hasta aquí llegan mis habilidades —dice el Hada Madrina—. Riku, tendrás que encargarte del resto.

—Yo también quiero ir —se ofrece Kairi.

—No es buena idea —replica Riku.

—Está bien. —Se ha dado por vencida sorprendente y sospechosamente rápido—. Quiero ir contigo, pero sé que aún no puedo. No he terminado mi entrenamiento. Todavía no soy lo suficientemente fuerte. Pero, en cuanto pueda, tanto Sora como tú podréis contar conmigo.

—Me alegra saberlo. —Riku le dedica una sonrisa.

—Lo primero, iré a contarles todo a Donald, Goofy, Mickey y el Maestro Yen Sid.

Los caminos de Riku y Kairi se separan una vez más. El primero se interna en el portal, rumbo, quizá, a Quadratum, la ciudad de Stella y Yozora…

Kairi, por su parte, viaja a la Torre de los Misterios, para hacer exactamente lo que dijo que haría: informar a Yen Sid, Mickey, Donald y Goofy.

—¡¿Que Riku ha ido solo?! —exclama Mickey al escuchar el relato—. ¡Pero es peligrosísimo! ¡Tengo que ir a buscarlo!

Donald y Goofy sujetan al rey para evitar que se marche corriendo. Yen Sid aprueba la actuación del mago y el capitán.

—No tomemos decisiones apresuradas, Mickey.

—Pero, Maestro Yen Sid —insiste el ratón—, ¡Riku está solo en un mundo que no conocemos!

—Precisamente. Nunca nos hemos enfrentado a algo así, de manera que es fundamental que mantengamos la calma.

—¡Pero…!

Mickey agacha la cabeza, dándose por vencido.

—Kairi —dice Yen Sid—. La información que nos traes, ¿es de cuando Xehanort era investigador?

—Sí.

—Entonces debe de haber sabido de este otro mundo durante mucho tiempo.

—Pero Xehanort ya no está —dice Mickey—. ¿No hay nadie más a quien podamos preguntar?

Yen Sid dedica unos segundos a reflexionar. Como era de esperar viniendo de una persona tan inteligente y confiable como él, enseguida se le ocurre qué hacer.

—Cuando era Maestro de la llave espada, se comentaba que los Maestros antiguos podían cruzar a otro mundo. Supongo que Xehanort investigó ese mundo. Por ahora, hablemos con quienes buscan a Sora en Vergel Radiante, Tierra de Partida y Villa Crepúsculo, para informarles de lo que hemos descubierto y pedirles que detengan su búsqueda. Donald, Goofy, lo dejo en vuestras manos.

—¡Sí, señor! —contestan ambos.

—Kairi —sigue Yen Sid—, ¿volverás con tu entrenamiento?

—Ya que sacamos el tema —dice ella—, me gustaría estudiar bajo la tutela de la Maestra Aqua.

—Excelente idea. Que así sea.

—Gracias.

—En cuanto a ti, Mickey... Me gustaría encargarte que investigues el nuevo mundo y su relación con los Maestros antiguos de la llave espada. Empezarás... en el mundo de Scala ad Caelum.

Y así es como concluyen *Melody of Memory* y la presente guía argumental. El viaje llega a su fin. La saga, está claro, no. Todavía tenemos *Kingdom Hearts* para muuuchos años.

Puedes ver esta y otras guías, con imágenes y comentarios, en la siguiente dirección:
MakoSedai.com/guias-argumentales
Código KH Birth by Sleep: Campanilla
Código KH Coded: Bina
Código KH Dream Drop Distance: Bina
Código KH χ Back Cover: Stella
Código Kingdom Hearts III: Stella
Código KH III Re Mind: Stella
Código KH Melody of Memory: Stella

Made in the USA
Coppell, TX
05 December 2023